ASHFORD PARK

ASHFORD PARK

LAUREN WILLIG

Przekład
AGNIESZKA ZAJDA

AMBER

Redakcja stylistyczna
Elżbieta Novak

Korekta
Joanna Egert-Romanowska
Renata Kuk

Projekt graficzny okładki
Małgorzata Cebo-Foniok
na podstawie pomysłu Michaela Storringsa

Zdjęcia na okładce
kobieta: © Peter Zelei/Vetta/Getty Images/Flash Press Media
krajobraz, para i ornament: © Shutterstock

Druk
ABEDIK S.A.

Tytuł oryginału
Ashford Affair

ISBN 978-83-241-4617-8

Warszawa 2013. Wydanie I

Wydawnictwo AMBER Sp. z o.o.
02-952 Warszawa, ul. Wiertnicza 63
tel. 620 40 13, 620 81 62

www.wydawnictwoamber.pl

Jamesowi,
teraz i zawsze

Prolog

Kenia, 1926

Smugi potu zmieszanego z rdzawym pyłem pokrywały jej rękawiczki.

I nie tylko rękawiczki. Kiedy Addie obrzuciła się spojrzeniem, skrzywiła się na widok swojego kostiumu. Perłowy beż miejscami zszarzał, a miejscami zrudział od dymu i kurzu. Nawet w tym świetle, jakie zdołało przeniknąć przez gęstą okienną moskitierę, widać było, że materiał jest definitywnie zniszczony. Podróżny strój, który w Londynie wyglądał tak elegancko, okazał się kiepskim wyborem na drogę z Mombasy.

Czuła się jak idiotka. Co ona sobie właściwie wyobrażała? Ten nieszczęsny kostium kosztował ją więcej, niż mogła zarobić w miesiąc; niewybaczalna ekstrawagancja w czasach, gdy ubierała się raczej rozsądnie niż szykownie. Całe popołudnie zajęło jej przetrząsanie Oxford Street. Jeden sklep po drugim, a potem jeszcze kolejny, ta suknia zbyt pospolita, tamta za droga, żadna w sam raz. Aż wreszcie znalazła to, czego szukała: kostium, który nieco przekraczał jej możliwości finansowe, ale sprawiał wrażenie – gdy odpowiednio się nań spojrzało – niemal wykwintnego, całkiem nie jak dla ubogiej kuzynki.

W swoim malutkim mieszkanku, przed lustrem z dziwną zmarszczką pośrodku, dumna niczym paw przybierała najróżniejsze pozy; wyginała się to tak, to inaczej, by osiągnąć pełny efekt. Wyobraźnia podsuwała jej setki kuszących obrazów. Bea czeka na dworcu – starsza, stateczniejsza, o srebrzystozłotych włosach spłowiałych od równikowego słońca i figurze zaokrąglonej przez macierzyństwo. Widząc, jak z pociągu wysiada Addie w nowej wytwornej sukni i z nową wytworną fryzurą, Bea wydaje okrzyk zaskoczenia. Ogląda kuzynkę ze wszystkich stron, podziwia jej nową wielkomiejską finezję, gładkie, lśniące włosy, świeżo wyregulowane brwi. „Wydoroślałaś", mówi. Addie odpowiada jej uśmiechem – ową lekko kpiącą namiastką uśmiechu, jaką widuje się na koktajlach w Ritzu – i rzuca niedbale: „Tak się złożyło".

A potem gdzieś za jej plecami znajomy męski głos woła: „Addie?" Ona odwraca się i widzi, jak po twarzy Fredericka przemykają zdumienie i podziw, bo wreszcie uświadomił sobie, co zostawił w Londynie.

Wilgotne krople spływały jej między piersiami, wsiąkając w materiał. Nie musiała patrzeć, by wiedzieć, że ubranie jest okropnie poplamione zaciekami z potu, które w praniu tylko żółkną.

Pozwoliła sobie na cierpki uśmiech. Miała nadzieję – bezwstydną nadzieję – chociaż raz wypaść lepiej. Łudziła się, że nawet ubogi krewny wytwornych krawców pokona produkcje szwaczek z Nairobi. A tymczasem wyszło po staremu. Brudna jak nieboskie stworzenie, oddalona o miesiąc i tydzień od wszystkiego, co znajome i wygodne, telepała się przez równiny Afryki. Dlaczego?

David zadał jej to pytanie, zanim wyjechała. Dlaczego?

Zadał je tak rozsądnie, tak logicznie. W pierwszym odruchu chciała się najeżyć, burknąć, że to nie jego sprawa. Ale to była jego sprawa i Addie dobrze o tym wiedziała. Na łańcuszku, który otaczał jej szyję, wisiał pierścionek od Davida, przedzaręczynowy raczej niż zaręczynowy. „Załóż mi go na palec, kiedy wrócę – poprosiła. – Wtedy możemy publicznie to ogłosić".

„Ale dlaczego tyle czekać? – zapytał. – Po co ten wyjazd?"

„Bo" – zaczęła i zająknęła się. Jak mu odpowiedzieć, skoro sama nie całkiem wiedziała? Wymamrotała coś o swojej ulubionej kuzynce, o tym, że Bea jej potrzebuje, o starych sentymentach i dawnych zobowiązaniach.

„Aż do Afryki?" Zmarszczył brwi w grymasie, który budził postrach wśród studentów, gdy bełkotliwie brnęli przez zawiłości *Państwa* Platona albo *Polityki* Arystotelesa.

„Może jadę, bo chcę jechać" – odparła ostro. O tym nawet nie pomyślał? Że mogła chcieć chociaż raz podróżować za granicę? Coś przeżyć, zanim przywdzieje fartuch i zacznie gotować mężowi obiady?

Zagranie było nieuczciwe, ale okazało się skuteczne. David natychmiast zaczął przepraszać. Zawsze miał bardzo postępowe poglądy. To jedna z cech, które w nim lubiła. Nie, nie lubiła – kochała. On naprawdę uznawał za godne szacunku, że Addie pracuje. Podziwiał ją, bo zerwała arystokratyczne kajdany – jego terminologia – i żyła na własną rękę.

Nawet nie podejrzewał, że prawda była znaczniej bardziej trudna i przyziemna. Addie nie tyle coś odrzuciła, ile ją odrzucono.

Biedny David. Należycie skarcony, postawił sobie za zadanie przygotować jej afrykańską wyprawę. Każdego wieczoru wpadał z kolejnym przebłagalnym darem: mapą, przewodnikiem, rozkładem jazdy. Zaangażował się w planowanie tej eskapady, jakby to on sam miał na nią wyruszyć. Addie przytakiwała, uśmiechała się i udawała zaciekawioną, choć zaciekawienia wcale nie czuła. Bo inaczej musiałaby przyznać, że pytanie o sens jej podróży nadal jest aktualne, wisi pomiędzy nimi w powietrzu.

Dlaczego?

Sama chciała wiedzieć. Pod kapeluszem w kształcie hełmu spocone włosy skleiły się w strąki. Zrzuciła go z głowy na wąskie łóżko. Ruch pociągu powinien wywoływać choćby lekki wiaterek, ale osłony w oknach były szczelne, a oczka siatki zapchane rudym pyłem, dokuczliwszym od moskitów. Wewnątrz panowały półmrok i zaduch, raczej jak w wagonie bydlęcym niż przedziale pierwszej klasy. Stukot kół o szyny stanowczo zbyt często przerywał przenikliwy, zawodzący gwizd.

Addie uklękła na łóżku i zaczęła mocować się z oknem. Pociąg turkotał monotonnie po wąskim, pojedynczym torze. Żelazny Wąż, tak nazywali go tubylcy, co usłyszała w Mombasie, gdy przepychając się przez tętniący życiem i gwarem port, usiłowała dopilnować przenosin swojego bagażu ze statku na kolej. Przez zakurzoną moskitierę dostrzegła w oddali stado zwierząt trochę podobnych do jeleni, tylko z cienkimi, długimi rogami. Spłoszone łoskotem rzuciły się do ucieczki. Było już niemal południe. Równikowe słońce sprawiało, że wszystko lśniło w oparach mgiełki jak glazura na szkle; obraz pierzchającego stada falował niczym dzieło impresjonisty.

Nigdy przedtem nie sądziła, że Afryka jest tak bardzo zielona, a niebo tu tak bardzo błękitne.

Oczyma wyobraźni widziała odcienie sjeny i palonej umbry, brązy i oranże, może z dodatkiem odrobiny dżungli, przez wzgląd na Henry'ego Ridera Haggarda*. Należało chyba więcej uwagi poświęcić książkom i mapom, które przynosił David, zamiast ze znajomą mieszaniną poczucia obowiązku i winy, tkliwości i obawy przyglądać się jego wąskiej twarzy, jasnej w świetle lampy. Ale Addie nawet nie starała się nimi zainteresować. Miała książki, które mogła przeczytać, znała ludzi, których mogła wypytać, a jednak nie wysiliła się, by to zrobić. Kiedy myślała o Afryce, wcale nie Afryka była jej w głowie.

Wiatr zmienił kierunek, posyłając w stronę okien pióropusz dymu.

Kaszląc od gryzących oparów, znękana podróżniczka gwałtownie pociągnęła w dół moskitierę. Chustka, którą przyciskała do ust, była już czarna. Niepewnym krokiem Addie podeszła do umywalki i przez chwilę szorowała się najstaranniej, jak potrafiła, unikając widoku własnej twarzy w lustrze.

Małej i niezbyt ładnej w porównaniu z pełną blasku urodą kuzynki.

---

* H.R. Haggard (1856–1925) – autor powieści przygodowych, których akcja toczy się najczęściej w Afryce (wszystkie przypisy pochodzą od tłumacza).

Debiutantka Dekady, tak mówiono o Bei, a gazety wyraźnie rozkoszowały się aliteracją tego tytułu. Pozowała fotografom – i to nie raz, ale wielokrotnie – jako Diana, Kirke, księżycowy promień, panna młoda w koronkach i kwiatach pomarańczy.

Addie usiłowała przypomnieć ją sobie taką, jaka była naprawdę, jej ożywioną, inteligentną twarz. Ale jedyne, co potrafiła przywołać w pamięci, to chłodne piękno fotograficznego portretu: gładkie srebrzystoblond włosy, doskonałe rysy, usta, których pozazdrościć mogła rzymska bogini, jasny błękit oczu muśnięty szarością z palety artysty.

Trzymała tę fotografię Bei na gzymsie kominka w swoim małym, wynajętym mieszkaniu. Srebrna ramka stanowiła osobliwy akcent na tle łuszczącej się farby i plam wilgoci na ścianach, relikt życia, które zdawało się tak odległe, jak jakieś bajkowe „dawno, dawno temu". Addie zastanawiała się, czy to blade piękno przetrwało pod równikowym słońcem. Minęło sześć lat, odkąd widziały się po raz ostatni. Może Bea się zmieniła? Jej twarz, teraz zniszczoną i ogorzałą, pocięły głębokie zmarszczki?

A przecież nie sposób było myśleć o niej inaczej niż o damie w jedwabiach i ozdobach, z cygarniczką w dłoni. Wbrew wszelkim staraniom Addie nie potrafiła wyobrazić sobie kuzynki na farmie w Kenii, nie umiała pogodzić obrazu eleganckiej kobiety z brudną ziemią i słońcem, płótnem w kolorze khaki i moskitierą. To mogło być dobre dla innych, ale nie dla Bei. Niemal równie niewiarygodny – choć Bea sama potwierdziła to na piśmie – wydawał się fakt, że została matką. I to nie jeden raz, ale dwukrotnie. Jej list mówił o dwóch małych dziewczynkach. Marjorie i Annie.

W swoim kufrze Addie miała dla nich prezenty: wypchane trocinami francuskie lalki o porcelanowych głowach. Kupiła je w ostatniej chwili, pierwsze, jakie znalazła, na wypadek gdyby informacja o dzieciach okazała się prawdą, a nie jednym z wymyślnych żartów kuzynki. Bea i macierzyństwo – jakoś nie pasowało to do siebie. Trochę jak Bea i Kenia.

Szarpiąc zębami palec rękawiczki, Addie uznała, że dość tego i to już, zanim dotrze do Nairobi. Postępowała nieuczciwie. Bea mogła być wspaniałą matką, tak jak przed laty była wspaniałą mentorką samotnej małej dziewczynki: niezrównaną przewodniczką i przyjaciółką. Rzeczywiście, czasami zbyt niefrasobliwą, ale zawsze serdecznie jej oddaną.

Ludzie się zmieniają, uznała Addie. To fakt. Zmieniają się, uczą, dorastają. Ona też.

Może Kenia okazała się lekiem, którego Bea potrzebowała, by wydobyć z siebie to, co najlepsze? Tak jak emancypacja wydobyła to, co najlepsze z Addie. Może od tej pory wszystko będzie wyglądać inaczej? Teraz spotykały się jak równa z równą, każda szczęśliwa i bezpieczna we własnym świecie, bez żadnych miłosnych tarapatów, żalów i zobowiązań. Addie nie była już ubogą sierotką z dziecięcego pokoju.

Mam dwadzieścia sześć lat, pomyślała. Dwadzieścia sześć i samodzielność. Od pięciu lat zarabiała na własne utrzymanie, płaciła za własne wydatki i podejmowała własne decyzje. Czasy, gdy mieszkała w domu Bei, gdy wlokła się w ślad za Beą, przeminęły. Dawno przeminęły.

Tymczasem zaproszenie świadczyło jasno, że teraz to Bea potrzebowała jej, a nie odwrotnie.

Z podróżnego portfela Addie wysunęła list. Poplamiony i zmięty, wielokrotnie czytany. „Przyjedź", pisała kuzynka i było to dokładnie w stylu dawnej Bei; nawet najmniejszej wzmianki o tym wszystkim, co się działo, zanim wyjechała. „Bez Ciebie zupełnie się pogubiłam".

Cała ona, pomyślała Addie. Nie tylko te rozwlekłe litery, ale dobór słów. Bea nigdy niczego nie brała ot tak po prostu. Wszystko musiało być ostatecznie, szalenie, wyjątkowo. Miłość czy nienawiść – ani jednej, ani drugiej nie oddawała się połowicznie. Świetne dla osoby kochanej, mniej zabawne dla znienawidzonej. Addie doświadczyła i jednego, i drugiego.

„Z całego serca pragniemy Cię zobaczyć".

„Pragniemy". My. Nie Marjorie i Anna. Dziewczynki ciotki nie znały, więc nie mogły za nią tęsknić. Noc po nocy Addie analizowała to jedno słowo, jak literaturoznawca wiersz, obracając je i rozważając pod każdym kątem. „Pragniemy". Czy był to tylko kolejny przykład egzaltowanego stylu Bei? Zwykła towarzyska uprzejmość? A może...

Addie gwałtownie wcisnęła list z powrotem do portfela. Będzie, co ma być. A potem wróci do Davida. Davida, który sądził, że ją kocha, i może naprawdę kochał. W tej sprawie wydawał się bardzo pewny siebie.

Czy miał tej pewności dosyć dla nich obojga?

Owszem, pomyślała Addie. Owszem. David należał do jej nowego życia, które z mozołem budowała kawałek po kawałku, odkąd... cóż, odkąd wszystko tak okropnie, tak dramatycznie źle się potoczyło. Reszta była tylko historią pogrążoną we mgle czasu. Teraz obie z Beą mogły śmiać się z tego, siedząc na ganku farmerskiego domu. Czy farmerski dom ma ganek? A jakże. Chyba w wiejskim budownictwie to stosowny element architektoniczny.

Właśnie dlatego tam jechała. Żeby się pogodzić. Tak długo były powierniczkami, bliższymi niż siostry. Tych ostatnich pięć lat milczenia położyło się na ich stosunkach mrocznym cieniem.

Addie starała się nie myśleć o Fredericku.

Lokomotywa po raz ostatni piskliwie zagwizdała, pociąg szarpnął i zahamował.

– Nairobi! – zawołał ktoś. – Nairobi!

Wydawało się całkiem niemożliwe, że wreszcie dotarła na miejsce. Że podróż koleją – z jej uciążliwościami, dymem i słońcem, które nawet przez roletę drażniło oczy – nie będzie trwała wiecznie.

– Nairobi!

Addie skoczyła na równe nogi, chwyciła swój podręczny bagaż, rozejrzała się, czy niczego nie zostawiła. Na łóżku leżał kapelusz. Wcisnęła go na głowę i przypięła długą stalową szpilką. Wreszcie dojechała. Klamka zapadła. Wygładzając żakiet, wzięła głęboki oddech, po czym ruszyła z determinacją do drzwi przedziału.

Otwarła je jednym szarpnięciem, mrużąc powieki od jaskrawego blasku. Przy takim słońcu jej żałosny, mały kapelusik okazał się kompletnie bezużyteczny. Oszołomiły ją światło i chmury kurzu. Ludzie biegali tam i z powrotem, wyładowywali pakunki, witali przyjaciół w przeróżnych językach, nawoływali się po arabsku, angielsku, niemiecku, francusku. Osłoniła oczy i z wysokości metalowych schodków daremnie szukała wzrokiem jakiejś znajomej postaci, kogoś, kto mógł zostać po nią wysłany. Samochody trąbiły. Mężczyźni, ledwie w przepaskach na biodrach, ciągnęli riksze. Skrzypiały koła. Przez podniecony gwar tłumu przebijał się stukot końskich kopyt. Pod upalnym słońcem na przydworcowym peronie zapachy koni, oleju silnikowego, curry zdawały się jeszcze intensywniejsze.

W tym zgiełku usłyszała, jak ktoś wykrzykuje jej imię.

– Addie! Addie! Tutaj!

Odwróciła się i rozejrzała. To był głos Bei, gardłowy, piękny, z roześmianą nutą, nawet gdy kuzynka zachowywała się wyjątkowo powściągliwie. Jakby miała jakieś zmysłowe sekrety, którymi pragnęła się podzielić. „Usta stworzone do kosztowania truskawek", mawiał o tych wargach, ściągniętych wokół obietnicy uśmiechu, jeden z jej wielbicieli.

– Bea?

Kurz i słońce mieniły się tęczowo przed oczami Addie. Ciemnoskórzy mężczyźni w jasnych szatach, Europejczycy w ubraniach khaki, kobiety w pastelowych sukniach, wszyscy przesuwali się jak obrazy w kalejdoskopie, wymijając jeden drugiego na zatłoczonym peronie.

Z ludzkiej ciżby wystrzeliła czyjaś dłoń w rękawiczce, machając szaleńczo.

– Tutaj!

Tłum rozstąpił się i Addie ujrzała Beę. Znikły minione lata. Zgiełk głosów oddalił się, był już tylko stłumionym szumem w tle.

Jak mogła kiedykolwiek pomyśleć, że zdoła jej dorównać?

Macierzyństwo nie zmieniło Bei. Jak dawniej wysoka i smukła, jedną ręką przytrzymywała ukośne rondo kapelusza, pod którym lśniły złociście blond włosy. Przy tym kapeluszu hełm Addie wydawał się mało praktyczny i prowincjonalny. Suknia Bei – choć jasnobrązowa – w najmniejszym stopniu nie robiła wrażenia ponurej albo niegustownej. Luźna u góry, ściśle przylegała do bioder, co podkreślał wąski pasek, w którym brąz przeplatał się z bielą, dobrany do detali na rękawach i rąbku spódnicy. Addie uznała, że jej kostium jest po prostu pretensjonalny i niewiele wart.

Poczuła znajomy przypływ miłości i desperacji. I radość z radości na twarzy kuzynki, takiej pięknej, takiej niezmienionej – tak niesprawiedliwie pięknej, tak niesprawiedliwie niezmienionej. Wiedziała, że krzywdzi Beę pretensjami o coś, co po prostu było darem natury. Ale żywiła te pretensje, mimo wszystko. Bo chociaż raz... chociaż jeden, jedyny raz...

– Najdroższa! – Bea nigdy nie wstydziła się wielkich scen. Rzuciła się w stronę Addie z otwartymi ramionami, podczas gdy ta niezgrabnie schodziła ze stopni, odrętwiała i niezdarna po całej dobie w stalowym pudle. – Witaj!

Addie wyciągnęła rękę, by ją powstrzymać.

– Nie dotykaj mnie... Jestem brudna.

– Nonsens – stwierdziła Bea, chwytając swojego gościa w objęcia. I nie było to towarzyskie muśnięcie policzka, tylko prawdziwy uścisk. Tak mocny, że przez materiał sukni dawało się wyczuć kości. Bea była jeszcze szczuplejsza niż kiedyś. Szczuplejsza niż w Londynie. Jej ręce błyskawicznie oplotły Addie. – Tak się stęskniłam.

Zanim Addie zdążyła odpowiedzieć, zanim zdążyła przyznać, że ona też się stęskniła, Bea już ją puściła i odsunęła się, opanowana, pewna siebie, w każdym calu tamta dawna najpiękniejsza debiutantka.

Zmierzyła kuzynkę wzrokiem od stóp do głów i wykrzywiła komicznie twarz w karykaturze współczucia.

– Koszmar nie pociąg. Potrzeba ci porządnego drinka – stwierdziła autorytatywnie.

Addie smętnym spojrzeniem obrzuciła swój podróżny strój, tak starannie wybierany, a teraz cały w plamach brudu i potu. Tak się skończyły jej marzenia o wielkim wejściu. I o pokonaniu Bei. Przegrała w przedbiegach.

– Potrzeba mi kąpieli i moich rzeczy.

– Dostaniesz jedno i drugie. I drinka. – Bea starym zwyczajem chwyciła ją pod ramię i swobodnie powlokła przez tłum. – Upiorna podróż, prawda? Te paskudne małe przedziały i ci paskudni mali ludzie na poboczu torów zachwalający wrzaskiem herbatę. – Zawsze miała dar naśladownictwa. Odruchowo wygięła się w odpowiedniej pozie i równie szybko się wyprostowała.

– Nie było aż tak źle. – Addie usiłowała nadążyć za kuzynką. Podręczny sakwojaż okazał się cięższy, niż pamiętała, a jej dreptanie nie dorównywało długim krokom Bei. Próbując sobie przypomnieć coś z prelekcji Davida, zagadnęła: – Domyślam się, że odkąd zbudowali tu kolej, życie stało się o wiele łatwiejsze.

– O wiele – odparła Bea z roztargnieniem, po czym uśmiechnęła się i pomachała do mężczyzny w jasnym garniturze. – To był generał Grogan. Właściciel Torr's Hotel* – wyjaśniła kuzynce. – Tam na pewno nie pójdziemy.

– Och? – Sakwojaż boleśnie uderzył Addie w kolano. – Czy jest...?

– Pospolity – oznajmiła lekceważąco Bea. – Oczywiście i tak byś się w nim nie zatrzymała, bo będziesz mieszkać u nas. Ale gdybyśmy akurat wpadli do miasta, to wybralibyśmy Muthaiga. Albo Norfolk. W żadnym razie Torr's! – Obdarzyła niefortunnego właściciela szerokim uśmiechem, który sprawił, że generał potknął się o własne nogi.

– Jasne – przytaknęła Addie, chociaż te nazwy nic jej nie mówiły. – Oczywiście.

Wyciągnęła szyję, by zerknąć do tyłu, ale Grogan już sobie poszedł. Tymczasem Bea udzielała kolejnych informacji: coś

* Generał Grogan to postać autentyczna – nazywany Bwana Chui, jeden z pionierów w Afryce Wschodniej; rzeczywiście był właścicielem Torr's Hotel w Nairobi.

niecoś o wyścigach konnych, przyjęciach koktajlowych, tej parze i tamtej, czyja farma upadła i kogo warto poznać.

– Nie pamiętasz pierwszej żony Euana Wallace'a*? Przecież musiałaś ich spotykać, po prostu musiałaś. – Szczęśliwie nie czekała na odpowiedź, tylko drążyła temat, jednocześnie przedzierając się przez tłum. – Rozwiodła się z Wallace'em wieki temu... albo może to on rozwiódł się z nią. Trudno być ze wszystkim na bieżąco. Jej nowym mężem jest Joss, choć właściwie nie takim nowym. To już chyba... siedem lat? Osiem?

– Yhm. – Addie desperacko starała się nie sapać. Krople potu mąciły jej wzrok, niemal ją oślepiały, ale nie mogła sięgnąć po chusteczkę, żeby je obetrzeć. Brnęła z determinacją przed siebie, usiłując nie zwracać uwagi na przykry ucisk w dołku, sugerujący, że popełniła okropny błąd.

Nie, nie wyszła na osobę światową, za to została neofitką wprowadzaną w tajemnice świata Bei. Tajemnice, których nigdy dobrze nie potrafiła zrozumieć i które sprawiały, że znowu podporządkowywała się władczej kuzynce.

Krótko mówiąc, wciąż ten sam stary schemat.

– Daleko jeszcze? – wydusiła, przerywając kuzynce monolog.

– Niezbyt daleko – odparła Bea, patrząc na nią ze zdumieniem. – Och, kochana, faktycznie wyglądasz na wykończoną. To ten upał, prawda? Z początku wszystkich zaskakuje.

Na Beę oczywiście nie działał; wyglądała idealnie elegancko i świeżo. Ale przecież to nie ona taszczyła sakwojaż, który w ciągu dziesięciu minut zrobił się jakby znacznie cięższy. I nie ona spędziła ostatnie dwadzieścia cztery godziny w zamkniętym kolejowym wagonie.

– Nie martw się, kochanie – pocieszyła ją Bea. – Za chwilkę wsiądziemy do samochodu. Och, popatrz! To Alice de Janzé**. –

---

* Zapewne chodzi o Davida Euana Wallace'a (1892–1941), brytyjskiego polityka, ministra w rządzie N. Chamberlaina.

** Alice de Janzé (1899–1941) – amerykańska dziedziczka milionowej fortuny, słynna z urody i skandali, w jakie była zamieszana, również w morderstwo; długie lata spędziła w Kenii.

Leniwie skinęła dłonią kobiecie ubranej z iście paryskim szykiem. – Amerykanka, zamężna z Francuzem. Nie mam pojęcia, co ona tutaj robi. Zwykle wyjeżdża do Slains.

Ten katalog towarzyski wytrącał Addie z równowagi. Zupełnie, jakby znów znalazły się w Londynie, znów były debiutantkami, a Bea nieustannie otoczona ludźmi, bez trudu zdobywająca przyjaciół i przyjaciół przyjaciół. Co się stało ze „spokojnym życiem naszej małej farmy"?

– A gdzie są wasze dziewczynki? – rzuciła, zziajana.

Kuzynka szła coraz szybciej. Addie musiała niemal biec, żeby za nią nadążyć.

– Zostały na farmie. Świetnie się tam czują. Jak Dodo w swoich stajniach. Są gusta i guściki, nie uważasz?

Addie wyczuła ostrze sporu, który z nią nie miał nic wspólnego. Niepewna, co odpowiedzieć, oznajmiła wymijająco:

– Dodo przesyła pozdrowienia.

Dodo, starsza siostra Bei, jako jedyna z klanu rozmawiała z nią formalnie. Jednak w wypadku Dodo trudno było stwierdzić, z kim jest w takich stosunkach, że z nim rozmawia, a z kim nie, bo zawsze mówiła wyłącznie o koniach. Raz na miesiąc przyjeżdżała do miasta i tradycyjnie zatrzymywała się w Ritzu, gdzie jej wysłużone tweedy dziwnie kontrastowały z kostiumami od najlepszych krawców i paryskimi sukniami innych kobiet. Może właśnie to Addie najbardziej w niej lubiła: Dodo nigdy nie przestawała być sobą.

– Szkoda, że nie gotówkę – warknęła Bea. – Nie masz pojęcia, ile kosztuje uprawa kawy. Cienia pojęcia. Najpierw żadnych zbiorów przez cztery lata, a potem rynek zniżkuje. Czysta niesprawiedliwość.

– Frederick jest na farmie? – Nie było powodu martwić się, jak to zabrzmi, bo głos Addie rwał się od gwałtownej zadyszki.

Bea skrzywiła się współczująco i zwolniła.

– Nie, czeka przy aucie. Wyszedłby ci na spotkanie, ale musiał pogadać z D.

– Dee? – Oczyma wyobraźni Addie ujrzała wampa o długich, czerwonych paznokciach.

– Lordem Delamere'em*. Koszmarnym starym nudziarzem.

Addie zasapana, parsknęła śmiechem.

– Więc to nie jeden z wydarzonych?

Tak nazywały ludzi, których lubiły, ona i Bea, dawno temu, w dzieciństwie, kiedy wymyśliły swój prywatny język. Teraz to określenie zabrzmiało jakoś niezręcznie, chropawo.

Bea impulsywnie odwróciła się i złapała kuzynkę w objęcia, omal jej nie przewracając. Powiew kosztownych francuskich perfum przyćmił woń kurzu i potu.

– Och, tak bardzo mi ciebie brakowało! Jesteś głodna?

Addie zachwiała się, ale po chwili odzyskała równowagę. Z głuchym stuknięciem postawiła na ziemi sakwojaż. Była głodna, dopiero teraz zdała sobie z tego sprawę; głodna i oszołomiona upałem i słońcem.

– Nakarmili nas w Makindu. – Brytyjskie śniadanie, jajka i owsianka, wyglądało osobliwie w miejscu, gdzie z daleka widziała pasące się dziwne, pręgowane zwierzęta. Zmarszczyła nos, usiłując przypomnieć sobie, o której jadła. Wydawało jej się, że minęły całe wieki. – Ale to musiało być... och, Bóg wie, ile godzin temu. Prawie o świcie.

– Nie martw się, pomyślimy o jakimś posiłku, kiedy tylko uwolnisz się od tego koszmarnego stroju.

Addie zesztywniała i natychmiast zaczęła się bronić.

– A co w nim takiego koszmarnego? Wyprany i wyprasowany...

Bea zmierzyła ją od stóp do głów okiem eksperta.

– Och, moja droga, nie.

Nagle Addie ujrzała to, co musiała widzieć tamta: zaniedbaną, umęczoną kobietę w gotowych rzeczach, bez powodzenia naśladujących modne fasony. Kuzynka zawsze odznaczała się

* Hugh Cholmondeley, lord Delamere (1870–1931), jeden z pierwszych, najbardziej wpływowych osadników brytyjskich w Kenii; słynny z niestrudzonych działań na rzecz rozwoju kenijskiej gospodarki rolnej.

wrodzoną elegancją. Potrafiła sprawić, że para zwykłych męskich spodni wyglądała jak kreacja od Charlesa Wortha. Addie nie miała wątpliwości, że na Bei ten żałosny podróżny kostiumik mógłby uchodzić za projekt Jeanne Lanvin.

– Nie przejmuj się – powiedziała Bea tonem, jakim mówi się do dziecka. I raptem Addie znowu była w Ashford: nieśmiała, zagubiona sześciolatka, zasłuchana w ewangelię według starszej przyjaciółki. – Znajdziemy ci coś o wiele lepszego. – Jej twarz wyrażała teraz skupienie. Jasnoniebieskie oczy rozbłysły, gdy zerknęła na swojego gościa spod rzęs. – A może mężczyznę?

Addie podniosła z ziemi sakwojaż i mocniej zaciskając dłoń na jego rączce, odparła cierpko:

– Mężczyznę już mam. Nazywa się David Cecil. Wykłada w University College. Ekonomię.

– Skarbie, musi być strasznie mądry.

– I jest – przytaknęła Addie lojalnie, chociaż ostatnio David stał się dla niej niemal tworem wyobraźni. A przecież miała go kochać i mogłaby kochać, gdyby tylko potrafiła przekonać samą siebie, że co było, odeszło bezpowrotnie.

Czy nie to właśnie zawsze jej powtarzał? Dzieciństwo, przyjęcia w Ashford Park i służba, lord Taki i lady Owaka – tamten świat przeminął. Żyła w nim, ale do niego nie należała. To z Davidem miała budować wspólną przyszłość, dzielić dom, dzielić łoże, razem się starzeć i uprawiać róże czy inne rośliny, wśród których będą leniwie spędzać czas, otoczeni przez dzieci i wnuki, tak mądre jak ich ojciec i dziadek.

– Zaręczymy się, kiedy tylko wrócę – oznajmiła bardziej wojowniczo, niż zamierzała.

– Więc jesteście po słowie, że dacie sobie słowo? – Gra słów zabrzmiała absurdalnie. Bea posłała Addie krzywy uśmieszek. – Niezbyt zabawne. Myślałam, że… a zresztą, nieważne. No, dotarłyśmy do celu.

Okazało się, że „celem" jest samochód monstrum. Staroświecka landara przypominała automobile z Ashford Park, tak wielkie, że mieścili się w nich zarówno ludzie, jak i upolowana zwierzyna. Koło samochodu dwóch mężczyzn o czymś dyskutowało. Addie usłyszała: „wzrost" i „nawóz". Niższy z rozmawiających, ten po prawej stronie, zdecydowanie przekroczył już wiek średni. Spod szerokiego ronda okrągłego kapelusza wyglądała przyjazna, łagodna twarz.

Drugi mężczyzna stał odwrócony tyłem, mimo to Addie natychmiast go rozpoznała. Zawsze był chudy – zbyt chudy, kiedy widziała go ostatnio – ale swoboda ubioru w koloniach zdecydowanie mu służyła. Wyglądał raczej smukło niż tyczkowato. Krótkie rękawy odsłaniały zdrowo ogorzałą skórę. W przeciwieństwie do swojego towarzysza miał odkrytą głowę. W ciemnych włosach słońce wypaliło jaśniejsze smugi.

– Zobacz, kogo znalazłam! – zawołała Bea. Mężczyzna się odwrócił i rozpromienił w powitalnym uśmiechu.

– Addie. Jako żywo. To naprawdę Addie.

Nadal się uśmiechał, a serce Addie z mdlącym szarpnięciem wywinęło koziołka. Pięć lat przestało istnieć w ciągu pięciu minut.

Nagle zrobiło jej się zimno. Zimno pomimo lejącego się z nieba żaru. Popatrzyła na opromienioną słońcem Beę. Na Fredericka. Wąsiki, z którymi niegdyś paradował, zniknęły. Teraz był gładko wygolony, dawną bladość zastąpiła opalenizna. Koło oczu widniały drobne zmarszczki, których przedtem nie miał, białe na tle brązowej twarzy. Dodawały mu urody. Zniknęły hulaszcze ciemne kręgi pod oczami, pokonane przez słońce i ciężką pracę.

Z daleka usłyszała głos Davida: „Dlaczego?"

Oto dlaczego. Od początku właśnie dlatego. Addie walczyła z obezwładniającą falą rozpaczy i pożądania, zmieszanych z upałem i potem, pyłem i zakłopotaniem. Miała ochotę przycupnąć na ziemi, skulić się, wykrzyczeć swoją frustrację w uliczny kurz, po czym odwrócić się i czmychnąć, uciec.

David miał rację, należało dać sobie z tym spokój. Powinna była zostać w domu, w chłodnej Anglii, w swoim bezpiecznym mieszkaniu, ze swoim bezpiecznym prawie narzeczonym, zamiast budzić dawno zapomniane uczucia.

Frederick wyciągnął rękę i oto była tam: błyszcząca w słońcu złota obrączka, znak, że on należy do Bei.

– Nie wierzyliśmy, że przyjedziesz.

Ciągle jeszcze mogę wyjechać, omal nie odpowiedziała mu Addie. I zapomnieć o tej podróży. Ale ucieczka to tchórzostwo. Jak mówiła niania: nie ma wyjścia, trzeba sobie poradzić.

Ostrożnie postawiła sakwojaż u swoich stóp i poruszyła obolałymi palcami. Zanim się wyprostowała, uśmiechnęła się miło i otwarcie.

– No cóż, jednak jestem – oznajmiła, ujmując rękę Fredericka. Na dłoni poczuła ucisk obrączki: przypomnienie, ostrzeżenie. – Jak mogłabym nie przyjechać?

Część I

Ashford

Rozdział 1

Nowy Jork, 1999

Clemmie przemknęła pod daszkiem osłaniającym wejście do budynku i w odpowiedzi na ukłon portiera wysapała szybkie dzień dobry.

Mężczyzna zaczął coś mówić, ale nawet nie przystanęła, tylko rzuciła słowa powitania przez ramię i mu pomachała. Jej obcasy zastukały po marmurze.

Babcia Addie obchodziła dziewięćdziesiąte dziewiąte urodziny, a ona się spóźniła.

Zziajana gnała przez hol, rozpinając w biegu płaszcz i rozwiązując szalik. Mimo listopadowego zimna pod warstwami biustonosza, bluzki, żakietu i palta cała lepiła się od potu. Miała zamiar przebrać się w sukienkę, ale zabrakło czasu, więc tak właśnie wyglądała: ubranie w nieładzie, poobcierane nogi, na ustach odległe wspomnienie szminki, włosy każdy w swoją stronę. Była pewna, że kiedy jej matka ją zobaczy, przerazi się, choć nic nie powie. Ból wyrazi, tylko zaciskając wargi i unosząc brwi. Tę minę opanowała po mistrzowsku. Brwi mamy mówiły więcej niż język migowy. Ledwie drgnięciem przekazywały złożone treści.

Clemmie dźgnęła guzik windy; popełniła błąd, zerkając na zegarek. Piętnaście po ósmej. Przyjęcie rozpoczęło się trzy kwadranse temu. Właściwie mogli już zasiąść do kolacji. Nic dziwnego, że portier tak się na nią gapił. Pewnie co dziesięć minut odbierał telefon z pytaniem, czy nie widział jej na dole. To już nie był możliwy do przyjęcia poślizg, tylko niedopuszczalne spóźnienie.

Przerzucając dużą torbę Longchamp z jednego ramienia na drugie, Clemmie gromadziła w głowie arsenał usprawiedliwień, nie całkiem kłamliwych, ale też niezupełnie zgodnych z prawdą: w ostatnim momencie zostało zwołane zebranie, blackberry nie przestawał dzwonić, musiała przygotować te cholerne pisemne zeznania w sprawie Dallas, zanim wyjedzie w czwartek. Poza tym dysponowała wszystkimi potocznymi wybiegami: zero taksówek, opóźnienia metra, brak bezpośrednich połączeń z okolic jej kancelarii na rogu Czterdziestej Dziewiątej i Ósmej Alei do babci Addie, która mieszkała w bezpiecznej twierdzy Upper East Side, przy Osiemdziesiątej Piątej, niedaleko Piątej Alei. Przynajmniej ostatni powód był czystą, nagą prawdą. W efekcie spory kawał drogi Clemmie pokonała pieszo, pół idąc, pół biegnąc, ślizgając się i potykając w pantoflach na wysokich obcasach, kiedy rozglądała się za taksówkami, które wszystkie wyglądały na zajęte. Widziała sylwetki zadowolonych pasażerów na tylnych siedzeniach, w środku, podczas gdy ona sterczała na dworze.

Przestępując z nogi na nogę, dyskretnie wysunęła lewą stopę z pantofla. Czarna, matowa skóra teraz leciutko zadrapana i wysoki obcas. Te czółenka wyglądały bardzo efektownie pod konferencyjnym stołem, ale nie nadawały się do biegów.

Pończocha przywarła do pięty. Wspaniale. Mało że pęcherz, to jeszcze pęcherz pęknięty. Da się jej diabelnie we znaki, kiedy jutro będzie kuśtykała do pracy.

Zabrzęczał sygnał, otwarły się drzwi windy.

Clemmie wsunęła stopę do buta i utykając, wsiadła. Kabina miała ściany wyłożone palisandrem i guziki na polerowanej mosiężnej płytce. Właściwie nie zmieniła się od ponad trzydziestu lat. Clem wcisnęła ósemkę, którą odnalazła, nawet nie patrząc, i gdy pudło windy rozpoczęło swoją wspinaczkę, zerknęła na umieszczone w kącie wypukłe lustro. Za dawnych lat bawiła się w ten sposób, że poruszała głową to w prawo, to w lewo, obserwując, jak zmienia się jej twarz, niczym ściśnięte palcami gumowe rysy lalki Barbie.

Szybko pociągnęła usta resztką błyszczyka w sztyfcie, który znalazła w torebce, po czym przyjrzała się sobie krytycznie. Tusz? Jako tako. Nadal było go więcej na rzęsach niż pod oczami. Wiatr zastąpił róż, chłoszcząc policzki, aż nabrały kolorów. Niestety zachęcił też włosy do desperackiej próby odzyskania wolności, więc sterczały teraz na wszystkie strony.

Nie miała tego problemu, kiedy były długie. Mogła po prostu ściągnąć je do tyłu i spiąć klamrą albo przytrzymać opaską.

To takie banalne, prawda? Koniec związku, zmiana fryzury.

Obcięła włosy przed tygodniem, rzekomo dlatego, że wplątywały się jej pod pasek torby na ramię. Bezczelnie w południe wyszła z kancelarii na całą godzinę. Pieprzyć to, pomyślała. Ostatnie sześć lat przeważnie spędziła w pracy. Posiłki jadła przy biurku, osobiste telefony odbierała ze służbowego aparatu, zmiany pór roku oglądała zza grubych szyb w oknach. Nawet jeśli w ciągu dnia wyskoczyła do salonu Fekkai, cholernie ciężko sobie na to zapracowała. Jedna godzina poza biurem nie mogła kosztować awansu, o który tak desperacko walczyła, i wkrótce stanowiska partnera. Podczas gdy stylista ją strzygł, ona ze smartfonem na kolanach stukała dwoma palcami po miniaturowej klawiaturze.

Teraz powinno być jej łatwiej zadbać o wygląd, powiedział fryzjer, ale krótkie, wymyślne kosmyki wydawały się mieć na ten temat własne zdanie. Sterczały na wszystkie strony i wpadały do oczu. Miała ochotę ściągnąć je do tyłu, tęskniła za pokrzepiającą, nonsensowną czynnością wiązania ich i rozpuszczania. Przyłapywała się na tym, że stale sięga do włosów, których już nie było.

Drzwi windy otworzyły się na ósmym piętrze; ukazał się mały przedsionek, wyłożony jedwabną ciemnoczerwoną tapetą w kwiaty, i delikatny, złocony stolik pod lustrem w równie delikatnej, złoconej ramie. Z pojemniku z brązu wystawały parasole.

Pośrodku nadal królowała laska dziadka Fredericka. Clemmie leciutko musnęła palcami jej rączkę w kształcie teriera. Dziadek lubił udawać, że terier ujada, a wtedy mała Clem odskakiwała do tyłu, przestraszona i zachwycona.

Frederick Desborough umarł, kiedy miała sześć lat, ale pamiętała go, tyle że jak przez mgłę: poorana zmarszczkami twarz, białe włosy, filuterny uśmiech i ustawiczny suchy kaszel palacza. Wydawało się dziwne, że minęło już tyle czasu. Chociaż dziadek od dawna nie żył, towarzyszył jej przez całe dzieciństwo jak Albert, zatrzymany na zawsze w pamięci, królowej Wiktorii. Mieszkanie babci Addie nadal było pełne wspomnień o mężu, nawet trzydzieści lat po jego śmierci. Na ziarnistych, czarno-białych fotografiach młody Frederick nosił komiczne ubrania z lat dwudziestych, pochylał się nad roślinami na kenijskiej plantacji kawy. Późniejsze połyskliwe kolorowe zdjęcia ukazywały go znacznie starszego, w towarzystwie babci Addie, dzieci, wnuków, a stroje zmieniały się stosownie do epoki.

Zawsze uważała, że w pewnym sensie dziadkowie są dla niej wzorem. Poznali się, kiedy babcia Addie, jak to uroczo ujmowali, siedziała jeszcze w szkolnej ławie, a wzięli ślub, gdy miała dwadzieścia kilka lat. Wspólnie zarządzali w Kenii małą plantacją kawy i zmienili ją w świetnie prosperującą kompanię. W latach siedemdziesiątych ich firma została wchłonięta przez Maxwell House, ale korytarze apartamentu babci nadal były obwieszone starymi plakatami zachwalającymi „Kenijską kawę – rozkosz dla wybrednego podniebienia". Niektóre z reklam przedstawiały nawet dużo młodszą Addie, wytworną arystokratkę, z dzbankiem kawy w jednej ręce i filiżanką na spodeczku w drugiej.

Spędzili ze sobą całe długie życie, babcia i dziadek.

Clemmie, gdyby nawet spotkała kogoś nazajutrz, jeśliby jakimś cudem w windzie albo w metrze wpadła na swojego wymarzonego mężczyznę, i tak już nie zdążyłaby przeżyć z nim tylu lat co Addie z Frederickiem. Niezwykle ją to przygnębiało.

Musiałaby zacząć wszystko od nowa, odbywać takie same niezręczne pierwsze randki, opowiadać takie same wyświechtane osobiste historyjki. Na samą myśl o tym pragnęła zwinąć się w kłębuszek i jęczeć.

Dlaczego jednym ludziom takie rzeczy przychodzą łatwo, a innym nie?

Urodziny, przypomniała sobie. Powinna trzymać fason. Ze względu na babcię Addie nie mogła snuć się osowiała. A już na pewno nie w obecności gapiących się krewnych. Jej matka była gorącą wyznawczynią dogmatu: „Nigdy się nie poddawaj". Ogólnie rzecz biorąc, chodziło o to, by szczerzyć zęby, czy się chce, czy nie, i w żadnym razie nie mówić ciotce Annie, co się naprawdę myśli.

Mama miała z nią ostro na pieńku, chociaż Clemmie nie zdołała odkryć u Anny żadnych wrogich intencji. To prawda, ciotka była trochę słodką idiotką i pozerką, ale żeby zaraz uosobieniem zła? Jednak matka twierdziła, że celem życia Anny jest wykorzystanie słabości starszej siostry. Tymczasem Clemmie uważała, że celem życia ciotki Anny jest ciotka Anna, a to zasadnicza różnica.

Powiesiła płaszcz, wciskając go między bramowaną futrem kaszmirową pelerynę – mogła należeć tylko do ciotki – i czyjś mocno znoszony burberry. Ktoś zostawił drzwi z holu lekko uchylone. Dobiegały zza nich dźwięki nie do pomylenia z żadnymi innymi: przerywany rytm głosów, stukot damskich obcasów na drewnianej podłodze, miękkie szuranie kelnerów roznoszących ciasteczka krabowe albo łososiowe koreczki.

– Jesteś wreszcie! – Mama musiała chyba na nią czyhać, bo zaatakowała, kiedy tylko Clem spróbowała dyskretnie wemknąć się do apartamentu. – Przychodzisz ostatnia.

– Miałam naradę – zaczęła Clemmie, ale matka ze zmarszczonymi brwiami przyglądała się jej lewej ręce.

– Nie włożyłaś swojego pierścionka.

– On już nie jest mój. – Miała go jeszcze u siebie, traktowała jednak raczej jako depozyt niż własność. Przy najbliższej okazji odda go Danowi razem z *Gwiezdnymi wojnami*, bluzą Penn* i zapasowymi trampkami. Bo szczoteczkę do zębów już wyrzuciła. Mogłaby ją zatrzymać do czyszczenia fug, ale uznała to za trochę zbyt mściwe, trochę za bardzo w stylu laleczek wudu. A Clemmie nie chciała być mściwa. Rozstali się jak przyjaciele, przynajmniej teoretycznie.

Bo czy można rozstać się po przyjacielsku w takiej sytuacji? Padły różne słowa... Odpłaciła mu pięknym za nadobne, ale niektóre uwagi Dana nadal ją bolały. Był ostatnią osobą, która powinna się wypowiadać na temat emocjonalnej niedostępności. Przyganiał kocioł garnkowi, Dan, przyganiał kocioł garnkowi.

Matka ukradkiem zerknęła przez ramię – upewniła się, że w zasięgu słuchu nie ma żadnych krewnych.

– Nie rozumiem, dlaczego nie mogłaś go włożyć tylko na dzisiejszy wieczór.

Nie daj Boże kuzyni uświadomią sobie, że zaręczyny zostały zerwane, że Clem znów jest samotna. W wieku trzydziestu czterech lat. Córka Marjorie, niechciana stara panna. Zupełnie jak z powieści Jane Austin. Czy nie powinni już z tego zacofania wyrosnąć jako społeczeństwo? Takie uwagi jeszcze bardziej doskwierały, gdy robiła je mama, bo ona zawsze kładła jej do głowy, żeby stawiać karierę na pierwszym miejscu. Dopóki Clemmie nie stuknęła trzydziestka – wtedy śpiewka nagle się zmieniła.

Posłała matce długie, twarde spojrzenie.

– Myślałam, że nie lubiłaś Dana.

Matka najeżyła się. Była w tym mistrzynią.

– Nigdy niczego takiego nie powiedziałam.

– A co rozumiałaś przez: „może to pora, żebyś jeszcze raz przemyślała swój wybór"?

– Nigdy nie miałam na myśli… Zresztą nieważne. Porozmawiamy o tym później.

---

* Penn – Uniwersytet Pensylwanii.

Jej typowa reakcja: zaprzeczać, zaprzeczać, zaprzeczać. Jeśli udajemy, że wszystko jest w porządku, to wszystko jest w porządku!

– Świetnie – odparła Clem; wyminęła matkę i ruszyła do foyer. – Pewnie. Na jedno wychodzi.

Problem polegał na tym, że była dzieckiem menopauzalnym. Zwykłą różnicę pokoleń należało pomnożyć przez dwa. Młode lata Marjorie to blitzkrieg, jej sposób myślenia utknął w innej epoce. Clemmie przyszła na świat, kiedy jej matka miała czterdzieści cztery lata, w ostatnich chwilach rozpadającego się małżeństwa. Musiało to być bardzo trudne dla kobiety, która sądziła, że czasy rodzenia dzieci ma już dawno za sobą.

A zrobiło się jeszcze bardziej trudne, kiedy trzy lata później ojciec Clemmie odszedł; miał po dziurki w nosie zmieniania pieluch i odbekiwania dzieciaka po karmieniu – dosłowny cytat z niego. Zostawił żonę dla Kalifornijki, dziennikarki Jennifer, blondyny młodszej od Marjorie o dwadzieścia lat.

Clemmie nie obwiniała go za to, że je porzucił, tylko za ten banał.

– Teraz gniewasz się na mnie – powiedziała matka z posępną pewnością. Nawet po pięćdziesięciu latach w Stanach uparcie trwała przy swoim bardzo, ale to bardzo brytyjskim akcencie, pamiątce z dzieciństwa spędzonego między Kenią i Londynem. Ten akcent sprawiał, że najbardziej prozaiczne stwierdzenia brzmiały autorytatywnie.

– Nie gniewam się na ciebie – skłamała Clemmie. – Dajmy już temu spokój, dobrze? Przecież to urodziny babci Addie! Hura!

– Hm – mruknęła matka i nagle zmienił się wyraz jej twarzy, wyprostowała się, niemal stając na palcach w swoich praktycznych, płaskich pantoflach. – Anna! – krzyknęła radośnie. – Zobacz, kogo znalazłam.

Kawaleria nadciągnęła na ratunek.

– Cześć, ciociu – powiedziała Clem, ukrywając lewą rękę za plecami. – Kopę lat…

– Clemmie, skarbie! – Anna nadal nosiła długie włosy. Były równie jasne jak włosy siostrzenicy i tak sprytnie wycieniowane, że sprawiały wrażenie, jakby wychylała się w nieustannym oczekiwaniu. Musiała już mieć po siedemdziesiątce, ale utalentowani pracownicy Fredericka Fekkai zamienili srebro w złoto, przywracając jej włosom jasny blond ze ślubnych zdjęć, które stały na fortepianie u babci Addie. A stało tam wiele takich fotografii. Anna wychodziła za mąż nie mniej niż osiem razy. Jej włosy musnęły policzek Clemmie, gdy ciotka zamknęła ją w uścisku pachnącym Chanel. – Zaczęliśmy się bać, że pożarły cię wilki!

– Nie, tylko moje biurko. – Clemmie uwolniła się z jej objęć.

– Twoja matka już się martwiła.

– Nonsens – odparła sztywno Marjorie. Jej nie imały się czary Fekkai. Nosiła włosy krótko obcięte, w kolorze zdecydowanie siwym. – Clementine bardzo ciężko pracuje.

– Co u was wszystkich słychać? – wpadła jej w słowo Clem. Była to zagrywka po linii najmniejszego oporu. – Nadal masz Shoo-Shoo?

– Wielkie nieba, jesteś nie na czasie! – zawołała ciotka Anna.

Marjorie wyglądała na urażoną. Jak zwykle, kiedy jej siostra się odzywała. Po latach spędzonych za oceanem akcent Anny był do niczego niepodobny – ani całkiem angielski, ani całkiem amerykański. Afektowany, twierdziła matka Clemmie, co brzmiało dość śmiesznie w ustach osoby, która sama wysławiała się niczym mieszkańcy górnego piętra z serialu *Upstairs Downstairs*.

– Kochany, malutki pekińczyk – ciągnęła ciotka. – Jonathan dostał pracę na uniwersytecie Columbia, więc teraz szuka jakiegoś lokum. Czy to nie miło, że znów będziemy go mieć tutaj? Trochę pomieszkała ze mną Millie, ale już się przeprowadziła do swojego chłopaka.

– To ona nie ma coś około dziesięciu lat?

Millie była pasierbicą Anny, jedną z najmłodszych, pamiątką po trzecim mężu. A może po czwartym? Łatwo było stracić rachubę. Clemmie zauważyła, jak jej matka zaciska usta. Zawsze doprowadzało ją do szału, że Anna ciąga na rodzinne imprezy swoich pasierbów, którzy, zdaniem Marjorie, wcale do rodziny nie należą.

– Och, skarbie! – Ciotka Anna parsknęła dźwięcznym śmiechem. – Teraz to ona ma dwadzieścia trzy! Wiem, wiem, też mi żal. Ale Millie wygląda na bardzo szczęśliwą z tym swoim Seanem. Zamieszkali w Yorkville.

– Nie jest odrobinę zbyt młoda, żeby z kimś mieszkać? – wtrąciła się matka.

– Lepiej za wcześnie niż nigdy – odparła pogodnie ciotka Anna.

Clemmie nie sądziła, by był to zamierzony przytyk, ale i tak zrobiło jej się przykro. Teraz lewa dłoń, bez ciężkiego pierścionka, wydawała się bardzo, bardzo naga.

Marjorie prychnęła.

– Nie każdy z małżonków robi karierę.

Ciotka puściła oko do Clemmie.

– Wszyscy nie możemy być prawnikami, nieprawdaż? A co tam u ciebie, dziecinko?

– Harówka – odparła szybko Clem. – Naprawdę harówka. W czwartek muszę skoczyć do Dallas w związku z procesem, a za tydzień do Londynu. Szaleństwo. Jak się miewa babcia?

– Chodź i sama się przekonaj – zdecydowała matka, nie dopuszczając ciotki Anny do głosu. Chwyciła Clemmie za łokieć i popchnęła ją w kierunku salonu, gdzie koktajlowa część przyjęcia była już w pełnym toku.

Za plecami siostry Anna wzruszyła ramionami i pomachała Clemmie, a ona odpowiedziała jej szerokim uśmiechem.

W salonie pełno było mężczyzn w garniturach od Brooks Brothers i kobiet w czarnych, obcisłych sukienkach i różnobarwnych apaszkach. Większość stanowili raczej wszelkiej maści przyjaciele niż krewni. Obydwaj starsi bracia Clem wraz z rodzinami osiedli w Kalifornii. Rozpoznała jedną ze swoich bratanic, teraz już dwudziestoparoletnią, która odbywała staż u jakiegoś projektanta mody. Najstarszy brat przysłał żonę w roli emisariusza, mimo to ta gałąź rodu była zbyt słabo reprezentowana. Wuj Teddy, młodszy brat matki, zmarł stosunkowo wcześnie – jeszcze przed pięćdziesiątką padł ofiarą zawału. Jego dzieci i wnuki stawiły się licznie, by uczcić babcię Addie.

Brakowało tam tylko jednej osoby.

– A gdzie babcia? – zapytała Clemmie.

– Musi trochę odpocząć – odparła jej matka. Wyglądała na zmęczoną. Przed kilkoma miesiącami wprowadziła się tu na stałe rzekomo dlatego, że skończyła się jej umowa najmu. Clem podejrzewała jednak, że prawdziwą przyczyną był niepokój o babcię. Babcia Addie miała profesjonalną opiekę, cały zespół pielęgniarek, które pracowały na zmiany, ale Marjorie należała do wyznawczyń zasady: „Jeśli chcesz, by coś zostało zrobione dobrze, zrób to sama".

Ruchem głowy wskazała córce bar.

– Weź sobie drinka, a potem zaprowadzę cię do niej.

– Jak mocnego potrzebuję? – zapytała Clemmie, lecz matka już się odwróciła i wymieniała cmoknięcia w powietrze z którąś latoroślą wujka Teddy'ego.

Clemmie podeszła do baru.

Odkąd sięgała pamięcią, urządzono go tak jak zwykle na przyjęciach w tym domu. Butelki pewnie bywały opróżniane i zastępowano je kolejnymi, a barmani musieli zmieniać się z imprezy na imprezę. Ale poza tym wszystko wyglądało identycznie. W kącie stał rozkładany stół, nakryty białym obrusem, na którym tłoczyły się butelki, kieliszki i szklaneczki. Był to zawsze ten sam kąt, mała wnęka między oknem wychodzącym na Osiemdziesiątą Piątą a drzwiami do gabinetu. Z okien po przeciwnej stronie wielkiego pokoju roztaczał się widok na Central Park, chlubę babcinego apartamentu.

Za prowizorycznym barem pracownik cateringu energicznie wyciskał limonkę do wysokiej szklanki z lodem i przejrzystym płynem. Nawet z daleka Clemmie wyczuła zapach ginu. Barman przygotowywał mocne koktajle. Świetnie.

Jakiś mężczyzna, odwrócony do niej plecami, cierpliwie czekał na swojego drinka. Kiedy wziął szklankę z rąk barmana, dyskretnie przesunął po obrusie kilka dolarowych banknotów.

Nawet gdyby już przedtem nie była pewna, kto to taki, ten gest nie pozostawiał wątpliwości. Na prywatnych przyjęciach nie powinno się dawać napiwków, ale Jon zawsze ignorował tę zasadę, bo chciał mieć pewność, że kelnerzy zostali potraktowani uczciwie.

Clemmie oparła się dziecinnej pokusie ucieczki. Żałowała, że nie ma już pancerza w postaci pierścionka od Dana. Chociaż oczywiście żadnego pancerza nie potrzebowała. Teraz obydwoje byli dorośli, tego rodzaju sprawy dawno pozostały za nimi.

Zaczekała, aż Jon się odwróci, dając mu szansę, by ją zauważył, po czym skinęła głową na powitanie.

– Cześć.

– Cześć – odpowiedział i uniósł gin z tonikiem. – Dla ciebie też?

– Poproszę.

Złożył zamówienie barmanowi. W odróżnieniu od pozostałych gości Jon był ubrany w spodnie khaki i marynarkę, a nie garnitur, choć na tę okazję wybrał tradycyjny granat zamiast tweedów i łat na łokciach.

Clemmie pamiętała go z dawnych czasów w tym samym salonie i niemal takim samym stroju; niezdarnego nastolatka w khaki, z muszką pod szyją. Ona miała na nogach lakierki i dąsała się, że mimo swoich dwunastu lat musiała włożyć sukienkę jak dla małej dziewczynki. Obydwoje usiłowali podkradać z baru alkohol, korzystając z nieuwagi rodziców. Spośród wszystkich „potomków" ciotki Anny Jon najczęściej był w pobliżu, w każdym razie dopóki nie wyjechał na Uniwersytet Stanforda robić doktoratu.

Jako nastolatki ciągle się sprzeczali. Każde z nich starało się postawić na swoim. Jon miał przewagę, którą bezlitośnie wykorzystywał: trzy lata więcej niż Clem. Ale ona była faktyczną córką – czy raczej wnuczką – rodu babci Addie, podczas gdy Jon znalazł się tu tylko przez przypadek. To wyrównywało szanse.

Nie utrzymywali zażyłych kontaktów, ale zdarzały się wspólne wakacje czy przypadkowe zbieżności miejsca i czasu, w tym żenujący weekend w Rzymie, kiedy to obrzygała Jonowi nogi. Wspomnienie stanu jego butów, jak też przypadkowych – i całkowicie bezprecedensowych – zdarzeń, które nastąpiły potem, nie należało do jej ulubionych.

Umówili się, że o tym nigdy nie będą rozmawiać.

Jon zawsze przypominał jej trochę Vala Kilmera albo Harrisona Forda we wczesnych czasach Indiany Jonesa. Miał brązowe włosy ze złocistymi smugami, muskularną sylwetkę, nosił okulary. Nie jej typ, oczywiście – ona gustowała w Kevinie Costnerze – ale potrafiła sobie wyobrazić, jak wygląd zyskiwał Jonowi sympatię studentów, zwłaszcza płci żeńskiej. Podobieństwo do Vala Kilmera było nadal widoczne, ale Jon sprawiał wrażenie zmęczonego. Zmęczonego i postarzałego. W jasnobrązowych włosach zauważyła srebrzyste nitki, których przedtem tam nie było.

Podał jej drinka, więc wymamrotała podziękowanie, zwalczając gwałtowną chęć, by wychylić gin jednym haustem. Tylko tego brakowało: stara panna i w dodatku alkoholiczka.

Starając się wyluzować, uniosła szklaneczkę.

– Ciotka Anna mówiła, że dostałeś pracę na Columbii. Gratulacje. Niewielu się to udaje.

– Dzięki. – Jon uśmiechnął się lekko. – Jak się miewa Dan?

Clemmie bez słowa wyciągnęła lewą rękę.

– Jeśli powiesz: „a nie mówiłem", oberwiesz.

Minęła chwila. Jonathan uśmiechnął się cierpko.

– Jeśli powiem: „a nie mówiłem", będziesz mi mogła odpowiedzieć tym samym.

– Caitlin? – Przez trzy lata Caitlin była żoną Jona. Razem studiowali w Stanfordzie. Caitlin interesowała się historią, Jon skupił się na współczesnej Wielkiej Brytanii. Jakimś cudem oboje dostali pracę na jednym z UNC. Ale nie tym w Chapel Hill*. – Czy ona… to znaczy, czy ty...?

Stuknęli się szklankami.

– Od razu zgadłaś.

– Przykro mi – odparła Clem i rzeczywiście tak było. W pewnym sensie. Bo nigdy nie należała do fanów żony Jona. Powiedzieć o Caitlin „pretensjonalna", to wyrazić się bardzo oględnie.

– Mnie też. Ona zatrzymała dom.

– A tobie co zostało?

– Hańba i wściekłość?

– Ooch, bardzo zabawne. – Przez moment uśmiechali się do siebie, zjednoczeni poczuciem przegranej. Wreszcie Clemmie spuściła wzrok. Wodząc palcem po wzorach na swojej szklance, powiedziała: – Słuchaj, jeśli chcesz o tym pogadać…

Jon popatrzył znacząco na jej lewą rękę.

– A ty chcesz pogadać o tym?

Racja. Nigdy nie łączyła ich tego rodzaju więź. I pewnie było już za późno, żeby ją teraz nawiązać.

– Więc co myślisz o tych Jetsach? – wypaliła.

Jon zerknął na nią.

– Bo ty akurat wiesz, kim są Jetsi.

Właśnie tak zachowywali się, kiedy byli nastolatkami, wiecznie grali w „kto kogo przegada".

– Zbędny sceptycyzm. To drużyna sportowa – oświadczyła Clemmie. – No i co?

Oczy Jona rozbłysły.

– Jaki sport?

Cholera jasna. Oto skutki odmowy udziału w koleżeńskich wypadach na mecze.

– Koszykówka? – zaryzykowała.

Zmarszczki wokół jego oczu pogłębiły się. Po raz pierwszy, odkąd go zobaczyła, rozluźniły się mięśnie jego ramion.

* W Chapel Hill znajduje się prestiżowy Uniwersytet Karoliny Północnej (UNC).

Oparł się ręką o bar i popatrzył na Clemmie z góry. Nie lada sztuka, zważywszy, że dzięki wysokim obcasom dorównywała mu wzrostem. No ale Jon musiał mieć niezłą praktykę w onieśmielaniu studentów.

– Futbol – oznajmił, wymawiając to słowo bardzo wyraźnie. – Futbol. Amerykański. Który, gdybyś nie wiedziała, w istocie nie zakłada częstych kontaktów piłki z nogą: faceci w dużych ochraniaczach na barkach walą w siebie takim podługowatym przedmiotem. Wyjaśniam ci to tylko na wszelki wypadek.

– Och, ha, ha, ha. Wiedziałam, że to ma coś wspólnego z pociskiem – oznajmiła Clemmie. – Odpuść sobie.

Jon uniósł brwi.

– Z pociskiem?

– Jeśli trzeba ci zdefiniować słowo „pocisk", nie powinieneś wykładać na Columbii – odcięła się, zadzierając nosa.

– Dzięki. Naprawdę, dzięki. Sprawiłaś, że życie wydaje się ciut mniej gówniane.

Faktycznie, wielka pochwała. Ale Clemmie wiedziała, co chciał przez to powiedzieć.

– Hej, po to właśnie człowiek ma rodzinę. – Spostrzegła, że matka z drugiego końca salonu usiłuje przechwycić jej spojrzenie. – Powinnam iść złożyć życzenia babci Addie.

Myślała, że Jon rzuci jakąś kąśliwą uwagę, ale myliła się.

– Jasne – przytaknął. – Ona jest niezwykła.

Jak na wyrazy uznania nie było to może zbyt wyszukane, ale tym bardziej znaczące, że z pewnością mówił szczerze.

Clemmie mocno zacisnęła palce na śliskim szkle.

– Do zobaczenia?

Jon długo przyglądał się jej z namysłem, zanim odpowiedział:

– Trzymaj się, Clem.

Zabrzmiało to jak odprawa.

Głupio było poczuć się odrzuconą. Ale się poczuła. I dobrze jej tak, bo zapomniała, że Jon to jednak Jon. Należało jej się, skoro publicznie demonstrowała, jaka jest żałosna. Zwłaszcza przy nim.

– Ty też – odparła beztroskim tonem i zaczęła przedzierać się przez ciżbę gości, przypadkowo trącając łokciem kuzyna w trzeciej linii.

Dzisiaj była całkiem… do kitu. Roztrzęsiona, zakręcona, po prostu do kitu. Czuła się dziwnie bezbronna, jak gdyby jej powłoka ochronna została zdarta, a pozostało kłębowisko nerwów i lęków, rażąco widoczne dla każdego, kto potrafił patrzeć. Kątem oka zerknęła w weneckie lustro nad kominkiem i osłupiała: wydawała się taka zwyczajna, taka opanowana: gładkie, jasne włosy ostrzyżone na boba, kołnierzyk koszuli wystający schludnie nad kołnierzem żakietu, perły na szyi i w uszach. Perły były autentyczne, zegarek Cartiera na jej nadgarstku również. Wyglądała jak uosobienie Barbie Prawniczki: profesjonalnie. Kosztownie.

To właśnie najbardziej lubiła w ciemnych kostiumach: nikt nie mógł dostrzec śladu kawy na rękawie ani plamy potu pod pachą. Niczym angielski akcent jej matki, automatycznie emanowały autorytetem.

– A, tutaj jesteś. – Matka znowu wzięła ją pod swoje skrzydła, zręcznie torując drogę przez tłum do babcinego fotela. Clemmie dreptała za nią niczym dziwaczne kaczątko, znacznie większa dzięki obcasom i szczuplejsza od Marjorie. Wnuczka odziedziczyła sylwetkę po dziadku Fredericku – wysoką i smukłą.

Natomiast babcia Addie zawsze była drobniutka, raptem metr pięćdziesiąt wzrostu. Ale nigdy nie wydawała się niska, pewnie ze względu na sposób, w jaki się trzymała; budziła szacunek i posłuch. Mądrość, o to chodziło. Mądrość. Clemmie dotąd pamiętała, jak dziadek Frederick, wyższy i starszy, poddawał się woli żony, uznając jej słowo za ostateczne.

Clem doznała szoku. Dla niej babcia Addie zastygła na etapie siedemdziesięciu kilku lat, stara, owszem, ale dziwnie wieczna. Nie taka jak teraz, skurczona i krucha. Tonęła w zbyt obszernej garsonce z dzianiny, ślubna obrączka jakby przytłaczała dłoń.

Za fotelem stała pielęgniarka. Dyskretna, wtapiała się w tło – ale była tam, czuwała. Sam fotel okazał się szpitalnym meblem na kółkach, zupełnie niestosownym wśród perkali i palisandrów, jak sięgnąć pamięcią niezmiennie królujących w tym salonie.

Clemmie poczuła przypływ paniki. Zawsze babcia Addie dawała jej poczucie bezpieczeństwa; babcia uosabiała trwałość i niezmienność. Myśl, że mogłoby jej zabraknąć... To było coś niewyobrażalnego.

Ale przecież starsza pani skończyła właśnie dziewięćdziesiąt dziewięć lat. Niewielu ludzi dożywa tego wieku. A jeszcze mniej go przekracza.

– Wszystko z nią dobrze? – zapytała Clemmie pielęgniarkę, starając się ukryć narastający niepokój.

Kobieta skinęła głową.

– Tylko trochę przysypia. – Jej głos brzmiał kojąco i śpiewnie, typowo dla pielęgniarek i przedszkolanek. – Nie ma powodu do obaw.

Jeśli ktokolwiek potrafi dożyć sto dziesiątych urodzin, to z pewnością babcia Addie. Ona jeszcze pokaże kostusze.

Clemmie uklękła koło fotela. Czuła, jak twardy wełniany dywan wbija się jej przez pończochy w kolana.

– Babciu? – odezwała się łagodnie, opierając rękę o poręcz. – Wszystkiego najlepszego, babciu.

Staruszka poruszyła się i zamrugała. Grube, szpetne szkła okularów wydawały się za duże w stosunku do maleńkiej, pomarszczonej twarzy. Trochę trwało, zanim jej spojrzenie skupiło się na twarzy wnuczki: zamglone, niepewne, dalekie.

Clemmie przełknęła kulę, która dławiła ją w gardle.

– Przepraszam, że się spóźniłam – wykrztusiła. – Zrobiłam głupstwo, bo poszłam piechotą.

Babcia zmarszczyła brwi, zakłopotana i jakby spłoszona. Sprawia wrażenie kompletnie bezradnej, pomyślała Clemmie. Bezradnej i zdezorientowanej. Zupełnie do siebie niepodobnej.

– Tak mi przykro, babciu. – Ujęła żylastą, starą dłoń. – Przepraszam, że wcześniej nie wpadłam. To ta zwariowana praca.

Natychmiast pożałowała, że nie może cofnąć ostatnich słów. Zabrzmiały bardzo niestosownie. Praca. Jakie to małostkowe i egoistyczne. Bez względu na pracę powinna była znaleźć czas. Po prostu nie zdawała sobie sprawy, że babcia Addie jest tak słaba, że w ciągu ostatnich miesięcy tak wyraźnie podupadła na zdrowiu.

Grdyka staruszki poruszyła się. Wargi zadrgały bezgłośnie. Clemmie przysunęła się bliżej.

– Babciu?

Poczuła, jak babcine palce zginają się i wbijają w jej dłoń.

– Bea – wyszeptała staruszka.

ROZDZIAŁ 2

Nowy Jork, 1999

To jest Clementine, mamo – powiedziała ostro Marjorie. – Twoja wnuczka. Clementine.

– Jeszcze nie całkiem oprzytomniała – wtrąciła uspokajająco pielęgniarka. – Ma za sobą długi dzień. To przyjęcie bardzo ją zmęczyło.

Babcia Addie wodziła wzrokiem od Clemmie do Marjorie i od Marjorie do Clemmie, lekko się otrząsając, jak człowiek, który budzi się z głębokiego snu.

– Cle-men-tine? – powtórzyła powoli. Wypowiadała kolejne sylaby jak ktoś powtarzający lekcję dawno temu wyuczoną na pamięć i już częściowo zapomnianą. – Clem...?

Clemmie tylko energicznie pokiwała głową, nie ufając sobie na tyle, by się odezwać.

– Proszę, łyczek wody – powiedziała pielęgniarka. Podniosła szklankę do warg staruszki i pomogła się napić. Jednak kiedy chciała otrzeć jej serwetką usta, babcia Addie zaprotestowała.

– ...uż dobrze – mruknęła niewyraźnie, po czym odebrała pielęgniarce kwadracik płótna z drżeniem ręki, które przeczyło tym słowom. Odłożyła serwetkę na kolana i przez grube szkła okularów wpatrywała się w Clemmie i przyglądała jej, jakby próbowała rozwiązać jakąś łamigłówkę.

Wreszcie wargi staruszki poruszyły się. Ktoś spróbował ożywić je za pomocą szminki. Na tle bladej twarzy wyglądały nienaturalnie jaskrawo, pokryte spękaną różową skorupą.

– Bob – powiedziała. – Ostrzygłaś się na boba.

Clemmie z zażenowaniem dotknęła dolnej linii włosów.

– Tak. Bo sypały się po całym mieszkaniu.

Dan zawsze powtarzał, że gościć ją u siebie to gorsze niż trzymać kota. Jej włosy były wszędzie. Na kanapie, na jego garniturach. Oczywiście, żartował.

Przynajmniej tak myślała.

– Bea... – Głos babci Addie brzmiał bełkotliwie i niepewnie. – Co... powiedzieć?

– Słucham? – Clemmie zerknęła na matkę, oczekując pomocy, ale Marjorie odwróciła wzrok. – Kto?

– Nie spodoba się – mamrotała babcia Addie. – Bea...

– To ten nowy lek. Nie służy jej – powiedziała pielęgniarka tak cicho, żeby pacjentka jej nie usłyszała.

Clemmie pogładziła chudą, starą rękę, czując pod palcami zgrubiałe żyły.

– Kocham cię. – Jakby to mogło babcię ocucić. – Tęsknię za tobą.

Znów popełniła błąd.

– Tęsknię... – powtórzyła staruszka. – Tęsknię za tobą... – Po jej policzku powoli stoczyła się łza, najpierw jedna, potem kolejne, znacząc ślad na pomarszczonej, papierowej skórze. Babcia Addie płakała bezgłośnie, z szeroko otwartymi oczami i zamkniętymi ustami.

– Babciu. – Clemmie tuliła w dłoniach jej ręce. – Babciu, proszę, przestań.

Łzy płynęły nadal, po cichu.

– Przepraszam. – Pielęgniarka odsunęła Clemmie na bok, pochyliła się nad pacjentką i sprawnie osuszając jej łzy, powiedziała: – No już, już. Jest pani po prostu bardzo zmęczona, prawda? Czas na drzemkę, pani Desborough.

– Jutro rano porozmawiam z lekarzem – oznajmiła Marjorie.

Clemmie chwiejnie dźwignęła się na nogi.

– Nic się babci nie stanie?

Pielęgniarka spojrzała na nią przez ramię.

– Proszę się nie martwić. To tylko te nowe pigułki. Pani nic takiego nie zrobiła. – Znowu pochyliła się nad staruszką, poprawiła poduszki i upewniła się, czy diamentowa broszka nie zadrapie jej policzka.

Kobieta w fotelu na kółkach nie przypominała babci Addie. Twarz zapadła się jej we śnie, skóra zwisała na kościach. Wygląda jak rzeczy do prania, pomyślała Clemmie, rzeczy do prania rzucone bezładnie na stertę. Miała wrażenie, że babcia Addie – ta, którą znała – odeszła, pozostawiając swoje ciało niczym stos starych ubrań. Znikła gdzieś cała siła charakteru, która ją ożywiała.

– Teraz ślicznie sobie pani odpocznie – szemrała kojącym tonem pielęgniarka.

Clemmie odchrząknęła.

– Czy często się to zdarza?

Opiekunka wymieniła spojrzenie z jej matką.

– Po raz pierwszy było aż tak źle – odparła. Płynnie odblokowała hamulec fotela. – Pewnie to wina tych nowych pigułek, nie ma powodu do niepokoju. Proszę się nie martwić, powiemy jej, że pani przyszła.

Clemmie obserwowała, jak pielęgniarka wytacza fotel z salonu, mijając niczego nieświadomych, rozgadanych gości. Babcia Addie spała z twarzą nadal wilgotną od łez.

– Dawno babcia jest na tych proszkach?

– Nie jestem jednym z twoich świadków, Clementine – sarknęła jej matka. – Nie musisz mnie przesłuchiwać.

– Przepraszam – mruknęła Clem.

– Jutro zatelefonuję do lekarza. Wcześniej była trochę zdezorientowana, ale on twierdził, że to minie. – Marjorie cmoknęła. – Najwyraźniej się mylił.

– Dlaczego babcia ciągle nazywała mnie Beą?

– Na miłość boską, Clementine, myślisz, że ja wszystko wiem? Chcę porozmawiać z Donną. Zabierz gości do jadalni, dobrze? Tam jest bufet. Przypuszczałam, że coś podobnego może się wydarzyć.

Nie od razu dotarło do niej, że Donna to pewnie babcina opiekunka. Tymczasem mama zdążyła już odejść i po chwili zniknęła w pokoju babci Addie.

Sytuacja nie wyglądała dobrze.

Clem kurczowo trzymała się usłyszanych słów. Dzień był zbyt męczący, to tylko małe odchylenie od normy, nie ma powodu do niepokoju. Ale w głębi duszy czuła, że sama siebie oszukuje. Babcia Addie szybko gasła. Nie była w takim stanie, gdy ostatnio się widziały. To znaczy kiedy? Dwa miesięcy temu? Trzy? Nie, więcej. W sierpniu. Przypomniała sobie, jak narzekała na upał. Bluzka bez rękawów kleiła się jej do żakietu. Prawie cztery miesiące. Clemmie ogarnęły wyrzuty sumienia. Nie miała daleko. Naprawdę nic jej nie usprawiedliwiało.

Zwłaszcza że chodziło o babcię Addie, której tyle zawdzięczała. Mieszkały tu z mamą krótko – bardzo krótko – zaraz po rozwodzie rodziców, kiedy przeprowadziły się z Kalifornii. Clemmie, zaledwie czteroletnia, niezbyt dobrze pamiętała ten okres. Ale pamiętała, jakie wszystko wydawało się dziwne. Mama ciągle wychodziła, a kiedy się zjawiała, ślęczała nad książkami. Uczyła się, wiedza miała być jej przepustką do niezależności.

Dziadek Frederick, od dawna już na emeryturze, zabierał Clemmie na spacery do parku i kupował jej zakazane lody w waflach z furgonetki Mister Softee. A babcia Addie? Zapracowana, wiecznie zajęta różnymi stowarzyszeniami, mimo to znajdowała czas, by zabierać ją do Muzeum Nowego Jorku, gdzie oglądały domki dla lalek, setki różnych mieszkanek w miniaturze. Zazwyczaj mama wracała do domu, kiedy Clemmie już spała; babcia Addie zawsze zdążyła utulić wnuczkę do snu. Czasami wpadała jeszcze w wyjściowym ubraniu. Halki szeleściły, gdy siadała na krawędzi łóżka, rozsiewając zapach kosztownego pudru i suszonych kwiatów.

Babcia, myślała Clem, z największą przyjemnością zatrzymałaby córkę i wnuczkę u siebie. Ale mama znalazła pracę i samodzielne mieszkanie – malutkie, w Yorkville, drugie piętro bez windy – a jedyną finansową pomocą, jaką przyjmowała od babci, było czesne za prywatną szkołę. Zostało tak ustalone, że po zakończeniu lekcji Clemmie spędzała czas w apartamencie przy Osiemdziesiątej Piątej. Tam odrabiała zadania domowe, zapraszała koleżanki, wymieniała się naklejkami, plotkowała przez telefon o chłopakach z Buckley i dziewczynach z Nightingale. Tam, na kuchennym stole, wypełniała podania do college'u.

Nie potrafiła wyobrazić sobie świata bez babci Addie.

Odgarnęła włosy z twarzy. Dość tego. Miała zabrać gości na ciepły poczęstunek. Podeszła do ciotki Anny i mężczyzny, którego zaliczyła do przyjaciół rodziny. Czyżby księgowy babci? Wyglądał znajomo, ale nie była pewna.

– Przepraszam, że przeszkadzam – powiedziała, szczerząc zęby w fałszywym towarzyskim uśmiechu. – Mam zaprosić wszystkich do jadalni. Tam jest bufet.

– Och, pysznie, żadnych wizytówek przy nakryciach – ucieszyła się ciotka Anna. – Zawsze muszę tkwić obok największych nudziarzy. Zupełnie jakby ktoś robił mi to celowo.

Mówiąc „ktoś", miała na myśli Marjorie.

– Nie, nie. Tym razem bez wizytówek – odparła Clemmie. – Wybaczcie państwo, ale muszę wszystkich tam zgromadzić.

Ciotka Anna klepnęła swojego towarzysza w ramię.

– Zajmiesz mi miejsce, Phil? Chcę zamienić słówko z moją siostrzenicą. – Spławiwszy zręcznie Phila, odwróciła się. Idealnie wyskubane brwi miała ściągnięte z niepokoju. – Dobrze się czujesz, słoneczko? Wyglądasz, jakby ktoś stepował na twoim grobie.

Clemmie usłyszała w myślach głos matki. Nie mów o niczym ciotce Annie. Nie wiesz, jak to wykorzysta. Bzdura. Ciotka Anna to też córka babci. I zawsze zachowywała się miło. Trochę pozerka, owszem, ale zasadniczo w porządku.

Kręcąc głową, zagryzła wargę.

– Chodzi o babcię. Ona... nie całkiem kontaktuje. Podobno to normalne, zmęczenie. Tak mówi pielęgniarka, ale...

Nagle poczuła, że ma już dosyć. Cały ten dzień, Dan, babcia Addie. Tydzień temu życie wydawało się takie stabilne, poukładane. Narzeczony, przyszłość, rodzina. A potem nagle: bach! I gdzie to się podziało? Żadnego narzeczonego, co oznacza żadnej rodziny; matka wściekła; babcia mało przytomna; dookoła wszystko się wali. Jedynym stałym elementem był cholerny blackberry. Nienawidziła tego smartfonu.

Partner, powiedziała sobie. Zamierzała zostać partnerem. Jej nazwisko w nagłówkach firmowego papieru i na mosiężnej plakietce przy drzwiach narożnego gabinetu. To miało jej wynagrodzić wszystkie wyrzeczenia. Tyle że w tym momencie nie mogła sobie przypomnieć dlaczego.

– Nie wiedziała nawet, kim jestem – wyrzuciła z siebie. – Nazywała mnie Beą.

Wino chlapnęło przez brzeg kieliszka, który zakołysał się, jakby ciotka Anna straciła grunt pod nogami.

– Kurwa – zaklęła, wycierając serwetką ślad na jedwabnej słomkowej sukni. – Dopiero była chemicznie prana.

– Potrzymam. – Clemmie wzięła od niej kieliszek. Ciotka nadal usiłowała zetrzeć plamę. – Choć tyle dobrego, że to mniej więcej ten sam odcień.

– Hm – mruknęła kwaśno Anna, odbierając siostrzenicy resztkę szampana. Nagle wydała się Clemmie dużo starsza. Starsza i bardziej surowa. Jej oczy nie były zielone jak oczy dziadka Fredericka ani brązowe jak babci Addie, ale jasne, bladoniebieskie. – Matka nic ci nie powiedziała, prawda?

Clemmie nadstawiła uszu.

– O babci? – Nowe pigułki... To jej się nie podobało. Absurdalnie jej się nie podobało.

Ciotka Anna zacisnęła wargi.

– Oczywiście, cała Marjorie! – Tupnęła stopą obutą w pantofel od Prady o aksminsterski dywan. – Niesłychane, że ci nie powiedziała.

Ze strachu Clemmie przeszły ciarki.

– Czego mi nie powiedziała?

Anna dźgnęła ją paznokciem w ramię.

– Na którą chodzisz do pracy?

– Na dziewiątą trzydzieści – odparła automatycznie Clem. – Zazwyczaj. A dlaczego?

– Cóż, chyba mam szczęście, że nie jesteś bankowcem. – Ciotka przewróciła oczami. – W porządku. Wpadnij do mnie jutro rano, koło ósmej. Znasz adres?

– Eee... tak, chyba tak. – Zauważyła, że matka mierzy ją podejrzliwym wzrokiem. Jeśli były jakieś wieści o stanie babci Addie, Clemmie chciała usłyszeć je natychmiast. – Ale...

– Dobrze. Będziemy mogły porozmawiać. Swobodnie. – Anna posłała siostrze szeroki uśmiech i na dokładkę leciutko pomachała. Marjorie nie wyglądała na zadowoloną. – Jutro.

– Ciociu... – Niestety ciotka Anna już oddalała się w chmurze kosztownych perfum. – Cholera.

Po chwili przez szerokość pokoju przechwyciła spojrzenie Clemmie.

– Jutro rano – wymówiła bezgłośnie.

Clem kiwnęła głową.

Ciotka Anna z pewnością odgrywała niepotrzebny melodramat.

Clemmie kuśtykała do niej, spóźniona, poirytowana, z obolałą od pęcherza piętą. Ciotka mieszkała na drugim końcu alei East End, w pobliżu Asphalt Green, niemal tak daleko od babci Addie, jak tylko się dało, by nie przekroczyć granic East Side. Piąte z kolei drzwi w długim, wąskim korytarzu. Clem przycisnęła guzik dzwonka mocniej, niż należało.

Ktoś jej otworzył, ale nie ciotka.

– Co ty tu robisz?

– Ja tobie również życzę dobrego dnia – odparł Jon. Miał na sobie bokserki w bałwanki i zniszczony T-shirt, na którym popękane, niebieskie litery tworzyły napis „Uniwersytet Yale". Gołe nogi porastał rzadki meszek brązowych włosów. Clemmie nie widziała tak dużych partii ciała Jona od czasów dzieciństwa, kiedy w wiejskiej posiadłości czwartego męża ciotki Anny spędzali całe dnie razem, pływając. – Anna pozwoliła mi zostać, dopóki nie znajdę sobie mieszkania.

– Jasne – powiedziała wolno Clemmie. Przecież wspominał o tym zeszłego wieczoru. Caitlin zatrzymała wszystko. Ciekawe, czy go wyrzuciła. – Zapomniałam, Columbia.

– Aha – potwierdził i wykonał zamaszysty gest à la sir Walter Raleigh*. – Chcesz wejść, czy wolisz omawiać moje perspektywy zawodowe tutaj, przed drzwiami?

– Wejdę. – Clemmie go wyminęła. – Nie chciałabym, żebyś prezentował światu swoje inekspyrmable ani chwili dłużej, niż to niezbędne.

– To się nazywa bałwanki – oświadczył łagodnie Jon, zamykając za nią drzwi. – I nie ma w nich nic niecenzuralnego.

Zdecydowała, że da spokój, chociaż mogła uznać, że jest górą. Odwinęła z szyi rdzawoczerwony kaszmirowy szal.

– Jest ciotka Anna? Przyszłam się z nią zobaczyć.

Jonathan uniósł brwi.

– Nawet nie pomyślałem, że przyszłaś popatrzeć na moją skromną osobę. Albo na moje bałwanki. – Clemmie paliły policzki, przekleństwo jasnej cery, jednak zanim zdążyła się odciąć, on ciągnął: – Anna śpi. Więc na razie utknęłaś ze mną.

– Och. – To by było tyle co do „widzimy się o ósmej". – Sądzisz, że długo jeszcze? – W kancelarii rosły zaległości.

Jon się skrzywił.

– Wieczorem wzięła coś na sen. Chyba nieprędko się obudzi.

Matka uznałaby, że to zasłużona kara za konszachty z jej siostrą. Stojąc tutaj, w holu, z szalem w ręku i w na pół rozpiętym płaszczu, Clemmie czuła się jak kompletna idiotka.

---

* Sir Walter Raleigh (1554–1618) – angielski arystokrata, żeglarz, żołnierz i pisarz, stracony na rozkaz króla Jakuba I.

– Posłuchaj, jeśli Anna mówiła ci coś o babci...

– Pozwól, że to zabiorę. – Jon uwolnił ją od szala, a drugą rękę wyciągnął po płaszcz.

Clemmie cofnęła się.

– Naprawdę nie mam czasu. Ciotka Anna miała mi powiedzieć o...

– O Bei – dokończył. Wziął od niej płaszcz i rzucił na krzesło. Szalik zwisał do podłogi. Klasyczna męska gościnność. – Wiem.

– I pewnie wiesz, kim jest ta Bea? – zapytała ostro.

Skrzyżował ramiona na piersi, zasłaniając dolną połowę słowa „Yale".

– A ty co wiesz o miejscu pochodzenia swojej babci?

– Anglia – odparła wyniośle Clem. Nie umiała odgadnąć, jaki to ma związek z leczeniem staruszki, ale nie zamierzała przyznawać się do tego Jonowi. Ani jego bałwankom. – A po drodze zaliczyła Kenię.

– Tylko tyle? Anglia?

– Nie zapominaj o Kenii. I nie patrz tak na mnie. Babcia Addie nie paliła się do wspomnień z dzieciństwa. – Clemmie zamknęła oczy, nienawidząc samej siebie. – Chciałam powiedzieć: nie pali się. Cholera jasna. Nie pali.

Jon uniósł brew.

– A kiedykolwiek pytałaś ją o coś? O nią? O jej młodość?

– Jestem okropną, egocentryczną, niewdzięczną wnuczką i pójdę prosto do piekła – syknęła. – Słuszna uwaga. Ona umiera, a ja wszystko zawaliłam.

– Clemmie... – Jon zmierzwił włosy. – Przepraszam. Wcale tak nie myślę. Naprawdę.

Poczuła, jak iskrzy między nimi napięcie – dawna rywalizacja, dawne konflikty. I jeśli miała być szczera, dawny wzajemny pociąg. Czuła obecność duchów tamtych dwojga sprzed lat, młodych, bezkompromisowych.

To było wieki temu. Przed Danem. Przed Caitlin. Przed tym wszystkim.

Clemmie cofnęła się i głęboko wciągnęła powietrze przez nos, stosując sztuczkę, której nauczyła się, by zachowywać spokój podczas trudnych przesłuchań.

– Przepraszam, że na ciebie naskoczyłam. Po prostu jestem... naprawdę nie byłam przygotowana na to, jak bardzo babcia się zmieniła.

– Tak – mruknął Jon. – Rozumiem, co masz na myśli.

Przez chwilę stali bez słowa, zjednoczeni wspólnymi wspomnieniami. Babcia Addie w roli babci ich obojga, upewniająca się, czy odrobili lekcje, czy złożyli na czas podania.

– Ciotka Anna o czymś się dowiedziała? – zapytała Clemmie z naciskiem. – O jej stanie? Mówiła, że ma mi coś do powiedzenia, więc myślałam...

– To nie to – przerwał jej szybko. – Nic w tym rodzaju. – Odchrząknął. – Napijesz się kawy? Wiem, gdzie Anna trzyma dobrą.

– Nie, dzięki. W pracy zaatakuję nasz ekspres. Nie jest najlepszy, ale zawsze coś. – Zerknęła na korytarz. – Chyba powinnam już iść. Powiesz jej, że przyszłam? Słowo daję, sama nie wiem dlaczego.

Głównie, żeby wkurzyć matkę. Niezbyt to szlachetne, ale tak.

– Wczorajszy wieczór okazał się trudny – stwierdził spokojnie Jon. – Dla wszystkich. Anna zwykle nie łyka proszków nasennych.

– Co my poczniemy, kiedy ona odejdzie? – Clemmie nie zamierzała wypowiedzieć tych słów, ale jednak padły, surowe i zimne. Wbiła wzrok w swoje ręce. – Tak, masz rację. Nic o niej nie wiem. Nigdy nie zadałam sobie trudu, żeby zapytać.

– Babcia nie udzielała informacji na ochotnika – odparł.

Clemmie skrzywiła się, usiłując zachować zimną krew.

– Jesteś dla mnie miły?

– Tylko się nie przyzwyczajaj. – Przez chwilę przyglądał jej się i nad czymś zastanawiał. – Mogę ci coś pokazać? – w końcu zapytał powoli.

– To zależy co.

– Bez obaw. Nie będziesz taką szczęściarą. – Clemmie prychnęła, a Jon energicznym ruchem głowy zaprosił ją dalej. – Tędy.

Weszła za nim do pokoju, który wyglądał jak gabinet. Ściany zabudowane były szafami bibliotecznymi z ciemnego drewna. W kącie stał fotel z miękkimi poduszkami, a obok stół takich rozmiarów, że mógł zastąpić biurko. Najwyraźniej jednak pokój służył za sypialnię dla gości. Clemmie starała się nie patrzeć w stronę kanapy ze zmiętą pościelą. Było w niej coś dziwnie intymnego. Na podłodze, przy fotelu, leżała zwyczajna czarna walizka na kółkach, ledwie przymknięta. Spod wieka wystawał kawałek spodni khaki.

Wczorajsza marynarka, ciśnięta niedbale, zwisała z oparcia fotela. Nadal leciutko pachniała mieszkaniem babci Addie: potpourri i olejkiem cytrynowym.

Clemmie wskazała głową kanapę.

– Chyba mówiłeś, że nie będę taką szczęściarą.

– Panuj nad sobą, małpiszonie. Nadal jestem żonatym mężczyzną. Teoretycznie. – Jon ukląkł na swoim posłaniu i przeglądał zawartość półek, wodząc palcem po grzbietach książek.

Zakłopotana Clem stała za nim, wystarczająco daleko, żeby nie wpadać kolanami w poduchy kanapy.

– Czego szukasz?

W bibliotece ciotki Anny przeważały ozdobne albumy na lśniącym papierze i w twardej oprawie. Głównie sztuka i architektura. Clemmie mgliście sobie przypominała, że ciotka zrobiła dyplom z historii sztuki. Była to jeszcze jedna kość niezgody: Anna miała ukończone studia, a Marjorie nie. I w dodatku, zdaniem tej ostatniej, siostra zaprzepaściła wszystko, uganiając się za pierwszym z brzegu mężczyzną. A potem za kolejnymi. Od najwcześniejszych lat matka wbijała Clem do głowy, że szczególnie ważny jest wybór odpowiedniego zawodu, kariera i utrzymanie się w niej. Samodzielność i niezależność. Osiągnięcie sukcesu. Wzorem – babcia Addie.

– Tego. – Kiedy Jon ściągał z półki pokaźną księgę, koszulka napięła mu się na plecach. Jak na profesora zachował całkiem niezłą figurę. Poważny argument za darmowymi uczelnianymi karnetami na zajęcia sportowe. – Clem? Clemmie?

– Co? – Spojrzała na album, który podsuwał jej pod nos. Okładkę zdobiło nastrojowe zdjęcie jakiegoś zamku we wspaniałym ogrodzie. Ozdobnie strzyżone krzewy i drzewa, słońce zachodzące za blanki baszt. – *Rezydencje Anglii*?

– Ona potrafi czytać! – zawołał z zachwytem.

– Umiem też robić sztuczki karciane – odcięła się Clemmie. Usiadła na kanapie i oparła ciężki tom o uda, usiłując zlekceważyć sygnał smartfonu, który ciągle brzęczał w jej torebce. – Co dokładnie powinnam zobaczyć?

Z oczami wlepionymi w książkę Jon zręcznie przewracał śliskie stronice.

– To.

Twórcy albumu nie szczędzili kosztów: lśniące kartki były dwukrotnie cięższe niż zwykle, ze znaczną przewagą ilustracji nad tekstem. Po lewej ręce widniało piękne ujęcie kwadratowej budowli ze złocistego kamienia. Jej kopuła wiernie odtwarzała kształt wzgórz w tle, a jednocześnie dominowała nad nimi.

„Ashford Park" – głosiły czarne, duże litery nagłówka na następnej stronie. Poniżej napuszonym, pełnym zawijasów drukiem widniał napis:

„O ty, domostwo nieskalane! Pamiątko czasów angielskiej chwały!

Nigdym nie zaznał prawdziwego piękna, zanim ujrzałem Ashford.

John Keats, 1795–1821"

Clemmie dotychczas nie zdawała sobie sprawy, że romantyczni poeci byli do wynajęcia w celach marketingowych i reklamowych.

„Hrabiowie Ashford wywodzą swój ród od sir Guillaume'a de Gillecote'a, ziemie rodowej posiadłości uzyskali jednak dopiero w roku 1486, w następstwie trafnego wyboru podczas wojny Dwóch Róż, kiedy to opowiedzieli się za właściwym pretendentem do tronu.

Kolejne generacje Gillecote'ów powiększały i przebudowywały rezydencję, zmieniając pałacyk z czasów Jakuba I w klasycystyczną krainę marzeń. Sto trzydzieści pięć pokoi..."

– Wymawia się Żyll-kott – podpowiedział uczynnie Jon. – „Ż" jest twarde.

Clemmie podniosła oczy znad tekstu.

– Nie rozumiem. Co ma piernik do wiatraka? Albo do babci Addie?

Jon ciężko opadł obok niej. Poduchy kanapy ugięły się i Clem poczuła, że zsuwa się w jego stronę.

– To tutaj – powiedział, stukając palcem w kopułę na zdjęciu – tutaj babcia Addie dorastała.

Rozdział 3

Londyn, 1906

Niemożliwe! – powiedział kobiecy głos. – To po prostu niemożliwe.

Addie przycupnęła w szafie w holu, wśród ubrań. Po lewej stronie ciężki płaszcz taty do jazdy automobilem tworzył mur. Rysy i bruzdy na skórze wyglądały jak osobliwa mapa. Brązowa podomka, nadal leciutko pachnąca mamą – mydłem i bzem – ocierała się o policzek dziewczynki, skulonej między przyrządem do zzuwania butów a starymi przyborami kominkowymi, które ktoś zamierzał oddać do naprawy i zapomniał.

Zwykle te żeliwne pogrzebacze i szczypce stawały się zamkową kratą, a czasami bramą ogrodu, ale tego dnia świat fantazji zawiódł. Camelot z jaskrawymi proporcami, tajemne ogrody Hesperyd, pełne złotych owoców, jarmark chochlików*, gdzie

* *Goblin Market* [Jarmark chochlików] – cieszący się popularnością na przełomie wieków utwór angielskiej poetki Christiny Rossetti (1830–1894).

skrzaty jazgoczą i trajkoczą, obijają się i dokuczają – wszystko to było martwe, zimne. Obejmując kolana, Addie mocno zacisnęła powieki i próbowała udawać, że jej tam nie ma.

Przyjechali, żeby ją zabrać, Fernie tak mówiła. Ciotka i stryj, których Addie nie znała, mieszkający w miejscu, o którym nigdy przedtem nie słyszała.

– Spodoba ci się – powiedziała Fernie ze łzami w oczach, pakując jej sukienki, buciki, fartuszki i na sam wierzch, gdzie dziewczynka mogła bez trudu sięgnąć, *Panią Mrugalską**. Addie była bardzo przywiązana do *Pani Mrugalskiej*. – Będziesz się tam bawić z kuzynami. Czy to nie przyjemne?

– Wolałabym zostać z tobą – odparła mała, oplatając ramionkami talię swojej opiekunki.

Fernie, właściwie panna Ferncliffe, była jej guwernantką, jednak wcale nie przypominała typowej nauczycielki. Pisała wiersze i czasami recytowała je wychowanicy. Addie nie rozumiała z nich zbyt wiele, ale lubiła melodię głosu młodej kobiety i sposób, w jaki wtedy przechylała głowę. Miała dopiero dwadzieścia dwa lata, ta jej Fernie. Wyglądała bardzo ładnie z długimi, rudymi włosami upiętymi w pukle i kaskady. Obiecywała, że też ją tego nauczy, kiedy tylko Addie dorośnie. Suknie Fernie ozdabiały śliczne falbanki i koronki. I zawsze pachniała wodą różaną. W przyszłości Addie chciała być taka jak ona.

– Ja też bym wolała – odparła guwernantka łagodnie. Falbana sukni szeleściła leciutko o drewnianą podłogę, gdy Fernie szła między komodą a łóżkiem, by w róg podróżnej torby wcisnąć szczotkę i grzebień z inicjałami Addie. – Ale gdzie byś się podziała?

– Możemy zostać tutaj! Będę praczką jak pani Mrugalska.

– Och, słoneczko. – Guwernantka chwyciła ją w pachnące różami objęcia. Miękkie wargi musnęły włosy dziewczynki. – Tobie nie zawsze się udaje utrzymać własne fartuszki w czystości. Nie mogłabym ci powierzyć cudzych.

---

* *Pani Mrugalska* – książeczka Beatrix Potter, znana polskim dzieciom w przekładzie Małgorzaty Musierowicz.

Addie przygryzła wargę, miętosząc przód swojego fartuszka, by ukryć plamy na materiale.

– A jeśli bardziej się postaram?

Fernie okazała się nieustępliwa. Zazwyczaj łatwo było u niej coś wyjednać albo się przymilić, ale nie tym razem. Ciotka i stryj wkrótce przyjadą i zabiorą Addie, a ona powinna zachowywać się jak grzeczna dziewczynka. „Zawsze pamiętaj, że cię kocham – nakazała Fernie – i że twoi rodzice też cię kochali".

Jeśli ją kochali, dlaczego odeszli?

Bo omnibus nagle wyjechał zza rogu, tak jej powiedziano. W ciemny, mokry wieczór rodzice Addie, pochylając głowy pod wspólnym parasolem, wracali z koncertu śliskimi od deszczu ulicami. Zamiast zawołać dorożkę, postanowili się przespacerować. To było do nich podobne, we wszystkim się zgadzali. Pewnie pochłonęła ich rozmowa, nie widzieli, dokąd idą i nie dostrzegli w porę zbliżającego się pojazdu.

Tata zginął na miejscu. Mama żyła na tyle długo, by zabrano ją do szpitala, ale nie wystarczająco długo, by córeczka mogła ją zobaczyć. Zanim Addie usłyszała, co się stało, nastąpił koniec; obydwoje odeszli. Dorośli uznali, że nie powinna brać udziału w pogrzebie, to nie dla dziecka w jej wieku. Siedziała więc w domu, przyglądając się, jak za oknem bez końca płacze deszcz. W kuchni nad garnkami szlochała kucharka, a pokojówka Mary krzątała się w salonie. Brzęcząc porcelaną, podawała herbatę i ciasteczka przyjaciołom, którzy przyszli po raz ostatni pożegnać rodziców Addie.

To działo się poprzedniego dnia. Potem dom znowu się wyludnił, stał się zimny i pusty. Papiery mamy nadal leżały tam, gdzie je zostawiła, na jej biurku w saloniku, a fajka taty tkwiła na swoim stojaku. Jednak już otaczała je atmosfera opuszczenia, jakby przedmioty wiedziały, że ich właściciele nigdy nie powrócą.

W szafie panował chłód. Wilgotny chłód, przesiąknięty stęchłym zapachem płaszczy, których nikt nigdy już nie miał nosić.

– Czy zastaliśmy kogoś w tym dziwnym domu? – W holu byli ludzie, kobieta i mężczyzna.

– Mam złe przeczucia, Charles, bardzo złe przeczucia – powiedziała ciszej ona.

– A co innego możemy zrobić? Jesteśmy jej rodziną – rozległ się głos mężczyzny, szorstki, wyniosły, znużony.

– Są miejsca... – Znów ta kobieta.

– Proponujesz, żeby córkę Gillecote'a z Ashford oddać do przytułku?

– Nie bądź taki pompatyczny, Charles. – Nieznajoma wyraźnie się zirytowała. – Przez ciebie to, co mówię, brzmi jak z Dickensa! Ohydny parweniusz. Nie sugerowałam, żebyśmy ją oddali do przytułku, ale na pewno istnieją jeszcze opcje inne niż nasz dom. A co z krewnymi jej matki? Musiała skądś pochodzić.

– Vero...

– Albo kuzynostwo w Kanadzie. Mają tyle dzieciaków, że kolejnego nawet nie zauważą. Prawdziwie serdeczna, kolonialna atmosfera. Dokładnie to, czego jej potrzeba.

– Nie zamierzam wysyłać małej dziewczynki samej statkiem – oświadczył mężczyzna. Stryj Charles. Addie prawie nic o nim nie wiedziała. Tylko tyle że był bratem taty i że nie widywali się od czasu, kiedy tata ożenił się z mamą. – Pojedzie do nas i koniec dyskusji.

Usłyszała stukot obcasów o kafelki podłogi i szelest spódnicy w wąskim przejściu między szafą i stołem w holu.

– Nie chcę, żeby dzieliła pokój dziecinny z naszymi dziewczynkami. Jeśli wziąć pod uwagę, kim byli jej rodzice...

– Mój brat – przerwał stryj Charles.

– Przyrodni. I ta kobieta! Naprawdę myślisz, że mogłabym dziecko tej kobiety...

– No właśnie: dziecko, Vero – powiedział powoli. – Po prostu dziecko. Ona ma zaledwie... ile? Sześć? Siedem lat? Jest wystarczająco mała, by dać się wychować. I nie wątpię – dodał sucho – że jeśli ktokolwiek może to zrobić, to tylko ty.

– Addie? Addie? – rozległo się wołanie. – Schowałaś się? – Szybkie kroki Fernie nagle zamarły. – Och, przepraszam. Długo państwo czekają?

– Nikt nie reagował na dzwonek – padła uszczypliwa odpowiedź.

– Pozwoliłam służbie odejść. Skoro... – Fernie się zająknęła, ale po chwili z determinacją mówiła dalej: – Lord i lady Ashford? Tak? Bardzo dziękuję, że przyjechali państwo po Addie. Ona... no cóż, łatwo sobie wyobrazić, bardzo jej ciężko. Nam wszystkim. To zdarzyło się tak nagle, tak niespodziewanie... – Głos jej się załamał.

– Przygotowała pani dziecko? – ucięła ciotka Vera. – Czeka na nas samochód.

– Tak, spakowałam wszystko – odparła strapiona guwernantka. – Ona... lubi chować się w szafie, kiedy ma jakieś zmartwienia. To jej kryjówka.

Uchyliły się drzwi i blady trójkąt światła wpadł do środka. Addie, skulona pod tylną ścianą, usiłowała stać się jeszcze mniejsza.

– Słoneczko. – W głosie Fernie brzmiała błagalna nuta. – Przywitaj się ze stryjkiem i ciocią, lordem i lady Ashford. Proszę, kochanie, wyjdź już stamtąd.

Drepcząc między starymi butami i parasolami, dziewczynka niechętnie opuściła swój przytulny kącik. Włosy wymykały się jej spod wstążki, na twarzy miała ciemne smugi w miejscach, gdzie brudnymi rękami tarła policzki.

Najpierw zobaczyła ciotkę, a ta wpatrywała się w nią jak w wypełzającego spod boazerii robaka. Lady Ashford właściwie nie można by nazwać wysoką, ale na taką wyglądała. Jej kapelusz unosił się na brzegach i opadał w środku. Po jednej stronie sterczało pióro, zbyt purpurowe jak na ptaka, którego Addie potrafiła sobie wyobrazić. Ramiona ciotki otaczała futrzana etola, narzucona na czerwono-czarny kostium podróżny. Wysoki, spiczasto zakończony kołnierz sięgał aż pod brodę. Może dlatego zadziera ją tak do góry, pomyślała Addie.

Stojący obok stryj Charles dla odmiany wydawał się wyblakły niczym akwarela po deszczu. Ojciec Addie też był blondynem, ale stryj miał włosy jeszcze o kilka tonów jaśniejsze, niemal srebrne, a oczy tak bladoniebieskie, że niemal bez koloru. Wszystko było w nim smukłe, poczynając od długiego, wąskiego nosa aż po długą, wąską dłoń na ramieniu żony.

Obydwoje wlepiali wzrok w Addie, a ona kuliła się, żałując, że nie została w swojej kryjówce. Zupełnie nie przypominali przyjaciół rodziców; dorosłych, którzy przekupywali ją słodkościami albo stawiali na krześle i prosili, by recytowała wiersze Fernie, a kiedy to robiła, z zapałem bili brawo.

– Kochanie, przywitaj się z ciocią i stryjkiem – powtórzyła nerwowo jej opiekunka.

– Młode damy – powiedziała lady Ashford – nie czają się po szafach.

Addie zmarszczyła brwi.

– No to nie będę młodą damą – odparła buntowniczo. – Znacznie bardziej chcę być jeżem.

Takie stwierdzenia sprawiały, że Fernie tylko kręciła głową i całowała wychowanicę w policzek, a przyjaciele rodziców zaśmiewali się do rozpuku.

Ale ciotka i stryj nie sprawiali wrażenia rozbawionych. Ona miała minę triumfującą, on posępną.

Lady Ashford spojrzała na męża wymownie.

– Orka na ugorze, jak widzę – oświadczyła z naciskiem.

– Och, nie – szybko wyjaśniła Addie, zdumiona takim brakiem zrozumienia. – Pani Mrugalska nie orze, tylko pierze. Chusteczki Lusi, żeby były śliczne i czyste. I pończochy Kurki-Pstrej Piórki, i rękawiczki Burej Kici.

– Addie – łagodnie przerwała jej Fernie.

– Ale to prawda!

– Kompletnie niewychowana – skwitowała lady Ashford i zwróciła się do guwernantki: – Spakowała ją pani?

Fernie skinęła głową.

– Spakowałam ubrania Addie, ale są jeszcze... są jeszcze rzeczy pana i pani Gillecote. Nie wiedziałam, co z nimi. Czy zechcą państwo je zabrać albo zachować dla Addie, albo...? – Spojrzała niepewnie na stryja Charlesa. – Dom jest wynajęty z umeblowaniem, ale zostało... sporo drobiazgów. I książek, oczywiście.

– Nie jesteśmy zainteresowani – ucięła lekceważąco ciotka Vera. – W Ashford mamy wystarczająco dużą bibliotekę.

– Jeśli chce pani coś z tych rzeczy na pamiątkę... – dodał dyplomatycznie stryj Charles.

Fernie w milczeniu pokręciła głową.

– Nie, nie mogłabym. Ale Addie na pewno powinna zabrać książki matki. Nie żeby czytać teraz, rzecz jasna. Jednak kiedy dorośnie...

Ciotka Vera zignorowała jej słowa.

– Dziecko ma chyba jakiś płaszcz?

Addie już otwarła usta, żeby zaprotestować, ale guwernantka położyła jej dłoń na ramieniu i ścisnęła mocno, a kiedy dziewczynka spojrzała na nią niepewnie, Fernie nakazała jej milczenie, ostrzegawczo kręcąc głową. Addie popatrzyła na ciotkę, na stryja, potem znowu na swoją opiekunkę i mocno chwyciła młodą kobietę za rękę. Chciała płakać, ale nie mogła; nie przy tej nowej cioci z surowymi, zimnymi oczami ani nie przy tym stryjku, który powinien przypominać tatę, a nie przypominał.

Kiedy szofer lorda i lady Ashford wynosił bagaże, Fernie zapięła małej płaszczyk.

– Nie martw się, kochanie – wyszeptała. – Po prostu udawaj, że jesteś księżniczką uwięzioną w wieży.

Addie oplotła rączkami jej szyję i tuląc się tak mocno, jak tylko potrafiła, po raz ostatni wdychała różany zapach.

– To bardzo wysoka wieża.

– Ale też bardzo dzielna księżniczka. – Fernie również ją uścisnęła, a potem wypuściła z objęć i delikatnie wysunęła się z jej ramion. – Poczekaj. Momencik tu poczekaj.

Zawirowała spódnicą i znikła, a po chwili wróciła, zdyszana, zarumieniona od biegu.

– Weź to. – Wcisnęła Addie do rączki cienki tomik w taniej oprawie z różowego, cętkowanego papieru.

Była to jedna z książek, które stanowiły osobistą własność guwernantki. *Jarmark chochlików.*

Ulubiony poemat Addie, ten ze skrzatami, które jazgoczą i trajkoczą, obijają się i dokuczają. Zmuszała Fernie, żeby w kółko go jej czytała. Odgrywała postacie skrzatów, na przemian z Lizzie i Laurą, siostrą odważną i siostrą roztropną.

– Proszę – powiedziała Fernie, zamykając palce Addie na podarunku. – Czytaj i myśl o mnie. – Po czym schyliła się i dodała cicho: – Ale na twoim miejscu nie pokazywałabym tego cioci i stryjkowi.

Dziewczynka wsunęła tomik pod płaszcz. Z jakiegoś powodu czuła, że Fernie ma rację. Bez słowa, przygnębiona, wsiadła do auta.

– Ashford – usłyszała, jak stryj wydaje polecenie kierowcy.

To słowo rozbrzmiewało jej w uszach wraz z pomrukiem silnika i piskiem opon, gdy ruszyli z ulicy Guilford i potoczyli się – metr po metrze – w stronę domu, z którego jej ojciec najwyraźniej uciekł.

Ashford.

Nowy Jork, 1999

– Czy to nie *Powrót do Brideshead*? – Clemmie przyglądała się fotografii. Zupełnie jakby *Kino arcydzieł* ożyło.

– Nie – zaprzeczył Jon. – Tam był zamek Howard. Ale blisko. Ten sam architekt.

Złociste mury Ashford Park lśniły w słońcu, kopuła dominowała daleko nad krajobrazem. Kilka poziomów schodów pięło się do frontowych drzwi, które mimo znacznych rozmiarów zdawały się małe w porównaniu z kolumnami portyku o trójkątnym szczycie. Po obu stronach wejścia ciągnęły się długie skrzydła – pilaster za pilastrem, okno za oknem, wszystko w idealnej symetrii. Budowla wyglądała imponująco, nawet wtłoczona w niewielką kartkę. Było to miejsce z rodzaju tych, które zostały zaprojektowane, by onieśmielać wieśniaków i imponować wizytującym je monarchom.

Ashford Park nie sprawiał wrażenia, jakby ktoś naprawdę mógł tam mieszkać. Wyglądał na atrakcję turystyczną, nie na dom. A już na pewno nie na dom babci Addie.

– Nabierasz mnie – burknęła Clemmie. – Albo zamierzasz powiedzieć, że babcia pracowała tam jako panna służąca i dorobiła się po latach biedy czy coś w tym rodzaju.

Jon parsknął śmiechem.

– Co ty czytujesz? Barbarę Taylor Bradford?

– A co masz przeciw Barbarze Taylor Bradford?

Jon zrobił znaczącą minę.

– Oczywiście, oczywiście. A Terry Pratchett to literatura wysokiego lotu? – Źródło konfliktu tkwiło w tym, że wiedzieli o sobie o wiele za dużo. Zawsze tak było. Właśnie dlatego... no dobrze. Postukała palcem w zdjęcie.

– Naprawdę widzisz tu babcię? Bo ja nie.

– A to czemu? – zapytał.

Clemmie przerzuciła kilka kartek. Po dużym, imponującym widoku fasady pięć kolejnych stron poświęconych było wnętrzom. Niektóre fotografie ukazywały całe pokoje, inne intrygujące detale. Jakoś nie potrafiła wyobrazić sobie babci Addie, jak bawi się w chowanego na tych ogromnych, podwójnych schodach z biegnącą dookoła galerią o rzeźbionej balustradzie. Albo jak w długiej jadalni wśród czerwonych ścian zasiada do stołu, pośrodku którego stoi ogromna srebrna patera. Jedno ze zdjęć przedstawiało zbliżenie patery. Jej podstawę tworzyły słonie z trąbami do góry.

Nigdzie żadnych prywatnych pomieszczeń, żadnych sypialni ani pokoi dziecinnych. Takie rzeczy najwyraźniej nie interesowały autora książki.

– Musiała gdzieś dorastać, prawda? – stwierdził logicznie Jon. – Więc według ciebie gdzie?

Zabawne, ale Clemmie w ogóle się nie zastanawiała, skąd dokładnie pochodzą jej dziadkowie. Oni po prostu byli. Jak filary budowli. Nikt się nie dopytuje, gdzie wydobyto marmur i jak go rzeźbiono. Jest i tyle.

Babcia czasami opowiadała o Kenii, o pierwszych latach, które tam spędzili, jak poznawała życie na farmie, uczyła się prowadzić interesy, ale nic więcej. Wszystko to działo się tak dawno temu, że Clemmie absolutnie nie przyszło do głowy, żeby się dopytywać.

– Jeśli cię to pocieszy – powiedział Jon – babcia nie pracowała tam jako służąca. Była ubogą krewną, córką młodszego brata szóstego hrabiego.

Clemmie natychmiast przypomniał się tekst z *Kosmicznych jaj* o dawnym współlokatorze ojca brata siostrzeńca kuzyna. I co nam to daje? Kompletnie nic! – uznała.

– Po tragicznej śmierci rodziców Addie, którzy w 1906 roku zginęli pod kołami omnibusu – ciągnął Jon – hrabia zabrał małą do siebie.

– Był jej stryjem – przerwała mu Clemmie, dokonawszy genealogicznych obliczeń.

– Tak.

Pokręciła głową.

– To się nie trzyma kupy, Jon. – Wskazała książkę. – Według autora w Ashford Park nadal mieszka hrabia Ashford wraz z rodziną. Skoro babcia tam dorastała, czemu nie utrzymujemy z nimi kontaktów? Czemu nigdy nawet się nie zająknęła, że mamy w Anglii jakichś krewnych?

– Przypuszczam – odparł ostrożnie Jon – że ich drogi się rozeszły, że zerwali wszelkie stosunki. No bo dlaczego babcia nigdy o tym nie mówi?

Może mówiłaby, gdybym częściej ją odwiedzała. Clemmie odepchnęła tę myśl, wysuwając nogi spod ciężkiego tomu. Kiedy wstała, od razu poczuła się lepiej.

– Na wypadek gdybyś nie zauważył, nie jesteśmy rodziną Bradych*. U nas nie ma specjalnych fanów opowieści o życiu prywatnym. – Może oprócz ciotki Anny, ale nawet ona zdołała

* Bohaterowie popularnego amerykańskiego serialu komediowego *The Brady Bunch* oraz komedii kinowych.

doprowadzić do perfekcji tę sztukę, by mówić dużo i prawie nic nie powiedzieć. – Nie uprawiamy takiego dzielenia się wspominkami.

Jon popatrzył na nią, wygodnie rozwalony na kanapie.

– Istnieje pewna różnica między gadaniem, co ślina na język przyniesie, i normalnym przepływem informacji. Niewiele wiem o moich dziadkach, ale podstawowe fakty znam. Na przykład, gdzie spędzili dzieciństwo... – Spochmurniał. – Albo gdzie umarli.

Clemmie przechyliła głowę w niemym pytaniu. Od spoglądania w dół zaczęła czuć ból w karku, więc ostrożnie przysiadła na skraju kanapy.

– Auschwitz. Obydwoje rodzice mojego taty. – Jon postukał palcem w róg książki. – Uwierz, zamieniłbym się z tobą.

– To po prostu... to po prostu zbyt niesamowite – odparła. – Jakby żywcem wzięte z powieści Frances Hodgson Burnett.

Odpowiedział jej szerokim uśmiechem.

– Całkiem niezły z ciebie Mały Lord Fauntleroy. Zwłaszcza w tej nowej fryzurze... Jak ten dzieciak miał na imię?

Uniosła ręce.

– Nie mam zielonego pojęcia. Zawsze wolałam *Tajemniczy ogród*.

Jon zwalił ciężki tom z powrotem na kolana Clemmie i przechylił się nad jej ramieniem, żeby przewracać kartki.

– Widziałaś? – Wskazał ogromną paterę ze słoniami. – Trudno tego nie zauważyć. – Pachniał pospolitym szamponem przeciwłupieżowym, old spice'em i proszkiem do prania. Męskie zapachy. Leniwy niedzielny poranek wśród łóżkowych woni.

Naprawdę należało już wrócić na rynek randek. Z wysiłkiem zmusiła się do skupienia na słowach Jona.

– Podobno ten babciny stryj omal nie został wicekrólem Indii. – Na widok jej niezrozumienia Jon wyjaśnił: – Wicekról był gubernatorem Indii. W zasadzie pełnił funkcję króla w imieniu brytyjskiego monarchy. Miał prawie królewską władzę. Stąd jego tytuł. Wice. Król. *Viceroy*. *Roy* od francuskiego *roi*, król. Półkról.

– Studenci muszą cię kochać – odparła sucho. – Więc co się stało?

Wyszczerzył zęby w uśmiechu.

– Mianowali kogoś innego. I ponoć lord Ashford nigdy się nie pogodził z tym, że go pominięto. Gromadził wszelkie indyjskie bibeloty, aby wciąż przypominać ludziom, kim mógł zostać.

– Rzeczywiście, bibelocik. – Clemmie wcisnęła włosy za uszy i wyrzuciła z siebie to, co nie dawało jej spokoju: – Jon, jak się tego wszystkiego dowiedziałeś?

– Pytałem.

Obrzuciła go spojrzeniem zarezerwowanym dla irytujących młodszych współpracowników.

– To moja epoka – przypomniał jej. – Współczesna Wielka Brytania. Podczas pisania pracy doktorskiej natknąłem się na pewne informacje o rodzinie... o twojej rodzinie – uściślił. – Więc zapytałem babcię Addie.

– Kiedy to było?

Wyliczył coś w pamięci.

– Tuż po moich rocznych badaniach w Londynie. Dobrą chwilę temu. Jakieś... dziewięć lat?

– Więc wiedziałeś o tym od dawna. – Clemmie wyrwała mu książkę i zatrzasnęła, przyciskając dłońmi okładkę.

Jon westchnął.

– Posłuchaj. – Przez chwilę niesamowicie przypominał ciotkę Annę. To było jej ulubione słowo wypowiedziane jej ulubionym tonem. – Myślę, że babci łatwiej rozmawiało się ze mną. Nie należę do rodziny. To wiele... upraszcza.

Clemmie powoli skinęła głową.

– Okej. Rozumiem. – Chociaż nie rozumiała. – A poza tym ty pytałeś.

Pochylił się, opierając łokieć na półce z książkami.

– To nic nazdwyczajnego. – Jego piwne oczy poszukały spojrzenia Clem. – Ty też możesz zapytać. Jeśli naprawdę chcesz.

Tak, ale czy babcia Addie potrafiłaby jeszcze odpowiedzieć?

– Brzmi jak wyzwanie.

– Nie miało tak brzmieć. – Podniósł się z kanapy. Clemmie wydało się, że bez Jona jest jakoś chłodniej. Teraz patrzył na nią z góry. – Wiedza bywa mieczem obosiecznym. Człowiek musi zdecydować, czy warta jest tego, że można się nią poranić.

– Wydobyłeś tę złotą myśl z wróżebnego ciasteczka? – Wstała niezdarnie. Nogi zdrętwiały jej od siedzenia. – Gdzie moje rzeczy?

– Na krześle. W korytarzu. – Podążył za nią do holu. Właśnie wpychała rękę do rękawa, gdy poczuła, jak dłonie Jona przytrzymują tył jej płaszcza. Napięcie tkaniny zelżało. – Jesteś pewna, że chcesz grzebać w przeszłości, Clem?

Poprawiła płaszcz gwałtownym szarpnięciem za klapy.

– Ty grzebiesz.

– Tak, ale to moja praca. – Ciepły oddech owiewał jej kark. – I nie dotyczy ludzi, którzy są ze mną spokrewnieni. Kochasz babcię Addie. Babcia Addie kocha ciebie. Tylko to jest naprawdę ważne.

Clemmie odwróciła się niezręcznie, w nieodpowiednim momencie, więc wpadli na siebie i musieli wyplątać się ze swoich ramion.

– Wielkie dzięki, doktorze. – Odgarnęła włosy z twarzy. – Będę to miała na uwadze.

Jon pochylił się, by wyłowić spod krzesła resztę jej rzeczy, przy czym efektownie zaprezentował ukryte pod bałwankami mięśnie ud.

– Myślę, że najstosowniejsza odpowiedź brzmi: Taa, i bardzo słusznie.

– Dziwne – Clemmie wzięła od niego szal – ale naprawdę cieszę się, że wróciłeś.

– Dziwne – zawtórował jej Jon, sięgając do drzwi, żeby je otworzyć – ale naprawdę też się cieszę. Dam ci znać, kiedy tylko znajdę jakieś lokum.

Opatuliła szyję, potrząsając krótkimi włosami, żeby nie przeszkadzały.

– Udanych łowów. Powiedz ciotce Annie, że byłam.

– Powiem. – Z przesadną kurtuazją przytrzymał drzwi. – I, eh, gdybym ci był do czegokolwiek potrzebny...

– ...pomyślę, żeby zadzwonić do kogoś innego – dokończyła.

Jon uniósł kciuki i drzwi się zamknęły.

Chwilę później Clemmie uświadomiła sobie, że w końcu jej nie powiedział, o czym zamierzała ją poinformować ciotka Anna. I nie wyjaśnił niczego na temat Bei.

Rozdział 4

Ashford, 1906

To prawda, że wychowywali cię barbarzyńcy?

Była to jej pierwsza noc w Ashford. Addie leżała, nie mogąc zasnąć. Podciągnęła koc pod samą brodę i z całych sił starała się nie rozpłakać. Bała się, że jeśli to zrobi, łzy przymarzną jej do policzków. Ogień w kominku dawno wygasł, więc panował przeraźliwy ziąb. Nie było Fernie, która by coś na to poradziła; nie było mamy, która przyszłaby dać córeczce całusa i ją opatulić.

Przewróciła się na bok. Materac zatrzeszczał, nieprzyjemnie zakłócając nocny spokój. Nigdy nie wyobrażała sobie, że istnieją aż takie ciemności. W mroku ledwie majaczyły niewyraźne zarysy pomalowanej na biało szafy i stolika. Addie tęskniła za światłem gazowych latarni przebłyskującym przez szparę w zasłonach. Tęskniła za krzepiącymi odgłosami Londynu, skrzypieniem powozów, stłumionym turkotem automobili. Tutaj rozlegały się całkiem inne dźwięki: dziwne trzaski i szelesty, które sprawiały, że kuliła się ze strachu pod kołdrą.

Wyobraźnia to wspaniały dar w świetle dnia, ale znacznie bardziej kłopotliwy późną nocą. Ten dom należał do takich miejsc, gdzie duchy wydają się bardziej rzeczywistością niż przesądem: białe damy, widmowi kawalerowie, karety bez woźnicy dudniące po parkowych alejach. Przyjaciele rodziców Addie lubili prześcigać się w wymyślaniu najstraszniejszych opowieści. Jednak czym innym były te historie w jasno oświetlonym saloniku przy ulicy Guilford, a zupełnie czym innym tutaj, kiedy z lasu dobiegał tajemniczy lament nieznanego zwierzęcia.

Przyjechali do Ashford późno, tak późno, że Addie zapamiętała tylko bezładne wrażenia: świecące latarnie przy drzwiach pałacu i szare kamienne ściany jakby bez końca. Przed wejściem czekali w rzędzie służący, ale nikt im nowej mieszkanki nie przedstawił. Addie musiała szybko przejść wzdłuż tego szeregu, w górę bezkresnymi schodami, aż wreszcie znalazła się w holu większym niż cały dom jej rodziców, z sufitem gdzieś wysoko, wysoko. Zadarła głowę, odchylając ją do tyłu tak mocno, jak tylko pozwalał na to kark, i wytrzeszczyła oczy na malowanych ludzi tyle pięter nad nią.

– Nie gap się – warknęła ciotka Vera.

Ciotka Vera uosabiała zakazy. Nie pędź tak, nie wierć się, nie przeszkadzaj stryjowi.

Stryj Charles próbował na swój sposób okazać bratanicy życzliwość.

– Twój tata i ja lubiliśmy po nich biegać – powiedział, wskazując dwie zataczające łuk kaskady schodów. Jednak Addie nie potrafiła go sobie wyobrazić biegającego gdziekolwiek.

– Nie zachęcaj jej – irytowała się ciotka. – Nie potrzeba nam dzieci ganiających po domu jak dzikusy.

Stryj Charles z roztargnieniem poklepał Addie po ramieniu, oznajmił, iż ma nadzieję, że będzie w Ashford szczęśliwa, i zniknął za zakrętem, odprowadzany przez imponującą personę w czarnym fraku, która każde zdanie szpikowała słowami „Wasza Lordowska Mość".

– Tak, tak, Bader – odpowiadał stryj Charles. – Proszę mi to przynieść.

Addie nie pozwolono wejść na schody. Zerknęła na nie tęsknie przez ramię, ale ciotka Vera zabrała ją z holu i poprowadziła przez ciąg ogromnych pokoi, gdzie na pokrytych jedwabiem ścianach wisiały obrazy, jeden nad drugim, wszystkie w ciężkich, złoconych ramach. Mimo upomnień, by się nie gapiła, Addie nie potrafiła się pohamować. Nigdy dotąd czegoś podobnego nie widziała. Obrazy zaczepione były na drutach i lekko nachylone do przodu, więc miała wrażenie, jakby te wszystkie misy owoców, uśmiechnięte damy, pierzaste ptaki na krawędzi wiejskich stołów skłaniały się w jej stronę.

Ale dopiero portret dwóch chłopców sprawił, że przystanęła. Starszy – wysoki, szczupły blondyn – wpatrywał się w widza poważnie, oparty łokciem na stylizowanej kolumience. Miał przynajmniej dziesięć lat i wydawało się, że odczuwa, jak dostojny to wiek.

Jednak uwagę Addie przykuło dziecko obok. Jego włosy też były jasne, choć ciemniejsze niż u brata, koloru ciągutek. Nie tak gładko przylizane, zwijały się w kędziorki wokół twarzy. Koronkowy kołnierz przy czarnym aksamitnym ubranku przekrzywił się lekko i zmarszczył. Chłopczyk odwracał głowę, zainteresowany motylem na wyciągnięcie dłoni, który trzepotał skrzydełkami.

Na rumianych policzkach malca widniały głębokie dołeczki, okrągła buzia promieniała szczęściem i ciekawością, kiedy próbował dosięgnąć motyla.

To był tata, na pewno tata, chociaż niewyobrażalnie młody. Młodszy niż ona.

„Lord Maltravers i sir Henry Gillecote" – informował ozdobny podpis na mosiężnej plakietce. W oddali za tatą Addie dostrzegła kopułę Ashford Park.

– Nie ociągaj się – rzuciła przez ramię ciotka Vera.

Dziewczynka pobiegła, żeby ją dogonić. Zapinane na guziczki buty klap, klap klapały o podłogę. Myśl, że tata też tu kiedyś mieszkał, że chodził po tych samych korytarzach, łapał motyle w ogrodzie, w jakiś sposób przynosiła pociechę. Sprawiała, że zmarły nie wydawał się już taki daleki.

Przynajmniej przez chwilę. Ale potem ciotka Vera znowu powlokła ją ze sobą i Addie zaczęła wspinać się coraz wyżej po spiralnych schodach, które bez końca zakręcały i zakręcały – jasny kamień zlewający się z jasnym kamieniem.

Addie mgliście wyobrażała sobie, jak wygląda sala lekcyjna, dopóki ciotka nie otwarła drzwi do – jak go nazywała – pokoju dziecinnego: długiego, prostokątnego pomieszczenia z oknami na dwie strony i otwartym domem zabawką, z którego wylewały się w nieładzie liczne lalki i przeróżne mebelki.

Zmęczonej Addie wydało się, że pokój jest pełen ludzi. Jakaś dziewczynka siedziała wygodnie w poprzek fotela, zwieszając nogi przez poręcz. Druga leżała na brzuchu koło kominka i kartkowała żurnale, spierając się o nie z rumianym brzdącem, który najwyraźniej uważał, że magazyny mody służą do tego, by po nich biegać. Dziewczynki były bardzo wysokie i miały jaśniutkie włosy, dzidziuś, bardzo mały, też miał wyjątkowo jasną czuprynę.

Kiedy ciotka Vera znacząco chrząknęła, dzieci poderwały się, a najmłodsze pochwyciła w objęcia żylasta kobieta w białym fartuszku.

– Nianiu – powiedziała lady Ashford. – To panienka Adeline. Czy sypialnia dla niej gotowa? Dobrze. Zostawiam ją pod niani opieką. Diano, zapnij górny guzik.

Addie przyszła na myśl baśniowa Królowa Śniegu, skuwająca świat mrozem. Wejście ciotki Very sprawiło, że pokój zamarł. Dopiero gdy powiedziała „dobranoc" i oddaliła się, lody puściły. Dzieci, znów ruchliwe, zaczęły rozmawiać.

Blondyneczka, która przeglądała żurnale, oznajmiła od razu:

– Wieki czekałyśmy na ciebie! Całą drogę jechałaś samochodem? Czy...

– Pora spać! – ucięła niania, klaszcząc w ręce. Potem chwyciła dziewczynkę za barki i odwróciła stanowczo w pożądanym kierunku. – Nie guzdrzemy się, panienko Beo. Idziemy.

Kuzynka – Bea? – zerknęła w tył, robiąc do Addie komiczną minę, wzruszyła ramionami i wybiegła w podskokach.

Jej starsza siostra, ta na fotelu, skinęła Addie głową.

– Do zobaczenia rano! – zawołała i wyszła.

Niania przerzuciła malucha przez ramię, gdzie wił się, wiercił i wyrywał, i zwróciła się do Addie:

– Panienko Adeline, panienka też będzie tutaj sypiać.

Zabrzmiało to bardzo złowieszczo.

Niania poprowadziła ją tym samym korytarzem, którym oddaliły się obie kuzynki. Było tam pełno drzwi. Dziwne, krótkie schodki nagle urywały się na podeście z wejściami do dwóch pomieszczeń i dopiero potem się łączyły z innymi, długimi schodami. Addie nigdy nie widziała tylu par drzwi. Dotychczas mieszkała w prostym, skromnym budynku. Tutaj tylko wzdłuż jednego korytarza znajdowało się więcej pokoi niż w całym jej londyńskim domu. A przecież ten korytarz to tylko malutki zakątek Ashford. Nie mieściło się jej to w głowie.

Wykonując swoje obowiązki z ponurą determinacją, niania dopilnowała, by jej nowa podopieczna starannie się umyła i odmówiła pacierz. Potem zamknęła drzwi, zostawiając dziewczynkę samą. Addie wsunęła pod poduszkę tomik od Fernie i co chwilę dotykała go jak jakiegoś talizmanu.

Gdyby to był jej dom, Fernie ucałowałaby ją na dobranoc. Gdyby to był jej dom, mama zajrzałaby do pokoju, żeby sprawdzić, czy córeczka śpi.

Właśnie wtedy otworzyły się drzwi i do środka wślizgnęła się szczupła postać.

– Naprawdę wychowywali cię barbarzyńcy? – zapytała stanowczym tonem, przysiadując energicznie na łóżku. – To straszne, że przyjechałaś tak późno. Nawet nie zdążyłyśmy porozmawiać. Omal nie umarłam z ciekawości.

Wcale nie sprawiała wrażenia osoby, która omal nie umarła. Sprawiała wrażenie niewiarygodnie żywej, kiedy tak wierciła się na materacu. Addie widziała ją tylko jako grę cieni, ale rozpoznała głos. To była kuzynka od żurnali mody, ta, która całe wieki na nią czekała.

Podsunąwszy się do góry na poduszce, niepewna, czego w tych warunkach wymaga etykieta, Addie zapytała:

– Ty jesteś Bea?

– Beatrice, jeśli ma być oficjalnie. Zostałam tak nazwana na cześć wyjątkowo okropnej ciotki. Jednej z sióstr mamy, więc nie musisz się martwić, nie jest twoją krewną. Podarowała mi z okazji chrztu nędzną, małą łyżeczkę, nawet bez apostoła dla ozdoby. Ja bym to nazwała skąpstwem. Nie sądzisz?

W tym momencie Addie gotowa była zgodzić się z każdą opinią.

– Chyba tak – odparła wymijająco.

– Jeśli człowiek musi już dziedziczyć imię po okropnych ciotkach, to one powinny przynajmniej dawać mu ładne prezenty – oznajmiła autorytatywnie Bea. – Dodo od swojej dostała diadem. Co prawda, do niczego jej niepotrzebny.

– Dodo?

– Diana. Poznałaś ją wieczorem... właściwie nie poznałaś, ale tam była. Ona jest najstarsza. Boże, niczego ci nie powiedzieli?

Czując w oczach szczypiące łzy, Addie tylko pokręciła głową.

– Nic się nie martw – pocieszyła ją Bea. – Ja się tobą zajmę. To wszystko okropne nudziarstwa, naprawdę. Jest nas czworo. Edward większą część roku spędza w szkole. Dodo woli konie niż ludzi. A Poppy jeszcze nie wyszła z etapu gaworzenia, więc się z nią nie narozmawiasz. Ile masz lat?

– Prawie sześć. – Intuicja podpowiadała, że z jakiejś przyczyny bardzo ważne jest mieć prawie sześć, a nie pięć, jeśli człowiek nie chce być traktowany tak, jakby jeszcze nie wyszedł z etapu gaworzenia. – A ty ile?

– Niedawno skończyłam siedem. – Bea uważnie przyjrzała się kuzynce. – Prawdę mówiąc, nie wyglądasz jak dzikus!

W jej głosie brzmiało głębokie rozczarowanie.

– A jak wygląda dzikus? – zainteresowała się Addie.

– Och, wiesz, pióra, pomalowana twarz i tego rodzaju rzeczy. Niania mówiła, że wychowywali cię barbarzyńcy – wyjaśniła Bea, podskakując na łóżku. – Szczęściara. Mnie wychowywała niania, więc możesz się domyślić, jak to wyglądało. Nudy, nudy na pudy.

Addie nie potrafiła sobie wyobrazić, by tam, gdzie była kuzynka, kiedykolwiek mogły panować nudy. Bea aż iskrzyła energią, jak niebo przed burzą. Z wyglądu przypominała stryja

Charlesa, ale coś w jej żywiołowym entuzjazmie kojarzyło się Addie z tatą i poczuła przypływ ciepła.

– Mieszkasz tu przez całe życie? – zagadnęła nieśmiało.

– Tak. Okropne, co? Mamy szczęście, jeśli zabiorą nas w sierpniu do ciotki Agathy, do Szkocji, i to już jest najwspanialsza wspaniałość. Tylko raz byłam w Londynie. Ty tam mieszkałaś, prawda?

Addie pokiwała głową.

– Ale ci zazdroszczę! Jaki jest Londyn? Bardzo ekscytujący? – Nie czekając na odpowiedź, Bea pochyliła się w stronę kuzynki i wyznała: – Kiedy dorosnę, mam zamiar zostać markizą, mieszkać w Londynie i co-dzien-nie jeść na śniadanie orzechowe ciasto.

Addie czuła, że te słowa powinny wywrzeć na niej wrażenie, ale zabrakło jej zasadniczej informacji.

– A co to takiego ta markiza? – wyszeptała.

Bea zmarszczyła czoło.

– Żona mężczyzny, który jest markizem, oczywiście. Markiz – dodała z satysfakcją – stoi wyżej od hrabiego, więc będę ważniejsza niż mama. Co tam masz? – Wymacała pod poduszką prezent od Fernie.

– Książkę – odparła ostrożnie Addie.

– Głupia, przecież wiem. Tyle to sama mogę powiedzieć. Ale jaką?

Addie wyprostowała się.

– Poemat. Nazywa się *Jarmark chochlików*.

– Poczytaj mi. – Rozległ się szelest, kiedy Bea poderwała się z łóżka i zaczęła szukać świecy i zapałek. W Ashford była już elektryczność, ale nie dotarła jeszcze do skrzydła, gdzie mieściły się pokoje dzieci. – Mam. – Potarła zapałkę i świeca zapłonęła.

Addie z niepokojem zerknęła w stronę drzwi.

– Nikt nie zobaczy?

– Niania śpi jak zabita. I chrapie – wyjaśniła Bea. – Usłyszymy ją, zanim tu wejdzie.

– Dobrze. – To był dom Bei, więc Bea powinna wiedzieć co i jak. A poza tym Addie zrobiło się miło, że tym razem ona mogła czymś zaimponować, skoro już okazała taką niewiedzę w sprawach Ashford i mar... no, nieważne. Uniosła koc, żeby kuzynka wsunęła się obok niej. – To jest o dwóch siostrach, Lizzie i Laurze. Tutaj masz Laurę.

Przechyliła książkę, pokazując ilustrację obok strony tytułowej: Laura, pochylona z nożyczkami w dłoni, szykuje się do obcięcia pukla długich blond włosów, żeby wymienić go na przysmak chochlików. Nawet na czarno-białym rysunku widać było, że jej loki są jasne jak światło księżyca, jak włosy Bei.

Sponad ramienia Addie Bea przyglądała się uważnie przedstawionej scenie.

– To te chochliki? – zapytała. – Wyglądają trochę jak borsuki. Nie uwierzysz, jaki z nimi kłopot.

– Nigdy nie widziałam borsuka – przyznała zawstydzona Addie. – Tylko na obrazku.

Kuzynka zmarszczyła brwi.

– W Londynie ich nie ma, prawda? Co jest napisane pod spodem?

Przesuwając palcem wzdłuż tekstu, Addie przeczytała:

– Kup to od nas za złoty lok. – Popatrzyła na jasny warkocz Bei, srebrzystozłoty w blasku świecy. – Taki jak twoje włosy.

Bea ubiła poduszkę, by wygodniej się na niej oprzeć.

– I co dalej?

– Codziennie chochliki przychodzą i krzyczą: kup, kup. – Addie nie musiała zaglądać do książki. Tekst miała wyryty w pamięci. chochliki, ciągnąc parami, jazgoczą i trajkoczą, obijają się i dokuczają. – Przynoszą jabłka i pigwy, śliwki i czarne jagody. Laura i Lizzie wiedzą, że im tego nie wolno, ale Laura nie potrafi się oprzeć.

– Nie potrafi się oprzeć owocom?! – zdziwiła się Bea.

– Bo one są zaczarowane – odparła podniecona Addie. – Chochlikowe.

– Yhm.

– Laura tak strasznie chce ich spróbować, że obcina pukiel włosów, żeby zamienić go chociaż na jedną brzoskwinkę. Ale śmiertelnicy nie mogą tego jeść. – W tej sprawie poemat nie pozostawiał żadnych wątpliwości. Tęsknota za chochlikowymi owocami prowadzi do szaleństwa. – Laura jest coraz bardziej i bardziej chora. Chce tylko zakazanych czarodziejskich owoców.

– I jak to się kończy?

– Lizzie ją ratuje. – Addie zacisnęła powieki i wyrecytowała z pamięci:

Bo nie masz przyjaciółki ponad siostrę
Na czas ciszy czy codziennych burz.
Ona doda ci otuchy w żmudnej drodze.
Przyprowadzi, jeśli zejdziesz na manowce.
Wesprze, kiedy się zachwiejesz.
Umocni, gdy trwasz.

– Jakie piękne – szepnęła Bea. – Absolutnie piękne.

W blasku świecy jej twarz zadziwiająco przypominała rysy Laury z książkowej ryciny. Cienie postarzały buzię dziecka, tworząc płaszczyzny i bruzdy, których jeszcze na niej nie było.

– Dawniej udawałam, że mam siostrę – wyznała Addie, łapiąc się na tym, że ziewa. – Nazwałam ją Lizzie, tak jak w tym poemacie.

– Nie musisz już nic wymyślać. – Bea impulsywnie chwyciła kuzynkę za rękę i ją uściskała. – Możesz zostać moją siostrą.

– Ty już masz dwie. – Addie czuła się w obowiązku o tym przypomnieć. Po dniu pełnym wrażeń zaczynało ją dopadać zmęczenie. Musiała zasłonić usta, żeby stłumić kolejne ziewnięcie. – Rodzone.

Dodo? – Bea zmarszczyła nos. – Jej nie obchodzi nic oprócz koni. A Poppy? Jest jeszcze bardzo mała. Nie. My będziemy siostrami. Prawdziwymi siostrami. Takimi, które ratują jedna drugą od chochlików – zakończyła stanowczo.

Te słowa bardzo spodobały się Addie.

– Od chochlików – wymamrotała półprzytomnie – i od ciotek. – I zanim odpłynęła w sen, usłyszała jeszcze śmiech Bei. Jak czarodziejską muzykę w ciemnościach.

Nowy Jork, 1999

Mimo że Clemmie bardzo tego chciała, minęły ponad dwa tygodnie, zanim znalazła czas, żeby odwiedzić babcię.

Znowu wszystko przez pracę, zawsze przez pracę. Pisma procesowe odnoszące się do odpowiedzi na apelację w Dallas były na wczoraj, więc młodsi wspólnicy uwijali się, próbując znaleźć precedensy, niezbędne, by w końcu pokonać przeciwnika. Jednocześnie termin podróży do Londynu zbliżył się prędzej, niż Clemmie myślała. Miała zbyt dużo rzeczy do przygotowania w zbyt szybkim tempie, zbyt wiele materiałów i zbyt mało czasu, by je przeczytać. Jej gabinet przypominał strefę działań wojennych: wszędzie kubki niedopitej kawy, pod biurkiem resztki zieleniny z wczorajszej sałatki, podłoga zasłana jak śniegiem upiornymi białymi kółeczkami, które zawsze sypią się z dziurkacza. O północy pojawiła się sprzątaczka. Tylko zajrzała do gabinetu, zobaczyła Clem nadal przy biurku, pomachała jej i sobie poszła.

Co za rozkosz wyjść z kancelarii.

Clemmie pracowała, a tymczasem zmieniły się pory roku. Nagłe ocieplenie po Halloween ustąpiło miejsca zimie. Niebo – jak to w grudniu – miało kolor kredowoszary. W powietrzu unosił się zapach drzewnego dymu i gorących precli.

Pod wpływem impulsu wpadła jeszcze do Madison i kupiła kwiaty. Nie wiedziała, jakiego gatunku, ale były purpurowe i ładnie pachniały.

W drzwiach Donna zabrała od niej bukiet, pomrukując z aprobatą.

– Spodobają się pani babci. Proszę wejść.

– Czy dzisiaj czuje się lepiej? – zapytała Clemmie. Ulżyło jej, gdy pielęgniarka pokiwała głową.

– Wystarczająco dobrze, żeby się ze mną kłócić.

Clemmie uśmiechnęła się szeroko.

– To do niej podobne.

Bezszelestnie stąpając na gumowych podeszwach, Donna zniknęła w kuchni, żeby wstawić kwiaty do wody, a Clemmie zrobiła to, co jej polecono: przez gabinet i malutką łazienkę, niegdyś przeznaczoną dla służącej, przeszła do sypialni babci Addie. Jasne tapety i obity perkalem szezlong były tu niezmiennie te same. Podobnie jak malowane na biało drewniane meble. No i fotografie na ścianach – żadne tam portrety rodzinne, tylko krajobrazy, zachody słońca gdzieś tam w szerokim świecie. Te zdjęcia zawsze wydawały się Clem trochę dziwne, nie całkiem według gustu babci.

Na miejscu staroświeckiego łoża z zagłówkiem i zanóżkiem stało łóżko szpitalne z zestawem poważnie wyglądających przycisków i czymś w rodzaju przesuwanego stolika, żeby można było, nie wstając, jadać posiłki.

– Babciu? – odezwała się Clem od drzwi.

Babcia Addie odłożyła książkę, którą właśnie czytała.

– Clemmie!

Ucisk w piersi zaczął się rozluźniać. Wprawdzie babcia mówiła słabym głosem, ale brzmiało to jak dawniej. I poznawała ją.

– Wybacz, kochanie, że nie wstaję – przeprosiła. – Teraz Donna tu dowodzi.

– Ty się nie ruszaj, ja podejdę. – Clemmie przebrnęła przez włochaty dywan. – Mogę? – Wskazała fotel inwalidzki obok łóżka.

Babcia zmrużyła oczy.

– Zawsze lubiłaś meble na kółkach. Dziadek wiecznie woził cię na krześle po swoim biurze.

– Nie pamiętam.

„Biurem" nazywano pokój, w którym teraz mieścił się gabinet; wtedy służył panu domu do pracy. Dziadek miał tam stare obrotowe krzesło i kręcił ją na nim jak na karuzeli w wesołym miasteczku. Ciekawe, gdzie się to krzesło podziało. Pewnie zostało wyrzucone.

Pochyliła się nad babcią i ucałowała jej pomarszczony policzek.

– Jak się miewasz?

– Jak dziewięćdziesięciodziewięciolatka – odparła babcia Addie. – Ważniejsze, jak ty się miewasz?

Clem przygryzła wargę.

– Właściwie... w porządku. Ciężko pracuję. – Ostrożnie usadowiła się w fotelu, wygładzając na kolanach spódnicę. – Babciu, tamtego wieczoru, kiedy nie czułaś się dobrze... nazwałaś mnie Beą. Kto to taki?

Starsza pani zamknęła oczy i wnuczka zaczęła się bać, że zasnęła.

– Kuzynka. Bea to moja kuzynka. – Przez moment babcia nad czymś się zastanawiała, po czym nagle oznajmiła: – Razem dorastałyśmy.

– Byłyście sobie bardzo bliskie? – nieśmiało zapytała Clemmie.

Minęła dobra chwila, zanim babcia Addie w końcu odpowiedziała:

– Bardzo. Byłyśmy sobie bardzo bliskie. Bliższe niż siostry.

Więc dlaczego w ogóle o niej nie opowiadała? Dlaczego Clemmie wcześniej nie słyszała o Bei?

Bo nigdy nie zapytałaś, rozległ się w jej głowie głos Jona.

– Jon mówił mi, że spędziłaś dzieciństwo w miejscu, które nazywa się Ashford – powiedziała zakłopotana. – Pokazał mi zdjęcia. Wyglądały bardzo... groźnie.

– To prawda – odparła szczerze babcia Addie. – Ashford mogło kompletnie przerazić. – Dotknęła palcem dłoni wnuczki. – Otwórz szufladę w moim nocnym stoliku. Nie, nie tę. Drugą. Chcę ci coś pokazać.

– *Szejka**? – Clemmie wyciągnęła pierwszą rzecz, którą znalazła: upiorne wydanie z lat siedemdziesiątych z mężczyzną o nagiej piersi na okładce. Wydawało się, że facet ma o wiele za mocno wymalowane oczy. – Babciu, doprawdy!

– Nie bądź taka pruderyjna, kochanie. Teraz to klasyka. Szukaj dalej.

---

* *Szejk* (*The Sheik*) – poczytna powieść Edith Maude Hull, po raz pierwszy opublikowana w 1919 r. Na jej podstawie powstał film z Rudolphem Valentino.

– Nie wiem, czy powinnam – zażartowała Clemmie. – Co jeszcze mogłabym... Och.

W szufladzie leżała fotografia. Czarno-biała. Wyglądała, jakby ktoś ją kiedyś złożył na pół; przez środek biegła linia załamania. Duży format, prawie jak kartka papieru z biurowego brulionu. Clemmie rozpoznała budynek w tle. Chociaż spłowiałe, miejscami pozacierane, zdjęcie niewątpliwie przedstawiało Ashford Park.

Albo Brideshead? Nie. Przed pałacem nie stał Jeremy Irons.

– To, to właśnie Ashford – powiedziała babcia Addie.

– Mogę? – Clemmie wyjęła fotografię z szuflady. Przyjrzała się jej dokładniej i zauważyła, że zdjęcie jest reprintem czegoś starszego. Błyszczący papier wydawał się zbyt gruby jak na współczesny, a obraz miał zamglone kontury, niczym stara fotografia powiększona i przetworzona.

Na pierwszym planie widniała grupa osób otaczających mężczyznę i kobietę. Kobieta stała, mężczyzna siedział.

– To stryj Charles – wskazując go, wyjaśniła babcia.

Szósty hrabia Ashford. I tak też wyglądał: wysoki, szczupły, atrakcyjny, nienagannie ubrany.

– A gdzie ty jesteś? – zapytała Clem.

Babcia Addie poprawiła okulary.

– Tutaj – powiedziała, pukając palcem w niewyraźną postać trochę z boku. – Za Beą. Z tej strony jest Dodo, a z przodu Poppy. Ona była najmłodsza. I Edward, za stryjem Charlesem. Tę fotografię zrobiono w 1908 roku. Dwa lata po moim przyjeździe do Ashford.

Dwa lata. Ale w tym rodzinnym gronie babcia nadal wydawała się dziwnie nie na miejscu. Zajęło Clemmie dobrą chwilę, zanim uświadomiła sobie dlaczego. Z całej sportretowanej grupy tylko mała Addie miała ciemne włosy i jakby roztapiała się wśród krzewów w tle. Nic nie dało, że stanęła z boku, schowana za kuzynką.

Clem usiłowała przyjrzeć się słynnej Bei, ale ulubienica babci odwróciła się w ostatniej chwili, by rzucić jakąś uwagę przez ramię. Pozostało tylko wrażenie jasnych włosów i rozmazanego profilu.

– Babciu, czemu tego nie oprawiłaś? – Fortepian był zastawiony rodzinnymi fotografiami, jednak żadna z nich nie pochodziła z czasów przed Kenią. – Wyglądasz ładnie.

Wsunęła zdjęcie z powrotem do szuflady. Dopiero teraz zauważyła, że pod nim leżało jeszcze jedno – studyjny portret kobiety z przechyloną na bok głową. Jej twarz otaczały jasne włosy, karbowane w wymyślne fale. Blade oczy patrzyły tęsknie w dal. Ta kobieta wyglądała dziwnie znajomo. Clemmie już gdzieś widziała podobne kości policzkowe, kształt warg.

– Powinnam była więcej ci powiedzieć. – Głos babci brzmiał chrypliwie. – Zachowywałam się jak egoistka.

Clem, zdumiona, podniosła wzrok znad zdjęcia, odłożyła je na miejsce i zatrzasnęła szufladę.

– Nie! To ja zachowywałam się jak egoistka. Zawsze tylko ja, ja, ja. Nigdy naprawdę nie zapytałam o twoje życie. A należało to zrobić. Całe lata temu.

Babcia Addie drżącym palcem dotknęła jej policzka.

– Kocham ciebie, ciebie, ciebie.

– Musisz mnie kochać. Jesteś moją babcią.

– I tak bym cię kochała. Byłaś taką poważną dziewczynką. Taką pracowitą. Spokojną. Przypominałaś mi mnie samą. – Uśmiechnęła się z leciutką ironią. – A z twarzy Beę. Dziwnie kręci się ten świat.

– Mam oczy dziadka – szybko zauważyła Clemmie. To była ich tradycyjna zabawa na rodzinnych przyjęciach: kto odziedziczył czyj nos, a kto czyj podbródek. Uchodziło za powszechnie znaną prawdę, że zielone oczy ma się po dziadku Fredericku.

– Owszem.

– Spotkałaś dziadka właśnie w Ashford? – Czuła się jak dzieciak, który poznaje nowe słowo. Ashford. Ash-ford.

– Tak. Tak. Właśnie tam.

– Jak? Nigdy mi nie mówiłaś. – Tylko Jonowi. Odepchnęła przykre myśli. Co on powiedział? „Zapytałem"? Dobrze, a teraz ona pyta.

Oczywiście, nie chodziło o żadne współzawodnictwo ani nic podobnego.

– To dość banalna historia – wyznała babcia Addie.

Clemmie przysunęła bliżej fotel.

– Lubię takie – odparła zachęcająco. Bóg jej świadkiem, że potrzebowała trochę braku powagi.

– Zaraz, niech pomyślę. – Staruszka wygodnie oparła się na poduszkach i zastanawiała, od czego zacząć. – To było w wieczór balu, na którym zadebiutowała moja kuzynka Dodo. Ciotka Vera zarezerwowała termin na sam koniec sezonu. Bal Dodo miał go zamykać i wszyscy, ale to wszyscy mieli to wydarzenie zapamiętać. I zapamiętali, chociaż niezupełnie po myśli ciotki. Mimo upływu lat to wspomnienie najwyraźniej złośliwie sprawiało babci satysfakcję.

– Zbyt jej chyba nie kochałaś?

– Ani ona mnie. No więc, ciotka Vera urządziła ten bal w Ashford. Pewnie uważała, że na wsi Dodo mniej się zblamuje. Dodo – dodała poufnie – nie była najelegantszą z dziewcząt.

– Z takim imieniem... – mruknęła jej wnuczka.

– Naprawdę miała na imię Diana, ale nikt jej tak nie nazywał... oprócz własnej matki. Ciotka Vera nie używała pieszczotliwych przezwisk.

– Więc poszłaś na bal... – podpowiedziała Clem.

Babcia Addie pokręciła głową.

– Bei i mnie nie pozwolono iść. Miałyśmy... zaraz, ile? Ja dopiero trzynaście lat, prawie czternaście, a Bea już piętnaście i uważała się za bardzo dorosłą. Och, ależ się wtedy wściekła!

– Skoro nie byłaś na balu, to jak poznałaś dziadka?

Kąciki babcinych warg uniosły się leciutko.

– Wszystko przez Binky, myszkę, która mieszkała w naszym pokoju dziecinnym...

ROZDZIAŁ 5

Ashford, 1914

To nie fair – oświadczyła Bea, całym ciężarem padając na sofę, aż z poduszek uniósł się kurz.

Był wieczór balu Dodo. Niedopuszczone do zabawy, Addie i Bea siedziały ponure w dziecinnym pokoju. W poprzednich tygodniach obserwowały przedbalowe przygotowania. Skrzynie szampana dostarczyła firma Berry Bros., z Londynu przywieziono sorbet i obrusy od Harrodsa. Dziewczynki korzystały ze szczodrości kucharki, kiedy eksperymentowała z nowymi przepisami na smakołyki, które miały zadowolić najwybredniejsze podniebienia socjety. Jednak dzisiaj młodsze mieszkanki pałacu zostały w trybie doraźnym przegnane z kuchni, a ich podstępy w wyłudzaniu słodyczy wzbudziły znacznie mniejszy zachwyt. Zwykle kucharka była przyjaciółką i sojuszniczką, tym razem jednak oświadczyła krótko:

– Lady Ashford nie będzie zadowolona, że panienki tu są.

W ogrodach zastępy lokai rozwieszały chińskie lampiony. Josh, ulubiony stajenny dzieci, miał pełne ręce roboty; tyle zjechało się nagle obcych koni w związku z polowaniem nazajutrz. Nawet altana przestała być bezpiecznym miejscem, bo skolonizował ją kwartet smyczkowy niby w roli najdalej wysuniętej placówki strzegącej imperium przed włóczęgami, których nie zniechęcił chłód w ogrodach.

Wszystko to miało wydawać się niesamowicie radosne, jak z bajki. Ale jakoś się nie wydawało. Przez cały tydzień, kiedy ciotka Vera naradzała się z kucharką i Badgerem, stryj Charles odbywał swoje spotkania – prywatne, w napiętej atmosferze – z kolejnymi członkami rządu. Dziewczynki nie powinny były o tym wiedzieć tam u siebie, w pokoju dziecinnym, ale Addie obserwowała ich, jak przyjeżdżali i odjeżdżali samochodami, pokonując długą drogę z Londynu dla kilku godzin rozmowy.

Ronda nasuniętych na czoło kapeluszy osłaniały zatroskane twarze. Niektórych gości rozpoznawała z gazet. Innych w ogóle nie znała. Tylko po sposobie, w jaki stryj się z nimi witał, i po zmarszczkach niepokoju na ich obliczach domyślała się, że są ważnymi osobistościami.

Zaledwie przed tygodniem podsłuchała, jak stryj Charles i ciotka Vera kłócili się, co nie zdarzało się często.

– Ten cholerny bal! – krzyknął zirytowany stryj i samo to było wystarczającym szokiem, bo nigdy nie przeklinał przy żonie. – Ten cholerny bal, kiedy...

– Na litość boską – przerwała mu ciotka Vera niemal tym samym tonem, jakiego używała przez lata, próbując wyekspediować Addie do kanadyjskich kuzynów. – Przecież to nie angielskiego księcia zabito*. Na kontynencie są tłumy różnych książątek. Braku jednego na pewno nie odczują.

– Brak tego akurat odczuli – odparł ponuro jej mąż.

Ciotka Vera parsknęła i przypomniała stryjowi, że książęta książętami, ale córki to córki i muszą zostać wprowadzone w świat. Bez względu na rozgrywki polityczne obcych mocarstw.

Ciotka wypchnęła Dodo do krawca. Jednak obce mocarstwa kontynuowały swoje rozgrywki, na biurku stryja Charlesa rosły stosy telegramów, a w pokoju dziecinnym Bea nie przestawała się dąsać.

– To nie fair – powiedziała znowu. – Wszystkie te ceregiele i pomysł, żeby nas tu trzymać.

– Kiedyś przyjdzie kolej na nas – pocieszyła ją Addie, choć wiedziała, że to niezupełnie prawda.

Przyjdzie kolej na Beę, a nie na nią, dziewczynę przygarniętą z litości. Kuzynka mogła nie zdawać sobie z tego sprawy, Addie jednak żywiła całkowicie słuszne przekonanie, że dla ubogiej krewnej ciotka Vera nie zamierza przywdziewać rodowego diademu. We właściwym czasie tylko Bei były pisane szyfony

---

* 28 VI 1914 r. został zamordowany austriacki następca tronu Franciszek Ferdynand Habsburg. Zabójstwo to uważane jest za bezpośrednią przyczynę wybuchu I wojny światowej.

i diamenty. Ciotka nigdy nie robiła tajemnicy z tego, co sądzi o obecności Addie w Ashford.

Addie mieszkała u stryjostwa od ośmiu lat, ponad połowę swojego życia. Prawie już nie pamiętała, jakie wszystko wydawało się jej dziwne, gdy tu trafiła: ogrom domu, pycha i arogancja, rygor. Bea stała się jej przewodniczką, zaopiekowała się nią trochę jak ulubionym domowym zwierzątkiem. Jeśli Addie nie czuła dyskomfortu tej sytuacji, w dużej mierze zawdzięczała to właśnie Bei.

Czas przeważnie spędzały w pokoju dziecinnym, wielkim, słonecznym pomieszczeniu na najwyższym piętrze rezydencji. Była tam wyblakła kwiecista tapeta w pnące róże, o których opowiadały, że rosną i kwitną, kiedy nikt nie patrzy. Były dywany na podłodze, zwykle odrzuty z głównej części domu. Były szerokie, obite perkalem fotele, zapadająca się stara sofa i wyjątkowo niepraktyczny taboret z pozłacanymi nogami, który często służył za tron.

Pod jedną ze ścian mieszkała cała menażeria: jeż o imieniu Tiggy, ospały królik Lapin i ulubienica dzieci, biała myszka banalnie nazwana Biancą, chociaż w lokalnym żargonie jej imię wkrótce skrócono do Binky. Koło klatki Binky rezydował Rosynant, koń na biegunach, który wpatrywał się w przestrzeń zamglonymi oczami ze szkła.

Czasami mogło się wydawać, że tak będzie już zawsze, jakby ten pokój sam w sobie stanowił małą wyspę odciętą od reszty świata – podobnie jak Ashford, stały i niezmienny.

I właśnie to szczególnie irytowało Beę. Kopiąc Rosynanta, aż się rozkołysał, zrzędziła:

– Mogliby przynajmniej pozwolić nam zejść na obiad.

– Przy trzydziestu osobach za stołem, w tym dwóch książętach? Mało prawdopodobne! Pomyśl o tym jak o swego rodzaju doświadczeniu – zasugerowała Addie. – Jeśli nie uda im się coś z balem Dodo, będą mogli poprawić to dla ciebie.

Mimo całego zamieszania wszyscy wiedzieli, że uroczystość tego wieczoru była tylko próbą generalną przed debiutem Bei.

Bea odziedziczyła całą przebojowość swojej matki, ale miała też tę trudną do zdefiniowania cechę, której ciotce Verze brakowało – przymiot u mężczyzn zwany charyzmą, a u kobiet czarem.

– Dodo – marudziła dalej. – Ona nawet się z tego nie cieszy. Cieszyłaby się, gdyby pozwolili jej debiutować na końskim grzbiecie!

Addie zachichotała.

– Tylko sobie wyobraź: biedny, stary Euklides potyka się i ślizga na posadzce w sali balowej. Badger by się wściekł.

Badger był kamerdynerem i bardzo ważną personą. Jego prawdziwe nazwisko brzmiało Battinger, ale kolejne pokolenia dzieci w Ashford przerobiły je na Badger i tak już zostało.

Bea po chwili się uśmiechnęła.

– To byłby widok, co? Niech się cieszą, że amazonkę wcisnęli w suknię. A tymczasem my tu musimy gnuśnieć.

– To nie Château d'If*.

– Nawet mamy mysz. Jakich jeszcze dowodów potrzebujesz? – Teatralnym gestem Bea wskazała klatkę Binky.

Addie pozostała niewzruszona.

– To bierz łyżeczkę. Wykopiemy sobie drogę i uciekniemy.

– Och, bardzo śmieszne. Ty też chcesz iść na bal, prawda, Binkers? – zanuciła starsza z dziewczynek i pochylając się nad klatką, wygarnęła Binky z wygodnego wiórowego gniazdka. – Moim zdaniem to wierutny nonsens, że Edward może iść, a my nie.

– On ma prawie osiemnaście lat. I wygląda tak dorośle. – Addie znów poczuła leciutki dreszcz niepokoju. Słyszała, jak stryj Charles rozmawiał z synem, całkiem poważnie, o możliwości wybuchu wojny. Edward był już w tym wieku, że musiałby walczyć. Trudno by go sobie wyobrazić – chłopaka, który dopiero skończył Eton – prowadzącego w bój bataliony, wzywającego żołnierzy do ataku.

---

* Château d'If – twierdza, a później więzienie, znane z powieści A. Dumasa *Hrabia Monte Christo*.

– Wyglądam co najmniej tak dorośle jak on – zaprotestowała Bea.

– To praaawda – odparła wolno Addie. Było między nami zaledwie półtora roku różnicy, jednak piętnastoletnia Bea robiła wrażenie o wiele starszej od dziecinnej trzynastolatki. – Ale twoja matka natychmiast by cię wyrzuciła.

– Mogłybyśmy się przebrać za lokajów – rozmarzyła się kuzynka. – I w ten sposób wejść.

– Za bardzo niskich lokajów.

– Jak tylko ty. – Bea złagodziła docinek uściskiem. – No to za wędrownych muzykantów.

Addie podwinęła pod siebie nogi i przytuliła zmiętoszoną poduszkę.

– Z długimi, zakręconymi wąsami. Nie wolno zapomnieć o wąsach.

Z dołu dobiegała kakofonia dźwięków. To ćwiczył kwartet, rozgrzewając instrumenty przed tańcami, które miały się rozpocząć od szumnego wejścia Dodo do sali balowej i w dorosłość.

Bea poderwała się z sofy i powędrowała do okna wychodzącego na ogrody, gdzie chińskie lampiony migotały niczym małe gwiazdki, tworząc konstelacje, o jakich nie marzył żaden astronom. Stała tam, patrzyła i powoli głaskała Binky.

Addie dołączyła do niej, opierając łokcie o parapet. Tego roku lato było smutne: chłodne i deszczowe, ale w wieczór balu Dodo niebo się rozpogodziło, a lekki wietrzyk niósł z ogrodu woń kwiatów.

– Myślisz, że naprawdę udało im się ściągnąć księcia Walii? – zapytała, żeby coś powiedzieć.

– A może byśmy sprawdziły? – Twarz Bei rozjaśnił psotny uśmiech. – Zabronili nam iść na bal. O podpatrywaniu nie było mowy.

Addie coś zaniepokoiło.

– Zaczekaj, jeśli...

– Za nic w świecie nas nie zauważą. – Jej kuzynka już kierowała się do drzwi. – Jeśli przycupniemy za balustradą, nie zorientują się.

– Nie jesteśmy na to trochę za dorosłe?

Bea zamrugała.

– Skoro jesteśmy za młode na bal, nie możemy być jednocześnie za dorosłe na podglądanie zza balustrady, prawda?

Addie czuła, że to dość pokrętna logika.

– Jeśli nas złapią...

– Nie złapią – odparła Bea z przekonaniem.

Addie głęboko odetchnęła.

– To przynajmniej zostaw Binky.

– Nonsens. Binky też chce popatrzeć. Prawda, Binkers? – I kuzynka podsunęła jej myszkę pod nos. – Zobacz, biedaczka nawet ubrała się z tej okazji na biało.

Binky mrugała żałośnie. Czerwone ślepka rzucały wokół spojrzenia.

– Jeśli nie przestaniesz, narobi ci na rękę – ostrzegła Addie, wyciągając dłoń po zwierzątko. – Wiesz, że Binky nie lubi kołysania.

Bea wsunęła mysz do kieszeni fartuszka.

– No dobra. Teraz ma czyściutką, malutką lożę jak dostojna dama w operze. Brakuje jej tylko teatralnej lornetki.

Mysi pyszczek sterczał nad klapą kieszeni. Binky rzeczywiście przypominała jedną z szacownych znajomych ciotki Very.

Addie zachichotała.

– Nigdy przedtem tego nie zauważyłam, ale Binky to wypisz, wymaluj lady Rushworth. Tak samo płocha i wąsata.

– Dobra krew – odparła Bea uroczyście. – To zawsze widać.

Obie aż skręcały się ze śmiechu. „Dobra krew” należała do ulubionych tematów ciotki Very.

– Idziemy?

Addie skinęła głową.

– Idziemy.

Nadal chichocząc, wymknęły się na palcach z dziecinnego pokoju. Robiły tak podczas przyjęć, kiedy były młodsze. Zwykle chowały się za popiersiem drugiego hrabiego, które, dogodnie umieszczone w galerii nad głównym holem, osłaniało przed spojrzeniami z dołu. Tym razem jeszcze zanim dotarły na miejsce, poczuły woń kwiatów. Ciotka Vera ogołociła wszystkie oranżerie w okolicy, zamawiając dostawy nawet z Londynu. No i jeszcze perfumy gości, niektóre użyte zbyt szczodrze, aby zgłuszyć inne, bardziej naturalne zapachy.

Dziewczynki przycupnęły za swoim starym przyjacielem, drugim hrabią Ashford, każda z innej strony.

– Widzisz coś? – szepnęła Addie.

– Tak. A ty?

Ciotka Vera i stryj Charles witali przybyłych z podestu reprezentacyjnych schodów, gdzie anonsowani przez Badgera goście wchodzili jedną stroną, a schodzili drugą, inkasując za ten wysiłek po kieliszku szampana. Pani i pan domu wyglądali wspaniale, ona w swoich diamentach, on w orderach, różnych medalach za to i owo. U stryja widać było ślady zmęczenia, więcej srebra na skroniach, bruzdy wokół ust, ale nic nie mogło przygarbić mu pleców, przyćmić aury władzy, którą nosił z równą swobodą jak swój smoking.

Prawdziwą niespodzianką okazała się wszakże Dodo.

Całkowicie odmieniona. Ciotka Vera wydarła ją przemocą ze sfatygowanego stroju do konnej jazdy i wepchnęła w białą satynową suknię, pokrytą srebrzystym tiulem, co nadawało bohaterce wieczoru zwodniczo eteryczny wygląd. Dodo nie przypominała już osoby, która czuje się najszczęśliwsza, czyszcząc boksy w stajni – przypominała kogoś, kto żywi się ambrozją i sypia na puchach. Po Gillecote'ach odziedziczyła wysoką, szczupłą sylwetkę, która dzięki talentowi krawca z kanciastej stała się elegancka.

A jednak nadal była to ta sama Dodo. Nawet na galerii Addie słyszała jej gromki śmiech i widziała, jak ciotka Vera sztywnieje pod warstwami diamentów i koronek.

Dokładnie o ósmej ciotka skinęła na Badgera, który zamknął wielkie drzwi, dając w ten sposób sygnał muzykom. Nieco nierówno zagrzmiały fanfary. Goście umilkli, zastygli w oczekiwaniu. Addie miała nad nimi drobną przewagę: oglądała to wszystko podczas próby, więc wiedziała, co zaraz nastąpi.

A przynajmniej sądziła, że wie.

Koło stryja Charlesa pojawił się lokaj z kryształowymi kieliszkami na srebrnej tacy. W holu identycznie odziani lokaje krążyli z identycznymi tacami, podając gościom szampana. Przyszedł czas na toast – miała nastąpić chwila, gdy Dodo, nudna końska maniaczka Dodo, która tak niespodziewanie przeobraziła się w piękność, zostanie oficjalnie wprowadzona w Świat.

Stryj Charles wzniósł kieliszek. Zapadła cisza. Lord Ashford, w życiu prywatnym tak bardzo w cieniu żony, występując publicznie, miał to, co można by nazwać prezencją. U jego boku ciotka Vera wydawała się nieważna, pretensjonalna.

– Chciałbym podziękować, że zechcieli państwo dzisiaj do nas dołączyć – powiedział to tak, że jego słowa zabrzmiały, jakby osobiście zwracał się do każdego z zebranych.

Przycupnięta na galerii, Bea wyjęła z kieszeni Binky. Znów miała ten swój wyraz twarzy, który zapowiadał, że kroi się jakaś psota.

Addie posłała jej ostrzegawcze spojrzenie.

– Nie rób tego – szepnęła.

Bea wlepiła w kuzynkę jasne, niewinne oczy.

– Czego mam nie robić? Po prostu Binkers chce lepiej widzieć, prawda, Binks?

– wznieść toast... – ciągnął stryj Charles.

– A niech to! Napaskudziła. – Bea potrząsnęła ręką i myszka wypadła jej z dłoni.

– za moją córkę...

– Bea... nie! – Binky natychmiast zaczęła uciekać.

– Binky!

– Dianę...

– Binky – syknęła Addie, ale już za późno. Myszka pędziła jak strzała w kierunku schodów. – Binky, nie!

Nie wiadomo, kto dostrzegł ją pierwszy. Zanim stryj Charles zdołał zachęcić gości, by wznieśli toast, rozległ się przeraźliwy pisk, a potem kolejne. I dźwięk tłuczonego szkła, kiedy kieliszki z szampanem lądowały na podłodze, jeden po drugim. Kobiety rzuciły się do krzeseł i na schody, byle znaleźć się jak najwyżej. Na znak ciotki Very muzycy zaczęli grać – nie do wiary, ale *Rule, Britannia** – jednak ich oszalałe brzdąkanie, zamiast maskować katastrofę, tylko potęgowało zamęt.

Ktoś musiał złapać Binky. Addie nie oglądała się na Beę, ruszyła w pościg za myszką. Lawirując wśród zaskoczonych gości, kierowała się w stronę krzyków i brzęku tłuczonego szkła.

– Binky! – wołała na zmianę z „bardzo przepraszam i proszę mnie przepuścić".

Może zachowała się głupio, pewnie tak. Ale Binky to było jej zwierzątko i Addie nie mogła pozwolić, żeby ktoś je rozdeptał.

– Czy nie tego szukasz?

Gwałtownie zahamowała na widok czyjejś wyciągniętej ręki: kawałka czarnego rękawa i białego mankietu z karneolową spinką. Na jednym z palców widniał sygnet, ciężki, głęboko ryty pierścień z bardzo jasnego złota. A nad nim sterczał znajomy różowy nosek.

Addie podniosła wzrok i ujrzała twarz mężczyzny, ściągnięte w tłumionej wesołości wargi pod cienkimi wąsikami. I te niesamowite oczy – zielonobrązowe jak mech z torfem.

Zdyszana, wpatrywała się w nie głupio.

– To chyba twoje? – powtórzył, podając jej Binky.

---

* *Rule, Britannia* (Rządź, Brytanio) – pieśń patriotyczna, drugi, nieformalny, hymn brytyjski.

ROZDZIAŁ 6

Nowy Jork, 1999

Więc to była miłość od pierwszej myszki? – zażartowała Clemmie.

Babcia Addie nie odpowiedziała. Zapadła w starczy sen. Powieki miała purpurowe, usta uchylone.

Ostrożnie, uważając, by nie potrącić łóżka, Clemmie pochyliła się nad nią. Oddech regularny, kolor twarzy w porządku. Matka mówiła, że ostatnio zdarzało się to coraz częściej. Babcia zaczynała drzemać w połowie zdania, budziła się nagle i podejmowała je tam, gdzie przerwała, albo mówiła o czymś zupełnie innym, widocznie kończąc rozmowę rozpoczętą we śnie.

Chociaż od paru godzin panowały już ciemności, właściwie było jeszcze wcześnie. Dochodziła ósma. Clemmie usadowiła się w fotelu. Mogła tu jeszcze trochę posiedzieć przed powrotem do domu i pakowaniem.

Miała ochotę zwyczajnie tu sobie pobyć.

Rolety były nadal podciągnięte, więc widziała światła budynku po drugiej stronie ulicy. Za oknem rozgrywały się sceny w miniaturze: ludzie wracali z pracy, rodziny zasiadały do obiadu. Oplotła ciało ramionami, wtuliła głowę w oparcie fotela. Z przyglądania się cudzemu życiu, takiej obserwacji zza szyby, płynęła dziwna melancholia i budziła tęsknotę za Danem.

Cóż, może nie konkretnie za Danem. Clemmie była zdumiona, jak niewielką wyrwę pozostawił w jej życiu; jak mało o nim myślała; o nim jako o nim. Ale tęskniła za pewnym wyobrażeniem. Za tym, czego Dan był symbolem.

Co złego w tym, że chciała kogoś mieć? Kogoś, kto by zadzwonił, kiedy tkwiła w kancelarii. Kogoś, do kogo mogłaby się przytulać w zimne noce. Kogoś, kto przypominałby jej, że istnieje coś jeszcze poza pracą. Przez chwilę sądziła, że tak jest z Danem, nawet jeśli był, no cóż... jaki był. Ale wydawał się taki pewny swego, pewny za nich oboje. Dzielenie z kimś życia, choćby bez przekonania, że robi się to z właściwym człowiekiem, sprawiało, iż czuła się bardziej spełniona, bardziej komfortowo we własnej skórze.

Dan pojawił się wtedy, gdy Clemmie zaczęła lekko panikować, bo nagle uświadomiła sobie, że jej znajomi nie tylko zmienili już stan cywilny, ale mają dzieci, a ona została, poślubiona własnemu biurku, bez faceta na widoku.

W college'u i podczas studiów umawiała się na randki, jednak żaden z tych romansów nie przetrwał. Wtedy nie stanowiło to dla niej większego problemu. Miała przed sobą jeszcze mnóstwo czasu, całe lata. Matka wbijała jej do głowy, jak ważne są silna wewnętrzna motywacja i samodzielność. Małżeństwo należało do spraw, które się po prostu zdarzają, a na karierę trzeba zapracować.

Tylko że jej jakoś nie zdarzyło się „po prostu". Drugiego roku w firmie przeżyła przelotny związek z kolegą z pracy, a potem już nic. Długo, długo nic. Chodziła na cudaczne randki w ciemno, organizowane przez przyjaciół z college'u, niektóre okropne, inne w porządku, ale żadnej nie towarzyszył ogłuszający huk piorunów. Chodziła na koktajle, jeśli pozwalał na to rozkład zajęć w kancelarii, na sobotnie przyjęcia do żonatych znajomych i zamężnych koleżanek, gdzie zawsze, skrępowaną, sadzano ją obok mężczyzny w podobnej jak ona sytuacji. Lecz kiedy dzień dobiegał końca, zawsze wracała do domu sama.

I właśnie wtedy pojawił się Dan.

Był biegłym sądowym, którego wezwano, by doradzał jej zespołowi w sprawie sieci. Zatrudniona w kancelarii od pięciu lat, Clemmie była tam najstarszym stażem pracownikiem, a nie odróżniała UNIX-a od eunucha*. Dan uznał tę grę słów za niesamowicie zabawną, znacznie śmieszniejszą niż słaby dowcip. Zaprosił niedouczoną panią adwokat na kawę i Clemmie, bardziej dla kofeiny niż towarzystwa, zgodziła się.

---

* Nieprzetłumaczalny żart, oparty na podobieństwie wymowy obu wyrazów.

Poszli do Starbucksa w sąsiednim budynku i Dan dużo jej o sobie opowiedział. Miał doktorat z informatyki, który obronił na Yale, a jego komputerowa firma zajmowała się... czymś tam. Clemmie wiedziała już to wszystko z jego CV, więc zastanawiała się, po co on tyle gada, dopóki z wahaniem nie zapytał, co by powiedziała na wspólny obiad.

– Zwykle jem z plastikowej torby, którą dostarcza roznosiciel – odparła.

– A chcesz zaszaleć i zjeść coś w moim towarzystwie?

Chciała.

Trybem życia nie mógł bardziej się od niej różnić. Jako szef do spraw technicznych firmy internetowej pół dnia się obijał, grając w piłkarzyki, a potem pracował przez czterdzieści osiem godzin. Nie dlatego że musiał, ale po prostu chciał. Wyciągał ją z kancelarii podczas weekendów i prowadzał do miejsc na Manhattanie, o których nie miała pojęcia, że istnieją: na zbieranie jabłek, renesansowe jarmarki, szkockie zawody. Przyjaciele Dana urządzali imprezy związane z *Władcą Pierścieni* i sami warzyli piwo.

Clemmie, oszołomiona, dawała się zabierać dla towarzystwa. Było to całkiem niespodziewane i nigdy nie sądziła, że potrwa długo, ale miesiąc zamienił się w dwa, a potem w rok i jakoś niepostrzeżenie w łazience Dana wylądowała jej szczoteczka do zębów, a w szafce pod umywalką płyn do szkieł kontaktowych. Dan oświadczył się, wręczając Clem cukierkowy pierścionek. Duży, o smaku wiśni.

Popatrzyła i pomyślała: więc to jest to? Nie chodziło jej o pierścionek, tylko o Dana, o wszystko. Czy nie powinna czuć... więcej? Nie żadne namiętne uniesienia obiecywane w romansach, ale jakąś głęboką radość, głębokie przekonanie.

Czasami zastanawiała się, czy może inni po prostu udają. Czują to samo co ona, tylko lepiej się maskują albo oszukują samych siebie. No ale babcia i dziadek? Choćby nie wiadomo co Clemmie przypisywała różowym okularom i konkretnym wspomnieniom, wyraz twarzy babci, kiedy mówiła o dziadku Fredericku – o dziadku i tej głupiej myszce – nie mógł kłamać.

W jaki sposób znajduje się prawdziwą miłość? Oczywiście, jeśli coś takiego w ogóle istnieje. Wszystko pozostałe w życiu potrafiła zdobyć ciężką pracą lub nauką, ale nie to. Wydawało się, że miłość czasem przychodzi przypadkiem, a czasem wcale.

Gdzieś w głębi mieszkania zegar bił godzinę: osiem wysokich, metalicznych brzdęknięć, jedno po drugim.

Ostrożnie odsunęła fotel. Babcia Addie nadal głęboko spała, jej biała głowa spoczywała na poduszkach. Pochyliwszy się, Clemmie podciągnęła koc, otulając staruszkę, tak jak niegdyś ona otulała ją.

– Dobranoc – szepnęła. – Śpij dobrze.

Babcia lekko się uśmiechała. Ciekawe, śniła o dziadku Fredericku?

Może ich wnuczce też przydałaby się myszka.

Ashford, 1914

– Prawdziwa katastrofa – cieszyła się Bea. – Widziałaś, jaką minę miała ciotka Agatha?

Jednak to nie wspomnienie ciotki Agathy dręczyło Addie, tylko myśl o ciotce Verze. Wyraz twarzy lady Ashford zwiastował mordercze chęci albo przynajmniej jakieś straszliwe, srogie represje. Addie mogła uznać się za szczęściarę: łamanie kołem i zrywanie paznokci wyszło już z mody.

Lokajom zajęło trochę czasu, zanim zdołali przywrócić porządek, pozamiatać rozbite szkło i zaserwować sole trzeźwiące damom, które zemdlały. Ciotka Vera uporała się z całą aferą w sposób godny małżonki wicekróla. Zawsze opanowana, zabrała całe towarzystwo do długiego salonu na tyłach domu. Pokój ten, bardzo wąski, nie był idealny do tańca, ale gdy sprawnie usunięto meble i część tłumu rozlała się po ogrodach, lady Ashford zdołała wywołać wrażenie, że nic nie zakłóciło jej planów. Z promiennym uśmiechem bawiła rozmową dygnitarzy, popychała niezręcznych młodzieńców w stronę Dodo i przyznawała, że tak, istotnie, to było szalenie zabawne.

Dziewczynki dowiedziały się o tym wszystkim od Edwarda, który zajrzał do nich, by złożyć sprawozdanie i wyrazy współczucia. Choć może „współczucie" nie było całkiem odpowiednim słowem. Diabelnie się cieszę, że nie jestem w twojej skórze, podsumował konkretnie.

Addie też nie marzyła, żeby być w swojej.

– Biedna Dodo – powiedziała. – Coś takiego właśnie wtedy, kiedy wyglądała tak ślicznie.

– Nonsens – odparła Bea. – Tylko wyświadczyłyśmy jej przysługę. Ludzie miesiącami będą mówić o tym balu. A nawet latami.

– Tak, ale to nie w porządku. – Fakt, że to nie Dodo spowodowała katastrofę, nie miał żadnego znaczenia. Taka historia musiała rozrastać się i rozprzestrzeniać. Dodo mogła już do końca świata być „tą debiutantką od myszy". Addie splotła palce. – Zastanawiam się, co ciotka Vera zamierza ze mną zrobić.

Twarz Bei złagodniała.

– Biedactwo, o tym nie pomyślałam. Powiem im, że to moja wina. No bo to prawda.

Addie pokręciła głową.

– Nigdy w to nie uwierzą. Twoja matka nadal uważa mnie za kukułcze jajo w waszym gnieździe.

– Bardzo przyzwoite kukułcze jajo. – Bea próbowała dodać kuzynce odwagi.

– Nie w tej chwili – odparła Addie ponuro. – Ona powie, że to było do przewidzenia, wciąż oczekuje, że zacznę przejawiać skłonności do socjalizmu i przyniosę wstyd rodowemu nazwisku. – Żarty, żartami, obydwie wiedziały jednak, że to prawda. Nieważne, jak bardzo się starała, zawsze i tak była podejrzana.

– Strasznie mi przykro. Nie powinnam... no dobrze, trudno. – Bea obgryzała paznokieć, co było jej jedynym szpetnym zwyczajem.

– Wątpię, żeby mnie powiesili, włóczyli końmi albo ćwiartowali. – Addie próbowała pocieszyć kuzynkę. – W najgorszym wypadku znów stracę kieszonkowe. Przez tydzień mogę obejść się bez czekolady za pensa.

– Dostaniesz całą moją. Z odsetkami.

– Bea? Tak się zastanawiałam...

– Nad czym?

– Nic, nic, nieważne. – Co za głupoty przychodzą jej do głowy. Oczywiście, Bea nie wypuściła Binky celowo, więc Addie oznajmiła: – Idę się przejść. Złości mnie, że tak tu tkwię i czekam na wyrok.

– A jeśli się na nich nadziejesz?! – Bea siedziała z nogami na sofie. Końce szala zwieszały się jej przez kolana.

– Jeszcze długo nie wrócą.

Dodo najkorzystniej prezentowała się na koniu, więc ciotka Vera zorganizowała polowanie: w czym nie pomoże taniec, jej córka zyska jako amazonka.

– Pójść z tobą? – Bea wyraźnie miała wyrzuty sumienia, bo przecież nienawidziła spacerów.

Addie wyjrzała przez okno. Po porannym deszczu w powietrzu wisiała delikatna mgiełka. Idealna pogoda na przechadzkę.

– Wszystko w porządku. – Włożyła stary beżowy prochowiec, który dawniej nosiła Dodo; za długi, rękawy opadały jej na dłonie, ale przed mgłą chronił dobrze. – Wolałabym iść sama.

Bea opadła na poduszki i rzuciła jej spojrzenie znad starego numeru „Ratlera".

– Jeśli zmienisz zdanie...

– Niedługo wracam. Miłej lektury.

Głowa Bei zniknęła za płachtą magazynu.

Addie wyszła z domu bocznymi schodami. Po ośmiu latach znała tu każdy kąt, wszystkie zakręty i zakamarki. Dorastanie w Ashford przypominało trochę doznania w teatralnych kulisach: życie dzieci toczyło się wokół głównej sceny, ale rzadko na niej. Dziewczynki wałęsały się swobodnie po peryferiach domu, przemierzały tylne korytarze, zaglądały do kuchni, jednak prawie nigdy do okazałych reprezentacyjnych sal; tych, które tak onieśmieliły Addie pierwszego wieczoru po przyjeździe.

Teraz, kiedy już „weszła w świat", Dodo mogła spać w sypialni na drugim piętrze, a za trochę ponad rok w ślady siostry miała podążyć Bea. Bez niej Addie nie potrafiła wyobrazić sobie ich dziecinnego pokoju. Starała się o tym nie myśleć. Wiedziała, że ciotka Vera raczej nie uwzględnia jej w swoich planach, obojętnie, co na ten temat sądziła Bea. Wobec tej córki lady Ashford miała wielkie zamiary, które z pewnością nie dotyczyły ubogiej kuzynki na doczepkę.

Ostatnio chodziły słuchy o wyjeździe na rok do Paryża. Bea miała nabrać ogłady, podszlifować francuski, spędzić trochę czasu w Luwrze, kopiując wielkich mistrzów, jednym słowem robić wszystko to, czym zajmują się młode panienki podczas przeddebiutanckich zagranicznych wojaży. Dodo odbyła podróż do Monachium, ale sądząc po informacjach z gazet, wydawało się mało prawdopodobne, żeby stryj Charles wyekspediował tam również drugą córkę.

– Pojedziesz ze mną, oczywiście – oznajmiła Bea, kiedy już podzieliła się z Addie wieścią o paryskich planach.

Teraz bardziej niż kiedykolwiek wydawało się to nieprawdopodobne.

Nie po incydencie z ostatniego wieczoru.

Bocznymi drzwiami Addie wymknęła się do kuchennego ogrodu, pachnącego lawendą i macierzanką. Schludne grządki, na których za parę miesięcy miały wyrosnąć zasadzone warzywa, otaczały rabatki ziół. Addie zwróciła twarz ku niebu i rozkoszowała się dotykiem mgiełki na skórze. Okrążyła otoczony murem warzywnik i pomaszerowała ścieżką w stronę labiryntu z bukszpanu. Żwir chrzęścił jej pod stopami, wdychała znajomy zapach wilgotnej ziemi i starych kamieni. Sponad żywopłotów unosiła się gęsta mgła. Ogrody wyglądały na opustoszałe, tylko jakiś ptak przysiadł na cisie i obserwował Addie czarnymi paciorkami oczu. W końcu pogardliwie zakrakał i odleciał.

Najwyraźniej też już słyszał o mysim incydencie.

Addie wepchnęła ręce do kieszeni płaszcza i kopiąc czubkiem buta kamyczki, starała się nie myśleć o tym, jak bardzo wściekła jest na nią ciotka i jak srogi szykuje odwet. Zwłoka była dodatkową formą tortur, chociaż zapewne nierozmyślną. Po prostu mając dom pełen gości, lady Ashford musiała odłożyć przyjemność ukarania krnąbrnej wychowanki do momentu, gdy spełni już wszystkie obowiązki gospodyni. Poza tym tego ranka nadeszły telegramy, które sprawiły, że stryj Charles udał się do swojego gabinetu tak ponury, iż wróżyło to coś gorszego niż spodziewane kłopoty.

Jaka więc czekała ją kara? Na pewno nie odebranie kieszonkowego. Addie wiedziała, że nie wywinie się tak małym kosztem. Ciotka Vera nierzadko groziła, że odeśle bratanicę męża do rodziny w Kanadzie, ale to też wydawało się mało prawdopodobne.

Addie skręciła za róg labiryntu i gwałtownie przystanęła, by nie wpaść na osobę, która nadchodziła właśnie z przeciwnej strony.

Czyjeś ręce chwyciły ją za ramię i podtrzymały. Zdążyła ledwie zauważyć tweedową marynarkę z mosiężnymi guzikami.

– Hola, powoli – rozległ się przyjazny męski głos.

– Bardzo przepraszam. Nie chciałam pana staranować. – Addie pospiesznie mu się wyrwała. – Powinnam była patrzeć...

– Obawiam się, że to ja zawiniłem.

Przed nią stał dżentelmen z balu. Ten, który uratował dla niej Binky. Tym razem miał na sobie tweedy, a nie frak, ale od razu rozpoznała zielone, wesołe oczy.

W tej samej chwili nieznajomy też zorientował się, z kim rozmawia.

– A niech mnie, dziewczynka z myszką!

Addie spuściła głowę.

– Wstyd i niesława.

Usłyszała, jak zachichotał.

– Nie wydaje mi się, żebyśmy wczoraj poznali się w stosowny sposób – powiedział. – Więc w równie niestosowny sposób możemy się sobie przedstawić. Frederick Desborough, do usług.

Przycisnąwszy dłoń do piersi, złożył żartobliwy ukłon. Addie mimo woli parsknęła śmiechem.

– Panie Desborough. – Wiedziała, że powinna trzymać fason, zamieść spódnicą ścieżkę i złożyć głęboki ukłon. Zamiast tego wbiła ręce w kieszenie, zadarła podbródek i sztywno skinęła głową. – Nazywam się Adeline Gillecote.

– Panno Adeline. – Zdumiony, spojrzał na nią, na jej zmierzwione włosy i stary płaszcz. – Siostra panny Gillecote?

– Och, nie – odparła szybko Addie. Dodo była wysoka i jasnowłosa jak stryj Charles. Tak samo Bea i wszyscy Gillecote'owie od początku świata, a przynajmniej od inwazji Normanów na Anglię. Gdzież jej tam do nich. „Mała brunetka", mówiła o niej ciotka Vera. – Jej siostry to Bea i Poppy. Ja jestem tylko kuzynką.

Pan Desborough uniósł brew.

– Kuzynką? To tytuł czy pozycja społeczna?

– Raczej to drugie. – Addie próbowała obrócić odpowiedź w żart. – Jestem elementem wnętrza. Coś jak koń na biegunach. Każdy pokój dziecinny potrzebuje kuzynki. Proszę sobie przypomnieć Jane Eyre.

– Mam nadzieję, że nie zachodzi bezpośrednie podobieństwo – odparł Frederick Desborough.

– Ależ skąd. W Czerwonym Pokoju zamykają mnie tylko raz w tygodniu – odparła Addie i aż zszokowała ją taka odwaga. Ten mężczyzna miał w sobie coś, co sprawiało, że bardzo łatwo nawiązywał kontakt. W przeciwieństwie do większości dorosłych. – Czy nie powinien pan być z innymi? – zapytała nieśmiało.

– Na polowaniu? Nie mogę. Zakaz lekarza.

Poruszył łokciem i dopiero teraz Addie zauważyła, że lewą rękę trzymał na jedwabnym temblaku, zręcznie ukrytym pod marynarką.

– Co się stało?

– Drobne nieporozumienie z płotem w Melton. Wygrał płot. – Addie była pod wrażeniem. Melton. Zabrzmiało to tak niesamowicie dorośle i światowo*. Jednak zanim zdążyła poprosić o szczegóły, Frederick Desborough gładko zmienił temat. – Skoro mowa o wypadkach, jak się miewa twoja mała przyjaciółka?

– Moja mała... ach! Ma pan na myśli Binky?

Uśmiechnął się.

– Istotnie, takie imię wykrzykiwałaś wczoraj wieczorem, chociaż ciężko było je dosłyszeć przez brzęk tłuczonej zastawy. Straszną burę dostałaś?

Addie wcisnęła loki za uszy, chciała, żeby jej włosy nie puszyły się od wilgoci; żeby były gładkie i lśniące jak włosy Bei.

– Jeszcze nie, ale na pewno dostanę.

– Chleb i woda? – Żwir chrzęścił im pod stopami, kiedy powoli szli ścieżką.

– Najbardziej zapleśniały chleb – odparła Addie, wpadając we właściwy ton. – I najbardziej zatęchła woda. Ale najgorsza ze wszystkiego jest chłosta.

Zatrzymał się i popatrzył na dziewczynę z góry, więc zmuszona była odpowiedzieć mu spojrzeniem.

– Żartujesz, Myszko? Prawda, że żartujesz?

– Oczywiście – przytaknęła szybko. – Naprawdę nigdy mnie nie biją... rzecz jasna, tylko wtedy, kiedy siedzę w Czerwonym Pokoju. Myślę, że wstrzymają mi kieszonkowe. Zwykle taką mam karę. Tylko tym razem pewnie wstrzymają mi je do osiemdziesiątki. Jaka jest według pana aktualna stawka za zrujnowany debiut?

Mówiła zbyt dużo, zbyt szybko, ale coś w wyrazie jego twarzy poruszało Addie, jakaś powaga i determinacja; zaczynała się zastanawiać, jak by zareagował, gdyby skłamała, gdyby powiedziała, że się nad nią znęcają. Wzburzyło ją to.

---

* „Jeśli naprawdę zależy Ci na galopie [...], jedź do Melton – zachęcały [brytyjskie] poradniki łowieckie. Uczestnictwo w sezonie myśliwskim wiązało się z wynajęciem odpowiedniej rezydencji na prowincji, w której – po polowaniach – odbywały się bale, przyjęcia i spotkania". (http://daisypless.wordpress.com/tag/sport/)

Pan Desborough wsunął rękę do kieszeni i szedł, nadając tempo dla nich obojga.

– Bardzo mnie to cieszy. – Gdzieś w pobliżu odezwał się ptak, donośnie w ciszy ogrodu. – Bo już się bałem, że będę musiał ruszyć na ratunek.

Słowa zabrzmiały beztrosko, ale sposób, w jaki je wypowiedział, w jaki na nią patrzył, tak zwyczajnie, a jednak... Addie czuła, że policzki jej płoną mimo porannego chłodu, choć dłonie miała lodowate i odrętwiałe.

– Jak Perseusz i Andromeda – wypaliła, po prostu by coś powiedzieć.

Spojrzał na nią zdziwiony.

– Tylko mi nie mów, Myszko, że w swojej menażerii masz węża morskiego.

– Nie. – Pokręciła głową, aż włosy opadły jej na twarz. – Chodziło mi tylko o to, że chyba właśnie tym zajmują się bohaterowie. Ratowaniem księżniczek z opresji i tak dalej.

Przez zasłonę włosów dostrzegła, że pan Desborough się uśmiecha, choć wyraźnie starał się zachować powagę.

– Nie mogę zagwarantować, że zachowam się jak książę – oznajmił z powagą. – Ale jeśli znajdziesz się w opałach, wrzeszcz, a przybędę na ratunek. Natomiast co do węży morskich, niczego nie obiecuję.

– Dziękuję – powiedziała nieśmiało Addie. – To bardzo miło z pana strony.

– Co do węży morskich nie obiecuję – powtórzył z uśmiechem, od którego robiło mu się w policzku zagłębienie; jeszcze nie całkiem dołeczek, ale prawie.

Addie zapinała i rozpinała górny guzik płaszcza, usiłując wykrzesać z siebie jakieś w miarę inteligentne zdanie albo przynajmniej śmiech, który nie przypominałby niezdarnego pisku. Gdyby na jej miejscu była Bea, wiedziałaby, co powiedzieć. Ona zawsze wiedziała. Roześmiałaby się i rzuciła jakąś lekką, zabawną uwagę. I nie żułaby włosów jak krowa. Tymczasem cisza trwała i trwała, a pan Desborough z pewnością musiał pomyśleć, że Addie jest przygłupią niemową, ot taką kuzynką, jaką ludzie z oczywistych względów trzymają na poddaszach.

Ojej, należało zażartować na temat morskich wężów, prawda? Że nie ma tu w pobliżu wody. Ale teraz było już za późno, minęło zbyt wiele czasu, więc zabrzmiałoby to tak, jakby łamała sobie nad tym głowę. Co faktycznie robiła, ale...

Zerknęła ukradkiem, z ukosa na Fredericka Desborough, a on napotkał jej spojrzenie i uśmiechnął się szeroko. Addie poczerwieniała i spuściła głowę.

Uratowały ją chrzęst żwiru i nawołujący po imieniu głos.

– Panno Adeline? Panno Ade... Och, dzięki Bogu. – Ivy, pokojówka lady Ashford, zatrzymała się gwałtownie i oparłszy dłonie na kolanach, z trudem łapała oddech. – Myślałam, że już nigdy panienki nie znajdę. Godzinami panienki szukam.

Dopiero teraz spostrzegła pana Desborough i umilkła, zbita z tropu.

– Proszę o wybaczenie, sir – odezwała się po chwili, dygając. – Nie zamierzałam przeszkadzać, ale Jej Lordowska Mość chce widzieć pannę Adeline. W gabinecie Jego Lordowskiej Mości.

Addie przygotowała się na kłopoty. Gabinet? Zabrzmiało to złowrogo. Salon służył lekkim reprymendom i ogólnej kontroli, gabinet – poważniejszym naruszeniom prawa. Ciotka Vera pewnie jeszcze bardziej się rozzłościła, bo musiała czekać.

Godzinami? Aż tak długo? Addie zerknęła nieśmiało na pana Desborough. Jej poczucie czasu uległo zaburzeniu. Miała wrażenie, że rozmawiali tylko kilka minut. Ale też... że zna go od lat. Była kłębkiem sprzeczności – i w matni, skoro ciotka Vera po nią posłała.

– Dziękuję, Ivy. Za chwilę przyjdę. – Odwróciła się do pana Desborough i zmarszczyła nos w przesadnym wyrazie rozpaczy. – Wygląda na to, że teraz mi się oberwie.

– Odwagi, Myszko – odparł. – I pamiętaj...

– Tak, wiem. Żadnych morskich węży.

Zdumiona własną śmiałością, spuściła głowę i pobiegła za pokojówką, by stawić czoło karze. W tym momencie starała się przywołać wszystko, co było tej kary warte. Myszko, tak do niej mówił. I brzmiało to miło, jak pieszczotliwe przezwisko. Wiedziała, że dla niej ciotka Vera nie urządzi debiutanckiego balu, takiego jak dla Bei – zwłaszcza po aferze z Binky – ale może, może chociaż...

Wyobraziła sobie Addie dorosłą i po dorosłemu wytworną, w połyskliwej, białej sukni. On podchodzi do niej. W ręku zapomniany kieliszek szampana, w zielonych oczach szelmowski błysk. „Myszko – powiedziałby pan Desborough – ależ ty wyrosłaś".

A potem by ją zabrał daleko, jak najdalej od ciotki Very, Ashford Park i drzwi gabinetu stryja Charlesa.

Właśnie na widok tych drzwi powróciła do rzeczywistości. Nie była już debiutantką, tylko niechlujną uczennicą w starej bluzce i poplamionej błotem spódnicy. Wzięła głęboki oddech i zapukała. Służące po prostu wchodziły; ubogie kuzynki uczyły się pukać.

– Proszę. – To nie była ciotka Vera, tylko stryj Charles. Jego głos brzmiał niezwykle ostro, gniewnie.

Gorzej niż mogła przypuszczać! Stryj rzadko brał udział w wyznaczaniu kar. Ale kiedy tak się działo... no, to już po niej. Addie pomyślała o Perseuszu. Ciotki i stryjowie to całkiem co innego niż bajkowe morskie węże.

Przez uchylone drzwi wetknęła do gabinetu głowę, potem niechętnie wsunęła się cała. Stryj Charles siedział przy biurku, ciotka Vera ze stężałą, pobladłą twarzą stała za fotelem męża.

Addie zebrała się na odwagę.

– Ivy powiedziała, że ciocia chce mnie widzieć. Chodzi o myszkę?

– Chciałam. Godzinę temu – odparła lady Ashford i zamilkła, jakby nie dowierzała własnemu głosowi.

– O myszkę? – powiedział stryj Charles. Przed nim leżał telegram. Tusz rozmazał się, jakby ktoś zbyt szybko wyrwał go spod prasy. Stryj patrzył na Addie, ale ona odnosiła wrażenie, że jej nie widzi. Wcale. – Równie dobrze to mogła być myszka. Jedna myszka, żeby wszystko runęło.

Chyba nie całkiem wszystko, lecz Addie już od dawna wiedziała, że nie wolno nic mówić we własnej obronie. Zwykle to tylko pogarszało sprawę.

– Nie jest aż tak źle – powiedziała ciotka Vera i Addie osłupiała ze zdumieniem. Nie sądziła, że kiedykolwiek usłyszy, jak ciotka się za nią ujmuje. Liczyła raczej na łaskawość stryja Charlesa, który czasami przypominał sobie, że ta uboga krewna jest córką jego brata. Ciotka Vera popatrzyła na nią i zapytała szorstko: – Co ty tu jeszcze robisz?

Tego ranka nic nie miało sensu. Addie z trudem przełknęła ślinę.

– A myszka?

– Głupia dziewczyno, nikogo nie interesuje jakaś myszka! – Głos ciotki załamał się. – Marsz do dziecinnego pokoju.

Pomaszerowała, ale najpierw zajrzała do kuchni. To kucharka powiedziała Addie, co się stało. Kucharka, która poczęstowała filiżanką herbaty gońca z poczty i usłyszała od niego najnowsze nowiny: Niemcy wypowiedziały wojnę Francji.

Nie minął dzień i Anglia też była w stanie wojny.

Rozdział 7

Nowy Jork, 1999

Potężne zmęczenie dało o sobie znać, zanim dotarła do domu.

Rzuciła płaszcz na krzesło, a plik listów na regał, który służył jej w holu również jako stolik. Nie musiała otwierać żadnej koperty i tak wiedziała, jaka jest zawartość. Oferta karty kredytowej, oferta karty kredytowej, rachunek, rachunek, rachunek.

Mieszkanie Clem optymistycznie nazywano „kawalerką z wydzieloną sypialnią", co w praktyce oznaczało kawalerkę z alkową zbyt daleko odbiegającą od prawdziwego pokoju, by powinny tam być drzwi. Poprzedni lokatorzy zawiesili w wejściu zasłonę z paciorków. Haki po niej nadal sterczały z sufitu niczym jakaś niekonwencjonalna artystyczna instalacja. Clemmie nie zadała sobie trudu, aby je usunąć lub coś na nich zawiesić, choć czasami używała ich do suszenia prania.

W alkowie starczało miejsca tylko na łóżko i wąską komodę. Życie, niezwiązane z tymi meblami, musiało toczyć się w salonie, gdzie stały kanapa, półki na książki i karciany stolik, który służył również jako stół kuchenno-jadalniany, biurko oraz ogólnie rzecz biorąc, składowisko akt, segregatorów, poczty i tego, co tu przypadkiem trafiło.

Na automatycznej sekretarce mrugało światełko. Cztery wiadomości. Wszystkie od Dana.

O cholera. Przekazano jej w kancelarii, że dzwonił, ale była tak zawalona robotą, a poza tym... Na to właśnie ciągle narzekał, gdy jeszcze stanowili parę, prawda? Że Clem nigdy nie ma dla niego czasu.

Jakiego czasu? Kiedy?

Przecież nie wylegiwała się na plaży. Nie każdy może zarabiać na życie, grając w piłkarzyki z ludźmi, którzy komunikują się za pomocą jedynek i zer.

Och, Boże. Nie byłaby taka złośliwa, gdyby nie czuła, że trochę miał rację. Brakowało jej dla niego czasu. Zastanawiała się, zmęczona, czy nie chciała tego czasu znaleźć, czy też – sięgając głębiej – nigdy tak naprawdę wystarczająco nie chciała Dana.

Co za baba?

Właśnie wyciągała spod łóżka walizkę, gdy znów rozdzwonił się telefon. Zamarła i poczekała, by włączył nagrywanie. Biorąc pod uwagę jej nastrój albo rozdarłaby Dana na strzępy, albo zaczęła błagać o powrót – jedno i drugie wykluczone.

– Hej, Clemmie. Tu Jon. Chciałem ci tylko powiedzieć, że znalazłem sobie lokum. W przyszłym tygodniu jadę do Greensboro, ale wracam do Nowego Jorku już na dobre...

Clemmie podniosła słuchawkę.

– Hej!

– O cześć. – W tle automatyczna sekretarka klepała swój tekst. – Nie wiedziałem, że jesteś w domu.

– Ukrywałam się. Przed Danem.

Pik, pik.

– Koniec wiadomości – oznajmiła sekretarka.

– Łapię – zdążył powiedzieć Jon. – W każdym razie, tak jak mówiłem, chciałem ci tylko dać znać, że wracam dwudziestego grudnia.

Ze słuchawką między uchem i ramieniem Clemmie zaczęła składać koszule i pakować je do walizki.

– A twoje wykłady?

– W tym semestrze mam urlop naukowy.

Urlop naukowy czy raczej porozwodowy na użalanie się nad sobą? Wiedziała wystarczająco dużo o uczelniach, by zdawać sobie sprawę, że o urlop naukowy ludzie zwykle starają się z dużym wyprzedzeniem.

– Łatwiej ci dzięki temu? – zapytała.

Nie poprosił o wyjaśnienie, co ma na myśli.

– Łatwiej – odparł – w tym sensie, że przez resztę roku nie muszę być w Greensboro. Ale ogólnie? Trudniej.

– A kiedy znów zaczniesz wykłady? – Clemmie podeszła do komody. Wylot w środę, na miejscu w czwartek, więc potrzebna jest bielizna od czwartku do niedzieli.

– W następnym semestrze. Ale biorę tylko jedne zajęcia. Muszę popracować nad książką *Zmierzch i upadek*? *Angielska arystokracja w okresie po I wojnie światowej*.

– Chwytliwy tytuł. – No tak, praktyczna bielizna w bielach i beżach, sięgnęła jednak impulsywnie po seksowny różowy jedwab z białą koronką. W końcu dlaczego nie?

– Zapożyczenie z Evelyna Waugh*. Nie jestem zbyt oryginalny.

* Evelyn Waugh (1903–1966) – pisarz angielski, autor takich powieści jak m.in. *Zmierzch i upadek*, *Garść prochu*, *Powrót do Brideshead* czy trylogia *Sword of Honour*.

Clemmie cisnęła bieliznę do walizki i wróciła po piżamę.

– Jeśli pasuje ci Waugh, co powiesz na *Zwrot z Brideshead**?

Usłyszała, jak Jon coś gryzie i przeżuwa.

– Ukradłaś ten pomysł Stoppardowi – oświadczył z naciskiem.

– A ty swój Waugh, więc mamy remis. – Piżama była flanelowa w puszyste różowe owieczki. Clem dorzuciła jeszcze pasujący do niej T-shirt. – Więc naprawdę piszesz o rodzinie babci.

Jon czegoś się napił i głośno przełknął.

– Więc już nie myślisz, że cię bujam?

Clemmie kopniakiem odsunęła na bok walizkę, torując sobie drogę do łazienki, gdzie w fugach mnożyły się już dziwne, egzotyczne kultury bakterii. W razie gdyby nie zdołała zarobić na życie jako prawnik, śmiało mogła odsprzedać swoją łazienkę do celów badawczych.

Zapaliła światło, starając się nie przyglądać zbyt dokładnie brudnym mydlanym kręgom w umywalce.

– Po tę strawę udałam się wprost do żłobu. Choć może nie brzmi to dobrze. Zwłaszcza że w ten sposób też wychodzę na konia, prawem dziedziczenia. W każdym razie na przedstawiciela końskiego rodu**.

Jon zignorował jej żarty.

– I co babcia ci powiedziała?

– Właściwie to samo, co ty. – Przytrzymując telefon ramieniem, sięgnęła po kosmetyczkę, wetkniętą na najwyższą półkę łazienkowej szafki.

– Yhm? – Jon przybrał ton ostrożnie neutralny.

– Pokazała mi zdjęcie całej ich paczki z Ashford Park. – Ta nazwa nadal dziwnie brzmiała w jej ustach, a fakt, że babcia tam mieszkała, wydawał się jeszcze dziwniejszy: Ashford Park i mieszkanko Clem na dziewiątym piętrze przy nowojorskiej

---

* W oryg. *Brideshead Regurgitated* – gra słów dotycząca tytułu *Powrót do Brideshead* (*Bridshead Revisited*), użyta przez angielskiego dramaturga Toma Stopparda w jego sztuce *Arcadia*.

** Ang. idiom *from the horse mouth* (z końskiego pyska) oznacza: z pierwszej ręki; żart Clemmie oparty jest na nieprzetłumaczalnej grze słów.

Pięćdziesiątej Drugiej i Ósmej Alei? – Kto własnego dzieciaka nazywa Dodo? To jeszcze gorsze niż Clementine.

– Niektórzy nosili cudaczne przezwiska – przyznał Jon. – Miało to dawać poczucie, że człowiek należy do elitarnego klubu. Tworzyli własny slang i zmieniali go, gdy tylko zaczynali podejrzewać, że motłoch już depcze im po piętach.

– O tym też piszesz? – Tak mocno szarpnęła kosmetyczkę, że sterta myjek do twarzy zaczęła się ześlizgiwać z półki. Clemmie pospiesznie upchnęła je na miejsce. Kurczę blade.

– W pewnym sensie – odparł wymijająco.

– Hej, bez obawy. Nie zamierzam podkradać twoich pomysłów. – Frotowy stos przesuwał się nieubłaganie w jej kierunku. Cholera, cholera, cholera. Clemmie rzuciła ściereczki na klapę sedesu. Mogła schować je później. – Jakoś nie pomyślałam, że właśnie czymś takim się zajmujesz.

Właściwie nigdy się nad tym nie zastanawiała. Miała egzemplarz pierwszej książki Jona, w nieskazitelnym stanie, nawet nierozpakowany. Był to prezent gwiazdkowy od ciotki Anny. Oczywiście, z autografem autora. A nawet z poświadczającą ten fakt nalepką „Autograf autora" na okładce. W tej chwili Clem nie potrafiła sobie przypomnieć ani tytułu tego dzieła, ani gdzie je położyła.

– Drobiazg – oschle powiedział Jon. – Wiem, że jesteś zajęta.

– To prawda... – Dlaczego nagle nabrała takiej niechęci do tych słów? Bóg jej świadkiem, sama używała ich niemal bez przerwy, ale słysząc „jesteś zajęta" z cudzych ust, czuła, że się wewnętrznie skręca. Wiedziona impulsem, zapytała: – Wyświadczysz mi przysługę? Zostajesz w mieście do końca tygodnia, prawda?

– Jaką przysługę? Będę tego żałował?

– I które z nas teraz rozumuje jak prawnik? – odcięła się. – Nie martw się, to nic strasznego. Mógłbyś zajrzeć do babci Addie? Dziś wyglądała znacznie lepiej, jednak... sama nie wiem.

– Żaden problem – powiedział tylko, ale jego spokojna pewność sprawiła, że Clemmie poczuła się znacznie lepiej.

Śmieszne, jak wszystko się pozmieniało. Gdyby dziesięć lat temu ktoś jej mówił, że będzie szukała w Jonie oparcia, uznałaby, że się naćpał.

Wcisnęła torebkę z przyborami do makijażu w kąt walizki, wyprostowała się i przeciągnęła, czując ból mięśni.

– Dzięki, Jon. Naprawdę. Dobrze mieć cię z powrotem. – Cisza. Niezręczna cisza. Cholera. Lekko podniesionym głosem Clemmie zażartowała: – W końcu jesteś dla mnie osobnikiem najbardziej zbliżonym do brata.

Nadal cisza, a potem śmiech.

– Nie świadczy to najlepiej o twoich rodzonych braciach?

– Tata dostał ich w ramach podziału majątku po rozwodzie. – Przygryzła wargę. – To znaczy, chciałam...

– W porządku, Clem. – Clemmie oblała się rumieńcem, słysząc kpinę w jego głosie, wyraźną mimo zakłóceń bezprzewodowego telefonu, który zaczynał bzikować w promieniu większym niż metr od bazy. – Nie będę mazać się za każdym razem na dźwięk słowa „rozwód".

– Jasne. Wiem, że nie. Tak czy inaczej, dzięki za pomoc z babcią Addie.

– Przestań mi dziękować. I tak bym ją odwiedził.

Pewnie rzeczywiście by to zrobił.

– Jon, nic nie zmieniaj.

– Nie zamierzam. Prześpij się trochę.

– Ty też – odparła i odłożyła słuchawkę.

Brawo, święty Jon, patron babć. A jak to świadczyło o Clemmie? Chociaż niespokrewniony, był lepszym wnukiem dla jej babci niż ona.

Poza jednym zdaniem, rzuconym poprzedniego dnia, nie wiedziała nic na temat jego własnych dziadków. Jon w ogóle niewiele mówił o swojej rodzinie. Natomiast wyraźnie lubił przebywać z jej bliskimi. Po raz pierwszy Clemmie zadawała sobie pytanie, jakie to uczucie żyć na marginesie czyjegoś domu, kiedy człowiekowi ciągle przypominają, że właściwie jest obcy.

Zupełnie jak babcia Addie w Ashford. Oczywiście, bez wszystkich tych arystokratycznych zadęć.

Clemmie miała sześć lat, kiedy ciotka Anna wyszła za ojca Jona. Zbyt mało, by nowy kuzyn budził w niej romantyczne zainteresowanie, a jednocześnie wystarczająco dużo, by uznać go za uzurpatora. Do tamtego czasu była jedynym wnuczątkiem w najbliższej okolicy, centrum uwagi dziadków. Obaj jej bracia przekroczyli już wtedy dwudziestkę, pożenili się i zostali w Kalifornii. Wuj Teddy mieszkał w Greenwich, nie aż tak daleko, ale jego dzieci były od Clem znacznie starsze, już zdawały na studia, podróżowały, zawierały małżeństwa.

Poza tym wuj Teddy i ciotka Patty niezbyt często opuszczali Greenwich. Clemmie wiedziała – dzieci zwykle wiedzą, chociaż nikt im nie mówi – że babcia Addie i żona wuja Teddy'ego nie przepadały za sobą. Babcia uważała ciotkę Patty za przeciętną, nudną i pozbawioną ambicji. „Pani domu", mówiła o niej z lekceważeniem, gorszym niż jawna krytyka. W zamian ciotka Patty starała się trzymać swoje dzieci tak daleko od babci, jak tylko pozwalała na to kolej Metro-North.

A potem pojawił się Jon. Ciotka Anna i jego ojciec przeprowadzili się do apartamentu niedaleko Columbii i zapisali Jona do Collegiate*. Jon nie dość, że był w podobnym do Clemmie wieku, to jeszcze miał głowę nie od parady i okazywał to z całą arogancją, którą uczniowie Collegiate przywdziewali wraz ze szkolnymi marynarkami. Nagle już nie tylko Clem należała do pierwszej ligi. Jon też. A w dodatku on był o trzy lata starszy, o trzy lata bliższy sukcesu i aprobaty babci. Wyśmiewał się z marnej łaciny Clem, krytykował jej umiejętności matematyczne, unosił brew nad wyborem lektur. Odpłacała mu monetą przynależności – jej ciotka, jej matka, jej babcia. Celowo snuła przy nim wspomnienia, których nie mógł z nią dzielić.

---

* Collegiate School – szkoła dla chłopców na Manhattanie; najstarsza w USA.

Boże, była koszmarnym bachorem. Ale nie tylko ona. Oboje wiedzieli, gdzie uderzyć, żeby zabolało. Oboje walczyli o przynależne sobie miejsca.

Czasami zawierali rozejm. Jon pomógł jej z aplikacją do college'u. Niechętnie, ale pomógł. A Clemmie nie komentowała, że przesiadywał u babci Addie nawet po tym, gdy ciotka Anna zostawiła jego ojca dla męża numer trzy – czy może cztery? No i, oczywiście, był jeszcze Rzym.

O Rzymie nigdy nie rozmawiali.

Clemmie westchnęła, opuściła wieko walizki i zasunęła zamek. Jaka to ulga, że z tego wszystkiego wyrośli. Aż dziwnie pomyśleć, ile mieli już lat. Ona trzydzieści cztery, czyli Jon trzydzieści siedem, dobrze pod czterdziestkę. On był profesorem, ona prawniczką. Cóż powiedzieliby na to tamci nastolatkowie sprzeczający się w kuchni babci Addie? Co powiedzieliby na to wszystko? Nigdy sobie nie wyobrażała Jona rozwiedzionego. Nigdy sobie nie wyobrażała siebie samotnej i bezdzietnej w takim wieku.

Dobra, dosyć tego. Clemmie przeniosła walizkę do salonu i pogasiła światła. Powróciła do sypialni i włożyła nocną koszulę. Coś poruszyło się w lustrze nad komodą. Po chwili dezorientacji Clem uświadomiła sobie, że spogląda na własne odbicie, jakieś obce w słabym świetle lampki, wciąż zaskoczona krótkimi włosami.

Przez moment – to głupie, ale tak było – przez moment Clemmie wydawało się, że patrzy na nieznajomą z fotografii, ukrytej w babcinej szufladzie. Na Beę.

Pokręciła głową, kobieta w lustrze również. Kosmyki, ostrzyżone na boba, zakołysały się wokół twarzy. To ta fryzura. Fryzura i złudzenie na skutek światła, podobieństwa koloru. W rzeczywistości nie przypominała tak bardzo kobiety ze zdjęcia.

Żałowała, że nie przyjrzała mu się dokładniej, kiedy była okazja. Ciekawe, co też się z nią stało, z tą Beą? Czy wyszła za swojego markiza? I czemu babcia nigdy przedtem o niej nie opowiadała?

Wszystko to działo się dawno temu i daleko stąd.

Clemmie wyłączyła nocną lampkę, wsunęła się do łóżka i podciągnęła kołdrę pod brodę. Zwinięta w kłębek, czekała, aż zimna pościel ogrzeje się od ciepła jej ciała.

Kiedy Dan tu nocował, żeby nie spaść z łóżka, dopasowywali się do siebie jak kawałki układanki. Latem, gdy dokuczał im upał, psioczyła na ten zwyczaj. Ale teraz miło byłoby mieć kogoś, do kogo mogłaby się przytulić, z kim mogłaby dzielić się ciepłem.

Może jednak trzeba było wyjść za Dana?

A jeśli wykorzystała już wszystkie swoje szanse? Jeśli żaden mężczyzna już się nią nie zainteresuje? Przekręciła się na drugi bok – ależ lodowata ta pościel. To prawda, nie kochała go, ale lubiła spędzać z nim czas. W zimną noc, na wąskim łóżku, łatwo było dojść do wniosku, że lepiej być z kimś, nawet nieodpowiednim, niż zostać samą.

Clemmie wtuliła twarz w poduszkę. Nadal dygocząc z zimna, zapadła w niespokojny sen, w którym obrazy Dana przeplatały się z wizerunkiem kobiety z zamierzchłych czasów, uwiecznionej na zdjęciu, które babcia Addie trzymała w szufladzie nocnego stolika.

Londyn, 1919

Została przyłapana, kiedy zmierzała do toalety.

Uśmiechem i wymownym ruchem oczu Bea przeprosiła Camillę i Mary.

– Tak, mamo?

Matka odprowadziła ją na bok. Do ust miała przyklejony oficjalny sztywny uśmiech, niemal tak sztywny jak jej sylwetka w ruchu, ale jej ton świadczył o tym, że nie była w nastroju do żartów.

– Odmówiłaś tańca Rivesdale'owi?

Dokładnie tak Bea postąpiła i to z pełnym rozmysłem. Nie sądziła jednak, by matka potrafiła docenić finezję jej wielkiej strategii flirtu.

– Muszę poprawić tren. Topper Bingham mi go przydepnął.

Lady Ashford nie wyglądała na udobruchaną.

– Chyba nie chcesz Riversdale'a zniechęcić – ostrzegła. Rozejrzała się po sali balowej i z dezaprobatą prychnęła na widok potomstwa swoich rówieśników. – Nikt lepszy ci się nie trafi.

Ach te czułe matczyne słowa, od nich cieplej robiło się na sercu. Bea przeciągnęła się zmysłowo – pierś do przodu, ramiona wyprostowane.

– A może ktoś gorszy.

– Beatrice – ostro rzuciła lady Ashford.

– Tak, mamo. – Łatwiej było ustępować, niż z nią walczyć. Boże, żeby chociaż raz się zaciągnąć. Ale matka, przeciwna papierosom, byłaby przerażona, gdyby wiedziała, że Bea pali.

Zresztą i tak nieustannie czuła się czymś zgorszona, od kiedy wojna przewróciła świat do góry nogami, zdziesiątkowała całe pokolenie kawalerów do wzięcia, zburzyła stare zasady i obyczaje. Może dotyczyło to innych, ale lady Ashford stanowczo nie zamierzała się ugiąć. Zasznurowana w gorset niczym królowa Maria, składała wizyty w tych samych salonach tych samych domów, udając, że nie dostrzega braku niektórych twarzy, jaskrawych szminek i nowej muzyki. A skoro nie raczyła czegoś zauważyć, to coś nie istniało. Współczesna moda jej nie dotyczyła. Jazz był tylko „kocią muzyką", nocne kluby miejscami odwiedzanymi przez krnąbrne – cudze – dzieci.

Podobnie w czasie wojny nie chciała słyszeć o tym, by Bea w jakikolwiek sposób angażowała się w działania obrony cywilnej. To było dobre dla córek innych ludzi, dziewczyn z gorszym pochodzeniem i mniej świetnymi perspektywami. Zgrozą i oburzeniem napełniła ją wieść, że księżna Rutland pozwoliła swojej córce szkolić się na pielęgniarkę. Kontakty z osobami niewłaściwego pokroju? Opieka nad obcymi mężczyznami? Ryzyko zarazy? Co to, to nie!

Zamiast Bei poszła Addie. Bo była zbyteczna. Lady Ashford w ten sposób tego nie ujęła, ale Bea wiedziała, co matka myśli. Nie miało większego znaczenia, czy Addie nauczy się od żołnierzy wulgarnych słów albo czy zapadnie na grypę hiszpankę. Nikt po niej nie oczekiwał, że zachowa honor rodu przez wspaniałe małżeńskie koligacje. Dodo też ruszyła do pracy: niestrudzona i zawsze pogodna okładała rannych żołnierzy kataplazmami, jakby byli chorymi końmi, robiąc wokół nich masę hałasu. W sali szpitalnej cieszyła się większym powodzeniem niż swego czasu w balowej, a nawet otrzymała niemało propozycji matrymonialnych. W większości nie do przyjęcia. Jednak kilka – co dziwne – wręcz przeciwnie.

Kto by pomyślał, że Dodo dostanie się syn hrabiego? Irlandzkiego, ale mimo wszystko hrabiego. Kiedy go złowiła, był tylko młodszym synem. Wkrótce potem celny strzał zmienił ten stan rzeczy i Dodo została przyszłą lady Kilkenny. Bryan nie dorównywał jej wzrostem i stracił na wojnie rękę, jednak miał najlepsze stajnie w Irlandii. Oboje z Dodo mówili niemal wyłącznie niezrozumiałym żargonem koniarzy. Osiedli w Melton, dając początek modzie na bycie w modzie, dzięki lekceważeniu bycia w modzie.

Tymczasem Bea nie potrafiła znaleźć sobie miejsca i kipiała ze złości. Zawsze Ashford. Ktoś musi doglądać gospodarstwa, oznajmiła matka. Ojciec ma ważniejsze sprawy na głowie, a jeden Bóg wie, czego mogą się dopuścić te młode ochotniczki, zatrudnione przy pracach rolnych.

Bea wiedziała, że to bzdury. Matczyne instrukcje? Nieskończona lista zakazów. Nie spędzaj zbyt wiele czasu na słońcu; nie opal się; nie zniszcz rąk. Nie pracowała w żadnych pomocniczych służbach. Otulili ją watą i odłożyli na półkę, na później, niczym jakąś porcelanową figurkę albo wiekową butelkę porto, zbyt cenną, by narażać ją na wstrząsy.

Właśnie po to. Bea, wyraźnie znudzona, rozejrzała się po sali. Sezon dobiegał połowy, a jej wydawało się, że ciągle trwa ten sam bal. Wszędzie ci sami ludzie, te same stroje, ta sama muzyka, te same wyświechtane wstęgi i te same pozłacane krzesła, zajęte przez te same bogate wdowy.

Właśnie po to tak ją chronili. Na to w pokoju dziecinnym czekała przez długie lata, przez wszystkie niekończące się godziny. To miało być życie! Romans! Przygoda! A co dostała? Letnie sorbety od Guntera, dziewczęta w szerokich, pastelowych sukniach, salę balową pełną szpakowatych mężczyzn w wieku jej ojca i chłopaków ściąganych niemal prosto ze szkoły. Orkiestra smętnie rzępoliła walca. Chociaż minęło już osiem miesięcy od dnia zakończenia wojny, Londyn wciąż jeszcze nie wyszedł z kryzysu. Papierowe wstęgi i zwisające smętnie winorośle zastąpiły tę mnogość kwiatów w salach balowych. Oranżerie i ogrody zostały przeorane i oddane pod uprawę warzyw, a niedoszłe debiutantki więdły i marniały, tracąc swoje najlepsze lata, podczas gdy dookoła szalała wojna. Bea wiedziała, że gdzieś tam, poza chłodem tych błękitnych ścian, były muzyka i taniec, prawdziwy taniec. Nieliczni mężczyźni jeszcze zdolni do noszenia broni, którzy potulnie przynosili damom lemoniadę i prawili grzeczności bogatym wdowom, tylko czekali, by czmychnąć przed końcem wieczoru i poszukać prawdziwej rozrywki w zadymionych klubach, gdzieś daleko w głębi miasta, gdzie nie było przyzwoitek, niezliczonych reguł ani wiecznych ograniczeń.

Boże, ależ była znudzona. Diabelnie, do bólu, niewysłowienie znudzona.

Jednak nie należało tego okazywać. Trik, którego się nauczyła, polegał na tym, by zawsze wyglądać na rozbawioną, rozkoszującą się jakąś sekretną przyjemnością, którą – pod wpływem stosownej zachęty – byłaby może skłonna się podzielić.

Użyła tego triku teraz, rzucając Marcusowi zalotny uśmiech przez ramię.

Na Marcusie, markizie Rivesdale, koncentrowały się wszystkie nadzieje i ambicje jej matki. Bardzo wysoki, świetnie zbudowany jak urodzony sportowiec. Włosy ciemnoblond. Ogorzałe policzki. Usta skore do śmiechu. Całkiem znośnie tańczył. I wspaniale całował, przynajmniej na ile mogła się rozeznać po kilku chwilach za doniczkową palmą. Chodziły słuchy, że wspaniale grał w golfa.

Z pewnością nie był paskudnym typem, ten cały Marcus. Właściwie, to... no, cóż. Zakaz myślenia o takich rzeczach. „Miłość jest dobra dla klasy średniej – powtarzała lady Ashford – na otarcie łez". Nie należało zwracać uwagi na leciutkie mrowienie w karku, kiedy Marcus się uśmiechał, nie należało pozwalać sobie na słabość i zawrót głowy ani pędzić do drzwi, żeby się upewnić, czy to od niego właśnie przyniesiono kwiaty.

Marcus pochwycił jej spojrzenie, rozpromienił się, po czym wskazał drzwi prowadzące na zawsze przydatny balkon.

Bea odpowiedziała uśmiechem i odwróciła się do matki. Niczego nie obiecywała. Niczego nie odmawiała.

– Widzisz? – powiedziała. – Wiem, co robię.

– Mam nadzieję – odparła ponuro lady Ashford, a następnie, jak było do przewidzenia, dodała: – Pamiętaj, że nie jesteś coraz młodsza.

– Taaak? – zapytała przeciągle Bea. – Czas płynie tu tak wolno, że miałam nadzieję odwrócić jego bieg.

– Jeśli nie uda ci się zdobyć Rivesdale'a – przerwała jej surowo matka – dostanie go Lavinia ffoulkes.

Lavinia ffoulkes? Ta kobieta nie zasłużyła sobie nawet na dużą literę w nazwisku!

– Muszę poprawić tren – odparła Bea i uciekła. Matka, jedyna na świecie, potrafiła ją pokonać. Sprawić, że czuła się jak niesforna uczennica z warkoczykami i poobijanymi kolanami.

Lavinia ffoulkes, też coś!

Bea otworzyła drzwi do toalety. Camilla i Mary już sobie poszły. Tylko jedna dziewczyna marudziła przed lustrem, bez zapału poprawiając z lekka przywiędły kwiat w ciemnych włosach.

– Dzięki Bogu – westchnęła Bea, opadając na taboret koło kuzynki. – Tak się cieszę, że cię znalazłam. Matka wciąż na mnie napada. Co za żenujący koszmar.

– O co jej chodzi? – Addie poruszyła się i kwiat w jej włosach znowu oklapł.

Bea przewróciła oczami.

– A o cóż by innego? Oczywiście, o Marcusa. Sama by mu się oświadczyła, gdyby tylko mogła. Biedaczka. Co za straszny zawód, że nie zdołała zaręczyć mnie jeszcze w kołysce. Byłaby wniebowzięta. Chwileczkę. – Odebrała kwiatek kuzynce i urwała połamaną część łodyżki. – Obróć się trochę...

– Myślisz, że on się oświadczy?

Bea wzruszyła ramionami.

– A czemu nie? Co, nie jestem dla niego cennym łupem?

„Lavinia ffoulkes", słyszała w głowie szept matki. Jeden wielki nonsens. Lavinia była co najmniej jej rówieśniczką, a kiedy się śmiała, przypominało to skrzypienie zawiasów.

– Proszę. Tak chyba lepiej? – Odchyliła się do tyłu, by Addie mogła popatrzeć w lustro. Teraz kwiat tkwił pewnie między dwiema starannie ułożonymi falami włosów. Fantastyczne. Białe płatki ładnie prezentowały się wśród ciemnych pukli. – Chciałabym, żebyś mi pozwoliła zrobić coś z twoimi brwiami. Wiem, że najmądrzejsza mała kobietka... O, co za mina! Nie martw się, nie zamierzam biegać za tobą z pęsetą.

– I dobrze. – Addie zrobiła komiczną minę. – Poza tym, znasz powiedzenie: „Bicza z piasku nie ukręcisz".

– Raczej nie przypominasz piasku... – Bea urwała, jak zawsze tkliwa i zirytowana, kręcąc głową nad uporem kuzynki. – Pasują ci kremowe odcienie i jeśli tylko przestaniesz wkładać tyle falbanek... Gdybyś choć odrobinę się postarała, naprawdę mogłabyś odnieść sukces.

Addie trąciła palcem przypięty do włosów kwiat.

– To zależy, co znaczy dla ciebie słowo „sukces".

Czasami Bea kompletnie jej nie rozumiała. Addie miała skłonność do komplikowania prostych rzeczy, a od czasu wojny to się jeszcze pogłębiło.

– To co dla wszystkich – odparła stanowczo. – Przestań wreszcie! Zepsujesz, a tak dobrze mi wyszło.

Kuzynka spojrzała na nią ogromnymi, brązowymi oczami. Miała takie śliczne brwi i rzęsy. Żeby osiągnąć podobny efekt, Bea musiała używać proszku antymonowego.

– Masz na myśli zamążpójście?

Bea wzruszyła ramionami i otworzyła torebkę, marząc rozpaczliwie o papierosie.

– A co innego możemy zrobić? Zostać z matką i zwijać jej wełnę w kłębki? Otworzyć jakiś ponury sklepik?

– Czemu zaraz ponury? – zdziwiła się Addie, ale widząc minę Bei, powiedziała: – No, dobrze. Chodziło mi tylko o to, że wcale nie musisz wychodzić za Marcusa. Jeśli nie chcesz. Wiem, że matka na ciebie naciska...

Bea odwróciła się, wsuwając głębiej we włosy szpilkę, która omal nie wypadła.

– Nie bądź niemądra. Oczywiście, że nie muszę! – Takie stwierdzenie sugerowało całą masę innych rzeczy, szepty, skandale i zbyt wcześnie urodzone dzieci, więc szybko dodała: – Dlaczego miałabym nie chcieć wyjść za Marcusa?

Dosłownie widziała, jak w głowie kuzynki obracają się trybiki.

– On jest trochę... no cóż, trochę pospolity.

– Pospolity? – Bea poczuła się urażona w imieniu swojego konkurenta. Addie nie zauważyła, jak niewielu pozostało mężczyzn w odpowiednim wieku? Posiadających tytuł i wszystkie kończyny? – Też coś! Najbliżej mu do księcia i nawet nie trzęsie się ze starości.

– Dobrze, ale czy ty go kochasz? – upierała się Addie.

Czasami Bea sądziła, że tak – w chwilach gdy Marcus spoglądał na nią po swojemu albo gdy ujmował ją pod brodę, unosząc jej twarz do pocałunku. Ekscytowało ją to, a zarazem przerażało. Lady Ashford zawsze powtarzała, że w wielkich mariażach nie ma miejsca na miłość. Małżeństwo to kontrakt, a nie romans. W imię szaleństwa, zwanego miłością, ludzie popełniają różne głupstwa. Lepiej nie zaprzątać sobie tym głowy.

A jednak bywało, że...

Kuzynka tego po prostu nie rozumiała. Jej rodzice pobrali się z miłości, żyli wśród cyganerii Bloomsbury. Addie mogła sobie pozwolić na pytania o sens sukcesu i wartość odpowiedniego małżeństwa. Bea nie.

W czasach dziecinnego pokoju czytywały te same książki, wymieniały się nimi, wzdychały nad losem bohaterek i bohaterów. Istniała wszakże pewna różnica. W powieści pan Rochester mógł sobie pozwolić na poślubienie Jane Eyre. W realnym świecie wygrałaby jednak Blanche Ingrams. Bea dobrze o tym wiedziała. Nie zatraciła uczuć; po prostu twardo stąpała po ziemi.

A mimo to niepokoiła ją dezaprobata Addie.

Bea podniosła się z taboretu. Jej torebka plasnęła o szklany blat toaletki.

– Straszna z ciebie drobnomieszczanka, moja droga. Lepiej, żeby matka tego nie usłyszała. – Na widok miny kuzynki dokończyła łagodniejszym tonem: – Nie martw się. Kiedy wyjdę za mojego markiza, będziesz mogła przeprowadzić się do mnie i poślubić, kogo tylko zapragniesz, choćby nawet kominiarza.

– A jeśli ja nie zamierzam wychodzić za mąż?

Bea zadrżała.

– Uchowaj Boże, żeby matka się dowiedziała, co ty pleciesz! – Chwyciła Addie za rękę, szarpnęła i podniosła kuzynkę z taboretu. – Chodź, kochanie. Chodź popatrzeć, jak roztaczam swój czar.

W sali balowej orkiestra, próbując wprowadzić choćby pozór radosnego nastroju, zaczęła grać taniec szkocki. Kilka par w podskokach wykonywało kolejne figury. Na parkiecie Bea dostrzegła Marcusa. Tańczył z Lavinią ffoulkes, tą, dla której nie starczyło wielkich liter. Lavinia, prawie rówieśniczka Bei, jeszcze jedna ofiara wojny, zdołała zadebiutować dopiero teraz, w dwudziestym pierwszym roku życia. Z desperacką wesołością odrzucała do tyłu głowę, styl jej przesadnie dziewczęcych fatałaszków raził wymuszoną ekstrawagancją. Trudno było nie zauważyć, jak kurczowo przytulała się do ramienia Marcusa, gdy tylko pozwalał na to taniec.

Ponad ramieniem partnerki Marcus rzucił Bei porozumiewawcze spojrzenie i skrzywił się wymownie.

W pobliżu bufetu jak zawsze tkwiła grupka mężczyzn. Bea szturchnęła łokciem Toppera Binghama.

– Poproś do tańca moją kuzynkę.

Lekko się zatoczył.

– A czemu nie ciebie? – wybełkotał. Jego oddech zionął czymś mocniejszym od szampana.

Bea obrzuciła Toppera badawczym spojrzeniem: wystarczająco pijany, by zachowywać się ulegle, i nie aż tak, by miało mu to przeszkadzać w tańcu.

– Bo moją suknię już podeptałeś – odparła. – Kolej na kogo innego. No, idź. I oczekuję, że Tommy zatańczy z Addie zaraz po tobie. Powiedz mu to.

Gotowe. Ona zrobiła swoje, teraz wszystko zależało od Addie. Topper i Tommy raczej nie rokowali wielkich nadziei: pierwszy na najlepszej drodze do nałogowego pijaństwa, drugi młodszy syn młodszego syna. Jednak powodzenie rodziło powodzenie. I odstraszało niepokojące myśli.

– Więc to tu się zaszyłaś. – Bea podniosła wzrok i ujrzała Marcusa, stał przed nią, wysoki, przystojny. O typowej urodzie Anglika. Groziło mu, że z czasem się roztyje, ale na razie prezentował się świetnie. Poza tym, Bea uśmiechnęła się sama do siebie, miał dwie ręce i dwie nogi. Czegóż więcej mogła oczekiwać dziewczyna w tych czasach? – Szukałem cię.

– Może nie dość gorliwie. – Odsunęła się, udając, że zamierza odejść. – Chcesz, to znowu zniknę, a ty spróbujesz jeszcze raz.

Zachichotał po chwili.

– Wykluczone.

Bei przypomniało się gadanie Addie.

I co z tego, że nie miał umysłu ostrego jak brzytwa? Za to odznaczał się innymi zaletami. Był przystojny. Przystojny i w miarę uprzejmy. Któregoś dnia podniósł kieliszek, który niechcący przewróciła. Okrył ją swoją marynarką, gdy zapodziała gdzieś szal. Takie wspomnienia przeszywały Beę dreszczem: intymność jego gestu, spowijające ją męskie wonie wody kolońskiej i tytoniu, dotyk szorstkiej wełny na nagich ramionach.

Marcus obrzucił spojrzeniem rząd bogatych wdów drzemiących na krzesłach.

– Wyjdziemy na świeże powietrze?

Zdawało jej się, czy faktycznie sprawiał wrażenie trochę zdenerwowanego? Gdyby się oświadczył... Małżeństwo, pomyślała Bea. Rodowy pałacyk Rivesdale'ów w Mayfair, szafiry Rivesdale'ów na jej szyi, korona na jej papeterii.

I Marcus.

– Tak – odparła. Poczuła się jak na próbie generalnej. Zerknęła na niego spod sztucznie przyciemnionych rzęs, uśmiechnęła się i powtórzyła: – Tak.

Rozdział 8

Londyn, 1999

Pracownik biura podróży zarezerwował jej pokój w hotelu Rivesdale House.

„Wiejska posiadłość w samym sercu Londynu!" – głosiła oprawiona w ramkę okładka jakiegoś czasopisma, umieszczona dyskretnie w rogu kontuaru. Recepcja wyglądała trochę dziwnie w owalnym holu przywodzącym na myśl tort weselny ze stiukowymi ornamentami zamiast lukru. Na białym marmurze posadzki wysłużona, czarna walizeczka robiła wrażenie bardziej brudnej niż w rzeczywistości.

Na szczęście w holu żadnych luster. Clemmie nie wątpiła, że po siedmiu godzinach lotu prezentuje się gorzej niż jej bagaż. Drugi dzień w tym samym kostiumie, na prawym rękawie poplamionym kawą przez stewardesę, którą ktoś niechcący potrącił, kiedy podawała kubek.

Nawet bez plamy prążkowana poliestrowa garsonka od Tahari wydawałaby się bardzo tandetna i niegustowna na tle tego eleganckiego holu.

Pałac ów musiał być ostatnim znaleziskiem Paula. Paulowi, partnerowi w ich kancelarii, Clemmie bezpośrednio podlegała.

Każdy z partnerów miał swoje ulubione hotele i restauracje. Jednym odpowiadała ultranowoczesność, inni woleli miejsca o wyrobionej już marce. Paul nie zamierzał obcować z wulgarną zgrają w Ritzu. Był wielbicielem jeszcze nieodkrytych klejnotów, które czasami okazywały się znacznie mniej drogocenne, za to bardziej znane, niż się spodziewał.

Rivesdale House najwyraźniej spełniał jednak jego wielkie wymagania. Nie było tu muzyki w tle, kłócących się rodzin ani hotelowego barku kawowego. Z medalionu nad kominkiem przyglądał się Clemmie krytycznie jakiś rzymski cesarz w zsuwającej się z ramienia todze.

Toga, toga, powtarzała w myślach, tłumiąc histeryczny chichot. Była wykończona podróżą. Podczas lotu mało spała, a i tak dręczyły ją dziwne sny. Płonęły w nich samoloty, a kobiety z fryzurami z lat dwudziestych, z krwistoczerwonymi wargami i lodowatobłękitnymi oczami tańczyły w rytm gradu siekących błyskawicznie kul. Strzelanina okazała się stukotem klawiszy laptopa. Pasażer z sąsiedniego fotela najwyraźniej okazał się bardziej obowiązkowy niż Clemmie, która ocknęła się z bolesnym skurczem szyi i odciśniętym na policzku śladem od segregatora z aktami do przejrzenia.

Po dwóch kubkach kawy – jednym w samolocie, drugim wypitym na chybcika w terminalu czwartym, po drodze do Heathrow Express – ogarnęło ją uczucie lekkości. Znała je dobrze z okresu egzaminów na wydziale prawa, kiedy właściwie bez powodu wybuchała śmiechem tylko dlatego, że jej organizm musiał jakoś zareagować, żeby podtrzymać stan czuwania.

Miała nadzieję, że pozbiera się przed spotkaniem z Paulem. Paulowi, w kancelarii partnerem, przysługiwały toga i laurowy wieniec. Clemmie jako starszy prawnik nie była już gladiatorem, ale nadal podlegała cesarskiej woli.

Jeśli on miał rangę monarchy, to ona wicekróla. Myśl o Paulu w todze wystarczyła, by Clemmie znów zaczęła dławić się śmiechem.

Nie. Dać. Się. Zwariować.

– Tak, proszę pani? – Mężczyzna za kontuarem miał zmęczone brązowe oczy i głos Hugh Granta w *Czterech weselach i pogrzebie*.

– Evans – powiedziała Clemmie bardziej szorstko, niż zamierzała. Oczy łzawiły jej z braku snu i od tłumionego chichotu. – Clementine Evans. Mam tu rezerwację.

Recepcjonista był wyraźnie przyzwyczajony do obcowania z Amerykanami. Nawet jeśli uznał ją za źle wychowaną, nie dał tego po sobie poznać, tylko sprawdził coś w zadziwiająco nowoczesnym komputerze, ukrytym za donicą z palmą.

– Pokój trzysta dwa – powiedział. – Czy pomóc pani z bagażem?

– Dziękuję, nie trzeba – odparła Clemmie, zanim przypomniała sobie, że w Londynie trzecie piętro oznacza czwarte. Nie spodziewała się, by Rivesdale House był wyposażony w coś tak prymitywnego jak winda. Cholera. Walizka, niezbyt kłopotliwa, kiedy ciągnęło się ją na kółkach, podczas długiej wspinaczki po schodach mogła okazać się naprawdę ciężka.

Umieścić niższych rangą współpracowników Bóg wie jak wysoko, tam gdzie dawniej mieszkała służba, to było właśnie zagranie w stylu Paula. Takie drobne afronty sprawiały mu szczególną przyjemność.

Mężczyzna za kontuarem zapisywał coś w komputerze.

– Można prosić o paszport?

Clemmie przesunęła paszport po blacie.

– Czy Paul Dietrich już się zameldował?

Recepcjonista zastygł nad jej dokumentami. Wyraźnie czujny.

– Życzy sobie pani, żebym przekazał panu Dietrichowi jakąś wiadomość? – zapytał.

Chyba nie wyglądała na płatnego mordercę? No ale John Cusack w *Zabijaniu na śniadanie* też nie wyglądał. A może recepcjonista wziął ją za rozwścieczoną żonę tropiącą męża, którego podejrzewa o zdradę? Albo za kogoś w tym stylu?

– Nie pytam o numer jego pokoju. – Clemmie odebrała swój paszport. – Chciałam tylko wiedzieć, czy Paul Dietrich już przyjechał. Mam się tutaj z nim spotkać. Pracujemy razem.

Urzędnik wyraźnie się rozluźnił.

– Ach tak. Widzi pani, dopiero niedawno zacząłem pracować. Wciąż uczę się fachu – powiedział przepraszającym tonem.

– Nie ma sprawy. – Clemmie uśmiechnęła się do niego, by pokazać, że nie chowa urazy. – Nawet sobie nie wyobrażam, jak to jest.

– Ja też sobie nie wyobrażałem – odparł z uśmiechem.

Teraz, kiedy przyjrzała mu się dokładniej, zauważyła, że wyglądał na równie zmęczonego jak ona. Pod ciepłymi, brązowymi oczami widniały fioletowe kręgi. Nie tylko z głosu przypominał Hugh Granta, z wyglądu trochę też. Miał podobne, miękko opadające, niesforne włosy, ale w jego oczach było coś, co raczej przywodziło na myśl gapowatego przyjaciela z *Czterech wesel*, tego, który był właścicielem wiejskiej posiadłości i ożenił się z kobietą ubraną niczym Little Bo Peep*.

– Jak długo pan tu pracuje? – zapytała.

– Otworzyliśmy trochę ponad pół roku temu. – Skinął głową w kierunku oprawionej okładki *Country Life*. – Reklama bardzo nam pomogła.

– Uhm – mruknęła Clemmie.

Musiał być chyba w jej wieku. No, może troszkę młodszy. Wciąż zapominała, ile lat już ma naprawdę. Mentalnie zatrzymała się na dwudziestym siódmym roku życia, zaraz po ukończeniu prawa, a zanim jeszcze pochłonęła ją Nibylandia niekończących się zeznań i dokumentów do przestudiowania. Clemmie stanowiła przeciwieństwo Ripa van Winkle: czas płynął, a ona tak bardzo się postarzała, nawet nie zdając sobie z tego sprawy.

Mężczyzna niezdarnie wystukiwał coś na klawiaturze, dwoma palcami jak typowy samouk. Clemmie musiała przyznać, że jest zdecydowanie atrakcyjny. Na sposób kojarzący się nieco z wychowankami angielskich szkół prywatnych.

---

* Little Bo Peep – bohaterka wierszyka z *Nursery Rhymes*.

Gdyby była bohaterką powieści, pewnie odkryłaby teraz w sobie kobietę, wdając się w romans z uroczym recepcjonistą. Gdyby to była powieść, rzecz działaby się latem w Toskanii, zamiast w grudniu w Londynie, a ona nie miałaby oczka w pończosze i rozmazanego tuszu pod oczami. Poza tym, czy Angole nie uchodzą za beznadziejnych kochanków?

Boże, Clemmie po prostu padała ze zmęczenia. Stłumiła ziewnięcie. Czuła, jak wyparowują z niej resztki kofeiny, a pozostaje ogromne znużenie. Pierwsze spotkanie zaplanowano w południe, więc teoretycznie miała czas, żeby się przebrać, a nawet, przy odrobinie szczęścia, wziąć gorący prysznic. Gorący, jeżeli instalacja wodno-kanalizacyjna była tu choć trochę nowocześniejsza niż wystrój wnętrza. W holu aż biła po oczach stara tradycja arystokracji. Niestety w Anglii szło to często w parze ze starymi instalacjami.

Miała nadzieję, że jakimś szczęśliwym trafem przyjazd Paula się opóźni i będą musieli przełożyć spotkanie. Chrzanić prysznic, wszystko oddałaby za drzemkę.

Recepcjonista spojrzał na Clem znad klawiatury.

– Pan Dietrich zameldował się wczoraj w nocy.

Cholera. I to tyle w sprawie drzemki.

Niesforny kosmyk włosów opadł mu na oczy, kiedy marszcząc brwi, sprawdzał coś w komputerze.

– Chwileczkę. Chyba mam dla pani wiadomość...

Zaczął szperać w stercie papierów za biurkiem. Od złotego krążka na palcu odbiło się światło. Obrączka? Nie. Sygnet.

Czyli nie ma problemu, sennie pomyślała Clemmie. Nawet w kompletnie urojonych miłosnych przygodach nie zwykła przekraczać pewnych granic.

– Panno Evans? – Recepcjonista wyczekująco podsuwał jej jakąś karteczkę.

– Och! Dziękuję. – Ręka Clemmie otarła się o jego dłoń. – Przepraszam, to zmęczenie podróżą – wymamrotała, szybko czytając wiadomość.

Paul używał wyłącznie wiecznych piór, co absolutnie nie czyniło jego pisma bardziej czytelnym. Bazgrał jak kura pazurem. Clemmie odcyfrowywała jednak te kulfony z wprawą, której nabyła głównie przy mozolnym rozszyfrowywaniu jego notatek na marginesach najważniejszych dokumentów. Często jeszcze o trzeciej nad ranem, długo po tym, kiedy Paul odjechał do swojego domu w Westchester. Ta wiadomość została nabazgrana na papeterii Rivesdale House. W nagłówku widniały litery RHH z herbem na górze.

Paul nie tracił czasu na zbędne uprzejmości. „Spotkanie przesunięte z lunchu na śniadanie. Dziewiąta... Hill? Nie, Grill. Grill Room w Dorchester".

Och, fantastycznie.

Przecież wiedział, że jej samolot ląduje dopiero o siódmej, prawda? Oczywiście, że nie wiedział, bo to by oznaczało, że pofatygował się przeczytać mail z jej planem podróży. Była już za kwadrans dziewiąta. Clemmie mgliście orientowała się w topografii Londynu, ale z dziwną pewnością wywnioskowała, że Dorchester nie znajduje się w najbliższym sąsiedztwie.

Dlaczego nie wysłał do niej maila? Gdyby to zrobił, prosto z lotniska pojechałaby do Dorchester. A najbardziej wkurzało ją, że nie mogła się nawet poskarżyć. Partner, jak klient, zawsze ma rację. Będzie musiała się pokajać, mimo że to jego cholerna wina.

Zaklęła.

– Przepraszam – powiedziała do recepcjonisty.

– Słyszałem gorsze rzeczy – odparł łagodnie.

Nie miała czasu, żeby się przebrać, nie wspominając już o wymarzonym prysznicu, odkąd wylądowała na Heathrow.

– Mogę to tutaj zostawić? – Wskazała swoją walizkę. – Muszę już pędzić.

– Będzie na panią czekała w pokoju.

– Dzięki – odparła Clemmie i naprawdę dziękowała. – Jak daleko stąd do Dorchester?

– A na którą powinna pani tam być?

Clemmie skrzywiła się.

– Na pięć minut temu.

Młody człowiek przyjrzał się jej garsonce i wysokim obcasom.

– Musi pani pojechać taksówką.

Wyszedł zza kontuaru i szybko minął portiera w ciemnoniebieskim, niemal wojskowym, uniformie ze złotym szamerunkiem na kołnierzu i mankietach. W przeciwieństwie do tej dostojnej postaci recepcjonista, w szarych sztruksowych spodniach i niebieskiej marynarce, wyglądał jak gdyby dopiero wrócił z Oksfordu. Kilka szybkich słów, ostre dmuchnięcie w gwizdek portiera i już taksówka czekała przed wejściem. Dla wykończonej Clemmie… czary.

– Dziękuję – powiedziała z wdzięcznością. – Uratował mi pan tyłek. To znaczy…

Usta mężczyzny drgnęły w powstrzymywanym uśmiechu.

– Usługa wliczona w cenę pobytu – oznajmił, uprzedzając wszelkie jej ewentualne uwagi. – Powodzenia.

Zamknął za nią drzwi, a Clemmie omal nie stuknęła się w głowę. Nic dziwnego, że przed Danem była przez całe lata sama. Do diabła, lepiej gdyby wyjechała z „noszeniem arbuza"*. Nie, żeby faktycznie zachciało jej się poderwać recepcjonistę. Ale miło by było móc otworzyć do kogoś usta, nie popełniając gafy.

– Dokąd, kochaniutka? – przerwał jej rozmyślania kierowca.

– Dorchester House – odparła i z bocznej kieszonki torby wydobyła smartfon. Wciąż miała spore szanse zdążyć na czas, ale wolała powiadomić Paula, tak na wszelki wypadek.

Kliknęła „D", by napisać „Dietrich", ale zanim doszła do „e", na ekranie pojawił się adres Dana, ciągle jeszcze wpisany w pamięć telefonu. DanG@cosine.com.

Cosine, jak „kou-sajn", czyli zwyczajny cosinus z trygonometrii albo z dopingu cheerleaderek Instytutu Technologicznego w Massachusetts. Mieli z Danem taki swój prywatny żart:

* *I carried a watermelon* – urywek dialogu z filmu *Dirty Dancing*; wszedł do języka potocznego jako synonim absurdalnej wypowiedzi osoby, której tak bardzo zależy, by dobrze wypaść, że speszona mówi głupoty.

eleganckie wyższe sfery powinny wymawiać to „Kou-zin", tak jak z „targetu" niektórzy robili „tarżee".

„Co słychać w Kou-zin?", pytała podczas conocnych rozmów. „Magniiifik!", odpowiadał. Była to jego wersja francuskiego *magnifique*. Albo czasami, jeśli dzień okazał się niezbyt udany, odpowiedź brzmiała: *Très mal*, przekręcone na *tremml*. Dan uczył się francuskiego w szkole, podobnie jak ona, ale był kompletnie głuchy na brzmienie języków. Błędy jego wymowy balansowały na kłopotliwej granicy między tym, co rozczulające, a tym, co wkurzało. W przypadku Dana żaden to zresztą ewenement.

Kiedy Clemmie zobaczyła dobrze jej znany „DanG@cosine", poczuła przypływ nostalgii. Nie potrafiłaby zliczyć, ile tysięcy razy przywoływała ten adres, ile tysięcy razy z chodników, taksówek, konferencji wysyłała na niego krótkie: „Hej, spóźnię się dziś na obiad" albo „Może być chińszczyzna?", albo po prostu „Hrrr, jeszcze w biurze".

Wiedziona impulsem, wystukała: „Przepraszam, nie zdążyłam oddzwonić; w pracy obłęd. Tydzień temu Dallas, teraz Londyn. Wyskoczysz na obiad w przyszłym tygodniu?"

Wszelkie „całusy" i „uściski", którymi dawniej kończyła każdą wiadomość, wydawały się nie na miejscu, więc nie podpisała się wcale. Szybko kliknęła „wyślij", zanim zdążyła zmienić zdanie. Blackberry wypuścił jej wiadomość w elektroniczny eter.

Zrobiła to nie dlatego, by rozważała powrót do Dana. Byli przyjaciółmi. Przynajmniej tak sobie powiedzieli. Że zostaną przyjaciółmi. A jeśli czuła się trochę zmęczona... i trochę samotna... cóż, nie w tym rzecz.

Clemmie rozsiadła się wygodnie. Taksówka miała zaokrąglony sufit i przestronne wnętrze ze składanymi siedzeniami naprzeciwko kanapy. Takie taksówki jeździły po Nowym Jorku w okresie dzieciństwa Clem. Było w nich coś przyjemnie starodawnego. Za oknem przesuwał się Londyn. Po lewej stronie Hyde Park, po prawej eleganckie Mayfair, mężczyźni w ciemnych garniturach, ze złożonymi parasolami, na rogach ulic sprzedawcy gazet. O tym, że miasto ucierpiało za czasów ostatniej wojny, świadczyły nowe budynki, rozsiane tu i ówdzie pośród starych zabudowań.

Kobiety w ciemnych kostiumach. Suvy zaparkowane przy krawężnikach. Jedyne widoczne oznaki nowoczesności? – wszechobecne papierowe kubki do kawy. Poza tym widok za oknem mógłby równie dobrze być widokiem sprzed osiemdziesięciu lat. Białe fasady domów wtapiały się w szarzyznę deszczowego zimowego dnia. Nawet Piąta Aleja nie wzbudzała takiego poczucia więzi z przeszłością, nie wywoływała takiego wrażenia, że w mgnieniu oka można cofnąć wskazówki zegara. Wystarczy zastąpić końskie ogony dziewczyn kapeluszami w kształcie klosza i gołe męskie głowy nakryć melonikami.

Taksówka wlokła się po ulicach zatłoczonych niemiłosiernie w godzinach szczytu. Wewnątrz było ciepło, ogrzewanie włączone na maksa. Cienka warstewka pary okryła szronem szybę, srebrząc zmieniające się za nią obrazy jak na starej fotograficznej kliszy, z czasem tak wyblakłej, że pozostały tylko łagodne odcienie szarości. Clemmie czuła, że ze zmęczenia opadają jej powieki i w mgiełce poranka przeszłość miesza się z teraźniejszością.

Smartfon zadygotał jej w ręku i brzęcząc wściekle, wytrącił ją ze stanu półuśpienia. Wysoki priorytet. Ktokolwiek wymyślił funkcję wysokiego priorytetu, zasługiwał na zesłanie do piekła, do kręgu wibrujących telefonów. Blackberry znów się odezwał. Jęknęła, usiadła prosto i przeczytała wiadomość od Paula.

Zwięzłą i konkretną.

„Gdzie ty kurwa jesteś?"

W pobliżu głośno zatrąbił klakson. Ktoś odpowiedział potokiem przekleństw.

Czar przeszłości prysł.

Clemmie wsunęła kosmyki włosów za uszy i pochyliła się nad smartfonem. „W korku. W drodze".

Nie można powiedzieć, żeby miała ochotę na to spotkanie.

Londyn, 1920

Nienawidziła tych spotkań.

Przycupnęła skrępowana na krawędzi ozdobnego krzesła w stylu Ludwika XV i skrzyżowała nogi w kostkach. Spódnica podciągnęła jej się odrobinę, i Addie znów poczuła się jak dziewczynka nosząca jeszcze krótkie sukienki, którą wezwano, by wysłuchała kolejnej reprymendy.

Na stole pojawił się wykwintny serwis do herbaty, a wraz z nim lukrowane ciasteczka, chleb i prawdziwe masło, zupełnie jakby reglamentacja żywności była tylko dziełem wyobraźni niczym bajka o dawnych czasach. Przed Addie leżała kromka z płatkiem masła. Jego brzegi lekko się zawijały. Jak na wrzesień, dzień był naprawdę ciepły, a jeszcze cieplejszy wydawał się w pełnym mebli pokoju, pośród ciężkich brokatowych draperii. Addie czuła, jak strużka potu wolno spływa jej po plecach.

Pogawędki, tak ciotka Vera nazywała te cotygodniowe tortury. „Żeby sprawdzić, jak ci się wiedzie".

Odkąd Addie przeprowadziła się do Rivesdale'ów, lady Ashford wykazywała zadziwiającą, całkiem do niej niepodobną troskę, która w najmniejszym stopniu nie zwiodła Addie. To nie nią interesowała się ciotka, tylko życiem Bei. Chciała wiedzieć, gdzie córka i zięć jedli obiad, kogo przyjmowali i – co najważniejsze – czy nie widać jakichś oznak powiększenia rodziny.

Oczywiście, nie drążyła tych tematów wprost. Zadawała tylko ogólnikowe pytania, które początkowo wydawały się nie mieć głębszego sensu, dopóki nie ujawniła się ich prawdziwa natura. Zawsze w końcu padała jakaś cenna informacja, pozornie błaha, ale wtedy ciotka Vera pochylała się do przodu i przeszywała Addie przenikliwym spojrzeniem. Takim samym, jakim lata temu mierzyła małą dziewczynkę, która ośmieliła się twierdzić, że gdy dorośnie, chce być jeżem.

Addie zawsze miała niejasne poczucie winy. Nie była całkiem pewna, co należało przemilczeć, więc tym samym nabierała pewności, że zawodzi zaufanie Bei.

Ciotka Vera wzięła ciastko i kompletnie nie przejmując się etykietą, zlizała lukier z palców.

– Kiedy jadą do Haddleston?

Do Haddleston, jednej z posiadłości należących do rodziny Marcusa.

– Nie wiem. To znaczy, nie myślę, żeby się tam w ogóle wybierali. Nic o tym nie mówili.

Ciotka Vera znów pochyliła się ku niej. Krzesło i fiszbiny gorsetu skrzypnęły w proteście.

– Słyszałam od lady ffoulkes, że jej dziewczęta się wybierają.

Jeśli lady ffoulkes tak twierdziła, zapewne była to prawda. Addie wiedziała, że Bei się to nie spodoba. Zdecydowanie nie przepadała za Lavinią, a tym bardziej za jej młodszą siostrą, Bunny. Straciła do nich resztki sympatii, odkąd Marcus zaczął zapraszać panny ffoulkes do Haddleston na przyjęcia trwające od soboty do poniedziałku, co niekiedy oznaczało od piątku aż po wtorek, a nawet środę.

Czasem Bea jechała tam, żeby dołączyć do męża. Kiedy indziej z salonu kuzynki dobiegały ciężkie kroki i brzęk rozbijanego szkła, a po powrocie Marcusa – podniesione głosy. Ciotka Vera nie musiała o tym wiedzieć. Podobnie jak o prowadzonych szeptem rozmowach przez telefon, zapachu papierosów w dziwnych miejscach, dobiegającej z ogrodu gramofonowej muzyce późną nocą, gdy domownicy leżeli już w łóżkach.

– Może mnie po prostu nie zaprosili. – Addie spróbowała obrócić całą sprawę w żart.

– Wcale bym się nie dziwiła – odparła zirytowana ciotka Vera. – Usiądź porządnie, dziewczyno! Nikt nie chce takiej omdlewającej laleczki.

Addie wyprostowała się błyskawicznie, jej filiżanka zagrzechotała o spodeczek.

Słysząc jednak, jak ciotka Vera wzdycha, odezwała się pojednawczo:

– W zeszłym tygodniu była z wizytą Dodo. – Ten temat wydawał się odpowiednio neutralny. – Miała do załatwienia jakieś sprawunki u Fortnuma, więc zjawiła się osobiście.

– Wiem – burknęła lady Ashford. – Widziałam ją. Opalona jak dzikuska. A co do tego osobnika, za którego...

Urwała. Kodeks towarzyski powstrzymał ją od dalszych uwag. W końcu mąż Dodo miał tytuł hrabiowski, nawet jeśli był Irlandczykiem.

– Wydaje mi się, że są ze sobą szczęśliwi – łagodziła Addie. Hrabia był od żony o dziesięć lat starszy i o głowę niższy, jednak różnica ta nie rzucała się w oczy, gdy siedzieli na końskich grzbietach, a ponieważ większość czasu właśnie tak spędzali, Dodo chyba ten dysonans w ogóle nie przeszkadzał. Zdaniem Addie, kuzynka lubiła towarzystwo męża bardziej niż czyjekolwiek w całym jej życiu. „Najlepszy cholerny dosiad, jaki widziałem u kobiety", brzmiało miłosne wyznanie hrabiego Kilkenny, który bez wątpienia ubóstwiał żonę. Spędzali połowę roku w Irlandii, a połowę w Melton i na swój sposób Dodo czuła się szczęśliwa, tak szczęśliwa, że zadziwiało to Addie.

Zeszłotygodniowa wizyta okazała się trochę krępująca. Różnica między promienną Dodo a Beą i jej markizem wyraźnie rzucała się w oczy.

– Szczęśliwi – prychnęła ciotka Vera. – Ależ ty jesteś dziecinna.

No i dobrze, pomyślała Addie. Takie szydercze uwagi w pewnym sensie pomagały jej wziąć się w garść. Ciotka Vera, postrach jej dzieciństwa, poskramiała ją jednym spojrzeniem. Teraz zmarszczki trochę zbyt mocno przeorały policzki starszej pani, cienie pod oczami trochę za bardzo się pogłębiły, lecz w Ashford nie rozmawiało się o przyczynie tego stanu, podobnie jak o długich nocnych godzinach, które stryj Charles spędzał w swojej samotni, aż zaczął przypominać wiotkie kartki papieru na jego biurku, cienkie stroniczki arystokratycznego, kremowego welinu. Obydwoje byli świetni w udawaniu, że wszystko jest jak dawniej, ale Addie znała prawdę. Mogła ją odczytać z koloru sukni ciotki, z pustego miejsca na ścianie, gdzie dawniej wisiał portret, z fotografii brakujących wśród wielu srebrnych ramek na stole przy drzwiach.

Stało tam zdjęcie ślubne Bei i Marcusa z towarzyszącą im, wyraźnie zadowoloną, ciotką Verą. Stary, długi koronkowy welon panny młodej wydawał się dziwnie nie na miejscu przy skromnej sukni czasu wojny. Dalej Dodo z mężem w Melton; szeroko uśmiechnięta Dodo ściągająca cugle ogromnego konia. Wreszcie Edward w mundurze, upozowany tak, by nie było widać pustego lewego rękawa. A poza tym przyjaciele i krewni, im bliżej rodziny królewskiej, tym lepiej. Honorowe miejsce zajmowały fotografie kilku książąt ze stosownymi insygniami.

Nie było tylko żadnego portretu Poppy.

Addie mogła wskazać miejsca, gdzie dawniej stały jej zdjęcia: Poppy sztywno upozowanej, w swojej najlepszej sukience z tafty; Poppy łapiącej motyle pod okiem niani; Poppy z rakietą tenisową w ręku, nastolatki tryskającej życiem. Grupowa fotografia ze ślubu Bei – z młodą parą na środku, stryjem i ciotką po jednej stronie, a Edwardem po drugiej – została zagięta w taki sposób, by Poppy zniknęła.

A przecież tam była. Addie doskonale pamiętała błagania fotografa: „Proszę popatrzeć w tę stronę, lady Penelope, tylko na chwilkę", gdy Poppy śmiała się przez ramię do Bei, przytrzymywała kapelusz, żeby nie zdmuchnął go wiatr albo wyciągała rękę, chwytając wyimaginowane krople deszczu. Nigdy spokojna, zawsze w pędzie.

Nie sposób było wyobrazić sobie, że zastygła nieruchoma na wieczność, zamiast zbiegać głośno po schodach, z krzykiem: „Halo, Addie!" Że nigdy już nie będzie namawiała Bei na partię tenisa, że nie wyciągnie Edwarda na przejażdżkę.

Stało się to w jakiś miesiąc po ślubie Bei, gdy Rivesdale'owie byli wciąż jeszcze w podróży poślubnej. Poppy wróciła z wioski, narzekając na ból gardła i głowy. Niania – jak to niania – położyła ją do łóżka, zaleciła dobry sen i cytrynę z miodem. Jednak następnego ranka temperatura Poppy wzrosła, a wieczorem już wiedzieli: hiszpanka.

Addie wciąż pamiętała zapach sypialni chorej: woń octu, wody jęczmiennej, mdły aromat lawendowych saszetek, które niania porozkładała po całym pokoju, żeby zagłuszyć odór. Podczas wojny Addie pielęgnowała rannych w szpitalu Guya i nie było jej łatwo. Ale to okazało się jeszcze trudniejsze, bo chodziło o Poppy. O Poppy, której nic, ale to nic nie mogło już uratować. Grypa zdziesiątkowała pobliską wioskę: umarła kierowniczka poczty, syn rzeźnika i inni, jedni związani z Ashford, drudzy obcy. Do nich lekarze nie przyjeżdżali, ale do Poppy tak. I wszyscy stwierdzili zgodnie: co można było zrobić, zostało zrobione. Choroba potoczyła się swoim torem.

I zabrała Poppy.

To dlatego Addie starała się cierpliwie znosić fochy i dąsy ciotki. Podejrzewała, że lady Ashford musi się czuć bardzo samotna. Nie, żeby kiedykolwiek do tego się przyznała. Ale nie miała już córek, dla których mogłaby snuć plany. Bea i Dodo były mężatkami i wyprowadziły się. A Poppy odeszła.

Czasami, niezależnie od opinii lekarzy, Addie zastanawiała się, czy gdyby choć odrobinę wcześniej ktoś się zorientował, że ten ból gardła to symptom czegoś gorszego niż zwykły ból gardła; czy gdyby ona tamtej pierwszej nocy zajęła się Poppy, zamiast zostawiać chorą pod opieką niani; czy gdyby wtedy cokolwiek zrobiła, leczenie mogłoby okazać się skuteczne. Lekarze twierdzili, że nie. Cytowali statystyki: tak wiele zgonów w miesiąc, tyle zmarłych córek, sióstr, kuzynek. Ale tamte dziewczęta to nie Poppy. Addie ich nie pielęgnowała.

– Minął sezon i nic – zrzędziła ciotka Vera, mierząc ją rozdrażnionym spojrzeniem. – Nie wiem, co z tobą zrobimy. Oczywiście, nie masz majątku...

Addie wysłuchiwała tego już wcześniej i to nieraz. Stryj Charles wypłacał jej pensję, chociaż nigdy nie wiedziała, ile pieniędzy było od niego i czy może coś pochodziło z drobnej kwoty pozostawionej przez rodziców. Bała się pytać.

– Myślałam... – zaczęła niepewnie. – Myślałam o znalezieniu pracy.

Słowo „praca" zabrzmiało dziwnie w salonie ciotki Very. Wydało się niestosowne wśród różu, złota i delikatnej jak koronka porcelany.

Skrzypnęły fiszbiny gorsetu.

– Pracy?! Bzdura! Nowoczesna bzdura – orzekła lady Ashford. Po czym mruknęła, jakby do siebie: – Młodszy syn. Albo duchowny. Najlepiej by pasowało...

Rozległo się pięć delikatnych brzęknięć. To na kominku złoty zegar z malachitem wydzwonił godzinę.

Addie cicho westchnęła z ulgą.

– Już piąta? – Ciotka Vera dźwignęła się z krzesła. – Powiedz Beatrice, że oczekuję jej we wtorek.

– Tak, ciociu Vero. – Addie odstawiła talerzyk na tacę. Było coś okropnie smutnego w tym niedojedzonym chlebie, wpół zeschniętym na malowanej w kwiaty i złoconej na brzegu porcelanie.

– Adeline? – Addie zesztywniała, gdy ciotka Vera obróciła się w drzwiach. – Nie chcę więcej słyszeć tych bzdur o pracy. Staraj się nie zapominać, kim jesteś.

A niby kim? Wtłaczano jej to do głowy latami: pochodziła z rodu Gillecote'ów, nawet jeśli – zawsze znajdowało się jakieś „jeśli" – nie wyglądała tak jak oni. Jednak Bei wolno było spędzić pół nocy poza domem, ciotce wolno było oblizywać lukier z palców, a Dodo poruszać temat ciąży przy obiedzie. One mogły sobie na to pozwolić, bo nie miały ojca, który zbłądził, ani matki z klasy średniej. Natomiast Addie musiała, jak jej ciągle powtarzano, starać się dwa razy bardziej niż inni i starannie przestrzegać reguł, by zrekompensować swoje niefortunne pochodzenie. Oni byli pełnoprawnymi Gillecote'ami, ona musiała sobie na to zasłużyć.

A jeśli... po prostu, jeśli nie na tym jej zależało? Przemierzając hol, Addie poczuła maleńki dreszczyk buntu. Portrety Gillecote'ów, o bladej cerze i jasnych włosach – jak Bea, Dodo i stryj Charles – spoglądały na nią z góry po obu stronach mahoniowych schodów. Jakobińscy Gillecote'owie, georgiańscy Gillecote'owie, regencyjni Gillecote'owie.

Addie nie miała żadnej fotografii swojej matki, jedynie mgliste, przypominające sen obrazy, zachowane w pamięci. Przez wszystkie te lata nie utrzymywała kontaktów z krewnymi. Wiedziała tylko tyle, że dziadek był wiejskim lekarzem. Usłyszała o tym w czasie wojny od ciotki Very, gdy oświadczyła, że zamierza szkolić się w szpitalu Guya na pielęgniarkę. Ciotka Vera uznała to za niechybną oznakę złej krwi, która zawsze się odezwie, choć te obiekcje zdławiła częściowo wiadomość, że córka księżnej Rutland też zajmuje się tam rannymi.

Przez minionych czternaście lat ciotka Vera robiła wszystko, by wykorzenić z Addie najmniejsze oznaki klasy średniej i uczynić z niej czystą Gillecote'ównę, nieskażoną innymi domieszkami. Cóż to była za ulga przenieść się z Ashford do domu Rivesdale'ów, gdzie nikt nie zajmował się jej strojem i manierami, nikt nie krytykował jej zwyczajów ani nie śledził jej poczynań.

Addie wzięła od pokojówki swój kapelusz i rękawiczki i stanęła przed lustrem, żeby porządnie włożyć kapelusz. Włosy miała o odcień jaśniejsze od boazerii w holu. Fernie mówiła, że przypomina matkę – tylko nie uśmiechem. Bo uśmiech, wedle słów dawnej guwernantki, odziedziczyła po ojcu.

Addie naciągnęła rękawiczki, pielęgnując w myślach swój sekret niczym talizman. Fernie! Po tylu latach odnalazła Fernie, starszą, smutniejszą, ale wciąż tę samą Fernie. Jej rude – teraz przyprószone siwizną – włosy nie piętrzyły się już w obfitym koku, tylko zostały śmiało ostrzyżone na boba, co zdawało się ją odmładzać i jakimś cudem jednocześnie postarzać.

Addie odwiedzała guwernantkę w jej małym biurze, w jednym z popadających w ruinę domów Bloomsbury, niedaleko od miejsca, gdzie kiedyś mieszkały. Na oknie stał doniczkowy kwiatek, na biurku maszyna do pisania, a wchodzący i wychodzący ludzie mieli porozpinane kołnierzyki, jeszcze wilgotne od atramentu kartki w dłoniach i wymięte ubrania, przesiąknięte silnym zapachem papierosowego dymu. Był to świat zupełnie inny od tego z posiadłości Gillecote'ów, pełnego dostojnego przepychu.

Pokojówka – niegdyś lokaj, ale wojna wszystko zmieniła – otworzyła drzwi. Addie wkroczyła w blask wrześniowego słońca, które chyląc się ku zachodowi, podjęło ostatni wysiłek, by zaświecić jej prosto w oczy.

Poczuła przypływ euforii. Co za rozkosz uwolnić się od ciotki Very na cały tydzień! Nie potrzebowała żadnych młodszych synów ani pastorów. Miała własny plan. Owszem, przewidywała, że ciotka się wścieknie, ale nie potrzebowała jej zgody. Za dwa miesiące skończy dwadzieścia jeden lat, a wtedy...

– Och! – Oślepiona słońcem wpadła na kogoś. Jej ramię zderzyło się z czyjąś ręką, jakiś pakunek wylądował na chodniku. Usłyszała, jak głucho stuknął o ziemię. – Och, strasznie przepraszam! – Uniosła dłoń do oczu. Widziała tylko sylwetkę mężczyzny, ciemną na tle światła.

– Nic się nie stało – odparł i schylił się po paczkę. Rondo szarego filcowego kapelusza osłaniało mu twarz. – To też moja wina.

Bardzo uprzejmie z jego strony – Addie wiedziała, że wyłącznie ona zawiniła. Zgarbiła się lekko.

– Mam nadzieję, że nie było w niej nic, co mogło się potłuc.

– Książka – uspokoił ją i się wyprostował. Po raz pierwszy zobaczyła nie tylko kapelusz, ale też rysy nieznajomego.

Przez chwilę myślała, że to gra światła, tęczowe barwy jeszcze wciąż migotały jej przed oczami. Niemożliwe, po prostu niemożliwe.

– Pan Desborough? – wydusiła, a on, zaskoczony, spojrzał na nią przenikliwie. Zaskoczony jak ona, zdumiona przy tym, oszołomiona, uradowana. Splotła dłonie. – Teraz kapitan Desborough, prawda?

Popatrzył na nią pytająco, uważnie. Addie zastanawiała się, co zobaczył. Słońce świeciło jej prosto w twarz. Czy ujrzał ją w tęczowej aureoli, czy jako jasną, niewyraźną plamę?

– Czy ja...? – zaczął i umilkł. Na jego ustach pojawił się uśmiech, któremu towarzyszył wesoły okrzyk: – Dobry Boże! To przecież dziewczynka z myszką.

Rozdział 9

Londyn, 1920

Chwilowo żadnej nie mam – odparła, wyciągając do niego dłoń. – Adeline Gillecote.

– Teraz sobie przypominam – powiedział kapitan Desborough. – Ma pani talent do dramatycznych wejść.

Addie skrzywiła się.

– Zazwyczaj nie taranuję przechodniów, słowo daję.

– Wystarcza wypuścić żywy inwentarz? – zażartował, po czym dodał: – W którą stronę pani idzie?

– W tę. – Z roztargnieniem wskazała kierunek, nie w pełni świadoma, co mówi. To wszystko było nierealne. Nadal nie mieściło się jej w głowie, że rozmawia z Frederickiem Desborough, że on stoi tu przed nią, żywy, starszy, prawdziwy. – Mieszkam teraz z kuzynką w Wilton Crescent.

– Ja też tam idę – powiedział. – Mogę panią odprowadzić?

Najwidoczniej skinęła głową lub wyraziła zgodę w jakiś inny sposób, bo po chwili podążała już u jego boku wzdłuż rzędów białych fasad i ogrodzeń z kutego żelaza. Słoneczny blask lśnił na płytach chodnika, a pomieszane odgłosy automobilów i dorożek tłumił w jej uszach szum tętniącej krwi.

Addie zerknęła na niego ukradkiem, upewniając się, że sobie tego nie wyobraziła. Ale nie, zdecydowanie tam był, zadziwiająco realny w swoim szarym flanelowym ubraniu. Dzięki Bogu, nie mógł wiedzieć, ile razy przez te wszystkie lata przechadzała się z nim w marzeniach. Kiedy jeszcze mieszkała w Ashford, często snuła absurdalne fantazje o swoim debiucie. Schodzi po wielkich schodach pałacu Gillecote'ów w ślad za Beą, na której spoczywają wszystkie oczy. Wszystkie, oprócz tych jednych, zielonych. Jego. On unosi kieliszek w milczącym toaście, a ona płynie po stopniach w dół, by resztę wieczoru przetańczyć w jego ramionach, jak baśniowa księżniczka uwolniona z wieży.

Później, podczas wojny, gdy wyczerpana kładła się do łóżka w salce pielęgniarek, zastanawiała się, czy w kolejnym transporcie pacjentów nie odnajdzie smukłego, ciemnowłosego mężczyzny, który na jej widok, usiłując się podnieść, wykrzyknie: „Panna Gillecote!" Oczywiście, w jej marzeniach nigdy nie był poważnie ranny, tylko tak, by usprawiedliwić jego powrót do domu. „Zostałaś pielęgniarką", powie, spoglądając na nią z podziwem. Coś się wydarza – tu scenariusz zmieniał się za każdym razem: pożar w szpitalu, bombardowanie albo niezwykle skomplikowana operacja, która udaje się tylko dzięki niewzruszonemu spokojowi dzielnej pielęgniarki. I wreszcie kapitan Desborough ujmuje dłoń Addie, mówiąc: „Nigdy dotąd nie spotkałem takiej dziewczyny jak pani".

A potem żyliby długo i szczęśliwie.

Wiedziała, że to niemądre, ale te romantyczne fantazje, zrodzone ze wspomnienia ładnych, zielonych oczu i przelotnej uprzejmości, były przecież nieszkodliwe, a pozwalały jej zasnąć z uśmiechem na ustach nawet po szczególnie uciążliwym wieczorze, kiedy musiała wynosić pokrwawione miednice albo przełykać maksymy ciotki Very. A jednak, chociaż z lekkim poczuciem winy śledziła – na ile było to możliwe – jego wojskową karierę, szukając nazwiska Desborough w gazetach, nie spodziewała się ponownego spotkania. Frederick stał się dla niej postacią niemal równie fikcyjną, jak pan Rochester, kimś, do kogo można powzdychać i sobie o nim skrycie pomarzyć.

– Co się z nią stało? – zapytał swobodnym tonem.

– Z...? – Addie spojrzała na niego spod ronda kapelusza w nadziei, że kapitan Desborough nie zdoła dostrzec choćby cienia jej uczuć.

– Z myszką – odparł z uśmiechem.

– Och, mówi pan o Binky!

– Tak się nazywała?

– To skrót od Bianki. – Starała się nadać swojemu głosowi ton światowego znudzenia, a jednocześnie przez cały czas zaciskała i rozluźniała dłonie, by powstrzymać ich drżenie. – W końcu była białą myszką. Wydawało nam się, że jesteśmy bardzo dowcipne.

– Została zgładzona za zbrodnię stanu?

– Ma pan na myśli zakłócenie balu Dodo? Nie. Zmarła całkowicie naturalną śmiercią w podeszłym wieku pięciu lat. – Jakie niepoważne wydawało się teraz to wszystko; jakie absurdalne, że ktoś kiedyś mógł się przejmować głupią myszką w sali balowej. – Zupełnie jakby to było bardzo dawno temu, prawda?

– Tak. Właśnie tak. – Jego głos brzmiał inaczej, niż pamiętała. Frederick mówił wolno, w jego tonie pobrzmiewała nuta znużenia. Twarz miał szczuplejszą niż kiedyś. Szczuplejszą i bardziej stroskaną. – Przyjechała pani do miasta w związku z sezonem?

– Nie. Nieszczęśliwie się sprawdziłam, więc stwierdziłam, że dam sobie z tym spokój.

– Da pani sobie spokój? – Desborough parsknął śmiechem. – Co chce pani przez to powiedzieć?

– Oprócz tego, że notorycznie podpierałam ściany?

Nie wiadomo dlaczego odczuła jako triumf, że potrafi go rozweselić, przywołać uśmiech na jego wychudzoną twarz.

– Po prostu po tym wszystkim, co się wydarzyło – mówiła dalej, ośmielona – uznałam, że to strata czasu. Całe to chodzenie po przyjęciach i udawanie, że wszystko jest jak dawniej, jeśli wiadomo, że nic już takie nie jest. – Addie zerknęła na pana Desborough, usiłując dojrzeć jego minę, ale twarz osłaniało mu rondo kapelusza. – Oczywiście, nie lubię takich balów. Więc tak naprawdę staram się z konieczności uczynić cnotę.

– A co zamierza pani robić, skoro porzuca pani życie towarzyskie? – zapytał uprzejmie, jednak odnosiła wrażenie, że oddalił się myślami i wszelka przyjemność, jaką mógł czerpać z tej rozmowy, znikła bezpowrotnie.

Odezwał się ptak, który przysiadł na żelaznym ogrodzeniu. Ulicą z łoskotem przejechał omnibus.

Addie splotła przed sobą dłonie.

– Ale proszę mnie nie wydać, dobrze? Po prostu nie mogę już wytrzymać, żeby się tą nowiną z kimś nie podzielić. Dostałam posadę. No, właściwie niezupełnie posadę. Raczej coś w rodzaju darmowego stażu. Taką praktykę na próbę. Ale to już coś!

– Niech zgadnę. Dostała pani pracę w domu mody. Nie. Momencik. W którejś z gazet, w dziale plotek.

Addie skrzywiła się.

– Wcale nie, nic podobnego. Nie odróżniłabym jednego fasonu od drugiego. A co do plotek… zanimby do mnie dotarły, dawno by się zdezaktualizowały.

– Zatem co? – zapytał od niechcenia.

Słońce sponad dachów białych georgiańskich domów raziło ją w oczy. Uniosła dłoń do ronda kapelusza.

– „Bloomsbury Review" – oznajmiła z satysfakcją.

– Dobry Boże. – Kapitan Desborough, w przeciwieństwie do Marcusa, nie potrzebował dalszych wyjaśnień. Raczej zaintrygowany niż zszokowany, uniósł brwi. – „Bloomsbury Review"?

– Nie cieszy się jeszcze taką renomą jak „Merkury", ale pełno tam interesujących osób – zapewniła żarliwie. – To szansa dla początkujących pisarzy i krytyków, którzy nie dostali się na łamy „Mercury'ego". Wiem, że jest „Wheel", ale wychodzi tylko raz w roku i publikuje wyłącznie poezję. My mamy też krótkie opowiadania, krytykę i filozofię, i... och, wszystkiego po trochu.

– Dosyć wywrotowa lektura dla młodej damy. Czy rodzina wie, że pani to czytuje?

Addie szła niemal tanecznym krokiem.

– Nie tylko czytuję. Zostanę tam redaktorem! To znaczy, jeśli mi się poszczęści. Bo głównie będę podawać herbatę i robić wszystko, co muszą robić najmłodsi z najmłodszych praktykantów.

– Nie uważa pani, że Bloomsbury to trochę odludzie?

– Nie dla mnie. – Pomyślała o wąskim domu przy wąskiej uliczce, otoczonym we wspomnieniach różaną poświatą, zapachem herbatników i dymu z fajki. Przez lata ten obraz stracił głębię, zatarły się kontury, aż zaczął przypominać ilustrację, z książki dla dzieci, o pastelowych barwach i łagodnych kształtach. – Widzi pan, we wczesnym dzieciństwie mieszkałam w Bloomsbury. Niedaleko Russell Square.

Patrzył na nią, naprawdę na nią patrzył, jak rzeczoznawca oglądający obraz, który okazał się znacznie bardziej interesujący, niż się z początku wydawało.

– Myślałem, że jest pani krwią z krwi z Gillecote'ów. A akurat ich...

– Wiem, to arystokraci aż do przesady. Konie, ogary i lokaje na dokładkę. Mój ojciec był rodzinną czarną owcą. Zakochał się w pisarce i z nią uciekł. Stryj i ciotka nigdy tego nie zaaprobowali.

– Nie – mruknął kapitan Desborough. – Pewnie, że nie. A ta pisarka...?

– Helen Layton. Pisała jako H.R. Layton.

Stanął jak wryty.

– Ależ mnie pani zaskakuje.

Addie starała się sprawiać wrażenie atrakcyjnej przedstawicielki cyganerii w nadziei, iż pan Desborough nie zauważy, że ona świeci odbitym blaskiem. Choć matka pisząca skandalizujące powieści mogła być atutem, nie były to przecież powieści Addie. Tak samo jak artykuły w „Bloomsbury Review" nie miały być jej artykułami. Może jednak, na zasadzie skojarzeń...

Frederick Desborough ruszył dalej, swobodnie kołysząc ręką, w której ściskał paczuszkę.

– A nie ma pani przypadkiem jakiegoś wuja o nazwisku Picasso?

Jego głos brzmiał inaczej niż w pierwszej chwili spotkania, mniej dobrodusznie, bardziej żartobliwie, przekornie. Gdyby nie wiedziała, że to niemożliwe, pomyślałaby, że... kapitan

Desborough z nią flirtuje? Serce zabiło jej mocniej, ekscytacja walczyła z wątpliwościami.

– Nie, nie jestem też spokrewniona z żadną gwiazdą rosyjskiego baletu – odparła, usiłując przyjąć równie lekki kpiarski ton. – Ojciec też pisał. Powieści historyczne.

Wywrotowcy, tak nazywała ich ciotka Vera, kiedy mąż nie słyszał. Stryj Charles nie pozwalał powiedzieć złego słowa o ojcu Addie, czy powodowany braterską miłością, czy poczuciem rodzinnej lojalności, tego Addie nie wiedziała. W efekcie oznaczało to, że o jej rodzicach w ogóle nie rozmawiano. Wolałaby, żeby było inaczej. Nie miała zbyt wielu wspomnień, a upływ czasu sprawił, że już dawno zatraciła kruchą granicę dzielącą pamięć od fantazji.

Lektura powieści Helen Layton przypominała oglądanie świata do góry nogami, zwyczajne myśli i idee zostały kompletnie odwrócone. Jednak czytając słowa matki, Addie nie mogła oprzeć się wrażeniu, że to świat, który dotąd znała, stał na głowie, i dopiero teraz zaczęła widzieć go we właściwy sposób. Nigdy nie dostrzegała piękna w biedzie ani biedy w bogactwie, dopóki matka jej tych spraw wyraźnie nie ukazała. Nigdy przedtem nie przyszło jej do głowy, by kwestionować zakazy i nakazy ciotki Very ani by się zastanawiać, czy poprawność jest jednoznaczna z dobrocią.

Ciotka uczyła ją, co należy robić, a jeszcze częściej, czego nie należy. Mama zmuszała do pytania „dlaczego?"

– Czytał pan powieści mojej matki?

– Tak. Przed wojną... – Twarz mu spochmurniała, usta zacisnęły się w wąską linię, jak gdyby bał się, że powie coś więcej. Addie już wcześniej widywała taki grymas u mężczyzn w szpitalu, coś między gniewem a poczuciem porażki.

– I co pan o nich sądzi? – zapytała szybko.

Kapitan Desborough zamrugał i z trudem skupił na niej wzrok.

– O nich...? Ach, tak. Powieści pani matki. Na to pytanie nie bardzo umiem odpowiedzieć. Uważam, że miała rzadki dar dostrzegania i najlepszych, i najgorszych stron ludzkiej natury.

Potrafiła wiernie je przedstawić. Te książki pokazują małostkowość i hipokryzję zarówno bogaczy, jak i biedaków.

– Ale też ich zdolność do odkupienia i poprawy – powiedziała żarliwie Addie.

Powieści matki nauczyły ją przede wszystkim, że to, co wydaje się nieuchronne, jest takie tylko wówczas, gdy do tego dopuścimy. Najlepsi bohaterowie tych książek sami decydowali, jak chcą żyć, kształtowali swoje przeznaczenie. Addie pragnęła, by starczyło jej odwagi postępować tak samo.

Gdzieś na ulicy strzelił samochodowy gaźnik. Kapitan Desborough wzdrygnął się i wyraźnie zesztywniał.

– Odkupienie – powtórzył ostro. Na jego czole ukazały się krople potu, kiedy znów przyspieszył kroku. – Chyba nie wierzy pani w te bzdury?

– To żadne bzdury! – Addie prawie biegła, usiłując nadążyć za Frederickiem. – Czy nie to jest najcenniejsze w ludzkim doświadczeniu? Nasza zdolność do uczenia się na błędach, do wzniesienia się na wyższy poziom świadomości?

– Chodziła pani na wykłady otwarte, prawda? – Zabrzmiało to, jakby robiła coś niestosownego. – Gdyby się pani pofatygowała i czytała w gazetach nie tylko wiersze, byłoby dla pani jasne, że wyższa świadomość z pewnością nie należy do ludzkich przymiotów. Pędzimy jak szczury z powrotem do tych samych zatrutych rynsztoków... Jak szczury...

– To absurd. – Addie walczyła z plączącą się jej między nogami spódnicą. – Wcale nie przypominamy szczurów. Właśnie moc rozumu odróżnia człowieka od zwierzęcia.

Kapitan Desborough parsknął niewesołym śmiechem.

– Niewiele na to widziałem dowodów.

– I właśnie dlatego poezja jest taka ważna – oświadczyła z przejęciem Addie. Do tej pory nie miała nikogo, z kim mogłaby na podobne tematy dyskutować. Bo przecież nie z Beą, nie z Dodo i na pewno nie z ciotką Verą. – Ona zmusza ludzi do myślenia... do przewartościowań. Gdybyśmy wszyscy zdobyli się na wysiłek, moglibyśmy zmienić świat na lepsze.

– Powoli, krok po kroku, filiżanka herbaty po filiżance herbaty? – zapytał drwiąco.

Addie spojrzała na niego, speszona. Zrozumiała, że sobie z niej pokpiwał. Jeśli ujmować rzecz w ten sposób, jej praca w „Bloomsbury Review" rzeczywiście wydawała się głupia, równie głupia jak posada w domu mody albo w plotkarskiej gazecie. Czuła, jak płoną jej ze wstydu policzki. To by było tyle w kwestii flirtu i jej światowego obycia. Zrobiła z siebie kompletną idiotkę. Dlaczego? Przez pamięć o historii z myszką?

Z całą godnością, jaka jej pozostała, wyciągnęła do niego rękę.

– Dziękuję, że odprowadził mnie pan do domu, kapitanie Desborough. To bardzo uprzejme z pana strony. Mam nadzieję, że nie sprawiłam zbyt wiele kłopotu.

Okropne, drętwe pożegnanie.

Kapitan Desborough nie ujął jej dłoni, tylko mocno zacisnąwszy usta, spoglądał na Addie z góry.

– Nie, to wcale nie było uprzejme – powiedział wreszcie bez ogródek. – Raczej paskudne. I zupełnie nie na miejscu.

Addie z zakłopotaniem wzruszyła ramionami.

– Był pan po prostu szczery. Z pańskiego punktu widzenia to pewnie wygląda głupio. Być taką dumną, że ma się szansę podawać herbatę...

– Proszę sobie przypomnieć stare porzekadło o dębach i żołędziach. Wszystko, co wielkie, ma skromne początki; z żołędzi może wyrosnąć dąb... a z imbryka herbaty poezja. – Kapitan Desborough odchylił rondo kapelusza Addie, by móc spojrzeć jej w twarz. – Nie zamierzałem bagatelizować tego śmiałego przedsięwzięcia. Wybaczy mi pani?

Tylko zamrugała, w obawie, że jeśli się poruszy, czar pryśnie.

– Nie mam czego wybaczać – wydusiła.

Oczy Fredericka na tle bladej twarzy wydawały się bardzo, bardzo zielone, niczym nefryt, głębokie i poważne. Wciąż stał tuż przy niej, wystarczająco blisko, by jej spódnica ocierała się o jego spodnie; wystarczająco blisko, by Addie niemal mogła słyszeć, jak szepczą o tym panny służące za kutymi ogrodzeniami.

– Wyszedłem na ostatniego łajdaka. Pozwoli pani, że jej to wynagrodzę?

– Nie trzeba. – Nagle znowu poczuła onieśmielenie. Odstąpiła krok do tyłu, spódnica z szelestem otarła się o żelazne pręty płotu. – Naprawdę nic się nie stało.

Surową twarz kapitana Desborough niespodziewanie rozjaśnił uśmiech.

– Ale mi na tym zależy – powiedział. – I chciałbym usłyszeć coś więcej o tym podboju świata cyganerii. Mogę zaprosić panią na kolację?

Londyn, 1999

Clemmie jadła kolację w Rivesdale House.

Była zaledwie siódma czasu londyńskiego, jeszcze zbyt wcześnie, by siadać do stołu, o czym świadczyła pusta jadalnia. W tym momencie Clemmie nie dbała zbytnio o zwyczaje; raczej cieszyła się, że jeszcze nie zasnęła. Miała za sobą dzień pełen spotkań, poczynając od Dorchester, poprzez współpracujące z jej kancelarią biuro prawne przy Silk Street, aż po biura PharmaNetu w modnej dzielnicy Docklands. Clammie nawet nie chciała myśleć, od jak dawna nie zmieniała ubrania.

Musiała oddać sprawiedliwość firmie Brooks Brothers: ich koszula faktycznie się nie gniotła i dobrze się trzymała. Zwłaszcza po – wyliczyła w myśli – dwudziestu siedmiu godzinach nieustannego jej noszenia. Dziwnie było pomyśleć, że włożyła ją poprzedniego ranka we własnym mieszkaniu i dotąd nie zdjęła. Wczorajszy dzień wydawał się odległy o milion lat świetlnych. Międzykontynentalne loty wyprawiają niesamowite rzeczy z poczuciem czasu i godzinami pracy. Paul lubił się przechwalać, że z drobną pomocą concorde'a często wyrabiał doby przekraczające dwadzieścia cztery godziny.

– Nie przypomina stołówki pracowniczej, prawda? – szepnął Harold, prawnik z ich kancelarii.

– Co? – oprzytomniała Clemmie. – Przepraszam. Co powiedziałeś?

Harold szturchnął ją w ramię.

– To. Naprawdę robi wrażenie.

Istotnie. Ściany sali obite były brokatem w kolorze morwy, widocznym tylko tu i ówdzie między kilkoma rzędami obrazów, zwisających z gzymsów na sznurach. Kolekcja wyglądała trochę nieskładnie. Zupełnie jakby któryś z przodków Rivesdale'ów mniej więcej w XVIII wieku wybrał się na wyprzedaż do Rzymu i zgarnął wszystko, co najtańsze: sceny batalistyczne, sceny biblijne, pejzaże, portrety uśmiechniętych dworzan. Nie zabrakło też oczywiście martwego ptactwa, ogromnych mis z owocami i spanieli o złotobrązowych oczach. Była nawet krzepka niewiasta z czyjąś odciętą głową nad srebrnym półmiskiem.

Po obu stronach sali znajdowały się kominki, obramowane pilastrami. Nawet dla niewprawnego oka Clemmie wyglądały na prawdziwy marmur, a nie barwiony stiuk. Nad każdym z kominków wisiał duży portret kobiecy. Dama z końca XIX wieku w sukni o mocno zaznaczonej talii i dama z lat dwudziestych w kreacji w ogóle talii pozbawionej zdawały mierzyć się gniewnym wzrokiem przez całą szerokość pokoju, zwarte w ponadczasowej walce pokoleń. Chociaż istniejąca tylko na płótnie, Kobieta epoki edwardiańskiej wyraźnie nie aprobowała Chłopczycy z epoki po wielkiej wojnie.

Jak nazwali hotel Rivesdale na okładce czasopisma? Posiadłość wiejska w samym sercu Londynu? Cóż, było to widać gołym okiem. A menu tylko tę klasę potwierdzało. Drukowane na pojedynczej, grubej karcie z głębokimi tłoczeniami zachwalało wszelaki drób: kuropatwy, pardwy, bażanty. Znalazł się też przysmak dla amatorów ryb: szkocki dziki łosoś. Za taką cenę powinien być podawany w kilcie i wykonywać szkockie tańce.

– Może smakowite château lafite? – wymamrotał Paul, studiując kartę win z uwagą, jaką rzadko poświęcał prawniczej dokumentacji spraw. – Albo białe bordeaux?

Clemmie opadła na oparcie krzesła i błądziła oczami po sali. Jeszcze tylko dwa stoliki były zajęte. Pod odległą ścianą siedziała wyraźnie znudzona młoda para – czyżby nowożeńcy? A w najdalszym końcu sali, pod portretem Chłopczycy, dwie starsze panie toczyły ożywioną dyskusję nad szkockim łososiem.

– Ona wygląda trochę jak ty – powiedział Harold.

– Kto? – Jeśli miał na myśli jedną z osiemdziesięciolatek, Clemmie zamierzała poważnie się obrazić.

– Ta kobieta na obrazie. – Kiwnął głową w stronę Chłopczycy.

– To przez włosy – stwierdziła lekko, jednak obrzuciła portret uważnym spojrzeniem.

Kontury miał jakby lekko rozmyte, czy to od dymu świec, czy z artystycznego założenia – nie wiedziała. Ta nieostrość nadawała kobiecie zjawiskowy wygląd. Jej oczy były zamglone i uwodzicielskie. Odpoczywała na ławce. Jedną ze smukłych dłoni oparła o aksamitną poduszkę, jak gdyby przed chwilą usiadła lub właśnie zamierzała wstać. Liczne sznury pereł otaczały jej szyję, perły zdobiły też uszy i nadgarstki. Miała bardzo jasne włosy, które przytrzymywała czarna opaska, nadając nieznajomej wygląd panienki lekkich obyczajów. A może raczej efekt taki dawało wysunięte biodro albo ironiczny uśmiech. Było w tym coś kuszącego, ale bardziej wyzwanie niż zaproszenie.

Wygląda, pomyślała Clemmie, jakby pożerała mężczyzn na śniadanie, a potem wypluwała resztki. W tej kobiecie było coś zadziwiająco znajomego. Nie w wyrazie jej twarzy, ale w rysach. Clemmie czuła, że już kiedyś się na nią natknęła, w innym otoczeniu, w innej atmosferze. Błądziła myślami wśród wspomnień.

Paul z sykiem wciągnął powietrze.

– Wiesz, kto to jest, prawda?

– Bea – odparła, zdając sobie nagle sprawę, gdzie ją widziała. To była kobieta z fotografii w babcinej szufladzie.

Paul spojrzał na Clemmie jak na wariatkę.

– Co? To właściciel tego hotelu! – pouczył ją zniecierpliwionym teatralnym szeptem. – Markiz Rivesdale.

– Hę? – Clemmie błyskawicznie oprzytomniała. – Gdzie?

– Tam. – Ruchem głowy wskazał odległą stronę sali, gdzie jakiś mężczyzna witał starsze panie – pochylił się i jedną z nich ucałował w policzek. Zdążył się przebrać z szarego flanelowego ubrania w strój wieczorowy, ale Clemmie i tak go rozpoznała.

– Poważnie? Myślałam, że to recepcjonista. Rano był tak uprzejmy, że złapał dla mnie taksówkę – wyjaśniła.

Paul wybałuszył na nią przerażone oczy.

Jak gdyby się domyślał, że o nim mowa, markiz Rivesdale spojrzał na Clem i uśmiechnął się. Jednak widząc Paula, szybko się odwrócił. Zdaniem Clemmie, nie wyglądał jakoś strasznie arystokratycznie, a przynajmniej ona nie tak sobie wyobrażała prawdziwego markiza. Przypominał raczej wykładowcę akademickiego albo spotkanego na ślubie czyjegoś kuzyna, obok którego z przyjemnością by się usiadło.

Jej szef miał minę zupełnie jak wtedy, kiedy na przyjęciu po wygranej sprawie przypadkiem połknął oliwkę.

– Kazałaś mu wezwać taksówkę?

– Sam się zaoferował.

Paul podniósł rękę.

– Markizie!

Rivesdale pożegnał wiekowe wielbicielki.

– Witam, panie Dietrich – powiedział uprzejmie, po czym zwrócił się do Clemmie: – Widzę, że znalazła pani swoje towarzystwo.

– Kolegów z pracy – poprawiła go, na wypadek gdyby pomyślał, że umówiła się z Paulem, by się zabawić. – Dziękuję za tę taksówkę rano. Uratował mi pan życie.

– Cała przyjemność po mojej stronie – odparł z powagą, zupełnie jakby treścią jego życia było świadczenie grzeczności nieznośnym Amerykanom… co zresztą, zważywszy na fakt, że prowadził hotel, zapewne było prawdą. – Mam nadzieję, że są państwo zadowoleni z pobytu w Rivesdale House.

– Byłbym jeszcze bardziej zadowolony, gdyby przysłał mi pan do numeru kilka dodatkowych ręczników – oznajmił Paul.

– Oczywiście – powiedział markiz i Clemmie przyznała mu punkty za to, że nie rzucił w Paula kartą win. – Dopilnuję tego. Życzę miłego wieczoru. – Uprzejmie skinął głową im wszystkim.

– Przepraszam. – Głos Clemmie zatrzymał go w pół kroku. – Przepraszam, yhm... – Jak należały zwracać się do markiza? Jaśnie panie? Milordzie? Jon na pewno by wiedział.

Rivesdale odwrócił się powoli.

– Słucham?

Czyżby spodziewał się prośby o więcej ręczników? Clemmie odsunęła kartę dań i oparła łokcie na stole.

– Ta kobieta z portretu? Czy ona miała na imię Bea... To znaczy, Beatrice?

– Co? – zbaraniał Paul.

Markiz wpatrywał się w Clemmie i mrugał.

– Proszę zapomnieć, że pytałam. – Machnęła ręką. – Głupio wyszło. Tylko że... Nieważne.

– Ależ skąd. – Chrząknął, odrzucając do tyłu grzywę brązowych włosów. – Nic podobnego. Wcale nie głupio. Ta kobieta to lady Beatrice, z domu Gillecote. – Wymawiał jej nazwisko identycznie jak babcia Addie: twarde „G" i płynne samogłoski. – Studiuje pani tamten okres? Wielu Amerykanów interesuje się naszą historią...

Dobre sobie. Niemal mogła usłyszeć, jak Jon pęka ze śmiechu. Jej znajomość dziejów ograniczała się do *Historii świata, części I* Mela Brooksa z dodatkiem Kena Folletta. Nie oglądała nawet seriali kostiumowych BBC.

– Nie, nie. Ona po prostu była... kimś w rodzaju kuzynki. Stryjeczną siostrą mojej babci.

– Więc my też jesteśmy kuzynami. W pewnym stopniu – uściślił, po czym dodał miękko: – Lady Beatrice to pierwsza żona mojego dziadka.

– Czyli nie łączą państwa więzy krwi – podsumował zawsze praktyczny Harold.

– Chyba dostaniemy zniżkę rodzinną, co? – wyrwał się Paul.

Markiz lekko zesztywniał.

– To dosyć odległe pokrewieństwo. Lady Beatrice była pierwszą żoną piątego markiza.

Zabrzmiało to niczym zadanie logiczne z testu LSAT*. Jeżeli pierwsza żona piątego markiza podróżowała z prędkością siedemdziesięciu kilometrów na godzinę, a druga żona czwartego markiza z prędkością dziewięćdziesięciu, to która z nich pierwsza straciła hrabiowski diadem?

– Ona tutaj mieszkała? – zapytała niepewnie Clemmie.

Trudno było wyobrazić sobie Rivesdale House jako prywatną rezydencję, a jeszcze trudniej jako dom, w którym mogła gościć jej babcia. W świecie Clem takie budowle pełniły funkcję wyłącznie hoteli lub muzeów. Zastanawiała się, czy młodziutka Addie wpadała tu na herbatę, czy zaszywała się z Beą w sypialni na zwierzenia i ploteczki. Czy cofała się o parę kroków, by podziwiać lub komentować wybór miejsca nad kominkiem, gdy wieszano tam portret Bei.

– Lady Beatrice mieszkała tu tylko przez pewien czas – powiedział markiz z większą rezerwą, niż wydawała się wymagać tego sytuacja.

– Przez pewien czas? – powtórzyła Clemmie.

Rivesdale zerknął na portret, utrwalone po wiek wieków eleganckie piękno.

– Byli małżeństwem zaledwie dwa lata.

Rozdział 10

Londyn, 1920

Miałeś zamiar poinformować mnie, że wyjeżdżasz? – zapytała słodko Bea. – Czy planowałeś tak po prostu zniknąć?

* Test LSAT – w USA test kwalifikacyjny w dziedzinie prawa.

– Cholera! – Marcus potrącił postument, na którym stała wysoka chińska waza. Udało mu się ją złapać, zanim spadła na podłogę.

Oparta o framugę, Bea chłodno przyglądała się mężowi. Przydybała go już w tweedowym ubraniu, z ręką na klamce drzwi garderoby, gdy po raz kolejny wymykał się na wieś. Na kilka dni, od soboty do poniedziałku. Bez niej.

– Och, kochanie – zawołała z udawaną troską. – Przestraszyłam cię?

Ustawiając wazę, zdobył się na wymuszony uśmiech.

– Ehm, troszeczkę.

Bea nie wiedziała, co powiedzieć, więc po prostu czekała i machinalnie strząsała popiół z tureckiego papierosa. Pomiędzy nimi snuła się wąska smużka dymu.

Z początku Marcus za każdym razem pytał żonę o pozwolenie. Krótki wypad ze znajomymi, żeby sobie postrzelać, chyba nie miała nic przeciwko temu? Po jakimś czasie pytania zmieniły się w zawiadomienia, a potem i to się skończyło. Nie zorientowałaby się, że znów wyjeżdża, gdyby nie zauważyła, jak lokaj pakuje jego specjalny komplet przyborów do golenia, ten z inicjałami grawerowanymi w srebrze. Zamówiła go w Paryżu jako prezent dla Marcusa na rocznicę ich pierwszego miesiąca.

Nie mogła pojąć, jak to się stało, że upadła tak nisko: szpiegowała służbę, ukradkiem śledziła męża, podkradała korespondencję z tacy w holu.

– Nie zauważyłem cię – dodał.

– Oczywiście – odparła cierpko i zaciągnęła się papierosem w onyksowej fifce z jej inicjałem, inkrustowanym diamencikami. Marcus kupił ją w Paryżu. – To dla ciebie nic nowego, prawda?

Nie pamiętała, kiedy ostatni raz spojrzał na nią, a nie przez nią albo koło niej. Stanowiła dla niego element wnętrza, niczym ta przeklęta waza na postumencie; sprzęt, który należało omijać albo umieszczać tak, żeby się nie potłukł.

Bea była ciekawa, co by Marcus zrobił, gdyby złapała tę jego chińską wazę i trzasnęła nią o podłogę, tak żeby rozprysła się u ich stóp na tysiące malutkich odłamków.

Ale nic z tego. Dywan złagodziłby upadek, stłumiłby hałas, służący pozbieraliby szczątki porcelany. A Marcus i tak spokojnie by wyszedł.

– Miło spędziłaś popołudnie? – zapytał bezczelnie. – Piękną mamy pogodę, prawda?

Pogoda? Tylko na tyle go stać? Pogoda? No cóż, pomyślała Bea, wdeptując popiół w aksminsterski dywan, Marcus nigdy nie potrafił prowadzić konwersacji. Nawet w cudownych czasach zalotów, kiedy jego oczy, myśli, błądzące dłonie należały tylko do niej; kiedy szedł za nią, zafascynowany, z sali balowej na balkon.

Mówiła sobie, że to bez znaczenia, że pomyślane słowa są tak samo istotne, jak wypowiedziane. Cóż z tego, że nie umiał czarować jej poezją? Był człowiekiem czynu, nie języka, i brakowało mu rozwagi, gdy szło o folgowanie własnym zachciankom.

Nigdy się nie zastanawiała, co mogłoby się stać, gdyby popędy zwiodły go na manowce. Miałby ją zdradzać? Co za śmieszny pomysł.

Śmieszny do czasu.

Oparta leniwie o framugę drzwi, Bea zaciągnęła się głęboko dymem.

– Więc kto tym razem? Słodkie siostry ffoulkes?

– Lavinia i Bunny będą na przyjęciu, tak. I wiele innych osób – dodał szybko.

Bea uniosła starannie wyregulowaną brew.

– Masz na myśli Stuarta Trevisa, Dicka Penhallow i tę nudziarę od Curzonów, tę z nosowym głosem?

– Tak – przyznał Marcus. – Oni też przyjadą.

– Oczywiście, że przyjadą – mruknęła Bea. – Twój ukochany Gang.

Czy to nie przekraczało już wszelkich granic? Wymyślili sobie jakąś kretyńsko pretensjonalną nazwę, Wyborny Gang, a może Upiorny Gang, czy coś równie irytującego. Wydawali się chyba nawet bardziej beznadziejni niż Diana Manners* i jej Skorumpowana Koteria. Stuart był drużbą Marcusa na ich ślubie, a Dick – bądź też Dramatycznie Drętwy Dick, jak mówiła o nim Bea – kuzynem ffoulkesów, zagorzałym stronnikiem obozu wroga. Jego obecność nadawała pozory przyzwoitości boleśnie oczywistym próbom, które podejmowała Lavinia, by odebrać Bei męża.

W złotym okresie flirtu Marcusa z Beą Gang jeszcze nie istniał. Wtedy żyli śmiechem i szampanem. Ich okres narzeczeński wypełniał wir automobilowego szaleństwa, zapierających dech uścisków w ogrodzie, ukradkowych wypadów na tańce do Rector's Club, gdzie grywał zespół jazzowy w strażackich hełmach, a drinki, które przyprawiały o zawrót głowy, podawano w grubych, tanich kubkach. Bea wiedziała, że kiedyś czar pryśnie. Gdy będą już starzy i nudni, z trójką malców w pokoju dziecinnym, gdy ona przytyje i Marcus zbrzydnie. Ale nie teraz, skoro jej uroda nadal budziła podziw; skoro mężczyźni jeszcze wciąż grozili półżartem, że odbiorą sobie życie, jeśli nie rzuci dla nich męża. Przecież została nazwana Debiutantką Dekady i Marcusa rozpierała duma, bo ją zdobył.

A Lavinia była przedmiotem ich żartów, podobnie jak Dramatycznie Drętwy Dick. Marcus i Bea kpili z nich, podając jedno drugiemu piersiówkę za osłoną doniczkowej palmy. Nudna, podstarzała Lavinia i Dick o obwisłych wargach – ich żarciki stawały się coraz dowcipniejsze z każdym łykiem wiśniowej brandy albo innego trunku, który akurat popijali.

Paryż był jeszcze lepszy, żadnych przyzwoitek ani pełnych dezaprobaty wdów. Wielbiący Beę mąż dał jej wolną rękę, by zaspokoiła wszelkie swoje fantazje w nowo otwartych paryskich salonach mody. Zabrał ją do Folies-Bergère, pozwolił eksperymentować z absyntem. Znaleźli sobie przyjaciół – dawnych

---

* Lady Diana Manners (1892–1986) – słynna piękność i ważna postać w towarzyskim życiu Londynu, autorka pamiętników.

absolwentów Eton, wysłanych do stolicy Francji, młode pary na wakacjach. Wędrowali po restauracjach i nocnych klubach liczną, roześmianą paczką, zbierali się w rozbawionych grupach na karty, urządzali pikniki. I każdej nocy w ich pokoju w Ritzu Bea tarzała się z Marcusem po łóżku, które pod nimi skrzypiało i łomotało. Żartowała z jego seksualnego entuzjazmu. Zupełnie jak szczeniak, mówiła, a on dopadał ją, sprawiając, że śmiała się, wiła i krzyczała.

A potem nadeszła depesza i wszystko się skończyło, zanim jeszcze na dobre zdążyło się zacząć.

Bea chciała to odzyskać, chciała to wszystko odzyskać – śmiech i uwielbienie, i krzyki. Ale w jakiś sposób – pomiędzy żałobą i przykuwającą do łóżka słabością – wszystko straciła. Zastąpił ją Gang. Gang i Bunny.

Zabawne to niemal, gdyby nie było tak okropne. Lavinia z zapałem organizowała pikniki, bilety do teatru, przyjęcia na łodziach, weekendy w Haddleston. Triumfowała, że udało jej się wreszcie odbić mężczyznę, którego uprzednio straciła, kompletnie nieświadoma, że prawdziwym zagrożeniem nie była Bea, lecz jej własna młodsza siostra. Bunny nie musiała opóźniać swojego debiutu. Nagle po prostu pojawiła się w towarzystwie, zgodnie z planem, osiemnastoletnia, świeża – i już zaprawiona w intrygach.

Niech diabli wezmą Bunny. Bunny i cały ten ich Gang. Wciąż jeszcze są małżeństwem, tak czy nie? Najwyższa pora, by Marcus sobie o tym przypomniał. I ona mu o tym przypomni.

Pomalowanym paznokciem Bea dotknęła policzka męża, niegdyś tak znajomego, teraz całkowicie obcego. Czuła woń balsamu po goleniu, który dla swojego pana sporządzał lokaj: olejek pimentowy i cytrusowy. Przynajmniej to się nie zmieniło.

– Kolejny weekend z Dramatycznie Drętwym Dickiem. Biedaku, bardzo ci współczuję.

Marcus zesztywniał.

– Dobry z niego kumpel – odparł, unikając wzroku żony.

Bea przesunęła palcem po jego policzku.

– Kiedyś uważałeś to przezwisko za zabawne – powiedziała miękko. – Śmieszyło cię.

Marcus złapał jej rękę i odsunął od swojej twarzy.

– Cóż, tak. – Był wyraźnie zakłopotany. – Nie znałem go wtedy zbyt dobrze. Dick wypada dużo lepiej, kiedy się go bliżej pozna.

Kiedy się bliżej pozna Bunny, to zapewne miał na myśli.

– Och, rzeczywiście tak zyskuje przy bliższej znajomości?

Marcus nie dał się podpuścić. Stał tam i spoglądał na nią ze zmarszczonymi brwiami.

– Czego ty chcesz, Beo?

Odzyskać mojego męża.

Chciała, by oczy mu się rozjaśniały, gdy wchodziła do pokoju; chciała, by wtulał się nocą w jej plecy, by obejmowały ją jego ramiona; chciała usłyszeć, dlaczego wszystko potoczyło się tak okropnie, tak straszliwie źle. Co takiego miała Bunny ffoulkes, czego jej brakowało?

– Zostań – poprosiła nagle. – Będziemy chodzić do klubów, do teatrów, będziemy się śmiać. Jak dawniej. Zobaczysz. A potem...

Wyciągnęła ramiona, objęła go za szyję i przywarła do niego całym ciałem. Ileż to czasu minęło, odkąd ostatni raz ze sobą spali? Co najmniej kilka miesięcy. Ocierając się nosem o jego ucho, wdychała znajomy zapach. Dłonią rozwartą na jego plecach przycisnęła go mocno do siebie.

– Zostań – wymruczała.

Czuła, jak mięśnie męża tężeją pod jej palcami, ale nie w sposób, jakiego oczekiwała. Marcus poklepał ją niezdarnie po ramieniu i uwolnił się z objęć.

– Przykro mi, moja droga. Obiecałem Vinnie, że będę w Haddleston przed kolacją. Może innym razem?

Bea czuła, jak wzbierają w niej urażona duma i dławiąca wściekłość. Zacisnęła pięści, paznokcie wbiła w dłonie. Chciała rzucić się na niego, przeorać pazurami twarz tego zadowolonego z siebie typa. By się powstrzymać, musiała zmobilizować całe swoje, latami ćwiczone, opanowanie.

– Oczywiście. Przecież nie możesz złamać słowa, które dałeś Lavinii – powiedziała złośliwie. – Co też mi przyszło do głowy? Nieważne, że spędzasz z Gangiem cztery na pięć nocy. Jak mógłbyś wytrzymać bez nich jeden dzień?

Marcus spojrzał na nią nieufnie.

– Wiem, że nie lubisz moich przyjaciół...

– Co też ty mówisz?

„Nie lubisz" brzmiało o wiele za łagodnie. Bea ich nienawidziła, czuła do nich odrazę, gardziła nimi. Byli jak kamyk w pantoflu: nieistotni, ale irytujący. I nie sposób było się ich pozbyć.

– Idź. – Leniwie machnęła ręką, starając się ukryć jej drżenie. – Baw się dobrze. A ja będę korzystać z uroków Londynu.

Niech sobie snuje przypuszczenia, jakież to rozrywki ona może znaleźć bez niego. Dobrze mu to zrobi.

– Może chciałabyś do nas dołączyć? – zapytał natychmiast Marcus. – Będziesz naprawdę mile widziana.

– Ogromnie ci dziękuję – odparła z przekąsem. – Nie potrafię powiedzieć, jak bardzo pochlebia mi i jak mnie ekscytuje twoje zaproszenie. Wyobrażam sobie, że byłoby absolutnie bosko. Co za szkoda, że nie zapytałeś mnie wcześniej. Od razu wykreśliłabym wszystko z mojego kalendarza. Ale w tej sytuacji...

– Ja też żałuję – powiedział Marcus z wyraźną ulgą. – Może innym razem.

Odwrócił się, żeby odejść, i Bea poczuła w sercu wzbierającą panikę. Jej mąż chciał ją zostawić. Nic nie mogła na to poradzić. Nie tak miało się to skończyć. Nie teraz.

– Jakim innym razem? – zapytała napiętym głosem. – Kiedy?

Marcus westchnął i podrapał się prawą ręką po lewym policzku. Bea zwykle śmiała się z tego przyzwyczajenia; robił tak tylko wtedy, gdy był zmęczony lub zdezorientowany. Dziwnie dziecięcy gest. Teraz na ten widok poczuła ucisk w gardle niczym przy początkach grypy. Mąż spojrzał na nią, spuścił wzrok, pokręcił głową.

I to wszystko. Przeczący ruch, nieznaczne wzruszenie ramion.

– Do zobaczenia we wtorek – powiedział i zamknął za sobą drzwi.

Zaczęła dygotać, jakby przemarzła. Trzęsła się tak mocno, że szczękały jej zęby. On nie miał... Nie mógł...

A jednak mógł. Zostawił ją, ot odwrócił się i wyszedł. Wiedziała, że lada chwila usłyszy na dziedzińcu warkot silnika i Marcus wyjedzie; pojedzie do Haddleston i do Bunny, która będzie mu nadskakiwać i mówić, żeby się nie przejmował tą starą jędzą, swoją żoną. Nawet nie chciało mu się kłócić. Po prostu wyszedł.

Och, Boże.

Opierając dłonie o okienny parapet i czoło o chłodną taflę szyby, Bea wzięła długi, zduszony oddech. Tyle razy powtarzała sobie, że takie rzeczy mijają. Mężczyznom zdarzają się flirty. Błądzą i wracają. Ale to... to zaszło już za daleko. Stało się zbyt wyraźne, zbyt jawne, zbyt oczywiste.

Jakim cudem do tego doszło? Byli małżeństwem niewiele ponad rok – rok i cztery miesiące – nie dość długo, by prysł czar. W półmroku wczesnego jesiennego zmierzchu przyglądała się swojemu odbiciu w szybie i widziała cień dawnej Bei, starszy, bledszy. Jeszcze niedawno była najbardziej pożądaną debiutantką sezonu. Jak mogła upaść tak nisko?

Jej duma ucierpiała, a pod zranioną dumą czaił się strach. W czasach młodości rodziców rozwód uchodził za straszliwy skandal, coś w rodzaju towarzyskiej dżumy. Ale teraz...? Teraz była Idina Gordon i wiele innych kobiet, młodych żon jak Bea, rozwiedzionych, wymienionych na jeszcze młodsze, bardziej uległe. Jeśli Marcus koniecznie musiał flirtować, dlaczego nie mógł znaleźć sobie jakiejś miłej mężatki, która stosowałaby się do zasad gry i nie stanowiła zagrożenia?

Ręce Bei znów zacisnęły się w pięści, paznokcie wbiły w dłonie. Nie. Nie pozwoli zrobić z siebie żałosnej kobietki siedzącej bezczynnie w domu, podczas gdy jej mąż sobie romansuje.

Jeśli Marcus może szukać rozrywek gdzie indziej, ona też tak zrobi.

Nie zamierzała spokojnie tego znosić.

Londyn, 1999

– Zaledwie dwa lata? – powtórzyła Clemmie.

Zerknęła znów na portret już nie jakiejś chłopczycy, ale babcinej kuzynki, którą ta nowa informacja naznaczyła tragizmem.

Może właśnie w tym kryła się przyczyna niechęci babci Addie do intymnych rozmów o tajemniczej Bei. Clemmie zastanawiała się, co to było? Poród? Mgliście kojarzyła, że w dawnych trudnych czasach kobiety często podczas niego umierały.

– Więc dlaczego ten obraz nadal tu wisi? – odezwał się Harold, ściągając na siebie gniewne spojrzenie Paula. Młodszych prawników miało być widać, ale nie słychać.

– Więc dlaczego ten obraz nadal tu wisi? – powtórzył głośno Paul.

Odpowiedź markiz skierował do Clem.

– Lady Beatrice uchodziła za jedną z najpiękniejszych kobiet swoich czasów. Zawsze miałem wrażenie, że dziadek aż do końca był w niej troszkę zakochany.

Clemmie przyglądała się portretowi. Tak, Bea z pewnością odznaczała się wielką urodą, ale to nie jej delikatne rysy przykuwały uwagę. Raczej postawa wobec życia. W tej kobiecie dosłownie wrzał czysty seksapil.

Pomimo skromnej palety barw – czarna suknia, blade perły, srebrzystoblond włosy – portret emanował witalnością. Mogło się zdawać, że Beę przytwierdzają do płótna tylko smugi farby; że w każdej chwili może zerwać te pęta, wstać z ławeczki i spłynąć do sali, pstrykając długimi, smukłymi palcami, by ktoś podał jej papierosa.

– Jakie to smutne – powiedziała Clemmie. – Utracił żywą kobietę, więc zatrzymał jej wizerunek?

– A do tego nad tamtym kominkiem pękał tynk – dodał lekko markiz. – Trudno było znaleźć coś lepszego na taki duży kawał ściany. Chociaż, oczywiście, teoria o złamanym sercu brzmi lepiej.

Clemmie odchyliła głowę, żeby na niego popatrzeć.

– Przykro mi, jeśli moja pra... hm... kuzynka złamała pańskiemu dziadkowi serce.

– Zupełnie niepotrzebnie – odparł markiz. – Ja, na przykład, jestem raczej zadowolony, że jego drugie małżeństwo doszło do skutku. – Widząc ich zaskoczone spojrzenia, wyjaśnił: – Jego druga żona była moją babką.

– Więc on się ponownie ożenił? – Clemmie była ciekawa, co też musiała myśleć ta kobieta, mając na ścianie jadalni portret swojej poprzedniczki.

Rivesdale uśmiechnął się z uroczym roztargnieniem.

– Wedle zasady: idźcie, bądźcie płodni i rozmnażajcie się. Jak więc pani widzi, mam wobec pani prakuzynki dług wdzięczności.

– W tej sytuacji – odparła Clemmie – chyba powinnam powiedzieć, że się cieszę?

Jej wzrok napotkał spojrzenie markiza. W kącikach oczu pojawiły mu się zmarszczki rozbawienia.

– Nie powtórzę prakuzynce, że tak pani do tego podeszła.

Clemmie czuła, jak na jej wargi wypływa szeroki uśmiech.

– To pan musi z nią mieszkać.

Te oczy o barwie roztopionej mlecznej czekolady przywodziły na myśl zimowe dni, ceramiczne kubki i starego pluszowego króliczka, którego wszędzie nosiła za łapkę.

– Hej! – Paul zabębnił palcami o blat stołu. – Bardzo to ciekawe, ale czy mógłby pan przysłać nam kelnera? Niedługo musimy się zbierać. Jutro od rana spotkania – wyjaśnił.

– Oczywiście – powiedział markiz, zdaniem Clemmie w sposób godny podziwu ukrywając irytację, i skinieniem głowy ich pożegnał. – Życzę państwu miłego wieczoru.

Nie była pewna, ale odniosła wrażenie, że do niej mrugnął. Nagle oczarowana, sięgnęła po bułeczkę, odgryzła kawałek i spróbowała się otrząsnąć.

Kiedy Paul wyjął swój smartfon, Harold przysunął się bliżej do Clemmie.

– Ale odjazd. Jesteś krewną markiza.

– Niezupełnie – zbyła go. Nie podobała jej się marsowa mina szefa, który nie odrywał oczu od ekranu. Źle im to wróżyło. – Właściwie nie jesteśmy spokrewnieni. To tylko dziwaczny przypadek. – Pochyliła się w stronę Paula. – Co się stało?

Nawet na nią nie spojrzał.

– Gordon nie jest zadowolony – burknął.

Gordon był głównym radcą prawnym PharmaNetu, a zarazem osobą bezpośrednio odpowiedzialną za to, że Clemmie od dwudziestu ośmiu godzin nie zdołała się przebrać. Brytyjska firma PharmaNet została zaskarżona z powództwa grupowego w Stanach Zjednoczonych, a konkretnie we wschodniej Pensylwanii, ponieważ produkowany przez nią środek antydepresyjny zdaniem powodów został celowo niewłaściwie oznakowany i w tej formie wprowadzony do sprzedaży. Po dwóch tygodniach intensywnego szkolenia oraz czterech wyczerpujących naradach w głównej kwaterze PharmaNetu Clemmie wiedziała więcej, niż spodziewała się kiedykolwiek dowiedzieć o przemyśle farmaceutycznym w ogóle, a o wewnętrznych sprawach firmy PharmaNet i selektywnym inhibitorze wychwytu zwrotnego serotoniny, SSRI, w szczególności.

– A dlaczegoż to Gordon nie jest zadowolony? – zapytała. – Mamy mocne argumenty za ograniczeniem zakresu ujawnienia.

Kto jak kto, ale ona dobrze o tym wiedziała. Dwie doby temu do czwartej nad ranem pracowała nad aktami sprawy. Dwie doby temu?

Paul pokręcił głową znad smartfonu, jednym kliknięciem powracając do strony głównej.

– Nie podobały mu się pytania, które zadawałaś dyrektorowi marketingu. Za dużo o domach starców.

Agencja do spraw Żywności i Leków, FDA, zatwierdzała leki do poszczególnych zastosowań i dla konkretnych zbiorowości, w tym wypadku chodziło o leczenie depresji u osób powyżej osiemnastego roku życia. Pozew grupowy głosił, że firma nielegalnie sprzedawała lek nastolatkom, mimo braku zgody z FDA, a także rozprowadzała go po domach opieki i szpitalach jako środek na bliżej niesprecyzowane dolegliwości geriatryczne. Chociaż głównym punktem pozwu był zarzut dotyczący nastolatków, ponieważ kilkoro dzieciaków po zażyciu leku popełniło samobójstwo, uwagę Clemmie zwrócił jednak właśnie problem ludzi starszych.

– To mogło wrócić rykoszetem – argumentowała. – I wróci. Wiem, że to sprawa mniej istotna, ale strona przeciwna użyje jej, żeby podważyć naszą wiarygodność. Jeśli dowiodą, że lek był niewłaściwie wprowadzany dla seniorów, bez trudu przekonają ławę przysięgłych, że również niezgodnie ze wskazaniami FDA stosowano go dla nastolatków.

– Posłuchaj, jeżeli nawet jakiś agent okazał się nieco nadgorliwy w swoich chwytach marketingowych, to nie jest to wina PharmaNetu – stwierdził Paul. – Nic na to nie poradzą, jeśli parę mało ważnych osób wykazuje nadmiar entuzjazmu.

– A jeśli nie tylko parę mało ważnych osób? – zapytała Clemmie. – Te tablice marketingowe, które nam pokazali, to przecież ewidentny ślad wiodący prosto do głównego zarządu. Nie można sprowadzić tej sprawy do kilku złotoustych sprzedawców.

– Nic tam nie było! – powiedział z naciskiem Paul. – Nic na tych szkoleniowych przeźroczach nie wskazuje na marketing, który by celowo promował lek niezgodnie z przeznaczeniem.

Twój pacjent odczuwa niepokój? Jest przygnębiony? Zdezorientowany? – Tak brzmiał nagłówek na jednym ze slajdów. Poniżej widniał obrazek, na którym siwowłosa kobieta w rogowych okularach ściskała w ręku laskę. *Spróbuj sopreksy!*

Właśnie to przeźrocze tak poruszyło Clemmie. Rysunkowa postać na ekranie – bezkształtna sukienka, błękitna ondulacja – ani trochę nie przypominała babci Addie w jej typowych kostiumach Channel. Ale była w tej staruszce jakaś kruchość, która wywoływała ucisk w żołądku. Clemmie przypomniały się oczy babci, ich rozproszone spojrzenie, takie jak w dniu jubileuszu urodzin, kiedy pielęgniarka uspokajająco tłumaczyła: „To tylko uboczny skutek leków".

Niepokój, przygnębienie, dezorientacja – zatrważająco szeroki zakres. Do diabła, ona sama przez większość czasu czuła się zaniepokojona, przygnębiona albo zdezorientowana.

– Wprost nie – odparła. – Ale sugestie...

– A ty co, pracujesz dla oskarżyciela? Wynajdujesz za niego argumenty?

– Nie, ale powinniśmy się przygotować na odparcie...

– Nie będziemy niczego odpierać, dopóki czegoś nam nie dowiodą – zbył ją Paul. – Do tego czasu ostatnia rzecz, jakiej nam potrzeba, to podsuwanie im śladów albo prowokowanie pracowników PharmaNetu do wypowiedzi, których nie powinni wygłaszać. Słucham?

Markiz, który właśnie przystanął niepewnie obok ich stolika, sprawiał wrażenie, jakby wolał być w każdym innym miejscu. Clemmie nie mogła go za to winić. Ona też nie chciała tu być.

– Panno Evans? – odezwał się, unikając wzroku Paula. – Telefon do pani. Ze Stanów.

Clemmie odsunęła się do tyłu. Jej krzesło zazgrzytało o posadzkę.

– Pewnie w sprawie Cremorny. – Jeszcze jedna różnica między prawdziwymi prawnikami a tymi z ekranu telewizora: oni nie mieli „procesów", mieli tylko „sprawy". Położyła serwetkę na siedzeniu krzesła i powiedziała: – Przepraszam na moment.

– Mhm – mruknął Paul i dalej wytrwale klikał na swoim smartfonie, używając wyłącznie kciuków. Prawdopodobnie próbował udobruchać Gordona, zawiadamiając go, że dał popalić kłopotliwej współpracowniczce, a w ogóle to co by Gordon powiedział na partyjkę golfa w niedzielę?

– Zamówić coś dla ciebie? – zapytał ją Harold i niepewnie zerknął na Paula.

– Dzięki. Poproszę o szkockiego łososia, przyrządzonego, jak się tylko szefowi kuchni podoba. – Starając się nie zaplątać w wystający spod krzesła pasek torby od laptopa, Clemmie zwróciła się do markiza: – Dziękuję, że pan zaczekał.

– Tędy, proszę. – Ceremonialnie poprowadził ją w stronę holu. – Rozumiem, że to przerwa w samą porę – dodał cicho.

– Nawet bardzo w samą porę – przyznała Clemmie.

Zanim wróci do stołu, Paul zdąży już otworzyć swoją butelkę sancerre i znacznie złagodnieje. Pracowała dla niego ponad rok, więc nauczyła się, że chociaż miał reputację krzykacza – jak w biurowym żargonie nazywali grubiańskich partnerów – szybko mu przechodziło. I nie rzucił w nikogo zszywaczem od czasu, gdy pewien prawnik o dwuletnim stażu zagroził, że go zaskarży.

– Dziękuję. Dzisiaj już drugi raz przybywa mi pan na ratunek. – A po chwili uderzona nagłą myślą, zapytała: – Zaraz, zaraz, naprawdę jest do mnie telefon?

– Tak – odparł markiz przepraszającym tonem. W zasadzie wszystko, co mówił, miało formę przeprosin. Taki autodeprecjonujący styl był Clemmie całkowicie obcy. – Nie ma pani nic przeciwko temu, żeby odebrać w recepcji? Bo możemy przełączyć rozmowę do pokoju...

Schodami trzy kondygnacje w górę?

– W porządku – rzuciła szybko – odbiorę w recepcji. To nie powinna być długa rozmowa.

Kolega – czwarty rok w ich kancelarii – który podczas nieobecności Clemmie zajmował się sprawą Cremorny, należał do nerwusów. Prawdopodobnie dzwonił, żeby się upewnić, czy postawił kropki nad wszystkimi należytymi „i" zatroskany kwestią dokładnego obwodu kropki idealnej. Clemmie ciągle próbowała go przekonać, że czasami każda kropka jest dobra.

– Wedle pani życzenia – szarmancko odpowiedział markiz, co zabrzmiało jak kwestia Westleya z *Narzeczonej dla księcia*. Clemmie zastanawiała się, czy zrobił to celowo. Podejrzewała, że nie.

Ni z tego, ni z owego nachyliła się do niego.

– Muszę zapytać. Co się stało z moją pra...kimś tam? To poród?

– Poród? – Markiz Rivesdale spojrzał na nią ze zmarszczonymi brwiami. Kosmyk włosów opadał mu na oko. – Chyba nie ro...

– Chodzi mi o to, jak umarła. Ta kobieta z portretu. – Zabrzmiało to strasznie obcesowo. Z drugiej strony, w rozmowach z Anglikami w ogóle było coś takiego, co sprawiało, że Clemmie czuła się prostacka i przeraźliwie amerykańska. Ten odruch zawsze wykorzystywała jej matka. – Powiedział pan, że byli małżeństwem tylko przez dwa lata.

– Aha. – Markiz popatrzył na nią zdziwiony. – To prawda, ale ona nie umarła. W każdym razie jeszcze nie wtedy.

Clemmie, zakłopotana, ściągnęła brwi.

– Więc dlaczego...?

– Nie umarła; wzięła nogi za pas. – I ubolewając nad amerykańską ignorancją, przetłumaczył: – Uciekła z innym mężczyzną.

Rozdział 11

Londyn, 1920

Kompletne bzdury – powiedział Frederick.

– Naprawdę? – Addie spojrzała na niego spod ronda kapelusza, usiłując wyciągnąć szpilkę, która zaplątała się jej we włosy.

Właśnie wrócili z wykładu w Londyńskim Towarzystwie Literackim. Addie w przypływie śmiałości zaprosiła Fredericka na drinka do Rivesdale House i teraz stał tu obok niej, w drzwiach domu Bei i Marcusa. Nadal ją zdumiewało i ekscytowało – kiedy tylko o tym pomyślała – że chodził z nią na wykłady, że z kapitana Desborough stał się dla niej Frederickiem.

W ciągu kilku ostatnich miesięcy nabrali zwyczaju wspólnych wypraw na pogadanki i dyskusje. Nie zdarzyła się już więcej kolacja we dwoje po tej pierwszej, na którą ją impulsywnie zaprosił, ale były długie spacery po parku, chrupkie ciasteczka z rodzynkami u Lyonsa oraz Bóg wie ile dokształcających prelekcji i ogłuszających koncertów. Zgodnie z przykazaniami „Bloomsbury Review" Addie starała się wyćwiczyć ucho do nowoczesnej muzyki, jednak szło jej to jak po grudzie. Frederickowi ta muzyka podobała się znacznie bardziej.

W tej wiedzy było coś przyprawiającego o zawrót głowy, bardzo intymnego. Addie znała artystyczne gusta Fredericka, a on znał jej. Mogła sobie wyobrazić, jak mówi: „Frederick ma więcej cierpliwości do atonalności niż ja. Prawda, kochanie?" To sugerowało swego rodzaju stan posiadania.

Tego dnia poszli na wykład o poezji i polityce. Addie musiała szturchnąć Fredericka w ramię, żeby przestał parskać. To też przyprawiło ją o dreszczyk emocji.

Wielkie nieba, ależ z niej idiotka. Jakimś cudem jej bohater zaprzyjaźnił się z nią. Nie powinna psuć tego zadurzeniem.

Nawet jeśli już się zadurzyła.

– Chyba nie był aż taki kiepski – powiedziała, walcząc z kapeluszem. Lokaj przy drzwiach obojętnie patrzył w drugą stronę. Addie podejrzewała – wiedzieć raczej nie chciała – że w jadalni dla służby jej osoba stanowi źródło nieustającej uciechy. – Moim zdaniem coś w tym było.

Fredrick podał lokajowi kapelusz i rękawiczki.

– Muzyka łagodzi obyczaje?

– Możesz drwić, ile ci się tylko podoba. – Z coraz większą determinacją szarpała przeklętą szpilkę. – Ale czy nie ma w tym ziarna prawdy? Muzyka naprawdę potrafi ukoić, a poezja to też muzyka, tylko inaczej nazwana.

– Tak – zgodził się Frederick – jednak pomysł, by wspierać pokój na świecie, wysyłając przywódcom politycznym antologie poezji... Skąd wiadomo, czy pan Lenin lubi Keatsa? Może jest wielbicielem białych wierszy? Szkoda by było przyspieszyć wybuch kolejnej wojny przez niewłaściwe wybory literackie.

– Teraz sobie stroisz żarty – zaprotestowała Addie i wyciągnęła szyję, żeby lepiej widzieć w lustrze sprawczynię kłopotu. – Oni niczego podobnego nie mówili. Niczego.

– Gdybym sobie nie stroił żartów, musiałbym się poczuć obrażony – oświadczył Frederick. – A w ten sposób mogę to uznać za dobroduszny idiotyzm. Pozwól, że ci pomogę. Nie, nie wierć się.

Położył lekko dłonie na jej ramionach, sugerując, by została tam, gdzie stoi. Nie było w tym więcej intymnej pieszczoty, powiedziała sobie Addie, niż w głaskaniu konia po szyi, żeby się nie ruszał. A mimo to ciarki przebiegły jej wzdłuż kręgosłupa.

Teraz kapitan Desborough gmerał przy jej nakryciu głowy, wyczyniając coś z jego rondem. Oczy Addie błądziły po tafli lustra w poszukiwaniu spojrzenia Fredericka, ale widok przesłaniało jej absurdalne ozdobne pióro.

– To szpilka – powiedziała, powstrzymując chęć, by się odwrócić, podczas gdy on uważnie oglądał tył jej kapelusza. – Zdaje się, że zaczepiła o... au!

– Chyba odkryłem, gdzie tkwi problem – poinformował Frederick.

– Chyba odczułam, gdzie tkwi problem – odparła i udało jej się powiedzieć to pozornie beztroskim tonem, tylko odrobinę bez tchu.

Frederick odsunął się od niej o krok. W dłoni trzymał zakończoną spiczasto metalową szpilkę.

– Tutaj ma nacięcie. Włosy musiały się o nie zaczepić.

Addie obracała szpilkę w palcach, zadowolona, że może czymś zająć ręce.

– Gdzie?

Bea podarowała jej na urodziny śliczną szpilkę do kapeluszy, z główką w kształcie kwiatu i liści, inkrustowaną drobnymi, błyszczącymi klejnocikami. Addie lubiła ją podziwiać i nadal używała starych szpilek.

– O tutaj. – Dłoń bez rękawiczki spoczęła na jej dłoni i przesunęła palcem Addie wzdłuż ostrza szpilki.

– Czujesz?

– Yhm? – Nie mogła oderwać wzroku od ich złączonych rąk.

– Nacięcie – wyjaśnił Frederick. – Tu, prawie przy samym koniuszku.

Addie odchrząknęła.

– Tak, tak. Czuję. – Wyżłobienie w szpilce było małe, niemal niewidoczne, ale włosy mogły się o nie zaczepić. – Nie wiem, dlaczego wcześniej go nie zauważyłam.

Addie chciała wziąć szpilkę, ale Frederick okazał się szybszy.

– Zabieram ją, bo jeszcze zapomnisz i znów jej użyjesz.

– To bardzo prawdopodobne – przyznała. Odwróciła się, by zdjąć kapelusz, któremu szarpanina ze szpilką niespecjalnie posłużyła. – Widziałeś zawiadomienie o spotkaniu z panem Hardym w przyszłym tygodniu? Będzie czytał coś ze swoich *Wierszy zebranych*.

Frederick spojrzał na nią z góry. Kąciki ust uniosły mu się w przekornym uśmiechu.

– Powinnaś iść na uniwersytet i studiować literaturę – stwierdził, pociągając ją za pukiel włosów, jak gdyby była małą dziewczynką. – Już cię widzę jako profesora w czarnej todze i birecie.

Nie znosiła, gdy tak robił. W jednej chwili traktował ją jak osobę dorosłą, kobietę godną podziwu, a już w następnej jak czyjąś młodszą siostrę; ujmował pod brodę albo ciągnął za włosy. To ją doprowadzało do szału.

– Chciałabym studiować – odparła – ale ciotka Vera nigdy by na to nie pozwoliła.

I Bea też jej potrzebowała. Addie pamiętała, jaka mizerna i blada była kuzynka, gdy zajmowała się pogrzebem Poppy.

– Zawsze musisz słuchać ciotki?

– Płaci mi pensję – wyjaśniła rzeczowo Addie. – A dokładniej, płaci stryj Charles, co wychodzi na to samo.

– Nadal im nie powiedziałaś o „Bloomsbury Review”, prawda?

– Prawda – przyznała. – Jakoś nie było okazji. – Lady Ashford czytywała jedynie „Ratlera" oraz *Kronikę dworską**. I dzięki Bogu.

– Gdybyś sobie życzyła... ciągle jeszcze mam kilku kumpli w Oksfordzie. Któryś mógłby porozmawiać z panią dziekan Somerville College, szepnąć o tobie życzliwe słowo.

Addie zagryzła wargę. Może jemu wydawała się dobrą kandydatką na uniwersytet, ale ona wiedziała, że było inaczej. Nie miała żadnego wykształcenia poza wiedzą zdobytą dzięki swobodnemu dostępowi do księgozbioru w Ashford. Guwernantka, zgodnie z zaleceniem ciotki Very, zajmowała się głównie takimi subtelnościami, jak zachowanie stosownej hierarchii podczas zajmowania miejsc w przypadku przyjęcia na trzysta osób w pałacu wicekróla.

Jednak Addie nie chciała się do tego przyznać, a już zwłaszcza Frederickowi, bo szczególnie jej zależało, żeby dobrze o niej myślał. Kapitan Desborough był absolwentem Balliol i chociaż sam jej o tym nie poinformował, wiedziała, że ukończył historię z najlepszą lokatą. Jak mogła mu powiedzieć o niedostatkach własnej edukacji?

– Może kiedyś. – Czuła, że nie brzmi to przekonująco. – Nie chcę rzucać pracy w chwili, gdy pismo tak dobrze się rozwija! A poza tym szkoda by mi było opuścić Londyn, skoro wreszcie zaczęłam się nim cieszyć.

– W porządku – odparł. – Jeśli to twoja decyzja, a nie ciotki Very.

– Moja – zapewniła. – Naprawdę zależy mi na „Review". Zaczynam wierzyć, że mogę im się przydać. – Spojrzała na niego poważnie. – Wiesz, Fredericku, to najbardziej zwariowane miejsce na świecie. Nawet nie potrafię ci tego opisać.

Wargi mu drgnęły.

– Chyba jestem w stanie je sobie wyobrazić.

---

* Court Circular – oficjalny informator brytyjskiego dworu królewskiego zawierający spisy wydarzeń, uroczystości, nominacji itp.

– Wszystko tam stoi na głowie. Rachunki mieszają się z próbkami wierszy. Mieliśmy być miesięcznikiem, a ostatni numer wyszedł siedem tygodni temu!

– Jakoś mnie to nie zaskakuje. – Frederick podążył za nią do jednego z mniejszych i mniej wielkopańskich salonów. – Widziałem już trochę takich czasopism. Pojawiają się i znikają.

– To nie zniknie – oświadczyła z determinacją. – Nie, jeśli tylko będę miała cokolwiek w tej sprawie do powiedzenia.

Zdaniem zespołu jej poglądy na literaturę były okropnie przestarzałe. Addie jednak odkryła w sobie niespodziewany talent organizatorski. Mogła popełnić faux pas, przedkładając poezję Tennysona nad Brooke'a, ale gdy wystąpiła z rewolucyjnym pomysłem, by rachunki z drukarni trzymać w jednej przegródce, a pokwitowania wpływów – o ile takie będą – w drugiej, została uznana za cudotwórczynię i na jej cześć wzniesiono toast szampanem w wyszczerbionych kubkach. Zaczęła ostrożnie podsuwać pomysły, jak można by rozwiązać tę czy inną sprawę – reklamami zapewnić fundusze, zbierać zamówienia na uniwersytetach, by powiększyć grono czytelników. Znakomita część jej propozycji była pogodnie ignorowana – idee zwyciężały nad stroną praktyczną – ale Addie zaczęła snuć własne plany co do wprowadzenia niektórych innowacji w życie.

– To zabrzmiało groźnie – z rozbawieniem zauważył Frederick.

– Naprawdę? Przepraszam, jeśli tak, to niezamierzenie. Tylko że ja tak bardzo chcę, żeby nam się udało... mówię o piśmie.

Zgiętym palcem Frederick uniósł jej podbródek.

– Nie usprawiedliwiaj się – powiedział. Zielone oczy przyglądały się jej ze skupieniem. – Nie przede mną.

Patrzyła na niego bez słowa, starając się nie oddychać, nie mrugać, w obawie, że czar pryśnie. Nagle pokój wydał się naładowany elektrycznością; niemal czuła, jak trzaskają między nimi iskry. Trwała tak w niepewności, czekała z zapartym tchem, by pochylił się ku niej i...

– Nic nie mówiłaś, że będziemy mieć gości. – Czyjś głos przeciął ciszę, krusząc ją niczym szkło.

Addie odskoczyła do tyłu. Frederick opuścił rękę i cofnął się, taki daleki, że równie dobrze mógł się znajdować na księżycu. Zdało jej się, że wszystko to sobie tylko wyobraziła – jak na nią patrzył, jak byli blisko; że wzięła to z książki albo ze szczególnie barwnych snów na jawie.

W drzwiach stała Bea, spokojna i opanowana, z uniesioną brwią i cygarniczką w dłoni. Cienka smużka dymu jakby kreśliła w powietrzu znak zapytania.

Addie oblała się rumieńcem.

– Och, Bea, to jest... to znaczy...

Miała absurdalne poczucie, że została na czymś przyłapana, chociaż nie było na czym.

– Chyba już się kiedyś spotkaliśmy, prawda? – Wkraczając do salonu, Bea bez skrępowania przyjrzała się Frederickowi. – U Oggiego. – Przystanęła z uniesioną fifką.

Frederick odwrócił wzrok.

– Jestem pewien, że bym pamiętał...

Roześmiała się gardłowo.

– Był pan z Dorą Palliser. Cóż, dziwiłabym się, gdyby zdołał pan sobie cokolwiek przypomnieć.

Addie spoglądała nerwowo to na nią, to na niego, zastanawiając się, o czym rozmawiają. Znała Dorę Palliser, chociaż niezbyt dobrze. Jej zdjęcie często pojawiało się w gazetach, zwykle w parze z nieco skandalizującymi nagłówkami. Dora cieszyła się sławą zarówno ze względu na upodobanie do sztuki awangardowej, jak i do artystów, z którymi miała kilka głośnych romansów.

Brzęk bransoletek kuzynki przerwał tok myśli Addie. Bea władczo skinęła dłonią.

– Kochanie, nie przedstawisz mnie?

I Addie poniewczasie spełniła swoją powinność.

– Panie Desborough, proszę pozwolić, że przedstawię pana mojej kuzynce, lady Rivesdale. – Wciąż dziwnie się czuła, mówiąc o niej lady Rivesdale, jak o jakiejś dostojnej matronie. Zwracając się do Bei, dodała: – Właśnie wróciliśmy z wykładu o prozodii i polityce.

– Niezwykle interesujące – mruknęła Bea i podała rękę Frederickowi. – Panie Desborough.

Ukłonił się.

– Lady Rivesdale.

Przez chwilę Bea splatała z nim palce w uścisku.

– Po co te formalności? Przyjaciele Dory są moimi przyjaciółmi. – Rzuciła spojrzenie przez ramię. – Drinka?

Frederick zerknął na Addie. Poczuła, jak zawsze, tę iskierkę bliskości, jak gdyby istnieli tylko oni, odcięci od reszty świata. Po chwili jednak on znów popatrzył na Beę i czar prysł.

– Tak, poproszę.

Bea podeszła do barku na kółkach, który początkowo był zabawką Marcusa, a obecnie należał do niej. Wyposażony w bezładnie poupychane butelki, miksery i różne dziwne przyrządy, zdaniem Addie wyglądał jak z koszmaru o inkwizycji.

– Zadzwoń po więcej lodu, dobrze, kochanie? – Addie posłusznie zadzwoniła, a tymczasem Bea zaczęła z wprawą gromadzić składniki w mikserze. – Koniecznie musicie mi opowiedzieć o tym fascynującym wykładzie.

– Umarłabyś z nudów – odparła szczerze Addie. – To raczej nie twoja ulubiona forma rozrywki.

– Nonsens – oburzyła się Bea. – Ja wprost uwielbiam... prozodię.

Przewróciła oczami, a Frederick cicho się roześmiał. Odebrał od służącego wiaderko z lodem i wręczył je Bei.

– Pani lód.

– Pani drink, chciał pan powiedzieć. – Podała mu mikser. – Zechce pan czynić honory domu?

Addie stała z tyłu i czuła się całkowicie wykluczona z rozmowy. Oczywiście, Bea nie zrobiła tego naumyślnie; po prostu przyciągała ludzką uwagę jak magnes przyciąga opiłki żelaza. Zawsze tłumaczyła, że nie ma w tym żadnej magii. To tylko kwestia pewności siebie. Addie obserwowała, jak Frederick miesza drinki, jak Bea próbuje trunku, krzywi się, wylewa i zaczyna całą procedurę od początku. Wiedziała, że powinna się odezwać, ale co powiedzieć? Nie miała nic do powiedzenia, może tylko trochę na temat prozodii, który po komentarzu Bei wydawał się tak nudny, jak zapewne był.

Bea podała kuzynce jej szklaneczkę. Pierścionek z szafirem brzęknął o szkło. Addie bez przekonania przyjęła drinka. Mocno pachniał ginem. Dyskretnie odstawiła go na marmurowy blat pozłacanego stolika.

– Macie jakieś równie atrakcyjne plany na dzisiejszy wieczór? Nie? Więc musicie do mnie dołączyć. Jest przyjęcie w Claridge'u, a potem przenosimy się do Złotego Cielca. Słyszał pan o tym, panie Desborough? Pewnie tak. – Bea pociągnęła solidny łyk alkoholu.

– Myślałem, że go zamknięto – powiedział Frederick.

– To nowy Złoty Cielec – wyjaśniła uprzejmie Bea. – Czy to nie jak w Biblii? Zabili tłustego cielca tylko po to, by wyhodować kolejnego. A może coś mi się pomieszało? Lokal jest strasznie „tajne przez poufne". Sekretny kod przy pukaniu, kotary i tym podobne. Musicie przyjść.

– Nie jestem pewna... – zaczęła Addie, sprowokowana wreszcie, by się odezwać.

– Nie rób zamieszania, spodoba ci się. Mam suknię, która będzie dla ciebie idealna.

– Musiałabyś ją obciąć na wysokości kolan – zaprotestowała Addie.

Bea rozwiała jej obiekcje, jednocześnie nalewając gin.

– Zaniedbałam cię. Jako twoja przyzwoitka powinnam była dopilnować, żebyś więcej wychodziła, i nie mam tu na myśli wykładów!

– Nie jesteś moją przyzwoitką. – Addie bezskutecznie usiłowała pochwycić spojrzenie Fredericka. – Dzieli nas niewiele ponad rok.

– Cicho, dziecinko – ucięła jej protesty Bea i jednym haustem wychyliła resztę drinka. – Nie wiesz, że nie wolno tak się zwracać do matrony? Już dawno powinnam była zadbać o twoją edukację towarzyską. – Znad krawędzi szklanki spojrzała na Fredericka. Jasne rzęsy miała przyciemnione, co potęgowało teatralny efekt. – Zwłaszcza jeśli obstajesz przy tym, by przyjaźnić się z osobnikami spod ciemnej gwiazdy.

– Czy aby zabieranie podopiecznej do miejsca kultu Złotego Cielca nie przeczy tradycyjnym obowiązkom przyzwoitki?

Bea podniosła mikser z tacy i zręcznie dolała Frederickowi drinka.

– Ależ skąd, panie Desborough. Dobra przyzwoitka ma za zadanie przygotować swoją podopieczną na wszelkie okoliczności!

W sposób niezrozumiały dla kuzynki podkreśliła dwa ostatnie słowa. Rozmowa zataczała kręgi w kręgach, krążyła ponad głową Addie.

Addie podniosła wzrok i napotkała wpatrzone w nią oczy Fredericka.

– Dla niewinności wszystko jest czyste – powiedział cicho.

Poczuła, że się czerwieni, chociaż nie rozumiała dlaczego.

– Nie jestem aż tak oderwana od życia – zaprotestowała i sięgnęła po swojego drinka.

– Nie jesteś, kochanie? – lekko rzuciła Bea, dotykając ramienia Fredericka. – Będzie pan aniołem i poszuka mojej papierośnicy, jeśli można prosić? Chyba zostawiłam ją na szezlongu w porannym salonie.

– Do usług – wycedził Frederick. Jego głos brzmiał zupełnie inaczej niż podczas rozmów z Addie.

Zdezorientowana Addie spojrzała na kuzynkę. Widziała puzderko leżące na widoku obok przenośnego gramofonu.

– Dlaczego to zrobiłaś?

Bea bezwstydnie otworzyła papierośnicę i wyciągnęła tureckiego papierosa. Postukała nim o dłoń, po czym wsunęła go do długiej hebanowej fifki.

– To ci zajmuje cały czas, kochanie?

– Nie, niecały – ostrożnie odparła Addie. Jeszcze nie przyznała się do pracy w „Bloomsbury Review". Rzecz nie w tym, by kuzynce nie ufała. Bea po prostu bywała... zbyt otwarta. A czasami pod powłoką tej otwartości skrywało się żądło, szczególnie gdy czuła się nieszczęśliwa. Tak jak teraz. – Ale część czasu, tak. Nie pamiętasz pana Desborough? To on uratował Binky.

Przez moment kuzynka patrzyła na nią, jakby nic nie rozumiała. Potem parsknęła chrapliwym śmiechem.

– Wielkie nieba, ta zabawna myszka! – Przez chwilę brzmiało to jak dawniej. – Uda ci się kiedyś zapomnieć minę matki?

– Nigdy – stwierdziła Addie.

Porzuciwszy sztuczną pozę, Bea przypominała siebie z dawnych czasów. Ale też wyglądała na strasznie wyczerpaną. Addie pomyślała o okresie tuż po śmierci Poppy, kiedy Bea była kompletnie załamana i próbowała to ukryć.

Delikatnie dotknęła nadgarstka kuzynki.

– Coś się stało? Kiedy weszłaś...

– Nic się nie stało. – Bea cofnęła rękę i zaczęła krążyć niespokojnie po pokoju. – Ze mną wszystko w porządku. To nie ja biegam na wykłady z obcymi mężczyznami.

Jasne, bo wykłady to taka straszna kompromitacja. Addie nie dała się zbić z tropu.

– Znów pokłóciłaś się z Marcusem?

Bea zacisnęła usta.

– Marcus to Marcus – rzuciła niby lekko, ale zdradziły ją dłonie... paznokcie mocno wbijały się w skórę. – Teraz rozmawiamy o tobie. O tobie i tym panu Desborough. Ty przebiegła istoto. Kiedy zamierzałaś mi powiedzieć?

– O czym? To przyjaciel – odparła Addie.

Bea obrzuciła ją wymownym spojrzeniem.

– Kochanie, ktoś musi sprawdzić, o co temu twojemu panu Desborough chodzi. Nie możesz się opierać na referencjach od myszki.

Addie bojowo uniosła podbródek.

– O nic mu nie chodzi. Po prostu lubi podobne wykłady jak ja. – Jasne brwi Bei uniosły się. Addie zaczęła się jąkać. – To... to kolega.

– Och, kochanie. Możesz sobie wmawiać, co ci się podoba. Widziałam, jakim rozanielonym wzrokiem na niego patrzysz. Jestem trochę zazdrosna, rozumiesz. To okropnie poniżające zostać zepchnięta na drugi plan. Ale jeśli musi mnie to spotkać – dodała, a w jej głosie zadźwięczała twarda nuta – zamierzam się upewnić, że ten człowiek jest ciebie wart. Skoro już masz mnie opuścić, to nie dla byle kogo.

– Nie sądzę, żeby pan Desborough myślał o mnie w taki sposób – wyznała Addie, ulegając straszliwej, dręczącej pokusie zwierzeń. Pokręciła głową. – Naprawdę, nic się nie dzieje.

– Nie bądź niemądra – powiedziała Bea stanowczo, jak zawsze, gdy podjęła jakąś decyzję. W takich chwilach niepokojąco przypominała ciotkę Verę; posiadała całą jej władczość, na co dzień skrytą pod powłoką ulotnego piękna. – Chyba wolisz mieć pewność, że to nie chochlikowy owoc?

Uśmiechnęła się, a Addie – przez pamięć o starym poemacie i tamtych dwóch dziewczynkach przysięgających sobie wieczną przyjaźń – także odpowiedziała jej uśmiechem. Zawsze uważała, że jest bardziej Lizzie niż Laurą; siostrą rozsądną, a nie lekkomyślną.

– Boisz się, że grozi mi upadek?

– Nic się nie martw, kochanie. – Wargi Bei wykrzywił drapieżny grymas. – Nadgryzę ten owoc za ciebie.

Addie wiedziała, że to żarty, ale nie mogła nic na to poradzić, że oczami wyobraźni zobaczyła Beę ślącą uśmiechy Frederickowi. A on uśmiechał się tylko do niej. Nigdy dotąd nie przeszkadzały jej uroda i wdzięk kuzynki. Wydawało się uczciwe, że to ona miała pierwszeństwo w kwestii zabawek, gier, mężczyzn. Addie z radością ustępowała jej miejsca, lecz nie tym razem, nie gdy chodziło o Fredericka. Nawet jeśli nie miała czego stracić, bo do niej nie należał.

Bea szybko odstawiła drinka.

– Nie patrz tak, skarbie! Tylko żartowałam. – Spojrzała badawczo na drzwi. – Ja rzadko gryzę.

Londyn, 1999

– Wyglądała mi na zdzirę – wypaliła Clemmie bez namysłu.

Markiz, zaszokowany, stłumił śmiech.

– Wyglądała trochę jak pani. Nie w tym sensie, oczywiście – dodał szybko. – To znaczy... Chciałem tylko...

I nawet nie wiedział o jej jaskraworóżowej bieliźnie.

– Dziękuję – odparła Clemmie.

Rivesdale wciąż usiłował wyplątać się z gafy.

– Słynęła z urody. Nazywano ją Debiutantką Dziesięciolecia. Mój dziadek był wniebowzięty, kiedy udało mu się ją złowić.

Coś w sposobie, w jaki na nią patrzył, sprawiło, że Clemmie się zaczerwieniła.

– Mężczyźni pragnęli jej, kobiety pragnęły być nią? – zażartowała.

– Tak – odparł poważnie. – Właśnie tak. Zanim wybuchł skandal, oczywiście.

– Skandal, hm? – Clemmie zastanawiała się, czy Paul dostał już swoje sancerre, a jeśli tak, czy osiągnie odpowiednie stadium uspokojenia, zanim ona wróci do stołu.

– I to jaki. Sprawa ciągnęła się i ciągnęła, rozwód z powodu cudzołóstwa. Nagłówki w gazetach, gapie stłoczeni przed salą sądową. – Zreflektował się, przerwał i zakaszlał. – Przynajmniej tak mi się wydaje.

– No, no – mruknęła Clemmie. A mimo to trzymali jej portret. Nigdy nie zrozumie Anglików. – Będę musiała wypytać babcię.

Ciekawe, z kim uciekła kuzynka Bea i czy byli ze sobą szczęśliwi. W tej niespokojnej kobiecie z portretu było coś, co nie szło w parze ze szczęściem. Wyglądała na ten typ, co to obala królestwa i zatapia okręty – świetna pożywka dla poezji, ale niekoniecznie materiał na dobre życie.

Clemmie również została oskarżona o zdradę. Jednak w jej przypadku chodziło raczej o kancelarię adwokacką, a nie innego mężczyznę. Dan twierdził, że jest zmęczony wiecznym czekaniem, kiedy znajdzie dla niego chwilę. Nie chciał już grać drugich skrzypiec. „Na czym ci bardziej zależy?", powtarzał.

Jej zdaniem, idiotyczne pytanie. Jeśli człowiek musi je zadawać, prawdopodobnie wolałby nie usłyszeć prawdziwej odpowiedzi.

– Gdzie jest ten telefon? – rzuciła.

Najwidoczniej zabrzmiało to nieco zbyt obcesowo, bo markiz zerknął na nią z ukosa.

– Tędy, proszę – powiedział.

Znajdowali się w holu, w którym tego ranka dopełniała formalności meldunkowych. Clemmie wydawało się, że od tamtej chwili minęły całe dziesięciolecia. I nadal musiała radzić sobie ze Scottem, nerwowym współpracownikiem, udobruchać Paula, odnaleźć swój pokój, przejrzeć stertę dokumentów... Na myśl o tym czuła coraz silniejszą chęć, by zwinąć się w kłębuszek. Ale wszystko to musiała zrobić, wykluczone, żeby cokolwiek odpuściła. Koniec końców warto się wysilać, jeśli dzięki temu zostanie partnerem. Tak sobie ciągle powtarzała. Nie po to harowała w pocie czoła, żeby zrezygnować z awansu.

Zrozum, Dan.

– Pamela się panią zajmie. – Rivesdale wskazał na młodą kobietę za recepcyjnym kontuarem. – Trzecia linia?

Dziewczyna przytaknęła energicznie, aż podskoczył jej koński ogon, przycisnęła jakiś guzik i podała Clemmie słuchawkę.

Clemmie zakryła dłonią mikrofon.

– Dziękuję – zawołała za odchodzącym markizem. – I przykro mi z powodu tamtej afery z kuzynką.

Uśmiechnął się lekko.

Przyłożyła słuchawkę do ucha. Powrót do prawdziwego życia.

– Clementine Evans – powiedziała.

– Halo? – odparł ktoś po drugiej stronie. Męski głos, ale nie przypominał Scotta, nerwusa z kancelarii. – Clemmie?

Po drugiej stronie słychać było jakieś trzaski i trąbienie.

– Halo? Kto mówi? – zapytała.

Przez krótką, szaloną chwilę zastanawiała się, czy to może Dan wytropił ją aż w Anglii. Choć raczej nie byłoby to w jego stylu.

– Tu Jon. Jon! Słyszysz mnie?

– Ledwie, ledwie – odparła. Czemu do niej dzwonił? Oparła się łokciem o kontuar. – Co się stało?

Słyszała dźwięk, który mógł być oddechem lub po prostu zakłóceniami na linii.

– Przepraszam, że ci przeszkadzam w czasie służbowego wyjazdu. – Na skutek kiepskiego połączenia jego głos dudnił, a słowa się zlewały. – Ale babcia Addie jest w szpitalu... Mount Sinai.

– Co?

W tle rozległy się syreny. Połączenie znów zaczęło się rwać. Do Clemmie dotarło tylko:

– ...Matka... tam... nie chciała... dzwonił... jeszcze.

Clemmie uczepiła się tego jednego słowa.

– Co znaczy „jeszcze"? – zawołała. – Co mówią lekarze? Jak ona się czuje? Co się stało?

Ze słuchawki popłynął jakiś niezrozumiały bełkot.

Clemmie złapała za sznur telefonu.

– Jon! Jon! Coś przerywa. Nie słyszę cię.

Miała wrażenie, że w tle dmie huragan. Słyszała coś jakby gwizdy wiatru, trzaski i łomoty łamiących się drzew.

– Clemmie? – Szum zmienił głos Jona w elektroniczne dudnienie i ciężki oddech Dartha Vadera. – Przepraszam. Jestem...

Znów zakłócenia. Kompletny absurd. Potrafili wysłać człowieka na Księżyc, a nie potrafią zapewnić przyzwoitych połączeń? Nie wiedziała, czy problem tkwił w komórce Jona, czy w jakichś falach albo innym czymś tam, co musiało przelecieć nad Atlantykiem. Ale miała ochotę coś rozwalić.

– Jon! – krzyczała do telefonu. – Jon! Bardzo jest źle?

– Zaczekaj. – Niespodziewanie jego głos zabrzmiał niemal czysto. – Przejdę kawałek dalej.

Clemmie była napięta jak struna. Okręcała i okręcała telefonicznym kablem palce, aż pojawiły się na nich wściekle czerwone ślady. Zauważywszy wymowne spojrzenie recepcjonistki, strząsnęła sznur z dłoni i rozciągnęła wargi w wymuszonym uśmiechu.

Nie jest źle, powtarzała sobie w myślach. Żeby tylko nie było źle.

– Clemmie? – Znowu Jon. Jego głos brzmiał słabo, ale wyraźnie. – Jesteś tam jeszcze?

– Tak! – sapnęła. – Co się dzieje? Co się stało? Jak ona się czuje?

Z bardzo daleka usłyszała:

– Nie wygląda to dobrze, Clem. – A po chwili ciszy: – Myślę, że powinnaś wrócić do domu.

ROZDZIAŁ 12

Londyn, 1920

Jedyne, czego Addie chciała, to wrócić do domu.

Bez zegarów albo zegarka nie była w stanie stwierdzić, która jest godzina, ale mogła być którakolwiek między dwunastą a piątą rano. Nieprawdziwy świat nocnych rozrywek, jakie zaczynały się dobrze po zmroku i trwały aż do świtu, wypełniał krążący tłum – mężczyźni w białych krawatach i wystrojone kobiety – jazgot niewyraźnych głosów, plamy ledwie rozpoznawalnych twarzy.

Wieczór rozpoczął się od tradycyjnych już teraz koktajlów w Ritzu. Z Ritza przenieśli się na przerobione w stylu *Baśni tysiąca i jednej nocy* poddasze – pięć zawrotnie wysokich kondygnacji, schody i drabina. Grała tu orkiestra w turbanach, a jakaś dziewczyna ze zgrzytliwym cockneyem, w namiastce muślinowych spodni i kwefie, który kleił się jej do szminki, wzięła ich okrycia, a w zamian wręczyła kieliszki z podejrzanym napitkiem. Reklamowała go jako turecką rozkosz, chociaż zdaniem Addie w smaku przypominał raczej terpentynę z dżemem malinowym. Stamtąd pojechali do zatłoczonej podziemnej nory Rector's Club, gdzie zapach taniego pudru wszechobecny w damskiej toalecie przyprawił Addie o mdłości, a orkiestra dęta o ból uszu. Muzycy mieli na głowach policyjne hełmy, nie bardzo wiadomo dlaczego. Geordie Pillbrook postanowił jeden z nich podwędzić, czym wywołał przeraźliwe trąbienie i wrzaski. Wówczas całe towarzystwo szybko opuściło klub i zapakowało się do taksówek. Bynajmniej nie po to, niestety, by pojechać do domu, tylko w następne miejsce, które okazało się tak lodowato zimne, jak Rector's Club był duszny i przegrzany.

Dla odmiany nazywało się Eden, przy czym rajski ogród symbolizował tu wyłożony nagimi płytami chodnikowymi ogródek, gdzie za ozdobę służyło trochę smętnych krzewów w donicach i lampiony, które miały wyglądać jak jabłka.

Było już pewne: Addie nienawidziła nocnych klubów.

Dokonała przeglądu wystarczająco wielu z nich. W ciągu ostatniego miesiąca hulała z przyjaciółmi Bei po całym Londynie. Bezskutecznie starała się do nich upodobnić: malowała usta nietwarzową czerwienią i upinała z tyłu swoje skromne suknie w taki sposób, by osiągnąć wymagany efekt głębokiego dekoltu na plecach. Ale jakoś zawsze na niej wyglądało to nieodpowiednio. Ona wyglądała nieodpowiednio. Nie potrafiła imitować żargonu światowców, cedzenia słów, nonszalanckiej przesady: „Dno dna bezdennego blamażu!", wykrzyknęła jedna z przyjaciółek Bei. Mówiły o sprawach, które nudziły Addie, i ludziach, których w ogóle nie znała.

Wiedziała, że znajomi kuzynki uważają ją za nudziarę. Nawet nie mogła mieć o to pretensji. Dla nich faktycznie była nudna. Nic potrafiła mówić o tym, co ją pasjonowało. Przecież nie chcieliby słuchać o eksperymentach Fernie ze spirytyzmem

(Fernie była przekonana, że niedawno za pomocą tablicy Ouija* otrzymała wiadomość od zmarłego narzeczonego, chociaż nikt, łącznie z samą zainteresowaną, nie mógł doszukać się w tym przekazie najmniejszego sensu) czy o sukcesie Addie w pertraktacjach z drukarzem, by udzielił „Review" wyższego kredytu. Albo o komicznym widowisku, kiedy to biurowy kot zaplątał się w taśmę maszyny do pisania, a potem wściekle miaucząc i zostawiając wszędzie ślady tuszu, zmusił ich do wesołej gonitwy po całym biurze, aż wreszcie został osaczony za biurkiem redaktora działu młodych talentów poetyckich. I na pewno nie zainteresowałby ich wykład z ekonomii politycznej, w którym ostatnio uczestniczyła, ani *Pieśń miłosna J. Alfreda Prufrocka* T.S. Eliota.

Jak można w tym hałasie usłyszeć śpiew syren**?

Jeszcze raz przeżywała męki swojego debiutanckiego roku. Nudna i znudzona, ciągnęła się w ślad za Beą, marząc tylko o powrocie do domu. Miała świadomość, że w swoim gronie Bea uchodzi za prawdziwą męczennicę, bo tak się nią zajmuje. Ależ to nudziara, kochanie! Nic, tylko ziewać!

Pośród morza ludzi dostrzegła Fredericka. Torował sobie drogę przez tłum, pozostawiając za sobą drobne wiry.

W wieczorowym stroju wyglądał bardzo urodziwie, przyznała z melancholią Addie. Chociaż na inny sposób niż krzepki, jasnowłosy, angielski Marcus. Smukła, ciemna sylwetka Fredericka, jak gdyby zrobiona była z papieru, naciągniętego na elektryczne przewody. Skomplikowany i niebezpieczny, miał w sobie tę własność żywego srebra, której Addie zawsze zazdrościła kuzynce: dziwne połączenie witalności i wdzięku.

Rosita, przyjaciółka Bei, pochyliła się, by krzyknąć mu coś do ucha. Addie ujrzała błysk płomyka, gdy Frederick przysunął

---

* Ouija – plansza z literami alfabetu lub znakami, używana podczas seansu spirytystycznego.

** Aluzja do *Pieśni miłosnej J. Alfreda Prufrocka* T.S. Eliota; w przekładzie W. Dulęby ten fragment brzmi: „Słyszałem śpiewy topielic. / Nie sądzę, aby kiedyś miały śpiewać do mnie".

zapalniczkę do papierosa Rosity. Taki właśnie był, zawsze gotów podać ogień, zawsze chętny do kolejnego kieliszka.

Zniknął gdzieś mężczyzna, który dyskutował o poezji i urzeczony słuchał koncertu, brzmiącego w uszach Addie jak tupot nóg na stopniach autobusu. Zastąpił go inny, światowy Frederick. W uśmiechu poruszał mu się tylko jeden kącik ust, a każda, najdrobniejsza uwaga była dwuznaczna i cięta. Doskonale pasował do grona znajomych Bei, tak doskonale, że łatwo dawało się zapomnieć, iż stanowił odkrycie nie jej, lecz Addie.

Zastanawiała się, czy lubi tego nowego Fredericka.

– Proszę. – Przepchnął się do ustronnego kąta, gdzie znalazła sobie skrawek miejsca: dwa schodki powyżej tanecznego parkietu, w kamiennej niszy z otworem strzelniczym. Za parawanem idiotycznych donic stały tam kuty żelazny stolik i krzesła, rozklekotane, niewygodne, pordzewiałe. Ale lepsze to niż nic. – Twój boski trunek, piękna pani.

Od nowych przyjaciół przejął sposób wysławiania się, ich lekceważący, szyderczy ton. A może zawsze tak mówił, tylko ona nie zdawała sobie z tego sprawy; słyszała jedynie to, co chciała usłyszeć. Czy to właśnie Bea rozumiała przez chochlikowy owoc? Że poddana jego działaniu, Addie w końcu poczuje smak popiołu?

– Dziękuję. – Wzięła od Fredericka kieliszek. Na wierzchu jakiejś podejrzanej mikstury unosiła się skórka cytryny. Koktajl wyglądał tak, jak gdyby ktoś na chybił trafił zlał zawartość pół tuzina butelek i zamieszał. Jeśli to był chochlikowy owoc, to przypominał nie popiół, ale kilka niewprawnie połączonych, za to silnych trunków. Addie pociągnęła łyk i starała się nie zakrztusić. – Pyszny.

– Nazywają go Adam i Ewa. – Frederick oparł łokieć o znajdujący się za nim otwór strzelniczy i odkorkował srebrną buteleczkę, wydobytą z wewnętrznej kieszeni marynarki. – Wynalazek, który sprowadza człowieka prosto do stanu naturalnego.

Addie skuliła się. Jej strój zaprojektowano z myślą o ciepłym wnętrzu sali balowej, a nie o grudniowym ogrodzie.

– W tej chwili nie miałabym nic przeciwko kilku dodatkowym figowym listkom.

Frederick zamrugał, po czym zmarszczył czoło.

– Niech to diabli, jesteś prawie sina. Czemu nic nie powiedziałaś?

Addie dzielnie uniosła swój kieliszek.

– Jestem pewna, że to mnie raz-dwa rozgrzeje! – O ile wcześniej nie zwali z nóg.

– Nie bądź śmieszna – odparł energicznie. – Cała się trzęsiesz. Zdjął marynarkę i zarzucił jej na ramiona. Marynarka była jeszcze nagrzana ciepłem jego ciała. Pachniała tytoniem, brandy i Frederickiem.

– Dziękuję. – Addie opatuliła się mocno, walcząc z zupełnie bezsensownym poczuciem dumy, że to jego marynarka ją okrywa. Zwariowałam, pomyślała. Przecież ten gest nic nie znaczy, ot przejaw dobrych manier. – A tobie nie będzie zimno?

Frederick odplątał biały jedwabny szalik i udrapował go wokół jej szyi.

– Mnie? Ja się gotuję. Diabelnie gorąco jak na grudzień. – Zatoczył się, cofając o krok. Addie zauważyła, że poczerwieniał i miał przekrwione oczy. – Za dużo tańca.

– Może powinieneś iść do domu – zasugerowała ostrożnie.

– I stracić taką wspaniałą zabawę? – Ruchem głowy wskazał parkiet, gdzie po drugiej stronie hałasował zespół jazzowy, puzony, trąbki i talerze, w które ktoś walił przeraźliwie.

Pośród tego zamętu znajdowała się Bea, zwiewna piękność w lodowatobłękitnych jedwabiach. Właśnie prezentowała policyjny hełm, który Geordie podwędził w Rector's Club, i przybierała różne pozy, by umknąć przed żartobliwymi próbami pozbawienia jej tej zdobyczy. Addie słyszała śmiech kuzynki, zbyt wysoki, zbyt głośny, trochę pijany. Podeszłaby i przytuliła ją, ale wiedziała, że ona nie chce współczucia; okazując je, zniszczyłaby wrażenie, które Bea tak pracowicie usiłowała stworzyć.

Chodziło oczywiście o Marcusa. Addie spostrzegła go od razu, kiedy tylko wpadli tu całą hałaśliwą gromadą, wyrywając sobie hełm policjanta i przepychając się łokciami. Bea śmiała się i żartowała razem z innymi, aż nagle umilkła. Trwało to tylko sekundę, krótkie: Co, kochanie? To ta muzyka. Zbyt ogłusza! Addie pobiegła spojrzeniem za wzrokiem Bei i zobaczyła go tam, we wnęce, z Bunny.

– Chcesz stąd iść? – szepnęła, tak by nikt nie usłyszał.

– A dlaczego miałabym chcieć? – odparła Bea wyniośle i odpłynęła w wirze tłumu, by odgrywać spektakl, który nie robił żadnego wrażenia na jej mężu poufale gawędzącym z panną ffoulkes.

– Nie jestem pewna, czy „wspaniała zabawa" to odpowiednie określenie – mruknęła Addie, myśląc o Bei skoncentrowanej na Marcusie, skoncentrowanym na Bunny.

– Nie podoba ci się to, prawda? – rzucił znienacka Frederick. Przyglądał się jej przymglonym spojrzeniem człowieka nietrzeźwego. – Dlaczego?

Bo ja tu nie pasuję, chciała odpowiedzieć, bo moje perły są sztuczne, moja suknia wygląda fatalnie, a ty tańczysz ze mną tylko dlatego, że musisz.

– Nie lubię miejsc, gdzie człowiek nie słyszy własnych słów – oznajmiła zarozumiałym tonem. – A co do drinków... Próbowałeś ich?

– Wlewaj w siebie szybciej – poradził. – To przestaniesz przejmować się smakiem.

Addie spojrzała z obrzydzeniem na swojego Adama i Ewę.

– Ale jeśli się czegoś nie lubi, to po co się zmuszać?

– Skoro go nie chcesz, ja wypiję – zaproponował Frederick, sięgając po jej drinka.

– Nie chodzi mi tylko o ten koktajl – odparła Addie z nieszczęśliwą miną. – Chodzi mi o to wszystko. Po prostu nie widzę w tym żadnego sensu. Po co włóczyć się po całym mieście, wiecznie narzekając, że jest zbyt nudno, za gorąco albo zbyt tłoczno? Żeby w końcu udać się w inne miejsce, identyczne? I tak w kółko, noc po nocy.

– Sens, moja droga dziewczyno, tkwi w poszukiwaniu uciech. Bawić się aż do utraty pamięci. Lub, jeśli mają rację uszczęśliwiacze ludzkości, aż do utraty zbawienia. – Przyjrzał się sceptycznie płynowi w kieliszku, wzruszył ramionami i pociągnął duży łyk. – A że potępienie i tak nas czeka, przynajmniej możemy odmierzać kroki, które ku niemu wiodą. Miarką, miarką, miarką przyjemności. Jesteś pewna, że tego nie chcesz?

Podsunął jej pod nos drinka, a kiedy zaczęła się opędzać, wybuchnął śmiechem, bardzo nieprzyjemnym śmiechem.

Addie wyprostowała się na krześle, mocniej otulając ramiona marynarką, która zaczęła się zsuwać z jej pleców.

– Nie rozumiem, jak można popierać hasło życia wyłącznie dla przyjemności. Zwłaszcza że większość z tych atrakcji wcale nie jest przyjemna! Koktajle smakują jak benzyna, ludzie tańczą do muzyki, która z trudem przypomina jakąś melodię, i śmieją się jak głupi z dowcipów, które wcale nie są zabawne. A następnego ranka budzą się z bólem głowy. To strata czasu.

– Taak? – mruknął przeciągle, otaczając ramieniem oparcie jej krzesła.

Nawet przez marynarkę dotyk Fredericka przyprawiał Addie o ciarki. Nienawidziła się za to; za to, że pragnęła go mimo tego wszystkiego; mimo tych wszystkich zmarnowanych, żałosnych wieczorów.

– Tak – powiedziała ostro – to strata czasu, energii i intelektu.

Frederick obrócił nieznacznie głowę, by móc się Addie lepiej przyjrzeć.

– Zapomniałaś o pieniądzach – wycedził.

– Nie chodzi mi o pieniądze – odparła sztywno. – Najbardziej razi mnie marnotrawstwo zdolności.

Zaczął szperać po kieszeniach, szukał papierośnicy.

– Nie moralizuj – powiedział. – To do ciebie nie pasuje.

– A co do mnie pasuje? – zirytowała się. – Upinanie sukienek w taki sposób, by w środku grudnia świecić gołymi plecami?

Prowadzenie rozmów, których nie pamiętam chwilę po ich zakończeniu? I których pewnie nawet nie chciałabym pamiętać? Rywalizacja o względy pajaców w smokingach, którzy uważają kradzież policyjnego hełmu za szczyt dowcipu? – Słyszała, że podnosi głos, ale nie przejmowała się tym. Miała dosyć! Dosyć tego, że traktowano ją protekcjonalnie, ignorowano i wbijano w poczucie niższości. – Nigdy przedtem nie rozumiałam, co Szekspir miał na myśli, mówiąc o „haniebnym marnotrawstwie sił ducha i ciała"*, ale teraz już rozumiem. Oglądam to na własne oczy noc w noc i nie podoba mi się. Nie zamierzam udawać, że jest inaczej. Dla nikogo.

Właśnie tak. Miała dosyć, dosyć wszystkiego, dosyć jego, dosyć, dosyć, dosyć.

Stolik zachwiał się, kiedy Frederick całym ciężarem oparł dłonie o blat, lekko się zatoczył i wlepił w Addie oczy.

– Nie możesz tego pojąć, prawda? Chcesz Szekspira? Proszę bardzo. „Zamknięty w skorupce orzecha, jeszcze czułbym się władcą nieskończonych przestrzeni, gdyby mnie tylko nie dręczyły złe sny"**. Wiesz, jak to jest mieć złe sny, Myszko?

– Nie widzę związku – powiedziała, zdenerwowana.

– Wszystko z czegoś wynika. – Odepchnął się gwałtownie do tyłu, aż stolik znów się zachybotał. Koktajl Addie chlupnął przez krawędź kieliszka i spłynął między listewkami blatu, plamiąc krepdeszyn jej sukni. – Widzisz tamtego mężczyznę? Tego, który kaszle w chusteczkę swojej towarzyszki?

– Tak, bo co? – Znała go z widzenia i nie oceniała dobrze. Ożenił się z amerykańską dziedziczką i wydawał jej fortunę na dziewczyny sprzedające w klubach papierosy.

– Nafaszerowali go gazem w Bethune. Nie Szwaby. Nasi. Dostarczyli niewłaściwe klucze nastawne. Popękały cylindry. Wiesz, jakie to uczucie być uwięzionym w okopie i mieć płuca

* W. Shakespeare *Sonet 129*, przeł. St. Barańczak.

** W. Shakespeare *Hamlet, książę Danii* (akt II, scena 2), przeł. St. Barańczak.

pełne iperytu? Wiesz, jak człowiek wygląda po zagazowaniu? Nie potrafisz sobie nawet wyobrazić tego smrodu.

Zamrugała zmieszana. Frederick nigdy wcześniej nie mówił o wojnie. Addie kilkakrotnie próbowała napomknąć o jego wojennych zasługach, ale za każdym razem natychmiast zmieniał temat, zbywając jej pytania żartem lub jakąś błahą uwagą.

– Ale... nie mieliście masek? – zapytała nieśmiało.

– Nasze maski to była czysta maskarada – odparł gorzko. – Powinno ci się spodobać to współbrzmienie. Maski udające maski, forma pozbawiona treści. Wyglądały dość dobrze tutaj, w gazetach, ale nie miały cholernej właściwości zatrzymywania oparów gazu. – Złapał jej niechcianego drinka i wychylił jednym haustem. – Ogólnie rzecz biorąc, była to poetycka sprawiedliwość. Myśmy go uwolnili, a on nas pozabijał.

– Ale teraz już wiemy – zaryzykowała Addie, czując, że znajduje się na pewniejszym gruncie (bo czyż „Bloosbury Review" ostatnio nie publikował artykułu na ten temat?). – Wiemy więcej. Liga Narodów...

– Liga Narodów to lipa, niewarta papieru, na którym spisano jej statut. – Frederick wpatrywał się w pusty kieliszek. Nagle gwałtownie uniósł głowę. – Nie, to coś jeszcze gorszego. To szwindel. Idealiści uwijają się wokół niej jak omamione mrówki, podczas gdy realiści po cichu gromadzą zapasy broni.

– Wiemy już, jakim okropieństwem jest wojna, więc ludzie na pewno będą pragnęli pokoju...

Ton Fredericka stawał się coraz ostrzejszy.

– Ludzie nie chcą pokoju, chcą zemsty. Myślisz, że ostatnia wojna była straszna? Tylko poczekaj, a zobaczysz. Wykombinują więcej i lepiej. Więcej gazów, okopów, więcej jęków okaleczonych i konających. – Twarz mu się wykrzywiła. – Pocisk artyleryjski wydaje taki specyficzny dźwięk tuż przed tym, zanim uderzy. Gwizd. Nie słyszysz go, Addie? To właśnie w tym punkcie się znajdujemy, po prostu czekamy na następny pocisk, a potem rozlegnie się krzyk.

Przejął ją chłód, chłód aż do kości, bez związku jednak z temperaturą powietrza. Addie przełknęła ślinę.

– Ale... ale na pewno, jeśli nie pozwolimy ludziom zapomnieć... – Czuła, że zaczyna się plątać. – Była chwila ciszy, lecz teraz są te wszystkie artykuły w gazetach. I mężowie stanu, i filozofowie, i poeci, wszyscy starają się...

– Słowa. To tylko słowa. Słowa cię nie obronią. Nie obronią nikogo z nas.

– Och, nie masz racji! – Stolik się zakołysał, kiedy pochyliła się do przodu. Przytrzymała go w obawie, by się nie przewrócił. – Słowa są największą potęgą. Gdyby tylko...

– Nie bądź naiwna – syknął. – To się znów zdarzy i będzie jeszcze gorzej. Cała ta twoja poezja to tylko wstążki, ładne opakowanie dla przyrodzonego ludziom bestialstwa. Ale bestialstwo jeszcze się objawi i żaden wiersz nic a nic nam nie pomoże. Absolutnie nic a nic. – W szyderczym toaście uniósł ku niej kieliszek. – Pijmy, panno Gillecote. Bo jutro pomrzemy*.

Addie odtrąciła jego rękę.

– Nie bądź okropny – zawołała gwałtownie, zrywając się z krzesła. Rozległ się zgrzyt metalu o kamień. Marynarka zsunęła się z jej ramion. Addie nawet się po nią nie schyliła.

– Ty nazywasz to okropieństwem, ja szczerością. – Oczy mu błyszczały jak zielone szkło. – Nie ma w tym nic okropnego. Okropny jest widok szczurów ogryzających ludzką rękę w pobliżu twojego posłania. Albo człowieka zanurzonego po pas w błocie, całego w niegojących się ranach. Okropne jest podzielić się papierosem z kimś, kto dwie minuty później nie ma twarzy. Chcesz prawdziwych okropieństw? Mógłbym snuć opowieści, które by wstrząsnęły twoją śnieżnobiałą duszyczką. To – wycelował palec w parkiet taneczny – wszystko to, co napawa cię taką odrazą, stanowi panaceum, dzięki któremu okropieństwo życia staje się prawie znośne.

– Na pewno tak nie myślisz.

---

* „Jedzmy i pijmy, bo jutro pomrzemy!" Księga Izajasza, 22,13, Biblia Tysiąclecia.

– A co byś wolała? Żebym wygłaszał uprzejme, towarzyskie frazesy? Żebym cię okłamywał? Obawiam się, że tak – dodał zamyślony. – Większość ludzi woli kłamstwa od prawdy, bo prawda wygląda zbyt strasznie. Tylko mówimy, że jej pragniemy. Wcale tak nie jest. Chcemy gładkich kłamstw, które możemy ładnie opakować i nazwać prawdą.

Addie kręciło się w głowie i to nie od drinków. Spróbowała uchwycić istotę ich sporu, powrócić do czegoś, co było dla niej zrozumiałe.

– Ale to – wskazała na zatłoczony ogródek, jaskrawe światła, wystrojonych tancerzy – to wszystko też jest przecież kłamstwem. Skoro masz dosyć kłamstw, czemu jeszcze ci to nie obrzydło?

– To nie kłamstwo. – Frederick oparł się ręką o ścianę powyżej jej ramienia. Jego twarz była tuż przy jej twarzy. – Po prostu rozrywka. Możesz nawet nazwać ją dygresją. Chwilowa przerwa w bestialstwie człowieka wobec człowieka. Czyż nie powinniśmy się nią nacieszyć, póki trwa?

– A jeśli... – Na nagich plecach Addie czuła szorstki dotyk kamiennego muru. Szorstki i zimny. Jej oczy znajdowały się na wysokości muszki Fredericka. Spojrzała mu w twarz, posępną w blasku lampionów. – A jeśli nie wierzę, że człowiek jest taką bestią?

Jego wzrok powoli zatrzymał się na jej wargach.

– Nie widzisz we mnie bestii?

– Nie, jakoś zwykle nie widzę – odparła cierpko.

Frederick wybuchnął śmiechem i odepchnął się od ściany, udając, że bije brawo.

– A to dobre, moja droga, bardzo dobre.

Nienawidziła, kiedy mówił w taki sposób. Patrząc, jak sięga do kieszeni po piersiówkę, powiedziała ostro:

– Jesteś nietrzeźwy.

Odkorkował butelkę.

– Nie. Jestem pijany. A zamierzam upić się jeszcze bardziej. – Spojrzał na nią z góry i głos złagodziła mu nuta bardzo podobna do czułości. – Idź do domu, Addie. Nie powinno cię tu być.

– Tylko jeśli ty też pójdziesz – powiedziała impulsywnie. – Rano będziesz mi wdzięczny.

– Misja ratunkowa? – Zaśmiał się nieprzyjemnie. – Na twoim miejscu nie zawracałbym tym sobie głowy. Chcesz znać prawdę? Jestem bestią. Wszyscy jesteśmy. Gdybyś była mądra, moja dziewuszko, znalazłabyś sobie jakiś mały, zaciszny klasztor. Addie, idź do klasztoru. I zostań tam. Jesteś zbyt dobra dla tego zepsutego świata. „Otóż i świeczka zgasła, i siedzimy sobie po ciemku"*.

– Miesza ci się twój Szekspir – odparła – i mówisz nonsensy.

– Żadne nonsensy. To najprawdziwsza prawda, jaką kiedykolwiek wygłosiłem. Powiedziałbym to już wcześniej, gdybym nie był takim samolubnym durniem. Kiedyś się łudziłem... nieważne. – Machnął piersiówką, jakby chciał Addie odgonić. – Uwolnij się ode mnie. Pozbądź się mnie jak wąż skóry. A mówiąc prościej, trzymaj się ode mnie z daleka.

– W porządku. – Addie otuliła się szalem. – Jeśli chcesz się upić do nieprzytomności, nie będę ci przeszkadzać.

– Nie to miałem na myśli. – Złapał ją za ramiona. Jego palce wbiły się w jej nagą skórę. – Nareszcie, Addie. Koniec. Nigdy więcej. Miesiącami się starałem... Nie mogę już dłużej bawić się z tobą w dziecięce gry.

– Dziecięce gry? – powtórzyła oburzona.

– Nie mogę karmić się twoją wiarą. „Żywię się powietrzem, i to powietrzem nadzianym obietnicami. Kapłona nie można by lepiej utuczyć"**. To się nie może udać. Wyssę ci krew niczym wampir z powieści Stokera i zostawię cię równie pustą jak ja. Gdzie w tym sens? – powiedział głosem zimnym jak grudniowy chłód. Była w nim rozpacz odrzuconej nadziei, że kiedyś

* W. Shakespeare *Król Lear* (akt I, scena 4), przeł. St. Barańczak. Fragment „Addie, idź do klasztoru" to aluzja do *Hamleta*.

** W. Shakespeare *Hamlet, książę Danii* (akt III, scena 2), przeł. St. Barańczak.

nadejdzie wiosna. – Nie mogę ci zaoferować słodkich szeptów przy blasku księżyca ani domowego szczęścia.

Addie poczuła, jak czerwienieją jej policzki.

– Nigdy nie prosiłam... Nigdy nie myślałam...

Na chwilę dłonie Fredericka ujęły jej nagie ramiona i przesunęły się po nich pieszczotliwie; tak pieszczotliwie, że muzyka i śmiech zdawały się oddalać gdzieś bardzo, bardzo daleko.

– Naprawdę nie?

Podniosła na niego wzrok, gotowa protestować, zaprzeczać, ale jego usta wstrzymały jej gniewne słowa, wstrzymały myśli, wstrzymały wszystko poza zapachem kwiatów, smakiem alkoholu i tytoniu na jego języku, tych zakazanych owoców, od których chłodna skóra jej zapłonęła, a w głowie zawirowało. Muzyka stała się tylko odległym dudnieniem.

Addie wolałaby myśleć, że uniosła ramiona, by go odepchnąć, tymczasem one owinęły się wokół jego szyi. To... to były te... zakazane przyjemności, o których napomykali poeci, a przed którymi ostrzegali moralizatorzy. Przyjemności, które sprawiały, że ludzie porzucali przyzwoitość i bogactwo dla pospiesznych spotkań w wynajętym pokoju.

Frederick przytulał ją z całych sił, przyciskał jej uległe ciało do swojego ciała. Ale tylko przez chwilę. Puścił ją tak gwałtownie, że omal nie upadła. Musiała chwycić się krawędzi stolika, żeby odzyskać równowagę.

Frederick oddychał równie szybko jak ona i z ustami umazanymi szminką wpatrywał się w Addie tak, jak gdyby... jak gdyby się jej bał.

Potem z rozmyślnym okrucieństwem odwrócił się od niej, by nie mogła spojrzeć mu w twarz, i podniósł z ziemi marynarkę. Addie usłyszała jego słowa: każde bolesne, wymówione straszliwie wyraźnie, gdy lekko drżącą ręką wyciągał papierosa z papierośnicy.

– Idź do domu, Myszko. I udawaj, że nigdy mnie nie spotkałaś.

Nowy Jork, 1999

Jon czekał na nią na lotnisku.

Musiał trącić ją w łokieć, zanim go zauważyła. Była pogrążona w oparach swojej prywatnej mgły, a jej głowa zawierała alfabetyczną listę trosk pojawiających się i znikających na mętnym tle umysłu.

Blackberry nieustannie brzęczał, wykaz e-maili od Paula zajmował już połowę ekranu.

Paul wściekł się, kiedy oznajmiła mu, że wyjeżdża. Nazajutrz mieli się spotkać z zarządem PharmaNetu. Zadaniem Clemmie było przeprowadzić wywiady i przygotować zestawienia.

– Do wszystkiego są konspekty – powiedziała. – Howard świetnie sobie poradzi.

Howard sprawiał wrażenie, jakby nie wiedział, czy czuć się mile połechtany, czy przerażony.

– Moja babcia umiera – oznajmiła im beznamiętnie. Czuła się, jakby kłamała; miała nadzieję, że kłamie. – Od trzech lat nie wzięłam nawet dnia urlopu.

– W porządku – odparł Paul.

A ona była pewna, że później da jej popalić, przydzielając jakieś niepotrzebne zadania albo brudną robotę, którą mógłby wykonać prawnik na zlecenie. Paul nie uważał, by dziadkowie – zbyt daleko w łańcuchu pokarmowym – stanowili wystarczający powód do zaniedbywania obowiązków służbowych.

Powrót do Nowego Jorku trwał prawie dwanaście godzin – dwanaście godzin tortur. Akurat spadł śnieg. Delikatne, bajkowe płatki pogrążyły Heathrow w chaosie opóźnionych odlotów, zamieniając terminal czwarty w prowizoryczną sypialnię. Lotnisko dysponowało tylko jednym odladzaczem. Jak w chłodnym klimacie mogli nie mieć takiego sprzętu? Ale Clemmie i tak się poszczęściło. Jej samolot wystartował, choć opóźniony o cztery godziny.

Smartfon zaczął brzęczeć, kiedy tylko przeszła przez odprawę i go włączyła. Bzzz, bzzz, bzzz. Maszerowała halą odbioru bagażu, czytając kolejne wiadomości i ciągnąc za sobą walizkę. Zamierzała iść na postój taksówek, ale ktoś szturchnął ją w ramię i nagle zobaczyła Jona – czekał wśród kierowców taksówek i szoferów w liberiach, którzy zawsze ustawiali się przy końcu hali bagażowej.

– Myślałem, żeby przygotować tabliczkę z napisem „Evans" przez dwa N... – powiedział, powitawszy ją regulaminowym uściskiem z udziałem jednej ręki, stosownym dla kuzynów. – Ale wyglądasz, jakbyś zapomniała własnego nazwiska.

– Więc jak mówiłeś, że się nazywam? – Clemmie przytulała się do niego nieco dłużej i mocniej, niż należało. Jon pachniał krochmalem i jakimś proszkiem do prania obiecującym wiosenną świeżość. Niechętnie wyswobodziła się z jego objęć i przypięła smartfon do paska. Z Paulem mogła uporać się później. – Dzięki, Jon. Naprawdę nie musiałeś. Zamierzałam złapać taksówkę.

Wzruszył ramionami.

– Żaden problem. Poza tym uznałem, że należałoby chyba trochę cię przygotować. Tylko to masz ze sobą?

Zanim zdążyła zapytać, co miał na myśli, mówiąc „przygotować", wyjął jej z ręki uchwyt walizki.

Trzymając Clemmie pod ramię, wyprowadził ją przez szklane automatyczne drzwi i odciągnął do tyłu, gdy jakiś samochód przemknął niebezpiecznie blisko krawężnika.

– Dupek – stwierdził bez emocji. – Światła nie widzi.

– Do postoju taksówek nie idzie się tamtędy? – Szarpnęła go za rękaw, ale Jon tylko pokręcił głową.

– Tędy – odparł, wskazując parkingi krótkoterminowe.

Zważywszy, że niósł jej rzeczy, nie pozostało jej nic innego, jak tylko podreptać za nim.

Pstryknął czymś przy breloczku z kluczami i zamrugały światła wysłużonej, niebieskiej mazdy. Clemmie dała się posadzić na miejscu dla pasażera. Jej obcas zaczepił o dziurę w wykładzinie.

– Caitlin nie zabrała samochodu? – wychrypiała, kiedy Jon zajął już fotel kierowcy i starannie zapinał pasy.

Spojrzał na nią krzywo.

– To była Karolina Północna. Mieliśmy dwa auta.

– Och! – mruknęła Clemmie, bo nie przychodziło jej do głowy nic, co mogłaby powiedzieć. Ten krótki wykrzyknik wywołał obraz domowego zacisza, którego nie zdołała jeszcze z nikim dzielić. Dan i ona nie dzielili nawet ekspresu do kawy.

– Masz już prawo jazdy? – zapytał Jon, wrzucając pierwszy bieg.

– Kto sam prowadzi, kiedy na świecie są taksówki? – zapytała retorycznie. Przesunęła się w fotelu, bo pas wpijał się jej boleśnie w klatkę piersiową. – Babcia Addie. Nie powiedziałeś mi...

– Chryste, Clem, nie rób mi tego! – Ostro zahamował, ledwie unikając zderzenia z taksówką, która zajechała im drogę, i lekko uśmiechnął się do Clemmie. – Poczekaj, aż wyjedziemy z lotniska, dobrze? Nie przywykłem jeszcze do nowojorskich kierowców.

– Okay, ale...

Jon przełączył radio na stację 1010 WINS, samochodowy odpowiednik białego szumu. Głos z taśmy poinformował o korkach na moście Washingtona, natomiast Throgs Neck wydawał się przejezdny.

– Może trochę się zdrzemniesz? Wyglądasz okropnie.

– Ciekawa jestem, jak świeżutko ty byś wyglądał po dwóch lotach transatlantyckich i trzech dniach w tym samym ubraniu – odparła dotknięta.

Na drodze przed nimi stuknęły się dwie taksówki i limuzyna. Jon zjechał na pobocze i odwrócił się do Clemmie.

– Choć raz nie walcz ze mną. I bez wyczerpania brakiem snu byłoby ci ciężko. – Zaczął wyliczać na palcach. – Kuzynowie z Greenwich wciąż wydzwaniają; chcą wiedzieć, czy ona już umarła. Twoja matka i Anna skaczą sobie do gardeł. Prawnik krąży jak sęp. No i jeszcze... sama babcia Addie. – Odchrząknął i odwrócił wzrok. – Nie oszukuj się. Kiedy dotrzemy na miejsce, będziesz potrzebowała wszystkich sił.

– A ty? – zapytała ostrożnie.

Jon wzruszył ramionami i przekręcił kluczyk w stacyjce.

– Ja nie odbyłem dwóch lotów transatlantyckich. I nie noszę garsonki.

Clemmie położyła dłoń na jego ramieniu. Silnik przycichł do stłumionego terkotu.

– Rozumiem. Zamknę oczy, zamilknę, jak sobie życzysz. Ale zanim ruszymy, muszę wiedzieć. Co się stało? – Głos załamał jej się na ostatnim słowie, ujawniając cały stres ostatnich dwunastu godzin.

Jon zacisnął powieki, a po chwili je uniósł. Kiedy mówił, patrzył w przednią szybę, nie na Clemmie.

– Donna znalazła ją na podłodze, koło łóżka. Babcia uderzyła głową o krawędź szuflady nocnego stolika. Prawdopodobnie po coś sięgała, straciła równowagę i upadła.

– Ale... to tylko uderzenie? – Jeszcze nie dokończyła zdania, a już wiedziała, że nie ma żadnego „tylko", gdy mowa o dziewięćdziesięciodziewięcioletniej staruszce.

Bezradnie pokręcił głową.

– No właśnie. Lekarze nie są pewni. Mogła dostać ataku serca i upaść albo mogła upaść, uderzyć się i dostać ataku serca. Po prostu nie wiemy. – W jego głosie Clemmie słyszała te same frustrację i złość, które i ona czuła. Jon opanował się i dodał szybko: – Ale robią wszystko, co w ich mocy, Clem. To dobry szpital. Zresztą twoja matka nie pozwoliłaby na nic innego.

– Mm, hm – mruknęła. Jej matka, gdy tylko chciała, potrafiła być uparta jak osioł, skupiona całkowicie na jednej sprawie. Myśli Clemmie zaprzątał jednak inny obraz. Babcia Addie leży bezwładnie koło łóżka na jasnoniebieskim dywanie w kwiaty, a obok sterczy szuflada nocnego stolika, z której biało-czarna twarz Bei spogląda pustym wzrokiem w sufit. – Jak długo to trwało? To znaczy, zanim ją znaleźli?

Jon zdjął okulary i wytarł je o rękaw koszulki. Miał na sobie niebiesko-żółtą polo, która zaczynała już wyglądać równie nieświeżo jak garsonka Clemmie.

– Nie mogło minąć więcej niż pół godziny – powiedział znużony. – Od tego wypadku latem Donna zaglądała do niej w regularnych odstępach czasu.

– Jakiego wypadku? – Clemmie przesunęła się w fotelu tak daleko, że napiął się jej pas bezpieczeństwa.

Gdyby Jon powiedział: „Nie wiesz?", chybaby go uderzyła. On jednak wyjaśnił:

– Oglądała telewizję. Sama. Chciała zmienić program, sięgnęła po pilot i przewróciła się. Donna robiła w kuchni obiad i nic nie słyszała. – Walnął dłonią w kierownicę, wyładowując frustrację na przedmiocie w zasięgu ręki. – Ten apartament jest cholernie wielki.

– Nikt mi nic nie mówił – wykrztusiła Clemmie. Jon mieszkał w innym stanie, a o tym wiedział. Ona zaledwie czterdzieści kwartałów dalej i nie miała pojęcia.

– Może nie zapytałaś – odparł, znowu uruchamiając samochód. – Cholera. Przepraszam, Clemmie. Zachowuję się podle. To dlatego... – Szukał odpowiednich słów. – To były długie dwa dni.

– Nie musisz się usprawiedliwiać. – Clemmie sztywno opadła na oparcie fotela i wlepiła wzrok w złożoną osłonę przeciwsłoneczną. Nie, nie musiał się usprawiedliwiać, bo to była prawda. – Zdrzemnę się trochę, dobrze?

– Clem...

– Wszystko w porządku – powiedziała szybko, nie otwierając oczu. – Po prostu jedź.

Przypięty do jej paska smartfon znów zaczął brzęczeć.

ROZDZIAŁ 13

Nowy Jork, 1999

Nie możesz tu zostać.

– Co? – zapytała półprzytomnie. Znów musiała zasnąć przy biurku. – Nie zamierzałam... Po prostu...

Jej obcas zaskrobał o kafelki podłogi i Clemmie poczuła się całkowicie, nieprzyjemnie obudzona. Usta miała lepkie, bolały ją plecy.

To nie był jej gabinet. Dopiero po chwili przypomniała sobie, gdzie się znajduje, skurczona na niewygodnym fotelu. Przy świetle fluorescencyjnych lamp szare pomieszczenie wydawało się jeszcze bardziej szare. Boczny stolik zajmowała zakurzona gwiazda betlejemska. Choinkowy łańcuch, który wisiał w oknie, udrapowany wzdłuż górnej listwy framugi, z jednej strony odczepił się i smętnie spływał w dół. Na drugim stoliku stała elektryczna menora, wyłączona z kontaktu, jednej żarówki brakowało. Ktoś ozdobił szybę papierowymi aniołkami i śnieżynkami, ale ich biel przybrała już brudny odcień.

Szkła kontaktowe kleiły się Clemmie do kącików oczu. Mrugając, widziała Jona w dwóch postaciach – obu rozmazanych.

– Zasnęłaś – powiedział zupełnie niepotrzebnie.

Za nim, między papierowymi płatkami śniegu, mogła dostrzec, jak nad Central Parkiem zmierzch smugami pokrywa niebo. Znowu wieczór. Siedziała tu już ponad dobę, a babcia Addie ani razu nie odzyskała przytomności. Od czasu do czasu zaczynał się zamęt z udziałem różnej aparatury i sprzętu, który wydawał jakieś piski, ale w końcu oficjalna formuła brzmiała zawsze tak samo: bez zmian.

– Która godzina? – wychrypiała, szukając na oślep poręczy fotela. – Czy coś...

– Nie – odparł szybko Jon. – Absolutnie nic.

Nagły przypływ paniki przebił się przez mgłę znużenia. Ostatni obraz, jaki Clemmie zapamiętała, to jej matka krążąca tam i z powrotem w jednym końcu poczekalni, podczas gdy ciotka Anna siedzi godnie w drugim końcu i leniwie kartkuje jakieś czasopismo – kobiecy magazyn z rodzaju tak mocno perfumowanych, że na odległość daje się wyczuć ten zapach. Teraz fotel ciotki świecił pustką, matki również. Nawet ulotna woń perfum znikła.

Clemmie z wysiłkiem wyprostowała się. Winylowe obicie zaprotestowało skrzypnięciem.

– Gdzie ciotka Anna?

– Na zewnątrz. Wyszła odebrać telefon.

Podejrzliwie zerknęła na Jona.

– A moja matka?

– Wierci dziurę w brzuchu pielęgniarkom. – W jego oczach malowało się coś niebezpiecznie bliskiego litości. Clemmie posłała mu gniewne spojrzenie. – Oni mają wszystko pod kontrolą – powiedział łagodnie. – Zrób sobie przerwę. Idź do domu.

Dom. Zagracona klitka przy Zachodniej Pięćdziesiątej Drugiej, gdzie nie wysiliła się nawet na powieszenie zasłon. Bo po co? Prawie tam nie bywała. To nie był jej dom. Domem było mieszkanie babci Addie: brokatowe kotary z chwostami, plama od atramentu na dywanie w miejscu, gdzie dziesięcioletniej Clem upadło pióro do kaligrafii, znajomy zapach potpourri, olejku cytrynowego i podkładu w płynie firmy Lancôme.

– Idź do domu – powtórzył Jon. – Wyglądasz na kompletnie wykończoną. Jeśli tu padniesz, nikomu nic z tego nie przyjdzie. Na pewno wezwą cię, gdyby... Gdyby był jakiś powód.

Clemmie pokręciła głową. Mieszkała kawał drogi stąd, w środku miasta, po drugiej stronie Central Parku. W sezonie turystycznym Rockefeller Center było praktycznie nie do przebycia, nawet jeśli komuś udało się złapać taksówkę – czego i tak pewnie nie zdołałaby dokonać.

– To za daleko – odparła posępnie. – A jeśli coś się zdarzy?

Nie musiała wyjaśniać, co rozumie przez „coś". Wątpiła, czy potrafi to powiedzieć na głos.

– Więc chodźmy do mnie – zaproponował rozsądnie. – Jest bliżej. Będziesz mogła wrócić tu w pięć minut. Możesz się zdrzemnąć na mojej sofie.

– Jak to? Nie na łóżku?

– Mam pozwolić, żeby było ci za wygodnie? – zażartował z łagodną kpiną w głosie. – Diabli by wzięli całą cierpiętniczą rutynę.

Clemmie poderwała się z fotela.

– To nie fair.

– Wreszcie się ruszyłaś. Zobacz, lecisz z nóg. A poza tym, jak długo masz na sobie ten kostium?

Nawet nie próbowała liczyć.

– Gdzieś od epoki lodowcowej. To moja sierść.

– Taak, tak właśnie zaczyna wyglądać. Nie mogę ci zaoferować markowych ciuchów, ale prysznic owszem. I kilka skurczonych w praniu T-shirtów. – Jon wyciągnął do niej obie dłonie. – Idziesz na to czy nie? Albo, albo.

Nagle Clemmie poczuła, że pod przepoconą koszulą wszystko ją swędzi. Mimowolnie zaczęła się drapać, więc zmusiła się, żeby przestać. Myśl o czystej odzieży – nie mówiąc już o czystych włosach – była grzesznie kusząca.

– Na pewno to tylko pięć minut stąd? – zapytała czujnie.

Jon już wiedział, że ją przekonał.

– Taksówką nawet mniej – odparł. – Mieszkam, dokładnie rzecz biorąc, na Sto Jedenastej, przy Amsterdam Avenue.

– Porozmawiam jeszcze z mamą. – Clemmie niezdarnie wstała, opierając się o poręcze fotela. Metalowe rurki wydawały się lepkie w dotyku. Nogi miała miękkie, nieswoje. Idąc niepewnym krokiem i myląc przejścia, czuła się jak malutka sarenka z filmu *Bambi*. Nagły zawrót głowy sprawił, że się zachwiała.

– Hej, ostrożnie! – Jon przytrzymał ją za ramię.

Spróbowała się odsunąć.

– Nic mi nie jest. Naprawdę.

– Nie musisz przez cały czas być Superwoman. – Puścił ją.

Clemmie prychnęła.

– Ha! Nie jestem nawet Batgirl. – Batgirl zawsze wydawała się jej szczególnie nieudolną superbohaterką. Ale czego lepszego można się było spodziewać, skoro nazwano ją Dziewczyną? – Zaczekasz tutaj?

– Nigdzie się nie wybieram – odparł.

Teraz Clemmie potrafiła już z zawiązanymi oczami trafić do pokoju babci Addie. Ostrożnie uchyliła drzwi. Maszyneria otaczająca chorą ucichła: nic nie pikało ani nie piszczało. Babcia leżała nieruchomo jak postacie rzeźbione na grobowcach. Nawet w wąskim szpitalnym łóżku wydawała się niewiarygodnie skurczona i mała. Obok siedziała matka, w możliwie najmniejszej odległości, na jaką pozwalały kable i rurki, cała ta aparatura, która ledwie, ledwie wiązała babcię Addie z życiem. Biegnąca po monitorze krzywa uderzeń serca niewprawnym oczom wydawała się zatrważająco nikła.

Na kolanach Marjorie leżała książka, kryminał Dorothy Sayers. Mama zawsze lubiła kryminały, więc przed odlotem z Heathrow Clemmie kupiła dla niej kilka, tak na wszelki wypadek. Ale Marjorie nie czytała. Ani nie spała. Po prostu siedziała, zapatrzona w przestrzeń, garbiąc się odrobinę pod żakietem szarej tweedowej garsonki.

– Mamo? – zaryzykowała Clemmie.

Kobieta na krześle obróciła się gwałtownie.

Ostre światło zdawało się pozbawiać jej twarz skóry, obierając ją aż do kości, uwydatniając fałdy na szyi i podbródku.

Matka wyglądała – Clemmie uświadomiła to sobie z nagłym lękiem – naprawdę sędziwie. Coś tu się nie zgadzało: w przeciwieństwie do reszty świata jej mama nie mogła się zestarzeć. Zawsze była stara, bo znacznie starsza od matek rówieśników Clem; zawsze solidnie przykuta do wieku średniego, nawet we wczesnym dzieciństwie córki. Była dojrzałą kobietą i taką została: z tą samą fryzurą, z tą samą krępą sylwetką i stonowaną szminką, tymi samymi strojami, bluzkami z kokardami pod szyją i spódnicami z różnych odmian tweedu i szkockiej kraty na zimę, a beżowego lnu na lato.

– Mamo? – powtórzyła Clemmie, zaniepokojona.

Marjorie opadła na oparcie krzesła.

– Przestraszyłaś mnie – powiedziała drżącym głosem. – Wyglądasz tak podobnie. Tak podobnie do... – Urwała i pokręciła głową, jakby chciała oprzytomnieć. – Która godzina?

– Za kwadrans szósta – odparła cicho Clemmie. – Jon zaproponował, żebym do niego pojechała wziąć prysznic. Mówi, że to tylko pięć minut drogi stąd. Chyba się boi stawać do mnie z wiatrem.

Matka nawet na nią nie spojrzała; skinęła głową i przycisnęła palcami skronie.

– Dobrze.

– Ale mogę z tobą zostać... jeśli sobie życzysz. – Clemmie przysunęła się bliżej, chcąc ją pocieszyć, choć nie bardzo wiedziała jak. W ich rodzinie nikt nigdy nie umiał okazywać uczuć. Takie wyjście naprzeciw wydawało się pogwałceniem norm, jakimś przejawem bezczelności, a przecież wyraźnie było widać, że matka cierpi, bardzo cierpi i nie znajduje nikogo, żeby mu o tym powiedzieć. – Jeśli mogę w czymś pomóc...

Marjorie wyprostowała ramiona.

– Idź z nim. Tego by mi jeszcze brakowało, żebyś się rozchorowała. – Po czym dodała obcesowo: – Mówiłam Jonowi, żeby do ciebie nie dzwonił. Nie ma sensu, żeby wszyscy tu wysiadywali.

A przecież ona nie była „wszystkimi". Była... i tu utknęła. Nie chodziło o to, że babcia Addie nie miała innych wnucząt, bo miała. Ale tylko ją na miejscu, zawsze. No, prawie zawsze. Clemmie nie mogła jednak wprost oznajmić: „Wiem, że babcia mnie kocha najbardziej". Zwłaszcza teraz. Zabrzmiałoby to małostkowo i głupio. Jeśli ona tak się czuła, jak musiała czuć się jej matka? Nigdy nie myślała o matce i babci w tych kategoriach. Babcia Addie zawsze jakoś szczególnie należała do Clem. Była jej mentorką, drugą mamą, ale przecież naprawdę matką Marjorie i Anny. W przeszłości istniały długie, długie lata, o których Clemmie nic nie wiedziała. Jej mama, z natury tak zażarcie niezależna, polegała na babci Addie bardziej, niż którakolwiek z nich lubiła przyznawać.

Szkoda tylko, że siostry nie były sobie bliższe. Wspierałyby się nawzajem, miałyby z kim porozmawiać, pocieszyłyby jedna drugą. Clem czegoś takiego nie znała.

Jakby to kiedykolwiek mogło się zdarzyć.

– Zadzwonisz, jeśli coś się zmieni? – naciskała Clemmie. – Jeśli babcia się obudzi albo...

– Tak! Tak! – Kryminał ześlizgnął się z kolan Marjorie. Złapała go w ostatniej chwili, nim upadł na podłogę.

– Będę u Jona, gdybyś mnie potrzebowała.

– Dobrze. – I matka powróciła do samotnego czuwania.

Babcia Addie ze swojego szpitalnego łóżka nie odezwała się ani słowem.

Londyn, 1920

– Skarbie, co się stało? – Bea dogoniła Addie tuż przy szatni.

– Mam dosyć, i tyle. – Addie sprawiała wrażenie bliskiej łez. Szarpała się z płaszczem, gwałtownie wpychając rękę do rękawa. – Nienawidzę nocnych klubów! Wracam do domu.

– Ale wieczór dopiero się zaczął. – Bea przytrzymała kuzynce rękaw. – To przez tego Desborough, prawda? Co on ci zrobił?

– Nic, naprawdę nic. On po prostu... och. Skończona ze mnie idiotka! Nieważne. Po prostu chcę iść do domu.

– Sama nie pojedziesz taksówką. – Bea przywołała Geordiego Pillbrooka, który nadal paradował w swoim nieuczciwie zdobytym hełmie. – Moja kuzynka źle się czuje. Odprowadź ją do domu, dobrze?

Jak większość mężczyzn wykonywał posłusznie wydawane wprost polecenia. Szkoda, że to już nie działało na Marcusa.

Nie chciała myśleć o Marcusie. Dużo przyjemniej było wdawać się w cudze boje. Tak, oto cała ona, prawdziwa... jakże się ta bogini nazywa? Ta w napierśniku i z włócznią, zwykle atrakcyjnie upozowana na pałacowych sufitach. Addie by wiedziała.

Co ten drań powiedział Addie, żeby doprowadzić ją do takiego stanu?

Pana Desborough nietrudno było znaleźć. Podpierał ścianę niczym żywa ilustracja rozwiązłości: w jednej ręce drink, w drugiej papieros. Gdy go unosił do ust, dym snuł mu się wokół twarzy.

– Cóż za inspirujący wizerunek brytyjskiej męskości – zakpiła Bea. Ze srebrnej papierośnicy wyjęła papierosa i umieściła w fifce. – Co pan powiedział Addie? Wyglądała jak śmierć. Jeśli pan ją skrzywdził, wydrapię panu oczy.

Wzrok Fredericka zatrzymał się na jej czerwono lakierowanych paznokciach.

– Ma pani odpowiednie pazurki. Proszę się nie martwić. Byłem okrutny tylko dla jej dobra. – Uprzejmie podsunął swoją zapalniczkę, ale zanim skrzesał ognia, zastygł na moment, trzymając ją tuż przy papierosie Bei. – Pani to zaaranżowała, prawda? Czekała pani na to?

– Chwilowo czekam na ogień – odparła Bea, potrząsając krótko przyciętymi włosami.

Pstryknęła zapalniczka. Desborough osłonił dłonią płomyk drżący w podmuchu wiatru.

– Wystarczy tych gierek. Wie pani, co myślę?

Bea pochyliła się w stronę płomyka.

– Przypuszczam, że zamierza mi pan powiedzieć.

Zatrzasnął zapalniczkę i wsunął z powrotem do kieszeni.

– Myślę, że była pani zazdrosna.

Zaskoczona, Bea zakrztusiła się dymem. Pospiesznie osuszyła łzawiące oczy, zanim rozmazał się na nich proszek antymonowy.

– Doprawdy, panie Desborough! Niech pan sobie nie pochlebia.

Bynajmniej nie zbiła go z tropu.

– Nie o to chodzi – powiedział, a ona zauważyła, że dobierał słowa trochę zbyt ostrożnie, artykułował trochę zbyt poprawnie. – Na odwrót. Nigdy przedtem nikt nie rywalizował z panią o jej uczucia, prawda?

– To już zaczyna być męczące, panie Desborough – odparła zimno. – Może byłby pan tak miły i poszedł zanudzać kogo innego. Oczywiście – dodała złośliwie – jeśli jest pan w stanie ruszyć się stąd, nie tracąc równowagi. W żadnym razie nie chciałabym, żeby się pan wyciągnął jak długi.

Frederick Desborough znów oparł się o ścianę.

– Koniec zmartwień. Wygrała pani. Wycofałem się ze szranków. Rzuciłem się na własną lancę w najbardziej dżentelmeński sposób. Zdobyłem się na ostatni rycerski odruch i zostałem w ciemnościach.

Opowiadał kompletne bzdury. Bea uniosła brwi i popatrzyła wymownie na jego pusty kieliszek.

– Ktoś tu trochę przesadził z poczciwym Adamem i Ewą.

– Jeśli ma pani na myśli grzech pierworodny, to pławię się w nim. A jeśli drinka, to dokładnie tak samo. Świat jest upadły, więc zamierzam też paść, nim wieczór dobiegnie końca.

– Proszę sobie nie przeszkadzać – odparła, ale zamiast odejść, jak powinna, przyglądała mu się zaciekawiona. Większość jej towarzystwa stanowili chłopcy, podstarzali chłopcy, nadal przesiąknięci zapachem boisk Eton, entuzjastyczni i źle wychowani jak szczeniaki, Desborough natomiast zazwyczaj sprawiał wrażenie człowieka bezproblemowo panującego nad sobą i swoim otoczeniem.

Ale nie tej nocy. Nadal wyglądał nienagannie, muchę miał porządnie zawiązaną, ale włosy zmierzwiły mu się w miejscu, gdzie opierał głowę o ścianę, a kiedy brał drinka od przechodzącego kelnera, ręka lekko mu drżała.

Bea też sięgnęła po kieliszek, obserwując, jak jej rozmówca jednym gładkim łykiem opróżnia swój do połowy.

– Zwykle nie bywa pan taki ckliwy. Cóż pana tak rozstroiło? Tylko proszę mi nie mówić, że chodzi o nieodwzajemnioną miłość.

Przypomniała sobie bladą twarz Addie i poczuła wyrzuty sumienia. To tylko zadurzenie, pocieszyła się w duchu. Nic więcej. Dla Addie było lepiej uwolnić się od Fredericka. Jeszcze kiedyś Bei podziękuje.

– „Ludzie od czasu do czasu umierają – i zjadają ich robaki – ale nie umierają z miłości”*. – Desborough rzucił niedopałek pod nogi i wgniótł w ziemię jednym szybkim, skutecznym ruchem. – Znała pani Kennetha Cartwrighta?

– Nigdy z nim nie rozmawiałam. – Jednak wiedziała, o kim mowa. W Eton Cartwright był w tym samym domu co jej brat. Edward uważał tego chłopaka za strasznego zniewieścialca. – Pisał wiersze, prawda?

– Słusznie użyła pani czasu przeszłego. Pisał i już nie pisze. „Bowiem Lycidas umarł, umarł przed swymi najlepszymi laty, młody Lycidas, i nie porzucił swego towarzysza. Któż by nie uczcił pieśnią Lycidasa?”** – Widząc minę Bei, dodał: – Popełnił samobójstwo. Wsadził głowę do piecyka i odkręcił gaz. Przetrwał gaz w okopach, żeby zagazować się we własnym cholernym piecyku. Czy to nie poetycka ironia?

– Przykro mi. – Słowa Bei zabrzmiały boleśnie nieszczerze.

– Mnie też – stwierdził Frederick. – Co za cholerna strata. Wojna wepchnęła mu się do głowy. Nie potrafił tego wytrzymać. Więc wepchnął głowę do piecyka.

Nie bardzo wiedziała, co odpowiedzieć.

– Boże, miej w opiece biednego Cartwrighta. – Desborough zakołysał się całym ciałem. – Chciał tłumaczyć Dantego, a tymczasem sam znalazł się w piekle, bez Beatrycze, która pomogłaby mu znaleźć wyjście. – Popatrzył znacząco na Beę.

Nie miała pewności, o czym on mówi, ale jedno wydawało się całkiem jasne.

– Proszę nie oczekiwać, że pana uratuję – odparła cierpko. – Jestem zbyt zajęta papraniem własnych spraw, żeby kłopotać się dodatkowo rujnacją cudzych.

Frederick Desborough uniósł brew.

– Z jednym godnym uwagi wyjątkiem. Pani kuzynki.

* W. Shakespeare *Jak wam się podoba* (akt IV, scena 1), przeł. St. Barańczak.
** Cytat z elegii Johna Miltona *Lycidas* (1637 r.).

To było co innego. Addie należała do niej jak nikt inny. Addie potrzebowała jej, potrzebowała od tamtego pierwszego wieczoru, kiedy została wprowadzona do dziecinnego pokoju w Ashford, zdezorientowana, z potarganymi włosami. Wtedy Bea musiała jej mówić, jak sobie radzić, i teraz nadal musi.

Ten mężczyzna ze swoimi śmiesznymi koncepcjami na temat zazdrości nie miał tu nic do gadania. Tak jakby Bea mogła być zazdrosna o przyjaciół Addie! To kuzynka uzależniła się od niej, a nie odwrotnie. Bea bardzo by się cieszyła, gdyby Addie znalazła sobie kogoś miłego, życzliwego i cierpliwego, kto by się nią zaopiekował. Może jakiegoś nauczyciela albo pastora z dobrymi perspektywami. Addie byłaby świetną żoną pastora. Jeszcze nie teraz, oczywiście, ale za jakiś czas.

– A czy wyjątek nie potwierdza reguły? – odcięła się nonszalancko. – Moja kuzynka nie ma nikogo innego, kto by się o nią troszczył. Jeśli chcę się dostać do nieba, potrzebuję chociaż jednego dobrego uczynku.

– I ona jest tym pani dobrym uczynkiem? Mogłaby się poczuć urażona.

Bea najeżyła się.

– Addie z pewnością nie potrafi sama o siebie zadbać. Niezaradne biedactwo.

Opierając się plecami o mur, Desborough przyglądał się swojej towarzyszce z nieukrywanym rozbawieniem.

– Więc ustanowiła pani siebie strażniczką jej cnoty?

– W pana ustach to brzmi bardzo średniowiecznie. – Bea skrzywiła się. – Powiedzmy, że pomagam Addie pozbywać się łajdaków.

Spochmurniał.

– To znaczy mnie?

Wzruszyła nagimi ramionami.

– Pan to powiedział, nie ja.

Desborough uniósł brwi.

– Ma pani więcej rozumu, niż pani okazuje.

– Dziękuję za tę cudowną protekcjonalność. – Wydmuchnęła długą smugę dymu. – Jeśli już mówimy o mojej kuzynce, zdaje się, że przyprawił ją pan o ostry ból głowy. Co pan jej powiedział?

– Powiedziałem, żeby dała sobie ze mną spokój. Powiedziałem, że ze mnie nic dobrego. Jednym słowem, wykonałem za panią całą robotę.

– Cóż za niespodziewana uprzejmość. – Bea oparła się ramieniem o mur. – A dlaczego?

Odchylił głowę i zapatrzył się w przestrzeń, gdzieś ponad głowami tańczących.

– Niech pani to nazwie zachowaną śladowo przyzwoitością. Kiedy jestem z Addie, czuję się jak żebrak, który usiłuje ogrzać się przy cudzym ogniu, kradnie odrobinę cudzego światła. W jej duszy nie ma ciemnych zakamarków. Addie po prostu jest, jaka jest, i tyle. Ona wierzy w rozmaite rzeczy.

– Mm – mruknęła Bea. Jeśli on serio uważał, że zawiodły ją umiejętności maskowania się i że wtrącała się w różne sprawy, chcąc pomagać lub zapobiegać temu czy owemu, to dobrze. Bo to wszystko prawda.

Frederick Desborough nadal patrzył w przestrzeń.

– Kiedy z nią rozmawiam, czuję się, jakbym znów był studentem; w tamtym świecie, gdzie wszystko wydawało się proste i miało sens. Ona sprawia, że niemal wierzę w to, w co dawniej wierzyłem. – Roześmiał się gorzko. – Ale to iluzja, w dodatku niebezpieczna. Nie wiem, czy wsadzę głowę do piecyka niczym biedny Ken, ale któregoś dnia coś we mnie pęknie.

– I nie chce pan, żeby pękło, kiedy ona będzie w pobliżu. – Bea miała wrażenie, jakby przez chwilę dostrzegła coś, czego istnienia nawet nie podejrzewała, jakąś pierwotną bestię, która wychyliła łeb z moczarów. Zaniepokoiło ją to. – Szalenie jest pan rycerski.

Chyba w ogóle jej nie słuchał.

– Ma w sobie tyle cholernej wiary – ciągnął. – Niech pani sobie wyobrazi, ona naprawdę wierzy w szansę zaprowadzenia pokoju na świecie za pomocą poezji. No i jeszcze w to swoje sakramenckie czasopismo...

– Co takiego? – przerwała mu ostro Bea.

Spojrzał na nią, jakby dopiero teraz ją zauważył.

– Nie mówiła pani? Cóż, to nie moja sprawa. – Uniósł brew. – Może myślała, że to pani nie zainteresuje.

Celny cios. Bea wzruszyła ramionami, udając obojętność.

– Każdemu według jego gustu.

Każdemu według jego gustu. Ze swojego punktu obserwacyjnego miała dobry widok na stolik, przy którym Marcus i Bunny siedzieli w towarzystwie Euana i Barbie Gordonów. Bunny uniosła twarz, a Marcus musnął wargami jej usta. Publicznie.

Bea poczęstowała się jeszcze jednym drinkiem z tacy mijającego ją kelnera.

– A ten był według mojego – oznajmiła niejasno.

– Co? – zapytał Desborough i pochylił się do przodu, tracąc równowagę.

Złapała jego ramię, żeby go podtrzymać, a może siebie; sama nie wiedziała. Ile koktajli wypiła? Już straciła rachubę. Mogła, po prostu mogła, być odrobinkę bardziej wstawiona, niż sądziła.

– Tam – powiedziała, wyraźnie akcentując. – Nie, nie ten stolik, następny, za donicą z jabłonką. Wie pan, kto to jest?

– Lord Kitchener**?

– Mój mąż. W teorii. – Opróżniła szklaneczkę do dna i rozejrzała się za następną. Frederick Desborough uprzejmie podsunął jej swoją. – Bo w praktyce to niezupełnie.

– A kim jest ta kobieta?

Zakamarek, w którym stali, cichy i ciemny, przypominał trochę konfesjonał. Jeśli ja jestem pijana, pomyślała Bea, Desborough musi być jeszcze bardziej. Nazajutrz nie będzie pamiętał nic z tego, co mu opowiem. A to taka ulga móc się komuś zwierzyć, zamiast udawać szczęśliwą, szczęśliwą, ciągle szczęśliwą.

---

* Horatio Kitchener (1850–1916) – brytyjski marszałek i polityk; zginał tragicznie podczas katastrofy morskiej, jego ciała nigdy nie odnaleziono.

– Bunny ffoulkes – odparła. – Jej starsza siostra, Lavinia, zagięła na niego parol i wtedy ja wygrałam. A potem do akcji wkroczyła Bunny...

Kto mógłby przypuszczać, że stanie się coś podobnego? Byli małżeństwem. Małżeństwem. To powinno coś znaczyć. Nie oddanie na wieki, w to Bea nie wierzyła, ale przynajmniej minimum dyskrecji podczas romansu, praktykowanej przez pokolenie ich rodziców. Można było pożyczyć czyjegoś małżonka, ale w końcu się go zwracało. Zasady nakazywały to jasno. A teraz... teraz...

– Ona zamierza za niego wyjść – wybuchnęła gwałtownie. – To od razu widać.

– Zatem czy nie powinna pani wydrapać jej oczu?

Koło ucha Bea czuła oddech Fredericka, całkiem miło przesiąknięty zapachem ginu.

– To by tylko wywołało współczucie. Ja wyszłabym na La Belle Dame Sans Merci*, a ona na niewinną białą lilię. – Bea gwałtownie otrzepała niebieską jedwabną suknię. – Podły mały wamp. To mnie potwornie, potwornie denerwuje.

– Źle pani do tego podchodzi – stwierdził Desborough.

– A według pana, jak by należało? – Obrzuciła go wyniosłym spojrzeniem. – To jeszcze jeden z pana ryc-cerskich odruchów? – Mogło wypaść lepiej, gdyby nie zająknęła się na słowie „rycerskich".

– Kimże ja jestem, by się oprzeć damie w opałach? – Jak za dotknięciem czarodziejskiej różdżki pojawiły się kolejne drinki. Desborough pociągnął łyk i przez chwilę milczał. – Chodzi tylko o zazdrość. Nie pani zazdrość. Pani musi wywołać ją w nim.

Bea zatoczyła się z lekka na francuskich obcasach błękitnych jedwabnych pantofli.

– Nie widział mnie pan, jak flirtuję z Geordiem? Jeśli to nie wzbudziło zazdrości...

---

* *La Belle Dame Sans Merci* (Piękna Kobieta bez Litości) – tytuł znanej romantycznej ballady Johna Keatsa.

– A dlaczego miałoby wzbudzić? Przecież Geordie absolutnie pani nie pociąga.

– Bezczelność.

– To oczywiste dla każdego, kto ma oczy. Jeśli chce pani wzbudzić zazdrość... – Spojrzał pytająco na Beę.

– Marcusa – podpowiedziała.

– Jeśli chce pani wzbudzić zazdrość Marcusa, musi mu pani dać powód. Prawdziwy powód – rzucił z naciskiem.

Coś w sposobie, w jaki to powiedział, sprawiło, że Bea poczuła na ramionach gęsią skórkę. Prawdziwy powód. Nie jakiś tam flirt na tanecznym parkiecie, ale autentyczny romans: czyjeś usta na jej wargach, dłonie w jej włosach, naga skóra przy nagiej skórze; dreszcz emocji, kiedy kochanka wykrada się z klubowej sali do ustronnego korytarza; pospieszne spotkania w środku dnia; radość, że nie została przyłapana. Przypomniała sobie, jak we Francji Marcus przynaglał ją do wyjścia z oficjalnego obiadu, jak szaleńczo kochali się na balkonie. Pamiętała niewiarygodną namiętność tych chwil.

Ile czasu minęło, odkąd ostatni raz jej dotknął? Przynajmniej sześć miesięcy. Nie, więcej. Z początku przypisywała to jego taktowi. Straciła dziecko, była delikatnego zdrowia, w każdym razie tak mówił doktor. Szok po śmieci Poppy, łagodna grypa, poronienie.

Ale Marcus odsuwał się coraz bardziej i bardziej, a teraz całował Bunny. Bea nie mogła znieść, że porzucił ją, by próchniała i gniła niczym stara panna. Dlaczego ma tu sterczeć i czekać, aż mąż się z nią rozwiedzie? Dlaczego pozwala, żeby tak dobrze się bawił?

Dłonie... wargi... stłumiony śmiech... Och, tak bardzo tego chciała.

Pytająco uniosła brwi.

– Uważa pan, że jaka przyprawa dobra dla gąsiora, taka i dla gąski? – wychrypiała.

Desborough obrzucił ją długim, krytycznym spojrzeniem.

– Jak dla mnie, gąska jest już dość pikantna.

Bea wydmuchnęła dym.

– Trudno stwierdzić, czy to komplement... czy potępienie.

Oparł rękę o mur za jej plecami.

– A co by pani wolała?

Stał tuż koło niej, bliski, ciepły i bardzo, bardzo inny niż Marcus. Szczupły i umięśniony tam, gdzie Marcus był szeroki; ciemny tam, gdzie Marcus był jasny. Bea zastanawiała się, jakie mogłyby się okazać w dotyku jego włosy, miękkie czy sztywne od brylantyny? Albo świeży zarost ocierający się o jej skórę? Czy pocałunki Fredericka różniłyby się od pocałunków Marcusa?

Dotknęła palcem spinki przy kołnierzyku jego koszuli.

– To propozycja?

Dzięki obcasom Bei byli prawie jednakowego wzrostu. Na policzku czuła ciepły oddech Fredericka.

– Sądziłem, że pani uważa mnie za nicponia.

– Owszem – odparła i jej głos zabrzmiał o wiele pewniej, niż mogła się spodziewać. – Ale ze mnie też nic dobrego.

I tak musiało być, skoro rozważała to, co rozważała. Od dawna tworzyła sobie osłonę z upodobania do światowych rozrywek, ale nigdy w taki sposób. Przedtem wszystko działo się na niby, a tym razem chodziło o rzeczywistość.

Przez moment pomyślała o Addie uciekającej do domu z bólem głowy. Addie nie musiała o tym wiedzieć. To była odrębna, zupełnie inna sprawa. Zresztą Desborough już zerwał tamten związek. Miły pastor. Znajdzie się dla Addie miłego pastora, kogoś solidnego i godnego zaufania. Żeby był pozbawiony tej leciutkiej woni siarki; niebezpiecznie atrakcyjnej woni siarki.

Właściwie, uznała, wyświadcza kuzynce przysługę, trzymając od niej z daleka pana Desborough. Czyż on sam nie mówił, że ściągnąłby na Addie nieszczęście?

– Pan pragnie zatracenia – powiedziała chrapliwie. – Ja pragnę zemsty. Nie uważa pan, że moglibyśmy pomóc sobie nawzajem?

Ujął jej rękę, którą oparła mu na klatce piersiowej. Jego kciuk delikatnie gładził jej skórę.

– Dwoje straceńców bawi się, gdy Rzym gorzeje? – szepnął, po czym podniósł rękę Bei do ust i zaczął całować błękitne żyłki u nasady dłoni.

– Coś w tym rodzaju – wydusiła. Co do Rzymu, nie była pewna, ale wargi Fredericka paliły jej nadgarstek. Niespokojna i podrażniona, niecierpliwa i lekkomyślna, czuła się tak, jakby płonęła od środka. – Skoro i tak już po nas, czemu nie nacieszyć się upadkiem?

Palce Fredericka splotły się z jej palcami.

– Oto kobieta, która może przypaść do serca.

Figlarnie przechyliła głowę.

– Myślałam, że tego organu jest pan pozbawiony.

– Wolałbym nie mieć serca, bo obawiam się, że to serce nieczułe* – oznajmił gwałtownie. Znowu jakieś poezje. Frederick Desborough odsunął się o krok, przypatrując się jej zmrużonymi zielonymi oczami. – Mam odprowadzić panią do domu?

Bea zerknęła przez ramię na Marcusa. Nos w nos z Bunny, z pełną zażyłością dotykał czołem jej czoła.

– Mogę odprowadzić panią do domu – powiedział pan Desborough... nie, Frederick. Zauważył, jak przyglądała się mężowi. – Albo mogę zaprowadzić panią do domu. Wybór należy do pani.

Oparła się o niego, pierś przy piersi, biodro przy biodrze, udo przy udzie.

– Do mojego nie – wymruczała. Tam była Addie. I Marcus mógł wrócić w każdej chwili. Przesunęła dłonią po plecach Fredericka. Przez koszulę czuła ciepło jego skóry. – Zdecydowanie wolę iść do pana.

---

* Zapewne trawestacja słów Benedicka z *Wiele hałasu o nic* W. Shakespeare'a (akt I, scena1).

Rozdział 14

Nowy Jork, 1999

Nie ma to jak w domu – powiedział Jon, zapalając lampę w przedpokoju.

Pojedyncza żarówka oświetliła sterty kartonów i jeszcze zapakowane oprawione plakaty. Na jednym z pudeł leżał stos nieotwartych kopert, z którego wysypywały się rachunki, reklamówki, śliskie firmowe katalogi. Ściany miały kolor kremowy, kontrastujący z nadal białą boazerią, chociaż farba na listwach przy podłodze zaczynała się łuszczyć.

– Miło tu – powiedziała Clemmie, odwijając szalik.

– Chcesz powiedzieć, że mogłoby być miło. Przytrzymaj to przez chwilę. – Jon schylił się i przesunął stos poczty, który, jak się okazało, oparty był o drzwi szafy. Zaskrzypiały zawiasy. W środku wisiał wysłużony czarny płaszcz i drugi, beżowy, przeciwdeszczowy.

Clemmie podała swoje okrycie i szalik.

– Dużo milej niż u mnie.

– To plus wynajmowania właśnie tutaj. – Brzęknęły o siebie puste ramiączka, kiedy Jon wieszał jej starą jesionkę. – Lepszy efekt w stosunku do nakładu kosztów. Poza tym dotują nam czynsz.

– Ten dom należy do uniwersytetu?

Jon mieszkał w ślicznej, przedwojennej kamienicy, pokrytej patyną wieku, z pasami zwietrzałych różowych cegieł i jasnego kamienia. Podłogi mogły wymagać cyklinowania, ale były autentyczne; długie klepki z drewna o miodowym odcieniu zostały ułożone w powtarzający się wzór.

– Nie, ale większa część budynku jest chyba powiązana z Columbią. Taki akademik dla wykładowców.

– Piwne imprezki w holu?

Jon spojrzał na nią.

– Powiedziałem akademik, a nie siedziba męskiego towarzystwa. Do łazienki tamtędy. – Wskazał na lewo, w stronę pokoju, który niewątpliwie był sypialnią. Clemmie bystrze to wydedukowała, kiedy zobaczyła materac, zarzucony skłębionymi prześcieradłami i kocem. – Nie bój się ręczników. Dopiero co je wyprałem.

– Nie zamierzasz mnie oprowadzić?

– Niewiele jest do pokazywania. Sypialnia na lewo, gabinet na wprost, pokój dzienny i kuchnia na prawo. Standardowy prostokąt.

Poniewczasie przypomniała sobie, że Jon z Caitlin mieli dom, podwórko i dwa samochody na podjeździe; a także – z tego, co wiedziała – ileś tam kotów i psa. Pewien etap swojego życia Clemmie też spędziła w willi, z obydwojgiem rodziców i dwoma starszymi braćmi. Ale działo się to tak dawno temu, że wspomnienie wyblakło, zaczęło przypominać obrazek w dziecinnej książeczce, płaski, jednowymiarowy. Odkąd naprawdę sięgała pamięcią, jej domem były mieszkania.

O to również sprzeczali się z Danem. On chciał mieć dom. Ona nie potrafiła wyobrazić sobie życia w innym otoczeniu niż piętro nad piętrem, wśród obcych ludzi. Celem nie było uciekać z mieszkania, tylko móc pozwolić sobie na większe, wspanialsze.

Weszła za Jonem do sypialni.

– Hej, ty przynajmniej masz prostokąt. U mnie jest kwadrat. Bardzo mały kwadrat.

Sypialnia została urządzona w stylu, który najlepiej dawał się określić jako wczesno-pudełkowo-kartonowy. Na jednym pudle stała lampka do czytania, na drugim budzik, leżały tam też jakaś powieść i okulary. Kilka koszul do garnituru i par spodni wisiało w szafie, ale najwyraźniej reszta dobytku Jona nadal pozostawała w kartonach, wszystkich z taką samą, ogólnikową naklejką: „Sypialnia".

Jon właśnie przeszukiwał jedno z pudeł.

– T-shirt i bokserki będą dobre?

– Doskonałe – odparła.

Sypialnia nie miała rolet. Apartament znajdował się w tylnej części budynku, więc jej okna wychodziły na wąski przesmyk między zabudowaniami. Sąsiedzi z drugiej strony zaułka pozaciągali żaluzje. Tylko wąziutkie pasma światła przenikały między listewkami. U Jona unosił się ten specyficzny, lekko zatęchły zapach pustego mieszkania, woń nieosłoniętej niczym drewnianej posadzki i stolarki. Światło odbijało się dziwnie od nagich ścian i podłóg, sprawiając, że pokój wydawał się raczej ciemny niż jasny.

– Są czyste – powiedział Jon i Clemmie uświadomiła sobie, że w wyciągniętej ręce trzymał rzeczy, czekając, aż je od niego odbierze. – Jeszcze nie dorobiłem się komody.

Zamrugała.

– Przepraszam. Na moment totalnie odjechałam. – Niezdarnie przytuliła zwinięte w kłębek ubrania. – Dzięki, naprawdę. Nawet gdyby nie były czyste, na pewno są w lepszym stanie niż to, co mam na sobie.

Machnął ręką z lekceważeniem.

– Przykro mi, pralkę dopiero sobie sprawię...

– Nie, naprawdę, wszystko dobrze. Świetnie. – Wycofała się z sypialni, dziwnie zawstydzona. – Łazienka jest tutaj? Dzięki.

Zasłonę w kabinie prysznicowej, całkiem nową i przezroczystą, zdobił wzorek w niezbyt ładne gumowe kaczuszki. Mocno pachniała plastikiem. Clemmie wzięła szybki prysznic. Natarła swoje krótkie włosy szamponem Head & Shoulders, dwa w jednym, i puściła wodę tak gorącą, jak tylko potrafiła wytrzymać. Miała wrażenie, że się odkaża, zmywa z siebie kilka ostatnich dni, Londyn, szpital, wszystko.

Koszulka i szorty, które pożyczyła od Jona, z całą pewnością nie zostały mu po Caitlin. Clemmie musiała związać stare spodenki na supeł, żeby nie spadały. Jon był od niej niewiele wyższy, ale za to szerszy. T-shirt, wyblakły od wielokrotnego prania, kleił się jej do wilgotnych piersi. Włożyć stanik? Nie, był tak samo przepocony jak reszta jej ubrań. Zresztą Jon widział ją już bardziej skąpo odzianą.

Clemmie rzuciła stanik na stertę brudnych rzeczy, rozczesała palcami mokre włosy i powędrowała do salonu.

– Jon?

Całą jedną ścianę pokoju zajmowały, rozdzielone kominkiem, szafy na książki, ale ich przyszła zawartość leżała w pudłach z ręcznie nabazgranymi etykietkami w rodzaju „Tudorowie – Stuartowie" albo „XIX w. hist. polit.", albo „Poeci wielkiej wojny". Obok kominka stał na podłodze telewizor, jeszcze niepodłączony, i jedno z takich krzeseł, które w college'u Clemmie wulgarnie nazywano „pieprzoną przewrotką". I to tyle co do umeblowania.

Stary kaloryfer trzeszczał, napełniając pokój parnym ciepłem i trochę zapachem siarki.

– Tutaj. – W kuchni zaczął gwizdać czajnik. Dźwięk urwał się nagle i Jon wytknął głowę zza przepierzenia. – Herbata? Czy coś mocniejszego?

– Coś mocniejszego.

– Doskonale. Nie cierpię pić samotnie. – Głowa z powrotem zniknęła w kuchni, po czym rozległy się różne huki i stuki.

Clemmie stanęła w progu.

– Mogę pomóc?

– Nie ma w czym. – Jon z chrzęstem przerzucał kostki lodu ze zniszczonego pojemnika do zdumiewająco eleganckiego kubełka o uchwytach w kształcie pierścieni, trzymały je w paszczach stylizowane lwy.

– Bardzo ładny – skomentowała Clem.

– Jeden ze ślubnych łupów – wyjaśnił zwięźle.

Szybko odwróciła wzrok i zaczęła bawić się ściereczką wiszącą na drzwiach lodówki. Ściereczkę zdobiły wyblakłe wizerunki Big Bena i jasnoczerwone budki telefoniczne.

– Moja przyjaciółka z okazji ślubu daje tylko rzeczy jadalne: batony, cukierki, ciasto z klubu wypieków, tego rodzaju prezenty. Mówi, że to oszczędza późniejszych podziałów.

– Mądra kobieta – podsumował Jon, napełniając miskę preclami. – Zaniesiesz do gabinetu?

Zaniosła. Miska była na tyle nowa, że miała jeszcze od spodu naklejkę „Crate & Barrel, $ 3.95". Widocznie Jon dostał kubełek na lód, a Caitlin wzięła wszystkie naczynia. Dlaczego Clemmie musiała wygłosić ten głupi komentarz o ślubnych prezentach? Mogła się zastanowić... Ale właściwie, jak traktować takie sprawy? Obracać w żart? Udawać, że nigdy się nie zdarzyły? Kiedy problem dotyczył rozwodu, nie było łatwego sposobu.

Może powinna uważać się za szczęściarę, że w końcu nie wyszła za Dana. Ich rozstanie, na odwrót, okazało się żałośnie proste. Nieliczne ubrania i zestaw podręcznych kosmetyków ledwie wystarczyły do wypełnienia torby na ramię. Rzeczy wspólnych nie mieli; wszystko należało albo do niej, albo do niego.

Clemmie postawiła miskę z preclami na biurku Jona, koło komputera i stosu tekturowych teczek. W przeciwieństwie do salonu, gabinet wyglądał na zamieszkany. Była to klitka, wystarczająco jednak duża, by pomieścić biurko, szafkę na dokumenty i zapadającą się, czerwoną dwuosobową kanapkę z czerwonymi poduchami w kratę i zużytym dzianinowym kocem, przerzuconym przez oparcie. Nad biurkiem wisiały półki, już częściowo wypełnione książkami, w większości o Anglii i Anglikach. Przystawkę do biurka zaściełały teczki, Jon poznaczał je swoim kanciastym pismem. „Rozwód" – nabazgrał w poprzek tej z wierzchu.

– To do książki. – Jon przesunął precle i ustawił na biurku tacę z butelką i dwiema szklankami.

Clemmie wzdrygnęła się, przyciskając ręką teczki, zanim zdążyły zlecieć na podłogę. Nie zamierzała... Nieważne.

– Do książki, nad którą teraz pracujesz? – zapytała pogodnie.

Uniósł brwi. Cholera. Doskonale wiedział, co pomyślała.

– Będzie w niej rozdział o powojennym nasileniu zjawiska rozwodów jako kolejnym przykładzie fragmentacji przedwojennych kodów, które zachowywały spójność i siłę edwardiańskiej klasy rządzącej. – Przygotował drinka i podał jej. – Na zdrowie.

– Dzięki. – Opadła na kanapę: okazała się zdumiewająco wygodna. Jon nalał sobie szkockiej. Kiedy Clemmie brała prysznic, przebrał się z koszuli i spodni khaki w T-shirt i dżinsy. – Jesteś naprawdę miły.

– Masz zamiar stracić dla mnie głowę? – Kanapa skrzypnęła, gdy rozsiadł się obok Clemmie, opierając plecy o wysłużone kraciaste poduszki. – Wiem, że to dla ciebie trudny okres – dodał łagodniejszym tonem. – Możemy odłożyć nasze tradycyjne boje na później.

Przyglądała mu się z boku, fioletowym cieniom pod oczami, nowym zmarszczkom koło ust. Jon nie był już – uświadomiła sobie z niemałym zdumieniem – tym aroganckim chłopakiem, zawsze od niej szybszym, wyższym, zawsze o parę kroków z przodu. Chłopiec zniknął, a jego miejsce zajął mężczyzna, który wyglądał na równie wykończonego jak ona.

– Nie tylko dla mnie – odparła. – A ty jak się trzymasz?

Spojrzał na nią, przyjemnie zaskoczony.

– Jest... ciężko.

Clemmie wymownie pokiwała głową, okazując, że tak, że rozumie. I właściwie rozumiała. Prawie. Na tyle, na ile zerwane zaręczyny można porównywać do rozwodu.

Jon odchylił głowę na oparcie kanapy.

– Addie... ona zrobiła dla mnie tak dużo. Tyle dla mnie znaczyła.

Hę? Ależ Clemmie miała na myśli rozwód, nie babcię. Jednak zdążyła ugryźć się w język, zanim to palnęła. Ograniczając się do kolejnych przytakiwań, stłumiła chęć, by mu wytknąć, że nie o to jej chodziło i że to nie jego babcia.

Więc co z tego? Nie miał prawa do żalu?

Jon podparł się łokciem.

– Wiesz, że jej zawdzięczam studia doktoranckie?

Znad swojej szklanki Clemmie pokręciła głową.

– Nie.

Utkwił zamyślone spojrzenie we wsporniku półki na książki.

– Właśnie skończyłem Yale i nie bardzo potrafiłem wymyślić, co chciałbym robić dalej. Znalazłem sobie pracę konsultanta, pamiętasz?

– Taak. – Pamiętała. – Wtedy przyjechałeś do Rzymu.

Sama nie wiedziała, skąd jej się to wzięło. Nigdy nie rozmawiali o Rzymie. To należało do tych niepisanych reguł.

Zerknął na nią badawczo. Spuściła wzrok i zacisnęła palce na szklance.

– W każdym razie... – Poduchy kanapy uginały się, przechylając Clem w jego stronę. – W każdym razie, zamierzałem potem aplikować albo na wydział prawa, albo na studia biznesowe, bo wszyscy tam szli. Zwierzyłem się Addie, a ona powiedziała: „Dobrze, ale co ty chcesz robić?" Tak po prostu.

Clemmie nie odrywała oczu od swojego drinka.

– To do niej podobne.

– Wyjaśniła mi, że nie ma sensu się unieszczęśliwiać tylko dlatego, że myślę, że świat myśli, że powinienem. Oceny i obyczaje z czasem się zmieniają, więc należy zająć się czymś, co rzeczywiście pasjonuje, bo ostatecznie każda praca ma swoje minusy, lecz łatwiej to znosić, jeśli przede wszystkim się ją lubi.

– Żałuję, że mnie tego nie mówiła – mruknęła Clemmie.

Nigdy nawet nie pomyślała, że babcia mogłaby nie być dumna z jej studiów prawniczych. Addie zawsze bardzo otwarcie ubolewała nad własnym brakiem formalnej edukacji. Mniej otwarcie, chociaż równie jasno, nie aprobowała pomysłu Marjorie, która natychmiast po ukończeniu szkoły wyszła za mąż. W rodzinie uważano za rzecz oczywistą, że Clemmie zrobi dobry użytek z możliwości, jakich nie miała jej babka i jakie zaprzepaściła jej matka. Sama Clem uważała własny sukces za swój wkład we wspólną sprawę. Ale nigdy nie było mowy o byciu szczęśliwą albo postępowaniu na przekór światu.

Jasne, może dlatego – jak lubił to jej powtarzać Jon – że nigdy nie zapytała.

Uśmiechał się lekko, zagubiony we wspomnieniach.

– Wygłosiła mi wykład... wiesz ten...

– „Kiedy w Kenii były kiepskie zbiory...?"

– Właśnie. – Wymienili rozbawione spojrzenia. – „Gdybyśmy pozwalali sobie na zniechęcenie..." Resztę znasz.

Był to odpowiednik tradycyjnego „kiedy byłam w twoim wieku, musiałam wydoić krowy i iść piechotą dwadzieścia kilometrów do szkoły", tylko że babcia opowiadała o farmie bliskiej upadku i o ludziach biorących się energicznie do dzieła, żeby ją podźwignąć. Obydwoje słyszeli ten wykład o wiele za często, zwykle kiedy narzekali, że nie chcą czegoś zrobić. Jego zasadnicze przesłanie sprowadzało się do „wybieraj, co chcesz, ale potem się tego trzymaj" – czyli dziedziny, w której na razie żadne z nich, oprócz babci Addie, nie odnotowało szczególnych sukcesów.

Jon wygodnie wyciągnął nogi i balansował szklaneczką na brzuchu.

– Wyobrażasz sobie, że ona to wymyśliła? W 1935 roku nie było plagi niszczącej krzewy kawowe. Sprawdziłem kilka lat temu.

– Pewnie połączyła różne zdarzenia. To się zdarza. – Podwijając stopy pod siebie, Clemmie wtuliła się w poduszki kanapy. – Zawsze uważałam to raczej za bajkę niż historię. Wiesz, taką z morałem, jak o tej dziewczynce, co zerwała wszystkie jabłka z drzewa i wyjęła wszystkie ciastka z pieca, więc została nagrodzona, a druga, której się nie chciało, została skazana na plucie ropuchami za każdym razem, gdy tylko otwierała usta, żeby się odezwać. Czy coś w tym rodzaju.

– Nie wydaje mi się, żebym to czytał – stwierdził Jon. – Ale wierzę ci na słowo. – Kołysał swoim drinkiem, obserwując, jak bursztynowy płyn zostawia wzory na szkle. – A twój dziadek Frederick? Jaki on był?

– Czy ty...? Zapomniałam. Przecież nigdy go nie spotkałeś.

Jon uśmiechnął się ironicznie.

– No właśnie. Ja pojawiłem się dopiero później.

– Ale przylgnąłeś. – Wyciągnęła w jego kierunku szklaneczkę, żeby ją znów napełnił.

– I poznaliście mnie jak zły grosz. – Sięgnął po butelkę na podłodze koło kanapy.

– A grosze nie są z natury dobre? – Porcja Clemmie okazała się raczej całą miarką niż kroplą. – Wystarczy. Dzięki.

Własną szklankę napełnił nieco oszczędniej.

– Wydawało mi się, że w tamtych czasach trochę inaczej na to patrzyłaś – powiedział ostrożnie, odstawiając butelkę na miejsce. – Na to, że byłem w pobliżu.

Clemmie miała wrażenie, jakby jej wargi zdrętwiały od alkoholu. Nie tylko wargi, wszystko. Ze wzrokiem wlepionym w drinka powiedziała:

– Byłam zazdrosna.

Jon się zakrztusił.

– Ty byłaś zazdrosna? O mnie? Dlaczego? Przecież to twoja rodzina. Ja bym wtedy oddał zęby trzonowe, byle się dopasować. Oczywiście, gdybym wiedział, które to są – dodał refleksyjnie.

– Tak, ale... – Clemmie przesunęła się, omijając jakieś wybrzuszenie w swojej poduszce. – Wobec mnie mieli obowiązek. Musieli się mną zająć. A ty tam byłeś, bo cię lubili.

– Ja tam byłem, bo mój ojciec ożenił się z twoją ciotką – sprostował. – To nie całkiem to samo.

– Uważałam cię za wielkiego szczęściarza. – Clemmie skręcała w palcach frędzle koca. – Ciotka Anna wydawała mi się taka fajna. Mama ciągle pracowała, a kiedy akurat miała wolne, tylko tego żałowałam. A ty mieszkałeś z ciotką Anną i wujem Leonardem w tym odjazdowym apartamencie w West Side, z kręconymi schodami...

– I słuchając, jak tata i Anna rzucają talerzami, zastanawiałem się, ile jeszcze minie czasu, zanim będzie po wszystkim.

Wytrzeszczyła na niego oczy.

Jon znów odchylił głowę na oparcie kanapy, zapatrzony marzycielsko w sufit.

– Awanturowali się. Bez przerwy. Myślisz, że dlaczego spędzałem tyle czasu u babci Addie? To było jedyne miejsce, gdzie mogłem odrobić lekcje, nie ryzykując przypadkowego wstrząśnienia mózgu.

Clemmie odgarnęła wilgotne włosy z twarzy. Ojciec Jona był znanym – również z wybuchowego temperamentu – dramaturgiem. Pamiętała go jak przez mgłę. Nie należał do wielbicieli rodzinnych spotkań.

– Ja nic... ja nie wiedziałam...

– Stop, Clem. Nie patrz tak na mnie. Nie było aż tak źle. – Przez chwilę wyglądał jak dawny dumny Jon, chłopak z uśmieszkiem wyższości na twarzy. – Masz rację, Anna była fajna. Jeśli akurat znajdowała się w pobliżu. Wtedy, tak. Stanowiłem jej ulubione hobby przez jakieś trzy dni, a potem znów znikała, zajmując się czymś innym. Poprawka: zajmując się kimś innym. Zdradzała tatę na prawo i lewo.

Clemmie nie odrywała od Jona wzroku.

– Oczywiście, jest bardzo prawdopodobne, że on pierwszy zaczął z kimś sypiać. – Jon skosztował swojego drinka. – To było... paskudne.

– Dlaczego nic nie mówiłeś?

– A co miałem mówić? O ile pamiętam, w tamtych czasach nie byliśmy najlepszymi kumplami. Poza tym Anna stawiała sobie za punkt honoru, żeby jej siostra się nie dowiedziała. Twoja matka miewa to pełne dezaprobaty spojrzenie...

– Wiem – powiedziała szybko Clemmie. – Wierz mi, że wiem.

Jon rozsiadł się wygodnie, utrzymując w równowadze szklaneczkę opartą o brzuch. Spod zadartej koszulki wystawała odrobina muskularnego ciała, nadal brązowego od słońca Karoliny.

– Co za cholerny bałagan. Twoi rodzice, moi rodzice, Anna. – Parsknął krótkim, niewesołym śmiechem i usiadł gwałtownie, łapiąc swoją szklankę w ostatniej chwili, zanim zleciała na podłogę. – Nic dziwnego, że żadne z nas nie potrafi odnieść sukcesu w małżeństwie.

– Hej! – Clemmie nie była pewna, dlaczego się sprzeciwia. – Tego nie wiesz. Poza tym byli babcia Addie i dziadek Frederick.

– Taak – mruknął z dziwnym wyrazem twarzy. – Oni.

Clemmie uklękła na kanapie.

– Co? Zamierzasz się poddać z powodu jednego złego doświadczenia?

Palce Jona musnęły jej palce. Poczuła na ramionach gęsią skórkę.

– Tak? A gdzie jest ten zaręczynowy pierścionek?

Zaskoczona, ukryła rękę za plecami.

– Przynajmniej wiedziałam, kiedy skrócić męki! Może gdybyś miał dość rozumu, żeby zerwać z Caitlin...

Zamilkła w popłochu. To były ciosy poniżej pasa. Jednak już się stało, nie mogła cofnąć swoich słów.

– Sądzisz, że o tym nie myślałem? – Twarz Jona spochmurniała. – Ale, do diabła, może wcale nie chodziło o Caitlin. Może to samo zdarzyłoby się z kimkolwiek innym. Może te wszystkie opowieści o dozgonnej miłości to wielka lipa.

– Dobra wymówka – zareagowała ostro Clemmie. – Ciekawe, dlaczego mnie to nie dziwi? Masz długie doświadczenie w wynajdowaniu wymówek.

Dosłownie słyszała, jak te słowa rozbrzmiewają echem między nią i Jonem.

Odwrócił się i powoli, bardzo powoli powiódł po niej spojrzeniem.

– Co masz na myśli?

Doskonale wiedział co. Ale już dawno temu zawarli układ, milczący układ, że są rzeczy, o których po prostu nie rozmawiają. Zamieść pod dywan, udawać, że nic się nie wydarzyło, zachowywać się, jakby wszystko było w porządku.

Clemmie obrzydło już udawanie. I po dziurki w nosie miała zamiatania pod dywan.

Chciał wiedzieć, co myślała? Popatrzyła Jonowi w oczy. Siedzieli niemal nos w nos, tak blisko, że czuła alkohol w jego oddechu i leciutką woń proszku do prania od jego ubrań.

Nadszedł czas, żeby wreszcie tę sprawę rozwiązać.

– Jedno słowo – odparła. – Rzym.

Londyn, 1921

– Kiedy zamierzałaś mi powiedzieć? A może w ogóle?

Jakiś dżentelmen, zaanonsował Hodges. Jakiś dżentelmen chce się z nią zobaczyć. Bea zamknęła oczy, czując kolejne fale zawrotów głowy. Mogła kazać Hodgesowi go odprawić, ale to spowodowałoby plotki wśród służby, a plotki były ostatnią rzeczą, jakiej teraz chciała. Nie sposób zakazać komuś wstępu bez wywołania pytań o powody.

Nawet nie przyszło jej do głowy, że on się pojawi. Byli tacy ostrożni, tacy dyskretni. Nigdy nie przychodził do Rivesdale House, od czasu, gdy dawno temu przyprowadziła go Addie. A teraz tu był, w ich salonie – nie, w salonie Marcusa. Zbliżał się do niej sztywnym krokiem, ściskając w dłoni zmiętą karteczkę kremowego listowego papieru.

– Zamierzałaś na tym poprzestać? – Wymachiwał kartką.

Zamierzała w ten sposób utrzymać go z daleka, a nie wywołać złego ducha. Chochlikowe owoce... Bea poczuła rosnącą panikę, ale zdusiła ją w sobie; zdusiła tak samo, jak hamowała mdłości, które dręczyły ją przez cały czas.

– Mój drogi! Co za niespodzianka. Wpadłeś na drinka? – Może gdyby zareagowała normalnie, reszta też potoczyłaby się normalnie. Mogliby zachowywać się jak ludzie światowi, kulturalni i udawać, że nic się nie stało. Zacisnęłaby powieki i życie powróciłoby na właściwe tory, sprzed czasów Bunny, sprzed czasów Fredericka, sprzed tego wszystkiego. – Jak zwykle?

Zdumiewająco pewną ręką sięgnęła po shaker. Wychowanie zawsze wyjdzie na jaw, jak powiedziałaby matka. Kindersztuba popłaca. Dookoła walił się cały świat, a Bea potrafiła szykować koktajle i nawet jej dłoń nie zadrżała. Herbata i skandale – to były smakołyki serwowane w salonie matki. A co miało przypaść lady Rivesdale? Gin i ruina? Pula uległa zmianie. Matka kłamała: kindersztuba nie przygotowała Bei na to wszystko.

– Dość tych gierek. – Frederick podetknął jej pod nos zmięty liścik. – Jak mam to rozumieć?

– Dokładnie tak, jak jest tam napisane – odparła spokojnie, chociaż o spokoju mogła tylko pomarzyć.

– Jasno i wyraźnie – powiedział z niebezpiecznym błyskiem w oczach. – „Mój drogi Fredericku, jakkolwiek zajmujące byłoby to nasze interludium, nadeszła pora, aby powiedzieć sobie adieu..."

– Wolałbyś, żebym ujęła temat wierszem?

Nie wyglądał na ubawionego.

– Mogłaś przynajmniej mieć tyle przyzwoitości, żeby oznajmić mi o zerwaniu osobiście.

Wzruszyła ramionami.

– Bywa, że człowiek jest tak strasznie zajęty...

– Przestań – przerwał jej ostro. Napięcie w jego głosie sprawiło, że odstawiła shaker. – Przestań.

Bea popatrzyła na tego mężczyznę, który przez trzy szalone miesiące był jej kochankiem. Trzy miesiące zadymionych klubów, pospiesznych uścisków na tylnym siedzeniu taksówki, potajemnych spotkań w jego mieszkaniu. Znali nawzajem swoje ciała w najbardziej intymnych szczegółach, a jednak pod wieloma zasadniczymi względami Frederick pozostał dla niej obcym człowiekiem. W żadnym razie nie oczekiwała takiej reakcji. Chociaż, szczerze mówiąc, nigdy się szczególnie nie zastanawiała nad tym, jak mógłby zareagować. Była zbyt owładnięta własnymi potrzebami – potrzebą zemsty, a potem, w panice, potrzebą, by pozbyć się tego wszystkiego. Jego się pozbyć.

Boże, czuła się taka chora.

Przecież chodziło tylko o ukaranie Marcusa za to, że przestał się nią interesować, o odpłacenie mu jego własną monetą, o śliczną, małą zemstę, zdradę za zdradę, romans za romans. A tymczasem... nigdy nie zamierzała do tego doprowadzić ani znaleźć się tak blisko katastrofy.

Nic nie potoczyło się tak, jak powinno; nic nie wydarzyło się tak, jak planowała. Marcus miał być wściekle zazdrosny, miał z powrotem ją zdobyć, a wtedy mogliby powrócić do życia, które przecież było im przeznaczone – ona adorowana, on adorujący, najpiękniejsza para w Londynie, lady Ashford chełpiąca się córką markizą.

Bea chciała pozbyć się tego wszystkiego. Chciała pozbyć się Fredericka.

– Naprawdę musisz robić scenę? – zapytała i tym razem zabrzmiało to szczerze. – Nigdy nie udawaliśmy, że w tę sprawę angażujemy serca.

Frederick się skrzywił.

– Serca może nie, ale uszanuj moją dumę. Mogłaś zrobić trochę więcej, niż wysłać mi ten liścik. Aż tak pochłaniają cię inne zobowiązania?

Znów ją zemdliło. Obiema rękami chwyciła się barku na kółkach. Poranne nudności? Raczej poranne, popołudniowe i wieczorne. Czuła się źle przez cały czas, na wszystkie możliwe sposoby. Widok talerza z jajkami na bekonie sprawiał, że zieleniała, zapach ginu burzył żołądek. Nikt jej nie ostrzegł, że od rodzenia dzieci człowiek tetryczeje.

– Zobowiązania? – roześmiała się i był to śmiech na skraju histerii. – Nie dotarło do ciebie, mój drogi? Jestem pochłonięta największym możliwym zobowiązaniem.

Frederick miał skonsternowaną minę.

– Spodziewam się dziecka – uśmiechnęła się blado. – Właśnie na to wszyscy czekali. Uroczyste narodziny dziedzica.

Nic nie odpowiedział, tylko patrzył na nią i patrzył, i patrzył, jakby poznawał ją od podszewki. Ręce Bei instynktownie powędrowały do brzucha, nadal płaskiego, który niczego by nie zdradził, gdyby nie inne oznaki. Jakże jej pokojówki złośliwie się uśmiechały! A Marcus... co miała powiedzieć Marcusowi?

Potrafi go przekonać, żeby uwierzył; musi go przekonać, żeby uwierzył. Te liczne noce, kiedy zataczając się, wracał do domu, właściwie nieprzytomny... Nie mógł pamiętać, że nie spali ze sobą, jeśli ona przysięgnie, że tak się zdarzyło. Byłby zbyt dumny z posiadania dziedzica, by to kwestionować. Wyobrażała sobie gratulacje od jego przyjaciół, jego matki, jej matki. Marcusowi nie pozostawałoby nic innego, jak tylko zerwać z Bunny. Wszystko by znów wróciło do normy. Musiałoby wrócić.

Cisza aż świdrowała w uszach, takie zbyt donośne nicniemówienie.

– No i cóż? – nie wytrzymała Bea. – Nie zamierzasz mi pogratulować?

Kiedy się odezwał, jego głos był cichy, ale nie aż tak, żeby nie mogła zrozumieć słów. Tych słów, które najmniej chciała usłyszeć:

– To moje?

Rozdział 15

Londyn, 1921

Nie bądź podły – warknęła Bea.

Addie ledwie ją słyszała. Tylko słowa Fredericka miały znaczenie.

To moje?

To, że zapytał, czy... To, że mógł zapytać... Poczuła skurcz żołądka. Zeszła na dół po swoje tabletki fenacetyny. W zeszłym tygodniu dała kuzynce całą buteleczkę, a Bea łyknęła proszek, popijając mocną whisky z wodą sodową, i odstawiła lekarstwo na barek. Ból głowy, powiedziała. Dotychczas nie miewała bólów głowy. Ale przez ostatnich kilka tygodni całkiem nie była sobą. Chodziła blada i napięta, zgryźliwa i wiecznie zmęczona. Addie obserwowała ją z niepokojem. Symptomy grypy znała na pamięć – to nie mogła być influenca.

„Zwykły ból głowy i tyle – ucięła opryskliwie Bea. – Nie ma o co robić zamieszania". Nigdy nie starczało jej cierpliwości do chorób, ani cudzych, ani własnych. Odznaczała się, jak sama lubiła to ujmować, końskim zdrowiem. Tego jednego razu, gdy była poważnie chora, niania musiała zagrozić, że przywiąże ją do łóżka. Addie zaczęła się zastanawiać, czy nie powinna właśnie tak postąpić: przywiązać Beę do łóżka i wezwać lekarza po prostu, żeby się upewnić, czy naprawdę nic złego się nie dzieje.

Ale coś takiego nawet nie przyszło jej do głowy. Kiedy usłyszała głos Fredericka, pomyślała, że może przyszedł do niej. Minęło tyle czasu od ich ostatniego spotkania, od tego koszmarnego grudniowego wieczoru w tym ohydnym nocnym klubie, najmniej przypominającym ogród ogrodzie, jaki kiedykolwiek widziała. Potem nie było już wspólnych koncertów ani wykładów, ani tête-à-tête nad filiżankami herbaty. Frederick zniknął z życia Addie, jakby nigdy nie istniał.

Od czasu do czasu widywała go w gazetach. Nigdy nie przyznała się nikomu w „Review", że czyta „Ratlera", ale czytała, kartkowała z poczuciem winy, szukając znajomych twarzy, dziewcząt z jej debiutanckiego roku, mężczyzn, którzy z nią nie tańczyli. Ich rysy bezlitośnie oświetlał błysk flesza. Kiedyś na fotografii, zrobionej w jednym z tych okropnych klubów, w cieniu za Beą dostrzegła Fredericka. Nieśmiało zagadnęła o to kuzynkę, ale Bea tylko wzruszyła ramionami i odparła, że zdarza mu się gdzieś wyskoczyć z paczką starych znajomych i czy Addie może jej podać marmoladę?

Gdzieś wyskoczyć z paczką starych znajomych. Ogrom tej zdrady powalał jak fale roztrzaskujące się o skały, bił w Addie raz za razem. Bea... i Frederick. Frederick... i Bea. Tych dwoje. Razem. Okłamywali ją.

Jak długo to już trwało? Myśli Addie gnały gorączkowo w przeszłość, przez starannie gromadzone wspomnienia, przez te wszystkie miesiące, kiedy wpatrywała się z uwielbieniem we Fredericka; kiedy była mu taka wdzięczna, że podawał jej okrycie i pomagał wsiąść do taksówki; kiedy chodziła z nim po tych paskudnych klubach, gdzie harmider i perfumy atakowały uszy i nosy. Czy nawet wtedy? Czy tańcząc z nią, zerkał nad jej ramieniem na Beę?

Wydawał się jej tak bardzo inny, światowy. Nie w tym sensie co kompani Bei. Nie płytki i powierzchowny, ale oczytany, wykształcony, rozumny, dokładnie taki, jaką chciała widzieć siebie; dokładnie taki, jakim jego chciała widzieć.

– To moje? – Drzwi do pokoju dziennego były uchylone zaledwie odrobinę, ale ta odrobina wystarczyła. Addie usłyszała wszystko. Wiedziała, że powinna czuć się idiotycznie, stojąc z uchem przy szparze niczym wścibska służąca, a jednak nie potrafiła się ruszyć, nie potrafiła odejść.

– Nie pojmuję, dlaczego miałaby to być twoja sprawa – odparła Bea wyniośle.

Addie bez trudu mogła ją sobie wyobrazić wymawiającą te słowa, jej uniesiony podbródek, królewską pogardę. Znała twarz kuzynki równie dobrze jak własną, we wszelkich nastrojach i humorach. Nie, Bea nie mogła czegoś takiego zrobić, z pewnością nie. Przecież wiedziała, co Addie czuje do Fredericka. Były siostrami, bardziej niż siostrami, bliżej niż siostrami. Długie lata szeptanych zwierzeń, dzielenie się wspólnym jabłkiem, wina brana za tę drugą, gdy z jakiejś przyczyny – zwykle przez Beę – wpadały w tarapaty.

Ale nawet jeśli Bea pakowała ją w trudne sytuacje, to również ona, gładka i śliska jak fretka, potrafiła wyczarować jakieś wyjście.

Addie przycisnęła pięść do ust, starając się nie myśleć o tym, o czym pomyślała. Zamknęła oczy i walczyła ze strasznym przekonaniem, że to jednak prawda; że przecież Bea zawsze robiła i zawsze będzie robić to, na co ma ochotę. Bez względu na konsekwencje, bez względu na kogokolwiek, nawet na Addie.

W gruncie rzeczy przecież na tyle ją znała. Wiedziała, że może być... no cóż, niezupełnie szczera. Bea posiadała polityjkierski zmysł oportunizmu, talent do przekręcania faktów tak, by pasowały do jej celów, i czynienia cnotą wszystkiego, co jej odpowiadało. Addie patrzyła na to już tyle razy, na to Bei „za wszelką cenę". Jeśli czasami ucierpieli przy tym inni ludzie, zawsze znajdowały się dobre wymówki: ta czy owa i tak była za gruba, żeby zjeść ciastko, Addie i tak nie powinna była z nim tańczyć... Bea tylko wyświadczała każdemu przysługę.

Właściwie nawet nie kłamała. Zawsze w końcu zdołała uwierzyć we własne wykręty. Jakby prawdę można było tworzyć słowem.

Addie już niemal kuzynkę słyszała, całą zmienioną w złotouste współczucie, jak to tylko ona potrafiła: och, doprawdy, kochanie, to dla twojego dobra, on nie był wcale taki wspaniały, chochlikowy owoc, czy cię nie ostrzegałam?

Nie. Jej nie. Bea nie zrobiłaby jej tego. Bea nigdy... Addie szamotała się ze słowami, próbując ująć w nie myśli, ale pewne rzeczy były zbyt straszne, by je wypowiedzieć, zbyt straszne, by je wyrazić prostym językiem.

Tylko że to działo się naprawdę, tuż obok, za drzwiami salonu.

– Sprawa – powtórzył Frederick i Addie poczuła ból w piersi na dźwięk jego głosu, tak dobrze znanego, a jednak tak obcego.

Rozmów z nią nie prowadził takim tonem. Przy niej zachowywał pewien pozór rezerwy, jakby się pilnował, praktykując szczególną ostrożność niczym człowiek, który ostrze noża zabezpiecza pochwą. Teraz nóż był obnażony, głos Fredericka ciął ostro jak brzytwa.

– Sprawa – powtórzył jeszcze raz. – Co za interesujący dobór słów*. Otóż to była moja sprawa. Dopóki nie przysłałaś mi tego liściku. Najważniejsze pytanie brzmi: co jeszcze jest moje?

– Nic – ucięła stanowczo Bea. – Dziecko urodzone w małżeństwie...

Frederick przerwał jej, zanim zdołała dokończyć zdanie.

– Kiedy ostatnio miałaś stosunki cielesne z tym twoim markizem?

Przed wieloma miesiącami. Addie nie powinna była wiedzieć takich rzeczy, ale wiedziała, wszyscy wiedzieli – od pokojówek po szofera. Marcus przeniósł się z małżeńskiego łoża na kozetkę w garderobie już dawno, dawno temu. Czy tam w ogóle sypiał, to całkiem inna historia.

– Zamilcz! – krzyknęła Bea łamiącym się głosem. – Po prostu zamilcz!

---

* Użyte tu słowo *affair* oznacza zarówno „sprawę", jak i „romans".

– Jak do diabła spodziewasz się go przekonać, że to jego?

Bo jest jego. Addie czekała na taką odpowiedź. Może to mimo wszystko pomyłka, jakieś straszne nieporozumienie.

– Coś wymyślę. – Ton Bei brzmiał coraz bardziej histerycznie. – Powiem mu... powiem mu... a niech to, Frederick, to nie twoje zmartwienie!

– Moje... skoro ono jest moje – odparł nieustępliwie. A potem dodał: – Wyjdź za mnie.

Addie przeniknął chłód do szpiku kości. Czuła się tak, jak wtedy, gdy Bea próbowała uczyć ją jazdy na łyżwach po stawie w Ashford. Addie upadła na lód, uderzenie wybiło jej powietrze z płuc, przeszyło ją zimno. Świat obrócił się do góry nogami z niebem odbitym w zamarzniętej tafli i zakręcił się przed oczami, a kuzynka wirowała i wirowała nad nią, dookoła.

– Na wypadek gdyby umknęło to twojej uwagi – powiedziała Bea drżącym głosem – przypominam ci, że ja już jestem mężatką.

– Tak, ale jak długo to jeszcze potrwa? – Frederick był nieprzejednany. – Jak długo od chwili, gdy twój Marcus odkryje, że nosisz dziecko innego mężczyzny?

– Do tego nie dojdzie – upierała się Bea i Addie ni z tego, ni z owego przypomniała sobie scenę sprzed lat. W dziecinnym pokoju ubrana w fartuszek Bea tupie nogą i powtarza: „Nie będę. Nie, nie, nie", a niania załamuje ręce i przysięga, że ta dziewczyna wpędzi ją do grobu. – Nie dojdzie. Nie dojdzie.

– A co ten twój markiz powie, jeśli dziecko będzie ciemnowłose?

Addie słyszała, jak Bea krąży po salonie. Materiał sukni szeleścił, ocierając się o jej nogi, kubańskie obcasy stukały o podłogę.

– Moja matka ma ciemne włosy. I tylko popatrz na Addie! Takie rzeczy się zdarzają. Poza tym wcale nie wiemy, czy on będzie akurat ciemny. Nie wiemy nawet, czy to chłopiec. Równie dobrze może być dziewczynka. I może być Marcusa – dodała wyzywająco. – Przecież nie wiesz, czy tak nie jest.

– Ale ty wiesz, prawda?

Zapadła okropna cisza. Addie zastygła za drzwiami, wbijając paznokcie w dłonie, a cisza trwała i trwała, rozlewała się jak plama.

– Kiedy odkryje... – zaczął Frederick.

– Jeżeli odkryje – poprawiła go ostro Bea.

Addie poczuła, jak coś w niej obumiera, bo skończyło się już udawanie. Obydwoje ją okłamali: Bea oczekiwała dziecka Fredericka.

Bea ją oszukała.

Grunt usunął się Addie spod nóg, jej świat runął, a ona zapadała się pod lód i nie mogła złapać tchu. Skoro nie Bea, to kto jej pozostał? Kiedyś snuła marzenia związane z Frederickiem, więc bardzo ją zabolało, kiedy zniknął. W głębi duszy wiedziała jednak, że to była tylko ułuda, choćby najprzyjemniejsza, ale ułuda. Addie potrafiła znieść stratę Fredericka. Ale nie Bei. Bea była dla niej wszystkim, jedyną osobą na świecie, której wierzyła i którą kochała, jedyną osobą, która należała do niej, całkowicie do niej, zawsze i na zawsze.

– Jeżeli – powiedział Frederick. – Niech będzie twoje „jeżeli". Więc jeżeli odkryje, natychmiast postawi cię przed sądem. To za bardzo zrani jego dumę, by cię zatrzymał.

– A nie bardziej zrani rozgłaszanie tej sprawy? – odparowała Bea. – Raczej zechce wszystko zatuszować, zamieść pod dywan, nikt nie musi wiedzieć.

– Przy Bunny ffoulkes szepczącej mu do drugiego ucha? – odparł ponuro. – Ona chwyci się tej okazji obiema rękami. Byłaby głupia, gdyby z niej nie skorzystała. – Po czym już łagodniejszym tonem dodał: – To bez sensu, Beo. – Addie nienawidziła tej swobodnej poufałości. Jego nienawidziła. Ich obojga nienawidziła. – Lepiej zrobisz, jeśli za mnie wyjdziesz.

– Mam to wszystko poświęcić? – W głosie kuzynki brzmiała nuta histerii. – Jestem markizą. A co ty mi zaoferujesz? Jakieś okropne, małe mieszkanko?

– Nigdy dotąd nie uważałaś mojego mieszkania za okropne.

– Bo tam nie mieszkałam! – Zabrzęczały butelki, kiedy Bea pięściami walnęła w przenośny barek. Głęboko wciągnęła urywany oddech. – To kompletny absurd. Nawet nie ma po co zawracać sobie tym głowy. To się nie zdarzy. Nic podobnego się nie zdarzy. Wszystko zostanie po staremu.

– Wciśniesz mężowi dziecko innego mężczyzny – powiedział beznamiętnym tonem Frederick.

Bea roześmiała się dziko.

– Nie po raz pierwszy kukułka nosi koronę markiza. Kukułka dla rogacza. Świetnie pasuje*, nie uważasz? – Wydała odgłos, który podejrzanie przypominał stłumiony szloch. – Gdyby on tylko nie... Do diabła z nim. To wszystko nie musiało się wydarzyć. Do diabła z nim, do diabła, do diabła. To jego cholerna wina. Gdyby trzymał się z daleka od tej...

Addie poderwała się z miejsca, omal nie tracąc równowagi, kiedy otworzyły się drzwi obite zielonym suknem. Korytarzem, w kierunku wejścia, spieszył Hodges. Wiedziała, że ją zauważył, ale nawet na nią nie spojrzał. Dobry kamerdyner tego nie robi, a Hodges był bardzo dobrym kamerdynerem.

– Jaśnie panie – powiedział, otwierając drzwi.

Marcus wpadł do domu jak burza, już w stroju wieczorowym, rzucając do kogoś przez ramię:

– Tylko łapię gramofon i już... Och, dzień dobry, Addie.

Zawsze zwracał się do niej tak, jakby uważał ją za lekko niedorozwiniętą. Teraz musiał pomyśleć, że faktycznie taka jest, skoro sterczy pod drzwiami salonu bez żadnej widocznej przyczyny.

Zza pleców Marcusa wyłoniła się Bunny i przekroczywszy próg, przyglądała się z uwagą swojej upierścienionej dłoni w rękawiczce. Włosy panny ffoulkes nie uległy jeszcze najnowszej modzie. Nosiła je ułożone w fale po bokach głowy i upięte z tyłu w mały kok tak, by dobrze wyeksponować kolczyki.

---

* W oryg. współbrzmienie słów: *A cuckoo for a cuckold*.

– Gramofon jest w salonie? – spytał Marcus, wymijając Addie.

Instynktownie wykonała błyskawiczny ruch, by go powstrzymać.

– Hm, tak. To znaczy, nie. – Nerwowo odchrząknęła. – Zdaje się, że Bea zostawiła go w...

– Więc to wszystko? – Z salonu dobiegł ostry głos Fredericka. – Zostałem użyty jako ogier, a teraz mam się wynosić?

Bunny, wietrząc krew, oderwała wzrok od swoich pierścionków. Marcus popatrzył na drzwi, potem na kuzynkę żony.

– Kto tam jest?! – zażądał odpowiedzi.

– Nikt, tylko...

– Takie miałaś plany od początku? – Głosem Fredericka można było trawić metal. Bez trudu przenikał do holu. – Skoro mąż się nie spisał, sprowadzić posiłki?

– Czyżbyś pochlebiał sobie, że robiłam to z twojego powodu? – Słowa Bei zabrzmiały równie cierpko i straszliwie wyraźnie.

Oczy Addie napotkały spojrzenie Marcusa. Na przystojnej twarzy markiza malowało się niedowierzanie. Niedowierzanie, szok i zaczątki gniewu. Bunny stojąca za plecami kochanka była mile podekscytowana. Czubek jej nosa dosłownie drgał, jakby węszyła.

– To nie jest... – wyjąkała z trudem Addie. – To nie jest to, co...

A wtedy Frederick powiedział dosadnie, grubiańsko:

– Z pewnością w tym momencie wrzeszczałaś dostatecznie głośno.

Nozdrza Marcusa rozdęły się.

– No dobrze – syknął.

Tylko tyle, ale wymówił te słowa w taki sposób, że Addie ogarnęła zgroza.

Spróbowała go zatrzymać, przepchnął się jednak koło niej i z rozmachem otworzył drzwi do salonu.

Nowy Jork, 1999

– Rzym – powtórzył Jon.

– Rzym – przytaknęła Clemmie. – Skądinąd synonim zręcznego „w tył zwrot".

Nawet po tylu latach jeszcze bolało, jeszcze piekło z całą intensywnością odtrącenia, którego nie można zapomnieć.

– To nie fair – zaprotestował Jon.

Nie fair?

– Czyżby twój list zaginął na poczcie? Albo moja automatyczna sekretarka zżarła nagraną przez ciebie wiadomość? Nie sądzę. – Clemmie pociągnęła krzepiący łyk szkockiej. Alkohol palił ją w przełyku. Powiedziała ochrypłym głosem: – Nawet nie pofatygowałeś się, żeby wygłosić mi pogadankę z cyklu „Jesteś uroczą osobą". Ja bym to nazwała zręcznym „w tył zwrot", a ty nie?

– Naprawdę myślałaś, że to się tak stało? – Zatrzeszczała kanapa, kiedy przechylił się, sięgając po butelkę. – Naprawdę myślałaś, że tak było?

Clemmie pochyliła głowę, żeby Jon nie mógł dostrzec, jak jej przykro.

– Wiem, co się stało. Byłam przy tym.

Tani studencki pokoik w Rzymie; stęchły zapach wina i starego czosnku z restauracji na dole; skrzypiące łóżko; jej sukienka z szelestem ściągana przez głowę; świat wirujący, wirujący; dźwięki muzyki i śmiech w ciepłych ciemnościach lata.

Właśnie miała rozpocząć ostatni rok college'u i przyjechała do Rzymu na stypendium, teoretycznie w związku ze swoją pracą dyplomową, a w rzeczywistości po prostu dlatego, że Rzym to Rzym i że mogła przyjechać. Jon, od dwóch lat konsultant, pojawił się tam służbowo. Po czwartej butelce grappy już mało co wydawało się jasne. Tak bardzo chciała mu zaimponować, błysnąć swoim włoskim, pokazać, jaka z niej światowa dziewczyna. Zamiast tego upiła się w sztok; tak okropnie, że obrzygała nowe mokasyny Jona.

Zabrała go do swojego pokoju, żeby je oczyścić, rozbawiona, oszołomiona, nadal pijana. Jak to wtedy nazwali? Paw i regeneracja. Clemmie puściła pawia i zregenerowała się. O rany, ależ się zregenerowała. Tak skutecznie, że znalazła się z Jonem w łóżku.

To było... cóż, to, co pamiętała, wystarczało, by po latach wciąż się czerwienić. Chaotyczne wspomnienia, jego ręce i wargi, a w tle Depeche Mode z jej małego, przenośnego magnetofonu. Następnego ranka czuła się koszmarnie. Ale jeszcze koszmarniej poczuła się, kiedy Jon umknął, rzuciwszy: „Porozmawiamy później, dobrze?"

Nie porozmawiali.

Clemmie z brzękiem odstawiła szklankę.

– Nie miałeś nawet na tyle odwagi, żeby potem do mnie zadzwonić. Po prostu wymigałeś się jak... jak... – Zawiodła ją inwencja. – Jakiś wielki wymigiwacz.

Jon usiadł wyprostowany, z butelką w ręce. Okulary mu się przekrzywiły, włosy zmierzwiły.

– Niczego nie zrozumiałaś, prawda? Nieważne. Odpuśćmy to sobie.

– Nie. Nie. Nie odpuszczajmy. – Miała powyżej uszu odpuszczania sobie i wykrętnych odpowiedzi. Miała powyżej uszu ludzi dochowujących sekretów. – Co jest, do diabła? Wiem, że strugałeś strasznie dorosłego ważniaka, a ja byłam tylko panienką z college'u. Ale nie mogłeś chociaż zadzwonić?

– I co powiedzieć? Że czuję się jak bydlę, bo cię wykorzystałem?

Jakby ona nie miała w tym żadnego udziału? To nonszalanckie przyjęcie odpowiedzialności doprowadziło ją do szału.

– Przecież mnie nie zmusiłeś.

– Byłaś pijana – odparł krótko Jon. – Nie chciałem, żeby tak to się stało.

– A może ja chciałam, żeby to się stało. – Jej głos zaczął się załamywać. Może dwudziestojednoletnie dziewczyny z zasady są idiotkami. A może ona była szczególnie głupia. Pamiętała to wszystko, jakby działo się wczoraj: wlewanie w siebie grappy, alkoholową odwagę, rozpaczliwe pragnienie, by coś się wydarzyło. Miała nawet na sobie swoją szczęśliwą bieliznę, bladoróżową, z różyczką pośrodku. – Gdybym wiedziała, jak to się skończy, w ogóle bym się nie przejmowała.

Jon z impetem odstawił butelkę, aż się niepokojąco zakołysała.

– Jeśli koniecznie musisz wiedzieć – powiedział – zostałem napomniany, że mam się do ciebie nie zbliżać. Wezwany na dywanik i napomniany.

– O czym ty do diabła mówisz? – Nie w tym rzecz, że zaczynał połykać słowa. One po prostu nie miały sensu.

– Twoja babcia Addie – oznajmił z naciskiem. – Odradziła mi. Posadziła mnie w gabinecie i wypytywała, co się między nami dzieje.

– Skąd wiedziała? Ty przecież nic nie mówiłeś... – Co za okropna myśl. – Chyba nie powiedziałeś jej o Rzymie?

– Jasne, że nie! O Rzymie nie. Skoro chcesz wiedzieć, powiadomiłem babcię Addie o moich zamiarach.

Clemmie zakrztusiła się szkocką.

– Niby jakich?

Że nigdy nie zadzwoni? Że zniknie z jej życia? Że poślubi tę wstrętną Caitlin? To nie było fair. Caitlin pojawiła się później, znacznie później. Wtedy już Clemmie spotykała się z kimś innym; z wieloma innymi. Starała się mieć randkę w dniu każdej imprezy rodzinnej, tak po prostu. Teraz nawet nie potrafiła sobie przypomnieć imion tych mężczyzn.

– Zdecydowałem, że załatwię sprawę w starym stylu. Taki był ze mnie wspaniały facet. – Jon skrzywił się drwiąco. – Powiedziałem babci, że jestem w tobie zakochany, że zamierzam zachować się honorowo, że poczekam, aż skończysz studia, zanim poproszę cię o rękę, bla, bla, bla... Boże, miałem o sobie wielkie mniemanie.

Że co chciał zrobić? Clemmie wbiła paznokcie w dłonie, próbowała się otrząsnąć, próbowała myśleć jasno. Nie taką historię znała.

Jon pociągnął łyk szkockiej.

– Babcia Addie postawiła mnie do pionu. Oświadczyła, że jesteś za młoda, że to nieuczciwie ograniczać cię na tym etapie życia. Ja ciągle podróżowałem, ty jeszcze studiowałaś... Babcia miała rację. To by była wielka pomyłka. Dla nas obojga.

Clemmie musiała odchrząknąć, zanim zdołała wydobyć z siebie głos.

– Powiedziałeś babci, że się we mnie kochasz?

Jon poprawił okulary.

– Och, proszę cię. Nie mów, że byłaś jedyną osobą w metropolii nowojorskiej, która nie zauważyła, jak za tobą szaleję?

Nagle pokój wydał im się mniejszy, powietrze naładowane napięciem. Wpatrywali się w siebie, oboje owładnięci peszącymi, mglistymi, pijanymi wspomnieniami: pieszczoty i śmiech, nadmiar wina i wysnuwany z ciemności cichy dźwięk starego magnetofonu, nasączona elektroniką poezja pożądania i tęsknoty. Drinki w Yale Club, tańce na rodzinnych weselach, pamięć o tym, co się wydarzyło, zawsze milcząco obecna między nimi dwojgiem. Zupełnie jakby czas się skompresował, jakby znów znaleźli się w tym żałosnym studenckim mieszkanku w Rzymie. Wargi mrowiące od nadmiaru alkoholu, naga skóra w letnim upale, wszystkie myśli, wszystkie odczucia skoncentrowane na tu i teraz.

– Clem... – szepnął.

Grzejnik zatrzeszczał, aż drgnęła. O włos od... no właśnie, od czego? Od rzucenia się Jonowi w ramiona? To było... sama nie umiała tego wyrazić. Skóra szczypała w parnym upale, koszula Jona szorstko się o nią ocierała.

– Ale... – Obicie kanapy drapało gołe nogi. Clemmie nie wiedziała, co powiedzieć. Tyle miesięcy marzyła, że zadzwoni, i przekonana, że puścił ją kantem, w swoim studenckim pokoju paliła jego podobizny w koszu na śmieci. – Dlaczego mi nie powiedziałeś?

– Miałem dwadzieścia cztery lata. Byliśmy strasznie młodzi. A poza tym moje uczucia zostały zranione – odparł cierpko.

– Tak? A co z moimi? – Jak by się wszystko potoczyło, gdyby się odezwał? Gdyby babcia Addie nie interweniowała? Przed oczami przewinęła jej się alternatywna wersja przeszłości, cały ocean różnych „mogło się zdarzyć".

Opuszki palców Jona delikatnie gładziły jej policzek.

– Przepraszam, Clem. Przepraszam.

– Pewnie... pewnie to by nie przetrwało, prawda? – odparła drżącym głosem. – Chodzi mi o to, że byliśmy tacy młodzi.

– Yhm – zgodził się Jon, odrobinę za szybko. – Prawdopodobnie. Ja bym w końcu wylądował na studiach biznesowych, zamiast na doktoranckich, a ty... no cóż, ty tak czy inaczej skończyłabyś prawo, ale miałabyś do mnie pretensje, że nie możesz umawiać się na randki. To byłaby katastrofa.

– Katastrofa – powtórzyła Clemmie.

Kręciło jej się w głowie od whisky i zakłopotania. Gołymi kolanami dotykała kolan Jona, skóra przy skórze, po raz pierwszy od tylu lat. Miała wrażenie, jakby przez jej ciało przepływał prąd. Jon też to czuł. Wiedziała.

Jego piwne oczy miały tę samą barwę, co napój w jej szklaneczce. Złocistobrązową.

– Gdybym tylko... – zaczęła Clemmie łamiącym się głosem, ale zabrakło jej czasu, by dokończyć zdanie. Wargi Jona powstrzymały dalsze słowa.

Jakie jej pragnienia mogły się z tym równać? Nie pamiętała, świadomie zamykając oczy; nie pamiętała, przysuwając się do niego. Nie było już myślenia, tylko odczuwanie, dotyk warg, rąk, supełki koca pod jej kolanami, naga skóra Jona pod jej dłońmi, kiedy wsunęła je pod jego T-shirt. Całował Clemmie gwałtownie, zachłannie, jakby pocałunki były jego argumentami. Przywarła do niego kurczowo. Świat się przechylił, w zamęcie wrażeń dzwoniło jej w uszach.

I dzwoniło.

Zatoczyli się niezdarnie, kiedy odezwał się telefon. Świat się przekrzywił; leżała na kanapie na wznak i widziała nad sobą Jona, rozczochranego, w zmiętoszonej koszulce. Ciężko dyszał, klatka piersiowa unosiła mu się i opadała. Telefon na biurku przeraźliwie brzęczał i brzęczał.

Spojrzeli sobie w oczy, zjednoczeni tą samą myślą.

– Szpital! – krzyknęła Clemmie.

– Cholera. – Jon zgramolił się z kanapy, zawadził nogą o dywanik, przewrócił pustą butelkę po whisky i chwycił słuchawkę, zanim telefon zadzwonił po raz czwarty. – Halo?

Podnosząc się ociężale, Clemmie dygotała na całym ciele. Podobno to możliwe w następstwie szoku. Chociaż może „szok" to nieodpowiednie słowo. Nerwowo zaczęła obciągać na sobie pożyczony T-shirt. Wśród ostrych, gwałtownych ruchów jej łokieć zawadził o stertę tekturowych teczek i wprawił w poślizg tę, która leżała na wierzchu.

Clemmie usiłowała ją złapać, ale o sekundę się spóźniła. Teczka spadła, zasypując podłogę swoją zawartością.

– Anna? Anna, zanikasz mi. – Jon przycisnął słuchawkę do ucha i wyszedł do holu.

Clemmie przykucnęła i zaczęła zbierać papiery, odkładając je na miejsce, a jednocześnie nadstawiała uszu, żeby słyszeć rozmowę. Zapakowała brudnopis rozdziału z podwójnymi odstępami, całą masą przekreśleń i czerwonych dopisków, skreślonych niecierpliwym pismem Jona. „Rozdział piąty", widniało u góry strony. „Wielkie rozwody".

– Znów cię nie słyszę! Cholera. – Jon rozłączył się i zaczął wystukiwać numer. – Anna?

Wśród notatek walało się sporo szarych kserówek z różnych gazet, głównie ze zdjęciami ukazującymi złotą młodzież minionej epoki: kobiety w płaszczach wykończonych futrem i mężczyzn w cylindrach. Nie były to fotokopie najwyższej jakości. Toner zostawiał ślady na palcach Clem, kiedy wkładała papiery do teczki. Tylko pobieżnie rzucała na nie okiem, bo starała się obserwować Jona, który przemierzał hol, przekrzykując zakłócenia na linii.

Poczucie winy i odurzenia walczyło u Clemmie ze zmęczeniem, niepokojem i Bóg wie czym jeszcze. Z jej roztrzęsionych rąk jedna kartka wymknęła się na podłogę.

„Tatler", głosił ozdobny nagłówek w stylu art déco. Poniżej widać było, chyba na jakimś statku, babciną kuzynkę w eleganckim podróżnym kostiumie z futerkiem przy szyi. Bea trzymała w objęciach bukiety kwiatów, a obok niej stał mężczyzna, który – jak to się zdarza podczas oglądania starych fotografii – bardzo przypominał dziadka Fredericka ze zdjęć w salonie przy Osiemdziesiątej Piątej.

Clemmie przesunęła spojrzeniem w dół i trafiła na podpis: „Lady Beatrice Desborough i sir Frederick Desborough".

– Clem?

Podniosła wzrok. Jon stał w drzwiach, zaciskając palce na słuchawce tak mocno, że aż zbielały mu knykcie. Twarz miał ponurą.

Clemmie upuściła kartkę i powoli podniosła się z podłogi, używając narożnika kanapy jako podpórki.

– To była ciotka Anna? – Własny głos zabrzmiał dziwnie w jej uszach.

Jon skinął głową, ale nie uczynił żadnego ruchu, nie podszedł do niej. Tylko stał i trzymał telefon obiema rękami.

– Tak mi przykro – powiedział chrapliwie. – Clemmie... Ona odeszła.

Część II

Kenia

Rozdział 16

Kenia, 1926

Jedziemy? – Addie odsunęła się od Fredericka, próbując ukryć zmieszanie pod pozorami wesołej paplaniny. – Nie mogę się już doczekać, żeby zobaczyć farmę... i dzieci, oczywiście.

Jakim cudem powiedziała to tak spokojnie?! Krew świszczała jej w uszach niczym pociąg, kiedy oddalał się z łoskotem, ciągnąc za sobą czarny pióropusz dymu. Przeszywający, ostrzegawczy gwizd kilka tysięcy kilometrów za późno.

To niesprawiedliwe, że Frederick prawie się nie zmienił: o odcień ciemniejsza opalenizna, płótno khaki zamiast tweedów, ale to co istotne – ta iskra osobowości, która chwyciła ją za serce podczas balu w Ashford i trzymała mocno – urzekało tak samo. Addie łudziła się, że jego czar rodziły tylko okoliczności. Przez lata wmówiła sobie zgrabne wyjaśnienie: ona, młoda i naiwna przybyszka z prowincji; on według niej człowiek światowy. Był pierwszym mężczyzną, który w jakikolwiek sposób zainteresował się nią samą, a nie ze względu na powiązania z Beą... albo przynajmniej zręcznie udawał, że tak było.

Tutaj jednak, w blasku bezlitosnego afrykańskiego słońca, jej ładne teorie rozpadły się na kawałki. To niedorzeczne. Powinna była zobojętnieć, teraz kiedy wiedziała, co to za człowiek. Intrygant. Oportunista. I mąż jej kuzynki.

Addie otarła czoło chusteczką, dawno już mokrą od potu, i sięgnęła na oślep do klamki czarnego forda. Pomysł z przyjazdem okazał się koszmarny. Koszmarny. Należało zostać w domu, w Anglii, z Davidem, zamiast upierać się przy tym dziwacznym kaprysie, by samej sobie czegoś dowieść.

– Ten?

– Ten? Och, skarbie, skąd! Przecież to bagażówka. – Bea pociągnęła kuzynkę w stronę kanarkowego automobilu, który z przodu miał figurkę wzlatującego bociana. – To jest mój.

– Jaki wielki – pochwaliła Addie. Maska samochodu wydawała się długa i ogromna.

Bea rzuciła mężowi niewinne spojrzenie.

– Prezent na rocznicę ślubu, prawda, kochanie? Pięć wspaniałych lat.

W słonecznym blasku twarz Fredericka wydawała się dziwnie ponura.

– Zajmę się twoimi kuframi – powiedział do Addie i odwrócił się.

– Kufrem – zawołała za nim. – Tylko jednym. Nie wzięłam zbyt wielu rzeczy.

Bea ścisnęła jej rękę. Znajoma woń perfum ścierała się z obcymi zapachami Afryki.

– Zupełnie jak wtedy, prawda? Kiedy przyjechałaś do Ashford. Pamiętam cię tamtego pierwszego wieczoru w pokoju dziecinnym. Taka mała istotka z szeroko otwartymi oczami.

– Tak, a ty wzięłaś mnie pod swoje skrzydła – odparła Addie, starając się nie wyjść na grubiankę. Zresztą to była prawda, zawdzięczała Bei bardzo dużo. Ale czy koniecznie należało do tych tematów teraz wracać? Jej oczy wytropiły Fredericka: swobodnie torował sobie drogę wśród tłumu. Addie zmusiła się, by spojrzeć w inną stronę. – Zawsze ci będę wdzięczna za życzliwość.

– Jesteśmy siostrami, zapomniałaś? – powiedziała wesoło Bea. – Nie musisz się o nic martwić. Coś dla ciebie znajdziemy... wyszykujemy ci całą nową garderobę. To dopiero będzie zabawa! Mam mnóstwo rzeczy, dosłownie stosy, prawie nienoszonych. Możemy w nich pogrzebać, kiedy tylko dotrzemy do Ashford.

– Ashford? – Addie rzuciła jej szybkie, zdumione spojrzenie.

– Tak nazywam naszą farmę. Wspomnienie Ashford. Nie ma w tym nic niezwykłego – dodała obronnym tonem, kiedy Frederick do nich dołączył. – Masa ludzi nazywa swoje farmy od rodzinnych miejsc. Na przykład Slains Jossa Haya. Ich zamek w Szkocji.

– Nie stracili go przypadkiem kilka pokoleń temu? – wtrącił się Frederick.

Bea się nastroszyła.

– Może lepiej byś to rozumiał, gdybyś miał rodzinny dom do stracenia. Wystarczy nam czasu na drinka w klubie?

– Nie, jeśli chcemy wrócić przed zmrokiem. – Frederick powiedział to dość miłym tonem, ale był w tym jakiś podtekst, który sprawił, że włoski zjeżyły się Addie na karku.

Bea zwróciła się do niej:

– Nie chciałabyś odsapnąć w Muthaiga? To nasz klub – dodała. – Wiem, że tęsknisz za kąpielą, poza tym poszlibyśmy na drinka, poznałabyś niektórych naszych sąsiadów. Możemy tam przenocować i wyruszyć jutro o świcie. Wczesny ranek jest o wiele lepszy na podróż, zanim zrobi się naprawdę koszmarnie gorąco.

– To bywa jeszcze gorzej? – jęknęła Addie. Upał przytłaczał ją jak druga skóra, przebijał się przez nieodpowiedni kapelusz, wyciskał strumyki potu, które ściekały po plecach.

Frederick cicho zachichotał.

Addie z trudem powstrzymała się, by nie spiorunować go spojrzeniem. Dawniej byłaby zachwycona, że udało jej się go rozbawić, żałośnie zadowolona, że słyszy jego śmiech, ale teraz już nie. Dla niej był nikim i interesował ją tylko jako mąż kuzynki.

– Chętnie odwiedzę wszystkie miejsca, do których zechcesz mnie zabrać – odpowiedziała Bei. I zdobywając się na serdeczność, której wcale nie czuła, dodała: – Jedźmy do... Ashford. Od wieków nie słyszałam tej nazwy. To trochę szok natknąć się na nią tutaj.

– Tubylcy mówią na naszą farmę Kirinyaga. – Addie zdążyła już zapomnieć, jak bardzo zielone są oczy Fredericka. Zapomnieć albo nauczyć się nie pamiętać. – Co mniej więcej tłumaczy się „ona jest wspaniała".

– Interesujące – odparła chłodno, po czym znów zwróciła się do Bei: – Zwykle człowiek nie zastanawia się nad sensem nazw. Sądzisz, że Ashford też coś znaczy?

Bea wzruszyła ramionami.

– Przypuszczam, że ma związek z „drzewem" i „brodem"*.

– Albo z jakąś oryginalną formą deprawacji, zapożyczoną od Francuzów – powiedział Frederick spokojnym, głębokim głosem.

Addie pamiętała, jaką władzę miało nad nią każde wymówione przez niego słowo, ich długie rozmowy, wszystkie te idiotyczne wykłady i zebrania. Była wściekła, że jego głos nie stracił dawnej mocy i nadal przyprawiał ją o gęsią skórkę.

Po prostu przyzwyczajenie, powiedziała sobie. Przyzwyczajenie i wspomnienia. Nic poza tym.

Bea przyglądała się swoim dłoniom w rękawiczkach.

– Tak, do deprawacji Francuzi mają prawdziwy talent. Do deprawacji i do mody.

Nadal nosiła na palcu wielki szafir, otoczony diamencikami. Na jego widok Addie ścisnęło się serce. Przypomniał jej czasy Rivesdale House, zanim jeszcze ich świat rozpadł się na kawałki. Była ciekawa, czy Marcus nie protestował, że Bea sobie ten pierścionek zatrzymała... lub, co bardziej prawdopodobne, czy Frederick nie protestował.

– A to przypadkiem nie jesiony odznaczają się magicznymi właściwościami? – rzuciła na chybił trafił. – Pamiętasz, Beo, jak kucharka przywiązywała do gałęzi szmatki, kiedy źle się czuła? Chociaż nie jestem pewna, czy chodziło o jesion. Może o jakieś inne drzewo.

– To mógł być jesion – znów wtrącił się Frederick. – Dawni Skandynawowie wierzyli, że pierwszy człowiek został stworzo-

---

* Ash [ang.] – jesion; *ford* [ang.] – bród na rzece.

ny z polana jesionu. Taką mieli wersję naszego mitu o Adamie i Ewie. Tylko bez jabłek.

– Co by znaczyło, że Ashford jest Rajem – zażartowała Addie. Od potu ściekającego z karku swędziały ją plecy, a od ostrego słońca bolała głowa.

– Chcesz powiedzieć: odkąd zostaliśmy stamtąd wygnani? – rzuciła Bea. Zapadła przykra, niezręczna cisza. Bea podciągnęła wyżej rękawiczki, szarpiąc je na wysokości nadgarstków. – Jeśli nie zostajemy na drinka, powinniśmy już ruszać.

– Jak to daleko? – zapytała Addie, wlokąc się za kuzynką do żółtego samochodu.

Odpowiedział jej Frederick.

– Trochę ponad trzy godziny jazdy. – Otworzył drzwi po stronie pasażera.

– Tak, jeśli ty prowadzisz – docięła mu żona.

Frederick uprzejmym gestem wskazał samochód.

– Jestem pewien, że swój pierwszy wieczór w Afryce Wschodniej Addie wolałaby spędzić gdzie indziej niż w przydrożnym rowie.

– Wcale nie pierwszy. Ma za sobą Mombasę, prawda? I noc w pociągu, i ten okropny dworzec w Voi. Nie twierdzę, co prawda, że podróż samochodem będzie lepsza niż koleją. Nie uwierzysz, jakie tu są drogi, kochanie. Wszystkie z czerwonego szutru. Ależ się kurzy! I przez cały czas telepiesz się od wyboju do wyboju. Jest jednak na to prosty sposób. Jeśli jedziesz wystarczająco szybko, po prostu nad nimi przelatujesz.

– Brzmi ekscytująco. – Addie zaczęła żałować, że nie może znaleźć się z powrotem w Londynie, gdzie omnibus nie lata, tylko się wlecze. To znaczy, jeśli się miało szczęście i w ogóle raczył ruszyć.

– Bo jest ekscytujące – powiedziała Bea. – Nic się nie martw, wezmę cię na przejażdżkę, kiedy tego starego zrzędy nie będzie w pobliżu.

Stary zrzęda nie zareagował na prowokację. Po prostu przytrzymywał otwarte drzwi, czekając, aż obie panie wsiądą. Nic na świecie – Addie dobrze o tym wiedziała – nie rozwścieczało Bei bardziej niż obojętność. Podejrzewała, że Frederick też to wie.

Dlaczego nie starczyło jej rozsądku, żeby zostać w domu?

– Ty pierwsza – zwróciła się do kuzynki, ale Bea ją przepuściła.

– Nie, nie, najdroższa. Ty siadasz pośrodku. Stamtąd będziesz dobrze widziała.

– Na pewno? Nie...

– Skoro przyjechałaś, musisz obejrzeć okolicę. Ale najlepszy widok jest z góry, trzeba naprawdę się wznieść w powietrze. – Bea wślizgnęła się do auta i usiadła obok Addie, zgrabnie upychając ją pośrodku przedniej kanapy. – Wiesz, uczę się latać. Boska przyjemność. Niczego nie widziałaś, dopóki nie leciałaś aeroplanem nad Wielkim Rowem*.

– Raczej niemądra niż boska – stwierdził jej mąż, zajmując miejsce po przeciwnej stronie. Stuknęły zatrzaskiwane drzwi i Addie znalazła się w potrzasku między nimi dwojgiem. Spódnica Bei ocierała się o jej nogę z jednej strony, a z drugiej udo Fredericka przyciskało się do jej uda, bok do boku. Wrzucając bieg, trącił ją łokciem w pierś. – Takie zabawy to śmiertelna pułapka. Będziemy cię zabierać na przejażdżki po okolicy, Addie. W ten sposób najlepiej wszystko obejrzysz.

– Addie nienawidzi koni – wtrąciła się Bea i poprawiła kapelusz. Włosy miała gładkie i jasne, ostrzyżone na boba. – Prawda, kochanie?

– Wcale nie nienawidzę... – próbowała wykręcić się Addie. Chwyciła za krawędź siedzenia, kiedy samochód szarpnął i ruszył. Gdacząc i podfruwając, jakaś kura umknęła im spod kół. – One po prostu nie chcą mieć mnie na grzbiecie, a ja szanuję ich życzenie.

– Twierdzą, że czujesz się tam nieswojo. – Zabrzmiało to jak żarty dawnej Bei.

---

* Prowincja Wielkiego Rowu (Rift Valley Province) – prowincja położona w płd.-zach. części Kenii.

– I się nie mylą. – Addie rozproszyła dłonią chmurę czerwonego pyłu, która uniosła się z drogi. – Pamiętasz potajemne lekcje jazdy?

Bea skrzywiła się.

– Nawet nie przypuszczałam, że jedna osoba może zlecieć tyle razy! Mimo to próbowałaś dalej.

– Tylko dlatego, że mnie nękałaś. Inaczej bym się poddała. – Z jakiegoś powodu wydało jej się strasznie ważne, by uzmysłowić Frederickowi, jaka Bea była troskliwa. – Bea nakłoniła do przestępstwa starego stajennego, zarekwirowała najłagodniejszą chabetę w stajni i godzinami prowadzała mnie po padoku. Nawet Dodo dała sobie spokój, a ona wytrwała.

– Naprawdę? – Frederick zamiast na żonę popatrzył na Addie.

– Znasz mnie – odparła Bea nonszalancko. – Lubię wyzwania. Och, kochanie, spójrz tam. Nie, nie, nie tutaj, tam. Widziałaś? To był nosorożec.

Wyciągając szyję, Addie starała się zerknąć za plecami kuzynki.

– Przegapiłam. To one tak wychodzą na drogę?

– Kiedy myślą, że ujdzie im to na sucho – odparł Frederick. – Mieli tu poważny problem z siecią telegrafu. Nosorożce uznały, że słupy telegraficzne wyśmienicie nadają się do czochrania. Pchały się na nie i ocierały. I jakby nie dosyć tego, żyrafy zaplątywały szyje w przewody. To piekielna niedogodność, kiedy usiłujesz zatelegrafować po zaopatrzenie, a akurat wtedy na linii znajduje się żyrafa.

– Tak, rozumiem, to może być kłopotliwe – zgodziła się Addie sztywno, usiłując przesunąć się w stronę kuzynki. – Lwy też tu macie?

– Zwykle dają nam spokój, jeśli im nie przeszkadzamy – wyjaśniła Bea. – To małpy są prawdziwym utrapieniem. Kradną wszystko, co im wpadnie w ręce, i ciągle trajkoczą. Takie ple, ple, ple bez końca, jak na spotkaniu pań przy ręcznych robótkach. Nawet sobie nie wyobrażasz. I te hieny! Obrzydlistwo.

– Rzadko podchodzą w pobliże domu – wtrącił Frederick. – Teraz już w ogóle nie.

– Nie, ale je słychać – upierała się przy swoim Bea. – Późną nocą rozlega się ich dziki śmiech, zupełnie jak w Bedlam*. I żywią się padliną. Nie tylko zwierzęcą, ludzką też. Śmieją się i czekają.

Mimo upału Addie poczuła na plecach lodowaty dreszcz.

– Ojej, to brzmi jak urywek z powieści grozy, które dawniej czytywałyśmy. Pamiętasz?

– Tak, ale wtedy mogłam zamknąć książkę. – Powiedziała to tak rozpaczliwie, że Addie popatrzyła na nią ze zdumieniem; zdumieniem i współczuciem. Bea szybko wzięła się w garść i głośniej, by przekrzyczeć szum silnika, zapytała: – Widujesz czasem Rositę i Geordiego?

– Rositę i...? Aaa. – Zaskoczonej kompletną zmianą tematu Addie zajęło dobrą chwilę, zanim połapała się, o kim mowa. Rosita i Geordie należeli do starej paczki Bei w odległych czasach zabaw w nocnych klubach. Addie zakaszlała, rozpraszając kolejną chmurę czerwonego pyłu. – Właściwie nie. Nasze ścieżki się nie krzyżują. Teraz rzadko bywam w Ritzu.

– Ale pewnie powstały kolejne miejsca – powiedziała Bea z zazdrością. – Zawsze powstają. Jakie to życie być jedną z tych nowych kobiet, samodzielnych w londyńskiej jaskini rozpusty?

– Naprawdę całkiem stateczne – odparła Addie, świadoma bliskości Fredericka, chociaż jego oczy ani razu nie oderwały się od drogi. – Dość często chodzę na różne sztuki i wykłady, no i na koncerty; David jest bardzo muzykalny. Zanudziłabyś się na śmierć.

– David to narzeczony Addie – poinformowała Bea nad głową kuzynki.

– Yhm? – mruknął Frederick.

– W dodatku strasznie mądry – dodała Bea. – Prawda?

Addie wierciła się na swoim skrawku kanapy.

---

* Bedlam (Bethlem) – najstarszy londyński szpital psychiatryczny.

– Jest wykładowcą w University College. Filozofii, ekonomii politycznej i tym podobnych.

– Kiedy ślub? – zapytała wesoło Bea.

– Jeszcze nie ustaliliśmy daty. – Uświadomiwszy sobie, jak to zabrzmiało, Addie szybko dorzuciła: – Z powodu zajęć Davida i mojej pracy... no, wiesz. Myślę, że pobierzemy się po moim powrocie.

– Święta Małgorzata? Hanover Square?

Tym razem Addie parsknęła śmiechem.

– Nic z tych rzeczy! – Próbowała wyobrazić sobie kolegów Davida albo swoich nietuzinkowych znajomych podczas ślubu w stylu wyższych sfer u Świętej Małgorzaty. Całkiem nie do pomyślenia. Zabawne, że to kiedyś było jej marzenie: obie, ona i Bea, obłoki tiulu, kwiaty pomarańczy i małe dzieci niosące tren sukni. Bea mówiła, że nie zadowoli się nikim poniżej markiza... – Wystarczy nam urząd stanu.

Nawet to wytracało ją z równowagi. Nie miała żadnych problemów z teoretyczną koncepcją małżeństwa, ale kiedykolwiek próbowała wyobrazić sobie, że jest żoną Davida, brnęła w ślepy zaułek. Wiedziała, że to nonsens. David był dla niej bardzo dobry, wszyscy tak mówili. Dobry i miły.

I przeraźliwie nudny.

Stłumiła te niegodziwe myśli, przestraszona, że jakiś ich ślad mógł się odmalować na jej twarzy.

Frederick na moment odwrócił ku niej głowę.

– Gratulacje – powiedział. – Mam nadzieję, że on jest ciebie wart.

Doszukiwała się w tym nuty szyderstwa, ale nie znalazła.

– Dziękuję – odparła z rezerwą.

– W ostatnich tygodniach wolności trzeba ci zapewnić dobrą zabawę – oznajmiła Bea. – Musisz wyssać słodycz życia do ostatniej kropli, zanim odeślemy cię w małżeńskie kajdany. Prawda, kochanie?

– A jeśli Addie nie uważa małżeństwa za kajdany? – zasugerował Frederick.

Bea kompletnie go zignorowała.

– Może i mieszkamy na samym końcu świata, ale mamy tu mały krąg towarzyski. Przyjęcia u Diny Hay* są boskie... I nie wszystkie takie zdrożne – dodała, zerkając z ukosa na męża. – Po prostu zabawne.

Addie słyszała co nieco o tych imprezach. Do Londynu docierały zniekształcone plotki o kokainowych orgiach, kopulacji z przypadkowymi osobami w salonie, wymienianiu się małżonkami. Po mieście krążyło powiedzenie: „Jesteś mężatką czy mieszkasz w Kenii?"

– Często jadacie obiady poza domem? – zapytała.

– Farmy są od siebie zbyt oddalone. Ale mamy Tydzień Wyścigów. I od czasu do czasu naprawdę przyjemne towarzyskie weekendy. – Kolejne ukradkowe spojrzenie. – Frederick nie lubi zostawiać dziewczynek.

– Są jeszcze bardzo małe – stwierdził lakonicznie Frederick i zatrzymał samochód na poboczu, w miejscu, które dla Addie niczym się nie wyróżniało. Nie było widać żadnego domu ani nawet ścieżki, tylko po jednej stronie drogi wiła się rzeka o brzegach porośniętych szuwarami i kępami papirusu. Kilka karłowatych drzew sterczało ze zbrązowiałej trawy, wśród której płonęły czerwienią kwiaty o barwie laku.

– Zepsuł się? – zapytała Addie, rzucając nieufne spojrzenie na długą, cytrynowożółtą maskę, teraz szczodrze przyprószoną czerwonym kurzem.

– Po prostu klimat – odparła Bea, podczas gdy Frederick wyciągał z bagażnika zardzewiały kanister. – Wszyscy tu stają, żeby napoić swoje auta. To przez ten żar z nieba. Dla silnika wprost zabójczy. Nie mówiąc już o cerze. Możemy wysiąść i rozprostować nogi – dodała. – Potem nie zatrzymamy się aż do Ashford.

---

* Idina Sackville (1893–1955), po jednym z licznych mężów Hay – brytyjska arystokratka znana ze skandali; w Kenii należała do elitarnej dekadenckiej grupy towarzyskiej Szczęśliwa Dolina (Happy Valley), cieszącej się złą sławą ze względu na ekscesy narkotykowe i seksualne.

Addie wygramoliła się za nią z samochodu. Jej londyńskie pantofle natychmiast zapadły się w czerwony pył.

– Twojej chyba nie zaszkodził – powiedziała. – Mam na myśli upał.

– Naprawdę? – Bea wyglądała na autentycznie zadowoloną. – Bo czuję się jak stara wiedźma, wyschnięta i zleżała.

– Wyglądasz doskonale. Słowo daję. Tak pięknie jak zawsze. – Frederick znajdował się o kilka metrów dalej, nad rzeką. Addie zniżyła głos. – Wszystko u ciebie w porządku?

Bea odwróciła się do niej.

– A dlaczego miałoby nie być? Bardzo się cieszę, że przyjechałaś. To trwało o wiele za długo. Należało ściągnąć cię tutaj całe lata temu.

Lata temu nie znalazłaby na tę podróż ani środków, ani ochoty. Prawdę mówiąc, nawet teraz bilety na statek dotkliwie nadwerężyły szczupłe fundusze Addie. David pożyczyłby jej pieniądze, gdyby tylko poprosiła – ale nie chciała prosić. Nie tym razem. To była prywatna pielgrzymka.

Bea palcami w rękawiczkach skubała wysokie źdźbło trawy, drąc brązową łodyżkę na coraz mniejsze i mniejsze kawałki.

– Moja matka oczywiście nie przesyła przez ciebie żadnej wiadomości, prawda? – zapytała z pozorną nonszalancją.

– Nie. – Addie starała się, żeby jej głos brzmiał wesoło. – Nie rozmawiamy ze sobą, niestety, od tamtej pory... wiesz.

To ją obwinili o grzechy Bei, o wprowadzenie Fredericka do domu Rivesdale'ów. Kukułcze jajo, tak nazwała ją ciotka Vera; niewdzięczna smarkula, intrygantka. Tak, i jeszcze gorzej. Została bez grosza i znalazła się, dość nagle, w sytuacji, kiedy musiała walczyć o przetrwanie. Po raz pierwszy w życiu naprawdę poczuła, że jest sierotą.

Gdyby nie Fernie, wylądowałaby na ulicy. Dawna guwernantka pozwoliła jej zostać w swoim małym wynajętym pokoju i dzieliła się z nią wszystkim, co miała, w czasie gdy Addie wędrowała po mieście, szukając pracy.

Musiała odejść z „Bloomsbury Review", bo nie mieli pieniędzy, żeby jej płacić. Niewiele pamiętała z tych pierwszych sześciu miesięcy. Wszystko rozmazywało się w niewyraźną plamę – lepkie klawisze maszyny do pisania, słaba herbata, deszczowe dni. Nie zdawała sobie sprawy, jak wiele rzeczy uważała za oczywistość. Dopóki ich nie straciła.

– Och! – Bea posmutniała. Teraz przypominała własny litograficzny portret. – Sądziłam... nieważne.

Addie przyszła na myśl ciotka Vera, taka, jaką ją widziała po raz ostatni – podczas okropnej rozmowy w sterylnym salonie, z którego zostały usunięte wszystkie fotografie średniej córki. Znikły, jak gdyby Bea nigdy nie istniała. Mimo to Addie nie wątpiła, że ciotka kocha Beę. Bardziej niż Edwarda i Dodo razem wziętych. Była to miłość dziwnego rodzaju, skomponowana po równo z dumy i ambicji, a jednak miłość – tak jak rozumiała to uczucie lady Ashford. Ona kochała Beę po swojemu, żarliwie, niczym Pigmalion Galateę. Na wściekłość matki, która poczuła się zdradzona przez córkę, strasznie było patrzeć.

Ale teraz, kiedy minęło już tyle czasu...

– Może gdybyś napisała do nich...? – zaryzykowała.

Bea parsknęła śmiechem, ostrym i gorzkim.

– Myślisz, że nie próbowałam? Nie dostałam w odpowiedzi ani słowa. Myślałam, że do tej pory... – przerwała, bo wrócił Frederick i właśnie odkładał do bagażnika pusty kanister. – Wielkie nieba, co za tempo. Jesteśmy już należycie nawodnieni i możemy jechać?

Frederick wyciągnął rękę, żeby pomóc Addie wsiąść do samochodu.

– Gotowa na ostatni etap? – zapytał. – Stąd już niedaleko.

– Nie wiem, po czym to możesz poznać. Dla mnie wszystko wygląda tak samo – oświadczyła Addie.

Pejzaż wydawał się ciągnąć w nieskończoność – brązowe trawy, karłowate drzewa i czerwona droga wijąca się zakosami. Nawet niebo było jakby ogromniejsze. Ten bezkres zarówno sprawiał radość, jak i onieśmielał.

– Wyobrażam sobie, że Kikuju* mogliby czuć się podobnie w Dorset – odparł Frederick.

– Nie gadaj głupot – rzuciła ostro Bea, która obeszła niepostrzeżenie samochód i usadowiła się za kierownicą. – W Dorset nikt nie umiera na pustyni.

– Tutaj też nikt nie umiera na pustyni. – Frederick ulegle zajął miejsce po drugiej stronie Addie. – Przynajmniej nie na południu.

– Yhm, tylko od śmiertelnej nudy – mruknęła i odpaliła silnik tak gwałtownie, że spłoszona hałasem mała antylopa wypadła z pobliskich zarośli. Trzymając się mocno krawędzi siedzenia, Addie patrzyła na krajobraz, który rozmazywał się w czerwonej chmurze. Bea, pochylona nisko nad kierownicą, pędziła jak ktoś, kto ucieka przed demonami.

Jechali w niezręcznym milczeniu, rudy kurz kłębił się wokół nich. Aż nagle Frederick krzyknął:

– Zatrzymaj się!

Drogą biegł mężczyzna, podciągając białą szatę do wysokości kolan. Spod stóp wzbijały mu się obłoczki pyłu. Biel stroju znaczyły czerwone plamy. Ale to nie był pył, uświadomiła sobie Addie, tylko krew, pełno krwi.

Bea z całej siły nacisnęła na hamulec. Zatrzymane w pół obrotu, koła wpadły w poślizg i Addie zarzuciło w stronę Fredericka. Jego dłonie przez chwilę znalazły się na jej ramionach.

– Spokojnie, udało się – powiedział i wyskoczył z auta, nie zawracając sobie głowy otwieraniem drzwi.

Popłynął potok obcych słów. Mężczyzna zaczął o czymś przekonywać. Wymachiwał rękami, na głowie przekrzywił mu się zawój. Frederick spochmurniał. Przerwał człowiekowi w białej szacie krótkim pytaniem w tym samym narzeczu, a potem głośno zaklął.

– Co się stało? – zapytała Addie prawie szeptem. – On jest ranny?

* Kikuju – najliczniejsza grupa etniczna w Kenii.

– On nie – odparła Bea i Addie ze zdumieniem stwierdziła, że kuzynka zrozumiała, co mówił ten mężczyzna. Właściwie nie powinno jej to zdziwić. Bea zawsze szybko uczyła się języków. – Jego syn. Zdarzył się wypadek. – I podnosząc głos, zawołała: – Gdzie jest panna Platt?

– Mbugwa mówi, że zabrała dziewczynki na kucyki – odparł Frederick. – Jeszcze nie wróciły.

– Panna Platt to niania dziewczynek – poinformowała Bea Addie. – Świetnie sobie radzi z zadrapaniami i siniakami. Jak poważnie się zranił?

– Walił młotkiem w spłonkę – zwięźle wyjaśnił Frederick. – Możesz sobie wyobrazić, co się stało. Musisz natychmiast przywieźć pannę Platt... albo jechać po panią Nimmo.

– Pani Nimmo jest w Nairobi. W żadnym razie nie zdążymy jej ściągnąć na czas – powiedziała Bea. – Nawet samochodem.

– A co ze mną? – Addie wstała, przytrzymując się deski rozdzielczej dla utrzymania równowagi.

– Och, skarbie, strasznie mi przykro – zawołała Bea. – Naprawdę nie myślałam, że twój przyjazd będzie tak wyglądał. Ale nadal możemy...

– Nie – przerwała jej Addie. Czuła krew tętniącą w żyłach. Upał i światło wywoływały zawroty głowy, suchy, ostry zapach pyłu łaskotał w nosie. – Nie o to mi chodzi. Co ze mną? Mam trochę doświadczenia jako pielęgniarka. Pozwólcie, żebym pomogła.

ROZDZIAŁ 17

Nowy Jork, 1999

Pani babcia była cudowną osobą.

Jakaś kobieta oburącz ściskała jej dłoń. Clemmie nie miała pojęcia, kto to taki, jednak nie widziała w tym niczego niezwykłego. W ciągu ostatniej godziny przytulał ją, całował i gruchał nad nią cały tłum nieznajomych w wełnianych kostiumach pachnących kulkami na mole i Chanel nr 5. Perły wielkości piłek golfowych uwierały boleśnie, kiedy kolejne starsze panie chwytały ją w objęcia.

– Dziękuję – odparła. Nie było sensu pytać o nazwisko albo o znajomość z babcią Addie. Rola Clem nie polegała na rozmawianiu; sprowadzała się do podawania ręki, mamrotania wyrazów wdzięczności i symulowania uśmiechów.

– Takie już się nie rodzą – stwierdziła nieznajoma, potrząsając utapirowaną fryzurą. Po czym dodała po namyśle: – Szczęśliwego Nowego Roku, moja droga.

Doprawdy? Jak bardzo szczęśliwie, jej zdaniem, zapowiadał się ten rok?

Clemmie zacisnęła zęby i ugryzła się w język. Nie mogła wyładować złości na tej Bogu ducha winnej kobiecie. To nie ona podjęła idiotyczną decyzję, żeby pogrzeb odbył się w sylwestra, w przeddzień rozpoczęcia nowego millennium, kiedy to połowa świata imprezowała, a druga połowa kryła się po bunkrach, czekając na apokalipsę. W nastroju, w jakim teraz była Clemmie, wybrałaby chyba bunkier.

– Wzajemnie – odburknęła. – Szczęśliwego Nowego Roku.

Przez uchylone okno salonu dobiegały odgłosy przygotowań do nocnej zabawy. Wybiła dopiero czwarta, ale niebo już znaczyły pomarańczowe i purpurowe smugi. Nagie, czarne konary drzew, widoczne ponad ogrodzeniem Central Parku, ostro rysowały się na tym tle.

– Będzie nam jej brakowało – oznajmił mężczyzna w szarym garniturze, miażdżąc dłoń Clemmie w uścisku.

– Dziękuję – odparła powściągliwie.

Wiedziała, że aby to wytrzymać, musi ukryć w jakiejś szufladzie swoje myśli i uczucia i pozostawić tylko pustą łupinę ciała, które mamrocze oczekiwane przez ludzi frazesy. Prawdziwa Clemmie zwinęła się w kłębek, łkając, zamknięta gdzieś głęboko, a tymczasem w drzwiach salonu stała Clemmie robot w czarnej obcisłej sukni, spokojnie ściskając dłonie i przyjmując kondolencje – każdy włos na swoim miejscu, makijaż w nienagannym stanie.

Tego roku nie obchodzili Bożego Narodzenia. Żadne z nich nie było w nastroju. Clemmie mętnie zdawała sobie sprawę, że reszta świata świętuje, że w sklepach rozbrzmiewa bożonarodzeniowa muzyka, bożonarodzeniowe wieńce zdobią okna, a telewizja pokazuje irytujące bożonarodzeniowe reklamy samochodów. Teoretycznie wiedziała, że biura opustoszały, bo kto mógł, wziął wolne między świętami a Nowym Rokiem, jednak dla niej ten czas był rozmazaną plamą szarej śniegowej brei, szpitalnych ścian i przyciszonych głosów ludzi, których praca polegała na zajmowaniu się zmarłymi. Podczas gdy inni otwierali prezenty, rodzina Clemmie dyskutowała o balsamowaniu. Tyle mieli prawnych dokumentów do załatwienia, instrukcji do wykonania, firm przeprowadzkowych, pakujących i wyceniających do obdzwonienia.

Matka zaczęła już szukać nowego lokum. Mogła zostać u babci Addie do chwili, kiedy uwierzytelni się testament, ale decyzje w nim zawarte były jasne: mieszkanie przy Osiemdziesiątej Piątej ma zostać sprzedane na rzecz funduszu powierniczego, z którego matka i ciotka Anna do końca życia będą otrzymywać odsetki, a po ich śmierci całość zostanie równo podzielona między wszystkie wnuki.

Clemmie nienawidziła myśli o sprzedaży babcinego apartamentu. Dla niej, bardziej niż jakiekolwiek inne miejsce na świecie, był to dom. Wiedziała, że pierwsze lata życia spędziła z braćmi i rodzicami w Kalifornii, ale właściwie tego nie pamiętała. Jej wspomnienia zaczynały się i kończyły w mieszkaniu babci Addie, w małym pokoiku, który udekorowały wycinankami z myszką Minnie, w kuchni, gdzie zawsze znajdowała jakieś smakołyki po przyjęciach, w niebiesko-białej sypialni, gdzie zawsze była serdecznie oczekiwana, gdy babcia nie miała siły chodzić. Mama i ciotka Anna zaczęły już pakować rzeczy z tej sypialni. Clemmie nawet nie chciała o tym myśleć. Nie teraz.

– ...tak mi przykro – mówił ktoś, kto trzymał jej dłoń.

– Dziękuję, to bardzo uprzejme z pani strony – wymamrotała Clem i automatycznie wyciągnęła rękę do kolejnej osoby.

– Hej – powiedział Jon. W jego piwnych oczach malowało się współczucie. Z twarzy Clemmie zniknął wymuszony uśmiech. Nabrała głęboko powietrza przez nos, z całych sił próbując się opanować.

– Hej – odparła drżącym głosem.

Nie mieli okazji porozmawiać, chociaż przez cały dzień był w pobliżu, znajoma postać w czarnym garniturze. Brązowe włosy lśniły mu miedzią jak stara jednopensówka. Służył za podporę ciotce Annie, w dosłownym tego słowa znaczeniu. Podtrzymywał ją na zbyt wysokich obcasach i zręcznie usuwał z drogi siostrze. Jeśli nie doszło jeszcze do rękoczynów, to w dużej mierze dzięki niemu. Matka i ciotka przez cały tydzień warczały na siebie jak psy.

Clemmie czułaby większą wdzięczność, gdyby nie niegodziwe podejrzenie, że Jon odciągał Annę od Marjorie również dlatego, by mieć dobry pretekst do omijania Clem.

– Trzymasz się jakoś?

Sama nie wiedziała, czy zarzucić mu ramiona na szyję i rozpłakać się, czy kopnąć go w kostkę. Najchętniej zrobiłaby i to, i to.

Spod płaszcza wystawał mu czarny garnitur, niebiesko-szary szalik zwisał wokół szyi, z kieszeni wysuwała się para skórzanych rękawiczek.

Clemmie spojrzała na Jona przymrużonymi oczami.

– Wychodzisz?

Chociaż tyle, że wyglądał, jakby czuł się zakłopotany.

– Chcesz na mnie zwalić utrzymanie obu pań z dala od swoich gardeł? – Starała się, by zabrzmiało to żartobliwie.

– Przepraszam, że nie zostanę przy porządkowaniu... – Nerwowo szarpał końcówki szalika. – Ja, yhm, muszę już iść do domu.

– Jakieś ekscytujące sylwestrowe plany? – zapytała cierpko. Wiedziała, że jest niesprawiedliwa; zrobił więcej, niż do niego należało. Ale i tak była wściekła.

– Na pewno nie. – Na podbródku miał ślad zarostu, złocistobrązową łatkę, którą musiał przegapić podczas golenia. Nadawała mu niechlujny, żałosny wygląd, który, nie wiedzieć czemu, tylko wzmagał podobieństwo do Indiany Jonesa. – Naprawdę myślisz, że mam ochotę się bawić?

Jakoś zawsze potrafił sprawić, by poczuła się winna. Zwłaszcza jeżeli faktycznie była.

– Przepraszam – odparła. – To nie fair. Zrobiłeś więcej niż...

– Przestań. – Twarz Jona wyrażała ból i Clemmie zawstydzona umilkła. – Proszę.

Niepewna, co powiedzieć, przygryzła wargę.

Jon pochylił się i pocałował ją w policzek.

– Trzymaj się – rzucił. – Niedługo się odezwę.

Złapała go za rękaw. Pod palcami czuła miękką wełnę.

– Słuchaj, nie miałam zamiaru umniejszać... wiem, ile ona znaczyła również dla ciebie.

Twarz Jona stężała.

– Szczęśliwego Nowego Roku.

I odszedł, przeniósł się do kolejki oczekującej przy drzwiach wejściowych, by złożyć kondolencje matce Clem.

Och, pieprzyć to. Jego pieprzyć. Clemmie opuściła posterunek i wróciła do salonu. Zrobiła już swoje. Została tu jeszcze garstka zainteresowanych bufetem maruderów, którzy omawiali swoje plany na sylwestra. Clemmie nienawidziła każdego z nich bez wyjątku; nienawidziła za obżeranie się krabowymi ciasteczkami, za zbyt mocne perfumy, zbyt jaskrawe szminki. Nienawidziła ich za to, że rozmawiali o babci Addie, jakby naprawdę ją znali.

A czy ona ją znała? W tamten wieczór Jon opowiadał, że babcia wymogła na nim, by trzymał się z daleka... Clemmie po prostu nie potrafiła pogodzić tego z obrazem babci Addie, którą pamiętała; tej, która zawsze radziła jej, by podejmować ryzyko i własne decyzje. Wzięła ze srebrnej tacy miniquiche. Dawno już wystygł, żółty ser na wierzchu zakrzepł. Mimo to zmusiła się do jedzenia. Quiche smakował jak guma.

Właściwie co ona wiedziała o babci Addie? Najwyraźniej zbyt mało. W trakcie pogrzebu matka wygłosiła mowę. Mówiła jaśniej i spokojniej, niż ktokolwiek by się spodziewał. Część z tego, co powiedziała, było już Clemmie wiadome, choćby historia farmy w Kenii, bystrość, którą wykazała babcia, zdobywając dla ich kawy rynek amerykański, gdy wiele innych plantacji upadło.

Natomiast po raz pierwszy Clem usłyszała o tym, że babcia Addie w czasie wojny pracowała jako pielęgniarka albo że pomogła zorganizować szpital położniczy i kursy dla położnych w Nairobi. Clemmie nigdy nie zapytała, skąd dziadkowie wzięli się w Kenii ani dlaczego potem przeprowadzili się do Stanów Zjednoczonych zamiast do Londynu. Nie wiedziała też, że jej prababka była pisarką. Nie miała o tym wszystkim pojęcia.

Nad kominkiem wisiał portret babci Addie, namalowany w latach czterdziestych, niedługo po tym, jak ona i dziadek Frederick zamieszkali w Nowym Jorku. Clemmie popatrzyła na znajomą twarz w kształcie serca, na fryzurę, która nie uległa zmianie przez te wszystkie lata, na podwójny sznur pereł wokół szyi.

– Zupełnie, jakby wciąż tu była, prawda? – Ciotka Anna przyjęła już kondolencje od wszystkich i zmierzała do baru. – Jedzenie to samo, alkohol ten sam, nawet barman... To chore.

Nie czekając na barmana, sięgnęła po butelkę i napełniła kieliszek winem.

– Ciągle mi się wydaje, że zaraz wejdzie i krzyknie: „Niespodzianka!"

– Mnie też – powiedziała Clemmie. Drapało ją w wysuszonym gardle. Nalała sobie trochę wody sodowej i obserwowała uciekające bąbelki. – Chciałabym, żeby weszła.

– Mhm – mruknęła ciotka Anna. – Sama woda? Proszę. – Dopełniła jej szklaneczkę sporą dawką wódki. – Do dna, dzieciaku. Na zdrowie.

– Dzięki... Tak myślę... – Clemmie bawiła się szklanką, obracając ją bez przerwy w dłoniach. – Nie wiedziałam o babci tylu rzeczy... Że była pielęgniarką albo że zakładała szpital w Kenii... To niesamowite.

– Taak – oschle odparła ciotka. – Niesamowite. Trzeba jej przyznać, że odwaliła kawał dobrej roboty, tworząc własną legendę. – Uniosła kieliszek w stronę babcinego portretu. – Za Addie. Najlepszego spin doktora, odkąd Evita postanowiła się ustatkować. Lloyd Weber* powinien spłodzić o niej musical. Mogłaby ją zagrać Patti LuPone. Albo Tyne Daley. Coś w rodzaju *Cyganki* z angielskim akcentem... i mniejszą ilością golizny.

Nawet jak na ciotkę Annę była to lekka przesada. Żal prowokuje dziwne zachowania. Podobnie jak lek na receptę pomieszany z białym winem.

– Może usiądziesz? – Clemmie nieśmiało wsunęła dłoń pod ramię starszej pani. Cholerny Jon. Potrafił sobie radzić z ciotką Anną znacznie lepiej niż ktokolwiek inny. To tyle, jeśli chodzi o krew gęściejszą od wody. – W tych pantoflach musi być ci niewygodnie.

– Nie. – Anna strząsnęła jej rękę. Starannie nałożony makijaż zaczął już odpadać, odsłaniając cienką siateczkę zmarszczek. – Dosyć mam tych bzdur o świętej Addie. Bądź pozdrowiona, Addie, wspaniała i potężna! Chcesz wiedzieć, kim była naprawdę? – Zakołysała się do przodu, wionąc zapachem drogiego pudru na policzkach, zmieszanym z odorem potu. – Samolubną, pazerną suką.

Clemmie zakrztusiła się wódką.

Ciotka Anna machnęła ręką. Żółte diamenty i białe złoto zamigotały w świetle lamp.

– Dobra, miła, cudowna, święta Addie, przyczajona jak pająk, który snuje pajęczynę, żeby pochwycić w nią cudze życie... Ona

---

* Aluzja do musicalu Andrew Lloyda Webera *Evita* o burzliwym życiu żony prezydenta Argentyny Juana Peróna.

nie kradła rzeczy; kradła dusze. Wbijała swoje lepkie paluszki i nie puszczała. Trzymała mocno, mocno, mocno.

– Hm... – Co robić? – gorączkowo zastanawiała się Clemmie. – Jeszcze wina?

– Wiesz, że raz próbowałam uciec? – Ciotka wyraźnie się rozkręcała. – Byłyśmy w szkole z internatem. W Anglii. Twoja matka i ja. To była świetna okazja. Ale sprowadziła mnie z powrotem. Osobiście przyjechała i mnie wytropiła.

– Pewnie się o ciebie bała – zaryzykowała Clemmie, rozglądając się, czy w pobliżu nie widać matki. Tego typu historie na bank podnosiły jej ciśnienie. – Gdyby któreś z twoich dzieci...

Ciotka Anna siorbnęła wino.

– Ja pozwalam moi dzieciom żyć własnym życiem. Chociaż żadne z nich nie jest naprawdę moje... jak powiedziałaby Marjorie. Słyszałam na własne uszy. Wiem, że tak mówi. Jakby nic nie było ważne, skoro nie zrujnowałaś sobie dla nich figury. Pieprzona hipokryzja, jeśli się nad tym zastanowić.

– Nie chodzi o rozstępy. – Clemmie aż podskoczyła na dźwięk ostrego głosu matki. – Ale ty tego nie chcesz zrozumieć, prawda?

– Ludzie z cateringu radzą sobie w kuchni? – zapytała z desperacją. Rozpaczliwie pragnęła, żeby był tu Jon i pomógł jej. Ale on tylko cmoknął ją w policzek i sobie poszedł. Zupełnie jak wtedy. – Mamo, może powinnaś...

Żadna z kobiet nie zwracała na nią uwagi.

– Och, znowu do tego wracasz, co? – syknęła ciotka Anna, opierając się o prowizoryczny bar. Butelki zabrzęczały, ale najwyraźniej nie zbiło jej to z pantałyku. – Czemu nie dosypiesz więcej soli do rany? Masz, naciesz się.

– Nie zgrywaj ofiary – odwarknęła matka Clemmie. – Tylko dlatego że...

– No dalej. Powiedz to. – Twarz Anny była surowa i zimna jak stara maska pogrzebowa. – Dlatego że miałam aborcję. Tak, to prawda. – Ciotka zwróciła się do Clem. – Jeśli chcesz wiedzieć, co się kryje pod dywanem, to jest dopiero wierzchołek sterty brudów. Miałam pieprzoną nielegalną aborcję i uszkodzili mi macicę. I jak, zadowolona? – zaatakowała znów siostrę.

– Nie – odparła Marjorie. Skóra wokół jej ust poszarzała. – Nie. Wiesz, że nigdy ci tego nie życzyłam. Gdybyś tylko przyszła do...

– Do świętej Addie po ratunek? – Ciotka Anna roześmiała się ironicznie. – A myślisz, że kto dał mi na to pieniądze? Przecież nie można było dopuścić, żeby cokolwiek zmartwiło *farve*.

Jej głos tak ociekał jadem, że Clemmie aż cofnęła się o krok.

– Miałaś dopiero siedemnaście lat! Ona tylko chciała ci pomóc. – Matka próbowała bronić babci.

– Pomóc. Och, na pewno. – Ciotka Anna wychyliła resztkę wina. – Zawsze była taka chętna do pomocy. Sobie pomagała wszystko zyskać... a innym wszystko stracić.

Kenia, 1926

– Mogę pomóc – powiedziała Addie. – A przynajmniej mogę spróbować. Mam jakie takie pojęcie o opatrywaniu ran.

Bea czuła, że zbliża się ból głowy, tuż nad lewym okiem. Cały ten wyjazd to był jeden koszmar, od początku do końca. Nie spędziła z Frederickiem tak długiego czasu na małej przestrzeni od.... tygodni? Miesięcy? Potrafili dość skutecznie unikać siebie nawzajem, co na dwustu hektarach okazało się trudniejsze, niż można by pomyśleć. Kac też jej nie pomagał. Nawet nie piła tak dużo – nie więcej niż inni – ale na tej wysokości alkohol wydawał się silniej działać. Najlepszym lekarstwem na skutki zbyt wielu wieczornych drinków była kolejna runda, którą należało zacząć następnego popołudnia jak najwcześniej. I tak w kółko.

Już gdy wyruszali, czuła się rozdrażniona, a trzygodzinna jazda do miasta, odbyta w milczeniu – sporadycznie przerywanym sztywnymi uwagami o pogodzie – i nabrzmiała wątpliwościami, też nie wyszła Bei na dobre. Ostatnio ona i Frederick nie potrafili już rozmawiać bez docinków. Nawet tego nie chciała, ale jakoś samo tak wychodziło. Każde jej zdanie było ciosem wyprzedzającym: zranić go, zanim on zdoła zranić ją. Aż zbyt jasno wyrażał, co o niej sądzi. Mogła wyczuć to teraz w buzującej frustracji, którą kontrolował jedynie ze względu na obecność Addie. Wiedziała, o czym Frederick myśli: gdyby była inną żoną, nie musieliby posyłać po pannę Platt albo panią Nimmo, tylko sama żądałaby apteczki, gorącej wody i tych wszystkich bzdur.

Z jakiej racji? Przecież, do cholery, nikt jej tego nie uczył.

Nie wiadomo dlaczego sprawę pogarszał fakt, że Addie była przeszkoloną pielęgniarką. Bei całkiem to umknęło, zapomniała o tym krótkim epizodzie z czasów wojny.

Zmrużyła oczy, broniąc się przed zbyt jasnym światłem, i tak pogodnie, jak tylko potrafiła, powiedziała:

– Tak, ale to było lata temu. A poza tym jesteś naszym gościem. Nie moglibyśmy...

– Raz w tygodniu pracuję jako wolontariuszka w St. Mary – przerwała jej Addie. – Z pewnością to lepsze, niż czekać na powrót guwernantki. Jeśli on jest w takim stanie, jak mówią... – Spojrzała wymownie na poplamioną krwią szatę Mbugwy.

– To nie będzie przyjemny widok – ostrzegł Frederick.

Addie zmiażdżyła go wzrokiem – metr pięćdziesiąt wcielonej czystej determinacji.

– Widziałam już wnętrzności wylewające się z rozerwanych brzuchów. To nigdy nie jest przyjemny widok. Macie apteczkę?

Frederick dłużej się nie wahał.

– Czego potrzebujesz?

– Nie powiem ci, dopóki go nie zobaczę. Na pewno przyda się wrzątek do dezynfekcji. O ile to możliwe.

– Nie jesteśmy aż tak prymitywni – odparła ostro Bea. Zbyt ostro. Frederick zerknął na nią, gniewnie marszcząc czoło. – Zajmiesz się wodą? – zapytała go. – Ja zabiorę Addie do szamby.

– Dobrze – obrzucił ją długim, twardym spojrzeniem. Nienawidziła, kiedy tak na nią patrzył. – Wrzątek, apteczka. Coś jeszcze?

– Mocny alkohol – oznajmiła Bea.

– Och, tak! – poparła ją Addie. – Do dezynfekcji rany.

– Nie. Dla nas. – Addie nie miała najmniejszego pojęcia, w co się pakowała, z czym mogła się zetknąć w tubylczym obozowisku na tyłach domu. Bea gwałtownie ujęła dłonie kuzynki, takie drobne, w tanich rękawiczkach. – Skarbie, nie musisz tego robić. Możemy posłać po pannę Platt albo po tę okropną Szkotkę z sąsiedniej farmy.

– Wszystko w porządku. To dla mnie żaden problem. – Addie łagodnie, ale stanowczo zabrała ręce i Bea poczuła się dziwnie osamotniona. – Pokażesz mi drogę?

Bea wzruszyła ramionami, z rozmachem wysuwając długie nogi z samochodu.

– To twój pogrzeb, kochanie.

– Miejmy nadzieję, że niczyj. – Addie niezgrabnie wygramoliła się za nią. – Kim jest ten ranny chłopiec?

– Żaden chłopiec. Musi mieć przynajmniej dwudziestkę, chociaż trudno powiedzieć. Tu nie liczy się wieku od chwili urodzenia, jak u nas, tylko od roku obrzezania.

Brwi Addie powędrowały w górę.

– Od roku obrzezania?

– Kiedy pytasz, ile chłopak ma lat, powiedzą ci, że został obrzezany w roku szarańczy albo w roku suszy. Wszyscy tu poddawani są obrzezaniu w okresie dojrzewania, dziewczęta też. To cały wielki ceremoniał, uczty, tańce, zarzynanie bydła. Naszego bydła – dodała. – W jakiś niewytłumaczalny sposób najdorodniejsze sztuki zawsze łamią nogę w przeddzień tego obrzędu. Czysty zbieg okoliczności.

Poprowadziła Addie wokół domu, koło rosnących tu i ówdzie akacji, które posadził jeszcze poprzedni właściciel. Mieli szczęście – a w każdym razie tak lubił powtarzać Frederick. Większość przybyszów, czekając na wzniesienie zabudowań, musiała odmieszkać swoje w chacie. A oni przyjechali na gotowe. Kupili farmę od gościa, który postanowił hodować bydło w Ugandzie. Jak na tutejsze warunki, ich dom nie był zły; w rodzaju bungalowu, kamienny, długi i niski, z szeroką werandą wzdłuż frontowej ściany i wewnętrznym dziedzińcem. Mieli tam jako taką instalację wodno-kanalizacyjną i elektryczność, która działała, dopóki coś nie walnęło zbyt mocno w generator. Luksusy jak na standardy kenijskie; bieda w porównaniu z tym, co musieli porzucić.

Ich poprzednicy poczynili pewne próby ukształtowania otoczenia. Za domem rozciągał się taras, obrośnięty wybujałymi różanymi krzewami, których woń nie mogła jednak zagłuszyć zapachu dymu, potu i kóz.

Addie i Bea nie musiały iść daleko, żeby dotrzeć do obozowiska Mbugwy, osiedla okrągłych, krytych trawą chat. Nad każdą strzechą snuła się niebieskoszara smużka dymu. Koło chat, na zadbanych poletkach, rosła kukurydza. Pracowały przy niej smukłe kobiety w fartuchach ze skóry. Bransolety na kostkach nóg brzęczały w rytm uderzeń maczet, którymi wycinały chwasty. Kobiety pracowały niemal nagie w gorącym słońcu. Miedziany drut okalał ich ramiona tak ciasno, że dookoła wybrzuszało się ciało. Niektóre miały przytroczone na plecach niemowlęta. Starsze dzieci bawiły się na zakurzonym klepisku przed chatami. W piachu grzebał leniwie jakiś kurczak.

– To są szamby. Farmy tubylców – wyjaśniła Bea. – Oni nielegalnie koczują na naszej ziemi. Albo my nielegalnie koczujemy na ich, zależy, jak na to spojrzeć. W każdym razie ten układ dosyć dobrze się sprawdza. Oni pracują przy kawie, a my dajemy im miejsce do wypasania kóz.

– Brzmi strasznie feudalnie – stwierdziła Addie.

– Owszem. – Bea wskazała jedną z chat. – Tu mieszka Njombo.

Nietrudno było zgadnąć, zważywszy na to, ile osób tłoczyło się w pobliżu. Na widok Bei i Addie zebrani odsunęli się, robiąc im przejście.

Bea spostrzegła, że kuzynka stara się nie gapić na mężczyzn w krótkich derkach, związanych na ramieniu niczym toga, ani na kobiety z ogolonymi głowami i obnażonymi piersiami.

Miała pewne wyobrażenie, jak powinien wyglądać przyjazd Addie. Służba w białych szatach, drinki na tacy, zapalone lampy, wszystko roziskrzone i tylko odrobina egzotyki.

– Nie tak chciałam cię powitać.

Addie spojrzała na nią i uśmiechnęła się, zupełnie jakby znowu były dziesięciolatkami w Ashford. Prawdziwym Ashford.

– Nic nie szkodzi. Czy tamten człowiek powiedział coś o charakterze rany?

– Bach, trach, a potem płacz i zgrzytanie zębów. Jak zwykle. – W tym wypadku jednak naprawdę chyba tak wyglądało. – Może być niedobrze. Próbował przekuć spłonkę na ozdobę.

– Na co...?

– Wszystko, co z metalu, jest atrakcyjne – wyjaśniła Bea. – Nigdy nie możemy doliczyć się gwoździ. Zmieniają je w kolczyki i bransolety na kostki. Nabój musiał wydać mu się należycie błyszczący. Według słów Mbugwy, Njombo wziął kamień i usiłował wbić spłonkę w bransoletę.

Addie gwałtownie wciągnęła powietrze przez nos.

– Ma szczęście, że żyje.

– Chcesz, żebym sprawdziła, czy wróciła już panna Platt? Nie mogła odjechać z dziewczynkami zbyt daleko.

Addie pokręciła głową.

– Zrobię, co będę mogła. – Zajrzała do chaty i od razu cofnęła się, mrugając. – Dym...

– To palenisko – wyjaśniła Bea. – Wszędzie tak jest.

– Aha.

Addie wkroczyła w dym, kuląc się i pochylając, by uniknąć największego zagęszczenia.

– Przyszłam pomóc. – Uszu Bei dobiegł dziarski, wesoły głos kuzynki; ten ton tak często używany przez pielęgniarki, który sprawia, że człowiek ma ochotę zdzielić je basenem. – Gdzie boli?

Bea stała w progu, kręcąc młynka palcami. Czuła się niepotrzebna. Tymczasem Addie, ze słowami otuchy, podczołgała się na czworakach do Njombo i uspokajała go głaskaniem po głowie.

Jej spódnica znalazła się niebezpiecznie blisko paleniska. Bea wślizgnęła się do chaty i odsunęła materiał od ognia.

– Nie chcę widzieć, jak płoniesz niczym ofiara na stosie – oznajmiła szorstko. – Przynajmniej dopóki nie wróci Platt.

Addie podziękowała uśmiechem.

– Możesz sprawdzić, czy przynieśli już wodę? Bez niej nic nie dam rady zrobić. Muszę zmyć zakrzepłą krew, żeby się przekonać, jak poważna jest rana.

– Oczywiście – wymamrotała Bea. W chacie panował smród niemal nie do zniesienia. Odór potu i krwi mieszał się ze specyficznym fetorem małpich skór, które świadczyły o statusie społecznym. – Zobaczę, co ich zatrzymało.

Skorzystała z pretekstu, by stamtąd uciec, nienawidząc samej siebie za własną słabość.

Nikt jej przed tym nie ostrzegł. „Jedź do Afryki Wschodniej – słyszała. –W Afryce można zbić fortunę! Odzyskać dobrą reputację! Więcej tam etończyków niż w Mayfair!" Ale nikt jej nie powiedział o podstawowych realiach życia; o pchłach, które wbijają się pod palce stóp; o muchach, które oblepiają oczy dzieci; o dziwnych plagach i chorobach, które doprowadzają konie do szaleństwa, zanim je zabiją.

Nienawidziła być tutaj.

Zaczęła obracać na palcu pierścień Marcusa. W bajkach, opowiadanych jej szeptem przez Addie, kiedy były dziewczynkami, to wystarczało, by przywołać dżinna albo innego ducha. Mogłaby wtedy zamknąć oczy i zażyczyć sobie powrotu do przeszłości, do Rivesdale House, do życia przed Bunny. Przed Frederickiem. Gdyby tylko wiedziała... Ale czy nie w tym właśnie tkwił sęk? W tamtych czasach niewierność Marcusa wydawała się problemem nie do pokonania, obelgą, którą należało pomścić. Teraz Bea żałowała, że nie słuchała rad matki i nie robiła dobrej miny do złej gry. Nigdy nie przypuszczała, nie wyobrażała sobie, że to się tak skończy. Marcus i Bunny wzięli ślub. Widziała ich zdjęcia w starym numerze „Ratlera". Promienna panna młoda i jej liczna świta. Marcus nie tracił czasu. Zaręczył się, gdy tylko Bea wsiadła na statek, a pobrali się z Bunny wkrótce potem. I urodziło im się dwóch chłopców – dziedzic i młodszy spadkobierca nazwiska.

To mieli być jej synowie. Jakimś niewybaczalnie przewrotnym zrządzeniem losu wszystko się odwróciło – dziecko Marcusa nie przetrwało w jej łonie, podczas gdy to drugie, kukułcze jajo, uparcie trzymało się życia.

Marjorie, tak Frederick nazwał tę kukułkę. Okropne imię, dobre dla jakiejś ciotki starej panny. Ale Bei było wszystko jedno. Choć świadoma, że niesprawiedliwie jest obwiniać dziecko za okoliczności jego przyjścia na świat, nie potrafiła jednak się powstrzymać. Patrzyła na to czerwone, wrzeszczące stworzenie i wiedziała, że nie ma w nim niczego z niej samej. Ten pasożyt zaląg się w jej wnętrznościach i kosztował ją wszystko: rodzinę, dom, reputację i ukochanego – jak sądziła – mężczyznę.

Tymczasem Marcus poślubił Bunny, a Bea znalazła się w Kenii. Została wyrzutkiem społeczeństwa, żoną człowieka, który z każdym dniem stawał się dla niej coraz bardziej obcy; człowieka, który zakopany w rolniczych czasopismach, przyglądał się jej z ledwie ukrywaną pogardą. To znaczy, w chwilach, kiedy w ogóle fatygował się, żeby na nią spojrzeć.

Pewną rekompensatą były przyjęcia u Idiny. Safari. Tydzień Wyścigów w Muthaiga. Raoul, który przysięgał, że się z nią ożeni, nawet gdyby miała go odtrącić jego katolicka rodzina. Pusta obietnica, ale zdecydowanie pochlebna. Dobrze wiedzieć, że ktoś wciąż pragnie ją poślubić, chociaż jej obecny mąż żałuje, że to uczynił.

No i oczywiście Val. Val, który nie składał obietnic, który o nic nie dbał. Val, z którym latała aeroplanem.

– *Memsahib, memsahib!* – Wołał ją chłopczyk, ubrany tylko w przepaskę na biodrach. Jedno ramię miał całe w okropnych bliznach – pamiątka po upadku na palenisko. Wiele tutejszych dzieci nosiło podobne ślady okaleczeń, ran i urazów, jakich nie przetrwałyby maluchy w Anglii. – *Bwana* mówić przynieść.

Dźwigał starą skórzaną torbę z ich medycznymi zapasami. Bea nie miała najmniejszego pojęcia, co znajdowało się w środku. To była działka panny Platt. Za chłopcem podążał Frederick z dużym wiadrem parującej wody w ręce i czystymi kawałkami płótna, przewieszonymi przez ramię.

– Proszę – powiedział. – Mogę w czymś jeszcze pomóc?

Bea stanęła między Frederickiem a drzwiami chaty.

– Panujemy nad sytuacją – oznajmiła władczym tonem.

Fredrick spojrzał na pochyloną nad Njombo Addie, a potem na żonę.

– Tak, właśnie widzę.

Bea zjeżyła się. Naprawdę żadne to czary kazać chłopcu przynieść apteczkę. To przecież nie Frederick był w środku, zszywając ranę. Jak dotąd nie widziała nawet, by opatrywał najprostsze skaleczenie, a on miał czelność traktować ją z góry, bo nie została przyuczona do czegoś, o czym nie miała pojęcia, że będzie jej potrzebne. I czego nikt by od niej nie wymagał, gdyby Frederick nie wpakował się w jej życie w najgorszym momencie.

– W Mayfair nie było to potrzebne – powiedziała obronnym tonem.

– Już nie jesteśmy w Mayfair.

– Myślisz, że nie zauważyłam?

– Czasami? – Frederick uniósł brwi. – Nie.

– Och, halo. – Addie, potykając się, wyszła przed próg. Jej twarz pokrywały smugi dymu, oczy łzawiły. Oparła się jedną ręką o ścianę. – Macie wodę?

– Wodę i apteczkę – odparł Frederick. Wręczył jej wiadro, po czym pstryknął palcami na chłopca, który rezolutnie ruszył w jej stronę.

– Dziękuję. – Addie zarzuciła kawałki płótna na ramię, odwróciła głowę i zerknęła do wnętrza chaty. – Nie jest tak źle, jak się zdawało. Mocno krwawił z rany na głowie. Niczego nie obiecuję, ale wygląda na to, że większość obrażeń jest powierzchowna. Chyba od odprysków kamienia.

– Większość?

– Dosyć poważnie uszkodził sobie rękę. Jeden z palców zwisa na... no cóż. – Zacisnęła wargi. – Mogę spróbować go przyszyć, ale ryzyko infekcji...

– Nikt nie oczekuje cudów – przerwał jej Frederick.

Z jakiejś przyczyny ostatnie słowa wyraźnie ją zirytowały. Wyprostowała się i zmierzyła go spojrzeniem, którego Bea nie potrafiła zrozumieć.

– To nie powód, żeby się wymigiwać.

Zniknęła w oparach dymu, zabierając swoje zdobycze. Frederick, zamyślony, patrzył, jak Addie klęka koło Njombo. Pozbyła się już swojego okropnego kapelusza. Po potarganych kręconych włosach, twarzy i ramionach biegły smugi sadzy i brudu, a mimo to Beę przeszył dziwny dreszcz lęku. Przypomniała jej się chwila, gdy po raz pierwszy ujrzała Marcusa z Bunny i zauważyła, jak błądził po niej wzrokiem.

Co za nonsens. A jednak...

– Zapomniałeś o czymś – zwróciła się do męża.

– Tak? – Frederick zbyt pochłonięty wpatrywaniem się w Addie, nie od razu odpowiedział. – O czym?

– O naszych drinkach – odparła Bea, unosząc podbródek. – I lepiej zrób mocne.

Rozdział 18

Nowy Jork, 1999

Jesteś pijana – powiedziała matka do ciotki Anny.

Ciotka Anna odwróciła się od niej.

– Może i jestem pijana, ale jutro obudzę się jako uczciwy człowiek, a ty wciąż będziesz kłamać jak najęta. Przez całe życie podlizywałaś się tej suce. A co z nią? Co z naszą matką?

Gniewne słowa zawisły między nimi.

Matka głęboko, bardzo głęboko nabrała powietrza.

– Clementine, sprawdź, czy ludzie z cateringu czegoś nie potrzebują.

– Za chwileczkę – odparła Clemmie. Ktoś musiał zapakować ciotkę Annę do taksówki. Albo do łóżka. Plotła bzdury. Clemmie nie podobał się też wygląd matki. Teraz, kiedy babcia Addie odeszła, wydawało się, że wraz z nią zniknęła ostatnia bariera oddzielająca matkę Clem od śmierci. Marjorie miała siedemdziesiąt osiem lat i tego dnia dokładnie na tyle wyglądała. – Ciociu Anno, czy chcesz...

– Nie. – Długie paznokcie ciotki wbiły się w ramię Clem. – Chodź ze mną. Powinnaś coś zobaczyć. Ty też.

– Co takiego? – Gdy ciotka ciągnęła ją za sobą przez gabinet i hol, Clemmie rzuciła matce wymowne spojrzenie.

– Myślałam, że je zniszczyła – burknęła Anna. – Ale nie, były tu przez cały czas.

Wepchnęła siostrzenicę do sypialni. Bez babci Addie pokój wydawał się niesamowicie pusty. Ciotka Anna podeszła do szafy. Jak w wielu przedwojennych mieszkaniach także i tutaj znajdowała się dziwna, trójkątna garderoba, wbudowana w róg między ścianami. Po chwili ciotka wynurzyła się z niej, trzymając album, który Clemmie widziała po raz pierwszy w życiu. Był dłuższy i cieńszy niż te, do których przywykła. Miał popękaną okładkę z czerwonej skórki i ozdobną spinającą klamrę.

Ciotka Anna rzuciła go na puste biurko.

– Znalazłam to wczoraj, wepchnięte w najdalszy kąt. No dalej. Obejrzyjcie sobie.

Clemmie spojrzała niepewnie na matkę. Usta Marjorie były mocno zaciśnięte, twarz surowa.

Anna popatrzyła przez ramię na siostrę i uniosła doskonale wypielęgnowane brwi.

– Jak myślisz, Madge? To *farve* je zachował? Czy może Addie siedziała tu i nimi się napawała?

– Myślę – ostro odparła matka Clemmie – że potrzebujesz nowych środków uspokajających.

Clemmie otworzyła album, niemal z obawą, że coś z niego wyskoczy i ją ukąsi.

– To zdjęcia z Kenii – zauważyła.

Rozpoznała kilka z nich. Te, które babcia Addie trzymała w ramkach. Sepiowe fotografie przedstawiające mężczyzn w kapeluszach o kształcie grzyba i bryczesach do jazdy konnej, kobiety w luźnych bluzkach i spódnicach do połowy łydki. Wszyscy ci ludzie wyglądali podobnie, a ich stroje wydawały się okropnie nieeleganckie, chociaż w tamtej epoce zapewne stanowiły ostatni krzyk mody.

Clemmie była ciekawa, jak jej zdjęcia z czasów college'u zostałyby ocenione przez przyszłe pokolenia. Czy ubrana w dżinsową kurtkę dziewczyna z rozpuszczonymi włosami też wyda się bliźniaczo podobna do tłumu innych kobiet?

Zerknęła przez ramię na matkę.

– To tylko stare zdjęcia.

– Oglądaj dalej – nalegała ciotka Anna.

Clemmie położyła album na blacie komody, żeby we trzy mogły patrzeć. Były tam fotografie grupowe, na których wszyscy stali razem i wyglądali na zakłopotanych; zdjęcia mężczyzn pozujących ze strzelbą w ręku i myśliwskimi trofeami; trochę okazjonalnych ujęć ludzi siedzących na skrzyniach podczas pikniku – obok gramofon na korbę, nikt nie zwraca uwagi na fotografa, oprócz kobiety, która się do niego odwraca.

Clemmie rozpoznała tę kobietę. To jej portret widziała w jadalni hotelu Rivesdale House jakiś milion lat temu. Ten sam uniesiony podbródek i prowokujące spojrzenie. Może była to kwestia porysowanej sepii, ale tutaj Bea wyglądała na starszą i bardziej znużoną życiem.

– Kuzynka babci, prawda?

– Mhm – brzmiała odpowiedź ciotki Anny.

Matka Clemmie milczała.

Uciekła, powiedział markiz. Jakiego to on użył zwrotu? Wzięła nogi za pas. No cóż, do wzięcia nóg za pas Afryka wydawała się idealna. Zwłaszcza że babcia Addie i dziadek Frederick już tam mieszkali.

Bea widniała również na kolejnej piknikowej fotografii, wraz z trzema innymi kobietami, z których jedna trzymała banjo, druga przeglądała zawartość koszyka, a trzecia leżała obok Bei na kocu. Clem delikatnie wysunęła zdjęcie z przytrzymujących je rożków. Na odwrocie widniał skreślony obcym charakterem pisma napis „Wanjohi, 1924", a poniżej „Dina, Cockie, Alice i ja".

Były też fotografie dziadka Fredericka. Na wcześniejszych miał śmieszny wąsik, na trochę późniejszym, już gładko ogolony, pozował z małą dziewczynką w bryczesach. Stali obok zwierzęcia, które bardzo przypominało jelonka.

– Mamo, to ty?

Marjorie przytaknęła.

– To był mój *dik-dik*. Piórko. – Głos jej się łamał, jak gdyby powstrzymywała łzy.

Kolejne portreciki matki: z kucykiem, z dziadkiem, na ganku z lalką i służącym w białej szacie. I żadnych fotografii babci. Clemmie zaczęła szybciej kartkować album w ich poszukiwaniu. Wiele ujęć przedstawiało służbę: pokojowców, stajennych, tragarzy dźwigających upolowaną zwierzynę, która zwisa z długich drągów; a jeszcze więcej scen z safari, pikników i jakichś wydarzeń towarzyskich pod hasłem Tydzień Wyścigów w Muthaiga. Uchwycone na tych zdjęciach kobiety wyglądały jak żywcem wzięte z *Masterpiece Theatre*, wszystkie w długich sznurach pereł i z piórami we włosach. Na wielu fotografiach uwieczniona została Bea – Bea i jej przyjaciele, Bea i Frederick, Bea z niemowlęciem, którym musiała być ciotka Anna. Ale na żadnej babcia.

– To babcia Addie robiła te zdjęcia? – zapytała Clemmie.

– Nie – odparła ciotka Anna. Jej głos brzmiał bardzo kategorycznie.

Clemmie przewróciła ostatnią kartkę. Babcina kuzynka w szykownej kreacji chłopczycy pozowała między dwoma mężczyznami w wieczorowych strojach. Obaj obejmowali jej ramiona. Jeden wyglądał na zalanego w trupa, a jego rysy rozmazały się, jak gdyby poruszył się w ostatnim momencie. Drugi uśmiechał się ironicznie do obiektywu. Przypominał trochę Rufusa Sewella w *Farmie na odludziu*. Czysty, tlący się testosteron.

Na odwrocie fotografii widniał napis „Sylwester, 1926. ja, Val i R.L.".

Więc to album Bei. Ale gdzie była babcia Addie? Nie pojawiła się ani razu. Album kończył się na roku 1926. Dalej nic, Clemmie widywała zdjęcia babci i dziadka na plantacji kawy, jednak tutaj żadnego z nich nie znalazła.

– A gdzie jest babcia Addie?

Anna oparła się o ścianę.

– Chcesz jej powiedzieć, Madge? Czy ja mam to zrobić?

Matka Clemmie przysiadała ciężko na pudle, wypełnionym książkami.

– Nie ma jej na tych zdjęciach, bo wtedy w ogóle jej tam nie było. – Splotła dłonie na kolanach i spojrzała na córkę. – Pierwszy raz pojawiła się, gdy skończyłam pięć lat.

Kenia, 1926

Obudziło ją rytmiczne szuranie miotłą po ścieżce za oknem. Światło dnia wdzierało się przez szpary między zasłonami, przedestylowane i wzmocnione niczym wysokoprocentowy alkohol. Czując na skórze obcy, gładki dotyk jedwabiu, Addie zakopała się głębiej w płócienne prześcieradła. Zeszłej nocy znalazła na łóżku piżamę, zostawioną tam specjalnie dla niej. Zbyt zmęczona, by szukać swojej koszuli, włożyła ten jedwabny strój, równie płomienny jak kwitnące na czerwono drzewa, śliski i dekadencki.

Teraz uniosła się na łokciu i przetarła zaspane oczy. Powróciły fragmenty wydarzeń minionego wieczoru: starcia Bei i Fredericka, zadymiona chata, ranny mężczyzna, silne trunki, obiad, irlandzkie kryształy i porcelana Spode'a na stole w jadalni, obiad, który ledwie pamiętała, podawany przez milczącą, bosonogą służbę w białych szatach. Addie nie poznała dziewczynek ani ich tajemniczej guwernantki; one jadały osobno.

Jak długo spała? Zegarek na nocnym stoliku zatrzymał się, ale domownicy już najwyraźniej wstali. Przy swoim łóżku zauważyła tacę z dzbankiem herbaty i kilkoma twardymi herbatnikami, a obok wazon z kwiatem, którego nie potrafiła rozpoznać, i kartkę – pismo świetnie rozpoznawała. Wiadomość od Bei była krótka: „Wychodzę na chwilę, niedługo wrócę. Odpoczywaj i baw się dobrze!"

Addie pociągnęła łyk herbaty. Mdląco słodki, zimny jak lód napój sprawił, że przeszły ją ciarki, więc go odstawiła. Przez lata niedostatku przyzwyczaiła się pić herbatę bez cukru i teraz już taką wolała.

Szur, szur, szur – szurała miotła za oknem. Pokusa, by schować głowę pod poduszkę i pozostać w chłodnym półmroku pokoju była silna, oznaczałoby to jednak, że Addie się ukrywa. Wcześniej czy później i tak musiała opuścić sypialnię i stawić czoło światu. A przez „świat" rozumiała Beę i Fredericka. Wygramoliła się z łóżka. Całe ciało miała dziwnie obolałe, jak gdyby dochodziła do siebie po gorączce. Albo po długiej podróży pociągiem i samochodem.

Przynajmniej była czysta. Zeszłej nocy Bea nalegała, by wzięła kąpiel w ogromnej jadeitowej wannie, która wyglądała jak wykwit lubieżnych fantazji jakiegoś orientalnego władcy. Unosiły się nad nią wonne opary, w ciemnej wodzie odbijały się płomienie świec. Oszołomiona ginem i jaśminowym dymem, Addie miała wrażenie, że zaplątała się do opowieści z tysiąca i jednej nocy.

W świetle dnia łazienka z jadeitową wanną wyglądała całkiem zwyczajnie; w sam raz, by umyć tam zęby i twarz. Zimna woda i własne ubranie sprawiły, że Addie znowu poczuła się sobą. „Odpoczywaj", napisała Bea, ale według tego, co pokazywał szafkowy zegar w holu, odpoczynek trwał wystarczająco długo. Minęła już dziesiąta; karygodnie późna pora. W domu Addie od dawna byłaby na nogach i po długiej podróży trzęsącym wagonem metra siedziałaby w biurze, przy swoim biurku, a jej parasol obciekałby w poobijanym wiaderku przy drzwiach.

Oczywiście wstawała tak wcześnie nie z własnego upodobania. To Bea należała do rannych ptaszków, od świtu pełnych energii i pogody ducha, podczas gdy Addie, pozostawiona samej sobie, najchętniej zakopałaby się pod kołdrę na tak długo, jak to tylko możliwe. Zawsze podziwiała kuzynkę, która w czasie sezonu potrafiła przetańczyć całą noc, a rano czuła się wystarczająco rześka na przejażdżkę po Hyde Parku, jak gdyby ten szaleńczy tryb życia nie miał na nią wpływu.

Kiedy Addie odważyła się wreszcie opuścić swój pokój, odniosła wrażenie, że wkracza do cudzej bajki. Z dworu dobiegały nawoływania nieznanych ptaków, dźwięk dzwonków i gwar głosów w niezrozumiałym języku. Kamienne ściany tłumiły jednak ten rwetes i zmieniały w łagodny pomruk, który otulał dom osobliwym rodzajem spokoju, jakby to była jakaś wschodnioafrykańska kryjówka Śpiącej Królewny.

W pokoju śniadaniowym Addie nalała sobie kawy do filiżanki i zabrała ją na werandę. Woń rosnących wokół akacji przenikała powietrze. Spomiędzy płatków ich kwiatów dobiegało monotonne brzęczenie; to owady szykowały się do zbierania nektaru.

Po chwili Addie zdała sobie sprawę, że nie jest na ganku sama. Przy balustradzie kuliła się mała dziewczynka, zajęta poważną rozmową z nienową już porcelanową lalą. Na widok nieznajomej dziecko poderwało się z podłogi i wyraźnie zastanawiało się, czy nie uciec.

– Dzień dobry – powiedziała Addie, odstawiając filiżankę na drewniany stół. – Ty musisz być Marjorie, prawda?

Dziewczynka zerknęła na nią nieufnie sponad głowy lalki. Włosy Marjorie nie były aż tak jasne jak włosy matki, jednak zupełnie wystarczająco, by Bea mogła nie obawiać się podejrzeń Marcusa, że podrzuciła mu kukułcze jajo. Natomiast niepokojący, blady błękit oczu małej nie pozostawiał wątpliwości. To były oczy Gillecote'ów.

Addie wyciągnęła rękę, niepewna obowiązującego protokołu. Od czasów własnego dzieciństwa rzadko miewała do czynienia z dziećmi.

– Jestem twoją kuzynką Addie. Przyjechałam was odwiedzić.

Dziewczynka wciąż mocno ściskała lalkę, przyglądając się Addie z bezpiecznej odległości.

– *Farve* mówi, że przyjechałaś z Anglii.

Farve? Addie domyśliła się, że tak Marjorie nazywa ojca.

– To prawda. Wielkim statkiem. I pociągiem, który okropnie dymił.

– Chciałam zobaczyć pociąg. Ale *farve* mnie nie zabrał.

– Pociąg robi straszny hałas. I jest bardzo brudny. Niewiele straciłaś. Tu jest o wiele przyjemniej.

– Karanja mówi, że to wąż – odparła Marjorie. – Wielki, srebrny wąż.

Cóż, można i tak do tego podejść. Addie przykucnęła na piętach.

– Jeśli wąż, to musi być zaklęty.

– Co to znaczy „klęty"?

– Zaczarowany – wyjaśniła Addie. Czyżby nikt nie opowiadał temu dziecku bajek? – Tylko magiczne zaklęcie może sprawić, żeby wąż tak bardzo urósł. Jest taki długi, że nie widać końca. I zieje ogniem zupełnie jak smok. Smoki są podobne do węży – uprzedziła pytanie – tylko większe i bardziej straszne. I potrafią latać. – Czuła, że zaczyna tracić grunt pod nogami, więc szybko zmieniła temat. – A kogo ty tutaj masz? – Wskazała na lalkę.

Przez chwilę Marjorie z namysłem przyglądała się nowej krewnej, po czym wyciągnęła lalkę w jej stronę.

– To Annabelle.

– Dzień dobry, Annabelle – powiedziała Addie, ponieważ najwyraźniej oczekiwano po niej jakiegoś powitania.

– Dzień dobry – odparł zza jej pleców rozbawiony męski głos.

Addie skoczyła na równe nogi i omal nie upadła, następując na rąbek własnej spódnicy.

– Och, hej! My właśnie...

– *Farve!* – krzyknęła Marjorie i rzuciła się do ojca, który machnął nią w powietrzu tak wysoko, że jej obute stopy przeleciały tuż koło twarzy gościa.

Dziewczynka objęła Fredericka za szyję i ufnie wtuliła mu się w ramię, a on przez chwilę przyciskał ją mocno do siebie, pocierając nosem czubek jej głowy. Wydawało się, że razem stanowią całość. Wyglądali na takich szczęśliwych. Addie nigdy przedtem nie wpadłaby na to, że Frederick – ten Frederick, którego kiedyś znała – mógłby być oddanym ojcem. A jednak jego córka wyraźnie go wielbiła. A on wielbił ją.

Jakoś nie pasowało to do obrazu nikczemnego uwodziciela.

Frederick postawił Marjorie na ziemi.

– Pora na lekcje. Panna Platt cię szuka.

– Ale Piórko będzie za mną tęsknić.

– Piórko to *dik-dik* Marjorie – powiedział Frederick do Addie. Twarz miał odprężoną, rozbawioną. – Po lekcjach będziesz mogła zapoznać Piórko z kuzynką Addie.

– Czekam niecierpliwie – dodała Addie. – Och, chyba nie chciałabyś jej zapomnieć. – Pochyliła się i podniosła Annabelle.

– Co się mówi? – zapytał Frederick.

– Dziękuję. – I Marjorie wbiegła do domu.

Addie miała ochotę za nią podążyć, jednak zbyt przypominałoby to ucieczkę. Od ostatniego sam na sam z Frederickiem dzieliło ją pięć lat, kontynent, małżeństwo i dwoje dzieci.

– Nie chcę zadawać głupich pytań – powiedziała – ale co to jest *dik-dik*?

Twarz Fredericka zmarszczyła się w uśmiechu. Na ten widok Addie poczuła się dziwnie.

– Rodzaj jelenia. Marjorie ci pokaże.

– Dobrze, trzymam za słowo.

Stali tak przez bardzo długą chwilę, prawie na siebie nie patrząc, i Addie ze zdumieniem uświadomiła sobie, że Frederick czuje się równie niezręcznie jak ona.

Wreszcie odezwał się niepewnym tonem:

– Idę teraz do składu kawy. Jeśli chcesz, pokażę ci farmę.

Wiedziała, że to niedobry pomysł, ale słońce świeciło, krajobraz wyglądał kusząco, a Bei nadal nigdzie nie było widać. Potraktuj to jak szczepionkę, powiedziała sobie. Ryzyko dla osiągnięcia stanu obojętności.

– Nie będę ci przeszkadzać w pracy?

– Ani trochę. Tutaj, kiedy mówimy, że pracujemy, tak naprawdę mamy na myśli, że inni robią to za nas. Musisz nosić kapelusz – dodał. Zgarnął ze stołu jakieś nakrycie głowy i włożył je Addie. Kapelusz z dwóch warstw filcu, beżowy na wierzchu, czerwony w środku, opadł jej niemal na oczy. – Inaczej sama się prosisz o udar słoneczny.

Zeszli z werandy. Żar lśnił na niemal dotykalnych pasmach mgiełki, które przypominały tiul sukien z tamtego okropnego roku debiutu. Addie miała wrażenie, że gdyby tylko sięgnęła, mogłaby je zmiąć w palcach.

Ku jej zdziwieniu nie było to jednak niemiłe – w przeciwieństwie do rozpalonego, dusznego powietrza w kolejowym przedziale. Teraz upał otaczał ją niczym druga skóra, przyjemnie ogrzewał. W Anglii zawsze marzła. Chłód zadomowił się w jej kościach wieki temu, tamtego listopadowego dnia, gdy kuliła się w szafie dawno zapomnianego domu w Bloomsbury.

Tutaj wydawało się, że listopad w ogóle nie istnieje. Błękit czystego nieba jaśniał tak intensywnie, że aż bolały oczy.

Ruszyli ścieżką w przeciwną stronę niż zeszłego wieczoru. Nie w kierunku – jak mówiła o nich Bea? – tubylczych chat, lecz wzdłuż wąskiego strumienia, przez wysokie, brązowe trawy, klucząc między ciernistymi akacjami i powykręcanymi erytrynami o kwiatach w kolorze jej jedwabnej piżamy. Owady bzyczały na wysoką, czystą nutę; tuż przy ścieżce dyszał ciężko kameleon, upstrzony tą samą zielenią i brązem, co trawa dookoła. Uszu Addie dobiegł brzęk dzwoneczków – to mały, nagi chłopiec przeganiał stado kóz – i jazgot małp, na który skarżyła się Bea, prowadzących jakieś swoje interesy w koronach drzew.

Nieznane kwiaty rozbłyskiwały u ich stóp, zarośla szeleściły i tętniły życiem. Wszystko wydawało się fantastyczne: światło, upał, kwiaty, mężczyźni o włosach jak owcze runo posplatane w krótkie warkoczyki i płatkach uszu rozciągniętych przez zwisające ozdoby, kobiety oplecione spiralami miedzianego drutu. Addie miała wrażenie, że wkroczyła do ilustracji jakiejś starej książki, *Robinsona Crusoe* albo którejś z powieści H. Ridera Haggarda.

– Zupełnie nierealne, prawda? – zagadnął Frederick.

Zmarszczyła brwi i zerknęła na niego spod kapelusza.

– Nie powinieneś czytać w moich myślach. To nieuprzejme.

Frederick uśmiechnął się szeroko, machając przed sobą długim, sękatym kijem.

– Żadne czytanie w myślach, tylko zdrowy rozsądek. Czułem się podobnie, kiedy ujrzałem ten świat po raz pierwszy.

– Na pewno to odmiana po zimie w Bloomsbury – powiedziała ostrożnie Addie. Nie chciała, by grzebał w jej emocjach. Postanowiła trzymać go na stosowną odległość. Grzecznie, ale z dystansem. – Marjorie jest słodka.

Twarz Fredericka zajaśniała dumą.

– Prawda? Czyta wszystko, co jej wpadnie w ręce. Wkrótce trzeba będzie dla niej znaleźć odpowiednią guwernantkę.

Addie poprawiła kapelusz.

– Powinnam schować moje powieści?

W kącikach oczu Fredericka pogłębiły się kurze łapki.

– Zapomniałem, że gustujesz w skandalizującej literaturze. Nadal jesteś redaktorem w „Merkurym"?

– „Bloomsbury Review" – poprawiła go. – I nigdy nie byłam redaktorem, tylko prostą dziewczyną na posyłki. Nie.

Tamta Addie, która pracowała w „Bloomsbury Review" i marzyła o zmianie świata za pomocą poezji – tamta Addie, która podkochiwała się we Fredericku – była kimś zupełnie innym. Teraz już zmądrzała.

– Skończyłam z tym trzy lata temu – wyjaśniła krótko. – Pracuję jako maszynistka w firmie importowo-eksportowej.

Frederick zerknął na nią zaciekawiony.

– A co ze studiami?

Równie dobrze mogła pragnąć gwiazdki z nieba.

– Nie chciałam trafić z deszczu pod rynnę – odparła. – Nie patrz tak na mnie, naprawdę lubię pracować. Odpowiada mi to. Nigdy bym wcześniej tego nie pomyślała, ale okazało się, że jestem lepsza w liczeniu niż w analizach poezji. Moi rodzice pewnie przewracają się w grobie, lecz takie są fakty. Chyba mam dryg do interesów.

Ku jej zdziwieniu nie wyśmiał jej.

– Niesamowite, co potrafimy w sobie odkryć, prawda? Ja też nigdy nie przypuszczałem, że zostanę farmerem.

– Uprawiacie kawę? – Poprzedniego dnia Bea coś wspomniała o krzewach kawowych.

– I nie tylko. Eksperymentowaliśmy z indygowcami, ale skończyło się krachem. Bardzo pouczającym, jednak krachem. Wciąż działamy metodą prób i błędów – dodał. – Nigdy nie da się przewidzieć, co człowieka zaskoczy.

– Brzmi ekscytująco.

– Ekscytująco, a jednocześnie irytująco. Kiedy tu przyjechaliśmy, nie mieliśmy o niczym pojęcia. Przeczytałem kilka książek i myślałem, że to wystarczy. – Uśmiechnął się cierpko: słodka naiwności!

Addie dostrzegała w nim coś nowego – pokorę. I nie robiło to złego wrażenia. Zdecydowanie nie.

– Rozumiem, że książki nie wystarczyły? – powiedziała miło, zachowując jednak ostrożny dystans.

W uśmiechu Fredericka było coś rozbrajającego.

– Eksperci snują rozważania o kwaśności gleby, odpowiednich warunkach uprawy, o tej wysokości, o tamtym nawozie, ale kiedy przychodzi co do czego, nie wiadomo, które rozwiązania są słuszne, dopóki się ich nie sprawdzi. No i jest jeszcze szarańcza, susza... a o tym nawet nie wspominają, reklamując korzyści płynące z plantacji kawy.

– Czyli ta kura nie znosi wyłącznie złotych jaj?

– Nie. Ale i tak warto spróbować – dodał. – Mimo wszystko. Nic nie może się równać z chwilą, kiedy patrzysz na pierwsze zbiory i myślisz: Cholera, jakim cudem się udało?

– Jak u Woltera w *Kandydzie* – uśmiechnęła się. – Trzeba uprawiać swój ogródek.

Frederick oparł się o kostur.

– Na tym najlepszym z możliwych światów.

Nie potrafiła stwierdzić, czy w jego głosie brzmiał sarkazm.

– A co to takiego, ta wiata? – zapytała, wskazując prostokątną konstrukcję bez ścian, pokrytą ciasno splecionymi liśćmi palmy. – Wygląda jak dzieło rodziny szwajcarskich Robinsonów*.

– To szkółka kawy. Tam trzymamy sadzonki, dopóki odpowiednio nie urosną, by trafić na pola.

Opisywał sposób działania szkółki i kapryśną naturę sadzonek. Addie przyglądała mu się, pozwalając, by jego słowa ją omywały. Postarzał się, ogorzał od słońca, a jednak wydawał się bardziej rzeczywisty. Posępny pan Rochester, w którym niegdyś się kochała, przestał istnieć, zupełnie jakby tę stronę swojej natury odrzucił, opuszczając Londyn. Pamiętała go spowitego chmurą dymu, w nienaturalnym półmroku nocnych klubów. Dawny cyniczny światowiec nie miał nic wspólnego z farmerem, tak entuzjastycznie rozprawiającym o metodach upraw.

Czuła się przez to dość nieswojo. Wiedziała – a przynajmniej teraz by wiedziała – jak postępować z tamtym mężczyzną, ale wobec tego czuła się bezradna. Nie potrafiła pogodzić ze sobą dwóch odmiennych Fredericków. Zdawało jej się, że patrzy na negatywy, nałożone jeden na drugi: kontury rozmywały się i nic dobrze nie pasowało.

---

* Addie chodzi o powieść Johanna Davida Wyssa *Robinson szwajcarski*.

– Przepraszam – przerwał. – Nudzę cię, prawda? Nie przyjechałaś, żeby słuchać wykładów o kawie.

– A czemu nie? – odparła. – Piłam ją przez lata i nie miałam pojęcia, skąd się bierze. To wstyd. Więc tak wygląda krzew kawowy? Nie sądziłam, że owoce są czerwone. Zawsze myślałam, że brązowe.

– Nazywamy je wiśniami – wyjaśnił Frederick. – A zbrązowieją dopiero po wypaleniu.

Addie szukała innego tematu, czegoś bezpiecznie nieosobistego.

– Dlaczego na polach pracują wyłącznie kobiety?

Przystanął obok niej i rozejrzał się.

– Kiedy zaczynaliśmy, próbowałem zwerbować mężczyzn. Żaden nie chciał. Nie mają nic przeciwko oraniu i kopaniu, jednak od chwili, gdy rośliny znajdą się w ziemi, plewienie i zbiory należą już do kobiet. Tutaj wszystko jest inaczej – nieświadomie powtórzył słowa Bei.

– Tak, wiem. – Addie uniosła twarz ku słońcu. Na polach kawy kobiety śpiewały przy pracy. Po lewej stronie widziała w oddali purpurowe cienie gór. – Ależ piękny widok.

– Prawda? – Frederick powiódł spojrzeniem po swoim królestwie, a wyraz twarzy miał niemal taki jak wtedy, kiedy patrzył na córkę, pełen czułości i dumy. – Jeszcze ci nawet nie podziękowałem za to, co wczoraj zrobiłaś dla Njombo. Postąpiłaś bardzo szlachetnie.

– Każdy z odpowiednim przeszkoleniem zrobiłby to samo – odparła szybko. – Widywałam gorsze rzeczy w czasie... Zresztą wiesz.

Popatrzył na krzewy kawowe, na odległe cienie wzgórz.

– Tutaj wojna wydaje się odległą przeszłością. – Pokręcił głową. – Bo to było bardzo dawno temu. Aż dziw, że do tej pory nie straciłaś wprawy.

Addie zatknęła włosy za ucho.

– Raz w tygodniu pracuję jako wolontariuszka w szpitalu charytatywnym w East Endzie. Co prawda na oddziale położniczym –

przyznała – więc to nie zawsze przydatne, ale i tak mam do czynienia z igłami i eterem.

Frederick oparł się mocno na kosturze.

– Powinnaś porozmawiać z Joanie Grigg, a raczej lady Grigg, żoną gubernatora. Właśnie przygotowuje projekt utworzenia szpitala położniczego w Nairobi. Na pewno byłaby zachwycona, gdyby mogła tu mieć kogoś z twoim doświadczeniem.

– Ja... – Addie zreflektowała się w ostatniej chwili. Co jej strzeliło do głowy? Przecież to tylko wizyta, okazja, żeby spotkać się z Beą. – Na pewno nie zostanę wystarczająco długo.

Gwałtownie wyszarpnął swój kij z ziemi.

– Oczywiście. Przecież chcesz wrócić do... Jak mu na imię?

– David. – Nie zamierzała rozmawiać o Davidzie; nie z Frederickiem. Chyba zachowałaby się nielojalnie, chociaż nie bardzo potrafiła powiedzieć wobec kogo i dlaczego.

Frederick ruszył w stronę składu ziarna. Jednocześnie przyspieszał kroku i mówił coraz szybciej.

– Nie obrazisz się, jeśli skrócimy nasz spacer? Muszę rzucić okiem na rachunki. To moja tutejsza zmora, buchalteria. No, i szarańcza. Choć jak dla mnie buchalteria jest gorsza. Liczby nigdy się nie zgadzają.

– Może pomogę? – Dlaczego mu to zaproponowała? Z ciekawości? Albo po prostu z nudów. Już od lat odwykła od leniuchowania. – Mam w tym trochę doświadczenia.

Zwolnił, spoglądając na nią w sposób, który pamiętała aż za dobrze.

– Jesteś gościem – powiedział.

Addie zsunęła zbyt obszerny kapelusz na tył głowy.

– Wolałabym, żebyście oboje z Beą przestali to powtarzać. Lubię pracować. Przyzwyczaiłam się do tego. Nie jestem dobra w eleganckim próżnowaniu.

– Wobec tego przyjmuję twoją propozycję. – Uniósł brew. – Ale ostrzegam, pewnie jej pożałujesz. Te księgi są na najlepszej drodze, żeby stać się moją osobistą stajnią Augiasza.

Addie energicznie skinęła głową.

– Pokaż mi je i zobaczymy, co się da zrobić.

Spojrzał na nią spod przymrużonych powiek.

– Istnieje coś, czego nie potrafisz? Umiesz zbudować podwodny okręt? Tłumaczyć z japońskiego?

Myślała przez chwilę, po czym uśmiechnęła się szeroko.

– Nie potrafię utrzymać się na końskim grzbiecie. To specjalność Bei. – „Niedługo wrócę", napisała Bea. Było już prawie południe. – A właściwie gdzie ona jest?

Frederick ponuro zerknął w stronę drogi.

– Lata – powiedział.

Rozdział 19

Kenia, 1926

Wysokościomierz... wskaźnik oleju... – Spod przymrużonych powiek Bea zerkała na pulpit sterowniczy. Dopiero po raz drugi znalazła się za sterami i gdyby dobrze poszło, mógłby to być jej pierwszy samodzielny lot. – Chyba wszystko w porządku.

– Chyba? – wycedził siedzący tuż za nią Val. – Masz wiedzieć, a nie zgadywać. Sprawdź jeszcze raz.

Wywróciła oczami, ale zrobiła, co kazał. W końcu to jego samolot. Kolonia nie cierpiała na nadmiar maszyn, krążyły jednak pogłoski, że powstanie nowy pas startowy i lądowisko. Bea ufała, że do tego czasu zdobędzie licencję pilota. Wymagało to co najmniej szesnastu godzin za sterami. Jak dotąd zaliczyła tylko jedną; Val miał zgubny obyczaj zapewniania innych rozrywek.

Ale nie dzisiaj, pomyślała. Dziś była zdecydowana wznieść się w powietrze. Obudziła się o świcie, zostawiła wiadomość dla Addie i w niecałe dwie godziny dotarła do prowizorycznego lotniska, pędząc po czerwonych, wyboistych drogach z prędkością, która przeraziłaby jej męża. Zważywszy, że obecnie niemal wszystko przerażało jej męża.

Tylko w takich chwilach, jak ta, czuła się wolna. Z przodu mruczał silnik, jakaś zebra pierzchła spod kół w gęstwinę zarośli. Mknąc przez uśpiony krajobraz, gdzie rosa jeszcze lśniła na źdźbłach trawy, Bea mogła udawać, że ostatnich sześciu lat w ogóle nie było, że nadal jest w Ashford – tym prawdziwym Ashford – i ma u swoich stóp cały świat. Ale nie umywało się to nawet do tego uczucia, kiedy zostawiała ziemię za sobą i szybowała po niebie, a w dole rozpościerała się Kenia.

– Pamiętaj o wolancie. – Poczuła na karku wargi Vala zręcznie odnajdujące drogę do linii włosów. Jego dłonie ześlizgnęły się z ramion Bei i ujęły jej piersi.

Otrząsnęła się.

– Przestań, Val.

– Jesteś tu, prawda? – Oddech owiewał ciepłą mgiełką jej ucho. – Nieładnie, nieładnie, Beo.

Gwałtownie odsunęła głowę.

– Nie teraz.

– Dobrze. – Val odchylił się do tyłu i wyciągnął w górę ramiona. – Nie jesteśmy dziś małą koteczką. Co ci przytemperowało pazurki?

Sam przypominał kocura, ze swoim gibkim wdziękiem i bezbrzeżnym samozadowoleniem, na które mógł sobie pozwolić, wiedząc, że jego antenaci jadali na złotych talerzach, w czasach gdy przodkowie innych jeszcze harowali w pocie czoła: czcigodny Theophilius Vaughn, zakała starożytnego rodu. Zdaniem sfrustrowanej rodziny, miał nie tylko moralność kota, ale i jego dziewięć żywotów.

Val uważał swoich krewnych za hipokrytów. „Grzeszyliśmy przez wieki i czerpaliśmy z tego liczne profity – mawiał. – To świat się zmienił, nie my. Czemuż mielibyśmy ugiąć się pod naciskiem mieszczańskiej moralności?" Nie były to puste słowa. Żył zgodnie ze swoim credo. I o ile Bea zdołała się zorientować, wszystko uchodziło mu płazem, bo tak cholernie dobrze wyglądał. Kto jak kto, ale ona się na tym znała. Sama od lat prowadziła podobną grę.

Różnica, rzecz jasna, polegała na tym, że Val był mężczyzną. Nie musiał się żenić, by zabezpieczyć swój byt; nie musiał psuć sobie figury porodami. Nikt nie uważał go za *passé* w wieku dwudziestu siedmiu lat. Mógł posłać cały świat do diabła i wyprawiać, co mu się podobało, a inni jeszcze go za to wielbili. Deklarowali, że są zszokowani jego ekscesami, tonem pełnego zgrozy podziwu, który brzmiał bardziej jak komplement niż nagana. Każdy miał w zapasie jakąś anegdotę o Valu. I wiele z tych opowiastek nawet nie mijało się z prawdą.

Upadły anioł, tym właśnie był. Lucyfer w ludzkiej postaci, piękny jak antyczna rzeźba i milion razy bardziej ponętny. Po Vaughnach odziedziczył czarne włosy i niesamowicie błękitne oczy. I jeszcze coś – jakąś niecierpliwą nonszalancję, która u niego graniczyła z okrucieństwem. Wszystko to wydawało się Bei nieznośnie atrakcyjne.

Zazwyczaj.

– Nic – odparła zwięźle. – Zupełnie nic.

Val wyciągnął z kieszeni małe porcelanowe pudełeczko i je otworzył.

– Jeśli nie zamierzasz mnie zabawiać... – Wysypał kilka okruchów na nadgarstek, zgrabnie wciągnął je w nozdrza, po czym podsunął pudełeczko Bei. – O wiele lepsze od tabaki, nie sądzisz?

Bea odsunęła tabakierkę.

– Nie jestem w nastroju.

Zażywała to już wcześniej, ale euforia szybko przemijała, jak niemal wszystko w jej życiu. Obojętnie z iloma mężczyznami poszła do łóżka, ile przeszkód wziął jej koń, ile wlała w siebie ginu lub wytropiła lwów, zawsze kończyło się tak samo: dreszcz emocji trwał coraz krócej i pozostawiał ją z uczuciem jeszcze większego niedosytu. Zupełnie jakby starała się zaspokoić pragnienie szampanem; każdy łyk tylko je potęgował.

Ale latanie – to było coś innego. Tam, w górze, nie musiała się niczym przejmować: ani mężem, który nią gardził, ani rodziną, która się jej wyrzekła, ani pełną uwielbienia małą kuzynką, która nie była już mała i pełna uwielbienia.

Val zatrzasnął wieczko tabakierki.

– Wielkie nieba, to musi być coś poważnego! – stwierdził.

Bea z powrotem nasunęła gogle.

– Obiecałeś mi lekcję.

Vaughn jednak najwyraźniej popadł w jeden ze swoich irytujących nastrojów.

– Obiecałem lekcję. Ale nie sprecyzowałem dziedziny. – Przesunął palcem w głąb rozpiętego kołnierzyka Bei. – Musisz być ostrożniejsza, kiedy zawierasz pakt z diabłem.

Wbrew samej sobie poddała się pieszczocie. Aż za dobrze wiedziała, co potrafią sprawić dłonie i usta tego mężczyzny. Dawały chwile zapomnienia.

– A czegóż innego mógłbyś mnie nauczyć? – zapytała ochryple.

Val cofnął rękę i odsunął się lekko.

– Może cierpliwości?

Piersi Bei płonęły w miejscach, których dotykał. Pod cienką płócienną bluzką czuła stwardniałe sutki. Sądząc po złośliwym uśmieszku, Val to zauważył.

Niech go diabli. Jego i ten paskudny uśmiech.

Gwałtownym ruchem poprawiła kołnierzyk.

– Czy to nie ty powiedziałeś, że cierpliwość jest cnotą tylko wtedy, kiedy chodzi o coś, na co warto czekać?

– Jeden z moich mniej szacownych przodków. Ale prawie trafiłaś. Miało mnie to zranić? – Przycisnął rękę do serca. – Już po mnie. Umieram. Biada mi.

Bea się zirytowała.

– Lećmy już wreszcie.

– Zdenerwowałem cię. – Ujął jej twarz w dłonie i palcem wskazującym delikatnie odsunął włosy z czoła. – Mój biedny, mały ziemski anioł. Wciąż rwie się w niebiosa.

Zazwyczaj potrafiła się z niego śmiać, lecz tym razem jego słowa nieprzyjemnie ocierały się o prawdę. Bea miała nadzieję, że kuzynka pomoże jej odzyskać kontakt z Ashford, jednak, jak się okazało, Addie została wygnana z Raju tak samo definitywnie. Cholerna niesprawiedliwość. Cokolwiek Bea zrobiła, tylko naśladowała Marcusa, próbując w ten sposób odpłacić mu pięknym za nadobne. Ale popełniła kardynalny błąd: dała się przyłapać. Właśnie to, a nie cudzołóstwo, było grzechem nie do wybaczenia.

Trzepnęła Vala po ręce.

– Skąd bierzesz te niedorzeczne teksty? Z filmów? Potrzebny ci lepszy scenariusz, kochanie. Bardziej mi się podobałeś, cytując... och, jakiegoś tam poetę.

– Naprawdę straszna z ciebie ignorantka.

Jego głęboki, seksowny głos sprawiał, że nawet obelgi brzmiały jak pieszczota. Nie odbierał im jednak żądła. Zupełnie jakby wszystko się sprzysięgło przeciwko Bei, by wywlekać braki jej wiedzy w każdej dziedzinie. Nie miała pojęcia o uprawie kawy ani o udzielaniu pierwszej pomocy. Nie potrafiła cytować poetów ani sypać nazwiskami filozofów.

Poprzedni wieczór był okropny. Nie dość, że musiała przypatrywać się biernie, kiedy Addie zszywała rany Njombo, to jeszcze obiad okazał się absolutnym koszmarem. Frederick ciągle jej docinał, a Addie, udając, że tego nie dostrzega, opowiadała o swojej pracy, mieszkaniu i przyjaciołach, którzy nie byli przyjaciółmi Bei, których nazwiska nie figurowały w „Debrett's"*, którzy coś robili, coś tworzyli.

Nowe porządki. Kiedy to wszystko uległo zmianie? Jeszcze nie tak dawno temu Addie zwracała się do niej o radę; zresztą nie tylko Addie. Przez cały sezon debiutantki stosowały się do wskazówek Bei, kopiowały jej suknie, małpowały jej fryzury. Jeśli włożyła diamentową opaskę, nagle w Londynie pojawiała się setka diamentowych opasek. Wspaniale się tym bawiła.

---

* Debrett's Distinguished People of Today – cykliczne wydawnictwo będące rodzajem informatora o arystokratycznych rodach.

Czasami popełniała wielkie szaleństwa tylko dla uciechy, że inni je naśladują.

Ale tamto życie przeminęło i Bea nie wiedziała, jak je odzyskać.

Nagle poczuła przypływ bezsilnej wściekłości na matkę, która wypchnęła ją w świat absolutnie nieprzygotowaną. To, czego Beę uczono, miało się nijak do nowej, obcej rzeczywistości. Co z tego, że potrafiła zaaranżować przyjęcie na osiemdziesiąt osób, z uwzględnieniem wszelkich reguł etykiety? Albo że nie fatygując się nawet, by otworzyć usta, umiała potraktować z góry parweniuszowską żonę jakiegoś baroneta? Kiedy zaczęły się problemy, nauki matki okazały się bezużyteczne. Kompletnie bezużyteczne. Powinna była skończyć kurs pielęgniarski – jak Addie; przeczytać książki z biblioteki w Ashford – jak Addie; chodzić na wykłady i koncerty – jak Addie.

Och, do diabła z Addie. I do diabła z Valem.

– Nie podejrzewałam, że pożądasz mojego intelektu – odparowała. – Jeśli marzy ci się pani profesor, posmakuj uczonych dam z Oxbridge*. Jestem pewna, że będziesz miał niebiańską frajdę, przerzucając się z nimi cytatami.

Val ziewnął obojętnie. Odznaczał się najgrubszą skórą ze wszystkich znanych jej osób. Trzeba było co najmniej szarżującego nosorożca, by przebić jego pancerz ego.

– Nawiązywałem do Donne'a, moja mała dzikusko**. – Przerzucił nogi przez krawędź kokpitu i zsunął się na ziemię. – John Donne, zgubiony***. *Pozwól dłoniom, niech błądzą jako dwaj włóczędzy...***** Tylko że ty nie jesteś dziś w nastroju, by na cokolwiek pozwalać, prawda?

---

* Kolokwialna wspólna nazwa dla uniwersytetów w Oksfordzie i Cambridge.

** Być może aluzja literacka, której Bea nie rozpoznała, to wers z *The Paradox* Donne'a: *Love-slain, lo ! here I die.*

*** Typowa dla baroku gra słów, którą John Donne podsumował swój pobyt w więzieniu: *John Donne, Anne Donne, undone.*

**** John Donne *Elegia XIX: Na idącą do łóżka*, przełożył St. Barańczak.

– Właśnie mówię o pozwoleniu. Na loty – odparła rozdrażniona. – Miałeś mnie uczyć pilotażu.

Val oparł się obiema dłońmi o bok płatowca.

– A nie robię tego? – Słońce nadawało jego kruczoczarnym włosom granatowy odcień.

– Nie o to chodzi. Nigdy nie dostanę licencji A, jeśli nie uda mi się poderwać tego gruchota w powietrze.

– Nie obrażaj Ćmy. – Pogłaskał srebrzysty kadłub tak troskliwie, jak nigdy nie obchodził się z Beą. – Bo nie poniesie cię ku słońcu.

– Bardziej ci zależy na tej maszynie niż na ludziach.

– Oczywiście. Ludzie są nudni ze swoimi roszczeniami, powinnościami, zobowiązaniami i biadoleniem bez końca. A Ćma oczekuje ode mnie jedynie stałej porcji paliwa. – Val oparł się łokciem o kokpit i uniósł brew. – Chcesz się zabawić, kochanie, czy mam cię wsadzić w twój śliczny samochodzik i odesłać do rodziny?

– Nikt nigdzie nie będzie mnie odsyłać! – Zauważyła w jego oczach rozbawienie i już wiedziała, że powiedział to naumyślnie, by ją zirytować. Jak zwykle dała się złapać w sidła. – Niech cię diabli wezmą.

– Najdroższa, najdroższa… Tylko strzępisz język na próżno. Zostałem skazany na potępienie długo przedtem, zanim cię poznałem. – Z przesadną galanterią uniósł jej dłoń do ust. – Nie twierdzę bynajmniej, że w ogóle nie jesteś warta krótkiej odsiadki w piekle, ale obawiam się, że musisz stanąć w kolejce.

Miała już tego dosyć. Poza tym, choć nie chciała się do tego przyznać, czas jej się kurczył. Zamierzała wrócić przed lunchem, zanim Addie i Frederick zauważą jej nieobecność, a zbliżała się już dziesiąta. Mogła spędzić godzinę w powietrzu i wtedy jeszcze by zdążyła.

– Lećmy – zażądała – albo wracam do domu.

– W porządku – odparł. A przecież wiedziała, że najbardziej niebezpieczny stawał się właśnie wtedy, gdy sprawiał wrażenie zgodnego. Obrócił jej rękę. Bea zadrżała, czując wargi muskające wewnętrzną stronę nadgarstka. – Ale najpierw...

Nie powinna. Już dziesiąta. A poza tym uległość może zostać uznana za przyzwolenie, by następnym razem naciskać jeszcze bardziej...

Usta Vala, który z wprawą podciągnął rękaw jej bluzki, sunęły w górę przedramienia, zamieniając mózg Bei w galaretę.

– Oczywiście, chyba że nie możesz zostać.

Spojrzał na nią nieszczerze. Prowokował, by to powiedziała; by powiedziała, że musi wracać; by przyznała, że wcale o sobie nie decyduje, że jest przykuta do męża, który jej nie chce, do dzieci, z którymi nie potrafi się obchodzić. Gdyby to wszystko wyznała, na pewno poklepałby ją po ramieniu i pozwolił odejść. A ona całą powrotną drogę wściekałaby się, skręcała z seksualnej frustracji i gniewu. I pragnęła przez to Vala jeszcze bardziej.

– Twój wybór – oznajmił.

Nieprawda. Bea straciła możliwość dokonywania wyboru lata temu, gdy zaszła w ciążę.

– Owszem – odparła wyzywająco – mój.

Przyciągnęła do siebie jego głowę, zaciskając powieki, by nie widzieć nieba, rozpórek między płatami samolotu, ptaków, które gapiły się na nich z drzew, i pocałowała Vala w usta tak, jak gdyby chciała wyssać tajemnicę tego cudownego zobojętnienia i posiąść ją na własność. Słyszała jego przyspieszony oddech, czuła, jak coraz mocniej bije mu serce. Wezbrała w niej fala triumfu. Przynajmniej w tym ona była mistrzem, nie on.

Istniał więcej niż jeden sposób, by odlecieć.

Nowy Jork, 1999

– Ale przecież widziałam fotografie – powiedziała Clemmie. – Z babcią i dziadkiem w Kenii.

Takie zdjęcie stało na stole w salonie: ich dwoje na plantacji kawy, dziadek w tropikalnym hełmie, babcia w spodniach z wysokim stanem. Drugie zawsze było na sekretarzyku: babcia Addie i dziadek Frederick przed kamiennym domem, tym samym, który Clemmie zauważyła w albumie Bei. Siedzieli na ganku, Marjorie stała obok nich, a mała nadąsana Anna zajmowała miejsce u ojca na kolanach. Clemmie dałaby głowę, że widziała więcej takich fotografii. Gdyby tylko potrafiła sobie przypomnieć gdzie.

– Wszystkie są późniejsze – oznajmiła ciotka Anna. – Przyjrzyj się dokładnie, to sama zobaczysz. Ona przyjechała dopiero w 1926.

Kilka lat po narodzinach matki Clemmie.

– Wysłała cię do Kenii z dziadkiem Frederickiem?

Clem słyszała o dzieciach zostawianych w Anglii, gdy ich rodzice udawali się do kolonii, ale nigdy o odwrotnym przypadku. Z drugiej strony różnie się w życiu układa. Może dziadkowie akurat mieli złą passę; może babcia musiała zostać dłużej ze względu na interesy. Powodów mogło być wiele.

Marjorie chrząknęła i wykrztusiła:

– Nie. Ja urodziłam się w Mombasie, a Anna w Nairobi. – Zerknęła na siostrę spod przymrużonych powiek. – Twoja ciotka próbuje ci powiedzieć, że z biologicznego punktu widzenia babcia Addie nie jest naszą matką. Chociaż naprawdę nie rozumiem, jakie to ma teraz znaczenie, po tylu...

– Z biologicznego punktu widzenia? – Clemmie wpadła jej w słowo. – Że co?

– Ona w ogóle nie była naszą matką – warknęła ciotka Anna.

– Była. Pod każdym względem, który się liczy – upierała się Marjorie. – Była dla nas o wiele lepszą matką niż...

– Nie możesz nawet wypowiedzieć jej imienia, tak? Dla ciebie ona nie istnieje.

– My dla niej też właściwie nie istniałyśmy.

– Zaraz, zaraz – przerwała im Clem. Czuła się jak Alicja po drugiej stronie lustra. Wszystko stało na głowie. – Przecież babcia Addie i dziadek Frederick... oni się poznali, kiedy babcia miała trzynaście lat! Sama mi o tym opowiadała. Tę historię z białą myszką.

– Coś stanęło im na przeszkodzie – sztywno wyjaśniła Marjorie.

Ciotka Anna obrzuciła siostrę wymownym spojrzeniem.

– Pobrali się w roku 1929. Jeśli mi nie wierzysz, prawdopodobnie gdzieś tu się wala świadectwo ślubu. Więc sobie policz.

Wtedy jej matka miała już osiem lat, ciotka pięć. A tutaj przed Clem leżał album z 1926 roku, zawierający zdjęcia wszystkich – poza babcią.

Z daleka przypłynęło wspomnienie: otwarta tekturowa teczka na podłodze gabinetu Jona, dookoła rozsypane papiery, a wśród nich ziarnista kopia okładki starego czasopisma. Kolejna fotografia, gdzie brakowało babci. Clemmie nadal miała w pamięci podpis, trochę rozmazany, ale wciąż czytelny: „Lady Beatrice Desborough i sir Frederick Desborough".

Nie Gillecote. Nie Rivesdale. Desborough.

Clem wskazała na album ze zdjęciami. Zadziwiało ją, że ręka jej nie drżała.

– To Bea, tak? Ta przeszkoda to ona?

Łatwiej było myśleć w taki sposób. Termin „przeszkoda" brzmiał zimno i uśmierzał ból. Nie osoba. Przeszkoda.

Matka przytaknęła.

– Ona była...? – Clemmie nie potrafiła wykrztusić słów „moją babką". Utknęły jej w gardle. Przecież miała babcię. Addie. Tylko że to okazało się kłamstwem. – Czemu mi nie powiedziałaś? – wybuchnęła.

Marjorie z trudem przełykała ślinę.

– Bo wydawało mi się to nieważne.

– Nieważne? – Przez całe życie Clemmie usiłowała naśladować babcię. Która wcale nie była jej babcią. Była... Clem nawet nie miała ochoty wnikać w ten genealogiczny zamęt. Głos jej drżał, kiedy zapytała: – A dziadek Frederick? To też bujda?

– Masz jego oczy.

– Zawsze twierdziłaś, że podbródek mam po babci – odparowała. – Tylko nie wiedziałam, że chodziło o jakąś inną. Dlaczego mi nie powiedziałaś?

Zapadło milczenie.

Paznokcie wbijały się jej w skórę dłoni.

– Co się z nią stało? Z moją prawdziwą babcią?

Miała wrażenie, że popełnia zdradę, wymawiając te słowa, nawet myśląc o nich, tutaj, gdzie duch zmarłej wciąż wydawał się obecny – w fotografiach opartych o ścianę, w ubraniach złożonych do pudeł. Spędziła w tym pokoju tyle godzin, skacząc po łóżku, które zniknęło dawno temu, przebierając się dla zabawy w stroje z garderoby, a wreszcie siedząc przy tej okropnej metalowej szpitalnej leżance. Przebywały razem tak często, babcia i wnuczka.

Ale babcia Addie wcale nie była tym, za kogo się podawała, i milcząc, również Clemmie zdradziła.

– Twoja święta babunia pozbyła się jej – rzuciła Anna. – Przyjechała do Kenii i wszystko poszło w diabły.

– Jesteś niesprawiedliwa – zaprotestowała ostro Marjorie. – Nie możesz tym obciążać mamy. W niczym nie zawiniła.

– Mamy?! – prychnęła Anna. – Boże, ależ ci wyprała mózg! Po prostu nie mogłaś się doczekać, żeby się pozbyć rodzonej matki, co?

– Byłaś za mała, nic nie pamiętasz – odparła jej siostra. – Nie masz pojęcia, co się działo przed jej przyjazdem.

– Ależ owszem. – Twarz ciotki Anny pokrywały zmarszczki, których Clemmie wcześniej nie zauważyła. – Pamiętam naszą mamę... naszą prawdziwą mamę. Pamiętam jej perfumy. Pamiętam jej śmiech.

Matka Clemmie wstała.

– A pamiętasz awantury? Albo jak znikała na całe tygodnie? To też pamiętasz? – Obie ręce zacisnęła na oparciu krzesła. – Bo ja tak. Pamiętam, jak ciągle przychodziły i odchodziły guwernantki. Pamiętam noce, kiedy nie wracała do domu. Byłaś wtedy maleńka... co ty możesz o tym wiedzieć. Ona nigdy nas nie chciała. Nigdy...

– Może ciebie nie chciała – cisnęła jej prosto w twarz Anna.

Marjorie pokręciła głową.

– Addie o wiele bardziej była dla nas obu matką niż ona kiedykolwiek.

– Och, jasne. Mogła sobie na to pozwolić. Dostała wszystko, czego chciała. Kiedy tylko pozbyła się naszej mamy.

Napięcie między nimi wręcz wibrowało. Przez moment wyglądały niesamowicie podobnie, nie z rysów, ale wyrazu twarzy, bijącej od nich wrogości.

– Przestańcie! Przestańcie natychmiast, obie! Zamierzałaś kiedyś mi o tym powiedzieć? – Clemmie zaatakowała Marjorie.

– Nie rozumiesz, jak to było. Nasza własna matka... zostawiła nas. – Anna parsknęła z oburzenia, ale jej siostra nie dała się speszyć. Spojrzała na Clemmie. – Twoja babcia była moją mamą pod każdym ważnym względem. Była moją mamą przez siedemdziesiąt lat. Była mamą, którą wybrałabym dla siebie, gdybym mogła wybierać.

– To nie moja babcia – rzuciła Clem. Głos matki brzęczał jej w uszach, ale argumenty przelatywały obok, wydawały się bez sensu. – Jeżeli nie była twoją matką, nie mogła być moją babcią.

– Ona tak tego nie widziała – odparła Marjorie. – Gdyby słyszała, co mówisz, bardzo by ją to zraniło. Babcia Addie kochała cię.

– Nie była moją babcią! – Clemmie bolały wszystkie mięśnie. Czuła się tak, jakby ktoś jej spuścił lanie, ociężała, ogłupiała. – Była dla mnie... kim? Kuzynką trzeciego stopnia? Jak mogłaś to przede mną ukrywać?

– A co dobrego by ci z tego przyszło? – Głos matki brzmiał niemal błagalnie. – Miałaś babcię, prawdziwą babcię. Dlaczego miałam cię tego pozbawić?

– Należało mi powiedzieć – upierała się Clemmie. To niesprawiedliwe, że nikt jej nie poinformował. Uderzyła ją okropna myśl. – Tacie powiedziałaś?

– Tak – przyznała matka.

– Bobowi? Billowi?

– Nie.

Powinna była poczuć się lepiej, bo jej bracia też zostali nabrani, ale się nie poczuła. Im by nie zależało, żadnemu z nich. Zawsze bardziej garnęli się do rodziny ojca. Znali tamtą babcię – jego mamę – która zmarła, zanim Clem przyszła na świat. A poza tym po rozwodzie rodziców to Clemmie przyjechała do Nowego Jorku; to ona spędzała dnie i noce w domu dziadków i to jej ciągle powtarzano, jak bardzo idzie w ślady babci, jak bardzo jest do niej podobna.

Do której?

– Jon też wie, tak?

Nie musiała nawet czekać na odpowiedź. Oczywiście. Całe to gadanie o kopaniu zbyt głęboko, o wywoływaniu wilka z lasu. Sama nie wiedziała, kogo z nich bardziej chciałaby walnąć, chociaż z pewnością nie mogła podnieść ręki na swoją siedemdziesięcioośmioletnią matkę.

Drżącą dłonią przesunęła po włosach – włosach Bei – krótkich, prostych, obciętych na boba.

– Później porozmawiamy. – Poczucie winy kazało jej dodać: – Gdybyś czegoś potrzebowała, jakiejś pomocy z przeprowadzką, daj mi znać.

– Dokąd idziesz? – zapytała ją matka.

Byle dalej stąd. Jak najdalej. Tam, gdzie będzie mogła powściekać się w spokoju. Gdyby została... ale po co? Powtarzałyby tylko w kółko to samo, powtarzały, powtarzały, aż w końcu padłyby jakieś straszne słowa, których nie da się cofnąć.

Okłamałaś mnie! Okłamałaś! Okłamałaś!

Nie była pewna, czy ma na myśli matkę, czy babcię Addie, czuła jednak, że musi się od tego oderwać.

– Wychodzę – odparła krótko. – Po prostu wychodzę.

ROZDZIAŁ 20

Nowy Jork, 1999

Clemmie! Myślałem, że to facet z chińszczyzną.

Jon stał w drzwiach, blokując ciałem wejście. Nie wyglądał na szczególnie zachwyconego, że ją widzi. I dobrze. Niech się boi. Niech się bardzo boi.

Zamierzała pojechać do domu, lecz kiedy tylko zaczęła iść, nogi same poniosły ją w prawo zamiast w lewo, na północ, w stronę Harlemu. Wszędzie dookoła taksówki pełne imprezowiczów udających się na noworoczne przyjęcia miały wyłączone światełka na dachach. Clemmie wiedziała z doświadczenia, że złapać taksówkę w noworoczny wieczór było prawie niemożliwe. Ale nie robiło jej to różnicy. Chciała się przespacerować, potrzebowała ruchu. Jej rękawiczki zostały na górze u babci Addie... u Addie. W żadnym razie nie zamierzała tam wracać, więc wepchnęła zmarznięte dłonie do kieszeni, schowała głowę w kołnierz, weszła do parku i podążyła przed siebie przez śliskie liście i połamane gałęzie. Wcześniej prószył śnieg, teraz zamarzł w cienką skorupę. Clemmie słyszała, jak chrzęścił, kiedy szła coraz szybciej i szybciej. Oddech wydobywał się z jej ust gwałtownymi zrywami, zamieniał powietrze w parę.

Matka byłaby przerażona tym pomysłem. W dzieciństwie Clemmie park był ziemią niczyją. Obowiązywały pewne zasady: nie ma parku po zmroku, nie ma łażenia powyżej Dziewięćdziesiątej Szóstej ani po West Side. Zasady, zasady, zasady i ona ich przestrzegała. Zasady mamy, zasady babci Addie, niepodlegające dyskusji. Tak bardzo się starała, żeby zadowolić mamę i babcię – i po co? Jej obcasy, całkiem nieodpowiednie do spacerów, poślizgnęły się na warstewce lodu. W ostatniej chwili Clemmie złapała równowagę. Niech tylko jakiś bandzior spróbuje ją zaczepić, urwie mu jaja. Cholera, tylko na to czekała. Wprost paliła się do rękoczynów, z byle powodu. Krew wrzała jej w żyłach. Do tej pory każdy by już zmarzł, ale nie ona. Kipiała ze złości, gotowała się od środka.

Żaden rozsądny bandzior nawet by nie próbował. Mruczała pod nosem, powtarzając argumenty, ćwicząc oskarżenia. Wszystko, co powinna była powiedzieć matce! I babci Addie... Babci Addie, która nie była babcią Addie, która przez tyle lat udawała i umarła, zanim mogła się wytłumaczyć. Czy zamierzała się przyznać? Dlatego zaczęła te opowieści? Może, gdyby Clemmie częściej ją odwiedzała...

Poczucie winy walczyło z gniewem, łącząc się w koszmarną mieszaninę wątpliwości, zranionych uczuć i przekonania o własnych racjach. Pięknie. A co z tymi innymi latami? Co z godzinami, które spędzała po lekcjach w mieszkaniu babci? Co ze wszystkimi świętami Bożego Narodzenia i Dniami Dziękczynienia? Z ich wyjątkową wycieczką we dwie do Londynu? Dlaczego babcia nigdy nie kazała wnuczce usiąść i nie powiedziała: „A tak przy okazji..."

Park wypluł ją na West Side, w pobliżu Dziewięćdziesiątej Szóstej. Clemmie mogła wsiąść do autobusu i wrócić do siebie, żeby odtajać i wściekać się dalej. Zamiast tego skręciła na północ. Nie potrafiła sobie przypomnieć numeru domu, w którym mieszkał Jon, ale pamiętała kwartał. A przynajmniej tak jej się wydawało. Przemierzyła dwie niewłaściwe przecznice, zanim znalazła tę, co trzeba. Z każdym zakrętem poziom adrenaliny wzrastał. Wreszcie trafiła: „Jonathan Schwartz", wypisane czarnymi wersalikami na kawałku taśmy maskującej, nierówno naklejonym na nazwisku poprzedniego lokatora. Kiedy głos Jona zatrzeszczał w domofonie, nie trudziła się nawet, żeby poinformować, kto idzie. Po prostu wtargnęła do holu i ciężko stąpając, ruszyła schodami w górę. Krew jej pulsowała, policzki miała odrętwiałe z zimna, włosy sterczały naelektryzowane.

– Dlaczego mi nie powiedziałeś? – Jej głos wydobywał się wśród urywanych sapnięć. Minęło stanowczo zbyt wiele czasu, odkąd ostatni raz ćwiczyła w siłowni.

W oczach Jona błysnęły zdziwienie, poczucie winy, zakłopotanie. Zerknął przez ramię za siebie.

– Ja właśnie...

– Nie wciskaj kitu. – Gniew dobrze jej robił. Clemmie dała krok do przodu, zmuszając gospodarza, by się cofnął i szerzej otworzył drzwi. – Wszystkie te pierdoły o niewywoływaniu wilka z lasu. Wiedziałeś przez cały czas. Dobrze się bawiłeś? Że potrafiłeś mnie tak nabierać?

Jego twarz przybrała dziwny wyraz.

– A, twoja babcia – powiedział powoli. – O to ci chodzi.

– Nie moja babcia – poprawiła go Clemmie. – Od jak dawna wiesz?

Jon zacisnął powieki.

– Nie tak długo – odparł. – Dopiero kilka lat. Posłuchaj, Clem...

– Dopiero kilka lat – powtórzyła jak automat.

Ile to jest kilka? Jon był historykiem, miał do czynienia z całymi dekadami. W Rzymie już wiedział? Logicznie rzecz biorąc, jedno nie miało nic wspólnego z drugim, zdawała sobie z tego sprawę. Ale z jakiejś przyczyny to podejrzenie rozwścieczyło ją jeszcze bardziej. Przespał się z nią – źle; okłamywał ją, kiedy z nią spał – nie do wybaczenia. Zerżnięta i okantowana.

– Od jak dawna? – zapytała ostro.

Jon, sfrustrowany, sapnął.

– Trochę myszkowałem, kiedy zbierałem materiały do doktoratu. Oblicz sobie. Posłuchaj... – Zablokował ciałem drzwi i szybko dodał: – Co za różnica? Twoja babcia to twoja babcia. Ona cię kochała. Bea zawsze wydawała mi się wredną suką.

Właśnie to, że wiedział o istnieniu Bei, że miał czas, by wypracować sobie na jej temat własne teorie, doprowadzało Clemmie do szału.

– Jasne – wycedziła. – Skoro była silną kobietą, to musiała być suką.

– Nigdy niczego podobnego nie twierdziłem! O Addie nie odważyłbym się tak powiedzieć... a nazwałabyś ją słabą?

Clemmie nie wiedziała, jak w ogóle powinna ją nazywać.

Tymczasem Jon podążał dalej za swoim tokiem rozumowania.

– To słaby człowiek musi uciekać się do wrednych zachowań, nie silny. Jak osaczone zwierzę. Taki mechanizm obronny.

Wspaniale. Tylko tego jej było trzeba.

– Dzięki za filozofię z wróżebnych ciasteczek. Mogę prosić do tego porcję makaronu chow mein?

Jon podniósł obie ręce, potrącając ramieniem drzwi; bardziej się uchyliły.

– Chcesz się na kimś wyładować? Proszę, nie żałuj sobie. Ale co w ten sposób zyskasz? Było, minęło. Przynajmniej miałaś kogoś, kogo mogłaś nazywać babcią. I za to bądź wdzięczna.

– Łatwo ci mówić – warknęła.

– Bo to nie moja rodzina? – Uśmiechnął się cierpko. – Dzięki. Byłem ciekaw, kiedy ten temat wypłynie.

Nie brakowało mu tupetu.

– Nie. Bo to nie ciebie okłamywano przez te wszystkie lata... od zawsze! – Głos jej się załamał. Uświadomiła sobie, że zaraz się rozpłacze.

Usiłowała się opanować. Gniew był w porządku, płacz nie. Nie mogła z powodu Jona całkiem tracić panowania nad sobą. To był taki okropny, okropny dzień: wymuszona pobożność podczas pogrzebowego nabożeństwa, pustka w miejscu, gdzie zawsze stało łóżko babci, szminka na zębach uczestniczek stypy... Wszystko się waliło. A teraz sterczała tu w progu – na litość boską, Jon nawet nie zaprosił jej do swojego chrzanionego przedpokoju – i urządzała histerie niczym rozpieszczony dzieciak, któremu nie dali ciasteczka.

Chciała coś powiedzieć, ale nie potrafiła znaleźć słów. Gdyby się odezwała, mogłaby wybuchnąć płaczem, a do tego nie mogła dopuścić. Przedtem myślała, że kiedy mu wygarnie, poczuje się lepiej. Tymczasem miała ochotę schować się w jakiejś dziurze i zalać łzami.

Twarz Jona złagodniała.

– Przepraszam, Clem. Naprawdę. Powinienem był ci powiedzieć. Posłuchaj, może byś pojechała do domu. Przespała się z tym.

Clemmie mocno zacisnęła usta i bez słowa pokręciła głową.

– Zejdziemy na dół, wsadzę cię do taksówki. – Położył jej rękę na ramieniu i próbował skierować w stronę schodów. Jego głos był niski, kojący. – Porozmawiamy jutro. Obiecuję, że powiem ci wszystko, co mogę... wszystko, co wiem – poprawił. – Żadnych więcej sekretów.

Podniosła na niego wzrok: zielonobrązowe oczy za okularami w złotych oprawkach; mała blizna w pobliżu kącika ust jeszcze z czasów, kiedy w ósmej klasie zabrał Clem na wrotki do Wollman Rink i wpadł na szalejącą po torze sześciolatkę; odrobina siwizny na skroniach.

Niesamowity przypływ adrenaliny, który pędził ją przez park, zaczął ustępować, pozostawiając po sobie znużenie, chłód i dreszcze. Clemmie czuła się jak topniejący śniegowy bałwan – wyprana z całej woli walki, pusta i bardzo, bardzo zmęczona. Dobrze było znaleźć oparcie w Jonie, mieć kogoś, kto ją podtrzymywał. Zastanawiała się z roztargnieniem, czy jazda taksówką może okazać się czymś więcej niż jazdą taksówką, gdyby dokończyli to, co zaczęli przed tygodniem, wymazując ze świadomości wszystkie późniejsze wydarzenia: pogrzeb, rodzinne rewelacje, kłamstwa. Gdyby puścili w niepamięć dawne urazy i spróbowali od nowa, ciało przy ciele, w absurdalnie maleńkim mieszkanku Clem.

– Dobrze – wychrypiała.

Jon uścisnął jej ramię.

– Więc chodźmy...

Za jego plecami rozległ się jakiś hałas. Zaskrzypiały stare klepki podłogi i kobiecy głos zawołał:

– Hej.

Clemmie zalała dziwna fala zawrotów głowy. Korytarz przed nią zdawał się migotać, a może po prostu oczy nadal szczypały ją z zimna. Tak, z zimna, tylko tyle. Patrzyła i usiłowała zrozumieć rozwój wydarzeń i tę kompletną porażkę.

Jon głośno przełknął ślinę.

– Zamierzałem cię uprzedzić... – wyznał cicho z naciskiem.

– Cześć! – Kobieta pojawiła się w przedpokoju. Kosmyki upiętych do góry włosów, jeszcze wilgotnych po kąpieli, sterczały jej na czubku głowy. Ubrana w spodnie do jogi i koszulkę bez rękawów, sprawiała wrażenie, jakby czuła się tu zupełnie swobodnie.

Kiedy Clemmie widziała ją po raz ostatni, zamiast domowego stroju były długa, biała suknia, welon i całe mnóstwo makijażu.

– Jon! Dlaczego mi nie powiedziałeś, że mamy gościa? – Caitlin podeszła do drzwi, cicho stąpając bosymi stopami. – Cześć. Czy my się znamy?

Kenia, 1927

– Prawdziwe widowisko, nie uważasz? – U podnóża tarasu Frederick przyłączył się do Addie.

Z położonej wyżej werandy dobiegał stukot lodu w shakerze i świdrujący gwar towarzyskich rozmów. Jednak autentyczny spektakl rozgrywał się przed nimi, tam, gdzie Kikuju świętowali zaślubiny Njombo. Przed paroma miesiącami Addie pozszywała tego młodego człowieka, więc teraz czuła się w pewien sposób uprawniona do zainteresowania uroczystością.

Powiedziano jej, że *ngomo* to coś, co koniecznie trzeba zobaczyć, ale dlaczego, zdała sobie sprawę dopiero, kiedy zapadł zmierzch i w blasku pochodni rozpoczął się taniec. Mężczyźni, których znała jako robotników z plantacji kawy, stali się wojownikami. Ciała mieli natłuszczone i pokryte misternymi wzorami o barwach kredowej bieli i czerwonej ochry, w rękach pierzaste dzidy, kołatki przy kostkach nóg, ozdoby w uszach. Przybrania ich głów, pełne paciorków i piór, przewyższały wymyślnością wszystko, co zdarzyło się Addie widzieć w nocnych klubach i salach balowych Londynu.

Kobiety Kikuju, o lśniącej skórze, wystrojone w paciorki, byłyby całkiem nagie, gdyby nie bardzo kusy trójkąt z trawy od przodu i z tyłu. Kołysały się bez cienia wstydu w takt muzyki, ich biodra falowały, piersi podskakiwały, naoliwione ciała błyszczały w świetle ognia. Starsi członkowie plemienia siedzieli we własnym gronie i patrzyli. A bębny przez cały czas wybijały pierwotny rytm, tancerze skakali i kołysali się, ich wydłużone cienie wykręcały się i chybotały. Wtórowały im ruchem wysokie trawy i gałęzie drzew, jakby cały świat miał swój udział w tym tańcu w rytmie bębnów, bum-bum, bum-bum.

– Wsłuchaj się – powiedział Frederick cicho, mimo to Addie wydało się, że jego słowa rozbrzmiewają echem w niej i dookoła niej; że wszystko nabiera wyrazistości, ożywa w blasku płomieni. – Ten rytm przenika człowieka na wskroś. Prawda?

– To... fascynujące – szepnęła. Takie bezbarwne, bezpieczne słówko. Czuła się, jakby została przyłapana na folgowaniu jakiejś potrzebie podglądactwa – coś tak zmysłowego, erotycznego było w ich tańcu. Frederick trafnie to ujął. Muzyka bębnów wdzierała się do jej wnętrza, uderzała rytmicznie niczym drugie serce, obiecywała wszelkie zakazane rozkosze. Chociaż Addie nie piła żadnego alkoholu, miała wrażenie, że jest odurzona. Policzki jej płonęły, ręce drżały.

– Chodźmy na spacer. – W jego głosie brzmiało naleganie. Zdziwiona odwróciła się i spojrzała mu w twarz, na której migotał blask płomieni.

– Ale – wykrztusiła – przyjęcie...

Zerknął przez ramię w stronę werandy, gdzie brylowała jego żona, rządząc swoimi wielbicielami, nastawiając jednego przeciwko drugiemu. Addie była przekonana, że któryś z nich jest kochankiem Bei. A może nawet obydwaj. Wtedy w Mayfair niczego nie zauważyła, ale teraz dorosła, nabrała doświadczenia, znała symptomy.

– Oni wszyscy świetnie się bawią – powiedział Frederick i wyciągnął do niej rękę. – A my?

Fatalny pomysł, wiedziała o tym. Fatalny, fatalny pomysł. Spędzała z Frederickiem mnóstwo czasu – w składzie kawy, w pokoju dziecinnym u dziewczynek, spacerując po polach – ale zawsze za dnia i nigdy sam na sam.

Minęło sześć miesięcy, odkąd przyjechała do Kenii, sześć miesięcy wspólnej pracy, rozmów, snucia planów. Addie, uradowana tym, gratulowała w duchu sobie i jemu dojrzałości, tego, że potrafili zapomnieć przeszłość, zostać przyjaciółmi lepszymi niż w Londynie, równymi sobie jak nigdy przedtem.

Z uporem ignorowała niepokojące sygnały: więcej czasu na plantacji, byle tylko skraść jeszcze kilka wspólnych chwil; niby przypadkowe muśnięcie dłoni nad księgą rachunkową; dyskretne spojrzenia przez ramię, aby napotkać oczy Fredericka, jego wzrok podążający za nią, gdy wychodziła z pokoju.

Co oczywiście nic nie znaczyło. Byli przecież przyjaciółmi, czyż nie? Przyjaciółmi.

Mówiła sobie tak w kółko, jakby powtarzanie mogło wymazać prawdę, że znów się zakochała – nieprzytomnie, tym razem nie w urojeniu, ale w rzeczywistym mężczyźnie. Mężczyźnie, którego widywała dzień w dzień, jak boryka się z rachunkami, bawi się z dziećmi... Już sama myśl o tym wywoływała cierpienie, więc Addie nie chciała myśleć, w ogóle. Dopóki nie przyjmowała tego do wiadomości, to nie istniało.

Bębny gnały ją naprzód, pod osłonę pogodnej ciemności.

– Tylko... tylko krótki spacer – powiedziała. – Tutaj jest za gorąco.

To jednak nie bliskość ogniska rozgrzewała jej krew. Addie czuła, że ogarnia ją jakieś szaleństwo. Miała ochotę poruszać się tak jak tancerze, rzucić się w sam środek tego gorejącego kręgu i kołysać się, balansować w świetle ognia, tańczyć obok trzaskających płomieni.

Dłoń Fredericka zamknęła się na jej ręce. Pociągnął Addie, a ona podążyła za nim ogrodowymi ścieżkami, koło akacji, z której osypywały się na żwir jasne kwiaty. Wnikało w nich przesłanie bębnów, miarowy rytm niczym bicie serca, coraz szybszy i szybszy. Powietrze przesiąkło bogactwem zapachów, ramię ukochanego opasywało ją i wiodło w mrok, poza taras, z dala od ogniska, gdzie wśród drzew szeleścił lekki wiaterek i dziwne ptaki nawoływały się, jakby ich ponaglając.

Pozostawili za sobą towarzystwo na werandzie, odgłosy wytwornej rozmowy, brzęk kieliszków do koktajlu. Równie dobrze mogli znajdować się gdziekolwiek, tysiące lat temu, pierwszy mężczyzna i pierwsza kobieta, otuleni ciepłą nocą. I tylko nikłe echo bębnów narzucało im tempo.

Addie nie była pewna, jak to się stało – potknęła się na ciemnej dróżce? przystanęła? – ale już nie szli, znajdowała się w jego ramionach: jego wargi na jej włosach, na jej policzku, na jej wargach; usta złączone z całą natarczywością pożądania tłumionego przez pół roku wspólnej pracy i wspólnych posiłków, skrywanego za uprzejmym uśmiechem i dziarską energią, której w ogóle, ale to w ogóle nie czuła.

– Addie – wyszeptał. Stara krepdeszynowa suknia Bei wydawała się cienka jak gaza albo pajęczyna, nie stanowiła prawie żadnej bariery. Przez tkaninę jego ciepłe dłonie przywierały do pleców, talii, wargi błądziły po szyi. – Addie...

Nad ich głowami skrzypnęła jakaś gałąź; ostry, nieprzyjemny dźwięk. Addie szarpnęła się do tyłu.

– Co my robimy?

Frederick objął ją. Jego głos, dobiegający z ciemności, brzmiał aksamitnie.

– Dokładnie to, czego pragniemy od miesięcy... od lat.

Nienawidziła samej siebie, bo mu się poddawała, bo garnęła się do jego rąk. I jego nienawidziła – bo miał rację.

– Inaczej dlaczego byś ze mną poszła?

Pewność, z jaką to powiedział, zirytowała Addie. Zwłaszcza że to była prawda. Ale przyznać się do tego oznaczało... och, tak wiele zdrad!

– Na spacer – odparła gwałtownie. – Po prostu na spacer!

– Nie kłam!

Żałowała, że nie widzi jego twarzy, którą okrywał cień.

– Jeśli musisz, oszukuj siebie, ale nie mnie.

– Nie możemy... ja nie mogę... jesteś żonaty!

– I co z tego? – Głos łamał mu się z frustracji. Addie potrafiła wyobrazić sobie minę Fredericka, każdą jej wersję. Znała go tak straszliwie, tak nieznośnie dobrze. – Połowa tamtych ludzi też. – Gwałtownie wskazał palcem w stronę domu.

– Więc o to chodzi? – Przeszył ją ból; okropny, piekący, szarpiący ból. Już dosyć źle jest kochać i to bez wzajemności, ale gorzej, o wiele gorzej, byłoby zostać użytą jako narzędzie odwetu. Powiedziała zbyt głośno, zbyt piskliwie: – Tylko dlatego, że jesteśmy w Kenii, wszystkie chwyty dozwolone? Ty możesz sobie lekko traktować swoją małżeńską przysięgę, ale ja nie. Nie będę... nie będę twoją zemstą na Bei. Twoją zabawką.

– Mała idiotko – szepnął łagodnie. Dziwne, ale te słowa zabrzmiały jak pieszczota. Przysunął się do Addie. Żwir chrzęścił mu pod podeszwami. – Naprawdę myślisz, że o to chodzi? Że tak nisko cię cenię?

– Nie wiem, co myśleć. – To przynajmniej była prawda. – Powinniśmy wracać... nie należało się oddalać. Nic dobrego nie przyjdzie...

– Addie – przerwał jej. Słowa, które mu się wyrywały, brzmiały chrapliwie, surowo. – Addie... w Anglii... wtedy, pięć lat temu... popełniłem przeklęty błąd.

Addie zastygła. Chciała słuchać i nie chciała. Do czego to prowadzi?

Nie... Jej wargi ułożyły się w jakiś dźwięk, który się spomiędzy nich nie wydostał.

Blask księżyca oświetlił udręczoną twarz Fredericka.

– Byłem głupcem do kwadratu, chyba nie sądzisz, że o tym nie wiem? Nie widzisz, że płacę za to? Ciągle, nieustannie? – Roześmiał się cicho, bez cienia wesołości. – Czy ty masz pojęcie, czym dla mnie była świadomość, że jesteś tuż obok, a ja nie mogę cię dotknąć?

Addie wpatrywała się w niego z rozchylonymi ustami.

– Uwierz mi – dokończył wściekle – nikt nie został poddany bardziej okrutnej karze za moment głupoty.

– Więcej niż moment – usłyszała samą siebie. Dawne urazy wzięły górę. – Jeśli naprawdę w ten sposób czułeś, jeśli mnie pragnąłeś, to dlaczego...

– Nie rozumiesz? – Jego dłonie znalazły się na jej ramionach, jego głos ją zniewalał. – Wtedy wszystko wyglądało źle, wszystko. Świat stał na głowie. Nie chciałem ciągnąć cię za sobą w przepaść. Byłem o krok od decyzji, by wsadzić lufę pistoletu do gardła i nacisnąć spust... Ale potem zjawiły się Marjorie i ta farma. – Ogarnął gestem uśpione pola. – Oprzytomniałem z obłędu, zacząłem się zastanawiać, co najlepszego zrobiłem. Myślałem, że potrafię jakoś to znieść, a wtedy wróciłaś ty. I teraz...

– Nie ma żadnego teraz! – Głos Addie zabrzmiał bardziej szorstko, niż zamierzała. Zdało jej się, że jej uczucia są otwartą raną. Wszystko, co mogło się zdarzyć, a się nie zdarzyło, tańczyło jej przed oczami. Och, gdyby nie przedstawiła go Bei... Ale przedstawiła i on z tego skorzystał. Jak uwierzyć w to, co mówił? – I nie będzie.

– Do diabła, Addie. – Sprawiał wrażenie tak oburzonego, że chybaby się roześmiała, gdyby nie zbierało jej się na płacz. – Przecież próbuję powiedzieć, że cię kocham.

– Jak mogę ci zaufać? – wykrztusiła. Usiłowała się wyrwać, lecz dłonie Fredericka przytrzymywały ją mocno za ramiona.

– Kocham cię. Kocham cię – powtarzał jak zaklęcie. – Kocham, jak siorbiesz herbatę...

Addie gwałtownie uniosła głowę.

– Wcale nie siorbię!

– Właśnie, że tak – powiedział czule. – Siorbiesz herbatę, zawijasz włosy na palec, kiedy się denerwujesz, i nadymasz się, kiedy jesteś zła. Kocham cię za to wszystko. Kocham cię za to, że jesteś sobą. Kochałem cię już wtedy, gdy cię ledwie znałem...

nawet jeśli byłem zbyt wielkim głupcem, by to pojąć. Ale tamto nawet nie umywało się do tego, co czuję teraz. Ty i ja zostaliśmy dla siebie stworzeni, obojętnie, czy przyznasz mi rację, czy nie.

Skazywał ją na nowy rodzaj piekła, tysiąc razy gorszy niż ukrywanie miłości pod maską przyjaźni. Żeby w taki sposób wydobyć na jaw...

– To okrutne – syknęła z gniewem. – Nigdy nie powinnam...

– Twierdzisz, że nie czujesz tego samego?

Dłonie Addie zwinęły się w pięści, paznokcie wbiły w skórę. Była wściekła, bo nie potrafiła mu odpowiedzieć; bo jej zasady – wszystkie te lata wpajanej bez przerwy przyzwoitości, wszystkie te lata nauk ciotki Very – zbladły wobec jednej pierwotnej potrzeby, pragnęła niewyobrażalnie. Tak wyglądała prawda. Przez kilka ostatnich miesięcy Bea przestała się liczyć, a ona, Addie, udawała przed samą sobą, że wszystko tu należy do niej – farma, dzieci – i że mogłaby z nim siedzieć na werandzie i słuchać pohukiwania sów, z głową na jego ramieniu, czując jego wargi we włosach.

– Widzisz? – powiedział cicho, z triumfem.

– Ale to jest złe! – Tylko tego jeszcze mogła się kurczowo uczepić, ostatniego śladu zasad.

Frederick ujął jej twarz w dłonie.

– Dobre, złe... Co to tutaj za różnica? – W tej myśli było coś szalenie kuszącego: tysiące kilometrów od ludzkiej krytyki, dzikie pustkowie, wokół rytmiczny łomot bębnów. – Powiedz, że to nie jest dobre.

Na moment do niego przywarła – jego wargi na jej ustach – wkładając w pocałunek wszystkie swoje udręczone uczucia, marzenia, pragnienia i niespełnioną przyszłość. Przylgnęli do siebie, ciało do ciała, noga przy nodze, ręka przy ręce – tak musiał wyglądać grzech pierworodny.

Nie można cofnąć wskazówek zegara. Bez względu na to, dokąd się uda, zawsze już zachowa w pamięci doznania tej chwili. Wiedziała, że kiedykolwiek spojrzy na Fredericka, będzie myślała o tym, jak czuła go tuż przy sobie, jego palce w swoich włosach, oszołomienie, pożądanie.

– Wracam do domu. – Rozczochrana i zdyszana, wysunęła mu się z objęć. Jej wargi oderwały się od jego ust z głośnym cmoknięciem. – Wracam do domu, do Anglii.

Dom. Jedno wielkie kłamstwo! Anglia nie była domem, ani Ashford, ani to stare wynajęte mieszkanie. Dom znajdował się tu gdzie Frederick. Ale to nie był jej dom. To nigdy nie był jej dom. Tylko udawała tak przez chwilę. Kradła okruchy cudzego życia.

– Wyjeżdżam – powtórzyła – tak szybko, jak tylko uda mi się to załatwić.

Frederick wpatrywał się w nią. Jego klatka piersiowa unosiła się i opadała, jakby walczył o oddech.

– Znaczy, uciekasz.

Te słowa zabolały, zabolały straszliwie. Kim on był, żeby ją osądzać? Gdyby przed laty nie sypiał z Beą...

– Nie mogę tego zrobić... nie Bei... nie Davidowi. – Prawie nie myślała o Davidzie, w każdym razie odkąd tu przybyła, ale teraz zastawiała się nim jak tarczą. – Nie mogę dalej udawać, że jesteśmy przyjaciółmi, że nic się nie zmieniło. Nie po tym wszystkim. Jadę do domu.

Odwróciła się gwałtownie. Delikatna tkanina starej sukni Bei zaczepiła o krzew akacji, osypując z niego deszcz jasnych płatków.

– Nie mów mi, że zamierzasz go poślubić? – Ton Fredericka był szorstki, pełen niedowierzania.

– A dlaczego nie? Ostatecznie – wyrwało się Addie – ty ożeniłeś się z Beą.

Szarpnęła skraj sukni, nie zważając na szelest rozdzieranego materiału, i ruszyła biegiem w stronę domu, chrzęszcząc pantoflami po żwirze ścieżki.

ROZDZIAŁ 21

Kenia, 1927

Twoja kuzynka jest tak rozkosznie przyzwoita – rzucił Val.

Ale teraz nie wyglądała na przyzwoitą. Bea obserwowała ją, jak wyłania się zza rogu domu. Twarz zarumieniona, włosy potargane. Tajemne schadzki za krzewami akacji? Jakże bardzo nie w stylu Addie.

Spiesząc za nią, zamaszystym krokiem nadszedł jakiś mężczyzna. W pierwszej chwili Bea nie wiedziała, kto to taki; migotliwy blask ognia płatał dziwne figle. Mężczyzna powiedział coś. Addie pokręciła głową i poszła dalej, a on został przy kuchni. Odwrócił się i wtedy Bea go rozpoznała, nie z rysów, ale po postawie, sposobie trzymania ramion, kącie uniesienia podbródka.

Powinna była wiedzieć. Jej mąż.

– Tak czarująco nienaruszona – snuł rozważania Val, przesuwając opuszkami palców po łuku jej nagiego karku. – Kwiatuszek drżący na pograniczu przebudzenia.

Odwróciła się i oparła plecami o balustradę.

– Przestań – warknęła. – To nie ten typ.

Czerpiąc siły z nikotyny, wsunęła do ust jadeitową fifkę i zaciągnęła się głęboko. Czuła w gardle znajome drapanie dymu.

Val z papierosem w dwóch palcach pochylił się ku niej.

– Zazdrosna?

– Kochanie, żartujesz, prawda? – Zdobyła się na przekonujący śmiech. Była zazdrosna, ale nie w sposób, który on miał na myśli. Szczerze wątpiła, żeby potrafił to zrozumieć; nawet nie wiedziała, czy sama rozumie. – Raoul, kochanie, ach, to ty! W dodatku z bąbelkami! Jesteś prawdziwym aniołem.

– Błyszczę tylko w odbitym świetle twojej boskości – oznajmił Raoul. I nie powiedział tego szyderczo, jak zrobiłby to Val.

– Odbite światło boskości? – Val uniósł brew. – Uważasz się za księżyc czy tylko dosyć dużą lampę sztormową?

– Zawsze to lepsze niż drżący kwiatek na pograniczu przebudzenia – odparowała ostro Bea.

– Miau – zamruczał Val. – Czyżby ktoś czuł się przywiędły?

– Na pewno nie. – Nigdy nie okazuj słabości. Z Vaughnem obowiązywała taka zasada. – Po prostu znudzony obecnym towarzystwem. Zabaw mnie, Raoul. Potrzebuję cię.

– Oczywiście. – Młody mężczyzna ujął ją pod ramię, na odchodne obrzucając rywala gniewnym spojrzeniem. W odpowiedzi Val jedynie się uśmiechnął. Oczywiście. Nic nigdy nie wyprowadzało go z równowagi. Był impregnowany na normalne ludzkie emocje. Podczas gdy ona...

Za dwa tygodnie wypadały jej urodziny. Miała prawie dwadzieścia osiem lat. Dwadzieścia osiem! Raptem moment dzielił ją od trzydziestu, a życie ani trochę nie wyglądało tak, jak powinno.

Wszyscy zawsze prorokowali jej sukces; powtarzali, że pochodzenie i uroda zadecydują o jej losie. I tak mogło się wydawać w tamtych upojnych dniach pierwszego sezonu, kiedy synowie znajomych rodów pędzili na złamanie karku, byle tylko z nią zatańczyć. Nie musiała zniżać się do podbojów. Po prostu zdobywała ich, bo była tym, kim była. W wieku dwudziestu lat stanowiła cenną zdobycz; nim skończyła dwadzieścia dwa, jej życie runęło w gruzy. A teraz znajdowała się tutaj, kobieta niemal dwudziestoośmioletnia, za którą uganiali się wszyscy oprócz własnego męża.

Nie oczekiwała, by Frederick pozostał jej wierny. Ale skoro już musiał ją zdradzać, to dlaczego akurat z Addie?

– Żałuję, że nie mówiłaś tego poważnie – wymamrotał Raoul.

– Czego, kochanie? – zapytała z roztargnieniem. Po schodach tarasu, ze wzrokiem wbitym w stopnie, wspinała się Addie. Miała na sobie starą sukienkę z zielonego krepdeszynu, od dwóch sezonów niemodną.

– Że mnie potrzebujesz. – Raoul chwycił ręce Bei, zmuszając ją, by się do niego odwróciła. – Że mnie potrzebujesz, tak jak ja potrzebuję ciebie.

– Och, kochanie – mruknęła. Co za wspaniałe, uniwersalne słówko, pomyślane tak, że znaczy cokolwiek, a niczego nie obiecuje.

Oczy Raoula błyszczały, odbijając światło płomieni.

– Wyjedź ze mną. Zostaw to wszystko i wyjedź ze mną. Oni... – szerokim gestem ogarnął taras, tancerzy przy ognisku, Fredericka – oni nie zasługują na ciebie. – Jego palce ścisnęły jej ramię. – Wiesz, że to prawda. Nie możesz zaprzeczyć.

Nie, nie mogła. Nawet przed dzisiejszym wieczorem widziała, co się dzieje. Tydzień po tygodniu patrzyła na to, ale udawała, że nie widzi.

– Wyjedź ze mną do Carmagnac – nalegał Raoul. Raoul. Tak łatwo zapominała, że on jest w pobliżu, jak zapomina się o psiaku, który kręci się pod nogami i wiecznie liże stopy swojej pani. – Będziesz fetowana po królewsku... po cesarsku!

Pokusa. Ogromna pokusa. Comtesse de Fontaine. To brzmiało przewspaniale. I było mniej więcej w tym samym stopniu prawdopodobne, co wyprawa dookoła Księżyca. Katoliccy krewni Raoula raczej nie wpadliby w zachwyt, gdyby musieli przyjąć do rodziny anglikankę, w dodatku dwukrotną rozwódkę.

– A przypadkiem nie masz poślubić jakiejś kuzynki?

– Adele. – Raoul zbył problem, wymieniając niedbale imię narzeczonej. – Jest uczuciowo zaangażowana nie bardziej ode mnie. Nawet nie zauważy straty.

– Mimo wszystko nie wyobrażam sobie, żeby zerwane zaręczyny ucieszyły twoich bliskich.

– Będą cię ubóstwiać tak jak ja – powiedział z niezachwianą pewnością swoich dwudziestu trzech lat. – To nie podlega dyskusji.

W rzeczywistości podlegałoby i to wielkiej, ale Bea czuła się zbyt znużona, by zaoponować. Potrzebowała jego wiary, jego młodości, bo mile łechtały jej zranione ego.

Jedynym skarbem, którym jeszcze dysponowała, była uroda. Jednak nawet ona miała zniknąć, spalona bezlitosnym kenijskim słońcem, nadwerężona kolejnymi ciążami. Jak dotychczas figura Bei pozostawała bez zarzutu, ale zaczynały już pojawiać się zmarszczki i obwisła skóra tam, gdzie ich przedtem nie było, i piegi, przed którymi nieustannie musiała bronić się, stosując najlepsze balsamy.

Co pocznie, kiedy piękno przeminie? Co wtedy?

– Ty we mnie wątpisz – mówił Raoul. – Naprawdę uważasz, że pozwoliłbym komukolwiek stanąć na drodze naszego wiecznego szczęścia?

Boże, był taki młody. Chciała, bardzo chciała mu uwierzyć, ale doświadczenie – i Val – sugerowało coś zgoła innego.

Już widziała ten kolejny żenujący rozwód, kolejną lawinę tytułów „Ratlera". Wzięliby ślub – ponura cywilna ceremonia – a rodzice Raoula i tak nie uznaliby ich za prawdziwe małżeństwo. Z czasem pojawiłaby się czekająca w pogotowiu kuzynka i Bea znów zostałaby odrzucona, strącona jeszcze niżej niż poprzednio.

– Nie pozwoliłbyś, na pewno – odparła. – Często się jednak zdarza, że rodziny skutecznie przeszkadzają. – Val próbował zatrzymać Addie wyłącznie po to, by zdenerwować Beę; była tego pewna.

Gdyby to on błagał, żeby z nim uciekła...

– Pozwól się przekonać. – Raoul zniżył głos i pochylił się bliżej. – Wszystko zaplanowałem...

– Później. – Bea uścisnęła mu rękę, odprawiając go w ten sposób. – Muszę ratować moją kuzynkę. Ona nie jest przeciwnikiem dla Vala.

– A Vaughn nie jest przeciwnikiem dla ciebie – stwierdził ponuro Raoul, mimo to pospieszył za nią, zgarniając szal, który zostawiła, i biegnąc z nim truchtem jak paź za swoją panią. Szkoda, że takie niewolnicze oddanie najczęściej gaśnie.

Addie nie sprawiała wrażenia nadmiernie zachwyconej jej widokiem. Bystre oczy Bei zauważyły, jak instynktownie cofnęła się, szybkim ruchem wsuwając kosmyk włosów za ucho. Zawsze tak robiła, kiedy się denerwowała.

Bea spadła na nią jak jastrząb.

– Kochanie! Dobrze się bawisz?

– Tak. Doskonale. – Uśmiech Addie był zbyt promienny, raczej wykrzywiał kąciki ust. – To wspaniałe pożegnanie.

– Pożegnanie? – Bea obrzuciła ją przenikliwym spojrzeniem, ale kuzynka miała opuszczoną głowę.

– Tak. – Addie bawiła się zapięciem bransoletki, kolejnej pożyczonej rzeczy. – Mój pobyt za bardzo się przeciągnął. Sześć miesięcy! Jakoś nie zdawałam sobie sprawy. Tak szybko to zleciało.

– Absolutnie nie może nas pani opuścić przed safari – oznajmił Val z niewinną miną. Bea wiedziała, że coś knuł. – Chyba się pani ze mną zgadza?

Addie pokręciła głową.

– Obawiam się, że nie starczy mi czasu. Już zbyt długo nie ma mnie w Anglii.

– Dotychczas nie wspominałaś o wyjeździe – powiedziała Bea tak naturalnym tonem, jak tylko potrafiła, jednocześnie przebiegając wzrokiem taras w poszukiwaniu swojego męża. Coś się stało; coś między tymi dwojgiem. Powinna zauważyć, że na to się zanosi. Od miesięcy. Ale była zbyt zajęta Valem. Valem i Raoulem...

– Nie chce pani mięciutkiego futra na łóżko? – Val nie dawał się zbić z tropu. – Mogłaby pani spoczywać na skórach niczym Elinor Glyn*. Nie ma to jak czuć pod sobą tygrysa... dobrze mówię, Beo?

– Jeśli chcesz, żeby ktoś zdobył dla ciebie skórę – zwrócił się Raoul do Bei – ja ją zdobędę. On nie zdołałby ustrzelić kota w beczce**.

---

* Aluzja do żartobliwego wierszyka komentującego jedną ze scen *Three weeks*, bestselleru pióra Elinor Glyn (1864–1943), autorki skandalizujących powieści dla pań.

** Nieprzetłumaczalna gra słów; aluzja do powiedzenia: *shooting fish in a barrel* oznaczającego, że coś jest bardzo łatwe.

– A dlaczego miałbym strzelać do kotów w beczkach? – Val przeciągnął się, gibki niczym pantera. – To żadna zabawa. Coś jak uwodzenie znudzonych żon.

Zawsze potrafił sprawić, że czuła się bezwartościowa. Lecz czy faktycznie taka nie była? Dwukrotnie odrzucona, najpierw przez jednego męża, a teraz przez następnego.

– Nigdy nie sądziłam, że usłyszę, jak zalecasz cokolwiek, co wymaga wysiłku – odparowała.

Uśmiechnął się leniwie.

– Sobie? Nie. Ale dobrze się bawię, obserwując wysiłki innych. Myślę, że czeka mnie wiele przyjemności podczas naszego safari.

– Safari jest wykluczone – powtórzyła uparcie Addie. – W każdym razie z moim udziałem. Wolę zostawiać zwierzęta w spokoju, dopóki one mnie nie zaczepiają.

Raoul popatrzył na nią, speszony.

– Darzy pani współczuciem lamparty?

– Nie – odparła szczerze. – Ale serdecznie brzydzę się wizją zwycięstwa w nierównej walce. – Spojrzała na kuzynkę, szukając u niej potwierdzenia. – Zgadzasz się ze mną?

– Nonsens! – Bea unikała oczu Vala... i Addie. W jej głowie zaczynał się kształtować niejasny zarys, jeszcze nie plan, raczej szereg perspektyw. Każdy jest kowalem swojego losu. Czyż nie tak Addie zawsze mówiła? Bea miała dość nieustannego poniewierania. – Absolutnie nie możesz opuścić Afryki, skoro nie uczestniczyłaś w safari, kochanie! Co by ludzie powiedzieli? Nie. Val ma rację. Musimy coś... zorganizować.

– W takim razie – oznajmił bojowo Raoul – ja też się wybieram.

Bea popatrzyła na niego promiennie, chociaż jej umysł zajęty był obracaniem, rozważaniem i odrzucaniem różnych możliwości.

– Chyba nie myślisz, że bym cię zostawiła? – zagruchała.

– Znakomicie – powiedział beznamiętnie Val. – W takim razie pogadam z Budgiem. W przyszłym miesiącu nie ma żadnych rezerwacji.

Addie wkroczyła pomiędzy nich.

– Naprawdę, nie musicie...

– Owszem – odparła Bea stanowczo – musimy. Pojedziemy wszyscy. Ty i ja, Val, i Raoul, i Budgie... i Frederick.

Imię męża zaszeleściło na jej języku jak martwy liść; martwy i zeschnięty. On skończył z nią... więc ona skończy z nim. Przynajmniej to nie ulega kwestii.

Szukając wymówek, Addie niespokojnie zerknęła przez ramię.

– A dziewczynki? Ktoś nie powinien z nimi zostać?

– Właśnie po to mamy nianię. – W uśmiechu Bei nie było cienia humoru.

Addie chwyciła się ostatniej deski ratunku.

– Czy safari nie jest strasznie niebezpieczne?

Jej kuzynka uniosła kieliszek i wpatrzyła się w refleksy płomieni tańczące na brzegu szkła.

– Kochanie, przecież o to chodzi.

Nowy Jork, 2000

Clemmie wróciła do kancelarii w poniedziałek.

Podczas tych dwóch tygodni jej nieobecności nic się nie zmieniło, ale otoczenie jakby nabrało innych proporcji. Beżowe ściany wydawały się węższe, dywany o zieleni mchu ciemniejsze, długie, brązowe biurka w holu, przy których siedziały sekretarki, wyższe niż zwykle – niczym obraz w krzywych zwierciadłach gabinetu śmiechu. Przemierzała te korytarze miesiąc po miesiącu, rok po roku, a mimo to miała teraz wrażenie, że widzi je cudzymi oczami; wszystko ją zaskakiwało.

Metalowy pojemnik na wpływające dokumenty, ustawiony ryzykownie przed stacją roboczą jej sekretarki Helen, był tak pełny papierów, że się wywrócił.

Helen przykryła dłonią mikrofon słuchawki.

– Witaj! Szczęśliwego Nowego Roku!

– Szczęśliwego Nowego Roku – odparła Clemmie, chociaż wcale taki jej się nie wydawał.

Czterdzieści parę godzin po sylwestrowej nocy nadal była oszołomiona i nieswoja. Ciągle oczekiwała, że w każdej powierzchni odbijającej jej postać zobaczy kogoś obcego. Nie wiedziała, czy powinna czuć konsternację, czy ulgę, że to jednak nadal ona, te same jasne brwi, te same włosy obcięte w stylu lat dwudziestych, ten sam ślad po wietrznej ospie tuż przy lewym kąciku warg.

Na weekend zaszyła się u siebie. Otulona starą piżamą, w małym telewizorku oglądała powtórki *Strefy mroku*, o ile słowo „oglądać" w ogóle tu pasowało. Raczej gapiła się na ekran, nie widząc przelatujących po nim obrazów, pogrążona w swego rodzaju drzemce na jawie, którą od czasu do czasu zakłócał przenikliwy sygnał telefonu.

Dzwonił Jon. I jej matka. I znowu Jon, prosił: „Hej, Clemmie, wiem, że tam jesteś. Odbierz". Nie odebrała. Nie mogła się powstrzymać przed odtwarzaniem tej okropnej chwili, kiedy za jego plecami pojawiła się Caitlin. Nigdy więcej żadnych sekretów? To by było tyle.

Nic dziwnego, że tak gorączkowo usiłował się jej pozbyć. Mdliło ją. Miała ochotę zdzielić go maczetą. Zamiast tego wymamrotała coś od rzeczy, że tylko wpadła na chwilę po drodze. I z bólem głowy, z żołądkiem podchodzącym do gardła, niezdarnie odeszła w już prawie styczniową noc.

Łajdak.

– Zaczekaj, jest dla ciebie sporo poczty – powiedziała Helen i wygrzebała spod biurka stertę papierów, spiętych gumką recepturką.

– Dzięki – odparła Clemmie.

Oddalając się do swojego gabinetu, zaczęła je kartkować. Chyba nie zawierały niczego szczególnie ważnego. Firmowy biuletyn, pełen bardzo kolorowych zdjęć ze świątecznego przyjęcia dla personelu, list z Izby Adwokackiej Stanu Nowy Jork zapraszający do skorzystania ze specjalnej noworocznej oferty w opłacie składek, egzemplarz prawniczego czasopisma „ABA Journal"...

Brakowało tylko tego jednego, na co czekała: zawiadomienia o wyborze nowych partnerów.

Pchnęła ramieniem drzwi, na wszelki wypadek jeszcze raz przerzucając pocztę. Nie, żadnych zawiadomień. Była całkowicie pewna, że komitet już obradował. Zdaniem wielu osób, typujących wyniki tego wyścigu, uchodziła za faworyta. Bo dlaczego by nie? Niemal całe ostatnie siedem lat minęło jej właśnie tutaj. W trzecim roku awansowała ze wspólnego pokoju do własnej klitki, z półkami zapchanymi czarnymi segregatorami i szafą tak wąską, że mieściły się w niej tylko płaszcz i zapasowa garsonka. Spędzała już w tym pokoju i Boże Narodzenie, i walentynki, i sylwestra. Pracowała w weekendy Święta Pracy, kiedy wszyscy inni odpoczywali w basench, i w Dzień Niepodległości, gdy w oddali nad rzeką Hudson buchały w niebo fajerwerki.

Mogła nie wiedzieć, kim była jej babka, ale jedno nie ulegało wątpliwości: dla kancelarii urobiła sobie ręce po łokcie.

Rzuciła pocztę na biurko i odsunęła krzesło. Ciemne obicie plamiły stare ślady kawy. Bez tradycyjnego bałaganu w postaci niedopitych tekturowych kubków jej biurko wydawało się dziwnie puste. Trzeba to zmienić. Nie ma to jak kiepska kawa, żeby dobrze rozpocząć dzień.

Telefon zadzwonił, zanim Clemmie zdążyła uciec do biurowej kuchni. To już z pewnością nie Paul. Tak wcześnie przychodził do pracy tylko wtedy, gdy toczył walkę z żoną. I nikt się z tego nie śmiał.

Sprawdziła, co się wyświetliło. Jakiś zewnętrzny numer. Jon? Nie sądziła, żeby znał jej telefon służbowy, ale bez trudu mógł się o niego dowiedzieć.

– Clementine Evans – powiedziała lakonicznie.

To nie był Jon. Głos po drugiej stronie brzmiał bardzo, bardzo niezdecydowanie i bardzo, bardzo brytyjsko.

– Mówi Tony Lawton. Ehm, Rivesdale.

Dobra, Helen naprawdę powinna trochę się przyłożyć i filtrować te połączenia. Sortując papiery, ze słuchawką wetkniętą między ucho i ramię, Clemmie odparła:

– Przepraszam, obawiam się, że...

Niepewny głos przerwał jej i tym razem zdołał zabrzmieć, jakby się nie wahał.

– Uczyniła mi pani zaszczyt, goszcząc u nas parę tygodni temu.

Rivesdale. Papeteria z rodowym herbem. Uroczo zacinający się mężczyzna o oczach cocker spaniela.

– Och, racja! Cześć. – Clemmie upuściła stertę papierów na biurko, ze zdumienia wbijając stopy w podłogę. – Był pan dla mnie niezwykle uprzejmy.

– Naprawdę to nic takiego – odparł przyjaźnie głos w słuchawce. – Nic takiego. Sytuacja jakoś się rozwiązała, mam nadzieję?

O ile można uznać, że śmierć jest rozwiązaniem. W tym wypadku nie była, ale Clemmie nie mogła odpowiedzieć w ten sposób markizowi Rivesdale. Tony'emu. Wszystko jedno.

– Dzięki panu zdążyłam na powrotny lot – odparła pogodnie – za co jestem bezgranicznie wdzięczna. – Kurczę. Na ekranie komputera już wyskakiwały nowe wiadomości, niektóre oznakowane na czerwono. – Strasznie miło, że się pan odezwał...

– Cóż, jeśli o to chodzi... – jąkał się jeszcze przez chwilę – zrobiłem to również z pewnych ukrytych pobudek.

– Brzmi złowieszczo.

Helen wsunęła głowę przez szparę w drzwiach, starając się zwrócić na siebie uwagę.

– Mam nadzieję, że pani tak nie myśli. Otóż podczas remontu natrafiłem na pewne rzeczy, które mogą panią zainteresować... o pani kuzynce. Beatrice Gillecote. Mówiła pani, że to...?

– Nasza krewna. – Nie miał pojęcia. Clemmie zdławiła histeryczny śmiech. Rivesdale nie miał pojęcia, bo ona też nie miała. Nie miała pojęcia, kim naprawdę była ta kobieta, ta Bea. Kuzynką, babką, uciekinierką. – Można tak powiedzieć.

– Właśnie. Więc jeśli panią interesują... Tak się składa, że przyjechałem do Stanów. W interesach. I przywiozłem te dokumenty... na wszelki wypadek, rozumie pani.

– To bardzo uprzejme z pana strony. – Jej głos zabrzmiał szorstko i ochryple. Odetchnęła głęboko, z całych sił starając się o swój normalny ton. Cokolwiek te papiery zawierają, czy na pewno chce je zobaczyć? Czy chce wiedzieć więcej? Łatwiej po prostu ukryć się za swojskimi stertami akt i poplamionymi kawą kubkami i udawać, że nic z tego wszystkiego nigdy się nie zdarzyło. – Jeśli zechce je pan zostawić...

– Myślałem, że może moglibyśmy razem rzucić na nie okiem. Na przykład podczas obiadu?

– Hm...

W otwartych drzwiach jej sekretarka gorączkowo wymachiwała rękami. Sygnał drugiej linii zaczął mrugać jak szalony.

– Albo na kawie – dodał pospiesznie markiz. – Jestem w mieście do przyszłego czwartku.

– Tak, oczywiście, byłoby miło. – Helen nadal miotała się w wygibasach, a telefon rozbłyskiwał jak świąteczne fajerwerki. – Przepraszam, ale naprawdę muszę...

– Powiedzmy, jutro wieczorem?

– Wspaniale. – Nic teraz nie wydawało się wspaniałe, jednak może gdyby powtarzała to wystarczająco często, zaczęłoby się jej takie wydawać. Poza tym lubiła markiza... Tony'ego. Czy jak mu tam. – Niech mi pan przyśle mailem szczegóły... cevans@cpm. A teraz bardzo przepraszam, ale naprawdę muszę już kończyć. Praca. Rozumie pan. Na razie!

Dopiero kiedy wciskała guzik, żeby przełączyć się na drugą linię, przyszło jej do głowy, czy aby markiz nie zaprosił jej na randkę.

Mało prawdopodobne.

Z drugiej strony nie była zbyt dobra w wyłapywaniu sygnałów. Połowę wieczoru trwało, zanim się połapała, że jej pierwszy obiad z Danem to właśnie randka. Może po prostu wtedy nie bardzo chciała, by się tak okazało? A co do markiza...

Clemmie odepchnęła od siebie te myśli. Musiała uporać się z pracą. I z Paulem.

Na drugiej linii wyświetlał się numer wewnętrzny. Należał do sekretarki Paula, Joan.

– Cześć, Joan. Szczęśliwego Nowego Roku.

– Cześć. – Głos Joan brzmiał jak u kogoś, kto dzwoni z aparatu w budce, nakrywając słuchawkę chusteczką. Grubo i posępnie. Kiedyś wyjaśniała, że ma to coś wspólnego z migdałkami, Clemmie uważała jednak, że raczej z paczką papierosów dziennie. – Witaj z powrotem.

– Dzięki. – Grzeczności zakończone. Clemmie przechyliła się do tyłu na krześle i powiedziała: – Co słychać?

– Paul chce cię widzieć. Możesz teraz przyjść? – Pytanie było czystą formalnością. Joan wiedziała, równie dobrze jak ona, że odmowa nie wchodzi w grę.

Clemmie zerknęła na swoją korkową tablicę i przewróciła oczami.

– Już biegnę.

Absolutna klasyka w stylu Paula. Zamiast po prostu przez telefon przekazać zadania albo, uchowaj Boże, wysłać mail, lubił wzywać współpracowników do swojego gabinetu. Bo doprawdy spacer po schodach w górę i na dół był najlepszym sposobem wykorzystania jej czasu. Kiedyś ściągnął ją, żeby zapytać, co sądzi o kolorze jego nowego krawata. W tym celu wybiegła z konferencji. Zapewne któregoś z takich dni ktoś zatłucze Paula na śmierć żółtym notatnikiem.

A jednak w tej podłości było coś krzepiącego. Świat mógł oszaleć pod każdym innym względem, ale tutaj nadal wszystko obracało się wokół swojej zwykłej, sadystycznej osi.

Clemmie złapała żółty notatnik. Bardzo dobrze. Paul zwali na nią absurdalne ilości zadań i będzie mogła znowu stresować się normalnymi sprawami. Takimi, z którymi potrafi coś zrobić. Właśnie tego potrzebowała: kilku zarwanych nocy w kancelarii, okruchów pod biurkiem z jedzenia na wynos i chaosu białych tekturowych kubków chlapiących na papiery starą kawą.

– Mam zabrać akta PharmaNetu? – zapytała po chwili zastanowienia.

– Nie. – Głos Joan był dziwnie przygaszony. – Wystarczy, że zabierzesz siebie.

Rozdział 22

Kenia, 1927

W buszu odezwało się jakieś zwierzę. Addie nie miała pojęcia, co to takiego, ale brzmiało, jakby było blisko, i w dodatku głodne.

Wyszła z namiotu, by sprawdzić, gdzie są pozostali. Wszędzie krzątała się służba – absurdalna liczba jak na sześć osób – a przy ognisku, czyszcząc strzelbę, siedział ich przewodnik Budgie. Cała reszta zniknęła. Dzięki Bogu. Atmosfera w obozie stawała się coraz gorsza. Napięcie niebezpiecznie przeradzało się w niemal już otwartą wrogość.

Vaughn wyraźnie świetnie się bawił, dokuczając Raoulowi de Fontaine, który w rezultacie jeszcze bardziej lgnął do Bei, a ona odpłacała mu flirtem z Vaughnem. Poprzedniego wieczoru omal nie doszło do rękoczynów. De Fontaine był rozdrażniony, Frederick zamknięty w sobie, Vaughn nieznośny, Addie przygnębiona. Z nich wszystkich tylko Bei dopisywał humor, podsycany – bez wątpienia – specyfikiem z małej porcelanowej tabakierki, którą Val stale nosił w kieszeni. Ale Addie wiedziała, że wesołość to tylko maska. Zauważyła, jak kuzynka kątem oka obserwuje Fredericka. Fredericka... i ją.

Próby porozumienia nie miały jednak sensu, bo Bea bardzo skutecznie unikała wszelkich prywatnych rozmów, a przyparta do muru odpowiadała beztroskim: „Staraj się dobrze bawić, kochanie", które bynajmniej nie łagodziło obaw.

Dygocząc, Addie mocniej otuliła się szalem. Wieczorami, natychmiast po zachodzie słońca, robiło się przenikliwie zimno.

A słońce zachodziło tu szybko. Za szybko. I gdzieś tam, w ciemnościach...

Według tego, co mówił Val Vaughn, zwierzętom potrzeba zaledwie paru godzin, by doszczętnie pożreć ofiarę. Addie nie mieściło się w głowie, że wszelki ślad po ludzkim ciele mógł zostać tak kompletnie zlikwidowany, zniknąć z powierzchni ziemi w czasie równym podwieczorkowi. Myślałaby, że Val przesadza dla lepszego efektu, gdyby jego słów nie potwierdził Budgie.

Jeden z tragarzy zagwizdał cicho, przeciągle, odwrócił się i zawołał:

– *Sigilisi!*

Potem popłynął strumień słów, zbyt szybkich, by mimo wszystkich lekcji mogła za nimi nadążyć. Powierzchowna znajomość kuchennego suahili na tym pustkowiu raczej się nie przydawała.

– O co chodzi? – Addie ruszyła w stronę ogniska i przewodnika, przy nim czuła się bezpieczniejsza. Mógł trzymać w dłoni drinka, ale strzelbę miał w zasięgu ręki, a naboje w dwóch wielkich kieszeniach po obu stronach kamizelki. Twarde i miękkie, jak powiedział. Twarde na grubego zwierza, miękkie na lwy, lamparty i wszelkie inne stworzenia zaczajone w mroku. – Co on mówi?

Budgie uprzejmie zrobił jej miejsce na skrzyni do przewozu butelek, która służyła również jako siedzisko.

– Że dzisiejszej nocy Simba jest głodny. – Słońce dopiero zaszło, ale oddech ich przewodnika już mocno pachniał ginem. Budgie twierdził, że picie to jedyny sposób, by zapobiec atakom malarii. – Lew. O, znowu zaczyna. Słyszy go pani?

– Nie – odparła. Dla niej wszystkie dźwięki buszu zlewały się w jeden przerażający pomruk: głosy zwierząt, szelest liści na wietrze, szmer długich, suchych traw, poruszonych przez pełznące węże. Addie nienawidziła węży.

– Trzeba wiedzieć, na co zwracać uwagę. – Budgie pociągnął łyk z piersiówki, którą nosił przypiętą do pasa. Podsunął flaszkę swojej towarzyszce, ale pokręciła głową. Czysty gin nie należał do jej ulubionych trunków. – Słychać go całkiem blisko.

Addie instynktownie przycisnęła nogi do skrzyni.

– Jest niebezpieczny?

Budgie wyszczerzył zęby w szczerbatym uśmiechu.

– Lew zawsze jest niebezpieczny. Inaczej po co byśmy tu byli? – Przyglądał się jej badawczo załzawionymi oczami. – Tutaj można zobaczyć dziwy wszelkiego rodzaju. Lud Nandi opowiada o istocie, która nie przypomina niczego, co może sobie pani wyobrazić. To na poły człowiek, a na poły ptak, ale ani to, ani to. Zabija zwierzęta i ucztuje, wysysając mózg z ich rozłupanych czaszek. A ci, którzy mieli pecha i się na tego stwora natknęli, mówią, że jego usta świecą w ciemności tak czerwono, jak lampa zrobiona z piekielnych płomieni.

Ognisko zatrzeszczało. Addie mimo woli wzdrygnęła się.

– Nie brzmi to zbyt przyjemnie – szepnęła. – Jak oni go nazywają?

Budgie pokrzepił się kolejnym łykiem ginu.

– Mówią o nim *chemosit**... Chociaż niewielu przeżyło, żeby opowiadać, co widzieli.

– A nie tylko te stare bajdy. – Zachrzęściła sucha trawa i dołączył do nich Frederick: zdarte nosy butów koło skrzyni, na której siedziała Addie, wyżej bryczesy khaki, sprzączka znoszonego brązowego paska.

– Te bajdy są starsze niż ktokolwiek z nas – oświadczył Budgie, odchylając się do tyłu. – „Więcej jest rzeczy na ziemi i w niebie"**, i tak dalej.

– Stek bzdur – warknął Frederick. – Zwykłe brednie, by straszyć dzieci.

– Powiedziałbyś to samo o potworze z Loch Ness? – zapytał Budgie, wyraźnie dobrze się bawiąc.

– Dam ci znać, jeśli go spotkam.

---

* *Chemosit* – nazywany też przez kryptozoologię niedźwiedziem Nandu, przypomina ponoć niedźwiedzia lub częściowo hienę.

** Popularny wers z szekspirowskiego *Hamleta*.

– Koniecznie. – Budgie dźwignął się ze skrzyni, zgrabnie chwytając strzelbę. – Lepiej pójdę i zagonię tu wszystkich. Dawno już minęła pora koktajli.

– Zabawne – mruknął Frederick tuż nad głową Addie. – Mógłbym przysiąc, że on już zaczął bez nas. A może to zapach jego wody kolońskiej?

Addie spojrzała na niego.

– Nie ma powodu tak kpić sobie z biednego Budgiego.

– Biedny Budgie, gówno prawda – burknął. – Zdajesz sobie sprawę, że tą absurdalną historyjką o chemosicie straszy kobiety, żeby je zaciągnąć do łóżka? I dość często mu się udaje.

– On? – Addie nie mogła powstrzymać się od śmiechu. Z pięćdziesiątką na karku, wydatnym brzuchem i obwisłym podbródkiem, Budgie znacznie bardziej przypominał życzliwego wujaszka alkoholika niż Casanovę. – Daleko mu do Vala Vaughna.

– Aż byś się zdziwiła. – Ale zachmurzona twarz Fredericka pojaśniała. To zawsze wymagało największego wysiłku: odwracać wzrok od jego oczu wyrażających czułość. Dlaczego Frederick nie mógł okazać się draniem, takim jak dawniej uważała? Dlaczego musiał być tak bardzo... sobą? – Przepraszam. Chyba jestem osłem?

– Tak – odparła. – Jesteś.

Wyciągnął do niej ręce i wbrew zdrowemu rozsądkowi Addie pozwoliła, by pomógł jej zeskoczyć ze skrzyni. Właśnie tym stały się te ostatnie dni: setkami małych testów i prób. Była wyczerpana, usiłując nieustannie trzymać się od niego z daleka.

Frederick nie puszczał jej dłoni o chwilę za długo, a kiedy się odezwał, jego słowa zawtórowały jej myślom.

– Nie możemy tak dalej.

Splotła mocno palce, aż zbielały jej kłykcie.

– Wiem.

Po drugiej stronie obozowiska rozległ się znajomy stukot i kliknięcie płyty umieszczanej na gramofonie, a po chwili swojskie dźwięki *Koncertu klarnetowego A-dur* Mozarta buchnęły w dzikie pustkowie. Była to ulubiona płyta Budgiego, którą każdego wieczoru wielokrotnie odtwarzał. Miała rysę, więc co kilka taktów przeskakiwała, ale i tak ją puszczał, w kółko i na okrągło.

Frederick zaklął siarczyście.

– Chciałbym, żeby ktoś rozwalił to świństwo, i sprawa by się wreszcie rozwiązała. Sam to zrobię, jeśli nikt inny nie zechce.

– Nie zrobisz. – I Addie wcale nie mówiła o gramofonie.

Frederick zwiesił głowę i głośno wciągnął powietrze przez nos.

– Co za cholerna sytuacja. Cholerna.

– Już wkrótce będzie po wszystkim – powiedziała cicho. – Za dwa tygodnie wyjeżdżam. Jeśli przeżyjemy to koszmarne safari.

Starała się żartować, ale zabrzmiało to jakoś fałszywie.

Gdzieś w buszu hiena zaniosła się dzikim śmiechem; ciarki przeszły Addie po plecach.

Frederick ściskał palcami skronie.

– To absurd. – Patrzył na nią z góry, wlepiając zrozpaczone oczy w jej twarz. – Nie możesz wrócić do Anglii. Ta plantacja... jest w takim samym stopniu twoja, jak moja. Wiesz teraz więcej o kawie, niż ja kiedykolwiek się nauczę.

Rzeczywiście, Addie nigdy nie czuła się szczęśliwsza niż tutaj, na farmie. Kochała jej codzienne wyzwania, księgi, maszynerię, pieśni, które śpiewały kobiety, maczetami karczując chwasty. Wizja życia w Londynie – z dala od Fredericka – wydawała się niesamowicie ponura.

Ale alternatywa była jeszcze gorsza. Ostatnie tygodnie ukazały to więcej niż jasno. Teraz Addie cierpiała piekielne męki, patrząc, jak Frederick co noc znika w namiocie, który dzielił z Beą. Jakoś w Ashford łatwiej było udawać. Frederick miał własną sypialnię, owszem, obok sypialni żony, ale nie wspólną. Tutaj wszystko nieustannie przypominało, że należał do Bei. Addie nie potrafiła już tego znieść.

Ani on nie potrafił.

Czuła to w powietrzu, jak nieuchronnie nadciągającą burzę. Coś mogło w każdej chwili pęknąć.

– Mbugwa jest świetnym zarządcą. Na pewno dasz sobie radę beze mnie – powiedziała ze ściśniętym gardłem.

Frederick złapał ją za ramię.

– A co z dziewczynkami? Będą za tobą tęsknić. One cię potrzebują. – I dodał ciszej: – Ja cię potrzebuję.

Paznokcie Addie wbijały się w zaciśnięte dłonie.

– Nie mogę zostać. Przecież wiesz.

– To znaczy, że nie chcesz.

– To znaczy, że nie mogę – odparła niebezpiecznie podniesionym tonem. Miała już dość okazywania siły, dość udawania, dość przymusu, by przyglądać się jemu i Bei, dość bycia zawsze na zewnątrz. – Nie mogę tego zrobić, słyszysz? Nie mogę. Wystarczy.

– Tu jest twoje miejsce. – Głos Fredericka łamał się z irytacji. – Przy mnie.

– Przy tobie... i Bei?

Zauważyła, jak się wzdrygnął. Wiedziała, że trafiła w samo sedno.

– Do diabła z nią!

– Wzięliście ślub – powiedziała znużona. – Nie ma na to rady.

– W sekundę go rozwiążę. – Frederick wyprostował się, oczy mu zajaśniały. – Gdybym się z nią rozwiódł...

– Nie dla mnie – przerwała mu szybko Addie. Jak mogłaby to zrobić Bei... i dziewczynkom? Nie wolno zapominać o dzieciach. – Nie chcę być przyczyną waszego rozwodu.

Oczy Fredericka nienaturalnie błyszczały.

– Nie musisz... jest Val Vaughn. Jest Raoul de Fontaine. Mogę wymienić po nazwisku jeszcze pół tuzina innych. Pomyśl o tym. Moglibyśmy przeżyć resztę życia razem.

Bolesna pokusa. Razem. Razem pracować na farmie, razem bawić się z dziewczynkami, razem wymykać się nocą do ogrodu, gdzie intensywna woń egzotycznych kwiatów gęstniałaby wokół niego. Nie musieliby się kryć ani niczego udawać.

Ale tym marzeniom przeciwstawiała się inna, starsza, lojalność, cień dziewczynki w białej nocnej koszuli, tamtej dawnej

Bei, która uczyła swoją młodszą kuzynkę jeździć konno, broniła przed ciotką Verą...

– Naprawdę byś to zrobił? Znowu ciągał ją po sądach? Poprzedni raz sprawił jej tyle bólu.

Frederick chwycił jej ręce.

– Martwisz się o nią? A o nas? – Było to jedyne, co Addie mogła uczynić, by nie rzucić mu się w ramiona, nie przytulić się i nie przystać na wszystko, czego pragnął. – Nikt jej nie zmuszał do pokątnych romansów z Valem Vaughnem albo Raoulem. Sama dokonała wyboru.

– Niezupełnie. – Addie bardzo nie chciała tego powiedzieć, ale musiała. – Trzeba przyznać, że odegrałeś w tym pewną rolę. Poprzednio to o ciebie chodziło. Gdybyś nie... zresztą sam wiesz... ona mogłaby nadal być żoną Marcusa.

– Albo odejść z kimkolwiek innym – odparował Frederick. – Była na to gotowa, a ja przypadkowo znajdowałem się w pobliżu.

– Ale się znajdowałeś i postąpiłeś, jak postąpiłeś.

– Dobrze rozumiem? Już do końca życia mam ponosić karę za kilka miesięcy głupoty? – Z twarzą pociemniałą od frustracji Frederick puścił dłonie Addie i cofnął się o krok. – To nie jest sprawiedliwość; to zemsta. Jesteś na mnie wściekła, że kiedyś byłem takim durniem? Twoje prawo, ale nie ubieraj swojego gniewu w moralizatorskie słówka.

– To nie tak! – Nie chciała się z nim kłócić; nienawidziła tego wszystkiego. – Nie można mieć ciastka i zjeść ciastka. Albo żadne z was nie zawiniło, albo oboje.

– Addie... – Znowu wyciągnął do niej ręce, ale od niego odskoczyła.

– Och, co za różnica? Tak czy inaczej, nikt z nas nie może już nic na to poradzić. W każdym razie bez jeszcze większego zamieszania. – Zacisnęła powieki, walcząc ze szczypiącymi łzami. – Sami sobie to zgotowaliśmy.

– Masz na myśli, że ja to nam zgotowałem – odparł Frederick dzikim, zduszonym głosem.

– My wszyscy. – Addie zamrugała, żeby powstrzymać łzy. – Nie możesz mnie zwolnić z odpowiedzialności. Tylko pogorszyłam sytuację, bo zostałam tu zbyt długo.

– Nie wolno ci się obwiniać. To nasze parszywe szczęście. Parszywe szczęście i głupota. Moja głupota. Gdybym mógł cofnąć czas...

– Ale nie możesz. I skąd wiesz, że po pięciu latach ze mną też nie zapragnąłbyś cofać czasu? Mógłbyś czuć się identycznie. Mógłbyś mieć do mnie pretensje tak samo, jak masz do Bei.

– Na pewno nie. – Powiedział to bez chwili wahania. Addie spojrzała na niego i zauważyła, że wpatruje się w nią, jakby próbował zapamiętać wszystkie rysy jej twarzy. Głos mu się załamał. – To całkiem inna historia. To... Chcę tylko ciebie. Zawsze chciałem.

Byłoby łatwiej się opierać, gdyby go nie kochała. Do Davida nigdy nic podobnego nie czuła. Teraz już się przekonywała, że nie wolno jej za niego wyjść. Może któregoś dnia pojawi się jeszcze ktoś... Ale nie Frederick. Straszliwa, straszliwa myśl.

Frederick wypowiedział to, nad czym Addie nawet nie odważyła się zastanawiać:

– Gdyby tak ona gdzieś zniknęła...

W namiocie Budgiego płyta dostała czkawki, zaskrzeczał klarnet. Ich uszu dobiegły dźwięki zbliżające się do obozowiska – chrapliwy alt Bei, leniwie cedzący słowa głos Vaughna.

– Chyba czas na kolację – wykrztusiła Addie przez ściśnięte gardło. Już miała wyciągnąć do Fredericka rękę, ale tego nie zrobiła. – Idziesz?

– Na razie nie. Zostanę tu jeszcze chwilę. – Cień pokrywał mu twarz jak maska. – Muszę pomyśleć.

Kenia, 1927

Addie obudziła się z bólem głowy.

Przyciągnęła łokcie do siebie, wtulając się w posłanie, ale bez skutku. Światło przenikające przez płótno i hałasy, od których dzieliła ją tylko klapa namiotu, wskazywały, że już pora, by przyjąć trudy dnia. Do licznych nieprzyjemnych aspektów safari należało również to, że myśliwi zrywali się tak wcześnie. Addie nigdy nie lubiła świtu, nie lubiła polowania, lecz tutaj raczej nie dało się uciec ani od jednego, ani od drugiego.

Miała wrażenie, że tego ranka szczęku, stukotu i gwaru jest nawet więcej niż zwykle. Tragarze nawoływali się w języku suahili, ktoś śpiewał, kucharz głośno przestawiał garnki. Dźwięki jak młotem waliły w jej czaszkę.

Niechętnie zwlokła się z posłania; włożyła spodnie i luźną bluzkę, standardowy strój na safari. Nadal czuła się w nim speszona i bardziej odsłonięta niż w spódnicy. Ostatniej nocy kiepsko spała. Frederick zaszył się gdzieś na długo, a kiedy znowu się pojawił, był milczący i ponury. Prawie nie brał udziału w rozmowie przy kolacji. Potem zaczęły się tańce, ale on zniknął. Wkrótce znikła również Bea. W towarzystwie Vaughna. Wróciła po godzinie, znacznie żwawsza niż przedtem. Blady z wściekłości Raoul robił, co mógł, by sprowokować Vala do bójki. Vaughn drwiąco doradzał rywalowi, by się uspokoił, po czym „na otrzeźwienie" chlusnął mu koktajlem z ginu i szampana w twarz.

Addie nie widziała, co stało się później. Położyła się w namiocie, całkowicie zniesmaczona wszystkimi, łącznie z sobą samą.

Nie zasnęła jednak. Leżała, daremnie rozważając w myślach moralne aspekty pozostania lub wyjazdu. Tak źle i tak niedobrze. Na pięć rozkosznych minut zdołała siebie przekonać, że w dzisiejszych czasach rozwody są na porządku dziennym, a Bea będzie szczęśliwsza bez Fredericka. Potem pomyślała o dziewczynkach, o artykułach w prasie, o skandalu, o tamtej Bei w warkoczach i bryczesach, która uczyła ją jeździć konno. I znowu znalazła się w punkcie wyjścia.

Wreszcie późną nocą zapadła w sen, ale wkrótce obudziły ją rozgniewane głosy, niewiele cichsze od krzyku. Frederick mówił coś szybko i wściekle. W odpowiedzi rozległ się dźwięczny śmiech Bei i brzęk tłuczonego szkła.

Addie czekała bez tchu, jednak nic się już potem nie działo. Zanim zebrała się na odwagę, by wyjrzeć na dwór, światło w namiocie Fredericka i Bei zgasło. Ich głosy były teraz na tyle przytłumione, że nie mogła dosłyszeć, o co się kłócą. O Raoula? O Vaughna? O nią? Zwinęła się w kłębek, chora z frustracji i poczucia winy.

Kiedy uchyliła klapę namiotu, światło dnia zapiekło ją w oczy. Musiało być później, niż sądziła. Poranna mgiełka już uniosła się znad ziemi, słońce świeciło mocno i jasno.

– Widziała pani Beę? – Wokół ogniska krążył Raoul. Jego buty nieznośnie lśniły w porannym blasku. – Nie było jej z panią?

– Dlaczego miałaby być? – Addie uniosła rękę, by osłonić oczy, tym razem jeszcze bardziej zapuchnięte niż zwykle. Głowa jej ciążyła, usta drętwiały. – Nie ma jej tu?

Budgie zerknął na nią znad strzelby, którą właśnie czyścił.

– Ani śladu. – Znacząco uniósł brwi. – Po Valu też.

– On chyba wybierał się dziś na rekonesans? – Próbowała myśleć, ale czuła się tak, jakby brnęła przez muł. Zdusiła ziewnięcie. – Może Bea poleciała z nim?

Raoul wymamrotał po francusku chyba coś bardzo paskudnego.

Budgie spojrzał przepraszająco na Addie.

– Planowaliśmy, że dziś rano wybierzemy się we troje. Teraz już na to trochę za późno.

– Jestem pewna, że ona po prostu zapomniała – odparła Addie tak uspokajająco, jak tylko potrafiła. W jej pamięci rozległ się brzęk tłuczonego szkła. Bea ogarnięta furią była nieprzewidywalna. Chociaż Addie kochała kuzynkę, zaczynała już tracić cierpliwość.

A może w ten sposób próbowała usprawiedliwić chęć, by ukraść jej męża?

Klapa namiotu gwałtownie się uchyliła i ze środka wyszedł chwiejnym krokiem Frederick. Jeszcze się nie ogolił, na podbródku miał ciemny cień zarostu, a w dół policzka biegło długie, krwawe zadrapanie. Robota Bei? Addie poczuła mdłości.

– Wyglądasz jak siedem nieszczęść – stwierdził pogodnie Budgie.

Frederick zamrugał, oślepiony słońcem.

– Tak wspaniale? Więc muszę wyglądać lepiej, niż się czuję. Dobry Boże, co było w tych wczorajszych drinkach? – Zerknął wymownie na srebrny dzbanek do kawy. – Zostało jeszcze trochę?

Budgie niedbale wskazał stół.

– Częstuj się.

W pierwszym odruchu Addie już chciała sięgnąć po dzbanek, ale się powstrzymała. Nie miała żadnego powodu, by obsługiwać Fredericka. Właśnie takie gesty ją zdradzały.

Frederick podał jej filiżankę.

– Wygląda, że tego potrzebujesz.

Była to herbata, nie kawa, przygotowana dokładnie tak, jak Addie lubiła: ceglastoczerwona, z odrobiną śmietanki, ale bez cukru. Addie chciała wyć z frustracji. Chciała cisnąć filiżanką o drzewo i usłyszeć, jak się rozbija. Niczym Bea chciała wrzeszczeć, wściekać się i tłuc porcelanową zastawę.

A tymczasem wzięła filiżankę od Fredericka zdumiewająco pewnymi rękami.

– Dziękuję – powiedziała sztywno.

– Jest kawa? – Val Vaughn wkroczył na polanę, odwijając z szyi szalik.

– Gdzie Bea? – zapytał Frederick.

– A skąd mam wiedzieć? – Vaughn nalał sobie kawy. – Zostało jeszcze coś do jedzenia czy wszystko spałaszowaliście?

– Bea nie poleciała z panem? – zapytała Addie.

– Dzisiaj nie. – Rozparł się przy stole. Pod rozpiętą skórzaną kurtką pilota miał białą płócienną koszulę. – Zrobiłem tylko szybką pętlę, żeby sprawdzić, którędy wędruje zwierzyna. Może nasza biedaczka nadal chrapie w swoim łóżku?

– Kłamiesz – odparł gwałtownie Raoul. – Uciekłeś z nią.

Vaughn przyjrzał mu się podejrzliwie.

– Z przykrością zwracam ci uwagę, de Fontaine, że aby uciec z Beą, musiałbym uciec. O ile wszyscy nie padliście ofiarą dość przekonującej halucynacji, jestem tu wyraźnie obecny. Nie zgodziłbyś się z tym?

– Nie zgodziłbym się, nawet gdybyś mi powiedział, że trawa jest zielona – odparował z furią Raoul.

– Rozsądny chłopak. Nie jest zielona. Raczej wpada w beżowy brąz – uznał Val.

De Fontaine wydał jakiś rozpaczliwy dźwięk bez słów.

– Bea zniknęła – powiedział Frederick do Vaughna.

Vaughn spojrzał na jego podrapany policzek, ale powstrzymał się od komentarzy.

– Może poszła na spacer? – podsunęła Addie. Bea nigdy nie należała do wielbicieli przechadzek, lecz jak Val słusznie wytknął Raoulowi, raczej trudno było posądzić ją o ucieczkę, skoro ten, z którym mogłaby uciec, siedział tu z nimi. Albo, co bardziej prawdopodobne... – Czy nie brakuje któregoś samochodu?

– O ile mogę stwierdzić, to nie – odparł Val. – Ja wziąłem hispano-suizę, a oba fordy stoją na polanie.

Budgie odłożył szmatę i jednym szybkim, sprawnym ruchem zatrzasnął strzelbę.

– To nie Sussex. Tutaj nie jest bezpiecznie włóczyć się w pojedynkę. Desborough, idziesz ze mną?

– Ja pójdę – zgłosił się Raoul.

– Ale nie sam – odparł Budgie. – Psiakrew, człowieku, jeszcze tego brakuje, żebym zgubił was oboje. Chodź z nami. Jeśli ona czymś się nafaszerowała, będę miał niezły pasztet.

Ruszył energicznie przed siebie, Frederick i Raoul podążyli za nim, zostawiając Addie siedzącą na skrzyni i Vala, który stał przy stole, i zamyślony patrzył za nimi.

– Niczego pan nie widział ze swojego samolotu? – zagadnęła Addie nieśmiało.

Vaughn gwałtownie odwrócił głowę i dopijał kawę. Dopiero kiedy wysączył ostatnią kroplę, odpowiedział beztroskim tonem:

– Wypatrywałem słoni. To raczej nie ta skala. – Odstawił pustą filiżankę. – Pójdziemy? Nie możemy pozwolić, żeby tylko żabojad miał zabawę.

Zawsze mówił w taki sposób, jakby jego słowa zawierały jakiś podtekst, lecz tym razem brzmiała w nich dziwna nuta; sprawiła, że Addie poczuła się bardzo nieswojo. Już sam fakt, że ten człowiek w ogóle chciał się przyłączyć do poszukiwań, niepokoił. Raczej by się po nim spodziewała, że naleje sobie drugą filiżankę kawy, rozsiądzie się wygodnie i oznajmi: „To nie moja sprawa".

Addie usłyszała własny głos:

– Myśli pan, że nic jej nie jest?

Val zapatrzył się w odległe krzewy. Jego błękitne oczy niczego nie wyrażały.

– To zależy.

– Od czego?

Spojrzał na nią.

– Od tego, ile spośród swoich dziewięciu żywotów już zużyła.

Gdzieś przed nimi rozległ się krzyk, po którym buchnął potok podnieconej francuszczyzny. Addie zostawiła Vala i rzuciła się przez zarośla. Zdawało jej się, że wszyscy mężczyźni mówią naraz – mówią i coś sobie wyrzucają.

Raoul machał jakimś uniesionym przedmiotem, czymś w rodzaju liany, długim, brązowym, poskręcanym.

– Co to jest? Czy... – Poślizgnęła się i zatrzymała koło Fredericka. Czuła, jak oddech więźnie jej w gardle.

Raoul nie trzymał liany, lecz szal. Długi szyfonowy szal, niegdyś bladozielony, teraz cały w plamach, pokryty smugami, które ufarbowały go na rdzawy brąz.

– Zawołajcie tragarzy – zakomenderował ostro Budgie. – Wszyscy do poszukiwań. Natychmiast!

ROZDZIAŁ 23

Nowy Jork, 2000

Wejdź i zamknij drzwi.

Paul czekał na nią, rozparty w dużym, fioletowym fotelu, za lśniącym biurkiem z mahoniu, które wyglądało, jakby podwędził je J.P. Morganowi. Nie podniósł się, kiedy weszła; nigdy tego nie robił. Była to jedna z form demonstracji siły.

Na szafce za plecami Paula stały oprawione fotografie jego hipotetycznych dzieci – hipotetycznych, gdyż Clemmie nigdy nie natrafiła na niepodważalny dowód istnienia któregokolwiek z nich. Osłonięte szybami półki biblioteczki mieściły fachowy księgozbiór – Paul nie uznawał plebejskich segregatorów. Trzymał je w pokoiku Joan, podobnie jak całą resztę prawdziwych płodów działalności prawniczej.

Clemmie wykonała polecenie, delikatnie zamknęła za sobą drzwi, nie wypuszczając spod pachy żółtego notatnika z wpiętym u góry czarnym długopisem. Długopisy Paula były przeznaczone wyłącznie dla niego. Niejeden pracownik kancelarii dowiedział się o tym w nieprzyjemny sposób.

– Mam nadzieję, że miałaś udany urlop – powiedział Paul fałszywie wesołym tonem, którego używał, gdy chciał udawać kumpla.

Wlepiła w niego wzrok. Naprawdę? Przecież wiedział, że umarła jej babcia; dosyć się napieklił, że z tego powodu Clemmie wzięła parę dni wolnego.

Powstrzymała się jednak od sarkastycznego komentarza i pomaszerowała prosto do krzesła po drugiej stronie biurka. Tu zazwyczaj siadała. Kilka głębokich oddechów. Należy puścić słowa Paula mimo uszu. To jedyny sposób, żeby sobie z nim poradzić. Za dzień lub dwa zostanie ogłoszona decyzja o jej awansie na partnera i skończy się kłanianie w pas wszelkim Paulom tej firmy. Od tej pory zacznie jadać lunch przy stole dla partnerów, a Paul będzie musiał się z tym pogodzić.

Co za miła wizja. Postanowiła się jej trzymać. Kiedy już kogoś powoływano na partnera, nie można go było z tego stanowiska usunąć. Mogłaby złośliwie odpowiadać Paulowi, ile dusza zapragnie, a on nie byłby w stanie się odegrać. Ta myśl wydawała się wyjątkowo kojąca.

Clemmie siedziała, balansując żółtym notatnikiem na kolanie, okrytym śliską, prążkowaną spódnicą z poliestru.

– Joan mówiła, że chciałeś ze mną rozmawiać?

Na biurku Paula leżała plastikowa piłka, taki nowy gadżet. Podrzucił ją i złapał.

– Tak.

Piłka znowu poszybowała w górę. I w dół. Clemmie czekała. I czekała. A tymczasem jej smartfon, przymocowany specjalną klamerką do paska spódnicy, buczał i buczał.

Już w tym roku...

– Pewnie jesteś ciekawa, po co cię poprosiłem – zagadnął Paul.

Wyprostowała się na krześle, fałszywym Ludwiku XIV ze śliskim satynowym obiciem.

– Co do PharmaNet, to przez cały czas mojej nieobecności współpracowałam z Haroldem – odparła szybko. – Mam najnowsze kopie wewnętrznych raportów, jak również zindeksowany segregator wyciągów zeznań dotyczących sprawy.

Dwójka młodych pracowników kancelarii poświęciła na to sylwestra.

– Nie, nie. – Paul się skrzywił. – Choć, skoro już o tym wspomniałaś... Joan!

– Tak? – Podejrzanie regularny stukot klawiatury ucichł i w uchylonych drzwiach błyskawicznie pojawiła się głowa sekretarki.

Clemmie była pełna uznania dla Joan, która od prawie pięciu lat dzień w dzień jakoś znosiła Paula, nawet jeśli podczas ostatniej gwiazdkowej imprezy upiła się i użyła dwóch miniaturowych kiełbasek, by obrazowo zilustrować, co mu zrobi, jeśli jeszcze raz zostanie zmuszona do przepisywania jego pieprzonych sądowych streszczeń. Po tym pokazie nikt z obecnych nie miał już na kiełbaski ochoty.

Paul odchylił się na bok.

– Zawiadom Harolda, że chcę go tutaj widzieć, kiedy tylko skończę rozmawiać z Clementine. Powiedzmy za... pięć minut.

– Tak jest. – Joan zniknęła za drzwiami.

Paul poprawił się w fotelu, odpychając go od biurka.

– O czym to mówiliśmy?

Clemmie nie miała pojęcia. Wiedziała tylko, że musi napić się kawy. I to natychmiast.

– O PharmaNecie?

– Właściwie można uznać, że istnieje tu pewien związek z PharmaNetem – zaczął powoli, stykając opuszkami palce. – Wiesz, że opuszczając Londyn tak znienacka, wpakowałaś nas w trudną sytuację.

– Przecież powiedziałam ci, kiedy tylko...

– Hm. – Uciszył ją gestem dłoni. – Nie zrobiło to najlepszego wrażenia. Gordon nie był zadowolony. Zapowiadaliśmy, że sprawą zajmie się starszy wspólnik, a pojawiłem się z młodziakiem. Niedobrze.

– Naprawdę nie miałam zamiaru...

– Wynikła wyjątkowo kłopotliwa sytuacja – ciągnął. – Nie na takim wizerunku nam zależy.

Kłopotliwa? Dla niej było to coś znacznie więcej niż kłopotliwa sytuacja.

– Moja babcia umierała – przerwała mu stanowczo.

– Tak, wspominałaś o tym – zbył ją Paul. – Ale nawet wcześniej... niektóre z twoich uwag na temat marketingowych metod PharmaNetu... wiem, że dyskutowaliśmy we własnym gronie, Clementine, ale nigdy nie wiadomo, kto mógł nas usłyszeć. Postąpiłaś bardzo nierozsądnie.

Clemmie usiłowała przypomnieć sobie szczegóły. Czy chodziło mu o to, że zapytała o marketing leków, niewskazanych dla starszych ludzi?

– Starałam się chronić interesy klienta.

Paul smutno pokiwał głową.

– W tym sęk, Clementine. Gdyby to był przypadek... ale tego rodzaju decyzja świadczy o ocenie sytuacji.

Wpatrywał się w nią, jakby czekał, że się odezwie. Clemmie nie miała pojęcia, co niby powinna mu powiedzieć.

– Czasem – oświadczyła – rozsądni ludzie różnią się opiniami.

Popatrzył na nią z politowaniem.

– W teoretycznych dyskusjach na wydziale prawa być może. – Wziął do ręki piłkę i zaczął miętosić jej plastikowe szwy. – Jak zapewne wiesz, w zeszłym tygodniu obradowała komisja kwalifikacyjna. Wyniki wyborów zostaną ogłoszone jutro.

– Tak. Coś o tym słyszałam.

Paul odchylił się z fotelem do tyłu i omal nie uderzył głową w portret którejś – zapewne – latorośli.

– Jako kierownik zespołu, uznałem, że powinienem porozmawiać z tobą, zanim zostanie rozesłana informacja.

– Dziękuję.

Odłożył piłkę na biurko i oparł na blacie obydwie dłonie.

– Chcę, żebyś wiedziała, że wszyscy członkowie komisji wysoko oceniają twoją pracę.

Przed chwilą podziękowała, więc teraz tylko kiwnęła głową. Proszę, kończ już, proszę, pogratuluj mi i pozwól odejść. Dość tych tortur. Dość tej plastikowej piłeczki.

– Jednak niektórzy wyrazili pewne obawy. Dotyczące stopnia twojego zaangażowania... – Paul spojrzał na nią znacząco – i twoich zdolności oceny sytuacji.

Co takiego? Clemmie omal nie upuściła żółtego notatnika. Zdążyła go złapać w ostatniej chwili, zanim zsunął się na dywan. Czuła pot szczypiący ją pod pachami nylonowej bluzki z Banana Republic.

– W końcu komisja uznała, że nie może podjąć takiego ryzyka. Była to trudna decyzja – dodał. – Chcemy, żebyś o tym wiedziała.

Trudna? Clemmie otworzyła usta, ale nie wydobył się z nich żaden dźwięk. Trudna? Spędzała w tym budynku po dwadzieścia godzin dziennie przez siedem dni w tygodniu. Odsunęła się od rodziny i przyjaciół. Nie miała pojęcia, co leci w telewizji, bo niczego nie oglądała, odkąd skończyła studia. Nie czytała książek, od czasu gdy... chwileczkę, czy nadal pisują je na pergaminie? Nie dotarła na chrzest własnej chrześnicy z powodu alarmu przeciwpożarowego, który zresztą okazał się fałszywy. Zerwała dla kancelarii swoje pieprzone zaręczyny. Ten facet chyba sobie kpił.

– Żartujesz.

Paul robił, co mógł, żeby wyglądać na zatroskanego i pełnego zrozumienia.

– Wszyscy wysoko cenimy twoje umiejętności jako wspólnika, Clementine. Ale być dobrym wspólnikiem, to niekoniecznie być dobrym partnerem. Od partnera CPM oczekuje odpowiedniej klasy.

– Klasy, którą ty masz? – Clemmie nie wierzyła własnym uszom. Musiała śnić. Na pewno.

Interpretacja sarkastycznych uwag nie należała do mocnych stron Paula.

– Otóż to – odparł zadowolony.

Więc dopiero gdyby była kompletnym zerem bez żadnych menedżerskich umiejętności, nadawałaby się na partnera?

– To nie dzieje się naprawdę – wymamrotała.

Ona śniła, miała urojenia, ona... już sama nie wiedziała co, ale to nie mogła być prawda. Przez tyle lat harowała jak koń w kieracie, nigdy się nie wychylała, zawsze stawiała kancelarię na pierwszym miejscu...

– Naturalnie – ciągnął Paul – mamy nadzieję, że zdecydujesz się u nas pozostać jako starszy wspólnik. Wszyscy doceniają twoje kwalifikacje i pragną zatrzymać cię w firmie, o ile to możliwe. Przecież to nie jakość twojej pracy została zakwestionowana – dodał uprzejmie – tylko zdolności oceny sytuacji.

– Dzięki. – Clemmie poczuła, że robi jej się niedobrze. Gdyby nie pusty żołądek, pewnie by zwymiotowała. Ale tego ranka wypiła zaledwie pół filiżanki zimnej kawy, zaparzonej w ekspresie z wyprzedaży.

– Jeśli zdecydujesz się odejść, ufamy, że będziesz ciepło wspominać CPM. Wiem, że kilku naszych klientów byłoby szczęśliwych, mając cię na pokładzie...

Nie mogła już tego dłużej znieść. Siedem lat. Siedem lat zmarnowanych po to, by się dowiedzieć, że nie ma odpowiedniej klasy? Głos Paula brzęczał i brzęczał, praca w obrębie firmy, kontakty z klientami, podsyłanie zleceń do CPM, ple, ple, ple. Jakby Clem jeszcze miała być mu wdzięczna. Za co? Za całowanie go w tyłek przez dwa lata? Za harówkę bez wytchnienia? Za to, że w dzień własnych urodzin przez dwadzieścia dwie godziny przeglądała dokumenty, a pozostałe dwie spała pod biurkiem, wśród strzępów sałaty z kolacyjnej sałatki? Taak, akurat, pewnie.

Kurczowo wczepiona w rzeźbioną poręcz, Clemmie dźwignęła się z krzesła. Żółty notatnik bezszelestnie zjechał jej z kolan na podróbkę dywanu Aubusson, która pokrywała fabryczną zieloną wykładzinę.

– Clementine? – Paul przerwał, zakłopotany.

Nogi uginały się pod nią. Wzięła głęboki wdech i wyprostowała się. Nie musiała już dłużej tego słuchać. Pieprzyć Paula. Pieprzyć CPM.

– Clementine!

Zignorowała go. Zrobiła to, co powinna była zrobić dawno temu. Odwróciła się i wyszła.

Kenia, 1927

– Kiedy po raz ostatni widziała pani panią Desborough?

– W środę wieczorem. Nie pamiętam godziny. – Addie siedziała na brzeżku wąskiego metalowego krzesła w namiocie zamienionym w tymczasową kwaterę główną nadinspektora wydziału śledczego z Chanii. Nogi skrzyżowała w kostkach, dłonie złożyła na podołku.

Gdy pierwsze poszukiwania Bei nie przyniosły rezultatu, Budgie przez radio wezwał policję. „Brakuje nam ludzi”, odparł na pytanie Raoula. Frederick milczał i wpatrywał się w szal, ten złowieszczo poplamiony szal. A co do Vala Vaughna – tylko on jeden znał swoje myśli. Sztywnym krokiem pomaszerował na prowizoryczny pas startowy i poderwał aeroplan w powietrze, aby, jak twierdził, z góry rzucić okiem na busz. Addie nie bardzo jednak wierzyła, że z takiej wysokości dostrzeże kobietę, tak jak potrafił wypatrzyć stado słoni. Zdecydowana różnica skali.

Może, pomyślała, czuł się lepiej, gdy coś robił, cokolwiek. Takie bezczynne siedzenie doprowadzało do obłędu. Addie nie wiedziała, czy powinna bardziej się bać, czy wściekać. Bać o bezpieczeństwo kuzynki samotnej w buszu; wściekać, bo z własnej winy wpakowała się w tę sytuację. To było dla Bei typowe, zniknąć i w ten sposób ich ukarać, żeby zaczęli poważnie martwić się jej nieobecnością. Podobnie postąpiła przed wielu, wielu laty, kiedy chciała odegrać się na niani za jakieś drobne uchybienie. Wróciła wtedy dopiero po zmroku, spędziwszy przyjemne popołudnie na herbatce u starszego łowczego, gdy tymczasem w pokoju dziecinnym trwała burza i wszystkim kazano iść do łóżek bez kolacji.

Przez poplamiony rdzawo szal Addie straciła co najmniej rok życia, aż wreszcie przypomniała sobie tamten brzęk tłuczonego szkła. W nocy coś zostało rozbite. Bea prawdopodobnie skaleczyła się tym czymś w rękę i owinęła ją szalem, żeby zatamować krew. Takie wytłumaczenie wydawało się całkiem logiczne. Można było oczekiwać, że już wkrótce ich zguba wkroczy na polanę z nonszalanckim: „Tęskniliście za mną?"

Ale nie wkroczyła.

Nadinspektor pojawił się w czwartek; przywiózł ze sobą grupę askarysów, tubylczych policjantów. Rozeszli się po terenie i szukali, lecz mimo wzmożonych wysiłków nie natrafili na ślad zaginionej. Jedyne, co mieli, to żałośnie mała kupka rzeczy, zebranych na chybotliwym stoliku pod ścianą namiotu i opatrzonych etykietkami jak eksponaty w muzeum. Dowód rzeczowy: brylantowa broszka, którą pani Frederickowa

Desborough nosiła przypiętą do sukni, na ramieniu. Dowód rzeczowy: szyfonowy szal, poplamiony. Dowód rzeczowy: niebieski jedwabny wieczorowy pantofelek, również poznaczony brzydkimi, ciemnymi plamami.

Szal znaleziono w odległości około pięciu metrów od pantofla, na zboczu opadającym w stronę wąskiego strumienia, jak gdyby Bea, uciekając, zgubiła najpierw okrycie, a potem but. Nieopodal jeden z askarysów zauważył migoczącą na ziemi broszkę.

Błękitny pantofelek niepokoił Addie, dręczył jej pamięć. Przysięgłaby, że w feralny wieczór Bea ubrana była na zielono. Addie nie widziała jej w niebieskim od czasu tamtego okropnego przyjęcia, kiedy to Val Vaughn, napomykając o safari, spowodował, że wkroczyli na drogę ku katastrofie. Bea zawsze niezwykle dbała o strój; nigdy nie włożyłaby niebieskich pantofelków do zielonej sukni. Coś podobnego mogła przez roztargnienie zrobić Addie, ale nie Bea. Ona zbyt dużą wagę przywiązywała do własnego wyglądu.

Jednak czy na pewno miała zieloną suknię? Addie tak sądziła, chociaż z drugiej strony było dość ciemno, oświetlenie wątpliwe, a ona myślała o czymś innym. Jej uwagę przykuwał Frederick, milczący i ponury, nie Bea, która zabawiała się beztrosko, podjudzając Vala i Raoula, jednego przeciwko drugiemu, podczas gdy Budgie pogrążał się coraz bardziej w swój tradycyjny wieczorny stan upojenia. Nawet gdyby pantofle kuzynki porażały szkarłatem, Addie prawdopodobnie by tego nie zauważyła.

W blasku świec jasnoniebieski krepdeszyn nie różni się zbyt od zielonego szyfonu.

– Czy może pani określić w przybliżeniu, o której to było? – nie ustępował nadinspektor. Mówił z dziwnym, monotonnym akcentem. Kanadyjskim, wyjaśnił jej, kiedy przed trzema dniami po raz pierwszy poprosił ją o złożenie zeznań. Od tamtej pory jego twarz przybrała bardziej udręczony wygląd, bruzdy przy nosie pogłębiły się, a pytania wyraźnie stały bardziej dociekliwe.

– Nie zwracaliśmy uwagi na godzinę – odparła Addie – nie tutaj. Chyba zrobiło się dosyć późno, ale przy takich wczesnych zachodach słońca bardzo trudno określić czas. Było gdzieś między dziewiątą a północą. Przykro mi. Tylko tyle mogę powiedzieć.

– Dobrze. – Nadinspektor coś zanotował.

Addie zaczynała nienawidzić tych zapisków. Wchodziła do jego namiotu i wychodziła już przez tyle dni; wysłuchiwała pozornie niepowiązanych pytań i drap, drap, drapania paskudnego ołówka w idiotycznym małym notesiku. A tymczasem Bea nadal gdzieś się błąkała – zagubiona, zdezorientowana, może ranna...

– Nie – zaprzeczyła stanowczo, tak zaskakując tym nadinspektora, że złamał grafit ołówka. – Nic nie jest dobrze. Co pan robi, żeby odnaleźć moją kuzynkę?

Policjant ze zdziwieniem podniósł na nią wzrok.

– Ależ, panno Gillecote...

– Zaginęła przed czterema dniami. Przez te cztery dni mogłaby zostać odnaleziona. Nie wiemy, gdzie jest, i o ile mi wiadomo, nie posunęliśmy się ani o krok, żeby się tego dowiedzieć. Może doznała urazu głowy i błąka się gdzieś, półprzytomna.

Oczami wyobraźni ujrzała Beę: wychudzoną, brudną, podrapaną cierniami, jak błądzi w buszu, pije ze strumyków. Bezradna i zupełnie sama.

Strach sprawił, że Addie przybrała władczy ton. Wstała, opierając dłonie na prowizorycznym biurku.

– Zamiast prowadzić poszukiwania w terenie, siedzi pan tutaj i zadaje w kółko te same pytania. Szczerze? Nie rozumiem, na co może się to zdać. – Nadinspektor już otwierał usta, by odpowiedzieć, lecz ona nacierała dalej: – W pełni doceniam potrzebę prowadzenia dokładnej dokumentacji, jednak czy nie powinien pan raczej zostawić sobie tych prac na czas, kiedy moja kuzynka zostanie odnaleziona?

Nadinspektor odłożył ołówek.

– Panno Gillecote... – Przerwał i rozmasował mięśnie prawej dłoni. – W tej chwili szanse na powrót pani kuzynki są... nikłe. Już byśmy ją odnaleźli, gdyby istniała taka możliwość.

W martwej ciszy, która zapadła po tych słowach, Addie słyszała monotonne bzyczenie muchy. Spoza ścian namiotu dobiegł głos jakiegoś ptaka. Wzdłuż kręgosłupa powoli spływały pod stanik krople potu, szwy ramiączek drażniły skórę.

Więc Bea może nigdy nie zostać odnaleziona, może... odeszła na zawsze? Nie, to nie do pomyślenia. Dziewięć żywotów, powiedział Val Vaughn.

Tak, ale ile z nich już przeżyła?

Addie poderwała się z krzesła.

– To absurd – oznajmiła z prychnięciem godnym ciotki Very. – Gdyby moja kuzynka... zginęła, czy do tej pory nie znaleźlibyśmy jej ciała?

Nadinspektor spojrzał na nią chyba ze współczuciem.

– Niekoniecznie. Prawdę mówiąc, to wysoce nieprawdopodobne. Zwierzęta...

– Dają sobie z tym radę – dokończyła Addie dziwnie piskliwym głosem. Nadinspektor przyjrzał się jej, zdumiony. – Przepraszam. – Pokręciła głową. – Ktoś tak kiedyś powiedział.

– I się nie mylił. Tutaj zwierzęta błyskawicznie rozprawiają się z ciałami. – Coś w jej twarzy musiało go powstrzymać. Odłożył ołówek i dodał przepraszająco: – Przykro mi, panno Gillecote. Myślałem, że pani o tym wie.

Addie bez słowa znów pokręciła głową. On nie miał racji, nie mógł mieć. Nie Bea. Nie Bea, która zawsze kipiała życiem, była taka zaradna.

Taka niefrasobliwa.

– Jak układały się stosunki pani kuzynki z mężem?

Użycie czasu przeszłego zabolało. Addie szybko popatrzyła na policjanta.

– A co to ma do rzeczy?

Nadinspektor postukiwał stępionym ołówkiem o stolik.

– Musimy przyjrzeć się sytuacji ze wszystkich stron. – Opadł na oparcie krzesła i obrzucił swoją rozmówczynię długim, krytycznym spojrzeniem. – Nie da się wykluczyć możliwości przestępstwa.

– Przestępstwa? – powtórzyła jak echo. – Czyli... morderstwa? – wykrztusiła z trudem. To brzmiało zbyt absurdalnie.

Nadinspektor nie potwierdził ani nie zaprzeczył.

– Zaniedbalibyśmy nasze obowiązki, gdybyśmy nie wzięli pod uwagę każdej ewentualności.

A co z ewentualnością, że Bea nadal cieszy się życiem? Jednak Addie nie zdołała tego powiedzieć. W oczach policjanta widziała współczucie, którego nie mogła ścierpieć. On potraktowałby ją jak histeryczkę. Bo już wydał wyrok. Bea została zamordowana.

Morderstwo. To coś, co przydarza się innym w tanich kryminałach lub kronikach filmowych, a nie prawdziwym ludziom; ludziom, których się zna. Wszystko było jakąś potworną pomyłką. Musiało być.

– Rozumiem – rzuciła przez zaciśnięte zęby, po czym znowu usiadła i skupiła się na swojej spódnicy, poprawiając ją i wygładzając, żeby się nie pogniotła.

Nadinspektor przesunął plik papierów.

– Wiem, że to problem, panno Gillecote...

Problem? Nie. Problemem jest pchła piaskowa pod paznokciem albo zerwana taśma w suszarni kawy. To są problemy.

– ...ale dowody wskazują na to, że mogło zdarzyć się... coś nieprzyjemnego. Mamy zaginioną kobietę i mamy jej szal i pantofelek, obydwa ze śladami krwi. Pani sprawia wrażenie osoby rozsądnej, panno Gillecote. Gdyby patrzyła pani na to z boku, jakie wnioski by wyciągnęła?

Addie wiedziała, że nią celowo manipuluje, że próbuje jakichś gierek, stąd ten protekcjonalny ukłon dla jej zdrowego rozsądku. A jednak to pytanie ją dręczyło. Bo obiektywnie sprawa wyglądała na dosyć podejrzaną; a nawet bardziej niż dosyć, jeśli wziąć pod uwagę te wydarzenia, o których policja nie wiedziała: wybuchy zazdrości Raoula, dziwaczne zachowanie Vaughna. I Fredericka.

Tamtej nocy słyszała go. Pamiętała, jaki miał dziwny wyraz twarzy, kiedy został przy ognisku. Pamiętała odgłosy kłótni, brzęk tłuczonego szkła.

– Czy jest ktoś, kto mógłby chcieć zrobić krzywdę pani kuzynce?

Pytanie przybliżało się niebezpiecznie do toku myśli Addie.

– Wszyscy ją uwielbiali. – Chociaż nie zawsze. – Cieszyła się wielką popularnością.

Nadinspektor zmrużył oczy.

– Monsieur de Fontaine twierdzi, że pani Desborough zamierzała z nim uciec. Powiedział, że mieli odejść właśnie tamtej nocy.

– Ależ to jakieś bzdury! – Zaskoczenie Addie było całkowicie szczere. – Zupełny absurd. Ona by...

Mi powiedziała! Addie ugryzła się w język. A może nie? Ostatnio Bea odnosiła się do niej z rezerwą, robiła tajemnicze aluzje, wahała się niepokojąco między chłodną powściągliwością a dziwnymi przypływami czułości. W jednej chwili drwiła, w następnej rozpoczynała kolejną serię: a pamiętasz?

– Ja tylko powtarzam, co nam zeznał monsieur de Fontaine. – Głos nadinspektora brzmiał neutralnie, ale oczy bacznie ją obserwowały. – Czy pani Desborough nic o tym nie mówiła?

Addie zebrała rozbiegane myśli.

– Monsieur de Fontaine wydawał się w mojej kuzynce zakochany... Ale Bea nie rzuciłaby tak wszystkiego. Ona ma dwie córeczki – dodała.

O Boże. Jeśli Bea odeszła, jak wytłumaczą to Marjorie i Annie? Jak zdołają wyjaśnić dzieciom, że ich matka już nigdy nie wróci? Nie będzie takiej potrzeby, przekonywała samą siebie, lecz stopniowo traciła wiarę. W wyobraźni słyszała wycie hien.

– Czy pan Desborough miał świadomość, co monsieur de Fontaine czuje do jego żony?

Addie nie podobał się kierunek, w jakim zmierzała rozmowa.

– Wszyscy mieli – odparła stanowczo. – Trudno było tego nie zauważyć. Ale uznawaliśmy jego awanse za... hm, specyficzny przejaw francuskiego braku umiaru. Nikt nie traktował tego poważnie.

Nadinspektor zapisał coś w notesie.

Addie wyprostowała się.

– Moja kuzynka była kobietą światową, nadinspektorze. Zdarzali się jej wielbiciele i flirty, nie kryło się w tym wszakże nic podejrzanego czy potajemnego! Dziwne, gdyby ich nie miała. – Popatrzyła mu prosto w oczy. – Wszyscy rozumieliśmy zasady gry.

Nie były to zasady Addie, tylko gra Bei i kręgu jej znajomych. Ale przecież o to właśnie chodziło.

Spojrzenie nadinspektora powędrowało w kierunku splamionego krwią pantofelka.

– Chyba że ktoś zagrał według innych zasad. – Przerwał na chwilę, aby w pełni pojęła, co powiedział, po czym dodał energicznie: – Dziękuję, panno Gillecote. Bardzo mi pani pomogła.

Zdecydowanie zabrzmiało to jak odprawa. Jednak Addie nie chciała jeszcze odejść. Setki pytań cisnęły się jej na usta – lecz nie mogła ich zadać bez ujawnienia faktów, które nadinspektor przekręciłby lub dopasował do jakiejś swojej teorii. Była całkiem pewna, że już ją stworzył, i równie pewna, że teoria ta by się jej nie spodobała.

Wstała, obciągając rękawiczki.

– Proszę mnie powiadamiać o dalszych wynikach dochodzenia, nadinspektorze. Jeśli tylko będę mogła w czymś pomóc...

– Dziękuję, panno Gillecote. Chwileczkę – dodał z wystudiowaną swobodą. – Jeszcze jedno.

– Słucham? – Addie czuła, że nerwy ma napięte do ostateczności, lecz starała się tego nie okazać.

Nadinspektor zerknął w notatki.

– Pan Desborough poinformował nas, że po safari zamierzała pani wrócić do Anglii.

– Tak – odparła powoli. Zdawało się, że od tego czasu minęły wieki. Musiała wyjechać, by nie skrzywdzić Bei. Bea.... Ona nie mogła umrzeć, to niedorzeczne. – Natychmiast po powrocie zamierzałam poczynić przygotowania. Miałam... mam w Anglii pewne obowiązki.

Nadinspektor starannie dobierał słowa.

– Bylibyśmy wdzięczni, gdyby pani została. Dopóki nie zakończymy śledztwa. To jedynie formalność, rozumie pani.

Przecież oni nie mogą myśleć, że ona... Nie.

– Tak – powiedziała Addie. – Oczywiście. Ale nie będzie takiej konieczności. Jestem przekonana, że Bea po... powróci.

– Oby, panno Gillecote. – Nadinspektor kurtuazyjnie przytrzymał dla niej klapę u wejścia do namiotu. – Tymczasem prosimy, żeby informowała nas pani o swoich planach.

ROZDZIAŁ 24

Nowy Jork, 2000

Markiz, wyrwany ze swojego naturalnego otoczenia, jeszcze bardziej przypominał Hugh Granta.

Nie markiz, tylko Tony, upomniała samą siebie. Kiedy spotkali się w Oak Room, poprosił, żeby zwracała się do niego po imieniu, jak jego przyjaciele. Dziwnie było myśleć o nim tak swojsko, a nie jako o markizie. Paul by się oburzył.

Clemmie skarciła się w duchu. Nie musiała już przejmować się tym, co uważa Paul. Od wczoraj.

Uprzedzając dwóch rosyjskich biznesmenów z ich partnerkami, zdołali zająć mały, okrągły stolik przy oknie.

– Tu będzie dobrze? – zapytał Tony. Powinien iść do fryzjera. Z włosami uroczo opadającymi na czoło miał złudnie chłopięcy wygląd, który niezbyt pasował do oficjalnego, granatowego garnituru i niewymuszonych, wytwornych manier. Oczy Tony'ego patrzyły ciepło. Były takie brązowe, jak je zapamiętała. I życzliwe. A właśnie teraz potrzebowała odrobiny życzliwości.

– Świetnie – odparła z entuzjazmem. Liczyła, że zadziała ta sama zasada, co przy gwizdaniu wesołej melodii: jeśli człowiek dobrze udaje entuzjazm, z czasem ma szansę go poczuć. Chociaż w tej chwili czuła tylko otępienie.

Do pracy dotarła dobrze po dwunastej. Pospała sobie dłużej, ignorując budzik i światło dnia wkradające się przez odsłonięte okna. Nakryła głowę poduszką, by przedłużyć pobyt w tej szarej krainie między snem i jawą, nie dlatego, że była szczególnie zmęczona. Zabrakło jej bodźca do wstania z łóżka, powodu, dla którego chciałaby to zrobić.

Nie rozmawiała z matką; nie oddzwoniła do Jona; straciła babcię. A firma dała jej jasno do zrozumienia, że już nie ma tam dla niej miejsca. Oczywiście, nadal jej płacili i gdyby nie odzywała się dostatecznie długo, może przysłaliby kogoś z personelu, żeby sprawdzić, co z nią. Ale to dopiero po jakimś czasie. Była dla nich ważna, dopóki uchodziła za kandydatkę na partnera.

Kiedy wreszcie zjawiła się w biurze, miała wrażenie, że słyszy szepty biegnące za nią po korytarzach, wieści rozchodzące się z pokoju do pokoju. Zdecydowanie zamknęła za sobą drzwi swojej klitki, odgradzając się solidną warstwą drewna od kondolencji Helen i ciekawskich, współczujących spojrzeń kolegów. Padła na krzesło i wlepiła wzrok w monitor komputera, gdzie zawiadomienia o nowej poczcie wyskakiwały na ekran jak kreciki w lunaparku, które wali się młotkiem tylko po to, by z następnego otworu wynurzył się kolejny łebek. Nie mogła wykrzesać z siebie dość energii i zająć się mailami – ani tymi wewnętrznymi, ani tymi od klientów, ani tymi z irytująco czerwonymi wykrzyknikami. Komu chciałoby się zawracać sobie dupę kwietniowym spotkaniem z uczestnikami letnich praktyk? Co ona niby miałaby tam powiedzieć? Przyjdźcie pracować w CPM, harujcie jak woły, a w zamian wyrzucimy was na bruk! Hej, hop!

Harold prosił o pomoc z notatką służbową; wystraszony czwartoroczny chciał się upewnić co do streszczenia sprawy. No cóż, niech się pieprzą. Niech idą z tym do Paula.

Wszystko, w co wierzyła, co nadawało sens jej życiu – praca, rodzina – rozpłynęło się jak sen, jak iluzja magika. Clemmie zawsze czuła się zabezpieczona przed światem, czy to w wysokich ścianach budynku Worldwide Plaza, gdzie znajdował się jej klaustrofobiczny gabinet, czy to w salonie apartamentu babci. Miała swoje miejsce i ludzi, którzy jej potrzebowali. Teraz siedziała oklapnięta na biurowym krześle, w pokoju, który tak naprawdę już nie należał do niej – ogołocona ze wszystkiego, oprócz własnej fizyczności, dość wysoka kobieta w tanim kostiumie z plamami po kawie na rękawach, w niepraktycznych czarnych pantoflach na wysokich obcasach i pończochach, w których poleciało oczko.

Odpięła smartfon od paska. Włożyła płaszcz, okutała się szalikiem i nic sobie nie robiąc z wściekle dzwoniącego telefonu, wróciła do domu, gdzie wzięła długi, gorący prysznic. Stała w strugach wody dostatecznie długo, by zeskrobać nawet najdrobniejszy ślad po Cromwell, Polk & Moore, jakby mogła za pomocą odrobiny pantène i irish spring zmyć z siebie ostatnie siedem lat. Potem poszperała w szafie, aż znalazła starą sukienkę, czarną, dżersejową, obcisłą. Od tak dawna nie miała na sobie niczego innego oprócz kostiumów, że już nie pamiętała, jakie to uczucie – nie pamiętała, jakie to uczucie stroić się na randkę, starannie robić makijaż.

Minęła chwila, zanim rozpoznała własne odbicie w lustrzanej ścianie holu. Spojrzała raz, potem znowu, próbując ustalić związek między kobietą ze szklanej tafli a tą dobrze znajomą prawniczką. Czarna sukienka przylegała tak jak powinna, podkreślając krągłości, o których Clemmie zdążyła zapomnieć. Czarne botki na wysokich obcasach też nie wyglądały źle; opinały łydki i dodawały sprężystości krokom. To było zupełnie co innego niż jej typowy pośpieszny trucht, przygarbionej i z opuszczoną głową.

Spostrzegła, że zwalnia. Szła wręcz spacerowym krokiem. Włosy, które już trochę odrosły, kołysały się przyjemnie tuż powyżej ramion; modny blond przy czerni dżerseju. Clemmie zastanawiała się, kim jest ta kobieta z lustra, ale kimkolwiek by była, wyglądała seksownie. Elegancko.

Markiz... Tony... wyraźnie docenił jej wysiłki. Zlustrował ją wzrokiem ze szczerym uznaniem, które mogła rozpoznać po tym, jak speszony oderwał od niej oczy i zaczął udawać, że uważnie studiuje menu.

Ile czasu minęło, odkąd ktoś patrzył na nią w taki sposób? Próbowała sobie przypomnieć. Jej garsonki stały się czymś w rodzaju pancerza; już prawie zapomniała sztuki flirtu. Z Jonem... hm, z Jonem to nie wchodziło w rachubę. Podczas minionych dwudziestu paru lat widział ją już we wszystkim i w niczym. Ostatni raz wystroiła się dla niego w Rzymie w tanią letnią sukienkę, jej ulubioną tamtego roku, i sandałki na niebotycznie wysokich obcasach. Wspomnienie sprawiło, że poczuła pustkę i więcej niż odrobinę smutku.

A może to tylko dlatego, że nic przez cały dzień nie jadła.

Założyła nogę na nogę i obserwowała, jak Tony zerka na nią ukradkiem, udając, że nie patrzy. Prowadzenie tej gry uderzało do głowy niczym szampan – szczególnie po tym, jak natknęła się na Caitlin u Jona. Nie żeby Jon i Caitlin mieli cokolwiek z czymkolwiek wspólnego, szybko upomniała samą siebie, popijając wodę. Ostatecznie, tylko umówiła się na drinka z interesującym znajomym.

Jon zzieleniałby, gdyby wiedział, że ona widuje się z potomkiem bohaterów jego badań naukowych.

– Nawet nie wiesz, jak mi miło, że znalazłaś dla mnie czas – powiedział Tony, czyniąc godną podziwu, choć niezupełnie udaną próbę, by patrzeć jej w twarz zamiast na dekolt. Odchrząknął. – Myślałem, że jesteś przykuta do biurka.

– Już nie – odparła Clemmie. – Właśnie zrywam pęta. Myślę o odejściu z kancelarii – wyjaśniła.

– Po tym, co widziałem w wykonaniu pana Dietricha, nie jestem szczególnie zdziwiony – stwierdził Tony, ale niemal natychmiast się zreflektował. – Przepraszam. To nie moja sprawa.

– Ależ nie przejmuj się. – Clemmie wychyliła się do przodu, napinając dzianinę sukienki, i uśmiechnęła się uwodzicielsko do Tony'ego. – Strzał w dziesiątkę: pan Dietrich to upierdliwy dupek.

Markiz nerwowo zamrugał. Z powodu jej dekoltu czy wulgarnego języka?

– W takim razie lepiej, że stamtąd odchodzisz – skomentował, w podziwu godny sposób odzyskując zimną krew.

Clemmie energicznie przytaknęła.

– Absolutna racja. Co pijemy?

Rozważając kwestię drinka o piątej po południu, czuła się niewiarygodnie dekadencka. Miniaturowa wódka z samolotu, ukryta w szufladzie biurka, nie mogła się liczyć. Clemmie zmarszczyła brwi, przeglądając kartę napojów, z powagą zasięgnęła porady Tony'ego w sprawie ewentualnych zalet ginu i martini z wódką, podumała nad różnymi interesującymi mieszankami z użyciem likieru Godiva, a w końcu zdecydowała się na zwykły gin z tonikiem.

Kiedy wreszcie dokonała wyboru alkoholu i zadała zestaw stosownie grzecznych pytań o pobyt Tony'ego w Nowym Jorku, spotkania w interesach i miejsce, gdzie się zatrzymał, oparła łokcie na stole i stwierdziła:

– Prawdziwy problem to „co dalej".

– Będziesz, ehm, szukać nowej pracy? – Zabrzmiało to trochę tak, jakby próbował mówić po angielsku, tłumacząc z obcego języka. Dość uroczo.

– Może – odparła. Tak, i to koniecznie. Nie miała środków, by nie pracować nawet przez krótki czas. Dopiero spłaciła pożyczki studenckie, a jej brzydkie mieszkanko przy Pięćdziesiątej Drugiej ulicy pochłaniało co miesiąc piekielne ilości gotówki. Nie mogła jednak tego powiedzieć markizowi Rivesdale. – Ale w tej chwili po prostu cieszę się nowo odkrytą wolnością.

Tony odłożył kartę napojów. Kosmyk brązowych włosów opadał mu na oko.

– W Rivesdale House zawsze czeka na ciebie pokój.

Uśmiechnęła się szeroko.

– Brzmi jak slogan reklamowy. Mógłbyś go wywiesić w metrze razem ze zdjęciem radosnych pracowników.

– To nie reklama. – Clemmie poczuła, że się czerwieni, kiedy jej oczy napotkały zachwycony wzrok Tony'ego. – Byłoby wspaniale móc cię u nas gościć... Tym razem naprawdę.

Zastanowiła się, kogo jeszcze oznacza zwrot „u nas". Partnera w interesach? Partnerkę nie w interesach?

– Dzięki – rzuciła, nie zdradzając emocji. – Jeśli znów będę w Londynie, na pewno dam ci znać.

– Zrób to – powiedział ciepło. – Nie co dzień zdarza się odnaleźć prawie kuzynkę.

– Dziwi mnie, że kuzyni nie pchają się do ciebie drzwiami i oknami.

Markiz... Tony... z dezaprobatą machnął ręką.

– Nikt by się nie pchał, znając poziom naszego zadłużenia.

Clemmie roześmiała się chrapliwie. Zdumiewające, co można robić, kiedy człowiek niczym się nie przejmuje. Przez chwilę bawiła ją myśl, jaką minę miałby Paul na wieść o randce z markizem. Niechybnie z wrażenia, jak to się elegancko mówi, narobiłby w gacie. To dopiero byłoby prawdziwe wielkie „goń się", gdyby wzorem swojej babki poślubiła markiza Rivesdale. Skończyłyby się jej problemy, nikt by nie pytał, dlaczego odeszła z CPM – po co pytać, skoro widać u jej boku przystojnego Brytyjczyka? Mogliby zniknąć w londyńskiej mgle, szczęśliwi na wieki wieków.

Powoli. O czym, do diabła, ona myśli? Hasłem dnia, ludziska, jest zawód miłosny, powiedziała sobie, popijając wodę. Nie z powodu Dana – to dawna historia; zawód z powodu kancelarii.

– A poza tym – ciągnął Tony – ilu z nich to dzieło sztuki, które ożyło? Dama z portretu – dodał. – Ona zawsze mi się podobała.

Nadal się uśmiechał, lecz w wyobraźni Clemmie jego uśmiech nabrał złowieszczych barw. Mężczyzna zakochany w obrazie; trochę za bardzo jak z powieści gotyckiej.

– To tylko płótno i farby. Malowidło zdobiące ścianę – zbagatelizowała.

– Kiedyś była żywą kobietą – odparł markiz. – Powalającą, prawdę mówiąc.

Raczej rozwalającą. Ludzkie serca. Clemmie pomyślała o swojej matce i ciotce Annie, o babci Addie. Kimkolwiek ta Bea mogła się jeszcze okazać, roztrzaskała ich serca na kawałki.

– Nie jesteśmy aż tak do siebie podobne – powiedziała ostro.

– Nie, to prawda – przyznał Tony z rozbrajającym uśmiechem. Odchylił się do tyłu, opierając stopę na kolanie. – Pod pewnymi względami bardzo się od niej różnisz. Jesteś...

– Amerykanką? – podsunęła mu Clemmie.

Uśmiechnął się do niej, a ona poczuła, że się rozluźnia.

– Tak, prawdopodobnie o to chodzi. Rysy twarzy podobne, ale... – Przyjrzał się jej uważnie, jednak nie nazbyt natarczywie, z prawie dziecięcą ciekawością. – Z jakiegoś powodu wyglądacie inaczej.

– Pewnie mam zęby w lepszym stanie – rzuciła bez zastanowienia, zanim przyszło jej do głowy, że z Brytyjczykami chyba nie powinno się żartować na tematy dentystyczne. Nie żeby zęby Tony'ego jakoś raziły; były zaledwie troszkę bardziej pożółkłe niż to, do czego przywykła.

Tony zmienił pozycję i zaczął szperać w skórzanej teczce. Wyjął z niej plik starych papierów.

– Chciałem ci pokazać te wycinki. Były upchnięte w szufladzie. Najpierw myślałem, że ktoś po prostu wyłożył ją gazetami, ale kiedy rzuciłem na nie okiem... no cóż, uznałem, że powinny cię zainteresować. Są o twojej kuzynce.

Wyciągnął rękę nad stolikiem i uprzejmym gestem wręczył Clemmie swoje znalezisko. Oddech uwiązł jej w gardle. Mocno oparła stopy o podłogę i pochyliła się do przodu, rozkładając na blacie wycinki w wachlarz. Pod palcami czuła szeleszczący, kruchy stary papier.

„Markiza zamordowana!", głosił jeden z nagłówków.

„Córka para zaginęła", informował drugi, cokolwiek powściągliwiej.

– Dobry Boże – szepnęła Clemmie. Z pożółkłej kartki patrzyła na nią Bea, otulona pod samą brodę futrzaną etolą z lisów, i uśmiechała się ironicznie do obiektywu. Clemmie zybko przesuwała wzrokiem po papierach w poszukiwaniu najważniejszych informacji. Zapomniała o mężczyźnie siedzącym naprzeciw, nie słyszała szumu rozmów w sali.

Nic dziwnego, że babcia Addie latami nic nie mówiła na ten temat. Nie chodziło o wymianę żon.

Lady Beatrice Desborough zniknęła w 1927 roku w Kenii, podczas safari. Prawdopodobnie została zabita. Jej mąż był podejrzany... podejrzany... Nie. Clemmie nie wierzyła w to, nie mogła w to uwierzyć.

Nie dziadek Frederick. A jednak była tam niewyraźna fotografia dziadka, a dalej następna – tamto zdjęcie z Beą na pokładzie statku. „Wzgardzony małżonek?", biegł pod spodem napis.

Niżej bardzo, bardzo małą czcionką wydrukowano informację, że osieroconymi dziećmi zaopiekowała się siostra zmarłej. Imię, nazwisko i stopień pokrewieństwa babci były przekręcone: Adele zamiast Adeline. Panna Adele Gillcott.

– Dobrze się czujesz? – zapytał Tony. – Zbladłaś.

– Gdzie ten drink? – Clemmie rzuciła się na gin z tonikiem, nieomal porywając go z tacy kelnerki. Wypiła pokrzepiający łyk. – Nie, to po prostu... niesłychane. Nie sądziłam, że takie historie zdarzają się w rzeczywistości.

– W latach dwudziestych to nie jedyne słynne morderstwo w Kenii – poinformował ją usłużnie Tony. – Jeszcze głośniejsza była śmierć hrabiego Erroll.

Mówił dalej, opisując okoliczności tamtej zbrodni i książkę jej poświęconą, a Clemmie, zapatrzona w stare gazety, starała się coś z tego wszystkiego zrozumieć, pogodzić to, co stało się kilka dekad wcześniej, z osobami, które znała, które wypłukiwały jej szampon z oczu i pomagały odrabiać lekcje.

Miała przed sobą dziesięć artykułów; im późniejszych, tym krótszych, gdyż z czasem było coraz bardziej oczywiste, że policja nikogo nie aresztuje.

Ostatecznie orzeczenie brzmiało: śmierć na skutek nieszczęśliwego wypadku.

– Nigdy nie rozwiązali tej zagadki, prawda? – przerwała Tony'emu w pół słowa.

Spojrzał na nią pytająco.

– Śmierci hrabiego Erroll?

– Nie. – Obgryzionym paznokciem Clemmie popukała w wycinki. – Lady Desborough.

– Myślę, że nie – odpowiedział, trochę speszony. Ale po chwili na jego twarzy znowu pojawił się uśmiech. – Przydałby się im tam mały Belg, co?

– Albo panna Marple – dodała z roztargnieniem Clemmie. – Kogo typujesz na mordercę? Nie w sprawie hrabiego, tylko w tej?

– Hm – mruknął Tony, starając się iść jej na rękę – najbardziej podejrzana wydaje się moja babcia, ale ona w tym czasie była w domu, w Anglii... A poza tym pewnie wybrałaby truciznę, nie jakieś tam dzikie zwierzęta.

Clemmie zdobyła się na cień uśmiechu, skoro tego się po niej spodziewano.

– A z osób tam obecnych?

Tony przechylił głowę i znów włosy opadły mu na czoło.

– Stawiam na męża. Jeśli chodzi o morderstwa, mężowie są niemal równie często winni jak lokaje.

Mąż. Przypomniała sobie dziadka Fredericka, jak w starej fedorze, tweedowej marynarce i z tą śmieszną laską, trzymając dla Clemmie loda, stał u stóp skały w Central Parku i przyglądał się wspinaczce wnuczki.

– Tylko tak się mówi, że pierwszym podejrzanym jest mąż albo żona – zareagowała nieco zbyt gwałtownie.

– Ale wygląda na to, że Desborough miał motyw – powiedział Tony. – Ci wszyscy faceci i w ogóle.

Podejrzewać dziadka Fredericka o zbrodnię? No nie. Z drugiej strony, co ona, tak naprawdę, o tym człowieku wiedziała? Co wiedziała o kimkolwiek? Latami ją okłamywali. Z trudem przełknęła ślinę.

– Bardziej prawdopodobny wydaje mi się ten Francuz. – Usiłowała mówić lekkim tonem. – Nie wiesz przypadkiem, co się z nim potem stało?

Tony zmarszczył brwi.

– Chyba wrócił do Francji i ożenił się z kobietą, którą wybrali dla niego rodzice. Trochę pomyszkowałem w tej sprawie, z czystej ciekawości – wyznał. – Chciałem czymś się zająć, kiedy hydraulik przepychał nam toalety na parterze.

– A co z drugim potencjalnym mordercą... tym Vaughnem?

– Niedługo potem zginął w katastrofie lotniczej. – Tony przyjrzał się uważnie wilgotnym kółkom, które na szkle pozostawił jego drink. – Jakoś oni wszyscy nie mieli szczęścia.

Clemmie pomyślała o babci Addie i dziadku Fredericku, siedzących obok siebie w gabinecie przed czarno-białym telewizorem i dyskutujących o polityce. Przypomniała sobie, jak babcia podrzucała na talerz męża najlepsze kawałki mięsa, jak dziadek przytrzymywał dla niej drzwi. W oczach wnuczki tworzyli idealną parę. Zawsze tacy szczęśliwi.

Spojrzała na swoje dłonie, nagie, bez pierścionków, nieozdobione niczym oprócz zegarka na nadgarstku. Miała wrażenie, że już się nieźle wstawiła. Ostatni raz jadła poprzedniego dnia, co też mogło się do tego przyczynić. Ale nie czuła głodu.

– Może niektórzy z nich jednak byli szczęśliwi. W końcu. – Spojrzała na Tony'ego. – Moja mama to jedna z tych dwóch córeczek.

Markiz się zmieszał.

– Chyba mówiłaś, że lady Beatrice była jakąś waszą kuzynką?

– To zawiłe sprawy. Ale nie. Była moją babką. Ta kobieta, która została zamordowana. – Myślała, że przyznanie się do bliskiego pokrewieństwa z Beą da jej jakieś poczucie przynależności; tymczasem czuła tylko pustkę.

– Och! – Koktajl chlupnął poza brzeg kieliszka do martini. Tony patrzył na nią, a ona zastanawiała się, co też on widzi. Kobietę z portretu? Czy Amerykankę na prostej drodze do upojenia alkoholowego? – To oznacza, że łączą nas więzy krwi, prawda? O mały włos nie mieliśmy wspólnej babci.

Gdyby nie umarła w Kenii. Ale umarła, a Addie przyjechała do Nowego Jorku i jakoś wszystko się pomieszało. Matka Clemmie twierdziła, że to dobrze. Ciotka Anna – że to źle. Clemmie nie wiedziała, w co wierzyć.

„Morderstwo", krzyczały gazetowe nagłówki.

– Zdrowie babć! – Clemmie brzęknęła kieliszkiem o kieliszek markiza. – Kimkolwiek były. Nie wiem, jak ty, ale ja mogłabym wypić jeszcze jednego.

Spełniając jej życzenie, Tony uniósł rękę i zamówił następną kolejkę.

Kenia, 1927

Obudziła się przed świtem.

Mokra od potu pościel okręcała jej ciało. Addie leżała, mrugając w ciemnościach – odganiając resztki snu. W tym śnie spotkała się z Beą. Były w Nairobi, ale to Nairobi nie wyglądało jak miasto, które znała. Przypominało raczej wschodni bazar z obrazka w książce: bogate namioty, zwoje jedwabiu, lampy zwisające na łańcuchach. Jacyś ludzie ciągnęli Addie za ubranie, skandując: „Chodź kupić, chodź kupić".

Obejrzała się w poszukiwaniu kuzynki, ale Bea zniknęła, przepadła niepostrzeżenie wśród namiotów. Addie próbowała iść za nią, jednak czyjeś dłonie szarpały jej spódnicę, rękaw, pasek, zatrzymywały ją. „Chodź kupić, chodź kupić". Gdzieś w oddali mignęła, znikając za rogiem, falbana sukni Bei i rozległ się śmiech jak srebrne dzwoneczki.

Rozpaczliwie wijąc się i wykręcając, Addie uwolniła się wreszcie. Śmiech Bei dźwięczał ciągle gdzieś w pobliżu, ciągle gdzieś w pobliżu...

Addie usiadła z trudem. Dygotała w nocnym chłodzie. Wszelkie próby, by teraz zasnąć, były bez sensu, wiedziała o tym z doświadczenia. Wydawało jej się takie dziwne, że tam, na zewnątrz, świat nadal toczył się swoją koleją, cykały świerszcze, pohukiwała sowa, odzywało się jakieś zwierzę. Na polach rosła kawa, w chatach płakały niemowlęta i chrapali mężczyźni. A Bea nie żyła i już nigdy nie miała się obudzić.

Addie ciasno owinęła się szlafrokiem. Panował ziąb, straszny ziąb. Nigdy wcześniej tego nie zauważyła... pewnie dlatego, że przedtem nie włóczyła się po nocach, zasłuchana w samotne krzyki lelków i piski jakiegoś małego zwierzątka kwilącego w strasznej rozpaczy.

Ale nie tylko ona nie spała. Blask światła padał stamtąd, gdzie o tej porze nie powinno go być – z jadalni. Zawiązując pasek szlafroka, narzuconego na jedwabną piżamę (projekt Bei i prezent od niej), Addie po cichutku na bosaka podeszła do drzwi.

W pokoju przy długim stole siedział Frederick, a przed nim, w zasięgu ręki, stały kryształowa szklanka i karafka. Agregat przestawał pracować o północy, wyłączając elektryczność, dlatego w ciężkim srebrnym kandelabrze na środku stołu paliły się świece. Ich płomyki rzucały migotliwe smugi na twarz mężczyzny, tańczyły na zarośniętym podbródku, skrywając rzeczywiste cienie i malując nowe.

Frederick sięgnął po karafkę. Wyciągnął korek.

– Powinieneś iść spać – łagodnie odezwała się Addie.

Korek zabrzęczał o szyjkę naczynia.

– Dobry Boże. Śmiertelnie mnie wystraszyłaś.

Kiedy Addie kładła się spać, karafka była prawie pełna. Teraz została w niej mniej niż połowa.

– Już ci wystarczy jak na jedną noc.

– Wystarczy? Na całym świecie nie ma dosyć whisky. – Stojąc w progu, Addie patrzyła, jak znowu nalewa sobie alkohol. – Wszystka whisky świata nie zmyje tego ze mnie*.

---

* Frederick trawestuje słowa lady Makbet: „Zapach krwi! Wszystkie wonności Arabii nie odejmą go tej małej ręce" (W. Shakespeare *Makbet*, akt V, scena1).

Wygadywał bzdury.

– Musisz odpocząć. Dla dziewczynek.

– Dziewczynki. – Obrócił szklankę w dłoni, przyglądając się odblaskowi płomieni w bursztynowym płynie. – Zabiorą mi je, Addie.

Przesunęła się w krąg światła.

– O czym ty, do licha, mówisz?

Frederick podniósł głowę.

– Oni myślą, że jestem winny. Ten detektyw. Chce mi przypiąć morderstwo. – Zamrugał, z trudem skupiając na niej wzrok. Nie widziała go w takim stanie, odkąd wyjechał z Anglii, od czasu tych koszmarnych nocnych klubów. I nie podobało jej się to. – Jeśli mnie powieszą... zaopiekujesz się dziewczynkami, prawda? Nie pozwól, żeby je zabrała ta wiedźma, matka Bei. Nie oddałbym jej nawet psa.

– Nikt nie zabiera ci dziewczynek. Fredericku! – Addie przysiadła na sąsiednim krześle i pochyliła się nad lśniącym blatem stołu. – Frederick, popatrz na mnie. Nie mogą cię powiesić za coś, czego nie zrobiłeś.

W ostatniej chwili złapała karafkę, o którą zaczepił łokciem.

– Czemu nie? To się zdarza. Nasz miejscowy inspektor Lestrade już zdecydował. Myśli, że rąbnąłem Beę w głowę, udusiłem szalem, a potem rzuciłem zwierzętom na pożarcie.

Addie nie wiedziała, co powiedzieć. Zabrakło jej słów.

– Całkiem niezła historyjka, jeśli się nad tym zastanowić. – Whisky chlupała w rozkołysanej szklance. – Zbrodnia w afekcie i tym podobne bzdury. Widziałem, jak Bea poczyna sobie z Vaughnem i Fontaine'em, więc postanowiłem ją ukatrupić. Mieszkaliśmy we wspólnym namiocie. Miałem możliwość. Motyw i sposobność zarazem. Wyciągaj czarny biret* i stawiaj szafot.

---

* *Black cap* – nie jest to czapka, tylko kwadrat z czarnego materiału, którym sędziowie angielscy nakrywali głowę przed ogłoszeniem wyroku śmierci.

Addie odegnała wyobrażenie Bei nieprzytomnej, wleczonej przez las. To jakiś nonsens, czysty nonsens.

– A ty na to tak po prostu pozwolisz? – zapytała ostro. – Na miłość boską, Frederick, dosyć tego! Przestań się nad sobą rozczulać. Nawet jeśli jest ci obojętne, czy się obronisz, zrób to... zrób to dla ludzi, którym na tobie zależy. Skoro ty miałeś motyw, mieli go również Vaughn i Fontaine. Tak bardzo chcesz ich osłaniać?

Frederick zamrugał.

– Inspektor...

– On nic nie ma. Nic, oprócz spekulacji. Jesteś niewinny – stanowczo powiedziała Addie. – I wyłącznie to się liczy. Nie możesz oddać się w ręce policji za coś, czego nie zrobiłeś. To już nie szlachetność, tylko głupota.

Frederick potrząsnął głową, jakby chciał wytrzeźwieć.

– Kłóciliśmy się tej nocy. Inspektor o tym wie. Sam mu powiedziałem. Musiałem. Nie chciałem nic ukrywać, żeby nie wyglądało na to, że mam coś do ukrycia.

Addie pochyliła się ku niemu. Pasek szlafroka wrzynał jej się w brzuch.

– Co wydarzyło się tamtej nocy? Co się naprawdę wydarzyło?

Gryzło ją to od tylu dni – jego dziwna mina w czasie obiadu, dźwięk podniesionych głosów, zadrapania na twarzy. Nie wierzyła, nie mogła uwierzyć, by potrafił skrzywdzić Beę... w każdym razie, naumyślnie. Ale słyszała ten straszny brzęk. Jeśli Bea zraniła się... jeśli te rany okazały się poważne... jeśli zdarzył się nieszczęśliwy wypadek... Byłoby to okropne ponad wszelkie wyobrażenie, musiała jednak rozpatrzyć każdą ewentualność. Musiała wiedzieć. Nie mogli brnąć tak dalej, zapatrzeni w ciemność.

– Słyszałam awanturę. I coś się stłukło.

– Lusterko – wyjaśnił ze smutkiem. – Bea rzuciła we mnie swoim lusterkiem. Tym w srebrnej oprawie. Roztrzaskało się o mój kufer. Siedem lat nieszczęścia.

– Dlaczego rzuciła w ciebie lusterkiem?

– A dlaczego robiła cokolwiek? – Frederick zachybotał się na krześle. Addie wyciągnęła rękę, ale sam odzyskał równowagę. – Wróciła o trzeciej nad ranem. Była z kimś... wyczułem po zapachu. Nie wiem, czy z Vaughnem, czy z Fontaine'em. Może i z tym, i z tym, bez różnicy.

Addie z trudem się opanowała, chociaż serce ściskało jej się z litości dla nich obojga, Bei i Fredericka.

– Szydziła ze mnie. – Frederick wlepiał puste spojrzenie w mrok. Addie zastanawiała się, co on tam widzi. Beę? – Nigdy dotąd tak nie postępowała. Och, oczywiście miała romanse, ale nie obnosiła się z nimi przede mną. – Zwiesił głowę, zdezorientowany. – A tym razem, zupełnie jakby chciała mnie rozwścieczyć.

– I udało się jej? – cicho wtrąciła Addie.

Ponury wyraz twarzy Fredericka wystarczył za całą odpowiedź.

– Powiedziałem, że chcę rozwodu. Powiedziałem, że ja mogę go zażądać albo ona, to bez znaczenia. Powiedziałem, że kocham ciebie.

Paznokcie raniły jej skórę. Addie zmusiła się do rozwarcia pięści, palec po palcu.

– I co na to Bea?

– Wybuchnęła śmiechem. – Frederick ściskał skronie. – Wciąż słyszę, jak się śmieje i śmieje, i śmieje... A potem oświadczyła... oświadczyła... – Podniósł głos w złośliwej imitacji głosu żony: – „Już raz próbowałam rozwodu, kochanie. Śmiertelna nuda".

W ciszy jadalni tykał zegar.

– Od tego momentu działo się coraz okropniej – oznajmił Frederick beznamiętnym tonem, nalewając sobie kolejną porcję whisky. Tym razem Addie nie zaprotestowała. – Powiedziałem, że się z nią rozwiodę, czy ona tego chce, czy nie. Odpowiedziała, że chętnie zobaczy, jak będę próbował. I wtedy ja...

– Tak?

– Nazwałem ją kłamliwą dziwką. – Twarz Fredericka wykrzywiała nienawiść do samego siebie. – Powiedziałem, że jest gorsza niż kotka w rui i że żaden sąd na świecie nie weźmie jej strony. I że dziewczynkom byłoby bez niej lepiej.

– Och. – Dłoń Addie uniosła się do warg. – Och.

A Frederick ciągnął ponuro:

– Powiedziałem, że lepiej nie mieć matki, niż mieć taką jak ona. A Bea... Bea powiedziała... – z drżeniem wciągnął powietrze – powiedziała, że z przyjemnością spełni moje życzenie.

Addie otworzyła usta, ale nie wydobył się z nich żaden dźwięk. Bo nie znajdowała słów.

– Ciągle siedzi mi to w głowie. Wiesz, jaka była Bea, kiedy wpadła na jakiś pomysł. A tamtej nocy... czymś się doprawiła. Ginem, kokainą, Bóg jeden wie. Znowu zaczęła się śmiać. Śmiała się i powtarzała, że zrobi to z przyjemnością. – Frederick stuknął szklanką o blat stołu. – Zabiłem ją. Nie zrobiłem tego pałką... ani tym cholernym szalem!... ale i tak ją zabiłem. Wypędziłem ją stąd.

– Nie. – Addie odzyskała głos. Złapała Fredericka za rękę i uściskała najmocniej, jak umiała. – Nie, ty tego nie zrobiłeś! Bea nigdy... Bea nigdy by... – Czy naprawdę wiedziała, o czym mówi? Zaczynało do niej docierać, że zupełnie nie znała swojej kuzynki. Nie mogła jednak przyznać się do tego Frederickowi. Przynajmniej nie w tym momencie. – To był wypadek, okropny, straszny wypadek. A ty nie jesteś mu winien.

– To, co jej wykrzyczałem... – Spojrzał na Addie zbolały. – Wiesz, co w tym wszystkim jest najgorsze? Wierzyłem w każde słowo. I nie mogę udawać, że nie. Bo tak było.

Palce Addie zacisnęły się na jego palcach. Wobec tej rozpaczy czuła się zupełnie bezradna, niezdolna do jakiegokolwiek działania.

– Frederick...

– Ja tylko pragnąłem się od niej uwolnić. Ale przecież nie w taki sposób! Nie tak. – Oczy miał przekrwione, twarz udręczoną. – Nie kochałem jej, ale nie chciałem, żeby umarła.

– Wiem – odpowiedziała Addie łamiącym się głosem. – Wiem.

Od miesiąca męczyło ją takie samo, potworne poczucie winy. Pragnęła Fredericka, lecz nie chciała, by Bea odeszła – odeszła na zawsze.

– Marzyłem o życiu z tobą. Ale nie takim kosztem. Teraz wszystko stracone. Po tym... musisz mnie nienawidzić. – Frederick rozgorączkowany ujął jej dłonie. – Wracaj do Anglii. To jedyne, co możesz zrobić. Zabierz dziewczynki. Nie pozwól, żebym ściągnął cię na dno.

– Przestań zachowywać się jak dureń! – Słowa Addie zabrzmiały ostro. Niskim, żarliwym głosem mówiła dalej: – Już kiedyś pozwoliłam, żebyś mnie odsunął, i zobacz, jak to się skończyło. Tym razem nie odejdę. Wspólnie stawimy temu czoła.

Frederick wydał dziwny dźwięk, gdzieś głęboko z gardła, i pokręcił głową, mamrocząc niezrozumiale.

– Frederick?

Wbił wzrok w stół, ramiona mu drżały.

Dopiero po chwili Addie pojęła, że on płacze. Bolesny, niemy szloch wstrząsał całym jego ciałem.

– Och, kochany. – Zerwała się z krzesła, objęła go, przytuliła. Czuła, jak jego łzy przesiąkają przez cienki materiał jej okrycia. – Wszystko będzie dobrze, obiecuję ci. Wszystko z nami będzie dobrze.

Ale nie z Beą. Addie bulwersowała myśl o tym, że Bea nigdy już się nie pojawi, figlarnie uśmiechnięta, czarując wdziękiem i światowymi manierami, rozjaśniając świat wokół swoją obecnością.

Odepchnęła te myśli i mocniej otoczyła ramionami męża kuzynki.

– Nie pozbędziesz się mnie tak łatwo.

Gładziła go po ciemnych włosach, zaczynających się już przerzedzać. W blasku świec widziała smużki srebra, siwe nitki, których wcześniej tam nie było. Oczy jej wilgotniały od łez, lecz starała się zapanować nad głosem. Musiała być silna za nich oboje, za nich wszystkich – za Marjorie i Annę też. Pewnie zawiodła Beę pod każdym innym względem, ale przynajmniej zaopiekuje się jej córeczkami.

– Zostanę tu z tobą. Tak długo, jak będziesz mnie potrzebował.

Frederick podniósł na nią zaczerwienione, załzawione oczy.

– Nie zostawiaj mnie – poprosił ochryple, ujmując w dłonie jej twarz. – Obiecaj, że mnie nie zostawisz.

– Nigdy – odparła Addie i słowo to zagubiło się w pocałunku, gdy przywarł ustami do jej ust.

Rozdział 25

Nowy Jork, 2000

Mieszkanie ciotki Anny sprawiało bez Jona wrażenie o wiele mniejszego.

Tym razem powitała Clemmie przy drzwiach ciotka Anna, ubrana ze swobodną elegancją w sukienkę w jaskrawy deseń, która wyglądała jak stary dobry Pucci – i zapewne tak było. Zdawało się, że Jon i jego bałwanki mieszkali tu pół wieku temu.

– Dziękuję, że mnie zaprosiłaś. – Clemmie starała się nie mrużyć oczu przed tą powodzią kolorów. Miała potwornego kaca. Tak okropny zdarzył się jej chyba jeszcze na studiach.

Ciotka Anna minęła gabinet i zaprowadziła ją do niewielkiego salonu, gdzie po obu stronach przeszklonego kominka widniały wbudowane w ścianę półki. Część z nich zawierała książki, pozostałe wypełniały liczne zdjęcia – pasierbów i ulubionych zwierząt ciotki. Clemmie rozpoznała nieżyjącą, rzewnie opłakaną Shoo-Shoo.

– Ciekawa byłam, kiedy skończysz – powiedziała ciotka, nie zdając sobie sprawy, że jej głos daje efekt piły tarczowej. – Kawa? Czy coś mocniejszego?

– Kawa – podchwyciła z entuzjazmem. – Ale nie rób sobie kłopotu…

– To zajmie dwie minuty. Siadaj.

Clemmie nie usiadła. Podeszła do regału. Wciąż stała tam ślubna fotografia Jona – Jon we fraku, Caitlin w tradycyjnej ślubnej sukni bezie. Nagle Clemmie zrozumiała, że nie chciałaby być na miejscu Caitlin, poślubionej mężczyźnie, który nie wie, czy wierzy w miłość. Dziwne to było uczucie – współczuć Caitlin, ale współczuła. W stosunku do wcześniejszej ostrej niechęci nastąpiła przyjemna zmiana.

Czy Jon miał rację? Czy oni wszyscy byli zbyt popaprani, żeby kogokolwiek kochać jak należy? Clemmie nie chciała w to uwierzyć. Z pewnością chodziło o samookreślenie, wzięcie odpowiedzialności za własny los. To, że małżeństwa ich rodziców się nie udały, nie oznacza, że i ich związki muszą się nie udać.

Gdyby tak potrafiła czuć się z kimś równie swobodnie jak z Jonem, czuć się podczas sporu równie ożywiona… Tony? Fajny facet, ale rozmowa z nim była jak ćwiczenia z przekładu. Jak to powiedział ktoś o Amerykanach i Brytyjczykach? Podzieleni przez wspólny język? Tak, ale chodziło o coś więcej. Kiedy powiedział jej, że ma słabość do portretu jej babci, dostała gęsiej skórki i dotąd właściwie się nie otrząsnęła. Może i miła była ostatnia noc, zwłaszcza po trzeciej rundce drinków, lecz nawet jeśli tliła się w niej kiedyś iskierka uczucia, to dawno zgasła.

Podobało jej się, że na pożegnanie pocałowali się przelotnie w policzek. Rozstali się w przyjaźni, była o tym przekonana. Po wielekroć zapraszał ją, żeby przyjechała do Riversdale House. Nie tylko z powodu portretu, powiedział, a ona podziękowała mu wylewnie, jak to po alkoholu.

Skrzywiła się: w oślepiająco białych regałach ciotki Anny odbijało się popołudniowe słońce. Tony musiał pomyśleć, że jest trochę niezrównoważona… No tak. Czuła się rozchwiana, i to nie tylko z powodu kaca. Nie było firmy prawniczej, nie było babci Addie – wszystkie znane Clemmie kamienie brukujące jej życiową drogę zostały wyrwane i ciśnięte gdzieś w bok, i znalazła się na wybitnie niepewnym gruncie.

Ile znajomych rodzinnych zdjęć stało na półkach ciotki Anny! Teraz jednak Clemmie patrzyła na nie inaczej. Próbowała ustalić, kto z kim jest naprawdę spokrewniony, w rysach wuja Teddy'ego szukała podobieństwa do babci Addie. Przyszło jej do głowy, że matka przypomina babcię Addie, raczej chodziło jednak tylko o podobny wyraz twarzy.

– Proszę bardzo. – Ciotka Anna wróciła do pokoju z dwoma ciężkimi ceramicznymi kubkami.

Clemmie odwróciła się.

– Czy wuj Teddy był synem babci Addie, czy babci Bei?

– Addie – odparła szybko ciotka Anna. – Jedyny z nas. – Usiadła z wdziękiem na kanapie i sięgnęła po zmiętą paczkę benson & hedges. – Boże, jak mi go brak. To już prawie trzydzieści lat... możesz w to uwierzyć?

– Pamiętam jego pogrzeb – powiedziała Clemmie i rzeczywiście pamiętała, jak przez mgłę. Pamiętała ściszone głosy, ciemne ubrania i czerwone oczy matki, i niejasne poczucie winy, że taką przyjemność sprawia jej nowa sukienka z czarnego aksamitu. – Wtedy po raz pierwszy spotkałam się z Jonem.

– Jon... – Ciotka Anna uniosła pomarańczową plastikową zapalniczkę. Oczy zalśniły jej jakimś szczególnym blaskiem. – Skoro mowa o Jonie...

– Rozumiem, że Caitlin znowu jest w mieście – wtrąciła Clemmie.

Ciotka zmarszczyła w skupieniu brwi, przypaliła papierosa i zaciągnęła się. Koniuszek rozżarzył się czerwono.

– Nic mi o tym nie wiadomo.

– Tak czy owak – dodała szybko Clemmie, zanim zapuściłyby się dalej w tę uliczkę – tak naprawdę chciałam z tobą porozmawiać o...

– Wiem. O twojej babci. – Nie sprecyzowała, którą ma na myśli. Wyciągnęła się wygodnie na kanapie. Wciąż jeszcze, zauważyła Clemmie, miała fantastyczne nogi jak na swoje lata. – Cieszę się, że do mnie zadzwoniłaś. Wiesz, już dawno chciałam ci o tym powiedzieć.

– Dziękuję. – Clemmie pociągnęła łyk kawy. Była z tych rozpuszczalnych, aromatyzowanych, jakaś gęsta i przesłodzona. Clemmie poczuła, że skręca się jej żołądek. Odstawiła kubek.

– Twoja matka się na to nie zgadzała. Nie chciała popsuć twojej relacji z Addie. – Wyraz twarzy Anny jasno mówił, co ona o tym myśli.

Clemmie usiadła na brzeżku krzesła.

– Widziałam wycinki z gazet – powiedziała bez ogródek. – Na temat śmierci Bei.

Starannie wyregulowane brwi ciotki Anny uniosły się.

– Co za pracowita pszczółka z ciebie! Zawsze miałaś odrobione lekcje, prawda?

Clemmie nie była w nastroju, żeby się bawić w ciuciubabkę.

– Więc co się stało?

– Pytanie za milion dolarów. Wszyscy byśmy chcieli wiedzieć. – Ciotka Anna strząsnęła popiół do srebrnej popielniczki. – Krótka odpowiedź brzmi: tak naprawdę nikt nie ma pojęcia. Moja matka, mój ojciec i Addie pojechali na safari. Moja matka nie wróciła. Sama rozwiąż to równanie.

– Czy nie mógł to być jakiś straszny wypadek? – Clemmie nie wiedziała dobrze, czemu to dla niej takie ważne. – To, jak babcia mówiła o Bei... brzmiało tak, jakby ją kochała.

– Może i kochała. Kiedyś. Ale mojego ojca kochała bardziej – oświadczyła chłodno ciotka Anna.

Trudno było z tym dyskutować. Wzajemna miłość babci Addie i dziadka Fredericka przeszła do legendy. Clemmie pamiętała z dzieciństwa, jak spijali sobie z ust każde słowo, jak szukali w sobie nawzajem oparcia – choć zawsze się zdawało, że dziadek Frederick jakby bardziej. Logiczne: starszy i słabszy, już wtedy miał wczesne stadium raka przełyku, który później go zabił.

– Kiedy go dostała – wdarł się w jej myśli głos ciotki Anny – zrobiłaby wszystko, żeby go zatrzymać.

– Morderstwa by się nie dopuściła – stwierdziła z uporem Clemmie. Ta kobieta opatrywała jej dziecięce skaleczenia i pomagała odrabiać lekcje. Może i ją okłamała, mimo to Clemmie nie mogła uwierzyć, by była zdolna do czegoś takiego. Nawet z miłości, miłości przez duże M, co do której Clemmie czasem wątpiła, czy istnieje.

– Nie – zgodziła się ciotka Anna. Wyglądała zdecydowanie dziwnie. – Morderstwa nie.

Clemmie poczuła, że ściskające jej pierś napięcie odrobinę zelżało.

Dopóki ciotka nie dodała:

– Nie sądzę, żeby moja matka zginęła. I jestem pewna, że Addie o tym wiedziała.

– To… – Clemmie zakrztusiła się słodką jak ulepek kawą. Oczy wyszły jej na wierzch. – To szaleństwo.

– Tak? – Ciotka Anna upiła łyk ze swojego kubka. Z pozostawionego na brzegu popielniczki papierosa wił się krętą smugą dym. – Jedyne, co znaleziono, to szal, pantofel i diamentowa broszka. Oficjalna wersja była taka, że moja matka oddaliła się od obozu i pożarły ją zwierzęta. Niewątpliwie wielu ludzi mogłoby mieć jakiś motyw do zabójstwa… między innymi mój ojciec i ciotka Addie… ale nigdy nic nie udowodniono. W ten czy inny sposób. – I jakby po namyśle dodała: – Nigdy nie odnaleziono ciała.

Clemmie wzdrygnęła się.

– Ale uznano ją za zmarłą. Musiała być zmarła od…

– Żeby Addie mogła wyjść za mojego ojca. Tak. Dwa lata później się pobrali, jak tylko moja matka została prawnie uznana za zmarłą. Ale zmarły w świetle prawa i zmarły faktycznie to dwie zupełnie różne rzeczy.

– Ale czy nie musieli mieć dowodu…

– Jakiego dowodu? Jedyne, co musieli, to odczekać. Nigdy nie znaleziono żadnego dowodu. Nigdy nie znaleziono żadnego ciała. – Anna nachyliła się i utkwiła w siostrzenicy przenikliwy wzrok. – Ja ją widziałam. W Nairobi.

Wstała i zaczęła krążyć po pokoju. W jej kroku była cała powstrzymywana latami energia, cały powstrzymywany latami gniew.

– Miałam wtedy siedem lat. Zobaczyłam ją na bazarze. Chciałam do niej podbiec, ale Addie złapała mnie i przytrzymała. Powiedzieli mi, że mi się przywidziało! – Po tylu latach jej głos zdradzał ból. – Tak jakby coś takiego mogło mi się przywidzieć... Niedługo potem wysłali nas do szkoły w Anglii – dodała. – Addie też ją widziała. Jestem pewna.

Clemmie patrzyła na nią, nie za bardzo wiedząc, jak zacząć.

– Czy Addie... – zająknęła się. Dziwnie zabrzmiało to imię bez dodatku zwykłego tytułu „babcia". – Czy Addie nic wtedy nie powiedziała? Nic nie zrobiła?

– Żeby ryzykować, że wszystko diabli wezmą? Żartujesz. Kiedy usunęła z pola widzenia moją matkę, miała wszystko: farmę, *farve*. No i był jeszcze Teddy. Gdyby mama ni stąd, ni zowąd się pokazała... – Ciotka Anna zrobiła wymowny gest. – Nawet jeśli małżeństwo jest w Kenii pojęciem dość luźnym, to krzywią się na bigamię.

– A jeżeli twoja matka została uznana za zmarłą?

– To ty jesteś prawniczką – odparła Anna. – Ja nie wiem. Ale zrobiłby się prawny bałagan i kolosalny skandal. A Addie nie lubiła skandali.

To akurat prawda. Babcia Addie była wielką zwolenniczką zamiatania pod dywan. Matka odziedziczyła to po niej aż do przesady.

– Ale czy nie mogli się po prostu rozwieść? To znaczy twoja matka i dziadek Frederick? – brnęła nieudolnie Clemmie. – Gdyby się rozwiedli, a dziadek Frederick z babcią Addie by się pobrali...

– Był jeszcze Teddy. Prawo w zakresie pochodzenia dziecka zmieniło się dopiero w roku 1976. Do tego czasu, nawet jeśli rodzice się później pobrali, dziecko w świetle prawa było bękartem. – Mówiła z posępną pewnością kogoś, kto gruntownie zbadał sprawę. – Tak więc widzisz, że Addie miała powód, aby Bea się więcej nie pokazała.

– No a Bea? – spytała logicznie Clemmie. – Czy gdyby żyła, nie starałaby się do was wrócić?

– Może Addie dobrze jej zapłaciła… albo czymś zagroziła? Kto to wie? Ja wiem jedno: wtedy w Nairobi widziałam moją matkę. I wiem, że próbowała do nas wrócić.

Powiedziała to jakoś tak, że Clemmie dreszcz przebiegł po plecach.

– Byłam wtedy za mała, żeby coś z tym zrobić. Decydowali mój ojciec i Addie. – Ciotka Anna patrzyła w dal nad ramieniem Clemmie, o tysiące kilometrów i ponad sześćdziesiąt lat od tego miejsca, od tej chwili. – Ale zawsze wiedziałam, że moja matka gdzieś jest. Później zaczęłam jej szukać.

Clemmie spojrzała na ciotkę.

– I znalazłaś?

– Nie. – Ciotka zgniotła niedopałek w popielniczce. – Nie.

Rozdział 26

Nowy Jork, 1971

Dziękuję. To bardzo miłe z twojej strony.

Gdyby ktoś jeszcze powiedział, że mu przykro, Addie zaczęłaby wrzeszczeć.

Wrzeszczałaby tak i wrzeszczała, aż popękałyby porcelanowe bibeloty na gzymsie kominka, a szyby w oknach rozpadłyby się na maleńkie jeziorka piasku i soli i przez puste okienne otwory wdarłby się do środka wiatr z pobliskiego parku.

Jej syn nie żył. Jej maleńki chłopczyk. Jak to może być sprawiedliwe, słuszne, w porządku? Atak serca, powiedziano jej w pociągu Metro–North. W jednej chwili siedział ze swoją teczką i papierami, a w następnej leżał na podłodze, usiłując chwycić powietrze i prosząc o pomoc, która nie nadeszła. Jego własne ciało odwróciło się przeciw niemu.

Dlaczego Teddy? Taki złoty twór życia, uprzejmy i łagodny aż do przesady, otwarty, życzliwy. No, powiedzmy, że ożenił się z istotą nudną jak flaki z olejem, ale taka pomyłka nie zabija; nie umiera się z nudów ani nie dostaje ataku serca z tego powodu. Był dużym, rubasznym, krzepkim mężczyzną, jej Teddy. Lubił wypić, owszem, lecz tak samo lubił pole golfowe i boisko do tenisa. Powinien przeżyć ich wszystkich.

Czy ktoś kiedyś słyszał o kłopotach z sercem w ich rodzinie? Ona, Addie, wciąż świetnie się trzymała, mimo że tak wiele zdawało się nie do udźwignięcia. Ojciec i matka odeszli zbyt wcześnie, żeby mogła coś powiedzieć. Oni, starzy na zawsze w jej pamięci, byli, umierając, młodsi niż Teddy... Dreszcz ją przeszedł. Była starsza, niż kiedykolwiek byli jej rodzice, niż kiedykolwiek będzie jej syn, jej syn, jej syn, jedyne dziecko z jej łona!

– Przynajmniej masz coś, co będzie ci o nim przypominać – powiedziała wyjątkowo nudna żona jej maklera i spojrzała łzawo na dzieci Teddy'ego, stojące w uroczej gromadce wokół matki: dziewczynki w czarnych sukienkach, Ed w czarnym garniturze, chyba trochę za małym.

– Tak – odparła Addie. – To wielka pociecha.

Dzieci, wszystkie podobne do Patty, w ogóle nie przypominały jej Teddy'ego. Addie nigdy nie lubiła Patty.

I równie mało lubiła ją w tej chwili, choć można by pomyśleć, że łączy je przynajmniej wspólny smutek, jeśli nie coś więcej. Ale szloch Patty tylko Addie denerwował, nic w nim nie było o Teddym, o tym, jaka to strata dla świata, a wyłącznie o jej żałości: jak ona ma to przeżyć, jak dalej żyć, skoro zabrakło Teddy'ego? Addie machinalnie poklepywała rękę synowej, starając się wymazać ze świadomości jej samolubne łkania, bez końca powtarzane „ja", „mnie", „ze mną"... Co za egoistyczny rodzaj żałoby!

Jej, Addie, żałoba też była egoistyczna. W sumie każda jest taka.

Tęskniła z żalem za wszystkim, co Teddy mógł jeszcze mieć czy zrobić, a co się już nie spełni: za wnukami, których nigdy nie będzie niańczył, za meczami tenisa, których nigdy nie rozegra, za światłem gwiazd, którego nigdy nie ujrzą jego oczy. Tęskniła za dziećmi, których nie urodziła, młodszym rodzeństwem Teddy'ego, które, jedno po drugim, zaledwie uformowane w coś, w czym nie dałoby się rozpoznać dziecka, wyniesiono z domu i zakopano w ogrodzie, bo za wcześnie się to stało, by stawiać im nagrobki. Teddy'emu powiedziano tylko, że mama jest chora; usiadł na brzegu jej łóżka i gaworzył coś w swoim dziecięcym narzeczu, a ona, z policzkami mokrymi od łez, które spływały jej bezgłośnie po twarzy, starała się ukryć przed nim, że płacze.

Po ostatnim poronieniu lekarze w Nairobi orzekli, że nie może mieć więcej dzieci. Powiedziała Frederickowi, że nic nie szkodzi: trójka to dla nich aż nadto, z tymi wszystkimi opłatami za szkoły i tak dalej. Mają dwie dziewczynki i chłopca; cokolwiek ponadto to po prostu nadmiar.

Ich dziewczynki... Zawsze bardzo zważali, by traktować wszystkie dzieci jednakowo. W każdym razie się starali. No, jeśli chodzi o Fredericka, to starania były niepotrzebne; kochał je jednakowo, swoje bez wyjątku, choć Addie zawsze podejrzewała, że szczególne miejsce w jego sercu zajmuje ta dzikuska Anna.

Anna przyjechała na pogrzeb z Hawajów wraz ze swoim najnowszym mężem, jakimś dramaturgiem o najeżonych rudawych wąsikach, ubranym w aksamitny blezer w kolorze musztardy i szerokie tweedowe spodnie. Cera pod zarostem spalona była przez słońce – efekt ich weselnego przyjęcia na plaży.

Na Annie słońce pozostawiło jedynie delikatny pocałunek; jej cera miała modny odcień biszkoptu, a na tle opalenizny włosy wyglądały na jeszcze bardziej blond niż zwykle. Sukienka mini była całkowicie niestosowna na pogrzeb, no, ale przynajmniej włożyła na siebie coś czarnego, ku zadowoleniu nieufnej Addie.

Anna lubiła prowokować, czasem dla samej prowokacji, tym razem okazała się jednak mądrzejsza.

Addie miała wrażenie, że za chwilę pęknie jej serce, a cała jego zawartość wycieknie na podłogę, i zostanie z niego tylko kałuża, kałuża i mieszanina czarnych ubrań, i świecąca pośród tego wszystkiego diamentowa broszka Bei.

Anna szepnęła coś dramaturgowi na ucho. Na tych do śmieszności wysokich obcasach wzrost miała taki, że aby szepnąć, musiała się nachylić. Była wysoka jak Frederick... i jak Bea. Addie zawsze czuła się przy nich jak służka, która zabłąkała się na Olimp. Nawet teraz jej pasierbica potrafiła to sprawić.

Przywieźli ze sobą syna dramatopisarza, poważnego dziewięciolatka z przyciętą pod garnek czupryną i muszką pod kołnierzykiem. Addie patrzyła na niego i z bólem myślała o Teddym... w jego wieku. Nie żeby Teddy był kiedykolwiek spokojny czy poważny, przeciwnie, zawsze dynamiczny, otwarty, pewny siebie. No, ale Teddy miał dwoje rodziców, którzy go jawnie uwielbiali, i siostry, które go rozpieszczały – nie jak ten biedny chłopiec, chcąc nie chcąc wciągnięty do obcego plemienia, pieszczony przez matkę, którą znał raptem od miesiąca.

Anna w geście niedbałej pieszczoty pogłaskała chłopca po głowie. Bawiła się w matkę, tak jak małe dziewczynki bawią się w dom, porzucając lalki, gdy pojawia się ciekawsza zabawka. Addie spodziewałaby się raczej, że kto jak kto, ale Anna okaże się w tej sprawie mądrzejsza, zapamięta, jak to boli, kiedy ktoś nas porzuca.

Może wszystko ułożyłoby się inaczej, gdyby Anna miała własne dzieci; może jej instynkt macierzyński byłby wówczas większy, lepszy, bardziej stabilny? Addie czasami się nad tym zastanawiała.

A kiedyś wszystko wydawało się takie proste.

Anna przyszła do niej w zaufaniu. Ojciec dziecka jest żonaty, powiedziała. Jeden z jej profesorów. Nie tłumaczyła się, po prostu stwierdzała fakty, i po raz kolejny przypomniało to Addie Beę, która najbardziej bezczelna okazywała się wtedy, kiedy wiedziała, że źle postępuje. Anna chciała, żeby dzieckiem „ktoś się zaopiekował", i zakładała, że Addie, ze swoimi znajomościami w szpitalach położniczych, pomoże – nie mówiąc o niczym Frederickowi.

Wszystko załatwiła: lot do Szwajcarii, klinikę. Frederick był przekonany, że Anna pojechała ze znajomymi na narty. Strasznie ją bolało, że go okłamuje – był jej drugą połową, częścią jej samej – ale Anna się uparła: ojciec ma o niczym nie wiedzieć. Gdyby Addie jej tego nie obiecała, Anna wzięłaby sprawę w swoje ręce. No więc obiecała, mówiąc sobie, że tak będzie najlepiej, że da to jej, Addie, szanse, jakich nie miała Bea. No a poza tym na pewno pojawią się jeszcze inne dzieci, z właściwym mężczyzną.

Ale więcej dzieci się nie pojawiło. Anna rzuciła studia artystyczne, potem podyplomowe, potem kurs dla kustoszy w Szkole Sztuk Pięknych Sotheby's. Przerzucała się z zawodu do zawodu, to pracując jako dekoratorka wnętrz, to znów jako projektantka mody. A przede wszystkim zajmowała się tym, czym zajmowała się jej matka: nieustannym zmienianiem mężczyzn.

Ciekawe, jak długo potrwa to małżeństwo... Z poprzednimi czterema Anna się nie patyczkowała. Jeśli chodzi o ostatnie, to dłużej trwała procedura rozwodowa niż sam związek.

A oto i Marjorie – z tacą kanapek lawirując zręcznie wśród tłumu, sprawdzała, czy kieliszki na pewno stoją na podkładkach, a zużyte serwetki zostały wyrzucone. Jak zawsze gotowa stawiać czoło przeciwnościom... Addie chciałaby po prostu, żeby tych przeciwności było mniej. Chciałaby dla niej o wiele więcej, dla obu córek Bei. No, przynajmniej Marjorie jest teraz znów w Nowym Jorku, a nie gdzieś w Kalifornii z tym okropnym Billem. I przywiozła ze sobą Clemmie.

Clemmie, wybrana przez matkę delegatka, podsunęła Addie tacę z kanapkami.

– Chcesz serowego ptysia, babciu?

Przez chwilę była tak podobna do Bei, że Addie aż zadrżała – nie Bei takiej, jaka była pod koniec, lecz takiej, jaka była, gdy spotkały się po raz pierwszy. Obie, Addie i Bea, miały na sobie czarne aksamitne sukienki z dużym koronkowym kołnierzem i grube pończochy na nogach. Niania związała im włosy w dwa kucyki ozdobione dużymi aksamitnymi kokardami...

– Babciu? – powtórzyła Clemmie.

Nie, to nie ten akcent – amerykański, lekko nosowy, a nie kryształowo czysty jak u Bei. To w ogóle nie była Bea, to była Clemmie.

– Nie, kochanie, dziękuję. Może poczęstujesz dziadka?

Clemmie posłusznie podreptała w stronę Fredericka, pilnie zważając, by ptysie nie zsunęły się z tacy. Traktowała swoją rolę roznosicielki przystawek niezwykle serio. Wszystko traktowała serio, nie tak jak Bea, która nawet w ich wspólnym dzieciństwie szła przez życie z beztroskim rozmachem.

Addie patrzyła, jak Clemmie wyciąga tacę ku Frederickowi, i wyraz miłości na jego twarzy sprawił, że ścisnęło jej się serce. Nachylił się z wysiłkiem i wziął ptysia. Nigdy nie potrafił odmówić żadnemu z wnuków.

Jak on staro wygląda, jej Frederick. Te zmarszczki... kiedy zdążyły wryć się w jego twarz tak głęboko? Kiedy te plecy zaczęły się garbić, a podbródek obwisać? Nie spostrzegła tego aż do tej chwili, gdy śmierć Teddy'ego odebrała pewność krokom Fredericka i wymazała uśmiech z twarzy. To całkiem jakby patrzeć w krzywe zwierciadło: po tej stronie Frederick, jakiego pamiętała, na zawsze dwudziestojednoletni młody człowiek w wieczorowym stroju, pokazujący jej myszkę, po drugiej – ten dziwny stary człowiek, niezgrabny, wyniszczony, zginający się wpół od rwącego kaszlu, który nie chciał ustąpić. Próbowała go nakłonić, żeby poszedł do lekarza, ale zarzekał się, że to nic takiego, niedługo samo przejdzie. Kaszlał i kaszlał, i kaszlał, przez całą długą, bezsenną noc.

Rano oboje byli starzy, naprawdę starzy. Nie do pomyślenia, że gdyby Bea żyła, też by się tak postarzała. Addie pamiętała, w jaką panikę wpadła Bea w zaawansowanym wieku dwudziestu ośmiu lat: kwiat jej młodości przemija! Może to lepiej, że nie żyje, nie musi oglądać własnego obwisłego podbródka, takiego jak ma Addie, nie musi patrzeć na brzuch pomarszczony od dzieci, które się nie narodziły, że nie dożyła czasu, gdy jej dzieci umierają przed nią, co boli tak, że niemal nie da się tego znieść.

W ciągu długich lat pomyślności Addie nieraz współczuła Bei: tyle ją ominęło, współczuła i odrobinę się bała, tak jakby, gdyby nie była dość ostrożna, mogła, obejrzawszy się przez ramię, zobaczyć Beę idącą w ślad za nią, żądającą zwrotu tego, co utraciła, zapłaty za wszystkie te lata szczęścia, które Addie jej ukradła, za męża, za dzieci.

Czy Teddy to ta zapłata?

Nie, nonsens. Tylko w wiktoriańskich baśniach można znaleźć takie proste zamienniki, dziecko za dziecko, strata za stratę. A jednak to by się zgadzało; zawsze przez te wszystkie lata tak się bała o Teddy'ego, tak drżała, gdy przeganiała rodzinę z Nairobi do Nowego Jorku, o jego los, o jego miejsce w świecie... Taka się czuła czasem winna za to uczucie ulgi, że jej kuzynka nie żyje, kuzynka, którą kiedyś kochała bardziej niż kogokolwiek na świecie; czuła się winna za ten odruch paniki, gdy wtedy, na targu w Nairobi, Anna zawołała głośno: „Mama!", za to przemierzanie pokoju do późna w noc i snucie planów po tym zdarzeniu. Odrzuciła wtedy samą tę możliwość, zamknęła oczy i uszy – dla Teddy'ego, wszystko dla dobra Teddy'ego.

A Teddy i tak odszedł.

Ciekawe, jak wyglądałaby teraz Bea, jakie linie wyrzeźbiłoby na jej twarzy życie, linie radości i smutku, i wszystkiego co pomiędzy. Czy w końcu by dorosła i odnalazła siebie? Czy ustatkowałaby się trochę w wieku dojrzałym, przestała być taka narwana? Czy też poszłaby tą samą drogą, co tyle jej przyjaciółek, i brałaby sobie coraz młodszych kochanków, wciąż elegancka dzięki tapecie i własnemu złudzeniu, uzależniona od narkotyków zażywanych kiedyś dla zabawy?

Wszystko to były tylko spekulacje. Bea odeszła czterdzieści cztery lata temu; to o trzy lata dłużej, niż żył Teddy.

A jednak mimo upływu czasu Addie wciąż nie potrafiła zapomnieć dziecięcego krzyku na bazarze w Nairobi i porzuconego pantofelka, który powinien być zielony, a nie niebieski.

Nowy Jork, 2000

Clemmie kręciła się przed biurami wydziału w Fayerweather Hall, udając, że interesuje ją tablica ogłoszeń, gdzie reklamowano historyczną Pictionary dla studentów studiów pomagisterskich, dodatkowe zajęcia dla magistrantów i dziesięć baksów na głowę za udział w czyimś psychologicznym eksperymencie.

W grubych dżinsach i swetrze czuła się źle. I mężczyźni, i kobiety nosili tu ten sam uniform: dżinsy i podkoszulek; dziewczyny miały włosy ściągnięte gumką, a paru chłopaków modny zarost w kształcie koźlej bródki. Jakaś udręczona studentka, cała w czerni, z kubkiem kawy w jednej ręce, a drugą przyciskając całe naręcze papierów, rwała naprzód korytarzem, jakimś cudem utrzymując kubek w pozycji pionowej, choć żonglowała zarazem chyba z pięćdziesiątką testów śródsemestralnych.

Drzwi przed Clemmie były leciutko uchylone na tyle, że dobiegał ją z wnętrza szmer głosów, z których jeden był młody i bardzo nieszczęśliwy. Na drzwiach widniała tabliczka: „Jonathan Schwartz", a pod spodem, mniejszymi literami: „adiunkt".

Drzwi otworzyły się szerzej i z gabinetu wypadła studentka ze zwisającym z ramienia plecakiem. Nawet nie spojrzała na Clemmie. Po korytarzu załomotały jej pantofle na grubej platformie.

Clemmie zaczekała, dopóki dziewczyna nie odbiegła dość daleko, i dopiero wtedy delikatnie zapukała.

– Proszę – usłyszała głos Jona. Brzmiał bardzo autorytatywnie, zupełnie jakby nie należał do Jona.

Wielki gabinet zdawał się składać wyłącznie z książek. Wszędzie książki, wciśnięte na pozór przypadkowo na półki, jedne oprawne w plastik, inne, wcześniejsze, w wyblakłych obwolutach ze sztucznej skóry. Jon siedział pośród tego wszystkiego przy dużym, zarzuconym papierami biurku. W okularach, otoczony narzędziami swojej pracy, bardziej niż kiedykolwiek przypominał Indianę Jonesa. Minus kapelusz i bat, rzecz jasna.

– Proszę wejść i usiąść – powiedział machinalnie, kończąc coś notować w grubym notesie. Podniósł wzrok i wyraz twarzy gwałtownie mu się zmienił. – Clemmie! Cześć! – Miała wrażenie, że się ucieszył, ale zachowała nutkę ostrożności. Poderwał się i zaprosił ją gestem do środka. – Chodzi ci o moją ocenę testu?

Clemmie odsunęła butem stos książek na podłodze i podeszła.

– To już sesja?

– W pełni. – Obszedł ją, żeby zamknąć drzwi, i szybko podsunął jej krzesło. – Dziś rano ich oceniamy. I od rana jestem obiektem wymyślnej mieszaniny pogróżek i pochlebstw.

Clemmie, stojąc przed biurkiem, wydęła usta.

– Pochlebstw… Co za miłe słowo. Któreś zadziałało?

Jon uśmiechnął się z przymusem.

– Kuszono mnie butelką wina, ale uznałem, że może to zostać uznane za argument przeciw mnie przy podejmowaniu decyzji co do mojego etatu, więc powiedziałem chłopakowi, żeby raczej zaniósł je do katedry wydziału.

Clemmie od niechcenia odwróciła leżący na biurku papier – wydruk strony z recenzją jakiejś książki z periodyku „Wczoraj i dziś". Wyglądało raczej na wczorajszy niż dzisiejszy.

– A co postawiłeś chłopakowi?

– AB minus.

Odpowiednik F w Lidze Bluszczowej*…

– Ojej.

– Wierz mi, że na to zasłużył. – Jon wychylił się ku niej nad biurkiem, odrobinę zbyt ochoczo. – Siadaj, proszę. Napijesz się czegoś? Woda sodowa, kawa? Niewielki wybór w wydziałowym automacie, ale od biedy da się to wypić.

* Ivy League – system międzyuczelnianych zawodów sportowych w USA, obejmujący osiem najbardziej elitarnych uniwersytetów.

– Nie, nie, naprawdę, nie trzeba. Bez kofeiny. Widzisz? Pełne zdania.

Jon zapadł z powrotem w fotel.

– To nie było pełne.

Clemmie skrzywiła się.

– Och, trudno ci dogodzić.

– Usiądź wreszcie. Cieszę się, że cię widzę. – Było w tym także pytanie, na które Clemmie niezupełnie umiała odpowiedzieć. – Co ty tu robisz w środku dnia? – dodał szybko.

– Oficjalna wersja jest taka: mam mały urlop. – Clemmie usiadła na krześle, lekko wygiętym na kształt skorupy jajka, i zapadła w nie głębiej, niżby chciała. – A prawdziwa wersja brzmi: nie udało mi się zostać partnerem.

– Przykro mi.

– Bez sensu. – Clemmie z wysiłkiem, walcząc z oporem krzesła, podciągnęła się do bardziej wyprostowanej pozycji i twardo wsparła stopy o podłogę. – Rozglądam się za innymi możliwościami. Jeden z naszych klientów zaoferował mi już posadę w jego firmie.

Była to PharmaNet, ta sama PharmaNet, która skarżyła się na nią Paulowi. Co nie znaczy, że Paul potrzebował dodatkowego nacisku, żeby zagłosować przeciw niej. Od pierwszego dnia jej nie lubił. Ludzie z PharmaNet powiedzieli, że podoba im się jej energia i chcą ją mieć w zespole. Nie planowała tego, jednak oferta ją zainteresowała. Mogłaby mieć udział w tworzeniu przepisów w sprawach, które ją obchodziły; weszłaby na drogę do stanowiska głównego radcy w wielkiej korporacji. Nie mówiąc o innych, mniej prestiżowych, korzyściach.

– Plusem jest to – powiedziała – że wydawałabym polecenia mojemu dotychczasowemu szefowi. Aha, no i na dodatek: Londyn.

– Weźmiesz to?

Clemmie znów zapadła w jajowate krzesło.

– Niewykluczone. Duża pokusa.

Rozmawiała już ze swoim nowym przyjacielem, Tonym, o możliwości spędzenia paru dni w Riversdale House, kiedy będzie szukała mieszkania. Gdyby tak żywiła do Tony'ego bardziej romantyczne uczucia... Wszystko tak ładnie by się wtedy ułożyło.

– Nigdy nie mieszkałam w Londynie ani w ogóle nigdzie poza Nowym Jorkiem. Najdłużej zdarzyło mi się przebywać gdzie indziej...

– W Rzymie – dopowiedział Jon.

Ich oczy spotkały się nad stosem papierów.

– Aha – potwierdziła szybko. – I był to raptem semestr. Tak czy owak, chodzi o czas, nie sądzisz?

Ręka Jona zastygła na kubku z kawą. Brązowe oczy wbił w jej twarz.

– Czyli że to wizyta pożegnalna?

– Nie! Nic z tych rzeczy. Nic jeszcze nie zostało postanowione. Choć PharmaNet naciskała na odpowiedź. – Chciałam z tobą porozmawiać o czymś innym. Na pewno nie odrywam cię od twoich studentów?

– Absolutnie nie. – Odsunął na bok papierzyska i nachylił się ku niej. – Ja też chciałbym z tobą o czymś pomówić. Wtedy w sylwestra... winien ci jestem wyjaśnienie...

– Nie, nic mi nie jesteś winien. – Krzesło skrzypnęło, gdy odsunęła je gwałtownie. – Naprawdę, nie potrzebuję żadnych wyjaśnień. Jeśli znowu jesteście z Caitlin razem, to wspaniale.

– Razem? – Jon omal nie chlusnął kawą na czyjś test. Na kubku widniało blade logo wydziału historii, teraz bardzo poplamione kawą. – Nie, nie jesteśmy razem. Caitlin miała po prostu przerwę w podróży i musiała gdzieś się zatrzymać w Nowym Jorku. To wszystko.

Wszystko?

– Nieważne – skwitowała z wymuszoną wesołością. – Jeśli jesteście szczęśliwi...

– Nie jesteśmy razem – powtórzył Jon z większym naciskiem i zerknął ze skruchą gdzieś w bok. – Następnego dnia miała samolot do Paryża. I tylko tyle.

Wiedziała, że powinna zmienić temat, ale jej się nie udało.

– Wyglądaliście na bardzo sobie bliskich – zauważyła.

– Przez trzy lata byliśmy małżeństwem – odparł Jon. Ze spuszczonymi oczami bawił się kubkiem, tworząc wzór z zachodzących na siebie plam kawy. – To był trudny dzień. Myśl, żeby być z kimś z zupełnie innego fragmentu mojego życia, kusiła... przez jakieś pięć minut. A potem już nie. Nie pasujemy do siebie i nigdy nie będziemy pasować.

Clemmie nienawidziła siebie za radość, jaką sprawiły jej te słowa.

– A czy nie uznałeś, że nikt nigdy nie będzie do ciebie pasował? Że wszystko zostało nazbyt spaprane, żeby myśleć o miłości czy coś?

Jon skrzywił się.

– Nie pora na to. Ja... No, powiedzmy, że spotkanie z Caitlin pomogło wyjaśnić pewne sprawy.

– Hm. – Clemmie na razie postanowiła z tym skończyć. Ani to miejsce na to, ani czas. Założyła nogę na nogę. – A w ogóle – powiedziała, siląc się na swobodny ton – to nie zamierzam absorbować cię podczas sesji. Przyszłam poprosić cię o przysługę.

Pod łokciami Jona zaszeleściły papiery. Oto dlaczego akademicy chętnie noszą skórzane łaty na rękawach.

– Jaką?

– Chodzi o ustalenie faktów. – Clemmie wzięła głęboki oddech. – W zeszłym tygodniu spotkałam się z ciotką Anną. Ma taką teorię... to znaczy, uważa... że jej matka, ta prawdziwa... nie umarła w Kenii.

– A – sapnął Jon.

– A? – Nie lubiła tego dźwięku. – Wiesz o tym, tak?

– Słyszałem jej wersję – odparł ostrożnie. – Śmierć, której nie było, i te rzeczy.

– Nie wierzysz w to.

– Nie wiem dostatecznie dużo, żeby wierzyć lub nie.

Clemmie przewróciła oczami.

– To wymówka. – I z większym naciskiem, niż zamierzała, oświadczyła: – Nie wierzę, żeby dziadek Frederick ją zamordował. Czy babcia Addie.

– Nie – powiedział Jon – ja też nie wierzę. Ale – zaczął, a ona wiedziała, że nie spodoba jej się to „ale" – nie można wykluczyć zwykłego przypadku. Byli na safari; to niebezpieczne. Zdarza się, i to bez przerwy, że ludzie wtedy giną, a ciała nigdy nie zostają odnalezione.

– A jeśli nie zginęła?

– To co? – Jon podniósł okulary i przetarł oczy. – Nawet jeśli wtedy przeżyła, to teraz nie żyje. Od dawna. Była starsza od twojej babci... od Addie – sprecyzował. – Jakie to ma znaczenie, czy umarła wtedy, czy później? – I łagodniejszym tonem dodał: – Nie znajdziesz w ten sposób zastępstwa dla Addie.

– Nie szukam żadnego zastępstwa! – Clemmie opanowała się i opadła z powrotem na krzesło. – Chcę tylko wiedzieć, co się stało.

– A ja nie chcę cię zdołować... – zaczął Jon.

– Zdołować?

– A jeśli stanie się tak, że nigdy się nie dowiesz? – Jon zlekceważył tę aluzję do jego studenckiego slangu. – Źródła mogą tkwić gdzie indziej. A jeśli nawet, to dają pole do wielu interpretacji. Fakty mogą prowadzić w różnych kierunkach, tak że nie powstanie ostateczny wniosek. To jedna z ciemnych stron zawodu historyka – dodał. – Przeważnie mamy do czynienia nie z prawdą, tylko z różnymi poziomami interpretacji. Fakty to konstrukt, który dajemy publiczności.

– Witaj w mojej bajce – odparła Clemmie. – Jak myślisz, co ja robię cały dzień? Tkam z faktów argumenty. Za każdym zbiorem faktów stoją dwie zupełnie różne opowieści. W tym wypadku jednak odpowiedź jest prosta: umarła albo nie umarła. A jeśli nie, to chcę wiedzieć, co się wydarzyło.

Jon przez chwilę patrzył jej w oczy.

– Dlaczego?

Wiedziała, o co mu chodzi, ale się mylił. Nie szukała zastępczyni dla babci Addie... no, w każdym razie niezupełnie. Ta kobieta, ta nieznajoma była jednak w jakiś sposób jej, Clemmie, częścią. Chciała wiedzieć, co się z nią stało. Chciała wiedzieć, dlaczego matka nigdy o niej nie mówiła. Po prostu chciała wiedzieć. A jeśli jest to tak proste, jak na to wygląda, jeśli naprawdę pożarł ją lew na safari, to sprawa zostanie zamknięta. I szlus.

W pewnym sensie byłaby to najbardziej dogodna odpowiedź. Oznaczałoby to, że nie było nieuczciwej gry ani zdrady, tylko niezręczność: kobieta poślubia pogrążonego w żałobie męża kuzynki. Czy tego chciała Clemmie? Może. Przywróciłoby to jej na powrót babcię Addie, nie w sensie więzów krwi, lecz jako osobę, którą znała i za taką, a nie inną uważała – nie kogoś, kto popełnił bigamię czy przez zastraszenie sprawił, że matka jej pasierbic zniknęła.

Nie potrafiła wyjaśnić tego Jonowi, bo nie była pewna, czy sama to rozumie, powiedziała więc tylko:

– A czemu w ogóle próbuje się wyjaśnić różne tajemnicze sprawy? Przecież większość ludzi nie jest w żaden sposób osobiście zaangażowana w to, jak tam było z Książętami z Tower* czy Zaginionym Delfinem**, a mimo to interesują się ich losem. A ty na przykład, czemu robisz to, co robisz? Chodzi o to samo. Grzebiąc się w przeszłości, rozwiązujesz zagadki.

Jon spojrzał na stosy papierów na biurku.

– W tej chwili akurat wystawiam oceny kupie półanalfabetów. – Podniósł na nią wzrok i powoli uśmiech rozjaśnił mu twarz. – Okej. Wchodzę w to. Czemu mam takie uczucie, jakbyśmy powinni teraz podpisać cyrograf własną krwią, czy coś w tym stylu?

Clemmie wyszczerzyła zęby w uśmiechu. Co za ulga. Jak dobrze być cząstką zespołu, wiedzieć, że nie jest zdana wyłącznie na siebie...

---

* Dwaj synowie angielskiego króla Edwarda IV (1442–1483), po jego śmierci osadzeni – w wieku 9 i 12 lat – w twierdzy Tower; ich późniejszy los jest przedmiotem spekulacji.

** Syn Ludwika XVI i Marii Antoniny, po egzekucji rodziców podczas rewolucji francuskiej umarł w więzieniu w wieku 10 lat; wg innych wersji zdołał uciec i przeżyć.

– Tylko nie baw się w braci Hardy.

W kącikach oczu Jona pojawiły się kurze łapki.

– Zawsze wolałem Nancy Drew. – Wracając do przedmiotu rozmowy, powiedział: – Anna odziedziczyła po Addie jakieś papiery. Nie tknęła ich dotąd.

– Dla zasady?

– Coś w tym rodzaju. Rzucę na nie okiem, a jeśli nic tam nie znajdę, spróbuję z innej strony. Mam parę pomysłów. Tymczasem... – Urwał, tak jakby naradzał się sam z sobą.

– Tak? – zainteresowała się Clemmie.

Jon przechylił głowę.

– Nie myślałaś nigdy o tym, żeby porozmawiać ze swoją matką?

Rozdział 27

Nowy Jork, 2000

Po drodze do matki Clemmie kupiła bukiet kwiatów. Nie wiedziała dobrze, co to za kwiaty, lecz miały długie łodygi oraz delikatne białe i fioletowe płatki, i tak przyjemnie ciążyły na ramieniu, owinięte w woskowany papier, z którego wystawały górą kwietne kiście. Powietrze pachniało wiosną, było chłodne i wilgotne, ale na tyle ciepłe, by mogła iść w rozpiętym płaszczu, z rękawiczkami w kieszeniach, mimo że wciąż dawało się wyczuć, że niedawno, choć to marzec, szalały śnieżyce.

Idąc tak przez miasto w rozpiętym płaszczu, pod wiatr, który wciskał jej w oczy kosmyki włosów, czuła się dziwnie lekka i swobodna. Jon zadzwonił z wiadomością, że przejrzał papiery babci Addie i nic nie znalazł, wyłącznie dawne księgi rachunkowe plantacji kawy i szkolne wypracowania Anny. Zachował je, powiedział, żeby szantażować Annę podczas kolejnego rodzinnego obiadu. Clemmie uśmiechnęła się na wspomnienie tej rozmowy.

Dobrze mieć Jona z powrotem. Możliwe, że zbyt dobrze.

Nowe mieszkanie matki znajdowało się tuż obok Piątej Alei, przy Siedemdziesiątej którejś. Clemmie szła ulicą, mijając delikatesy, drogerie i butiki z napisami „wyprzedaż" w witrynach. Były tu stare kamienice z czerwonej cegły i nowsze, powojenne konstrukcje, wysokie gmachy o szerokich oknach z balkonami; ich jasne cegły zdawały się oślepiająco białe w słonecznym blasku. Dom, w którym niedawno zamieszkała matka, był jednym z tych z białej cegły; od ulicy prowadził do niego zadaszony pasaż, a w ruchliwym lobby urzędowało przy kontuarze aż trzech portierów.

„Matka czeka na panią", potwierdzili i skierowali ją do niewielkiej windy, której lustrzane ściany z niepochlebną dokładnością odbijały jej czerwony nos. Spacer sprawił, że zaróżowiły się jej policzki, a fryzura przypominała miotłę.

– Clementine! – powitała ją matka, przyciskając policzek do jej policzka.

Po raz pierwszy uderzyło Clemmie, jak nisko musiała się nachylić, żeby ją objąć.

– Przepraszam, jestem cała zimna... A to dla ciebie – powiedziała, wręczając bukiet.

– Nie musiałaś. – Naprawdę zabrzmiało to tak, jakby nie powinna była kupować tych kwiatów.

– Wiem, ale chciałam. – Clemmie starannie wytarła buty w wyściełającą przejście matę i ruszyła za matką wąskim korytarzem w stronę salonu. – Wreszcie zaczyna się czuć wiosnę.

– Wstawię je do wody i zrobię herbatę. – Matka zniknęła w kuchni, otwartej z jednej strony na salon, z drugiej zakończonej wyłożonym lustrami kącikiem jadalnym.

– Może ci pomóc? – Ze swojego punktu obserwacyjnego Clemmie widziała tylko lśniący metalowy pojemnik na śmieci, zmywarkę i białe szafki o srebrnych uchwytach, słyszała jednak brzęk porcelany i kliknięcie elektrycznego czajnika: wyłączył się. Matka musiała nastawić wodę, gdy tylko portier poinformował, że Clemmie już przyszła do mieszkania... Dziwnie ją to wzruszyło.

Brzęk, grzechot, szelest.

– Nie, po prostu usiądź.

Clemmie usiadła na białej kanapie, złożonej z paru części tworzących kształt litery L. Absolutnie nie tego spodziewałaby się po matce, której gust, jeśli chodzi o wnętrza, to było coś pośredniego między serialem *Masterpiece* a pałacem Buckingham, z mnóstwem wzorzystych perkali, haftów i figurynek z miśnieńskiej porcelany.

Nigdzie w zasięgu wzroku nie dostrzegła jednak żadnych miśnieńskich pastereczek. Przeciwnie, wszystko tu było lekkie, nowoczesne i zaskakująco funkcjonalne: biała kanapa, szklany stolik do kawy, bladoniebieski dywan i abstrakcyjne morskie pejzaże – chyba pejzaże... – na ścianach. W odległym końcu salonu przesuwane drzwi prowadziły na miniaturowy balkon z metalowym stolikiem i krzesłami. Całość sprawiała wrażenie przestronnej i swobodnej.

Matka wróciła z zastawą do herbaty na lakierowanej tacy: czajniczek, filiżanki, srebrne sitko, ciasteczka na talerzu, maleńkie serwetki złożone w trójkąt.

– Świetne masz to nowe mieszkanie – zauważyła Clemmie.

Matka postawiła tacę na szklanym stoliku.

– To dosyć miłe mieć w końcu mieszkanie tylko dla siebie – powiedziała, z czymś w rodzaju satysfakcji ogarniając spojrzeniem swoje królestwo. – Nigdy przedtem nie kupiłam sobie własnych mebli.

– Nawet z tatą? – spytała Clemmie, zanim zdążyła się zastanowić. Ojciec to był temat zakazany. Ale o to przecież chodziło, prawda? O przełamanie starych tabu.

Zamiast ją skarcić czy zirytować się, matka odparła po prostu:

– Twój ojciec miał bardzo zdecydowany gust. A przy dwóch chłopcach w domu jedyne, co mogłam zrobić, to zadbać, żeby to było coś solidnego, co trudno połamać.

Zaczęła rozstawiać zastawę: umieściła filiżanki na spodkach, podniosła wieczko czajnika, żeby sprawdzić, czy herbata naciągnęła. Nie miała na palcu ślubnej obrączki; w miejscu po niej wciąż rysował się bledszy ślad. Coraz dziwniej... Najwyraźniej w ciągu tych paru miesięcy zdarzyło się coś więcej niż tylko urządzanie mieszkania.

– Jestem ci winna usprawiedliwienie. – Matka położyła srebrne sitko na stojącej obok Clemmie filiżance. Clemmie zapatrzyła się na nią, zdumiona. – Powinnam była powiedzieć ci wcześniej o babci. Popełniłam błąd.

Clemmie zamrugała, patrząc na słoneczną plamę na dywanie. Świat doprawdy przewrócił się do góry nogami... Myślała, że będzie musiała na siłę kierować rozmowę na babcię!

– Dziękuję – odparła, zaskoczona. – Właśnie o tym chciałam z tobą porozmawiać... to znaczy, między innymi o tym – dodała szybko, by uniknąć zarzutu, że jest złą córką. – Próbowałam jakoś połapać się co do twojej matki i babci Addie.

– Nie ma tu za wiele do połapania się – powiedziała matka jak zwykle żywo i energicznie. – Herbaty?

– Tak, poproszę. – Clemmie patrzyła, jak z dziobka czajnika spływa do filiżanki strumień naparu, ciemny, wonny, parujący. To był jedyny znajomy przedmiot w nowym świecie matki: czajniczek babci Addie. Pochodził z Francji, z Limoges, miał złocone brzegi i ścianki w maleńkie błękitne i fioletowe kwiatuszki. Ileż to razy widywała, jak babcia nalewa z niego herbatę w jadalni przy Osiemdziesiątej Piątej, a potem Piątej...

Matka przełożyła sitko z filiżanki Clemmie na własną.

– Jestem pewna, że Anna opowiedziała ci własną wersję.

– Tak – przyznała Clemmie. Nie było sensu tego ukrywać... Ciotka Anna musiała powiedzieć matce, że się spotkały. Relacja matki z ciotką Anną zawsze była niepojęta dla Clemmie: nie mogły się nawzajem ścierpieć, a mimo to rozmawiały ze sobą co tydzień. – Anna uważa, że babcia Addie usunęła twoją matkę czy coś w tym rodzaju.

Matka pokręciła głową.

– Biedna Anna, tak rani siebie samą – powiedziała nieoczekiwanie. – Prawda jest taka, że nasza matka nas opuściła.

Clemmie gwałtownie podniosła głowę znad herbaty.

– Masz na myśli...

– Nie, nie w tym sensie. W każdym razie, o ile mi wiadomo. Podobnie jak Anna, zawsze się zastanawiałam... – Wlała sobie do herbaty odrobinę mleka. W debacie „mleko przed czy po" matka zawsze była gorącą obrończynią stanowiska „po". – Mam na myśli, że opuściła nas na długo przedtem. Gdyby nie ten wypadek na safari, uciekłaby z kimś, pewnie w ciągu roku. Byłam dostatecznie duża, żeby to wszystko widzieć. Ludzie mają zwyczaj rozmawiać w obecności dzieci.

– Ty nie miałaś takiego zwyczaju – zauważyła Clemmie. Do rozwodu rodziców doszło zupełnie nieoczekiwanie. W jednej chwili mieszkali z tatą pod Los Angeles, w następnej pakowali rzeczy matki do jej starego samochodu i jechali na przełaj przez cały kraj, a Clemmie zabroniono rozmawiać o tacie czy o niego pytać. Tego, co wiedziała, dowiedziała się później, po kawałku, podsłuchując nieprzeznaczone dla jej uszu rozmowy dorosłych.

Matka westchnęła.

– Chciałam was przed tym ochronić. Kłóciliśmy się za zamkniętymi drzwiami, kiedy już spaliście. Moi rodzice... – Upiła nieduży łyk i energicznie odstawiła filiżankę na spodeczek. – Moi rodzice nie dbali o zamknięte drzwi.

– Twoi prawdziwi rodzice, masz na myśli – sprecyzowała Clemmie. Babcia Addie i dziadek Frederick prowadzili, zdarzało się, „dyskusje", które zahaczały o zgryźliwość, ale nie przypominała sobie, by któreś z nich podniosło kiedykolwiek głos. Nie należeli do tych, co się kłócą.

Matka skinęła głową.

– Moja matka nie cierpiała farmy. Tęskniła za Londynem. Była debiutantką... co oznaczało coś zupełnie innego niż teraz. Miała tytuł, służbę, jej zdjęcia stale ukazywały się w gazetach. I zostawiła to wszystko, żeby dać się uwięzić przy dwójce dzieci na jakiejś odległej farmie, w jakimś odległym kraju, z mężem, którego bardziej interesowało rolnictwo niż ona. Tak to widziała. – Matka upiła kolejny łyk, nienagannie trzymając filiżankę, z nienagannie wyprostowanymi plecami. – Nie sądzę, żeby szczególnie lubiła którąkolwiek z nas.

O kurczę... Clemmie nie miała pojęcia, co na to powiedzieć. Zwalczyła odruch, by zapytać, czy matka lubiła własne dzieci; nie o to chodziło. Ją, Clemmie, chyba lubiła... Przeważnie.

– Ale zwłaszcza mnie mało lubiła – ciągnęła matka i dodała delikatnie: – To ja byłam powodem, dla którego musieli się pobrać.

Chwilę trwało, zanim Clemmie zaskoczyła.

– Och. Masz na myśli...

Matka skinęła głową.

– Pamiętam, jak matka rzuciła to ojcu w twarz. Oskarżała go, że zmarnował jej życie. – Skrzywiła się. – Ale nie pozostał jej dłużny. Nazywał ją najróżniejszymi słowami... okropnymi. Dziecko nie powinno słyszeć czegoś takiego.

Przez chwilę siedziały w milczeniu. Z filiżanek unosiły się smużki pary, ciasteczka leżały zapomniane na talerzu.

– Nigdy mi o tym nie mówiłaś – odezwała się wreszcie Clemmie, odrobinę zagubiona. Nie myślała dotąd o matce jako o małym dziecku inaczej niż w sposób oczywisty... wszystkie te historie o farmie i małych *dik-dik* w charakterze domowych pupilów... coś pośredniego między *Pożegnaniem z Afryką* a *Leave it to Beaver*... Nigdy nie pomyślała o matce jako o dziecku przypadkowym, niechcianym. Tak jak ona, Clemmie. Nie żeby matka kiedykolwiek dała jej to odczuć, ale tak jak powiedziała, dzieci wiedzą. Czasem Clemmie się zastanawiała, czy rodzice by się pobrali, gdyby ona nie wtargnęła w ich skądinąd puste gniazdo.

Oczywiście była jeszcze Jennifer dziennikarka, więc może to wszystko nie tylko przez nią...

– A po co miałabym mówić? – Matka sięgnęła po petit ecoliera, biszkopt w ciemnej czekoladzie. – To było tak dawno... Nie mówiąc już o tym – dodała – że dużo bardziej obchodziliście mnie wy i to, żeby zapewnić wam dach nad głową.

Klasyczny macierzyński chwyt.

– Racja – mruknęła Clemmie.

– Wiem, według Anny Addie wszystko zniszczyła i zburzyła nasz szczęśliwy dom, ale tak naprawdę było odwrotnie. Niewiele było w tym czymś domu, dopóki nie nastała Addie.

Clemmie patrzyła, jak matka żuje ciastko.

– Myślisz, że ona wtedy żyła? – wypaliła. – Twoja matka?

Matka odłożyła pozbawionego głowy ecoliera.

– Jeśli żyła – odparła stalowym tonem – to bardzo dobrze zrobiła, trzymając się z dala od nas.

Ach!

– Coś takiego – szepnęła Clemmie.

Matka spojrzała na nią przeciągle.

– Nie twierdzę, że twoja babcia... twoja przybrana babcia... była święta. Nie była. Bywała uparta, apodyktyczna, lubiła się wtrącać... Ale wszystko to robiła z miłości. Chciałabym, żebyś o tym pamiętała, kiedy będziesz opowiadała o mnie swojej córce. Liczą się intencje.

– Jeśli będę miała córkę – mruknęła Clemmie.

Matka milczała przez chwilę.

– Zawsze się martwiłam, że za wcześnie wyjdziesz za mąż. Nigdy nie przyszło mi do głowy, że... – urwała. – Nie chciałam, żebyś popełniła te same błędy, co ja. – Podniosła wzrok na córkę. – Wiesz, babcia Addie próbowała mnie powstrzymać przed wyjściem za twojego ojca. Wściekła się... Nie rozmawiałyśmy ze sobą przez ładnych parę lat.

I o tym Clemmie nie wiedziała.

– Żałujesz, że jej nie posłuchałaś? – spytała z wahaniem.

Matka zwinęła serwetkę i odłożyła z powrotem na tacę.

– Nie można patrzeć na to w ten sposób. Gdybym miała przez to przejść jeszcze raz... nie, twój ojciec nie był mężczyzną dla mnie. Byłam za młoda... i w ogóle to był zły pomysł. Ale gdybym za niego nie wyszła, nie miałabym ciebie i twoich braci. Nie da się oddzielić od siebie tych rzeczy.

Wstała. Koniec rozmowy.

Clemmie także wstała.

– Pomóc ci posprzątać?

– Nie, nie trzeba. Zostaw. – Spojrzała na zegarek. – Jestem umówiona na wieczór. Muszę się ubrać.

– Umówiona? – Coś w sposobie, w jaki matka to powiedziała, kazało Clemmie się zastanowić. – Masz na myśli randkę?

– Clementine!

Ach, ta radość posiadania rodzica starszej generacji... Matka nigdy nie pozwalała sobie na tego typu poufałość, co rodzice jej przyjaciółki, należący do pokolenia powojennego wyżu. Nazywała to zuchwalstwem. Tym razem jednak zaskoczyła Clemmie, mówiąc:

– Tak, właściwie tak.

– Serio? No... to wspaniale. Naprawdę. A kto to jest?

Czy matka się zaczerwieniła? Nie, to tylko kwestia oświetlenia. Matka odstawiała filiżanki na tacę.

– Pewien dżentelmen, którego poznałam na festiwalu Mostly Mozart. Powinnaś wybrać się z nami któregoś dnia. Wspaniała muzyka.

Clemmie, wkładając płaszcz, wzruszyła nieznacznie ramionami. Zmagała się z dziwacznym obrazem: matka podrywa mężczyzn w Lincoln Center.

– Wygląda, że faktycznie.

Matka skarciła ją spojrzeniem. Ktoś tu był bezczelny.

– Ach, zapomniałabym... – Twarz matki się rozjaśniła. – Babcia chciała, żebym ci to przekazała.

– Co?

Ruszyła korytarzem za matką, która zniknęła w sypialni.

– To. – Matka ukazała się ponownie i podała jej stosik oprawnych w ramki zdjęć. Ach, to te, które wisiały w sypialni babci Addie! – Przydałaby ci się jakaś torba...

Clemmie podłożyła ramię pod stosik, starając się uzyskać właściwe nachylenie, tak by fotografie się nie chybotały.

– Nie, nie trzeba. Wezmę taksówkę. – Nachyliła się i pocałowała matkę w policzek; jedna z ramek stuknęła o ścianę. – Naprawdę było bardzo... miło.

Matka przycisnęła policzek do jej twarzy.

– Nie każ mi za długo czekać na następne spotkanie.

– Jasne. – Clemmie wsparła stosik fotografii o biodro. Matka, patrząc, jak próbuje sobie poradzić, zmarszczyła brwi.

– Przecież to dosłownie chwila... Naprawdę nie chcesz, żeby ci to zapakować?

Oto matka, jaką zawsze znała.

– Nie, nie trzeba. Nie kłopocz się. – Odczekała, aż drzwi niemal się zamknęły, i dodała: – Miłego wieczoru!

Głowę by dała, że słyszy: „Clementine!"

Matka idzie na randkę... To dobrze dla niej. Od rozwodu minęło blisko trzydzieści lat, wystarczająco długo już czekała. No, chyba że, rzecz jasna, po drodze byli inni mężczyźni... Mogli być! Clemmie miała nadzieję, że byli. Ale raczej podejrzewała stan odwrotny. Nigdy wcześniej matka nie zdjęła obrączki... Nowy mężczyzna zdawał się przyjść wraz z nowym mieszkaniem i nową, gładszą fryzurą.

Wierzchnie zdjęcie zsuwało się i Clemmie chwyciła je, usiłując zarazem zapobiec rozsypaniu się całego stosu. Szlag, szlag, szlag! Matka miała rację. Mało wytwornym ruchem spróbowała przytrzymać stos, przypierając go ciałem do ściany. Zdjęć było trzy, wierzchnie i spodnie zwrócone szkłem do środka, tak by trudniej je było uszkodzić. Clemmie wcisnęła guzik windy, starając się nie upuścić fotografii.

Podklejenie tej, która leżała na wierzchu, było naddarte. Nic kosztownego, zwykły sztywny czarny papier, zszarzały z biegiem lat i zaczynający się łuszczyć. Pod nim widać było odwrotną stronę zdjęcia, papier fotograficzny, na którym napisano coś wydłużonym, pająkowatym pismem.

Drzwi windy rozsunęły się z szumem. Clemmie zignorowała to. Ostrożnie, najostrożniej jak mogła, położyła stosik na posadzce. Uklękła i naddarła papier bardziej.

„Dove Mountain" – brzmiał napis. A pod spodem: „1976".

To samo pismo widziała na zdjęciach w sypialni babci Addie.

Arizona, 1972

– Skąd pani jest? – Taksówkarz próbował nawiązać z nią rozmowę już od Tucson.

– Z Nowego Jorku – odparła Addie, patrząc przez okno, za którym znajomy pejzaż rozpełzłego w przestrzeni miasta ustępował miejsca pejzażowi, jakiego nigdy dotąd nie widziała: czerwone góry, surowe i imponujące, wznosiły się nad rozległą przestrzenią poznaczoną kępkami krzaków.

– Nie mówi pani jak ktoś z Nowego Jorku.

Addie uśmiechnęła się uprzejmie do wstecznego lusterka i znów zaczęła wyglądać przez okno. Może to skutecznie ostudzi dalsze konwersacyjne zapędy kierowcy.

Był to jeden z tych przypadków, kiedy wolałaby sama prowadzić samochód. Nigdy się tego nie nauczyła... to znaczy na właściwym poziomie. Mieszkając w Nowym Jorku, nie musiała. Zwykle, jeśli zamierzała dokądś pojechać, podwoziła ją Marjorie. Po tych wszystkich spędzonych w Kalifornii latach Marjorie była naprawdę dobra za kierownicą.

Tym razem jednak nie mogła poprosić o podwiezienie Marjorie. Skoro jechała tam, dokąd jechała.

– Kawał drogi z Nowego Jorku – zaczął znowu kierowca.

Biedak. To nie jego wina, że chciała zostać sama ze swoimi myślami, tak jakby ośmiogodzinny lot, a potem noc w hotelu w Tucson to nie było dosyć.

– Tak – powiedziała. – Tak, rzeczywiście.

Słońce lało blask na taksówkę, na szyby, aż piekła ją skóra. Nawet przy włączonej klimatyzacji, wiejącej chłodem z przodu auta, czuło się jego żar.

Ubrała się na tę okazję starannie, w obcisły cytrynowożółty kostiumik i odpowiedni kapelusz, i pantofle. Spódnica już się pogniotła od siedzenia na niej, żakiet zwilgotniał od potu, rękawiczki się pobrudziły. Żółte skórzane czółenko otarło jej piętę.

Jak przez mgłę pamiętała, że już tak się kiedyś czuła, w pociągu z Mombasy, gdy czerwony kenijski pył osiadał jej na kostiumie, a spod szerokiego ronda kapelusza spływał pot. Jakaż ona była wtedy młoda z obecnej perspektywy, młoda i niedoświadczona... Przez chwilę szarpanie taksówki wydało jej się szarpaniem pociągu i znowu miała dwadzieścia sześć lat, i w perłowym kostiumie jechała na spotkanie z Frederickiem.

Z Frederickiem...

– Z wizytą do rodziny? – przywrócił ją nagle do teraźniejszości głos taksówkarza.

Czyżby się zdrzemnęła? Nie była jeszcze na tyle stara, aby tak nagle odpłynąć; skończyła dopiero siedemdziesiąt dwa lata, za wcześnie na stadium drzemki w bujanym fotelu.

Otrząsnęła się.

– Daleko jeszcze?

Czerwone drogi ciągnęły się i ciągnęły, i ciągnęły.

W hotelu powiedziano jej, że podróż potrwa około godziny, bo niewielki tam ruch, a Addie zastanawiała się, co to znaczy. Teraz chyba wiedziała... Tu w ogóle nie było wiele czegokolwiek, ani ruchu, ani niczego, tylko niekończące się kępy krzaków i zarośli i górujące nad tym wszystkim czerwone łańcuchy gór.

Taksówkarz popatrzył na mapę, rozpostartą na siedzeniu pasażera.

– Lada chwila dotrzemy na miejsce. Nigdy tu pani nie była?

– Nie – odparła Addie i na tym poprzestała, zwalczywszy odruch, by zacząć nerwową paplaninę, że to jej pierwsza podróż do Arizony, i robić idiotyczne uwagi na temat kaktusów. – Imponujący krajobraz, bez dwóch zdań.

– Gorący też. – Taksówkarz uśmiechnął się do niej we wstecznym lusterku i wskazał kciukiem za okno. – To będzie ten dom, o tam.

– Tamten? – Głupie pytanie. Innego domu tu nie było, choć musiała się wysilić, żeby go dostrzec. Zmyślnie zaprojektowany tak, żeby się wtapiał w otoczenie, zbudowany z czerwonobrązowej cegły, naśladującej kolor ziemi, był to długi, niski, jednopoziomowy budynek w cieniu porosłego kaktusami wzgórza. Kiedy jechali krętym podjazdem, Addie spostrzegła padok – dwa konie, gniady i srokaty, machając ogonami, leniwie szczypały zbrązowiałą trawę. Były też inne budynki: stajnia, garaż, jakieś szopy. Przez chwilę pochwyciła błysk sztucznie błękitnej wody basenu.

Droga doprowadziła ich do kamiennej ścieżki, która wiodła między agawami do drzwi wejściowych.

Kierowca zahamował i wyłączył silnik.

– Chce pani, żebym zaczekał? – spytał.

Nie mogła go winić za to zwątpienie: dom, z wyglądu opuszczony, drzemiący w słońcu, sprawiał wrażenie siedziby Śpiącej Królewny. Ale ktoś tam musiał być, ktoś, kto karmił te konie i utrzymywał w basenie tak kryształowo czystą wodę.

Ktoś. Choć niekoniecznie osoba, której szukała.

– Zaczekałby pan? – Teraz, gdy dojechała, cały projekt wydał jej się bez sensu. W nocy, w szerokim hotelowym łóżku w Tucson, zwalczyła odruch, by wrócić do domu. Teraz żałowała, że tak nie zrobiła. A jeśli to nie ta osoba? A jeśli tam nie ma nikogo?

Lub, co gorsza – a jeśli jest?

Naciągnęła z powrotem rękawiczki, zamknęła torebkę i poczekała, aż kierowca obejdzie samochód i otworzy jej drzwiczki.

– Nie będę długo – powiedziała lakonicznie.

Kiedy wysiadła ze względnie chłodnego auta, uderzyła w nią fala upału. Jak ludzie mogą tu żyć? Dom otaczały rozmaite odmiany roślinności pustynnej, ostro sterczące agawy, beczułkowate kaktusy z dziwnymi żółtymi kwiatami na wierzchołku, ocotillo z jej patykowatymi, kolczastymi kończynami, wyglądająca jak jakiś baśniowy stwór... Przez cienkie podeszwy pantofli Addie czuła ostre kamyki ścieżki, a słońce kłuło w oczy. Powinna była zabrać słoneczne okulary albo kapelusz o większym rondzie.

W obu skrzydłach drzwi widniała wstawka z witrażowego szkła o śmiałych, podstawowych kolorach układających się w abstrakcyjny wzór. Addie nacisnęła guzik dzwonka. Usłyszała w głębi domu jego odgłos, a po chwili klapanie płaskich podeszew o płytki posadzki.

Szczęknęła odsuwana zasuwa i drzwi się otworzyły.

– Tak?

W drzwiach stała kobieta w białych lnianych spodniach i rozpiętej pod szyją bluzce. Srebrne włosy, sczesane gładko w tył, podkreślały piękno rysów, które stały się z wiekiem bardziej wyraziste. W uszach miała duże kolczyki, oprawne w srebro kawały czystego turkusu, i takiż naszyjnik w rozchyleniu kołnierzyka.

Addie miała wrażenie, że patrzy na stare zdjęcie, wyblakłe z czasem, pogniecione i z powrotem rozprostowane, pełne załamań, a mimo to przedstawiające niewątpliwie ten sam znany obraz.

– Witaj, Bea – powiedziała.

ROZDZIAŁ 28

Nowy Jork, 2000

Clemmie nie wiedziała dobrze, jak dotarła do domu, ale na pewno jechała taksówką. Jakoś jej się udało wsiąść i wysiąść bez problemu, choć zastanawiała się, czy wcisnęła taksówkarzowi papierek dziesięcio-, czy dwudziestodolarowy. Co innego miała w głowie. Wciąż odchylała naderwany kawałek papieru i wciąż na nowo odczytywała: „Dove Mountain, 1976".

Dove Mountain... Arizona? Wyglądało na Arizonę, wszędzie czerwienie i brązy, i kaktusy. Była raz w Arizonie, żeby odebrać ustne zeznanie świadka w sprawie o domniemane oszustwo ubezpieczeniowe. Krajobraz, jaki wtedy oglądała z okna samochodu, wyglądał właśnie tak, jak z jakiegoś starego westernu, jak kadr wyjęty z *Gunfight at the O.K. Corral*.

Dopiero gdy dotarła do domu, obejrzała inne zdjęcia, rozłożone na kuchennym stole. Przedtem nigdy im się dokładniej nie przyglądała. Jeśli w ogóle o nich myślała, sądziła, że to jakieś obrazki. Tak właśnie wyglądały, jak efektowne artystyczne pejzażyki, których lubią używać dekoratorzy wnętrz w celu rozjaśnienia ścian. Jedno ze zdjęć przedstawiało poszarpany górski grzbiet wznoszący się nad porosłą kaktusami równiną. Na drugim widniał niski, długi dom pośród gór, a nad nim głęboki błękit nieba. Trzecie ukazywało zbliżenie kaktusa.

Oderwała podklejenie każdej fotki, ale wszędzie widniał tylko znany jej już napis: „Dove Mountain, 1976".

Tym razem nie było żadnych imion. Cóż, to miało sens: na zdjęciach nie było żadnych osób. Ale nie potrzebowała imion. Znała ten charakter pisma.

Zadzwonił telefon. Po chwili przełączył się na automatyczną sekretarkę. 1976... Miała wtedy jedenaście lat. Data nie kłamała; styl zdjęcia i kolory bezwzględnie wyglądały na lata siedemdziesiąte. Ekspert stwierdzi to na pewno.

– Clemmie? – dobiegł ją z sekretarki głos Jona. – Clemmie, jesteś tam? Odbierz.

Odłożyła zdjęcie i złapała za słuchawkę.

– Tak?

– Wiesz co? – Głos miał spięty z przejęcia. – Nie mogę w to uwierzyć, ale... chyba ją znalazłem. Znalazłem Beę.

Clemmie spojrzała na rozłożone na stole zdjęcia. „Dove Mountain, 1976".

– Ja też.

Pół godziny później Jon był u niej. Miał ze sobą dużą teczkę.

– To się nazywa tempo!

– Tak, no wiesz... metro... – Sprawiał wrażenie, jakby resztę drogi od przystanku pokonał biegiem. Włosy rozczochrane, policzki zaróżowione. Było w tym coś ujmująco chłopięcego.

Odsunęła się, żeby go przepuścić.

– Oddychaj głęboko – powiedziała i sama zastosowała się do swojej rady. – Daj kurtkę.

– Dziękuję. – Jon pozbył się okrycia, ale nie teczki. Pod spodem miał koszulę, teraz wilgotną od potu. Biło od niego gorąco. – Bardzo tu... przytulnie.

Clemmie puściła drzwi, które zamknęły się trochę zbyt zdecydowanie. Skrzywiła się, gdy metal uderzył o drewno.

– To miejsce do spania.

– Hm – mruknął Jon, ogarniając spojrzeniem wnękę sypialną z rozrzuconą pościelą na nieposłanym łóżku i jedwabną górą od piżamy ciśniętą byle jak na podłogę. Było w tym coś ze stylu życia sybaryty.

Może to nie najlepszy pomysł, żeby go tu zapraszać? Lepiej byłoby się spotkać w kawiarni, barze, w jakimś neutralnym i bezpiecznym miejscu. Wciąż miała na sobie wiązaną w pasie sukienkę na zakładkę, którą włożyła na herbatę u matki. Czuła się absurdalnie wystrojona w tym zabałaganionym, zakurzonym wnętrzu.

– Za miesiąc przeprowadzam się do Londynu – oznajmiła, wieszając kurtkę Jona na oparciu krzesła. – No wiesz... ta posada, o której ci mówiłam. W PharmaNecie.

Jon położył teczkę na zagraconym kuchennym stole. Nie spuszczał z jej twarzy uważnego spojrzenia.

– A więc naprawdę wyjeżdżasz.

Kiwnęła głową.

– Chcą, żebym zaczęła od pierwszego kwietnia. To dobra oferta. Dużo obowiązków, dużo korzyści, duża odpowiedzialność.

– Do Londynu – powtórzył.

– Czemu nie? – rzuciła nonszalancko. – Niewiele trzyma mnie teraz w Nowym Jorku. Nie ma CPM, nie ma babci Addie... aha, wyobraź sobie, że moja matka najwyraźniej chodzi na randki!

Nie odwzajemnił jej uśmiechu. Nie podjął lekkiego tonu. Wsparł się mocno obiema rękami o krzesło i powiedział głosem, który zdawał się z trudem wydostawać z samego dna gardła:

– Nie jedź.

Te słowa wstrząsnęły Clemmie. Walczyć czy uciekać? Nerwy miała napięte do granic wytrzymałości. Mimo to usiłowała brnąć tak dalej.

– Możesz mi podać jakiś dobry powód, bym została?

– Zostań dla mnie.

Wpatrzyła się w niego, kurczowo zaciskając dłonie na krawędzi stołu.

Jon zacisnął usta i się uśmiechnął.

– Niesamowicie arogancko to brzmi, prawda? Nie dla mnie. Zostań dla tego. – Wyciągnął ku niej rękę i jakoś wydawało się najbardziej naturalną rzeczą na świecie, by podejść. Nachylił głowę, tak że jego szept połaskotał ją w policzek i otarł się o wargi. – Zostań dla nas.

Odgłosy samochodowych klaksonów za oknem, brzdąkanie pianina za ścianą, wszystko to ucichło i odeszło w nicość, gdy całował ją, całował tak, jakby musieli nadrobić minione piętnaście lat, wszystkie te niespełnione dotąd pocałunki. Czuła pod palcami jego szorstką, lnianą koszulę, krótkie włoski na karku, szczotkę zarostu na własnym policzku. Jak przez mgłę zdała sobie sprawę, że po raz pierwszy całują się na trzeźwo. Żadnych wymówek, żadnego przekonującego kwestionowania faktów, żadnego alkoholowego otępienia, choć w głowie jej się kręciło, jakby wychyliła parę kieliszków tequili.

Ale czuła się już tak kiedyś, prawda? W Rzymie. Gdy myślała, że odtąd będzie wyłącznie szampan i róże, i „żyli długo i szczęśliwie".

– Jakie „dla nas"? – wydusiła. – Nie ma żadnych nas.

Jon wsparł czoło o jej czoło. Serce mu waliło, oddech muskał jej policzek.

– Naprawdę? – spytał cicho. – Sugerujesz, że wszystko przeze mnie?

– Nie bądź idiotą! – wyrwało się jej. Widziała, jak rozjaśnia mu się twarz. – To znaczy... chodzi mi o to, że... och, do diabła.

– Wiem – powiedział, obejmując ją w pasie, z ustami przy jej uchu. Jego głos zdradzał rozbawienie. – Wiem. Oboje byliśmy idiotami. Moglibyśmy się spierać, kto większym. Ale czy nie sądzisz, że pora zmądrzeć?

Mądrość nie miała z tym nic wspólnego. Clemmie z wysiłkiem próbowała się skoncentrować. Odchyliła się, by widzieć jego twarz.

– Co do zmądrzenia, to... – Wzięła głęboki oddech. – Wiem, że to dziwny czas dla ciebie. Czy jesteś pewien, że nie jesteś... to znaczy, że ja nie jestem... ożeż!

– Naprawdę myślisz, że jesteś lekarstwem na zawód miłosny? Jeśli ktoś tu był lekarstwem, to biedna Caitlin. – Jon nachylił się ku niej i ujął w dłonie jej twarz. – Zawsze to byłaś ty. To ty jesteś ten kocioł od mojego garnka.

– Ojej, mówisz nadzwyczaj romantyczne rzeczy – zadrwiła Clemmie niemal ze śmiechem.

– Wolałabyś, abym powiedział, że potrzebuję cię jak powietrza? Że nie potrafię sobie wyobrazić życia bez ciebie? Że gdziekolwiek i czymkolwiek bym był, wszystkie drogi prowadzą do ciebie? – Nie kpił. Tym razem był śmiertelnie poważny, obnażony, odrzucił wszelkie maski i udawanie. – Chyba próbuję przez to powiedzieć, że cię kocham. Że cię kochałem. Że będę cię kochał.

Jego szczerość ją zbulwersowała. Wsparła czoło o jego czoło.

– Zmarnowaliśmy czas.

Było to wyznanie, i on o tym wiedział.

Ujął palcami jej podbródek i przyciągnął ją do siebie.

– A ja myślę, że ty dobrze wykorzystałaś ten czas. Jeśli to ma działać, to będzie. Spójrz na swoją babcię.

Clemmie skrzywiła się.

– Którą?

Jon się roześmiał.

– Obojętne... ale miałem na myśli Addie. To było najlepsze małżeństwo, jakie kiedykolwiek widziałem, bez względu na to, jak się zaczęło.

Wszyscy zawsze mówią o tym, jak się coś zaczęło. Przywołują wszystkie te śliczne historie typu „gdy się spotkaliśmy", jak w przypadku babci Addie i jej myszy... A jeśli nie to, co na początku, jest najważniejsze? Jeśli liczy się głównie to, co zdarzyło się w środku? W ten sposób historia nie jest uporządkowana i biało-czarna, ale może szczęśliwsza?

– Dostali jeszcze raz szansę – powiedziała powoli Clemmie.

– I doskonale ją wykorzystali. Dlaczego my nie mielibyśmy?

Bo się bała. Do tego się wszystko koniec końców sprowadzało. Bała się zranienia, bała się utraty marzeń o tym, jak mogłoby być, zburzonych przez twardą rzeczywistość.

Wysunęła się z jego objęć i szarpiąc wiązanie sukienki, przeszła na drugą stronę stołu. Dzieliła ich teraz bezpieczna odległość paru desek pokrytych sztucznym fornirem.

– Skoro o tym mowa... czy nie miałeś mi czegoś pokazać?

Przez chwilę wyglądało, jakby chciał dalej naciskać, ale dał spokój. Na tyle ją znał.

– Tak – powiedział. – Rzuć okiem na to. To raport prywatnego detektywa. Na temat Bei. Znalazłem go w papierach dla Anny. – Otworzył teczkę i odwrócił ją tak, żeby mogła lepiej widzieć, włącznie z nagłówkiem listu u góry pierwszej strony: *Drogi Panie Desborough, na podstawie Pańskich poszukiwań...*

Clemmie zadrżała. Wiedziała, od kiedy zobaczyła podpisy na zdjęciach, a jednak to wyglądało jakoś bardziej realnie. Było tu wszystko, czarno na białym, fakty, daty, szczegóły.

– Babcia Addie go wynajęła?

Jon, przerzucając stronice, kiwnął głową

– Zaraz po tym, jak umarł twój dziadek. – Podniósł na nią wzrok i troska w jego oczach sprawiła, że ścisnęło jej się serce. – Jesteś pewna, że chcesz o tym wiedzieć?

– Ja już wiem. – Clemmie wzięła głęboki oddech. – W roku 1972 Bea żyła i mieszkała w Arizonie, w miejscu zwanym Dove Mountain.

Brwi Jona poszybowały w górę.

– Pożyczysz mi kryształową kulę? Zbiję majątek na loterii.

– To nie kryształowa kula. – Wzięła pierwszą z brzegu fotkę i podała Jonowi. Prąd ją przeszedł, gdy otarła się przelotnie o jego rękę. – Jedno ze zdjęć z sypialni babci Addie. Popatrz.

– „Dove Mountain, 1976" – przeczytał. – Ale skąd wiedziałaś...

– Pismo – wyjaśniła. – Widziałam wcześniej sporo starych zdjęć Bei. Tu pismo jest odrobinę bardziej nieporządne, ale poza tym bez zmian.

Jon spojrzał na nią z jawnym podziwem.

– Punkt dla ciebie. Dobra detektywistyczna robota.

– Nie taka znów detektywistyczna – sprostowała. – Wyklejka z tyłu była naderwana. Praktycznie napis sam rzucił mi się w oczy.

Jon powiódł palcem po uszkodzonym papierze.

– To nie wygląda na naderwanie – stwierdził. – To wygląda jak nacięcie.

– I kto tu mówi jak Nancy Drew? – zadrwiła Clemmie. Dopiero potem zdała sobie sprawę, co powiedział. – Jon... czy ty myślisz... Według mamy, Addie zostawiła je dla mnie. Specjalnie.

Jon wziął do ręki leżącą na kolanach teczkę.

– I zadbała, żeby to dotarło do Anny.

Ich oczy spotkały się nad plikiem papierów.

– Nie wiem, czy traktować to jak zadośćuczynienie, czy jak kpinę. – Clemmie westchnęła. – Świadomość, że przez cały czas wiedziała i nic nam nie powiedziała...

– Nie wiemy, czy tylko Addie podjęła taką decyzję – zauważył Jon. – Bea też mogła mieć tu coś do powiedzenia. Do tego czasu kompletnie się zmieniła... w każdym możliwym sensie. Mogła mieć kłopot z wytłumaczeniem swojej nowej rodzinie istnienia poprzedniej.

– Okej, no to kim była? – Czy zadała właściwe pytanie? Może to raczej kwestia tego, nie kim, lecz jaka była ta kobieta, która stanowiła jej cząstkę...

Jon zajrzał do papierów.

– W roku 1972 Beatrice Desborough żyła pod nazwiskiem Eliza Goldsmith. Była obywatelką kanadyjską, żoną Amerykanina Carla Goldsmitha. Pobrali się w roku 1946.

Fakty, podane w ten sposób, brzmiały sucho i skąpo – tylko nazwiska i daty.

– Nie ma czegoś o tym, jak się tam znalazła?

– Niewiele. Jest wzmianka o wojnie: w czasie II wojny światowej latała w kobiecym dywizjonie lotniczym w Royal

Canadian Airforce. I tyle. Nic o tym, jak i dlaczego, mieszkając w Kenii, znalazła się w Kanadzie.

I nic o tym, jak się z tym czuła, nic o tym, co skłoniło tę kobietę, żeby odejść, zostawić męża i dzieci.

– Miała inne dzieci?

Jon pokręcił głową.

– Tylko pasierbów.

Powiedział to w taki sposób, że coś ją zaintrygowało. Dotknęła jego ręki.

– Hej, Jon...

– Jest coś więcej – rzucił szybko. – Zobacz to.

Wyciągnął rękę i spomiędzy stronic raportu wyjął zdjęcie – zwykłą pocztówkową fotografię, zrobioną niedrogim aparatem. Mało się postarzała. Była prześwietlona, co nadawało całości dziwnie pomarańczowy odcień, a widoczne na niej osoby były lekko zamazane. Ale i tak dało się uchwycić scenę. Na brzegu basenu widniały dwie kobiety na leżakach, jedna w czymś w rodzaju luźnej sukni i kapeluszu z opadającym na twarz rondem, druga w kostiumie kąpielowym i krótkiej spódniczce. Między nimi stał mały stolik z napojami i książkami.

Clemmie odwróciła zdjęcie: żadnych imion, tylko „Dove Mountain, 1974".

Na fotkach ze ściany była data: 1976.

– Babcia co roku jeździła do spa w Arizonie.

– Yhm – mruknął Jon. – Myślę, że znalazłaś jej spa.

Clemmie spojrzała na zdjęcie, na dwie kobiety leżące tak przyjaźnie obok siebie w słońcu Arizony. Twarz Bei ocieniało opadające rondo kapelusza. Babcię Addie – plażowy parasol. Co czuły, co myślały? Kiedy Clemmie zmrużyła oczy, wydało się jej, że kobiety się uśmiechają.

Rok po roku, w rocznicę śmierci dziadka Fredericka, babcia Addie jeździła do Arizony. To był jedyny czas tylko dla niej. Lepsze niż Floryda, żartowała.

Wyprawy się skończyły, kiedy Clemmie była na studiach – prawdopodobnie mniej więcej wtedy, gdy w Rzymie zwymiotowała Jonowi na buty. Wtedy nie zwróciła na to szczególnej uwagi. Dla osiemdziesięcioletniej babci Addie długa podróż samolotem nie wydawała się najlepszym pomysłem. A poza tym Clemmie miała wtedy co innego w głowie. Egzaminy, rozmowy w sprawie pracy, Jona.

Uniosła zdjęcie i przekrzywiała je, żeby uzyskać lepszy widok.

– Nic nam nie powiedziała przez te wszystkie lata...

– Niełatwa sprawa. Musiałaby ci wytłumaczyć, dlaczego masz nadprogramową babcię.

– A ciotka Anna by się wściekła. – Ach, gdyby tak mogła lepiej zobaczyć Beę... ale ten okropny kapelusz... – Była święcie przekonana, że babcia Addie celowo trzyma jej matkę z dala od niej.

– No więc teraz już znamy prawdę – stwierdził Jon. – Nic nie wiedziała aż do roku siedemdziesiątego drugiego.

Dwie kobiety na leżakach wyglądały na szczęśliwe razem. Bea... Tak nazywała ją babcia. Clemmie pamiętała, że mówiła o Bei jako o dziecku z wielką miłością.

– Cieszę się, że się odnalazły.

Usłyszała szelest: Jon odsunął teczkę. Po chwili poczuła ciepło jego dłoni między łopatkami, gotowej ją w razie czego podtrzymać.

– Wszystko w porządku?

Clemmie spojrzała na wyższą z kobiet, tę w sukni i opadającym kapeluszu. Jej babcia. Beatrice Gillecote Riversdale Desborough Goldsmith. Twarz, którą może oglądać w lustrze za jakieś czterdzieści lat... I nie czuła z nią żadnej łączności, czuła tylko leniwą ciekawość.

Podniosła wzrok na Jona.

– Po prostu... nie wiem. Wygląda na to, że to już bez znaczenia. Myślałam, że poczuję coś jeszcze... ból, że opuściła bliskich albo że żyła i nigdy do nas nie wróciła... ale nie. Tak jakby była postacią z powieści.

– Jej życie z pewnością było jak z powieści – przytaknął. – I nigdy go dokładnie nie poznamy.

Dwie kobiety nad basenem wyglądały jak na jednej z tych zabawnych pocztówek, tych z dymkami z tekstem: dwie starsze damy w słonecznej kąpieli.

– One żyły naprawdę – zauważyła Clemmie. – Nie tylko Bea, obie.

– To były dramatyczne czasy – odparł. – Zmierzch arystokracji, dwie wojny światowe... w porównaniu z nimi my się nudzimy.

– Jeszcze jak. – Clemmie rozejrzała się po mieszkaniu, którego nigdy nie lubiła. Było takie małe... nie w sensie przestrzeni, lecz perspektywy. Na półkach stały książki, które czytała na studiach, nic nowszego. Żadnych nowych zdjęć, albumów, pamiątek, po prostu sterylny zapis życia przeżytego w kokonie. Tamte kobiety, w swoich dziwacznych strojach, przeżyły o wiele więcej, niż kiedykolwiek przeżyje ona. Podróżowały po świecie, zamieniały się mężami, pilotowały samoloty, prowadziły firmy...

Clemmie popatrzyła na znajomą twarz Jona, na siwe nitki w jego ciemnych włosach, na kurze łapki w kącikach oczu.

– Zmęczona jestem tym unikaniem ryzyka.

Kurze łapki się pogłębiły.

– Chcesz założyć farmę w Kenii?

– Myślę, że nowa praca w nowym kraju wystarczy – starannie dobierała słowa. Mocno ścisnęła ręce Jona. – I myślę, że oboje potrzebujemy trochę czasu. Troszeczkę. Ty musisz sfinalizować rozwód... i ocenić testy. A ja... ja chcę udowodnić, że potrafię przez jakiś czas radzić sobie sama.

– Przez jakiś czas? – powtórzył Jon, ale wiedziała, że pyta o coś zupełnie innego.

Zebrała się w sobie.

– Kocham cię. Naprawdę. – Dziwne, jakie to trudne odrzucić tyloletnią ostrożność i wypowiedzieć te słowa, nawet teraz. Poczuła lekki zawrót głowy, tak jakby spadł jej z ramion wielki ciężar. – Kocham cię. I nie wątpię, że jesteśmy...

– Bratnimi duszami? – podsunął, podnosząc jedną brew. – Przeznaczeni sobie?

– Coś w tym stylu. – Czemu najważniejsze sprawy, kiedy się o nich mówi, zawsze brzmią tak ckliwie? – Ale jeśli mamy to zrobić, zróbmy to tym razem właściwie, bez pośpiechu. Żadnych niejasnych wiadomości, żadnych nieporozumień.

Jon przyglądał się jej długą, długą chwilę.

– W porządku – zgodził się, a ona pomyślała, że bardzo to w nim lubi: to wewnętrzne poczucie harmonii, tę zdolność widzenia spraw z różnych stron. – Racja. Dość często zdarza mi się latać służbowo do Londynu.

Zalała ją fala ciepła.

– A PharmaNet ma oddział w Nowym Jorku. Na pewno znajdę wiele wymówek, żeby tu wracać. Będę jednak musiała mieć jakiś dach nad głową, gdzie się zatrzymam, bo rezygnuję z tego mieszkania.

Jon zamyślił się.

– Jakbyś była zainteresowana, to jest pewien hotel przy Sto Jedenastej, całkiem rozsądny cenowo. – Rzucił jej spojrzenie, zdecydowanie uwodzicielskie. – Ale będziesz musiała dzielić z właścicielem łóżko.

Zadrżała.

– Chyba... chyba jakoś zniosę tę niedogodność.

– O, czyżby? – Jon objął ją i namiętnie pocałował. – A kiedy to nastąpi?

Wyszczerzyła zęby w uśmiechu.

– Spotkamy się w Rzymie.

„»New York Times«, 25 marca 2001

Wesela

Clementine Evans, Jonathan Schwartz

W sobotę wieczór w Metropolitan Club w Nowym Jorku odbyło się przyjęcie weselne Clementine Evans i Jonathana Schwartza. Uroczystość poprowadził ojczym panny młodej, wielce szanowny Carl Sandberg, sędzia okręgowy w Southern District w Nowym Jorku.

Panna młoda, lat 35, kieruje departamentem prawnym w nowojorskim oddziale PharmaNet, firmy farmaceutycznej z siedzibą w Londynie. Skończyła *cum laude* studia na Harvardzie i obroniła *magna cum laude* doktorat w Columbia Law School. Ojciec panny młodej, William Evans, obecnie na emeryturze, pracował zawodowo w branży nieruchomości; matka, Marjorie Desborough Evans Sandberg, jest docentem w Metropolitan Museum of Art.

Pan młody, lat 38, jest adiunktem na Wydziale Historii Uniwersytetu Columbia. Jest także autorem książki *Zmierzch i upadek? Kres arystokracji angielskiej jako pokłosie I wojny światowej*. Ukończył *magna cum laude* Uniwersytet Yale i uzyskał stopień doktora na Uniwersytecie Stanforda. Ojciec pana młodego, ś.p. Leonard Schwartz, był w latach 60. i 70. jednym z czołowych dramaturgów amerykańskich.

Młoda para zamierza spędzić miesiąc miodowy w Kenii".

Podziękowania

Jest to moja dziesiąta książka, ale mam wrażenie, jakby była pierwsza: czuję zarazem i radość, i lęk. Mam ogromny dług wdzięczności wobec Jennifer Weis za to, że podróżowała wraz z Addie, od pierwszej jazdy pociągiem do Nairobi przez parę kolejnych tur powrotów; wobec Mollie Traver i reszty zespołu wydawnictwa St. Martin's za doglądanie tego, by pomysł zmienił się w książkę; i wobec mojego agenta, Joego Veltre'a, za użycie ciężkiego działa, gdy wspomniałam o zamiarze porzucenia moich napoleońskich szpiegów na rzecz nowego stulecia i nowego kontynentu.

Nie byłoby tej książki, gdyby nie moja przyjaciółka Christina Bost-Seaton, która pożyczyła mi powieść The Bolter *i nieodwracalnie uruchomiła łańcuch rozmaitych „a gdyby..." Dziękuję także Susan Pedersen za to, że zatrudniła mnie kiedyś jako stypendystkę do prowadzenia zajęć na temat Drugiego Imperium Brytyjskiego i pokazała, że dwudziestowieczna Kenia to coś więcej niż* Pożegnanie z Afryką, *oraz Deannie Raybourn, że tak szczodrze dzieliła się ze mną źródłami na temat Kenii i nie wylała na mnie drinka, kiedy odkryłyśmy, że obie piszemy książki, których akcja rozgrywa się nie tylko w tym samym miejscu, ale i w tym samym roku.*

Przekazuję uściski i podziękowania Liz Mellyn, która zeszłej wiosny całymi godzinami spacerowała ze mną wzdłuż Arno, analizując relację pomiędzy Addie a Beą, oraz Alison Pace za nasze Pisarskie Czwartki, kiedy to wiele kawy zostało wypite, a niewiele tekstu napisane. Czasem człowiek potrzebuje po prostu pogadać z kimś o książce. (Albo, jak nazywa to moja siostra, pogadać do kogoś.)

Najgoręcej dziękuję mojej rodzinie – za to, że zaaplikowała mi dietę złożoną z Masterpiece Theatre *i brytyjskiej klasyki, za wspieranie mnie we wszystkim i za to, że w niczym nie przypomina rodziny Clemmie. Mamo, Tato, Spencerze, Brooke – dziękuję, że jesteście tacy, jacy jesteście, i że zawsze trwacie przy mnie.* I last but not least *– dziękuję Jamesowi, który tolerował stronice rękopisu na kanapie, wyimaginowanych ludzi przy obiedzie i korekty zamiast planowania wesela. Nie potrafię wyrazić, jak bardzo Cię kocham.*